Für Michael Crichton, den Meister des Thrillers,
der uns mit *Andromeda* in seinen Bann geschlagen hat.

LUIS MIGUEL ARIZA

Tentakel

Buch

Nora Pulaski steht kurz vor der Erfüllung ihres Lebenstraums: einem Flug auf den Mars. Doch wenige Wochen vor dem Start enthebt die NASA sie ihrer Verantwortung für das Projekt. Was die ehrgeizige Wissenschaftlerin nicht ahnt: Hinter dieser Entscheidung steckt der berühmte Geologe und Weltraumforscher Robert Pulaski. Ihr Onkel verschwand vor einiger Zeit, und alle gingen davon aus, er sei tot. Seine Spur führt Nora nach Spanien, zum kantabrischen Meer. Hier hat eine multinationale Erdölorganisation in den Tiefen der See einen sensationellen Fund gemacht, der die weltweite Energiekrise für alle Zeiten lösen könnte. Doch das Unternehmen hat mit Robert Pulaski seinen wissenschaftlichen Kopf verloren. Also beauftragt der Öl-Milliardär Calvin Steiffel Nora mit der Leitung des Projekts. Vor der kantabrischen Küste, wo Steiffels gigantisches Ölsuchschiff mit seiner High-Tech-Unterwasserstation vor Anker liegt, mehren sich indes seltsame Begebenheiten: Zuerst verschwindet ein Fischerboot während eines Sturms spurlos. Dann treibt der Wind mehrere Riesenkalmare noch nie gesehener Größe ans Ufer. Mehrere junge Leute, die nachts am Strand des kleinen Fischerstädtchens Luarca gewesen waren, erkranken schwer und sind geistig verwirrt – offensichtlich haben sie Grauenhaftes erlebt. Im Dorf machen bald alte Legenden und Schauergeschichten die Runde. Und auch auf dem Ölschiff treten Krankheitsfälle auf. Um die Ursache dieser Vorfälle zu klären, muss Nora in die Tiefsee tauchen, wo die lichtscheuen Riesenkalmare leben, die plötzlich gegen die Menschheit mobil machen. Ihr Unternehmen wird zu einem Wettlauf mit der Zeit. Denn in den Tiefen des Ozeans gibt es kein Entrinnen …

Autor

Luis Miguel Ariza ist Wissenschaftsjournalist bei der renommierten spanischen Zeitung *La Razón*. Mit seinem ersten Wissenschaftsthriller »Der Fluch des Schamanen« landete er auf Anhieb einen Bestseller. Ein Erfolg, an den er mit »Tentakel« nahtlos anknüpft.

Von Luis Miguel Ariza außerdem lieferbar:

Der Fluch des Schamanen (36155)

Luis Miguel Ariza

Tentakel

Roman

Aus dem Spanischen
von K. Schatzhauser

blanvalet

Die spanische Originalausgabe erschien 2005 unter dem Titel »Kraken. Atrapados en el abismo« bei Plaza y Ja és, Madrid.

Umwelthinweis:
Alle bedruckten Materialien dieses Taschenbuches sind chlorfrei und umweltschonend.

2. Auflage
Deutsche Erstausgabe Juli 2007 bei Blanvalet, einem Unternehmen der Verlagsgruppe Random House GmbH, München.

Umschlaggestaltung: HildenDesign, München
Umschlagfoto: Reuters/CORBIS
Redaktion: Peter Kultzen
LW · Herstellung: Heidrun Nawrot
Satz: Uhl + Massopust, Aalen
Printed in Germany
ISBN 978-3-442-36646-0

www.blanvalet-verlag.de

Inhalt

Es war ein Reich, über das die Menschen seit Jahrtausenden hinwegfuhren; ein Reich, das in tausend Metern Tiefe unter dem Kiel ihrer Schiffe lag und über das man noch vor hundert Jahren weniger wusste als über die uns zugewandte Seite des Mondes.

ARTHUR C. CLARKE,
Die letzte Generation

Welcher Erfindungsreichtum der Natur! Ein Weichtier mit einem Vogelschnabel!

JULES VERNE,
Zwanzigtausend Meilen unter dem Meere

Einleitung

Nikotskaja, Moskau, Februar 2005

Er merkte, dass man ihn beobachtete, einen schwitzenden, an Gedächtnisschwund leidenden Wissenschaftler auf dem Roten Platz.

Als ihn der erste Schüttelfrost erfasste, war ihm klar, dass sie ihn verfolgten.

So begann der Albtraum.

Der zwei Meter große Mann, dessen unförmiger Mantel bis zu den Stiefeln reichte, spürte nichts von den eisigen Windstößen des frühen Vormittags. Es überlief ihn heiß, und er schwankte vor einer Imbiss-Stube hin und her, die gerade geschlossen wurde. Der Duft nach Brathähnchen, der ihm in die Nase stieg, verwandelte sich in etwas, das er früher einmal gerochen hatte.

Unerträglicher Gestank. Leichen, die in Argalik verwesten, obwohl die Kälte des Wintertages die Zweige der kränklich aussehenden Bäume um ihn herum mit Raureif bedeckt hatte. Das erregte Summen der Fliegen um die Überreste der rachitischen Kühe herum, welche die vergangenen Monate überlebt hatten, klang in seinen Ohren wie ein durchdringendes fernes Brummen. Der Schweiß der Soldaten, die, so rasch es ging, die Leichen der Landbewohner fortschafften. Man konnte die verängstigten Gesichter hinter ihren Schutzmasken erahnen.

Bei dem Anfall hatte er nur einen einzigen Gedanken, der alles durchdrang: Er hatte sich angesteckt.

Er spürte brennenden Durst, während sich alles um ihn herum drehte. Die Schaufensterpuppen des Dior-Geschäfts im Kaufhaus

GUM, in dessen Nähe er sich befand, beugten sich vor, um ihn zu verspotten. Er kniete nieder und suchte in seinen Taschen nach der Packung mit den rosa Neuroleptika. Er schluckte mehrere der Tabletten auf einmal und holte dabei tief Luft, um sich nicht übergeben zu müssen.

Einige Minuten nach dem ersten Anfall stand er wieder auf. Sein Blick fiel auf die Ausbuchtung an seiner Brust. Er nahm einen dicken Umschlag heraus und erkannte seine eigene Handschrift.

Edgard Richardson
Lyndon B. Johnson-Raumfahrtzentrum
Meteoritenlabor
1601 NASA Road 1
USA Houston, TX 77058

Er erinnerte sich an einige Namen. Roscoe, Hancok, Richardson, Männer, die bei der NASA seine Kollegen gewesen waren. In den Vereinigten Staaten. Dann fiel ihm noch ein Wort ein, ein zweites, und ein Datum: die Marssonden mit dem Namen *Viking*. 1976.

Ein Motorengeräusch schreckte ihn auf. Ein Auto durchfuhr einen der Bogen nahe der Basilika und hielt unweit von ihm an. Er sah, wie sich der Wachhabende den schwarzen Pelzkragen zurechtrückte und die Sperrgitter beiseiteschob, um den Wagen durchzulassen.

An diesem Abend war der Rote Platz abgesperrt.

Während sich der Beamte die Hände rieb, stiegen zwei weitere Polizisten aus, Tüten mit dem Markenzeichen der Hamburger-Kette McDonald's in den Händen. Als der Mann die begeisterten Ausrufe der Polizeibeamten hörte, bekam er Angst und verspürte den Drang, sich zu entfernen, bevor man dahinterkam, wer er war. Er ging möglichst unauffällig an den Sperrgittern entlang und erreichte den Manegenplatz.

Er fühlte sich versucht, Zuflucht zwischen den Tannen am

Rande der Kremlmauer nahe dem Grabmal des Unbekannten Soldaten zu suchen. Die Stelle kannte er. Aber die Furcht hielt ihn von dort fern.

Die Schatten kamen hinter den Balustraden hervor, die den künstlichen Fluss vor dem Bereich der Restaurants umgaben. Der Mann beschleunigte seinen Schritt. Während er an einer Touristengruppe vorüberging, die einem Autobus entstiegen war, hörte er zufällig einige spanische Worte.

»Gottverdammich, Ribes, hier ist es ja arschkalt!«, sagte ein ziemlich dicker Mann. »Was zum Teufel fällt den Leuten ein, bei so einer Eiseskälte einen Ausflug zu veranstalten? Da frieren doch selbst einer Bulldogge aus Bronze die Eier ab.«

Der Mann neben ihm sagte: »Glaub mir, mein Freund, es gibt Schlimmeres. Verglichen mit dem venezolanischen Urwald komme ich mir hier vor wie im Paradies.«

Bei diesen Worten fühlte er sich einen flüchtigen Augenblick lang wie früher. Bruchstücke seines Lebens in Spanien kamen ihm in den Sinn, Erinnerungen an die Zeit, bevor er endgültig in die Vereinigten Staaten aufgebrochen war. Er erreichte den Eingang eines U-Bahnhofs und hörte nichts außer dem Geräusch seiner eiligen Schritte.

Der warme Luftstrom aus dem Tunnel streifte sein Kinn und brachte ein verlockendes Summen mit sich.

Steig in den erstbesten Wagen und fahr irgendwohin. Falls aber keine Züge kommen, lauf durch den Tunnel davon.

Er hörte nicht auf die lautlose Stimme. Man würde ihn verfolgen.

Am Ende des Ganges sprachen Menschen. Musik brach in die Stille ein.

Ein junger Mann in Lederkleidung spielte Klarinette, während seine Begleiterin die Mütze herumgehen ließ. Der Mann fühlte sich verpflichtet, den beiden etwas zu geben. Er suchte in den Taschen und nahm eine Rolle Papier heraus, die von einem Gummi gehalten wurde. Geld. Woher stammte das? Die Hundert-Rubel-Scheine, deren Ränder eingerissen waren, strömten einen üblen Geruch aus. Er nahm einen und gab ihn der jungen Frau, um sich damit freizukaufen.

Als er hinaustrat, begann es zu schneien. Die Flocken brachten Bilder und Klänge mit sich; die Gesichter der Angehörigen seiner früheren Arbeitsgruppe, die Kollegen, die Beifall klatschten und einander umarmten, die andere anriefen, um ihnen den Erfolg mitzuteilen, mit den großen klobigen Telefonen, die man damals hatte, glückliche Gesichter, auf denen sich der Stolz darüber spiegelte, was man auf den bernsteinfarbenen Bildschirmen sah, wie man sie inzwischen im Museum bewundern konnte.

Vor mehr als einem Vierteljahrhundert hatten sie den Mars erreicht.

Die Schatten eilten jetzt rasch über den Boulevard, der zwischen ihnen lag. *Nicht stehenbleiben. Geh weiter.*

Aber niemand war zu sehen. Er merkte, dass er vor dem Eingang eines Hotels stand, doch um diese Uhrzeit gab es keine Taxis. Ein weißer Lada hielt vor der Drehtür. Der Fahrer kurbelte das Fenster herunter und rief ihm etwas zu. Ein *Chastnik*, ein illegales Taxi, dessen Fahrer ihm mitteilte, dass er auf dem Weg zur Karetnii-Riad-Straße hinter der Eremitage sei. Vermutlich betrunkene junge Leute, die Geld brauchten, um ihre Sauftour fortsetzen zu können. Er holte hundert Rubel aus der Tasche und stieg ein. Lärmend fuhr der Wagen an. Er drehte den Kopf nach hinten, spähte durch das Heckfenster und sah seine Verfolger, die auf ihn deuteten. Der Lada rumpelte durch ein Schlagloch, bog in die nächste Straße nach links ein und fuhr durch die Twerskaja.

Es war wie ein brutaler Überfall: Bilder eines ins Chaos gestürzten Büros. Man hatte Schubladen ausgeleert, Papiere lagen auf dem Holzfußboden verstreut, dessen Dielen bei seinem Eintreten wie immer geknarrt hatten. Dann ein Name, Smolensko-Institut für Organische Chemie.

Ein weiteres Schlagloch förderte eine weitere Erkenntnis zutage. *Früher war ich Mikrobiologe.*

Aber sein Name fiel ihm nach wie vor nicht ein. Nachdem sie

ausgestiegen und eine Treppe emporgegangen waren, befand er sich, ohne recht zu wissen wie, auf einer Tanzfläche. Die Wand daneben sah aus wie der untere Teil des Eiffelturms. Das Pariskaja. Eine Diskothek. Die jungen Leute, die ihn hergebracht hatten, waren in der Menge verschwunden, doch er fühlte sich besser. Er ging zwischen den tanzenden und lachenden Menschen hindurch, zwischen den Frauen, die sich in verführerischer Weise bewegten. Er wich den Tischen aus und gelangte an die Bar. Er musste unbedingt etwas trinken.

»*Stveloe*«, rief er so laut, dass man ihn hören musste. Dabei legte er hundertfünzig Rubel auf die Theke.

Er stürzte das Bier herunter und bestellte noch eins. Die Spinnweben in seinem Gehirn begannen sich aufzulösen, und aus ihnen trat ein Name hervor, der dem Ganzen einen Sinn gab.

Nora! Seine Nichte in den Vereinigten Staaten!

Ihr musste er Bescheid geben... Es war von größter Wichtigkeit!

In diesem Augenblick legte sich eine Hand auf seinen Unterarm, und jemand flüsterte ihm einen sinnlosen Namen ins Ohr: Swetlana.

Eine Frau mit hellen Augen lächelte herausfordernd und zog ihn entschlossen zur Tanzfläche. Er versuchte, sich von ihr zu befreien, drehte ihr den Rücken zu, konzentrierte sich auf die gelbe Flüssigkeit in dem Glas vor ihm. Sie aber warf ihm kokette Blicke zu, hob die Hände zum Kopf, schlang die Finger in ihren Haaren ineinander.

Er glaubte erneut die Schatten seiner Häscher erkennen zu können. Einer stand rauchend neben einem der Bogen des falschen Eiffelturms und sah zu ihm her. Ein anderer hatte die Arme verschränkt und ließ ihn nicht aus den Augen.

Er musste fort von dieser lärmenden Musik, den Stroboskoplichtern, dem Wirrwarr, den Menschen. Er musste klare Gedanken fassen, und so überquerte er die Tanzfläche, um sich in eine der Toiletten zu flüchten. Er drängte sich in der Schlange der Wartenden vor und verriegelte die Tür von innen. Obwohl er sein

Gesicht mehrfach mit kaltem Wasser benetzte, vermochte er den Menschen nicht zu erkennen, der da vor dem Spiegel stand, einen verschreckten, entstellten Alten. Er ließ sich auf den Toilettensitz sinken und öffnete im schwachen Licht des Waschraums den Umschlag. Ein leeres Blatt war darin.

Er musste sich unbedingt mit Nora beraten. Jetzt wusste er, was er Richardson mitzuteilen hatte, seinem ärgsten Feind. Er musste seiner Nichte Bescheid geben.

Es gab kein Fenster, durch das er hätte entkommen können, und so beschloss er, an die Bar zurückzukehren. Er bedeutete dem Barkellner, er solle einen Kugelschreiber und ein weiteres Bier bringen. Inmitten schwitzender junger Leute kritzelte er einige Zeilen und versuchte, seine Gedanken möglichst zusammenhängend zu formulieren. Zum Schluss setzte er, ganz automatisch, ohne es recht zu wollen, seinen Namen darunter.

Seinen Namen.

Ungläubig steckte er das Blatt in den Umschlag. Er legte ihn zusammen mit etwas Geld auf den Tresen und rief den Barkellner. Der Mann begriff und nahm beides an sich. Natürlich ging der Flüchtige damit ein Risiko ein. In Moskau werden viele Alltagsgeschäfte auf diese Weise abgewickelt, schwarzes Geld gegen eine Dienstleistung. Dabei waren die Namenlosen noch nicht einmal berücksichtigt, die gelegentlich Botendienste für Drogenhändler oder die Mafia leisteten. Niemand stellte Fragen. Wenn es zum Schlimmsten käme, würde Nora zumindest Bescheid wissen.

Mehrere Minuten vergingen, ohne dass etwas geschah.

Mit einem Mal spürte er, dass sich etwas Weiches vertraulich um seine Taille legte, und als er sich umdrehte, sah er sich Swetlana gegenüber.

Sie versuchte, ihn auf den Mund zu küssen, doch er wandte sich ab, weil er sie für eine Prostituierte hielt. Sie umarmte ihn, legte ihm den Kopf auf die Schulter und drängte sich an ihn, damit er ihren Körper spüren konnte. Seine großen Hände auf ihre bloßen Schultern gelegt, versuchte er, sich von ihr zu lösen. Die Nadel drang glatt in seine Seite ein, und zugleich mit dem

Schmerz der Spritze empfand er ein Gemisch aus Feuer und Eis, etwas, das ihm vertraut war. Die Kälte nahm zu und bemächtigte sich seines Nervensystems, schob sich wie eine kalte Zunge durch seine Venen bis in die Lunge, drohte ihn zu ersticken. Damit er nicht zu Boden sank, hielt ihn die Frau fest und zog ihn rasch in eine Ecke des Raumes.

Dort warteten schon weitere Schatten auf sie, und gleich darauf schaffte man ihn unauffällig in die Kälte der Moskauer Nacht hinaus.

TEIL EINS

1

Ein Unwetter

Luarca, Februar 2005

Nicht einmal die ältesten Einwohner der malerischen kleinen Stadt am Ufer des kantabrischen Meeres, deren Häuser in den engen Straßen dicht aneinandergedrängt standen, konnten sich an einen Nordweststurm wie diesen erinnern.

Schon seit drei Tagen spielte das Meer verrückt. In den schlimmsten Augenblicken schleuderte es Wellen an Land, die sich wie Geschosse an den weißen Wänden der Häuser am Anleger brachen. Sie drängten mit solcher Gewalt an Land, dass Meerwasser in die Siele gelangte. Stellenweise wurden Kanaldeckel hochgedrückt, worauf sich die stinkende Brühe ihren Weg durch die Rinnsteine suchte, bis sie im tobenden Meer landete. Die Nässe hatte die Mauern der aus Naturstein errichteten alten Häuser geschwärzt, es sah aus, als weinten sie unter der Heimsuchung.

Die Stromversorgung war zusammengebrochen. Bis zum Abend des dritten Tages hatten die Wellen mit ihrer Wucht nicht nur einen großen Teil der im Hafen liegenden Boote zum Kentern gebracht, sie waren auch stellenweise bis zu den Eingängen der Geschäfte auf der gegenüberliegenden Seite des Anlegers vorgedrungen. Entlang der Uferpromenade sah man viele geknickte Laternenmasten, Leuchtkörper waren in Stücke geborsten und selbst angekettete Tische und Stühle der Straßencafés am Anleger ins Meer gerissen worden.

Das Haus der Fischer-Bruderschaft blieb geschlossen. So hoch war das Wasser über seinen gewöhnlichen Stand gestiegen, dass es nicht nur alle Riffe überspülte, sondern auch die Molen und Wellenbrecher, die den vordersten Leuchtturm vor dem Anprall des Meeres schützen sollten. Wie ein Pulsar sandte er in regelmäßigen Abständen sein Licht aus, doch es kam nicht weit, denn Meer und Himmel vermengten sich zu einer Wand aus Gischt, Salz und fiebrig vibrierender Luft.

Der alte Chaco, der seit seinem zehnten Lebensjahr zum Fischen ausfuhr, gehörte zu den wenigen, die sich bei Einbruch der Dunkelheit aus dem Haus gewagt hatten. In früheren Zeiten, als noch Wale nur wenige Seemeilen von der Mole entfernt auftauchten und ihre großartigen Wasserfontänen in den Himmel bliesen, hatte er sie harpuniert und im Laufe der Jahrzehnte einen geradezu beklemmend wirkenden Instinkt für unheilvolle Situationen entwickelt.

Es war schon über fünf Tage her, dass man zuletzt etwas von der *María Victoria* gehört hatte, und das Brausen des Sturms ließ den alten Fischer das Schlimmste befürchten.

Vier Männer waren an Bord, von denen drei derselben Familie angehörten: Luis García, zwanzig Jahre jünger als Chaco, und seine beiden Söhne. Das Boot war in Nordostrichtung zu einem Fanggrund ausgelaufen, der gut fünfzig Seemeilen von der Küste entfernt lag. Dort ließen sich die Netze auch noch mit Seehecht und Dorsch füllen, nachdem die fürchterlichen Ölklumpen aufgetaucht waren, die seit zwei Wochen die Küstenfischer zu Untätigkeit verdammten. Inmitten der allgemeinen Empörung und Besorgnis war das Unwetter ausgebrochen.

Der Bürgermeister hatte die Ängste der Fischer und ihrer Familien zu beschwichtigen versucht, indem er erklärte, die Ölpest sei örtlich begrenzt und werde nicht von langer Dauer sein. Als reine Vorsichtsmaßnahme müsse die Fischerei in den Fanggründen nahe der Küste eine Weile ruhen, bis die Herkunft der Ölklumpen geklärt sei, welche die Meeresströmung wie ungleichmäßig gezackte Inseln von Sargassogras antrieb. Umweltschützer vermuteten, es könne sich um Bilgenöl handeln, das Tanker in großer Entfernung von der Küste verbotenerweise abgelassen hatten. Allerdings war in jüngster Zeit von keinem solchen Fall etwas bekannt geworden.

Die *María Victoria* war ausgelaufen, bevor das Sturmtief herangezogen war, dessen Richtung und Intensität sich nicht hatte voraussagen lassen. Noch vor kurzem hatte Chaco mit Lucía gesprochen, der Frau Luis Garcías, und auf ihrem Gesicht die stumme Totenklage um den geliebten Menschen erkannt. Es unterschied sich deutlich von dem, das Chaco am Tag ihrer Hochzeit gesehen hatte, der volle neunundzwanzig Jahre zurücklag.

Als der Sturm aus Nordosten herangebraust war, hatten die zuständigen Behörden eine Sturmwarnung herausgegeben. Kein Schiff durfte auslaufen, solange das Unwetter dauerte. Tage zuvor hatte Chaco in einer Zeitung, die jemand in seiner Stammkneipe hatte liegen lassen, einen Bericht über illegale Einwanderer gelesen, die in Seenot geraten und gerettet worden waren, weil sie mit ihren Mobiltelefonen Hilfe hatten herbeirufen können. Verglichen mit ihren in der Presse als »gebrechlich« beschriebenen Booten waren die Fischerboote, mit denen er früher hinausgefahren war, wahre Nussschalen gewesen, und jene wunderbaren kleinen Telefone hatte es noch gar nicht gegeben.

Vieles hatte sich geändert, nur nicht das Meer. Es blieb immer gleich. Früher oder später gab es seine Toten her. Das war eine geradezu heilige Gesetzmäßigkeit. Einmal hatte er ganz in der Nähe von Luarca, von einigen Polizeibeamten begleitet, einen Bekannten identifizieren müssen, der Wochen zuvor verschwunden war. Die Leiche des Mannes hatte am Strand gelegen, einundzwanzig Kilometer von seinem Haus entfernt. Vom Gesicht war nicht mehr viel übrig gewesen, und am aufgedunsenen Unterleib hatte die Haut gefehlt. Erkannt hatte ihn Chaco an seinem Gürtel.

Fünfundsiebzig Jahre lang hat dir das Meer nichts gegeben, ging es dem alten Fischer durch den Kopf.

Die Vorstellung quälte ihn, demnächst wieder gute Bekannte identifizieren zu müssen. Er drückte sich die Baskenmütze fest auf den Kopf, knöpfte die Joppe zu und verließ das Haus, um sich dem Sturm zu stellen, der sein Gesicht peitschte. Sein Ziel war einer der alten Leuchttürme an einem der höchsten Punkte der

Ortschaft. Unmöglich konnten die Besatzungsmitglieder der *María Victoria* dieses Toben der Elemente überlebt haben. Es war nur eine Frage der Zeit, bis das Meer die vier Toten ausspie.

Von der Brustwehr am Fuß des alten Leuchtturms sieht man das ganze Kantabrische Meer vor sich. Von Wind und Wetter verfärbte Mosaiken an ihrer Mauer berichten von einer hundertjährigen Fischertradition. Neben der Mauer steht ein Steintisch, auf den die Leuchtturmwärter in früheren Jahren kleine Nachbildungen eines Hauses oder eines Fischerbootes stellten. Aufmerksam spähten sie zum Horizont, entschieden nach ihrer jeweiligen Einschätzung der Wetteraussichten, ob es ratsam war auszufahren oder nicht, und stellten, je nachdem, ein Haus oder ein Boot auf, damit die Fischer wussten, woran sie waren. Als Chaco die Brustwehr erreichte, begann sich die Wut des Sturms ein wenig zu legen. Er war nicht der Einzige, der sich aus dem Haus gewagt hatte.

Der Stromausfall schien vorüber zu sein, denn in einem Haus nach dem anderen trat an die Stelle des kaum wahrnehmbaren Kerzenscheins helles elektrisches Licht. Die Ortschaft erwachte, kehrte ins Leben zurück. Hier und da ertönten Stimmen, und bald darauf hörte Chaco Motorengeräusche.

Juan Cepesma kam mit seinem Mitsubishi-Geländewagen, den Chaco so gut kannte wie seine Baskenmütze. Nur mit Mühe zerteilten die Scheibenwischer den Wasservorhang. Schützend hielt der Fischer die Hand über die Augen, denn Cepesma hatte das Fernlicht eingeschaltet. Der Wagen blieb stehen, und Cepesma öffnete die Beifahrertür, ohne auszusteigen. Er war ein gut fünfundvierzig Jahre alter stiernackiger, breitschultriger Mann von beachtlicher Körperfülle. Mit für einen das raue Leben auf See gewohnten Mann erstaunlich leiser Stimme fragte er: »Was tust du hier, Chaco? Hast du jemanden gesehen? Steig ein, damit du nicht im Regen ersäufst.«

Während Chaco sich auf dem Beifahrersitz niederließ und sich angurtete, legte Cepesma den ersten Gang ein. Er sprach in ein Funkgerät an der Armaturentafel, gleich neben seinem Mobiltelefon. So eins hätte Chaco auch gern gehabt. Der Lautsprecher des Funkgeräts knisterte beunruhigend.

»Zwei junge Leute sind verschwunden«, erklärte Cepesma. Besorgnis lag in seiner Stimme, wenn nicht sogar Angst. »Vor ein paar Minuten hab ich es über Funk erfahren. Sie sind am Nachmittag raus. Komm, wir müssen runter zum Hafen.«

Als Gründer der Organisation NAREMAR zum Schutz der Umwelt und des Meeres war Juan Cepesma weithin geachtet. Ehrenamtliche Mitarbeiter dieser Organisation patrouillierten in von ihm gestellten und mit Sprechfunk ausgerüsteten Geländewagen, um bedrohte Arten der Meeresfauna und solche Tierarten zu retten oder zu bewahren, die in irgendeiner Verbindung mit dem Meer standen, seien es Delphine oder Kormorane, und er betrieb ein kleines Museum mit Schätzen der unterseeischen Fauna, die teils in Aquarien, teils als Präparate in Vitrinen ausgestellt waren. Er diente nicht nur als Bindeglied zwischen den Bürgern und der Polizei, was ihm durch die Autorität erleichtert wurde, die ihm sein Engagement verlieh, sondern unterstützte sie auch, wenn es galt, Menschenleben zu retten.

Holpernd ging es einen der eigentlich Fußgängern vorbehaltenen Abkürzungswege hinab, und so erreichten sie schon bald die Brücke, die über einen Wasserlauf hinweg zwei Ortsteile in Ost-West-Richtung verband und zum Anleger führte. Im Windschatten der dort stehenden Häuser war es ein wenig ruhiger. Am Ende der Brücke, wo sich die Straße gabelte, machten Männer, die Ölzeug trugen, Zeichen und wiesen in Richtung auf die Küste mit der Pier.

Cepesma bremste so scharf, dass die Räder blockierten und über die nassen Steine rutschten. Jemand trat näher, klopfte an die Scheibe und zeigte nach Westen.

»Am Strand!«, hörte er, als er das Fenster herunterkurbelte. »Am Strand hat man was gesehen!«

Im Funkgerät wurde eine Stimme hörbar. Jemand wollte ihn sprechen.

»Was gibt es?«, fragte er und nahm das Mikrofon zur Hand.

Der Empfang war weit besser, als man angesichts des brüllenden Windes und der Regentropfen, die schwer auf Motorhaube und Wagendach prasselten, hätte erwarten dürfen.

»Jemand will die beiden am Strand gesehen haben«, teilte ihm einer seiner Helfer mit. »Sie sollen mit dem Motorrad hingefahren sein. Ein Junge und ein Mädchen. Ende.«

»Hat man sie gefunden? Leben sie?«

»Das weiß ich noch nicht. Die Polizei ist jedenfalls an Ort und Stelle. Manche Leute sagen, sie hätten ein Gespenst gesehen. Ende.«

»Lass den Unsinn! Was soll das heißen?«

Es dauerte einen Augenblick, bis die Antwort kam.

»Die Leute erzählen sich das. Die wenigen, die sich auf die Straße gewagt haben. Sie haben Schreie gehört und behaupten steif und fest, dass ein Toter durch den Ort läuft... Ende.«

»Wo bist du?«, wollte Cepesma wissen.

»Am Uferdeich, an der Straße zum Friedhof... Ich bin verdammt kribbelig. Ende.«

Der Friedhof beherrschte die Steilküste im Osten. An normalen Tagen zeichneten sich die Grabsteine scharf gegen den Himmel ab. Das Licht brach sich in den weißen Marmortafeln vor den Urnennischen und bildete einen scharfen Gegensatz zum dunklen Granit.

Am unteren Rand der Steilklippe lagen Betonquader, die als Wellenbrecher dienten. Ein schmaler Weg, der zum Leuchtturm führte, den jemand mit Graffiti beschmiert hatte, ermöglichte den Zugang zu ihnen. Cepesma wusste, dass junge Leute im Sommer dort gern Trinkgelage veranstalteten. Im Westen, dem Wellenbrecher und dem Friedhof gegenüber, lag der Strand, beide ein gutes Stück von den Häusern entfernt, und so konnten sich die jungen Leute ihren Vergnügungen im Schutz der Dunkelheit ebenso gut am Strand wie am Leuchtturm hingeben und an beiden Orten über die Ängste und Besorgnis der Älteren spotten.

Nach Osten oder nach Westen – er musste sich entscheiden.

Während er den Gang einlegte, griff er zum Mikrofon. Ihm fiel auf, dass Chaco nicht nur seinen Sicherheitsgurt nicht gelöst hatte, sondern sich auch mit beiden Händen am Sitz festklammerte. Eigentlich hätte die Polizei längst da sein müssen. Wie fast immer dauerte es viel zu lange, bis sie kam.

»Hier Juan. Ich fahr zum Strand. Sag Julio, dass wir in fünf Minuten da sind. Du bleibst, wo du bist, und hältst mich auf dem Laufenden. Ich fürchte, dass es an der Mole Erdrutsche gegeben haben könnte – du weißt ja, wie steil und lose der Hang dort ist.«

Die Sache mit den Gespenstern war für Chaco nichts Neues. Halb vergessener Aberglaube meldete sich wieder. Man berichtete, man habe in einer fünfzehn Kilometer entfernten Höhle am Strand Marienerscheinungen beobachtet, und Leute, die nicht daran glauben wollten, seien einem Fluch erlegen. Von der Brücke, über die sie gerade fuhren, hieß es, in einem ihrer Pfeiler sei ein englischer Pirat begraben, den man vor hundertfünfzig Jahren erstochen hatte, weil er sich in eine der Töchter des Bürgermeisters verliebt hatte. Das gehörte zu den Legenden, die alle alten Fischer kannten.

Ob der ermordete Pirat, den das Unwetter aus den Tiefen der Hölle hervorgelockt hatte, der Tote war, den die Leute gesehen haben wollten?, ging es Chaco durch den Kopf, während er durch die Windschutzscheibe spähte, über die unaufhörlich der Regen lief.

Cepesma gab so heftig Gas, dass er scharf gegensteuern musste. Der Sturm tobte mit unverminderter Kraft. *Das Ungeheuer lässt nicht locker*, ging es Chaco durch den Kopf.

»Halt dich fest«, rief Cepesma.

Ein Blitz zuckte über den nachtschwarzen Himmel. Der Gischt auf den ans Ufer schlagenden Wellen ließ die Straße vor ihnen verschwimmen. Sicherlich war sie zeitweise unbefahrbar gewesen. Cepesma fuhr jetzt langsam, immer bemüht, sich so weit wie möglich von der Küste fernzuhalten. Mehr noch als die Wucht der Wellen fürchtete er mögliche Erdrutsche, denn der Hang war dort sehr steil.

Ein weiterer Blitz erhellte kurzzeitig die Straße vor ihnen, oder besser gesagt das, was davon zu sehen war. Wassermassen bedeckten die Zufahrt zur Mole. Es gelang Cepesma, unmittelbar davor zum Stehen zu kommen. Er schaltete die Zündung aus und versuchte die Lage einzuschätzen. Das Toben des Sturmes schien sich noch zu verdoppeln. Normalerweise fuhren die jungen Leute mit ihren Motorrädern bis ans Ende der Mole. Bei diesem Unwetter allerdings dürfte ein solches Unternehmen den sicheren Tod bedeuten.

Er stellte sich vor, wie die beiden versuchten, den Wellen zu entfliehen. Dazu allerdings dürfte angesichts der Gewalt des Meeres die Motorleistung kaum ausgereicht haben. Vor seinem inneren Auge sah er ein Motorrad im Wasser liegen und zwei von der Strömung fortgerissene Leichen. Gott im Himmel! Vor einer knappen halben Stunde war die Mole mit höchster Wahrscheinlichkeit eine Todesfalle gewesen.

Wie um seine Befürchtungen zu bestärken, meldete sich Chaco zu Wort. »Wenn die hier waren, sind die jetzt tot.«

»Sag doch so was nicht.« Cepesma ließ den Motor wieder an und drehte ihn im Leerlauf hoch, als wollte er damit seine Hilflosigkeit übertönen. Erneut nahm er das Mikrofon zur Hand. »Hier Juan. Ist der Weg frei? Wen habt ihr da am Strand?«

»Ich bin immer noch hinten beim Friedhof, Ende«, sagte die Stimme aus dem Funkgerät.

»Ich bin am Strand, Señor Cepesma.« Die Stimme, die sich jetzt meldete, gehörte Carmona. Normalerweise hielt sie ein Gebäude wenige Kilometer vom Ort entfernt in Ordnung, in dem Greifvögel auf ihre Auswilderung vorbereitet wurden. Stets redete sie ihn ehrerbietig mit »Señor Cepesma« an.

»Die Polizei hat irgendwelche Überreste gefunden, Señor Cepesma.«

»Und die jungen Leute?«

Jetzt meldete sich die Stimme des Mannes beim Friedhof.

»Nicht die geringste Spur. Ende.«

»Was für Überreste, Carmona?«

»Ich habe keine Ahnung, Señor Cepesma. Hier am Strand geht es noch ziemlich wild zu.«

Die Küstenstraße führte über eine leichte Kuppe zu einem weiteren Wellenbrecher. An der Uferpromenade reihten sich Imbissstände und Ausflugslokale aneinander. Cepesma stellte den Wagen vor einem dieser Lokale ab, wo drei Polizeiautos mit zuckendem Blaulicht standen. Er sah, dass die Scheiben des Lokals zerbrochen waren. Es regnete immer noch, doch die Gewalt der Wogen schien nachgelassen zu haben.

Wenigstens war die Polizei schon an Ort und Stelle.

Er sah Carmona, eine korpulente Frau, deren Rocksaum bis zu den Knöcheln reichte und die sommers wie winters Leinenschuhe trug. Einige Neugierige waren aus dem Haus gekommen. Julio, der Polizeichef, stand mit zweien seiner Leute davor. Alle redeten in ihre Mobiltelefone, als Cepesma ausstieg.

»Was habt ihr da?«, fragte er.

»Nichts Gutes«, gab Julio zur Antwort. Er war ein altgedienter Polizeibeamter mit weißen Haaren und gebräunter Haut. Er und Cepesma hatten so manches Mal Menschen und Tiere vor dem sicheren Tod bewahrt. Sie kannten einander schon so lange, dass eine Begrüßung ebenso überflüssig war wie der Austausch von Höflichkeitsfloskeln.

Jetzt legten die beiden Polizisten etwas auf ein Tuch.

Einen gekrümmten roten Gegenstand.

»Ein Stück von einer Schwimmweste«, sagte Cepesma, nachdem er sich niedergekniet und den Gegenstand begutachtet hatte. »Sieht aus, als hätte jemand darauf herumgebissen.«

»Achte auf die Schrift«, sagte Julio und deutete mit seiner Taschenlampe auf das, was von den schwarzen Buchstaben noch zu sehen war.

Unversehens begann der Rest der Schwimmweste, aus dem noch Wasser heraussickerte, grünlich zu schimmern. Einige Sekunden lang leuchtete er vor den verblüfften Augen der Männer auf.

»Nicht zu fassen!«, entfuhr es Cepesma. »Eine selbstleuchtende Schwimmweste? Seit wann haben die Fischer so was an Bord?«

»Hmm, das seh ich zum ersten Mal. Ich muss mal nachfragen«, sagte der Beamte. »Wahrscheinlich so wie bei den Warnwesten im Auto. Und das da ist vermutlich ein Stück von einem Buchstaben?«

»Ja. Es könnte ein ›V‹ sein.«

»Womöglich ist es von der *María Victoria*«, sagte Julio bedrückt und machte eine hilflose Handbewegung. »Mist, schlechte Nachrichten. So etwas hatte ich befürchtet.«

In diesem Augenblick trat Chaco näher, der ein wenig zurückgeblieben war. Als er den Rest der Schwimmweste sah, bekreuzigte er sich, wiegte bedächtig den Kopf und murmelte etwas, das niemand verstand. Dann setzte er sich in den Sand und begann zu schluchzen.

»Sonst ist nichts aufgetaucht?«, fragte Cepesma.

»Nein, das ist alles«, sagte der Beamte. »Wahrscheinlich haben Unterwasserklippen vor der Küste die Schwimmweste zerfetzt.« Er hob den Blick und starrte in die Schwärze vor sich, wo die Wellen nach wie vor gegen das Ufer anrannten und riesige Gischtwolken bildeten. »Dem Boot dürfte es nicht anders ergangen sein. Eine üble Geschichte.«

Cepesma zupfte sich nachdenklich am Schnurrbart.

»Wo habt ihr das Stück gefunden?«

Der Beamte wies auf eine Stelle etwa fünfzig Meter weiter. Dann rief er einen seiner beiden Männer.

»Jorge! Bring mal den Scheinwerfer und stell ihn da auf.«

Dann wandte er sich erneut Cepesma zu.

»Als wir es angestrahlt haben, hat das Ding geleuchtet, als wäre es lebendig. Es lag da hinten, und es hat noch was drangehangen.«

»Was denn?«

Der Beamte zuckte die Schultern, auf die der Regen in kleinen Wasserfällen von seiner Schirmmütze herunterlief. Er hob die Stimme, um sich gegen den Wind verständlich zu machen.

»Was glaubst du, warum ich dich angerufen hab? Ne kaputte Schwimmweste erkenn ich auch ohne deine Hilfe. Sieh gut hin und warte auf den nächsten Blitz.«

Dieser ließ nicht lange auf sich warten. Die gute Sekunde, in der er den kleinen Hafen in grelles Licht tauchte, genügte, um eine gewölbte Masse genau an der Stelle zu erkennen, auf die der Polizeichef gewiesen hatte. An drei dort aufragenden schroffen Felszacken hing etwas, das wie eine Gelatineschicht aussah. Im selben Augenblick richtete der mit Jorge angesprochene Mann das Lichtbündel des Scheinwerfers auf die Masse, die sogleich bläulich und grünlich zu schimmern begann. Cepesma merkte, dass es sich dabei nicht um einen Widerschein handelte, sondern um eine unabhängige Lichtquelle, die allmählich schwächer wurde, bis nichts mehr davon zu sehen war.

»Ich denke, es würde sich für dich lohnen, der Sache nachzugehen. Das muss dich doch interessieren. Irgendein totes Tier. Meinst du, es könnte eine an den Strand gespülte Riesenqualle oder etwas in der Art sein?« Erneut hob der Beamte die Stimme, um sich über dem Tosen der Wellen verständlich zu machen.

Gerade als Cepesma antworten wollte, meldete sich sein Funkgerät mit einem Pfeifton, und gleich darauf drang eine nervöse Stimme aus dem Fenster seines Geländewagens. Er eilte hin.

»Man hat das Mädchen beim Leuchtturm auf der Mole gefunden. Ende. Hast du gehört? Ende.«

»Ja. Geht es ihr gut?«

»Sie lebt, aber sie ist verletzt und hat eine Art Nervenkrise. Sie weint ununterbrochen. Ende.«

»Und wo ist der Junge?«, fragte Cepesma. »Hör endlich auf, dauernd ›Ende‹ zu sagen, verdammt noch mal. Wir sind hier nicht bei der Marine.«

»Keine Ahnung, aber die Leute sind furchtbar aufgeregt. Du musst unbedingt kommen. Das Mädchen schreit unaufhörlich, dass da irgendwas auf der Mole ist. Ende. Entschuldigung.«

Cepesma wandte sich dem Polizeichef zu.

»Man hat das Mädchen gefunden.«

»Das habe ich mitbekommen.«

Cepesma wies zu den Steinen hinüber, auf denen die gewölbte Masse lag.

»Kannst du dafür sorgen, dass das da eingesammelt wird?«

Julio verzog den Mund und schnaubte. »Nicht sofort. Da wirst du schon warten müssen, bis der Sturm abgeflaut ist. Höchstwahrscheinlich holt sich das verdammte Meer die Reste, und morgen ist nichts mehr da. Aber wir versuchen es.«

»Eine Qualle ist das jedenfalls nicht«, sagte Cepesma. »Jetzt wollen wir mal auf der Mole nachsehen. Kommst du mit, Chaco?«

Der alte Fischer hatte aufgehört zu schluchzen, saß aber nach wie vor im Sand. Er hob den Kopf. Seine Augen glänzten, und Tropfen liefen ihm vom Kinn.

»Das Ding da ist nicht von dieser Welt«, sagte er und wies auf die Felszacken. »Alle auf der *María Victoria* sind ertrunken.«

Erneut stiegen er und Cepesma in den Geländewagen. Cepesma schaltete den Vierradantrieb ein. Julios Wagen folgte ihnen.

Chaco fuhr zusammen, als er die Erscheinung sah, von der ein sonderbarer grünlicher Lichtschein ausging, der ins Bläuliche spielte. Er wäre aufgesprungen, wenn ihn der Sicherheitsgurt nicht auf dem Sitz festgehalten hätte. Wie gelähmt stand im grellen Scheinwerferlicht die Gestalt, die aufgetaucht war, als Cepesma von der Hauptstraße nach rechts in einen Weg einbog, der kaum breit genug war, seinen Geländewagen durchzulassen. Cepesma trat voll auf die Bremse, der Wagen brach aus, schleuderte und erfasste mit der rechten Seite die grünliche Gestalt, die erst gegen die Windschutzscheibe prallte und dann mit lautem Geräusch auf das Pflaster fiel. Vermutlich hatten die Scheinwerfer sie geblendet. Man hörte ein Wimmern.

»Bei Gott und allen Heiligen!«, rief Cepesma und sprang aus dem Wagen.

»Das Gespenst, der Geist!«, kreischte Chaco.

»Das ist der Junge, Mario!«, schrie der Polizeichef.

Es war ihm mit knapper Not gelungen, nicht auf Cepesmas

Wagen aufzufahren. Jetzt eilte er mit großen Schritten auf die Unfallstelle zu. Er kniete sich nieder und beugte sich über den Jungen.

Julio betastete die Halsschlagader des Jungen, aus dessen Mund ein dünner Blutfaden lief. Cepesma fürchtete, dass er ihm den Schädel zerschmettert hatte, und empfand ein tiefes Schuldgefühl.

»Er atmet, gottlob!«, rief Julio aus. Er hatte selbst gesehen, dass Cepesma ein Ausweichen unmöglich gewesen wäre und er nicht die geringste Schuld an dem Zusammenstoß trug. »Was leuchtet denn da auf seiner Haut?«

Der Junge begann sich stöhnend zu bewegen. Er schlug die Augen auf, schien aber die Männer nicht zu sehen. Offensichtlich hielt er den Blick auf etwas gerichtet, das nicht dort war, wo sie sich befanden.

»... Josefina ... Josefina ...«

Cepesma hob die Hände zum Kopf und strich sich über den Nacken. Er kannte den Jungen. Er war kaum achtzehn Jahre alt.

»Wir müssen ihn ins Krankenhaus schaffen«, stieß er hervor. »Großer Gott, hoffentlich hab ich ihn nicht umgebracht.«

»Das hast du nicht«, sagte Julio. »Aber es hat auch nicht viel gefehlt.«

Das Hemd des Jungen war zerrissen, und die Ärmel hingen in Fetzen herunter. Er war barfuß. Er versuchte sich aufzurichten, wobei er am ganzen Leib zitterte. *Das kommt nicht von dem Aufprall*, war Cepesma überzeugt. Aufmerksam betrachtete er den grünlichen Schimmer, der von den Armen und dem unbekleideten Teil der Brust des Jungen ausging.

Julio bedeutete einem seiner Beamten, sich um das Unfallopfer zu kümmern.

»Bring ihn zum Arzt. Möglicherweise hat er sich was gebrochen«, sagte er. »Vielleicht hat er sogar 'ne Gehirnerschütterung. Beeil dich. Und dann ruf seine Eltern an. Wir fahren zum Leuchtturm auf der Mole, wo das Mädchen ist. Sorg dafür, dass auch ihre Angehörigen verständigt werden. Sie sollen aber auf keinen Fall dort aufkreuzen. Verstanden?«

Josefina, das junge Mädchen, deren Namen der Junge genannt hatte, war gerade siebzehn Jahre alt. Als sie am Leuchtturm eintrafen, sahen sie, dass sich schon jemand um sie gekümmert und ihr eine Wolldecke umgelegt hatte. Trotzdem schien sie zu frösteln. Sie saß an eine einigermaßen trockene Stelle der Mauer des Leuchtturms gelehnt und öffnete und schloss den Mund, als wollte sie etwas sagen, brachte aber nichts heraus.

Stirnrunzelnd sah Cepesma zu ihr hin. Junge Paare suchten die Umgebung des Leuchtturms mit Vorliebe auf, weil er leicht zu erreichen war. Kreisförmig um ihn herum angeordnete riesige Betonquader bildeten einen Wellenbrecher. Wegen der guten Aussicht, die man von dort hatte, war eine Plattform eingerichtet worden, die ein Geländer umgab – und jetzt rollten die Wogen, die sich am Fuß des Leuchtturms brachen, darüber hinweg. Die ganze Aussichtsplattform stand tief unter Wasser.

In Cepesmas Augen war es Wahnsinn, dass die beiden jungen Leute unter diesen Umständen die Stelle aufgesucht hatten. Wie eine Antwort auf seine Gedanken hörte er hinter sich Chaco ausrufen: »Das sind noch halbe Kinder! Die haben keine Ahnung!«

Der Polizeichef näherte sich Josefina und beugte sich über sie.

»Was ist passiert?«

»Das Ungeheuer! ... war hier«, stieß sie hervor und wies zum Meer.

Dabei glitt ihr die Decke von den Schultern und zeigte ihren unbekleideten Oberkörper. Ein phosphoreszierender Glanz lag auf ihren Schultern, und auf ihren Brüsten tanzten bläuliche Lichtflecke, die aufleuchteten und erloschen wie eine Lichterkette an einem Weihnachtsbaum.

Sie traf keine Anstalten, sich wieder zu bedecken.

»Genau wie bei dem Jungen!«, rief der Polizeibeamte aus. »Irgendwas ist mit der Haut. Was zum Teufel ist da nur los?«

»Das Ungeheuer«, stieß das Mädchen keuchend hervor, brach

in Tränen aus und verbarg das Gesicht zwischen den Knien. Sie schien sich ihrer Blöße nicht bewusst zu sein.

»Was für ein Ungeheuer?«, fragte der Beamte mit Nachdruck. »Wo?«

»Offenbar hat sie es auf dem Wellenbrecher gesehen«, sagte Cepesma und legte ihr die Decke wieder um. »Jedenfalls zeigt sie da hin. Sag deinen Männern, sie sollen ihre Scheinwerfer herbringen. Chaco, komm mit. Du hast auf dem Meer schon so manches gesehen.«

Die Männer verließen den Schutz, den ihnen der Leuchtturm bot, und begaben sich auf die Plattform. Einen Augenblick lang erfasste sie Angst, als sich brüllend eine dunkle Wasserwand vor ihnen aufbaute. Doch das Schlimmste war glücklicherweise vorüber. Von Zeit zu Zeit mussten sie einige Schritte zurücktreten, um dem Aufprall des Wassers auszuweichen, aber die Wucht, mit der die Wellen heranrollten, ließ erkennbar nach. Man konnte sogar wieder die Betonklötze sehen, die wie dunkle Punkte im Gischt auftauchten.

Aber da war noch etwas anderes.

Auch dort schimmerte etwas. Es war ein Anblick, den sie nie vergessen würden. Tentakel hielten sich mit ihren Saugnäpfen an dem Metallgeländer fest. Es sah aus wie eine Ansammlung dicker, durch den Gischt schimmernder Schlangen. Die Polizeibeamten traten zurück und zogen ihre Pistolen, doch als sie mit ihren Taschenlampen nach den Fangarmen suchten, hatten sich diese bereits von dem Geländer gelöst.

Niemand wagte auch nur einen Schritt dorthin zu tun. Schließlich trat Cepesma entschlossen an das Geländer. Die Wellen konnten jeden Augenblick zurückkehren und ihn mit sich reißen. Er hielt sich fest und machte den anderen Zeichen, mit den Taschenlampen näher zu kommen. Julio und Chaco stellten sich neben ihn, als das Tier im Lichtkegel erschien.

»Eine Seeschlange!«, stieß Chaco dicht hinter ihm hervor. »Die größte, die ich je gesehen hab. Ein wahres Ungeheuer.«

»Auf keinen Fall anfassen!«, rief Cepesma aus.

»Die lebt noch!«, rief Julio und wandte sich seinen Männern zu. »Wir müssen sie umbringen!«

»Kommt nicht infrage! Wir müssen sie hier wegschaffen!« Cepesma konnte seine eigene Stimme kaum hören.

Alle schrien durcheinander. Doch bevor Cepesma ein weiteres Wort herausbringen konnte, zielten die drei Beamten auf die Masse, woraufhin etwas Unbegreifliches geschah. Sie begann grünliche Blitze zu schleudern, als wäre ihr die Bedrohung bewusst. Dann begannen sich die Fangarme über die Steine zu bewegen. Cepesma war überzeugt, dass das Tier den Rückzug antrat, dem Wasser entgegen.

Die drei Beamten leerten ihre Magazine. Die Schüsse waren kaum hörbar, obwohl die Stärke des Unwetters deutlich nachgelassen hatte.

2

Vallis Marineris

Abstieg in die Marsatmosphäre, Februar 2005

Die dünne Schicht der Marsatmosphäre zeichnete sich als feine blaue Linie um die Krümmung des Planeten herum ab. Doktor Nora Pulaski saß in hundertfünfzig Kilometern Höhe über Grund in der Kanzel ihres Segelflugzeugs, dessen Rumpf aus Kohlefaser bestand und dessen Heckruder mit einem Ballon verbunden war. Die ganze Anordnung hing senkrecht und war während des Sinkflugs im freien Fall vor Reibung geschützt. Die Anziehungskraft betrug lediglich ein Zehntel von der auf der Erde. Der von ihr so lange erhoffte Augenblick kam, als sie die weite Fläche sah, die sich vor einer Kraterlandschaft abzeichnete – die ruhige Ebene im Norden des roten Planeten.

Ganz Profi bemühte sie sich, ihren Empfindungen keinen freien

Lauf zu lassen. Trotz der genauen Berechnungen und der Überzeugungskraft der Zahlen fragte sie sich, ob die Albatrosflügel imstande sein würden, ihr Flugzeug in einer Atmosphäre zu halten, die nur ein Hundertstel so dicht war wie die der Erde. Nora trug ihre roten Haare schulterlang und mit einem Mittelscheitel, der ihr ausgesprochen gut zu Gesicht stand. Auf Männer, die mit ihr zusammenarbeiteten, übte sie eine unwiderstehliche Anziehungskraft aus – sei es wegen ihrer Stupsnase, die so gut zu ihren geschwungenen Lippen passte, sei es wegen ihrer faszinierenden grünen Augen, die wie Saphire in der Fassung ihrer Brauen saßen und stets ruhig und scheinbar gleichmütig blickten. Andere mochte der Klang ihrer tiefen Altstimme locken, die sich bisweilen hob, wie das bei Frauen slawischer Herkunft der Fall ist, wenn sie sich genötigt sehen, Englisch zu sprechen. Nie aber klang sie schrill wie so häufig die Stimme von Kalifornierinnen. Auf jeden Fall hatte sie im Kreis der Kolleginnen und Kollegen des Labors für Strahltriebwerke von Pasadena stets eine geheimnisvolle Aura umgeben.

Als sie die Höhe von hundertfünfundzwanzig Kilometern über der Fläche des Planeten erreicht hatte, beschleunigte sich ihr Puls. Jeden Augenblick musste der Ballon ihr Segelflugzeug freigeben. Sie sehnte sich danach zu spüren, wie die dünne Atmosphäre des Mars über dessen geschwungene Tragflächen strich und bewies, dass das Bernoulli-Prinzip auch dort oben Gültigkeit hatte.

Sie brauchte nur die wenigen hundert Meter abzuwarten, in denen ihr Flugzeug wie ein Stein fiel, wobei sie den Blick fest auf die Anzeige ihres Laser-Höhenmessers gerichtet hielt.

Sie schaltete die Außenlautsprecher ein. Jetzt herrschte im Inneren der Kanzel Grabesstille. Unter ihr erstreckte sich der ockerfarbene Boden wie eine ausgedehnte Anordnung unregelmäßiger Flächen, die hin und wieder durch die glatteren Hänge der großen Marskrater unterbrochen wurden. Ihre durch im Lauf von Jahrmillionen über sie hinwegstreichende Luftströmungen abgeschliffenen Ränder warfen unter dem Einfluss der Sonne bereits die ersten Schatten ins Innere der Krater. Auch wenn Nora die Sonne nicht sehen konnte, war ihr bewusst, dass sie sich am

Marshorizont zu zeigen begann. Sie trug ein Headset auf dem Kopf, dessen Mikrofon dicht vor ihren Lippen saß. Zwanzig Sekunden bevor sich das Segelflugzeug vom Ballon löste, hörte sie die leicht verzerrte Stimme des Ingenieurs Charlie Campbell aus dem Kontrollzentrum.

»Auf geht's, Mädel. Du wirst einen ordentlichen Ruck spüren, aber es wird auch Zeit, dass du mal ein bisschen was vom Marswind mitkriegst.«

»*Noroscho* – geht in Ordnung, Charlie. Sehen wir uns diesen Wind doch einmal näher an«, gab sie mit der beherrschten Stimme der erfahrenen Pilotin Antwort. Bedingt durch den Zeitversatz klang Charlies Stimme ein wenig verzerrt.

»Von dir lern ich jeden Tag Russisch, und noch dazu kostenlos. Wann besteh ich die Prüfung?«

Nora unterdrückte ein Lächeln. In den Ohren hörte sie das Pochen ihres Pulses. Sie drückte auf einen Knopf am Dach ihrer Kanzel.

»Ich schalte jetzt auf Handsteuerung um, Charlie, und fahre die Tragflächen aus.«

Wie bei einer sich häutenden Libelle öffneten sich die Tragflächen von fünfzehn Meter Spannweite in einer zuvor festgelegten Abfolge automatisch so, dass die Elemente formschlüssig miteinander verbunden waren. Alles lief glatt ab und wirkte geradezu elegant. Die Nase des Flugzeugs drehte sich um neunzig Grad zum Horizont, das Höhenleitwerk am Heck wurde freigegeben und stellte sich waagerecht. Die Kräfte, die im freien Fall auf das Flugzeug einzuwirken begannen, vermittelten Nora vertraute Empfindungen. Die Instrumente zeigten ihr, dass ihr Körpergewicht zusammen mit dem des Flugzeugs der zunehmenden Anziehungskraft des Planeten unterworfen war, und der Luftwiderstand teilte sich ihr in Gestalt einer heftigen Brise mit, die am Rumpf des Flugzeugs rüttelte. Seine Nase hob sich ein wenig, weil die scharfgeschnittenen Tragflächen etwas Auftrieb bekamen.

»Wie fühlst du dich?«, wollte Charlie wissen.

»Bestens«, versicherte sie ihm. »Wie schnell bin ich?«

»Kümmer dich nicht darum. Wir müssen nach einer Thermik suchen. Wie sieht es unter dir aus?«

»Herrlich, einfach wunderbar. Schade, dass du es nicht selbst sehen kannst.«

»Unsere Mars-Expertin bist nun mal du«, lachte er. »Da, wo du gerade bist, war sicher früher ein Meer. Genieß den Anblick.«

Verzagtheit wollte sie überkommen, während sie in fünfzig Kilometern Höhe dahinglitt. Die Krater unter ihr waren durch Erosion geglättete kreisrunde Wunden im Leib des Planeten. Die Ränder der ältesten von ihnen sahen infolge jüngerer Einschläge mitunter verwischt aus, und sie las ihnen eine rätselhafte Geschichte blutiger Peinigung durch ungeheure Kräfte ab. Die gezackten Schatten im Inneren jener Narben zogen sich in dem Maße zurück, wie die aufsteigende Sonne den Marshorizont in Flammen setzte. Der Flug ging in Richtung Osten weiter, und die Krater, deren Ränder sie an Atolle im Meer erinnerten, wurden größer und seltener, bis sie verschwanden, wie von den großen Ebenen verschluckt.

Eine Fläche wie die Haut eines Säuglings! Nora empfand ein Gefühl, das ihr völlig neu war, und fuhr sich mit der Zunge über die Lippen.

Dann wurde sie angesichts der ungeheuren orangefarbenen Ausdehnung, die sie unter sich sah, von Schwindel erfasst. In jener unbelebt daliegenden Landschaft fehlte etwas, und sie wusste auch, was: Wasser. Einen Augenblick lang schloss sie die Augen. Vor langer Zeit waren Asteroide und große Gesteinsbrocken in einen neunzig Meter tiefen Ozean eingedrungen und hatten ihre Spuren hinterlassen. Sie dachte daran, welch unvorstellbare Energie dabei freigesetzt worden, was für unglaubliche Wassersäulen und Dampffontänen emporgeschossen sein mussten.

Die tödlichen Wunden auf der Oberfläche des Mars.

In diesem Augenblick überflog sie das Grab eines Meeres, und sie fühlte sich schuldig, ähnlich wie eine Ägyptologin, die eine Grabstätte entweihen muss, um ihre Forschung zu betreiben.

Hier würde ich nicht gern abstürzen.

Ihr war bewusst, dass das Segelflugzeug nichts weiter war als ein weißes Kohlefaser-Insekt, das die Luftströmung über diesen riesigen Mars-Friedhof hinwegtrug. Sie sah nicht den geringsten Hinweis auf Staubstürme. Die Windgeschwindigkeit betrug weniger als fünfzehn Kilometer pro Stunde.

Aber was war das? Rüttelte ihr Flugzeug da nicht ein wenig?

Sie regelte die Stellung der Klappen nach und kontrollierte den Anstellwinkel der Tragflächen.

Charlies Stimme brach durch das Funkgerät in eine Stille ein, die sie beinahe zu erdrücken drohte.

»Alles in Ordnung da oben? Oder brauchst du mehr Auftrieb? Im Augenblick brauchst du noch nicht mit Schwierigkeiten zu rechnen. Es ist ein einfacher Gleitflug.«

»Wie schön, dass du Humor hast, Charlie.« Sie merkte, dass ihre Stimme ein wenig ernster klang als sonst. Sie versuchte sich von dem Eindruck zu befreien, den der Flug über die Ebene in ihr erweckt hatte. »Du hast kürzlich mal gesagt, dass ich dicker werde. Ich hoffe nur, dass das nicht stimmt.«

»Dann wirf doch einfach deine belegten Brote raus – sie sind nur Ballast«, gab er lachend zur Antwort.

Sie trug als Raumanzug eine beschichtete Kombination, die sich mit einem Reißverschluss über der Brust öffnen ließ. Die Farbe passte blendend zum rötlich-goldenen Schimmer ihres gekräuselten Haares. Sie hatte die Gewohnheit zu scherzen, wenn es Ernst wurde. Das war Charlie bekannt. Auf jeden Fall kam die Luft, die sie atmete, aus einer Pressluftflasche, und ihr war klar, dass jedes einzelne Atom dieser Luft danach strebte, aus dem durch die Plexiglaskanzel begrenzten Raum hinauszugelangen. Der atmosphärische Druck draußen war weit geringer und betrug nur ein Hundertstel des Wertes auf der Erde. Die geringste Undichtigkeit würde das gebrechliche Gefährt um sie herum zerstören, doch vorher würde der Sauerstoffmangel sie töten, und die sich ausdehnenden Gase in ihrem Körperinneren würden sie aufblähen wie einen Luftballon, bis er platzte, und sich dann Atom für Atom in der trostlosen Landschaft des Mars ausbreiten, wobei sich das in ihrem Körper enthaltene Wasser ebenso schnell verflüchtigen würde wie einst das des Mars-Ozeans.

»Du könntest ohne weiteres noch fünfundzwanzig Kilometer höher steigen. Die wellenförmigen Strömungen aus dem Vallis Marineris müssten es dir ermöglichen, diese Höhe zu erreichen«, sagte Charlie, »aber ich würde dir das nicht empfehlen. Soweit ich auf der Karte sehen kann, ist das Gebiet, das du gerade überfliegst, ziemlich langweilig. In etwa zwanzig Minuten wirst du Amazonia Planitia verlassen und ins Reich der Tharsis-Vulkane gelangen. Vielleicht kann dich das ein bisschen aufmuntern.«

»Wann erreiche ich den Olymp?«

Damit meinte sie den als »Mons Olympus« bezeichneten Vulkan, die höchste Erhebung im ganzen Sonnensystem. Er war das Unglaublichste, was die Natur je geschaffen hatte.

»Nur Geduld. Beschränk dich darauf, die Angaben des Höhenmessers abzulesen.« Charlie sagte das, als hielte er eine Überraschung für sie bereit. »Jetzt hast du deine Marschgeschwindigkeit erreicht.«

»Schön, aber ich möchte ihn von oben sehen. Ich stelle eine neue Höhe ein, fünfundsiebzig Kilometer.«

»Damit würdest du der Belastungsgrenze des Rumpfes ziemlich nahe kommen«, wandte er ein. »Du solltest immer daran denken, dass du nicht in einem Raumfahrzeug sitzt, sondern in einem ultraleichten Segelflugzeug.«

»Der Ausblick, den ich von da haben werde, lohnt den Einsatz. Findest du nicht? Fünfundsiebzig.«

»Von mir aus«, gab er sich geschlagen. »Aber schreib alles auf und hinterlass mir das Tagebuch, damit ich es veröffentlichen kann.«

Erneut sah sie auf die im Osten vor ihr liegende Krümmung der Marsoberfläche. Der Blick, der sich ihr bot, war traumhaft. Ein ebenholzschwarzer Himmel ging dort, wo er auf den Marshorizont traf, in ein tiefes Blau über. Die Sonne war wie ein von der

Erde aus gesehener hell leuchtender Stern und hatte auch dessen Größe. Den bläulichen Rand der Marsatmosphäre umgab ein erdbrauner Lichthof. *Wahrscheinlich schwebende Staubteilchen*, überlegte sie. Aerosole zerstreuten die Lichtstrahlen und bildeten eine goldene Linie, die einen Teil des Blaus einfing, das so kennzeichnend für den Marsabend ist, bei dessen Anbruch kalte Luft die warme verdrängt.

Schließlich tauchte der Olymp in ihrem Gesichtsfeld auf. Eispartikel-Wolken, in denen sich die Strahlung mit ockerfarbenen Reflexen brach, umgaben ihn. Dieser von einem gewaltigen Rundkrater gekrönte Bergriese erhob sich zwischen der Marsstratosphäre und den Sternen auf eine Höhe von vollen siebenundzwanzigtausend Metern. Er wies nicht die geringste Ähnlichkeit mit einem der Vulkane auf, die sie von der Erde kannte. Statt steil abfallender Flanken und eines spitzen Gipfels lag unter ihr eine unglaublich weit ausgedehnte Hochebene von mehr als doppelter Höhe des Mount Everest.

»Einfach … unglaublich!«, stieß sie hervor. »Wie eine untergegangene Welt, eine Hochfläche, von der man annehmen könnte, dass dort die Dinosaurier überlebt haben.«

»Lass dich von so was bloß nicht ablenken«, mahnte Charlie. »Bleib auf deiner Höhe und flieg langsam um die Nordwand. Geh ja nicht zu nah ran. Ich glaube nicht, dass es da draußen Tyrannosaurier gibt, die das Maul aufreißen, um dich als Appetithappen zu verspeisen. Die Lavawände gefallen mir überhaupt nicht.«

»Ich möchte mir das aber gern näher ansehen. Dazu muss ich ein bisschen runter«, bat Nora. »Wie sieht es mit den Strömungen aus?«

»Alles in Ordnung«, gab er zurück. »Aber bleib so lange an der Nordflanke, bis ich dir sag, dass du da wegkannst.«

»In Ordnung. Ich geh fünftausend Meter runter.«

»Ich an deiner Stelle würde lieber ein bisschen höher bleiben«, riet er. »Ich fände es am besten, wenn du dich etwas über dreißigtausend halten könntest. Die Thermik, die an diesen hohen Bergflanken aufsteigt, müsste genügen, um dich bis zu meinem Geburtstag in der Luft zu halten. Das wollen wir uns doch nicht durch Neugier verscherzen, oder?«

»Ach, Charlie, sag bloß nicht, dass du alt wirst«, lachte sie. »Seit wann schadet Neugier in einem Beruf wie unserem? Fünftausend. Du weißt genau, dass ich bis auf tausendfünfhundert runtergehen könnte, ohne fürchten zu müssen, dass ich nicht wieder hochkomme. Es ist doch wirklich nicht zu viel verlangt, findest du nicht?«

Charlies Stimme klang resigniert. »Sag Bescheid, wenn du die Höhe erreicht hast, und lass auf keinen Fall Höhenmesser und Variometer aus den Augen. Du musst deinen Sinkflug jederzeit beherrschen. Ach, übrigens, weißt du überhaupt, dass ein Segelflugzeug keinen Motor hat? Du wirst also früher oder später runter müssen. Ich möchte aber nicht, dass das vorzeitig und mit einem großen Knall passiert. Von mir aus, geh auf fünftausend, aber keinen Meter weniger.«

Nora lächelte, wobei sie ihre vollkommenen weißen Zähne entblößte. Sie änderte den Anstellwinkel der Klappen an den Tragflächen, damit sich der Luftwiderstand verstärkte und die Geschwindigkeit verringert wurde. Der Segler begann zu sinken, und der Blick auf den Olymp änderte sich. Jetzt schien er keine riesige flache Hochebene mehr zu sein, sondern ein Berg von gewaltigen Ausmaßen, dessen Flanke sanft bis zum Gipfelkrater anstieg, der in Wirklichkeit ein Vulkankessel war. Dieser Berg bildete die Grenze zwischen der Finsternis der großen Ebene mit ihren zahlreichen Vulkanen und den tief eingeschnittenen Tälern des Marslabyrinths, Vorläufer der Schluchten und Cañons des sich weithin erstreckenden Vallis Marineris und anderer angrenzender Täler. Die drei großen Vulkane ragten wie erdfarbene Warzen hinter der Nordflanke des gewaltigen Bergmassivs auf.

Indem sie die Nase des Flugzeugs noch weiter nach unten drückte, gelangte sie an die Hänge des Vulkans. Sie versuchte sich vorzustellen, welche Kräfte solche senkrechten Lavawände geschaffen hatten, die wegen der auf dem Mars herrschenden geringen Massenanziehung mehrere Kilometer hoch aufragten. Die Kräfte im Inneren des Planeten hatten dafür gesorgt, dass sich weitere Lava- und Aschemassen auf dem Plateau ansammelten und damit die Hangwinkel überschritten, die bei Vulkanen auf der Erde bewirken, dass sie in sich zusammenbrechen. Der machtvolle Angriff der von der Lava aufsteigenden Thermikströmung, die unwiderstehliche Kraft des Auftriebs dieser warmen Luft von den Ebenen des Westens, begann am Rumpf und an den Querrudern zu zerren.

»Verflucht, Nora!«, begehrte Charlie auf. »Ich hab nichts mit dem zu tun, was du da vorhast. Ich brech die Verbindung ab.«

»Ich brauch dich doch, Charlie«, bat sie. »Ich weiß ja, dass das nicht vorgesehen war, aber du kannst nicht bestreiten, dass sich dabei großartige Möglichkeiten ergeben.«

»Großartig nennst du das?« Charlies Ärger schien sich noch zu steigern. »Natürlich ist es in Ordnung, dass du die Thermik am Hang nutzen willst, schließlich haben wir das in der Ausbildung geübt. Aber bis jetzt war noch niemand mit einem Segelflugzeug in einem Vulkankrater, und schon gar nicht in so einem. Wir haben keine Ahnung, was für Luftströmungen da drinnen vorherrschen. Es kann ohne weiteres sein, dass du da nicht mehr hochkommst und einfach abstürzt. Ist dir eigentlich klar, dass der Vulkankessel einen Durchmesser von achtzig Kilometern hat?«

Sie gab keine Antwort. Das leichte Segelflugzeug schraubte sich in immer größeren Kreisen empor, wobei sie sich bemühte, den Lavafeldern nicht zu nahe zu kommen. Ein immer stärkeres Zittern lief durch den Rumpf des Flugzeugs. Sie konnte das Brüllen des dagegen anbrandenden Windes hören. Die durch die Luftwirbel nahe den Klippen ausgelösten Turbulenzen wurden in ihrem Kopfhörer als dröhnendes Rauschen hörbar. Die Nadel des Höhenmessers begann zu zittern, während sie immer schneller stieg.

»Halt dich auf jeden Fall von den Wänden fern!«, mahnte Charlies Stimme fast wie ein Schrei. »Sonst schaffst du es nicht.«

Wieder gab sie keine Antwort. Ihre gesamte Aufmerksamkeit

galt dem Querruder, damit sie die stabile Fluglage beibehalten konnte. Die Tragflächen überstanden die Angriffe der Luftströmung, auch wenn sie sich bisweilen ein wenig durchbogen, wobei sich die dabei aufgebaute Spannung wie eine elektrische Ladung durch den ganzen Rumpf fortpflanzte. Der Höhenmesser zeigte das der Schwerkraft abgerungene Steigen langsamer an, als ihr lieb war. Siebentausendfünfhundert Meter, siebentausendsechshundert, achttausend ... Bisweilen hatte sie den Eindruck, nicht recht voranzukommen, zu sinken statt zu steigen, und sie fürchtete, das Flugzeug werde letztlich doch der Macht der Winde nachgeben und an den steinigen Lavahängen zerschellen.

Nach einer Weile verschwanden die senkrechten Wände aus ihrem Blickfeld. Die Turbulenzen hörten auf. Die sacht ansteigende Flanke des Vulkans reichte weit hinauf. Vor Hunderten von Millionen Jahren herabgeflossene Lava wies einen Weg nach oben, wo sich durch die erodierende Wirkung des Windes entstandene breite Streifen erkennen ließen. Sie luden, wie Nora fand, geradezu dazu ein, sich von ihnen führen zu lassen, der Richtung der Luftströmung zu folgen, die sie streiften. Erneut gelangte sie in eine Thermik und begann langsam, aber sicher zu steigen.

»Behalt den Kurs bei«, mahnte Charlie etwas gelöster und mit weniger gepresster Stimme. Von den Gemütsbewegungen, die noch vor wenigen Minuten darin gelegen hatten, war nichts mehr zu hören.

»Das Flugzeug hält sich wacker, Charlie. Gleich haben wir den Vulkankessel erreicht.«

»Einverstanden«, sagte er. »Wie kommt es eigentlich, dass ich letzten Endes immer ›Einverstanden‹ sage, wenn ich mit dir rede?«

»Weil ich meistens Recht habe. Stell jetzt die Kamera auf hohe Auflösung ein.«

»Schön, wie du willst. Aber beschränk dich darauf, drüber wegzufliegen. Vergiss nicht, dass du dich in siebenundzwanzig Kilometern Höhe befindest. Da gibt es kaum Luftströmungen. Für den Fall, dass du den Rändern zu nahe kommst, findest du auf dem ganzen Mars keinen Aufwind, der dich vor dem sicheren Tod retten kann.«

Der Kessel des als Mons Olympus bezeichneten Vulkans schien eine Art untergegangene Welt zu sein, eine endlose Ödnis. Selbstverständlich fand sich dort nicht die Spur eines Grashalms und erst recht nicht der geringste Hinweis auf Dinosaurier. Die unregelmäßige Vertiefung, die den ganzen Gipfel beherrschte, mochte mehrere tausend Meter in die Tiefe reichen. Die der Sonne zugekehrten Ränder der Lavaklippen leuchteten grell, als wären sie aus Gips, während Schatten Flächen mit einer Ausdehnung von Hunderten von Quadratkilometern bedeckten, über die in unregelmäßiger Abfolge Lavahügel verteilt waren, Täler in Gestalt zickzackförmiger Wunden und sich lang hinziehende sonderbare Gebilde, die Wegen oder Flussbetten glichen.

Sie musste an das mythische Shangri-La denken, das sie als kleines Mädchen zusammen mit ihrem Onkel Robert in einem alten Schwarzweißfilm kennengelernt hatte. Darin wurden die Abenteuer von Reisenden beschrieben, welche die Geheimnisse der abgelegensten Winkel Tibets erkundeten. Jenes tibetische Gebirgstal war geologisch weit jünger als das des ältesten Vulkans im ganzen Sonnensystem, der jetzt vor ihr lag. Der Legende nach alterten die Menschen in Shangri-La nicht, hatte ihr Onkel gesagt. Einer seiner Lieblingssätze fiel ihr ein: »Die Biologie ist genauso unsterblich wie die Dichtung.«

»Schlechte Neuigkeiten. Zunahme der seismischen Aktivität. Du musst aus dem Vulkankessel raus und das an Aufwind nutzen, was du hast.«

Sie ließ sich davon nicht beeindrucken. »Ach was, Charlie. Der Vulkan hier ist seit Jahrmillionen erloschen. Du willst mir doch nicht weismachen, dass …«

»Es geht nicht um *den* Vulkan«, fiel er ihr ins Wort. »Die Koordinaten lauten 3° Süd und 127° West. Verschwinde von da.«

Er scheint das ernst zu meinen.

Sie bemühte sich, eine möglichst starke Aufwindströmung zu

finden. Ein Blick auf den Höhenmesser zeigte ihr, dass sie Höhe verloren hatte, ohne es zu merken. Die Nadel des Variometers rührte sich nicht; sie war wie festgenagelt. Sie klopfte kräftig auf die Abdeckung, und die Nadel bewegte sich ein wenig. Ihr Verlust an Höhe betrug weniger als tausend Meter, vielleicht achthundert – doppelt so viel, wie das Empire State Building hoch war. *Das ist nicht weiter schlimm*, versuchte sie sich einzureden. Wieder empfand sie einen leichten Schwindel. Es war ein Gefühl, das ihr nicht gefiel. Das Ausfahren der Klappen zeigte keine Wirkung, und die Variometernadel bewegte sich langsamer. Der erhoffte Steigflug blieb aus.

Sie sank weiter, wenn auch etwas langsamer.

Vor ihr lag im sich weithin erstreckenden Vulkankessel ein Sekundärtal. Ohne zu zögern steuerte sie auf dessen Rand zu, in der Hoffnung, dort eine Luftströmung zu finden, die sie nach oben trug. Die gewaltigen Ausmaße der senkrechten Wände des Hauptkessels, die sich bis zum Firmament erstreckten, waren ihr bewusst.

»Halt dich da nicht länger auf«, drängte Charlie.

Sie reagierte nicht und konzentrierte sich darauf, über den Rand einem weiteren Abgrund entgegenzufliegen. Unter ihr waren Tausende Kubikkilometer dünne Luft. Sie biss die Zähne zusammen. Die Sekunden dehnten sich zu Ewigkeiten. Während das Segelflugzeug eine sanfte Abwärtskurve beschrieb, ließ sie die Nadel des Variometers keine Sekunde aus den Augen. Inzwischen machte der Verlust an Höhe nahezu neunhundert Meter aus.

Das Flugzeug begann zu rütteln, und die Nadel blieb stehen. Der Aufstieg erfolgte langsamer, als ihr lieb war, doch schon bald konnte sie sich den Blick auf das Variometer sparen – es war unübersehbar, dass sie an Höhe gewann. Immer rascher versanken die Lavawände in der Tiefe unter ihr. Der inzwischen schwarze Himmel, an dem einzelne Sterne funkelten, tauchte auf, ein überwältigend großes Dach, das die Grenze des Vulkankessels markierte.

Sie betätigte das Heckruder, um sich der Nordwand zuzuwenden, löste sich dann vom Hang des Mons Olympus und strebte den drei Tharsis-Vulkanen entgegen. Zwar waren sie einer so gigantisch wie der andere, doch verglichen mit dem König der Vulkane wirkten sie zwergenhaft.

Mit dem, was sie dann sah, hatte sie nicht gerechnet. Eine pyroklastische Wolke aus Asche und Staub erhob sich aus einem der Kessel des Schildvulkans Arsia, des größten der drei Vulkane der Tharsis-Region. Wie ein Springbrunnen stieg die dichte graue Säule zu den Sternen empor. Nora schätzte ihren Durchmesser auf mindestens hundert Kilometer. Der Vulkankessel, der zehntausend Meter tiefer als der Gipfel des Mons Olympus lag, war womöglich noch größer als der dieses größten aller Vulkane.

»Ein Vulkanausbruch!«, entfuhr es Charlie.

Nora konnte den Blick nicht von der gewaltigen Säule wenden, die immer dichter und schwärzer wurde und allmählich ihr Blickfeld beeinträchtigte.

»Wir müssen umdisponieren«, teilte Charlie ihr knapp und trocken mit.

»Wie viel Zeit bleibt mir?«

»Nicht viel.«

»Sei ein bisschen genauer. *Mne ne nrasvitsja.*«

»Mir ist klar, dass dir das nicht gefällt. Mir übrigens auch nicht. Eine Minute. Na, wie findest du mein Russisch? Ich glaube, ich hab eine Lösung. Ich berechne gerade deine Route neu.«

»Charlie, das vor mir wird immer größer.«

»Du musst am Rand der Vulkane entlangfliegen. Halt auf sie zu. Aber komm Arsia nicht zu nahe – der frisst dich lebendig mit Haut und Haar. Nach dem, was mir der Rechner sagt, sieht es sehr böse aus, und du weißt, dass ich mich grundsätzlich auf ihn verlasse. Superturbulenzen im oberen Bereich der Atmosphäre, Veränderungen bei den Strömungsmustern der Winde, Instabilität. Da braut sich ein ganz übles Gewitter zusammen.«

Genau das hatte Nora nicht hören wollen.

Gewitter auf dem Mars bringen keinen Regen mit sich, wohl aber Staubstürme. Am ähnlichsten ist ihnen auf der Erde der als

Samum bekannte Sandsturm, der in der arabischen Wüste die großen Dünen auftürmt, doch ließ sich die Gewalt des ungeheuren Luftwirbels vor ihr, der immer noch größer wurde, mit keiner meteorologischen Erscheinung auf der Erde vergleichen.

»Superturbulenzen?«

»Dir bleibt eine Stunde, um bis ins Labyrinth zu kommen«, teilte ihr Charlie mit. »Aber halt dich vom Mons Arsia fern. Versuch, einen der umliegenden Vulkane zu erreichen. Durch die Luftströmungen müsstest du eigentlich schneller werden, und wenn du ein bisschen Glück hast, löst sich die Aschewolke zwischen den Tälern auf.«

Ihr war bekannt, dass sie auf dem Mars bei idealen Windbedingungen eine Geschwindigkeit von hundertfünfzig Kilometern pro Stunde erreichen konnte.

»Wie sehen diese Superturbulenzen aus, Charlie?«

»Stell dir eine Lawine von Windstößen vor, die Asche und Staub mit zweihundert Kilometern pro Stunde vor sich hertreiben. Das ist bei der Mars-Olympiade ein Rekord. Diese pyroklastische Wolke wird sich noch ausdehnen und ungeheure Luftmassen auf hohe Temperaturen erhitzen. Beeil dich, du musst da so schnell wie möglich weg.«

Sie steuerte ostwärts, strebte vom Olymp fort, auf den dritten Vulkan zu, der den Zugang zum Labyrinth bewachte. Zwanzig Minuten später wandte sie den Kopf den Tharsis-Vulkanen zu, die in der Gegenrichtung lagen.

Eine dichte schwarze Rauchsäule, die sich nach oben hin immer weiter öffnete, stieg von Arsia auf, dem am meisten südlich gelegenen der Vulkane. Seine heiße Asche würde bis in die obere Schicht der Atmosphäre gelangen. Ihr war klar, dass die Staublawine binnen weniger Stunden über den ganzen Planeten hinwegfegen konnte.

Ihr blieb keine Zeit.

Das Labyrinth Noctis lag vor ihr. Es bestand aus Dutzenden tiefer, einander überschneidender Täler mit Flankenwinkeln bis zu fünfunddreißig Grad. Dort befand sie sich in einem Wirrwarr von Staub erfüllter Täler, die einander zum Verwechseln ähnlich sahen. In Mulden und Schluchten erstreckten sich Schatten kilometerweit auf ödem Land. In dieser Finsternis sah sie den Glanz der Wolken, die aus bei mehr als hundert Grad unter Null gefrorenem Kohlendioxidgas bestanden. Es sah so aus, als könnten sich Seen und Sümpfe darunter verbergen. Was für ein die Sinne täuschendes Schauspiel! Einige Male öffnete und schloss sie rasch die Augen. Sie befand sich auf dem Mars, einem durch und durch trockenen Planeten – dort ließen Kälte und fehlender Luftdruck die Existenz von Wasser in flüssigem Zustand nicht zu.

In ihrem Kopfhörer nahm sie das Geräusch des Windes wahr. Die Lawine würde auf die Täler niedergehen, die Asche sich entlang der tiefen Furchen verteilen, die an dem alten grauen Staub auf den Abhängen kenntlich waren. Das Geräusch wurde lauter; die Tragflächen bebten. Die vor ihr liegenden Berge wurden ihren Blicken entzogen. Der gefrorene Staub, aus dem die so deutlich sichtbaren Wolken in den oberen Schichten der Atmosphäre bestanden, fing die Eispartikel ein, während er sich auf die Täler weiter im Osten senkte. Noch mehr als das fürchtete Nora allerdings etwas anderes, das sich einige Kilometer hinter ihr zu bilden begann. Als sie sich umwandte, spiegelte sich in ihren grünen Augen die ungeheure Masse aus Partikeln, die den Westhorizont vollständig verschluckt hatte, wo vermutlich nur noch die großen Vulkane sichtbar waren. Die Gewalt des Staubsturms schien sich unmittelbar über dem Boden zu steigern, begünstigt durch die im Anfangsbereich des Noctis-Labyrinths vorherrschenden Strichwinde. Die Sicht um sie herum trübte sich immer mehr ein. Schwärzlicher Staub legte sich nicht nur auf das Plexiglas des Kabinendachs, sondern auch auf Tragflächen und Rumpf. Nur gut, dass sie nicht in einem Propellerflugzeug saß – die Motoren wären im Laufe weniger Minuten unbrauchbar.

»Diese kleine Morgengabe packt dir noch ein paar Kilo Gewicht drauf«, sagte Charlie, »das du ausgleichen musst. Du solltest also zusehen, dass du an Höhe gewinnst.«

Zwar hatte sie etwas gegen väterliche Herablassung, war aber dankbar für den Scherz, in den er sie verpackt hatte.

»Wie schnell bin ich? Ich verstehe nicht, wieso ich keinen Geschwindigkeitsmesser in der Instrumententafel habe. Das ist doch Pfusch, Freundchen.«

»Ich hab es nun mal gern, wenn du auf mich angewiesen bist. Du brauchst mehr Auftrieb. Die Front liegt eineinhalb Kilometer hinter dir und gewinnt ständig an Boden.«

»Ich muss das Vallis Marineris erreichen. Warum sagst du nicht, wie es mit meiner Geschwindigkeit über Grund aussieht? Komm, Charlie, mach mir eine Zeitberechnung.«

»Hundertzehn Kilometer pro Stunde. Bis zum Westeingang des Marineris brauchst du mindestens noch zwei Stunden.«

Es war das erste Mal bei dieser Mission, dass sie sich danach sehnte, einen bestimmten Ort zu erreichen. Das Vallis Marineris, ein von zahlreichen Schluchten begleiteter tiefer Einschnitt, der sich viertausend Kilometer weit nach Osten erstreckte, war eine offene Wunde auf der Marsoberfläche. Zwar würden die dort herrschenden kräftigen Aufwinde für den nötigen Auftrieb sorgen, doch waren sie zugleich gefährlich. Vielleicht würde sie dabei sogar so viel Höhe gewinnen, dass sie das unaufhaltsame Vordringen der Staubfront unter sich beobachten konnte, die in dieselbe Richtung strebte wie sie und ihren Blicken jede Vertiefung entziehen würde, ob flache Mulde oder tiefe Schlucht.

Hundertzehn Kilometer pro Stunde.

»Das schaffe ich nicht«, sagte sie, zum ersten Mal mutlos.

»Du musst! Du hast jetzt fünfundzwanzig Prozent mehr Gewicht. Fahr die Flügelklappen aus! Der Sturm ist noch einen Kilometer hinter dir. Versuch, die Richtung zu ändern, damit du Aufwinde erwischst.«

»Unmöglich. Der Steuerknüppel lässt sich kaum noch bewegen, und die Vorflügel sind festgefressen. Ich kann keine Kurven fliegen, auf der Maschine liegen Tonnen von Staub.«

»Nimm das Höhenruder! Los, du musst steigen!«

Zum ersten Mal befolgte sie seine Anweisungen widerspruchslos. Sie drückte auf die Knöpfe und zog den Steuerknüppel zu sich her. Zwar spürte sie einen gewissen Widerstand, aber trotz des geringen Auftriebs hob sich die Nase ihres Leichtflugzeugs, und es gewann an die zweihundert Meter Höhe, wobei sich kleine Schwefelwölkchen lösten. Erleichtert sah sie in der Ferne den westlichen Zugang zum Vallis Marineris auftauchen. Seine Hänge leuchteten orangefarben, und die tiefen Schatten verlockten förmlich dazu, dem Weg in die Schlucht zu folgen. Mit seiner ungeheuren Größe schien dies große Tal vor allen denkbaren Katastrophen und Gefahren gefeit.

»Ich glaube, ich schaffe es, Charlie«, sagte sie befriedigt. »Ich ...«

Dann verschwand das Tal vor ihren Augen. Staub prasselte auf das Kabinendach und hüllte sie binnen Sekunden in Dunkelheit. Während sich das Flugzeug, das sich nicht mehr beherrschen ließ, um die Querachse drehte, wurde Nora von einem Gefühl der Ohnmacht erfasst. Das Cockpit schien sich um sie zu drehen, und alles um sie herum verschwamm. Der Schwindelanfall hörte auf, als sie sich von völliger Schwärze umgeben sah. Sie war überzeugt, dass ihr Flugzeug im letzten Augenblick gegen eine der steinernen Wände des Labyrinths geprallt war.

3

Spermwale

Halbinsel Kaikoura, Südinsel Neuseeland, Februar 2005

Schlecht gelaunt, weil er immer wieder einem der zahllosen Haufen grüner Algen ausweichen musste, die fortwährend an die Küste getrieben wurden, stapfte der Ozeanograph Dr. Alastair Golombek in hohen schwarzen Watstiefeln mit so energischem Schritt über den Strand, wie seine sechsundfünfzig Jahre das erlaubten. Er trug eine gelbe Öljacke, deren Kapuze er nicht aufgesetzt hatte. Seine Glatze war so weit fortgeschritten, dass von seinem Haupthaar nur noch einige weißgraue wilde Strähnen über den Ohren geblieben waren. Der aschgraue Bart, der sein Gesicht umrahmte, die Oberlippe aber frei ließ, schien sich am Kinn zu zerfasern, sodass einzelne Haare zitternd in der Luft hingen. Zu seiner Rechten erhoben sich im schwachen Licht des Tagesbeginns steile Hänge und zeigten überall dort, wo die üppige Vegetation einen Blick auf freie Flächen zuließ, die Vielfalt der geologischen Schichten. Golombek presste die Zähne fest aufeinander und ging rascher. Bei jedem Schritt wurde sein Gesichtsausdruck eisiger. Wer ihn kannte, wusste, dass er kurz vor einem Wutausbruch stand.

Immer wieder flogen Möwen und andere Seevögel über das Meer vor der Ostküste der Halbinsel Kaikoura. Wie Geschosse stießen sie auf die Wasserfläche nieder, um Beute zu machen. Obwohl dies herrliche Schauspiel weniger als fünfzig Meter von ihm stattfand, merkte Golombek in seinem tiefen Groll nichts davon. Keine Sekunde lang hob er den Blick zum blauen Himmel, der sich bis zur eindrucksvollen Bergkette am gegenüberliegenden Ende des Farewell-Kaps senkte, und so kam es, dass er auch den goldfarbenen Vorhang nicht wahrnahm, den die Sonnenstrahlen hinter vereinzelten grauen Wolken am Horizont woben. Er war nicht in der Stimmung, sich von einem der ursprünglichsten Naturschauspiele beeindrucken zu lassen, die es auf der Welt zu bewundern gibt. Wenn er wütend war, wurden seine blauen Augen glanzlos und stumpf, bis sie fast mit den farblosen Gläsern seiner randlosen Brille verschmolzen, sein Gesicht rötete sich in ungesunder Weise, und er verlor die Beherrschung so sehr, dass man ihn für einen tobsüchtigen Höhlenmenschen aus der Steinzeit halten konnte. Während er in jüngeren Jahren mit seinem dunklen Vollbart, der Knollennase und den Pausbacken als Fahrensmann hätte durchgehen können, hatte ihn sein Äußeres, je älter er wurde, anderen Menschen entfremdet. Mit Ausnahme jener, die zu seinem kleinen akademischen Umkreis gehörten, hatten sich alle von diesem Sonderling zurückgezogen, dem zu allem Überfluss das vorderste Glied am kleinen Finger der rechten Hand fehlte.

Sein Zorn steigerte sich: Die Expedition dauerte schon achtzehn Tage, und sie hatten nicht den geringsten Fortschritt erzielt. Die einzige Neuigkeit, wenn man das so nennen konnte, war ein Anruf gewesen, aus dem hervorging, dass man etwa vier Kilometer von der Stelle entfernt, an der sein aus Australien gekommenes ozeanographisches Forschungsschiff *Rainbow* vor Anker lag, zwei gestrandete Pottwale gefunden hatte. Immerhin hatte der Vormittag mit einer Nachricht begonnen.

Als er die Stelle erreichte, sah er zu seinem großen Ärger außer zwei weißen Fahrzeugen vom Typ Land Rover, die wenige Meter von den verendeten Meeressäugern entfernt standen, neben dem Felsgeröll am Fuß eines der Steilhänge einen roten Kleinlaster. Die Anwesenheit dieser nutzlosen Gaffer, die die gewaltigen Kadaver betatschten, zu allem Überfluss mit bloßen Händen, steigerte seinen Grimm noch mehr. Am Rande der Gruppe erkannte er die hoch aufgeschossene Gestalt des Fotografen Nathason, der ganz entspannt mit einer Dose Bier in der Hand auf einem Felsbrocken saß und sich so gleichgültig umsah, als gäbe es nichts Besonderes. Der Mann, der sich mit seinen Bildern, die in *National Geographic* veröffentlicht wurden, eine goldene Nase verdiente, hatte dem Herausgeber jener Zeitschrift bereits mitgeteilt, dass die erwarteten Ergebnisse ausblieben und er daher, wenn nicht noch ein Wunder geschehe, die versprochene Reportage nicht liefern könne. Bisher waren seine einzige Ausbeute malerische Landschaftsaufnahmen gewesen, und jetzt waren immerhin zwei Pottwale hinzu gekommen. Dass Nathason der *National Geographic* gegenüber hatte durchblicken lassen, die Unternehmung in Neuseeland sei ein Misserfolg, brachte Golombek noch mehr gegen den Mann auf, der gerade wieder einen Schluck aus der Dose nahm, als der Ozeanograph eintraf.

Mit einem verächtlichen Blick auf die Schaulustigen, die sich neben den Walen winzig wie Ameisen ausnahmen, brüllte er: »Was sind das für Leute?«

»Die sind einfach hier aufgetaucht«, sagte Nathason mit einer Lustlosigkeit, die an Unverschämtheit grenzte.

Golombeks Blick fiel auf die Kameras des Mannes, die mit dem Objektiv nach oben auf den Felsen lagen. Er verstand nicht, wie der Mann in aller Seelenruhe dasitzen und Bier trinken konnte, statt zu arbeiten. Bevor er den Mund wieder auftun konnte, sagte der Fotograf: »Ich war im Dorf, als mir jemand den Hinweis gegeben hat. Bei meiner Rückkehr waren die Leute schon da. Es sind Fischer und Maori aus der Gegend. Ich hab meine Aufnahmen am frühen Morgen gemacht. Jetzt taugt das Licht nichts mehr.«

Golombek war außer sich. Bis die *Rainbow* den Anker lichten konnte, gab es noch eine Unzahl technischer Schwierigkeiten zu lösen – und da kamen ihm die Schwachköpfe bei der Arbeit an der einzigen interessanten Sache in die Quere, die ihm in knapp drei Wochen begegnet war! Von wegen Fischer und Maori! Bestimmt befanden sich unter den Leuten auch Touristen. Immer mehr Menschen kamen an diese Küste, um mit ihren kläglichen Fotoapparaten Wale und Delphine aufzunehmen, die sich dort das ganze Jahr hindurch leicht beobachten ließen. *Verdammte Touristenpest.* Ein Ehepaar, offensichtlich Japaner, machte von den Pottwalen ein Foto nach dem anderen. Die Leute schienen sich in einem Zustand unaufhörlicher Verzückung zu befinden.

Zwischen Golombek und Nathason, der ungerührt sitzen blieb, klaffte ein weit größerer Abgrund als die fünfundzwanzig Jahre Altersunterschied. Golombek war so aufgebracht, dass es aussah, als werde er gleich losbrüllen, doch nahm er sich im letzten Augenblick zusammen.

»Sehen Sie zu, dass die Leute verschwinden«, sagte er leise und mit mühsam beherrschter Stimme.

Nathason stellte seine Bierdose ab. »Und was soll ich denen sagen? Etwa, dass das hier ein Privatstrand ist?«

Golombek presste die Lippen fest aufeinander. »Denken Sie sich irgendeine glaubhafte Erklärung aus. Auf jeden Fall will ich, dass hier in einer Viertelstunde alle ihre Arbeit tun. Wo ist übrigens Albee?«

Sein Schüler Thomas Albee, der bei ihm über das Nervensystem wirbelloser Tiere promoviert und sich dabei auf die Art und Weise konzentriert hatte, wie die Axone oder Neuriten von Kopffüßern Impulse weiterleiten, war der einzige Mensch, den Golombek mit einer Art väterlichem Wohlwollen behandelte. Schlank, stets gut rasiert, das kurzgeschnittene Haar ordentlich gekämmt, wirkte Albee, auch wenn er bisweilen einen melancholischen Eindruck machte, wie der ewige Student, der sich unter der Obhut seines Meisters wohlfühlt, obwohl mittlerweile auch er die vierzig überschritten hatte. Niemand außer ihm durfte sich Golombek gegenüber gewisse Freiheiten herausnehmen, vielleicht, weil er dessen Arbeit seit seiner Studienzeit an der Georgetown-Universität rückhaltlos bewunderte. So steckte er sich bei allen Gelegenheiten eine Pfeife an, obwohl Golombek Tabakrauch nicht ausstehen konnte. Nach Abschluss seines Zoologiestudiums hatte Albee eine Weile außerhalb des Instituts gearbeitet und dabei gelernt, Forschungs-Tauchboote zu steuern, war dann beim Unterwasser-Filmen gelandet und hatte sich so sehr in die Materie vertieft, dass er in den vergangenen acht Jahren neuartige Unterwasser-Kameras entwickelt hatte. Damit war er eine ideale Mischung von Techniker und Wissenschaftler.

Golombek musste seine Frage wiederholen. Er wollte unbedingt wissen, wo sich Albee befand, der bei dieser Expedition seine rechte Hand war. Es musste doch eine Möglichkeit geben, das neugierige Pack zu verjagen!

»Auf dem Schiff«, gab Nathason schließlich zur Antwort. »Wie ich ihn das letzte Mal gesehen hab, hat er sich gerade um die Kamera von *Jeeves* gekümmert. Sie machte wohl Ärger mit dem Autofokus. Soll ich ihn rufen?«

Jeeves war ein mit verschiedenen Druck- und Temperaturfühlern ausgerüsteter kugelförmiger, programmierbarer Tauchroboter von zwei Metern Durchmesser, der vollständig autonom arbeitete. In seiner Außenhülle befand sich eine kleine Kamera, deren letzte Aufnahmen unscharf gewesen waren. *Noch ein Problem,* ging es Golombek durch den Kopf. Als hätten die vielen anderen nicht genügt, um dafür zu sorgen, dass diese Unternehmung zur größten Katastrophe seiner Berufslaufbahn zu werden drohte.

»Er soll das Sektionsbesteck bringen. Ich brauche es«, sagte er knapp, während er sich den Walkadavern näherte. Dann blieb er noch einmal stehen, wandte sich um und fügte hinzu: »Und hören Sie auf, diese Mistbrühe zu trinken.«

Die Umstehenden starrten den ungepflegten Alten mit unverhohlener Neugier an. Einem erschien er so ungewöhnlich, dass er den Fotoapparat auf ihn richtete. Nathason stand auf. Was hatte der übergeschnappte Alte bloß gegen sein Bier? Er hob den Blick. Der Himmel war blass und grau. Es sah verdächtig nach Regen aus. Das wäre für seine Aufnahmen ganz schlecht. Er hatte genug von dieser törichten Unternehmung. Doch wenn er schon nicht zum Fotografieren kam, wusste er doch, auf welche Weise er die Gaffer vertreiben konnte. Er wandte sich ihnen zu und erklärte mit weit ausholenden Gebärden, dass es dort binnen weniger Minuten weit entsetzlicher stinken werde als in jedem Schweinekoben. Ganz davon abgesehen bestehe Ansteckungsgefahr.

Sein Kunstgriff hatte den gewünschten Erfolg, und die Neugierigen verließen den Ort rasch.

Golombek blieb bei dem größeren der beiden Wale stehen. »Haben Sie schon das Fernsehen benachrichtigt?«

»Na klar doch«, gab Nathason zur Antwort, nachdem er rasch noch eine weitere Bierdose aufgerissen hatte.

Das Gas strömte so laut heraus, dass Golombek annahm, der Mann wolle seine Duldsamkeit auf die Probe stellen. Den Blick zum Himmel gerichtet, tat Nathason einen kräftigen Zug und sagte dann: »Kein gutes Licht. Wirklich ärgerlich.« Nahezu jeden Tag hatte es geregnet, obwohl es Sommer war, und immer hing ein dünner Wolkenvorhang in der Luft. Dabei hatte irgendein Dummkopf behauptet, Kaikoura gehöre zu den Orten mit der längsten Sonnenscheindauer.

Ohne weiter auf die Äußerung des Fotografen einzugehen, begutachtete Golombek den Wal so aufmerksam, als hätte er Nathason vollständig vergessen. Auf der schwarzen, ledrigen Haut des Tieres glänzte noch Feuchtigkeit. Er schätzte sein Gewicht auf rund fünfzig Tonnen. Man hätte ohne weiteres glauben können, es sei nicht tot, sondern ruhe sich lediglich auf dem grünen Algenbett am Strand aus. Es wirkte wie ein riesiger Torpedo mit einem ungeheuer großen Kopf. Das weit geöffnete Maul zeigte den fleischigen roten Gaumen und die gezackten Zähne, die fürchterlichste Waffe dieser Muskelmasse. Der Ozeanograph zog Gummihandschuhe an und betastete den Leib des Pottwals, der sich noch warm anfühlte, obwohl der Vormittag für diesen Teil des Landes ungewöhnlich kalt war. Es war Golombek bewusst, dass fünfzig Tonnen Fleisch und Fett die Wärme über Stunden hinweg speichern konnten. Obwohl das Tier vermutlich schon seit einem oder zwei Tagen tot war, hatte die Verwesung noch nicht eingesetzt.

Als er sich niederkniete, um das Walmaul genauer in Augenschein zu nehmen, fielen ihm weiß eingefurchte Narben und Einkerbungen in der Haut auf. Es sah so ähnlich aus wie eine Autokarosserie, deren Lack jemand mit einem scharfen Gegenstand zerkratzt hat.

Beim Anblick dieser Verletzungen beschleunigte sich sein Puls. Er musste seine Pläne ändern. Wie, wenn er derjenige wäre, der …

Nathason kam herbei und schwenkte ein Mobiltelefon. »Albee ist dran. Er will unbedingt mit Ihnen sprechen.«

Golombek entriss ihm das Telefon, doch bevor er selbst etwas sagen konnte, hörte er schon die Stimme seines Schülers.

»Sie müssen unbedingt sofort zum Schiff kommen.«

»Hör mir gut zu, Thomas: Ich brauch dich hier, und zwar jetzt gleich«, fiel er ihm ins Wort.

»Ich denke eher, dass Sie herkommen sollten.« Albee bemühte sich, seine Unruhe zu beherrschen. »Hier ist gerade eine E-Mail aus irgendeinem Kaff in Nordspanien eingegangen und …«

»Hör mal, Thomas«, unterbrach ihn Golombek erneut. »Wir haben hier zwei tote Pottwale, von denen einer der sein könnte, hinter dem wir her sind. Ich erwarte dich in spätestens einer Viertelstunde hier.«

Er gab Nathason das Telefon zurück, kratzte sich am Kinn und drehte die langen Fäden seines Bartes zwischen den Fingern.

Seine Laune besserte sich ein wenig. »Mit wem vom Fernsehen haben Sie eigentlich gesprochen?«

»Das war einer von *One News* in Auckland. Außerdem kommen BBC-Leute.«

Auckland lag über achthundert Kilometer entfernt. Das gab ihm einen gewissen zeitlichen Spielraum, auch wenn die Leute, wie er überzeugt war, mit einem Flugzeug kommen würden. Die Reporter dürften kurz nach Mittag so weit sein. Auf keinen Fall würde er ihnen vorführen, wie ein lachsfarbener Magen, so groß wie ein ausgewachsener Mensch, Dutzende von Litern einer übelriechenden Flüssigkeit von sich gab. Nein, er musste die Tiere seziert haben, bevor die Fernsehleute kamen. Eile war geboten.

»Rufen Sie die einfach noch mal an und erklären Sie denen, dass ich einen Exklusivbericht für sie habe, sie aber vor morgen früh hier nicht brauchen kann. Wenn wir Glück haben, bessert sich bis dahin auch das Wetter noch. Dann sieht alles sehr viel freundlicher aus.«

Pünktlich wie immer brachte Thomas Albee mit dem Kleinlaster die Kettensägen und die Schnittschutzanzüge. Auch wenn er fast einen Kopf kleiner war als der durchschnittliche Nordamerikaner, legte er eine verblüffende Energie an den Tag. Er hatte kaum graue Haare. Unter seinen dichten Augenbrauen glänzten seine schwarzen Augen mit dem Stolz eines Mannes, der seine Arbeit gern tut. Albee begeisterte sich für seine Aufgabe, die darin bestand, Golombek bei seinen ozeanographischen Forschungsreisen über die Weltmeere zu begleiten, und es störte ihn nicht, dass ihn dieser gelegentlich herb kritisierte. Als er aus dem Wagen sprang, wies der Ozeanograph, immer noch vor den Walen hockend, Nathason an, Nahaufnahmen der um das Maul des größeren der beiden Tiere herum sichtbaren weißen Narben zu machen.

Nach kurzem Zögern zog sich Albee die Gummihandschuhe an und betastete die Stellen, die Golombeks Aufmerksamkeit erregt hatten.

»Was hältst du davon?«, fragte dieser.

Albees Herz schlug schneller, und er sagte atemlos: »Ein Krake, da gibt es keinen Zweifel.«

»Du meinst ›ein Architeuthis‹«, korrigierte ihn sein Meister.

Das war einer der Unterschiede zwischen den beiden. Golombek hatte vierzig Jahre seines Lebens der Erforschung der großen Kopffüßer gewidmet und nannte sie grundsätzlich mit dem eingeführten wissenschaftlichen Namen Cephalopoden, wie er sich überhaupt durchgehend mit größter Selbstverständlichkeit der zoologischen Terminologie bediente, als gäbe es keine andere Möglichkeit sich auszudrücken. Albee hingegen zog trotz seiner akademischen Ausbildung volkstümliche Begriffe vor. Er hatte unter anderem Verfahren auf dem Gebiet der Elektronik entwickelt, die halfen, die Ergebnisse ihrer Forschungen einer breiten Öffentlichkeit im Bild vorzuführen, und wusste daher, dass sich Menschen unter einem allgemeinverständlichen Begriff, auch wenn er zwangsläufig ungenau ist, am ehesten etwas vorstellen können. Alles, nur keine griechischen und lateinischen Namen! Wann immer er sich äußerte, bemühte er sich, unnötige wissenschaftliche Begriffe zu vermeiden. Was ihn betraf, blieben sie den Gesprächen mit Golombek vorbehalten.

»Ja, ein Architeuthis«, sagte er leise.

Nachdenklich richtete der Ozeanograph den Blick auf die Gebirgskette, die im Süden der Halbinsel bis zu einer Höhe von über zweitausend Metern aufragte. Sicher lag auf den in den Wolken verborgenen Gipfeln trotz der Jahreszeit Schnee. Der Küstenstreifen zwischen den Flanken dieser Berge und dem Meer war nur wenige hundert Meter breit. Etwa genauso, stellte er sich vor, sah es dort aus, wo das Tier lebte, dem all sein Streben galt. Der Riesenkalmar, das geheimnisvollste wirbellose Tier auf Erden, über das man so gut wie nichts wusste, verbarg sich in einer unterseeischen Schlucht von tausendsechshundert Metern Tiefe.

Er wandte sich erneut Albee zu. Seine Augen leuchteten.

»Es gibt Arbeit, Thomas. Wir müssen den Inhalt des Verdauungstrakts herausholen und zum Waschen aufs Schiff bringen. Aber vorsichtig beim Öffnen! Wir dürfen das Tier nicht unnötig beschädigen. Auf keinen Fall will ich vor den Augen der Öffentlichkeit als blutrünstiger Schlächter dastehen. Es darf keine Bilder mit Blutflecken auf der Gummischürze geben. Ich bin überzeugt, dass wir ein gutes Programm zustande bringen können.«

Nachdem sie das Tier umschritten und sich dessen Haut genauestens angesehen hatten, sagte Albee resigniert: »Das ist nicht der, den wir markiert haben. Ich finde weder einen Hinweis darauf, dass ein Pfeil in die Haut eingedrungen ist, noch sonst ein Kennzeichen. Ich weiß noch sehr genau, wohin ich gezielt habe…«

»Großer Gott im Himmel, Thomas!«, rief Golombek aus und wies auf den Unterleib des Tieres. »Wer wird das merken? Etwa die Hohlköpfe, die die Nachmittagsnachrichten vorlesen? Wir werden denen liefern, was sie von uns erwartet haben. Wenn wir im Verdauungstrakt finden, was wir vermuten, können wir trotz allem die nötigen Mittel auftreiben, um das Abenteuer hier zu einem glücklichen Ende zu bringen.«

Am nächsten Tag stellten sich die Reporter mit einer Stunde Verspätung am Fuß des Steilhangs ein. Der Sender *One News* hatte eine junge Ansagerin namens Allison McBride geschickt, die im neuseeländischen Fernsehen als Star galt. Ihren Tross bildeten eine Maskenbildnerin, ein Kameramann, Beleuchter, Tontechniker und der Produzent, ein gewisser Stephen Maverick. Er war hochelegant gekleidet und bemühte sich, alle Augenblicke die lehmbeschmierten Sohlen seiner Schuhe durch Kratzen an den Felsen zu säubern. Noch bevor er Golombek und Albee zur Begrüßung die Hand gab, wies er auf beider Öljacken.

»Muss das sein?«, fragte er. »Ich meine, das schreiende Gelb da.«

»Was stört Sie daran?«, wollte Golombek wissen.

»Davon könnte die Kamera explodieren. Haben Sie nichts

Unauffälligeres? Aber auf keinen Fall was mit Streifen oder Karos.«

Albee holte blaue Overalls und braune Kittel aus dem Wagen.

»Das würde gehen«, sagte Maverick befriedigt. »Allison?«

Die junge Frau saß auf einem Plastiksessel und kämmte sich vor einem Spiegel, der auf einem Klapptisch stand. Allem Anschein nach war sie mit ihrem Aussehen unzufrieden. Dann erhob sie sich und begrüßte die beiden Wissenschaftler. Sie trug eine eng taillierte zimtfarbene Bluse mit einem betont dezenten Ausschnitt, der allerdings so genau berechnet war, dass er ihre vollkommenen Brüste bestens zur Geltung brachte. Sie war ausgesprochen hübsch, und ihre herrlich blauen Augen kontrastierten auf erregende Weise mit ihren schwarzen Haaren. Sie wandte sich an Maverick.

»Wie stehen mir die neuen blauen Kontaktlinsen? Gut?«

»Du siehst blendend aus, Schätzchen. Aber vergiss nicht, sie bei der Aufnahme rauszunehmen, hörst du?«

Sie protestierte und verzog schmollend den Mund. »Die Leute mögen blaue Augen, Steve.«

»Nicht übertreiben. Nimm sie schon raus und lass mich deine schwarzen Augen sehen. Auf, Leute, es geht los.«

»Wie viel Zeit haben wir?«, fragte Golombek. Er hoffte, dass ihm die junge Frau antworten würde, doch Maverick teilte ihm mit: »Fünf oder sechs Minuten.«

»Fünf Minuten!«, rief Golombek aufgebracht aus. »Sind Sie dafür hergekommen?«

»Wir bringen das nicht im wissenschaftlichen Nachtprogramm, Professor, sondern in den Regionalnachrichten.«

»Im Fernsehen können fünf Minuten eine Ewigkeit bedeuten«, legte sich Albee ins Mittel.

Allison schlug in dieselbe Kerbe. Ihre Stimme klang sehr kultiviert und professionell.

»Ihr Mitarbeiter hat Recht. Fünf Minuten genügen. Wir werden mehrere Stunden brauchen, um die Aufnahmen zu bearbeiten.«

»Das Beste dürfte ein Interview sein, mit einer Einführung durch Allison«, erklärte Maverick, zu Golombek gewandt. Ihn begeisterte das exzentrische Aussehen des Ozeanographen mit dem strähnigen Bart und dem zerfurchten Gesicht. Unwillkürlich fühlte er sich an Rasputin erinnert. »Berichten Sie einfach, was Sie gefunden haben. Dabei können Sie um den Wal herumgehen, mit den Händen auf die entscheidenden Stellen zeigen und den Kopf bewegen. Je mehr, desto besser. Vergessen Sie nicht: Es muss lebendig und dramatisch wirken. Wenn die Leute nichts als einen Wal sehen, der am Strand liegt, zappen sie sich sofort weg.«

»Schön«, sagte Golombek.

»Jetzt erklär ich Ihnen, was ich tun werde«, sagte die junge Frau. »Zuerst sage ich etwas vor der Kamera und gehe dann dahin, wo Sie beide stehen, neben … diesem Ding da. Was stinkt hier eigentlich so entsetzlich?«

»Der Wal. Das ist kein Wunder – er ist vor ein paar Tagen verendet«, gab Albee zurück. Es gefiel ihm, sein Sachwissen vor einer so anziehenden Frau ausbreiten zu können. »Auf keinen Fall würde ich Ihnen empfehlen, in einer Woche noch hier zu sein. Bei der Verwesung des Tieres verbreitet sein Körperfett einen unvorstellbaren Gestank. Ein großer Teil dieses auch als Walrat bezeichneten Fetts befindet sich im Kopf – immerhin ist seine Stirnbeinhöhle zu einem Drittel mit dieser wachsähnlichen Masse angefüllt –, und weil man früher geglaubt hat, dass es sich bei diesem ›Spermöl‹ um Sperma handle, hat man die Pottwale auch ›Spermwale‹ genannt.«

»Hoffentlich muss ich mich nicht übergeben.« Die Frau versuchte Luft zu holen, wobei sich ihr Gesicht vor Ekel verzog. Er galt wohl eher Albees Erklärung als dem üblen Geruch, der ihr in die Nase stieg. »Schön, ich glaube, ich bin bereit.«

»Also los«, sagte Maverick und gab seinen Leuten ein Zeichen. »Unser Schätzchen hier macht die Einführung und wird dann Dr. Golombek interviewen. Sehen Sie dabei nicht in die Kamera, sondern auf Allison. Alles klar? Schön. Wir können anfangen.«

Die Ansagerin begann zu sprechen, wobei sie ihr schönstes

Lächeln anknipste. Der leichte Wind, der ihr durch das Haar fuhr, schien jedes einzelne ihrer Worte mit Leben zu erfüllen.

»Guten Tag. Hier ist Allison McBride vom Sender *One News*. Wir sind heute Morgen an die Küste von Kaikoura gefahren, um Ihnen über eine wirklich sensationelle Entdeckung zu berichten. Eine Gruppe von Ozeanographen und anderen Wissenschaftlern hat sich auf der Suche nach dem letzten Dinosaurier der Meere hierher begeben. Bei diesem Fabelwesen, von dem man sich entsetzliche Dinge berichtet, handelt es sich um den als ›Kraken‹ bekannten Riesenkalmar. Noch nie hat ein Menschenauge ein solches Tier gesehen, doch es hat seine Spuren hinterlassen, wenige Meter von der Stelle entfernt, an der ich mich jetzt befinde. Den Beweis dafür liefern die Opfer dieses von Legenden umrankten Meeresungeheuers der Tiefsee, die hier unmittelbar hinter mir am Strand liegen: zwei riesige Pottwale, die hier an den tödlichen Wunden verendet sind, die ihnen der gewaltige Krake geschlagen hat.«

»Einwandfrei, Allison«, sagte Maverick. »Ich glaube, die Aufnahme ist gut. Allerdings hast du in deinen beiden letzten Sätzen zweimal ›hier‹ gesagt und zwei Relativsätze hintereinandergehängt. Wir müssen das also noch mal machen.«

»Was soll das Affentheater …«, fragte Golombek teils benommen und teils verblüfft. Er warf Albee einen auffordernden Blick zu. »Thomas?«

Albee wandte sich kopfschüttelnd an die junge Frau.

»Miss McBride, ich glaube, Sie haben nicht ganz verstanden, was ich Ihnen am Telefon gesagt habe.«

»Wieso nicht?«, fragte die Ansagerin überrascht.

Albee wies auf den Kopf des Wals.

»Sehen Sie die weißen Spuren da? Sie sind der unwiderlegliche Beweis dafür, dass der Kalmar hier seine starken Kiefer angesetzt hat, die wie ein Papageienschnabel aussehen. Wenn Sie näher herantreten und genau hinsehen, können Sie auch kreisförmige Narben erkennen. Sie stammen von den Saugnäpfen des Kalmars und zeigen, dass dieser Pottwal mindestens einmal auf einen solchen Kopffüßer getroffen ist. In dieser Hinsicht besteht nicht der geringste Zweifel. Es ist wie bei einem Indizienbeweis in einem Kriminalfall – diese Spuren sind sozusagen die Fingerabdrücke des Riesenkalmars. Natürlich finden sich noch weitere Wunden, die von Haien stammen könnten; sie lassen sich aber deutlich von den anderen unterscheiden. Verstehen Sie, was ich sage?«

»Selbstverständlich«, gab sie gekränkt zurück. »Ich sehe nur nicht, wo das Problem liegt?«

Golombek mischte sich ein. »Das Problem, meine Dame, liegt darin, dass nicht etwa ein Kalmar die Wale getötet hat, sondern umgekehrt. Diese Wale haben den Kalmar getötet, und nicht nur einen, sondern Hunderte. Es läuft immer auf die gleiche Weise ab…«

»Augenblick mal«, fiel ihm Maverick ins Wort. »Wollen Sie damit sagen, dass wir es hier nicht mit einem Mörderkalmar zu tun haben?« Er klang enttäuscht, fast verärgert. »Davon hat man mir aber vorher nichts gesagt.«

Golombek trat näher an den Wal heran, griff mit den Händen in dessen Maul, stützte sich mit einem Fuß an dem Tier ab und zerrte am Unterkiefer, wobei er seine Unterarme als Hebel einsetzte. Der Kiefer öffnete sich, wobei der rosa Gaumen sichtbar wurde. Ein übelriechender warmer Luftstrom drang heraus, zusammen mit einer schwärzlichen Flüssigkeit, die ihre Spuren auf dem Overall des Ozeanographen hinterließ. Einige der Techniker hielten sich das Taschentuch vor den Mund. Die junge Frau wurde bleich.

Herausfordernd sah Golombek den Fernsehmenschen und seine Ansagerin an.

»Sehen Sie sich das Tier an. Fünfzig Tonnen Muskeln und Fett. Hier an Land wirkt er schwerfällig und unbeholfen, nichts als ein Haufen Fleisch. Nicht wahr? Aber dort im Wasser« – er wies dorthin, wo weiße Schaumkronen auf den sich brechenden Wellen tanzten – »ist dieser gewaltige Muskelberg wie ein flinkes Geschoss und entfaltet unvorstellbare Kräfte. Diese Tiere besitzen die Fähigkeit, binnen Sekunden in eine Tiefe von tausendfünfhundert Metern zu tauchen und über eine halbe Stunde lang die Luft anzuhalten. Sehen Sie diesen gewaltigen, kegelförmig zulaufenden Kopf? Der im Wasser herrschende Druck verwandelt ihn in eine spitze Schnauze, eine Waffe, so tödlich wie ein Stilett. Der Pottwal entdeckt in den finsteren Tiefen des Ozeans einen Kalmar, niemand weiß, auf welche Weise. Vielleicht stößt er Töne aus, mit deren zurückgeworfenen Schallwellen er ihn orten kann, möglicherweise schimmert der Kopffüßer mit einer Lichtfrequenz, die ausschließlich der Wal zu sehen vermag. Dann kommt es zu einem ungleichen Kampf. Der Wal reißt sein Maul auf…« Golombek spreizte die Arme und krümmte sich ein wenig, als wollte er die Fernsehleute anspringen, woraufhin diese mit Ausnahme des Kameramanns erschrocken zurückwichen. »Und zack! Er schnappt sich den Kalmar. Für ihn ist das eine delikate Vorspeise. Der Kalmar aber wehrt sich. Er umschlingt den Leib des Wals mit seinen langen Fangarmen.« Golombek deutete mit seinen knochigen Händen schlangenartige Bewegungen an, wobei man den verkürzten kleinen Finger deutlich sah. »Doch vergeblich. Mit seinen gewaltigen Kiefern zermalmt ihn der Wal in kurzer Zeit. In seinem Todeskampf schlägt der Kalmar seinen Kiefer, der wie ein Papageienschnabel aussieht, in die Haut des Wals und fügt ihm eine Wunde zu. Dennoch wird er« – Golombek schloss die linke Faust und legte die Finger der Rechten darum – »schließlich verschlungen.«

Maverick schien aus seiner Benommenheit aufgewacht zu sein. Er sah zum Kameramann hinüber, der zustimmend nickte und mit Daumen und Zeigefinger einen Kreis bildete.

»Ich hab alles im Kasten, Steve.«

»Ist es gut?«, wollte Golombek wissen.

»Sicher können wir das brauchen, aber nicht mit Allisons Einleitung«, sagte Maverick und kratzte sich am Kinn. »Das passt nicht zusammen.«

Die Ansagerin war tief enttäuscht. »Ich muss also eine neue schreiben. Eigentlich glaube ich aber nicht, dass die Sache für uns wirklich von Interesse ist. Woran sind die Tiere dann eingegangen?«

Albee zuckte die Achseln. »Das wissen wir nicht. Jedenfalls nicht an den Bissen der Kalmare. Sie können krank gewesen sein, die Orientierung verloren haben, was weiß ich.«

»Das hat aber vorher anders geheißen.« Allisons Enttäuschung wandelte sich rasch in Ärger, und so ging sie zum Angriff über. Nichts auf der Welt war ihr verhasster, als nicht die Hauptrolle spielen, nicht im Mittelpunkt des Interesses stehen zu können. »Sie sind hergekommen, um eins dieser Ungeheuer zu fangen oder zu filmen, und jetzt haben wir nichts weiter als zwei tote Wale, die nach dem, was Sie sagen, viel gefährlicher sind als das angebliche Ungeheuer. Welchen Nachrichtenwert soll das haben?«

»Ich glaube, du hast Recht«, stimmte ihr Maverick zu, sich nach wie vor am Kinn kratzend.

»Das bringt uns nichts. So, wie der Mann das gesagt hat, sind Kalmare keine mörderischen Räuber, sondern lediglich Appetithappen für die Wale. Haben Sie wenigstens welche filmen können? Jemand hat uns erzählt, dass Sie Aufnahmen von Kalmaren haben. Davon könnten Sie uns doch ein paar Sekunden abtreten, natürlich rein zu Informationszwecken. Zahlen können wir nichts.«

»Wir sind dabei, die Bilder auszuwerten«, brachte Golombek heraus.

Ungeduldig fragte Maverick: »Was heißt das? Haben Sie welche, oder nicht?«

»Das war wohl ein Schuss in den Ofen«, maulte Allison. »Wir können nicht gut sagen, dass die Wale dem Ungeheuer zum Opfer gefallen sind, und Bilder haben wir auch keine. Hör mal, Steve, können wir mit der Sache überhaupt was anfangen?«

»Meine Expedition ist keineswegs gescheitert.« Golombek merkte, wie ihm die Zornesröte heiß in die Ohren stieg. *Verdammtes Ignorantenpack*! Er versuchte sich zu beruhigen. »Nur gibt es da gewaltige Schwierigkeiten. Außer uns hat es bisher niemand auf der Welt geschafft, einen Architeuthis lebend zu filmen. Diese beiden Tiere hier bilden den Schlüssel bei der Frage, was mit unseren Aufnahmen geschehen ist und ob wir sie noch retten können.«

»Ich kapier nicht, was das eine mit dem anderen zu tun hat«, sagte Maverick.

»Es hängt mit dem Riesenkalmar zusammen«, beeilte sich Albee zu erklären. »Der wissenschaftliche Name dieser Art ist *Architeuthis dux*.«

»Klingt überhaupt nicht gut, so, als müsste man vor dem Bildschirm einschlafen«, sagte Allison und sah Maverick bittend an. »Mir gefällt ›Ungeheuer‹ viel besser. Da wird der Zuschauer doch wenigstens gleich wach. Soll ich meine Einleitung noch mal machen, Steve?«

Maverick hob einen Finger.

»Einen Augenblick noch, Schätzchen.« Dann wandte er sich erneut Golombek zu. »Sie haben gesagt, dass Sie das Ding gefilmt haben und die Aufnahmen verloren gegangen sind? Wie das?«

Nach einem Seitenblick auf Albee gab Golombek zur Antwort: »Wie er gesagt hat, hatte noch niemand einen lebenden Architeuthis gesehen. Es gibt kein einziges Bild, das eins dieser Tiere in seinem Habitat zeigt, nicht einmal ein unscharfes Foto, geschweige denn Filmaufnahmen. Man hat programmierbare Roboter und rechnergesteuerte Kameras mit verlockenden Ködern darauf angesetzt, die besten Forschungs-Tauchboote der Welt mit erfahrenen Ozeanographen an Bord haben Jagd auf den Riesenkalmar gemacht. Das Ergebnis war null Komma nichts. Die Pottwale aber sehen solche Tiere Tag für Tag. Sie sind ihr Leibgericht. Ich werde es Ihnen zeigen. Thomas, bring doch mal den Eimer.«

Albee befolgte die Aufforderung. In dem Eimer befand sich ein schleimiger Brei, aus dem heraus etwas schimmerte, das wie dunkle Krabben aussah. Golombek nahm ein Paar Gummihandschuhe aus der Tasche und zog sie über. Dann holte er einen schwärzlich durchscheinenden Gegenstand aus der Masse heraus, den Maverick für eine Art Fledermaus gehalten hätte.

»Das sind zwei Kalmarkiefer«, erläuterte Golombek. »Sie bestehen aus einem ebenso harten und festen Material wie ein Papageienschnabel und haben äußerst scharfe Spitzen. Sehen Sie: So bewegen sie sich zueinander.« Bei diesen Worten öffnete und schloss er die wie spitze Flügel aussehenden Kiefer. »Der Architeuthis ist ein typischer Fleischfresser. Wenn er seine Schlundöffnung verschließt, trifft der Unterkiefer genau auf den Oberkiefer. Jede Beute, die dort hineingelangt, wird zerstückelt, es gibt kein Entkommen.«

Aus dem Eimer stieg ein so unerträglicher Gestank auf, dass einige der Fernsehleute die Hand vor den Mund legten, weil ihnen übel wurde. Die Ansagerin hatte sich hinter einen entfernten Felsbrocken zurückgezogen, wo niemand ihr Würgen hören konnte. Auch der Kameramann hatte seine Arbeit eingestellt.

»Widerlich!«, stieß Allison McBride hervor, nachdem sie wieder zum Vorschein gekommen war. Ihr Gesicht war stumpf und grau, und Albee fand sie nicht mehr im Geringsten anziehend.

»Wir haben im Verdauungstrakt eines einzelnen solchen Pottwals an die tausend dieser Kiefer gefunden«, fuhr Golombek fort.

Von den beiden schwarzen Hornstücken lief zwischen seinen Handschuhen eine ekelerregende Flüssigkeit herunter.

Maverick, der Einzige der Fernsehleute, der den üblen Geruch mit Fassung zu ertragen schien, stieß einen Pfiff aus, der wohl Staunen und Unglauben ausdrücken sollte. Seine Augen blitzten.

»Sagenhaft! Wollen Sie damit sagen, dass auch dieses Vieh hier eine solche Menge von Kalmaren verschlungen hat?«

Ohne darauf einzugehen, fuhr Golombek fort: »Da all unsere Versuche, einen Kalmar zu filmen, fehlgeschlagen waren, hatten wir beschlossen, am Kopf des Pottwals, den Sie hier sehen, eine Kamera anzubringen. Dazu haben wir eine neu entwickelte Art von Saugnapf verwendet, die auf der Haut eines Pottwals mindestens sechsunddreißig Stunden lang hält. In diesem Zeitraum hat er mit Sicherheit Jagd auf Beute gemacht, denn wegen ihrer Größe müssen diese Tiere im Grunde pausenlos fressen.«

»Was ist mit der Kamera passiert?«, erkundigte sich Maverick.

Golombek zuckte die Achseln. »Sie hat sich nach zwölf Stunden gelöst.«

»Diese Kameras verfügen über ein Auftriebssystem, das sie an die Wasseroberfläche bringt, wenn sie sich von dem Tier gelöst haben«, meldete sich Albee zu Wort, als er sah, dass der Mann das Interesse zu verlieren begann. »Da sie mit einem Druckfühler ausgerüstet sind, senden sie, sobald der Wasserdruck nachlässt, ein Signal aus, das wir auffangen können. Die Videosignale, die sie auf einer Festplatte aufzeichnen, lassen sich später in Bilder umwandeln. Da die Kamera bedauerlicherweise nicht an die Oberfläche gekommen ist, müssen wir annehmen, dass dieser oder ein anderer Wal sie bei seinem Festmahl verschluckt hat.«

»Und jetzt liegt sie also auf dem Meeresboden«, folgerte die Ansagerin spöttisch. »Was machen wir, Steve?«

Der Produzent sprach bereits in sein Mobiltelefon und dachte nicht daran, Erklärungen abzugeben, die ohnehin nichts bewirken würden. Nach einigen Minuten beendete er das Gespräch, wandte sich der Frau zu und legte ihr die Hände auf die Schultern.

»Du musst deine Einleitung umschreiben, Schätzchen. Kürz sie ein bisschen. Rück die Sache mit dem ›Ungeheuer‹ ruhig in den Vordergrund – das macht immer Eindruck. Wir streichen das Ganze auf eine Minute zusammen.«

Dann wandte er sich Golombek und Albee zu, die nicht wussten, wie ihnen geschah.

»Ich muss Sie bitten, Ihre Erklärungen stark abzukürzen. Sie können ruhig vom Kampf des Kalmars mit dem Wal und so weiter sprechen, aber wir müssen die Sache in kleine Abschnitte gliedern und so knapp wie möglich halten. In Ordnung? Beschränken Sie sich einfach darauf, die Fragen zu beantworten, die Allison Ihnen stellt, dann werden wir früher fertig. Wir haben eine halbe Stunde. Ich habe gerade gehört, dass die Steamers den Taranaki eine ordentliche Packung verpasst haben, und der Chef will bis zehn Uhr Interviews haben.«

Verständnislos sah Golombek seinen Mitarbeiter an.

»Steamers?«

Achselzuckend gab dieser zurück: »Ich glaube, das ist eine Rugby-Mannschaft aus der Gegend hier.«

Zwanzig Minuten später erklommen die Geländefahrzeuge, in denen die Fernsehleute gekommen waren, den Hügel, hinter dem ihr Flugzeug wartete. Wovor, überlegte Golombek, flohen diese Leute eigentlich? Offensichtlich war es ihnen mehr als recht, den Ort zu verlassen, an dem es so abstoßend stank.

In Auckland wedelten die Verantwortlichen des Senders *One News* das Material, das ihnen Maverick vorlegte, beiseite und brachten damit Golombek um seine Minute des Ruhms. Stattdessen wandten sie sich dem Tagesgeschäft zu: das Rugby-Spiel und die Demonstration von der Polizei schikanierter Maori-Straßenverkäufer in den Vororten Aucklands.

Möwen landeten auf den riesigen Leibern der gestrandeten Meeressäuger. Binnen weniger Stunden würde es dort von Aasfressern aller Art nur so wimmeln, die sich über die Fleischberge hermachten. Dann, ging es Golombek durch den Kopf, würde nicht einmal er den Pesthauch länger ertragen können.

Albee machte sich daran, mit einem kräftigen Messer einen der Zähne aus dem Kiefer des größeren der beiden Wale herauszubrechen.

»Wozu das?«, fragte ihn Golombek.

»Das sind doch wunderbare Zähne«, gab Albee zurück, ohne in seinen Bemühungen innezuhalten. »Wissen Sie eigentlich, dass die Maori Schmuck daraus herstellen und den verkaufen? Ich hab mir überlegt, dass ich mir einen Anhänger daraus schnitzen lasse. Ich denke, das wäre genau das Richtige für Sie.«

»In drei Teufels Namen, Thomas, wie kannst du nur an so etwas denken. Wir sind am Ende! Die Kamera ist weg, und wir haben kein Geld mehr.«

Während sein Schüler einen weiteren Zahn aus dem Kiefer löste, wandte er sich lächelnd dem Meister zu. Auf seinem Gesicht lagen einige schwarze Blutstropfen.

»Heute Abend steck ich mir in aller Gemütsruhe eine Pfeife an.

Wissen Sie, warum? Weil wir nicht am Ende sind. In gewissem Sinne ist es mir ganz recht, dass aus der Sache mit den Leuten vom Fernsehen nichts geworden ist. Herrlich, wie Sie denen die Beziehung zwischen dem Pottwal und dem Kalmar erklärt haben. Ich habe doch schon gesagt, dass ich Ihnen auf dem Schiff etwas Wichtiges zeigen muss. Aber vorher gönnen wir uns eine kleine Pause. Die haben wir uns verdient.«

Mit einer wegwerfenden Handbewegung sagte Golombek: »Ach was! Dieser Haufen von Idioten hätte uns ohnehin nichts genützt. Hoffentlich ist das, was du mir zeigen willst, ein möglichst fetter Scheck. Es dürfte sehr schwerfallen, den alten Dickkopf Caitlin davon zu überzeugen, dass das Smithsonian für uns noch mehr Geld lockermachen soll.« Seine Stimme klang mutlos. »Wir haben in achtzehn Tagen vierhunderttausend Dollar verbraten und kehren mit leeren Händen nach Washington zurück, wenn man einmal von den Bildern des Nichtsnutzes von Fotografen absieht. Wo steckt der Bursche überhaupt?«

Nathason war gleich nach der Ankunft der Fernsehleute verschwunden, um sich Nachschub an Bier zu besorgen.

Auf der *Rainbow* suchte jeder der beiden für kurze Zeit Zuflucht in seiner eigenen Welt. Vor den Bildschirmen an Albees Arbeitsplatz herrschte ein unentwirrbares Chaos aus Objektiven, Leiterplatten und Kabeln. Er musste unbedingt die kleine Kamera des Roboters *Jeeves* in Ordnung bringen, denn es war die einzige, die ihnen für Unterwasseraufnahmen noch geblieben war. Obwohl die Sache drängte, wandte er sich nach einem flüchtigen Blick auf das Gewirr erst einmal seinem Rechner zu. Er fühlte sich erschöpft.

Golombek schloss sich in seiner Kabine ein. Bis zur Rückkehr nach Washington blieb ihm weniger als eine Woche, um das Unternehmen zum Erfolg zu führen – ein nahezu aussichtsloses Unterfangen. Er öffnete einen der Schränke und nahm eine Flasche Cabernet heraus. Albee hatte sie ihm von einem seiner Ausflüge zur Insel Waiheke mitgebracht, bei denen er die Karten der Gewässertiefen vervollständigen wollte.

Sie war leer. Während er, die Flasche in der Linken, an Deck ging, dachte er an seinen Schüler und die noch durchzuführende Reparatur an der Kamera. In voller Schönheit lag die Halbinsel Kaikoura vor ihm. Die steilen Klippen warfen dunkle Schatten auf das silbrig glänzende Meer, über dem ein Regenbogen stand. Bald würde die Sonne untergehen.

Ihn ließ die Ansichtspostkarten-Schönheit in diesem Augenblick kalt. Wie die Dinge lagen, stand seine Laufbahn als Forscher vor dem Ende, und er würde, diesmal unwiderruflich, für den Rest seines Berufslebens an der Georgetown-Universität Generationen künftiger Zoologen mit den wirbellosen Tieren vertraut machen müssen. Verglichen mit dem, was er jetzt tat, war das ein Aufenthalt im Gefängnis.

Über die Reling gebeugt ließ er den Blick zu den Bergen hinübergleiten. Erneut setzte Regen ein, die Tropfen prallten auf seine gelbe Jacke. Mit einem hasserfüllten Schrei schleuderte er die leere Flasche ins graue, schäumende Meer. Könnte er sich doch wenigstens betrinken! Das Meer verweigerte ihm, wonach er sechsunddreißig Jahre lang verzweifelt gesucht hatte. Unter der sich unaufhörlich wellenden Wasserfläche, die da vor seinen Augen lag, begann das finstere Reich, in dem sein Feind hauste, der Riesenkalmar. Wie viele Gedanken hatte er ihm gewidmet! Nicht einmal mit den fortschrittlichsten technischen Hilfsmitteln war es ihm gelungen, zu dem Tier vorzudringen. Es verschloss in den Tiefen sozusagen die Türen vor ihm, und das ärgerte ihn maßlos. Nur als Kadaver ließ es sich beobachten, wenn es sich bereits an der Wasseroberfläche befand, nie aber in der Tiefe, wo es lebte. Es schien die Menschen zu verspotten, indem es ihnen erst dann Zugang gewährte, wenn seine Existenz beendet war. Die Seele des Riesenkalmars, denn es konnte gar nicht anders sein, als dass ein solch ungewöhnlicher Organismus eine Seele besaß, machte sich gemeinsam mit dem Leben davon und ließ nichts zurück als eine schleimige weißliche Masse, die lediglich einen Abglanz dessen vermittelte, was die wahre Größe dieses Tieres ausmachte. Es verhöhnte die Menschen, die ihm nachstellten …

Die Rechte zur Faust geballt stieß der Ozeanograph vom Deck der *Rainbow* wilde Drohungen in die Weite des Meeres aus, unter dessen Oberfläche, so jedenfalls stellte er es sich vor, der wunderbare Kopffüßer seine mit Saugnäpfen besetzten achtzehn Meter langen Fangarme auf der Jagd nach Beute ausbreitete und vielleicht sogar Golombeks feindselige Äußerungen hörte.

Der Wind riss den Pfeifenrauch Albees mit sich, doch nahm Golombek ihn wahr, noch bevor er in die Welt um sich herum zurückkehrte und seine Verwünschungen einstellte. Albee reichte ihm ein Blatt Papier. Er nahm es und trat damit an eine Stelle, wo er mehr Licht hatte. Der Text war auf Spanisch abgefasst, eine Sprache, die er gut beherrschte, denn er hatte bei seinen Aufenthalten im Golf von Mexiko bei vielen Unterhaltungen mit Fischern reichlich Gelegenheit gehabt, sie zu üben. Dort hatte er die Lebensgewohnheiten der teuflischen Kalmare kennenzulernen versucht, die in jenen Gewässern eine Länge von lediglich drei Metern erreichten.

»Die E-Mail, von der ich gesprochen habe«, erläuterte Albee. »Sie ist gestern gekommen. Ich hab sie noch einmal ausgedruckt.«

Ungläubigkeit erschien in Golombeks Gesicht, während er las. »Von wem kommt das?«

»Der Mann heißt Juan Cepesma. Ein Freizeitforscher, soweit ich im Internet feststellen konnte«, gab Albee zurück. »Gestern war die Satellitenverbindung schlecht, aber heute Morgen bin ich wieder ins Netz gekommen. Er lebt in einem Ort namens Luarca irgendwo in Nordspanien.«

Golombek gab ihm das Blatt zurück. »Das ist doch Unfug. Ist das etwa der Grund für dein Hochgefühl, Thomas?«

Albee sog erneut an seiner Pfeife und sagte lächelnd: »Ich wollte es zuerst auch nicht glauben. Aber nach seinem ersten Bericht hat der Mann eine Reihe von Fotos geschickt, die im Abstand von jeweils einer halben Stunde auf dem Server unserer Universität eingetrudelt sind. Sie wissen ja, dass die Weiterleitung immer unglaublich lange dauert, und leider sind manche der Aufnahmen unvollständig. Vermutlich hätten die Bilder schon gestern kommen sollen, aber man darf nicht vergessen, dass wir in Neuseeland sind. Die Schwierigkeiten mit der Satellitenübertragung sind noch nicht vollständig behoben, und deswegen dachte ich, dass es besser wäre, wenn Sie sich die Fotos auf dem Bildschirm meines Macintoshs ansehen.«

Während sie vor Albees Rechner standen, meldete ein Lautsprechersignal das Eintreffen einer weiteren Mitteilung.

»Es ist einfach rührend, wie ernst der Mann die Sache nimmt«, sagte Albee und legte die Pfeife aus der Hand. »Hier ist noch mal ein Foto. Die vorigen waren eins immer schärfer als das andere, aber das hier dürfte das beste sein.«

Er öffnete den E-Mail-Anhang, und das Bild begann langsam von oben nach unten den Bildschirm zu füllen. Ungläubig riss Golombek die Augen weit auf. Er nahm die Brille ab, in deren Gläsern sich der Bildschirm spiegelte, um die Sache genauer zu betrachten.

Er konnte nicht glauben, was er da sah. »Bei allen Teufeln in der Hölle!«, stieß er verblüfft hervor. »Was ist das? Soll das ein Scherz sein?«

»Ich glaube nicht«, sagte Albee gelassen.

»Das kann nicht dein Ernst sein, Thomas. Das kann nur eine Fälschung sein, eine Fotomontage. Der Mann will uns auf den Arm nehmen.«

Golombek konnte den Blick nicht von dem Bildschirm lösen, der ihn geradezu magisch anzuziehen schien.

»Kann sein«, räumte Albee ein. »Jedenfalls werden diese Bilder durch die Presse gehen und Scharen von Neugierigen anlocken. Der Mann hat uns übrigens das Angebot gemacht, uns das Tier exklusiv selbst anzusehen.«

Golombek fuhr sich durch den strähnigen Bart. Er merkte, wie an die Stelle seiner Wut und Ungläubigkeit allmählich Begierde trat, denn was sie da vor sich sahen, war das Bild des Ungeheuers, das sie schon so lange verzweifelt suchten.

»Ich kenne weit plumpere Fälschungen. So was hab ich noch nie gesehen. Glaubst du, wir sollten da hin?«

»Ja. Unbedingt.«

4

Nora

Labor für Strahltriebwerke in Chorra, Pasadena, Kalifornien
Februar 2005

Dunkelheit hüllte Nora Pulaski ein. Soeben war ihr Segelflugzeug in einem Mars-Labyrinth gegen einen Hang geprallt. Sie spürte die Wärme der Lichter, die über ihrem Kopf aufflammten, und obwohl die Tonleitung ausgefallen war und sie nichts zu unterscheiden vermochte, drang Charlie Campbells muntere Stimme durch die Schaumgummipolsterung ihres Helms.

»Du bist tot und im Himmel! Haha! Was für ein gewaltiger Aufwind!«

Eine nach der anderen löste sie die Leitungen, die sie mit der Steuereinheit des Simulators verbanden, während Charlie zu ihr trat, um ihr beim Ablegen des komplizierten virtuellen Raumanzugs zu helfen. Das Schwierigste war der Helm, an dessen Brille ein mit den im Kabinendach des Simulators eingebauten Mikroprozessoren verbundener Reifen saß, der ihr um den Kopf lief. Von ihrem silbrig glänzenden Raumanzug (Charlie hatte darauf bestanden, dass sie die für eine solche Unternehmung übliche Kleidung tragen müsse, und daher einen Bekannten vom Fach gebeten, einen richtigen Raumfahreranzug herzustellen) wurde der Rucksack abgenommen, der Festplatten mit mehreren Terabyte Speicher enthielt, genug, um nahezu den gesamten Planeten Mars naturgetreu abzubilden. Zwar hatte Nora echte Steuerelemente in der Kabine bedient, doch waren ihre Handschuhe über Kabel an ihren Unterarmen und Ellbogen mit dem Helm verbunden gewesen. Als alle Leitungen gelöst waren, konnte sie schließlich den Helm abnehmen und sich aus ihrem elektronischen Gefängnis befreien. In ihrer weißen Bluse und eng anliegenden schwarzen Jeans fühlte sie sich sichtlich wohler als in dem beengenden Raumfahreranzug.

Sie drehte den Kopf, als hätte sie Nackenschmerzen. Die Empfindung, tatsächlich gegen eine Lavawand geprallt zu sein, schwang in ihr noch nach. Sie schüttelte den Kopf, dass ihre roten Haare flogen, bis sie wieder ordentlich zu beiden Seiten herabfielen. Als Charlie die Schweißtropfen auf ihrer Stirn sah, lächelte er. Sicher war es ihr in den letzten Minuten des Fluges ziemlich schlecht gegangen, was er als kleinen Sieg für sich verbuchte. Sie zog die Handschuhe aus und hätte sie ihm fast ins Gesicht geworfen. Der Mann sah genau so aus, wie man sich einen Informatiker vorstellte, der unter der Sonne Kaliforniens groß geworden war: üppiger Haarwuchs, ein unmittelbar oberhalb des Adamsapfels gestutzter dichter Bart und schwarze Brustbehaarung. Nora war überzeugt, dass Typen wie er in einem B-Film einen Werwolf spielen konnten, ohne dass ein Maskenbildner tätig werden musste.

»Ich brauch unbedingt was zu trinken, Charlie. Die Sache hat mich völlig ausgedörrt. Verdammt!«

Er klopfte sich auf den Bauch. Zwar lief er Tag für Tag fünf Kilometer, aß aber ausschließlich Hamburger und heiße Würstchen.

»Und ich hab ziemlichen Kohldampf.«

Wortlos verließen sie den Simulatorraum und traten auf den Campus hinaus, der im Sonnenschein vor ihnen lag. Es war um die Mittagszeit, und so sah man überall Menschen. Manche lagen im Gras, andere saßen auf den Betonbänken im Schatten der Platanen, Weiden und Kiefern, aßen und tranken oder beschäftigten sich mit ihren Laptops. Auch wenn sich die meisten der dort tätigen Wissenschaftler schon in gereiftem Alter befanden, schienen sie ihre studentischen Gewohnheiten nicht abgelegt zu haben. Das mochte damit zusammenhängen, dass sich viele dieser Männer und Frauen noch nicht von den Träumen ihrer Jugendjahre verabschiedet hatten.

In der Cafeteria kaufte Charlie ein Paar Würstchen und strebte mit Nora schweigend einem Tisch zu, an dem sie Platz nahmen. Sie hielt den Blick auf den Boden gerichtet. Noch immer wirbelte ihr all das, was sie bei ihrem virtuellen Flug über den Mars gesehen hatte, im Kopf umher. Er sah, dass sie sich auf die Unterlippe biss. Nur dann merkte man, dass sie achtundvierzig und damit zwölf Jahre älter als er war, weil dabei um ihre Augenwinkel herum Fältchen sichtbar wurden. Doch er fand, dass sie sich in den fünf Jahren, die sie einander jetzt kannten, ebenso wenig verändert hatte wie die Art, in der ihre herrlichen grünen Augen leuchteten, wenn sie von etwas begeistert war.

Während sie weiterhin den Blick gesenkt hielt, als wäre ihr Begleiter nicht vorhanden, brach es schließlich aus ihr heraus: »Es ist... einfach unglaublich wirklichkeitsgetreu! Es ist mir schwergefallen, daran zu denken, dass alles nur ein Spiel war! Das Zittern des Cockpits, die Bewegungen der Flügel, die Reaktion auf meine Steuerbewegungen in Echtzeit... Beim Blick durch die Brille hatte ich den Eindruck, mich wirklich im Cockpit zu befinden. Und dann die Bilder! Eine Meisterleistung der Simulation!«

Charlie nahm eins seiner Würstchen aus der Tüte und machte sich daran, es zu verschlingen.

»Das war der einfachste Teil des Programms«, sagte er, mit vollem Mund kauend, aber sichtlich stolz. »Bei den Einzelheiten auf der Oberfläche des Mars stimmt noch nicht alles. Unsere Sonden haben ihn zwar kartographiert, und die beiden Rover, die über seine Oberfläche fahren, haben uns kürzlich neue Angaben über das Gestein und seine Farben geliefert. Das ermöglicht es uns, mit einer gewissen Wahrscheinlichkeit zu extrapolieren. Doch je mehr Informationen man haben will, desto schwieriger wird es. Du weißt schon, wir arbeiten beim Mars mit einer Auflösungsgenauigkeit von hundert Metern, bla, bla, bla, aber in Wirklichkeit wachsen die schwarzen Löcher auf den Bildern wie riesige Kakerlaken, sobald man etwas wirklichkeitsgetreu abbilden möchte. Daher beruht ein Teil von dem, was du gesehen hast, mehr auf künstlerischer Interpretation als auf wissenschaftlichen Erkenntnissen. Mein Ziel war es nicht, den Mars abzubilden, sondern einen Film herzustellen. Daher war dein Weg von vornherein festgelegt, wobei allerdings einige kleinere Abweichungen möglich waren.«

»Dazu hat wohl der Vulkanausbruch gehört. Auf den war ich nicht gefasst.«

»Es gibt keine Möglichkeit, dabei mit dem Leben davonzukommen«, sagte er mit boshaftem Lächeln. »Deshalb hab ich dich in eine Sackgasse geschickt.«

»Das Ganze hat so… so echt gewirkt…« Sie unterstrich ihre Worte mit Handbewegungen, wobei sie den Blick über Charlies breite Schultern hinweg in die Ferne gerichtet hielt. »Als ich die Stöße spürte, war mir natürlich klar, dass das eine Simulation war und der Sitz sich entsprechend dem Programm bewegte, doch es gab da noch was, das darüber hinausging.«

Er griff nach dem zweiten Würstchen. »Ich weiß, was du meinst. Die akustische Untermalung macht die Sache lebendiger.«

Sie schloss die Augen und stützte das Kinn auf die Hände. Noch hallte ihr das ferne Echo des Brüllens in den Ohren, mit dem die Windstöße an die senkrechten Felswände geprallt waren, und sie sah nach wie vor den Marsstaub vor sich, der sich von ihnen löste.

»Ja, so habe ich das auch empfunden.«

Mit vollem Mund sprechend, fuhr Charlie fort: »In Wirklichkeit hat natürlich noch kein Mensch aufgezeichnet, was man auf dem Mars hört. Wegen der dünnen Atmosphäre klingt da oben alles vermutlich ganz anders, als wir es gewohnt sind. Ich hab mal ein paar Berechnungen angestellt und das Ganze extrapoliert. Es hat mich überrascht zu sehen, was dabei herausgekommen ist. Was meinst du, was du hörst, wenn auf dem Mars eine Stecknadel auf eine Metallfläche fällt? Nicht etwa ein leises ›Pling‹, sondern etwas, das so klingt, als wenn man mit einem gedämpften Schlegel auf ein Trommelfell schlägt, nur dumpfer. Auf dem Mars hört man alles mit viel tieferen Frequenzen als auf der Erde. Ich hab das elektronische Rauschen ein bisschen verstärkt und es mit Tonaufnahmen von Sandstürmen und Samums in der algerischen Sahara abgemischt.«

Lautstark schlürfte Charlie Coca-Cola aus einem riesigen Pappbecher und unterdrückte im letzten Augenblick einen Rülpser. Dann suchte er in seiner Tüte.

»Was, keine Würstchen mehr? Mann, sind die heutzutage winzig!«

»Noch etwas wüsste ich gern«, sagte Nora. »Wie ist es möglich, dass ich aus dem Labyrinth rausgekommen und an eine Wand des Vallis Marineris geprallt bin? Hatten wir nicht abgemacht, dass ich auf der Isidis-Ebene landen sollte? Die liegt aber doch weit südöstlich von den großen Tälern.«

Man hatte die Isidis-Ebene als Landeplatz für die *Mars Eternity* ausersehen, die Mission, der alle Bemühungen Noras schon seit langem galten. Der Roboter sollte mehrere Monate auf dem Planeten bleiben und dann eine Ladung Gestein und Ablagerungen zur Erde zurückbringen – die einzige Möglichkeit, einem Planeten seine Geheimnisse zu entreißen. Sie war mehr als bereit, ihren Beitrag zur Erforschung des Sonnensystems zu leisten. Der Start der Sonde war für Ende März vorgesehen.

Sie merkte, dass seine Stimmung umgeschlagen war. Er schien besorgt. Sie legte ihm eine Hand auf den Unterarm. Als er die Berührung spürte, hätte er fast seinen Pappbecher umgeworfen.

»He, Charlie. Was ist mit dir? Du weißt doch, wie wichtig mir diese Mission ist. Wann hast du die Simulation fertig? Ich will die unbedingt mitmachen.«

Mit einem ellenlangen Seufzer schob er den Becher beiseite.

»Hör mal, Nora, die Sache ist gut gelaufen, wirklich, aber dir entgeht wohl nichts, was?«

Sie stupste ihn an. »Was meinst du damit?«

»Ich hätte es dir wohl vorher sagen müssen.«

»Was? Raus mit der Sprache!«

Den Blick auf seine Füße gesenkt, die wie immer in braunen Sandalen steckten, zögerte er eine Weile. Er brachte es nicht fertig, Nora anzusehen.

»Ich hab das Programm nicht fertig gekriegt«, gestand er. »Du wärst nie im Leben bis zur Isidis-Ebene gekommen. Darum hab ich dich im Marineris aufprallen lassen. Schluss der Unternehmung.«

Das beunruhigte sie. So etwas sah ihm überhaupt nicht ähnlich. Sie merkte, wie seine sonst immer fröhlichen Augen feucht wurden, und legte ihm freundschaftlich eine Hand auf das Knie. Er atmete tief ein.

»Die haben mir den Stuhl vor die Tür gesetzt. Nächste Woche muss ich aus dem Labor raus sein.«

So war Charlie Campbell: zwar klug, aber letztlich ein großer Junge, der von einem Augenblick auf den anderen aus höchstem Jubel in tiefste Trauer verfallen konnte, ohne dabei den Lebensmut zu verlieren. So war er schon beim Studium an der Universität in Berkeley gewesen, die Jahr für Jahr mehr Touristen und Neugierige anlockte, als sie Studenten hatte.

Sie hatte es im Leben nicht immer leicht gehabt, und so rief der mögliche Verlust des Arbeitsplatzes in ihr zwar nicht Angst und Schrecken hervor, doch war sie im Innersten nervös.

Sie nahmen ihre Tüten, standen auf und zogen ziellos über den Campus.

Unruhig begann er: »Vorige Woche hat mich Brooke angerufen. Du weißt schon, der neue Leiter. Er hat das Projekt zur Erkundung des Mars zur Chefsache gemacht und will alles in der Hand haben, was mit der *Mars Eternity* zu tun hat.«

»Ich weiß«, sagte sie. »Jeder, der an dem Projekt mitarbeitet, musste bei ihm antanzen.«

Von einem Tag auf den anderen hatte man ihnen aus Washington diesen Brooke als Ablösung für den bisherigen Chef Edward Keller, der das Labor nahezu ein Vierteljahrhundert lang geleitet hatte, auf den Hals geschickt. Zwar war derlei nach so langer Zeit nicht unbedingt verwunderlich, doch gehörte Keller zu den verdientesten Veteranen der NASA, und das Labor hatte unter seiner Federführung wichtige Kapitel in der Geschichte der Erkundung der Planeten geschrieben. So sehr waren alle Mitarbeiter an ihn gewöhnt, dass der Wechsel sie überrascht hatte.

»Brooke hat erklärt, dass man die Simulationen einzustellen erwägt, allerdings sei die endgültige Entscheidung noch nicht gefallen. Er hat was von Kürzungen gemurmelt, weshalb man bei der Mission der *Mars Eternity* sparen müsse. Wörtlich hat er mir gesagt: ›Wir haben einfach kein Geld mehr für Videospiele, ich will aber zusehen, was ich tun kann. Sie brauchen sich also keine Sorgen zu machen.‹ Verdammt noch mal! Der Bursche ist genauso alt wie ich. Für wen zum Teufel hält der sich denn? Eigentlich hatte ich die Simulation am vorigen Wochenende fertig machen wollen, hab mich dann aber volllaufen lassen. Daran ist dieser Hundesohn schuld.«

Nora hielt den Atem an.

»Kosten sparen? Bei *Mars Eternity*? Das ergibt doch keinen Sinn.«

Für die NASA als eine Einrichtung der amerikanischen Regierung gelten die jeweiligen Haushaltsansätze, die der Kongress billigen muss. Daran, dass Jahr für Jahr Kürzungen wie mit dem Rasenmäher vorgenommen wurden, musste man sich gewöhnen. Bislang war das Projekt *Mars Eternity* davon verschont geblieben, einmal, weil es die erste Marsmission war, aber auch, weil man dabei mit Russland und der europäischen Raumfahrtagentur ESA zusammenarbeitete. Zwar stellten die Vereinigten Staaten den Löwenanteil der Gelder zu Verfügung, doch war vorgesehen, dass die Sonde als Höhepunkt der Arbeit von acht Jahren vom Raumfahrtbahnhof Baikonur in Kasachstan aus startete. Nora fiel ein, was sie in letzter Zeit über die Finanzierungsschwierigkeiten der Russen wie auch darüber gelesen hatte, dass die Länder Europas immer weniger Geld in die Raumfahrt investierten.

»Ich ahnte schon, was mir bevorstand, als der Kerl den Mund auftat. Aber mach dir um mich keine Sorgen, ich komm schon zurecht.«

Sie empfand ein gewisses Schuldbewusstsein. Charlies Entlassung bedrückte sie. Je mehr sie darüber nachdachte, desto weniger Sinn sah sie darin, und das erschreckte sie. Schweigend gingen sie weiter. Alles um sie herum schien friedlich, doch war es Nora bekannt, dass Krisen oft gerade dann ausbrechen, wenn man nichts Böses ahnt und nicht das kleinste dunkle Wölkchen am Himmel sieht. Natürlich hatte es Argwohn ausgelöst, dass die Leitung Brooke übertragen worden war. Niemand wusste so recht etwas über ihn, außer dass er als gesichts- und namenloser Bürokrat im Verteidigungsministerium tätig gewesen war und auf militärischer Ebene Verbindungen zur NASA hatte.

Doch auch die NASA blieb von Veränderungen nicht verschont: die Bedrohung durch den Terrorismus, die in den Anschlägen vom 11. September 2001 gipfelte, der Irak-Krieg… all das hatte zu ungeheuer gesteigerten Staatsausgaben geführt, und so waren seither viele Forschungsvorhaben gestrichen worden. Schwere Zeiten für die Wissenschaft. Man hörte sogar hier und da, die NASA habe nur dann eine Zukunft, wenn sie mehr oder weniger in die Hände der Militärs überginge. Auf jeden Fall werde das Verteidigungsministerium nach und nach die Zügel in die Hand nehmen und den größten Teil der Missionen in private Hände überleiten.

»Deine Flugsimulation ist traumhaft, ehrlich«, sagte sie, doch lag in ihrer Stimme keine Begeisterung mehr. »Sicher findest du was anderes.«

Er knüllte die Tüten zu einer Kugel zusammen, suchte einen Papierkorb und warf sie zielsicher hinein. Er war schon immer ein guter Korbballspieler gewesen. Eine Weile sah er nachdenklich vor sich hin.

»Man hat mir angeboten, für eine Firma Programme zu schreiben, die sich auf besondere Effekte spezialisiert hat. Sie heißt *Industrial & Light and Magic*. Vielleicht hast du ja schon von denen gehört. Da würde ich einen Haufen Geld verdienen, und vermutlich nehme ich das Angebot auch an. In der Beziehung mach ich mir keine Sorgen.«

Er wandte sich Nora zu. Sie nahm auf seinem trotz des dichten Bartwuchses noch kindlichen Gesicht erwachsene Züge wahr.

»Aber um dich mach ich mir Sorgen. Es wäre entsetzlich ungerecht, wenn sie dir einen Knüppel zwischen die Beine werfen würden.«

Er scheint ja allmählich erwachsen zu werden, ging es ihr durch den Kopf.

»Ich wollte mit dir über was reden. Ich hab an deinem *Avatar* gearbeitet. Weißt du, was das ist?«

»Die virtuelle Fassung eines Menschen?«

Na also, jetzt sagt er es mir ja.

»Dabei könntest du deine virtuellen Hände am Steuerknüppel sehen, aber trotzdem dauert es von da an sozusagen noch Lichtjahre, bis man fähig sein wird, ein Gesicht dazu zu erschaffen. Ich hatte mir das so vorgestellt, dass sich dein Gesicht im Plexiglas der Kanzel spiegelt, damit du es im selben Augenblick sehen kannst wie ich auf den Kontrollbildschirmen. Dann würdest du deine Reaktionen beobachten können …«

»In einer Umgebung, wo der Luftdruck ein Hundertstel dessen auf der Erde beträgt, ich weiß«, fiel sie ihm ins Wort. »Ehrlich gesagt war ich einen Augenblick lang überzeugt, dass der Staubsturm das Cockpit in Stücke schlagen würde.«

»Ich denke, ich werde an deinem elektronischen Doppelgänger weiterarbeiten, Nora. Ich hoffe, es macht dir nichts aus.«

Es machte ihr nicht das Geringste aus. Sie hatte sich angewöhnt, Charlie mit einer gewissen Herablassung zu behandeln. Ihr gefiel der Gedanke, dass er auf seine Art und Weise etwas von ihr haben würde, und sei es auch nur mittels einer elektronischen Abbildung ihrer selbst.

Er kramte in seinen Taschen und holte eine kleine externe Festplatte heraus.

»Hier drauf ist der Ansatz zu einem Informatik-›Avatar‹ von

dir. Es ist eine sehr grobe Ausführung, bei der das Bild noch nicht festgelegt ist. Aber ich hab schon alles gespeichert und in ein System aus logischen Fragen und Antworten eingebettet. Auch mit Bezug auf den Mars ist schon Verschiedenes integriert, soweit es deine Vergangenheit betrifft. Du kannst dich eine Weile damit amüsieren. Willst du hören, was Alan Turing mal gesagt hat, du weißt schon, der bedeutende britische Mathematiker, der im Zweiten Weltkrieg den Code der von den Deutschen verwendeten Verschlüsselungsmaschine *Enigma* geknackt hat? Wenn sich jemand mit einer Maschine unterhalten kann, ohne zu merken, dass es eine Maschine ist, darf man diese als ›intelligent‹ bezeichnen. Wusstest du übrigens schon, dass Turing schwul war?«

Nora Polaski wusste lediglich, dass Charlie, der schüchterne Informatiker, in gewisser Weise in sie verliebt war, und so machte sie ihm, ohne ihn zurückzuweisen, bei allem, was sie tat und sagte, auf feinfühlige Weise klar, dass sie Distanz zu ihm zu wahren gedachte. Sie nahm die Festplatte entgegen und küsste ihn auf die Wange.

»Danke, mein Freund.«

»Eins darfst du nie aus dem Auge verlieren, damit die Sache auch klappt«, sagte er und wies auf die Festplatte in ihrer Hand. »Wer die Fragen stellt, muss klüger sein als der, der die Antworten gibt. Du musst immer die richtigen Fragen formulieren.«

»Ich werde daran denken«, versprach sie.

Er wies auf ihren Hals. »Dein Anhänger hat mir schon immer gefallen. Ein sehr hübscher Stein, und er passt auch gut zu dem Gold. Vermutlich kann man so was nicht in jedem beliebigen Juwelierladen kaufen. Gibt es da vielleicht jemanden?«

Weiter wagte er mit seiner Frage nicht zu gehen. Der Anhänger bestand aus einem bräunlichen Stein von dichter Struktur, der auf ganz besondere Weise schimmerte. Auf seiner Oberfläche waren winzige Krater zu sehen, die auf ihren Ausschnitt zuzulaufen schienen.

»Ein Geschenk meines Onkels Robert«, sagte sie und betastete den Anhänger. »Ein sehr altes Stück. Er hat ihn mir 1976 geschenkt, in dem Jahr, in dem wir den Mars erreicht haben. Ich kann mich noch genau an den Tag erinnern, an dem Onkel Bob kam und ihn mir umgehängt hat. Er hat mir versichert, dass es sich um ein Stück Marsgestein handelt. Ich war da gerade zwanzig geworden.«

Charlie wiegte den Kopf.

»Onkel Bob. Robert Pulaski. Wer hat nicht von ihm gehört? Er steht in allen Büchern, ein Klassiker. Was weißt du über ihn?«

Ohne es zu ahnen, hatte er damit unbekanntes, geradezu geheiligtes Gelände betreten. Da sie ihn nicht kränken wollte, bereitete sie der Sache ein überraschendes Ende, indem sie ihm einen leichten Kuss auf die Lippen hauchte.

»Mehr oder weniger genauso viel wie du. Er ist vor achtundzwanzig Jahren von einem Tag auf den anderen verschwunden, und ich habe so gut wie nichts mehr über ihn gehört. Rufst du mich an, bevor du weggehst?«

Er stand da wie von einem Meteoriten getroffen, und als er wieder reagieren konnte, fasste er Nora an den Schultern.

»Mensch, Nora! Was bedeutet das …?«

»Ein Abschiedskuss von einer Freundin. Rufst du mich an?«

Er fuhr sich mit der Hand über den Nacken.

»Natürlich«, sagte er mit einem Lächeln. »Ich will unbedingt die Simulation mit der Isidis-Ebene für dich fertig machen. Aber vorher noch was anderes. Als meine Entlassung bekannt wurde, hieß es gerüchtweise, man würde weiteres Personal abbauen. Sei vorsichtig, ja?«

Gebäude 264

Es war später Nachmittag. Der Anruf erreichte Nora im Büro. Er kam vom Gebäude 264. So nannte jeder im Labor für Strahltriebwerke die Zentrale der Raumfahrtmissionen. Das ging auf das Jahr 1952 zurück, als das Ganze lediglich zwei Stockwerke hoch gewesen war. Alle Räume hatten sechs schmale Fenster mit dunkel getönten Scheiben und Klappläden davor gehabt. Im Laufe der Zeit wurden weitere Räume nötig, und man hatte das Gebäude 264 immer mehr aufgestockt. Für diejenigen, die dort ihr ganzes Arbeitsleben verbrachten, hatte die Vergrößerung des Operationszentrums, auf das sie so stolz waren, eine Bedeutung, die weit über die bloße Architektur, die Einrichtung zusätzlicher Büros und die Erweiterung der Belegschaft hinausging. Je mehr Raumfahrt-Missionen stattfanden, desto mehr nahm die Bedeutung des Labors zu.

Als Nora Pulaski am ovalen Teich vorbei auf den Haupteingang zueilte, sah sie, wie sich der blaue Himmel Pasadenas mitsamt seinen Schäfchenwolken und den dunklen Umrissen der Robinien und Kiefern, die seit über einem halben Jahrhundert dort wuchsen, in den Fenstern spiegelte. Wie ein Großteil aller dort Beschäftigten trug sie ihren Arbeitskittel, auf dem ihre Initialen N. P. in Blau eingestickt waren. Sie nahm den Aufzug zum sechsten Stock, und die Sekretärin teilte ihr mit, Direktor Brooke werde bald Zeit für sie haben.

Er ließ sie über eine Viertelstunde in einem Nebenraum warten. Sicher würde er sie nicht in seinem Arbeitszimmer empfangen, sondern in einem Sitzungsraum mit einer großen weißen Tafel und gläsernen Wänden. Einen Aktenkoffer in der Hand, kam er herein und schloss die Tür. Er war haargenau, wie ihn Charlie beschrieben hatte: Mitte dreißig, schlank, sehr konservativ gekleidet – dunkler Anzug und dezente rote Krawatte –, ein schmales, längliches Gesicht und glatt gekämmte Haare. Nichts an ihm wirkte übertrieben. So wie ihn stellte man sich einen skrupellosen Bürohengst aus der Washingtoner Kaderschmiede vor. Mit gekünsteltem Lächeln trat er auf Nora zu und gab ihr flüchtig und erkennbar unlustig die Hand. Es war eine eiskalte Begrüßung.

»Guten Tag, Doktor Pulaski. Danke, dass Sie gekommen sind. Nehmen Sie doch bitte Platz. Ich heiße Albert Brooke. Mir als dem neuen Laborleiter ist es ein Anliegen, mit jedem meiner Mitarbeiter persönlich zu sprechen. Sie gehören zu den Ersten auf meiner Liste. Möchten Sie eine Tasse Kaffee?«

Die Art, wie er diese Frage stellte, schrie nach einer höflichen Ablehnung. Sie schüttelte den Kopf, was er aber nicht sah, da er bereits in seiner Aktentasche suchte. Noras fester Überzeugung nach war ausschließlich er für Charlies Entlassung verantwortlich. Sie konnte sich gut vorstellen, wie er diese Aufgabe anderen überlassen hatte, statt ihm ins Gesicht zu sagen, dass er für ihn keine Verwendung habe. Diese anderen ließ er vermutlich auch dafür sorgen, dass negative Gerüchte umliefen. *Auf diese Weise erzeugt man ein Klima der Angst*, überlegte Nora. *Gleich einmal welche auf die Straße setzen, damit die anderen das Heulen und Zähneklappern kriegen.*

»Sie sind schon seit dreiundzwanzig Jahren hier tätig«, sagte Brooke, nachdem er eine Mappe aus seinem Aktenkoffer gezogen und einen flüchtigen Blick hineingeworfen hatte. »Das ist eine lange Zeit. Was ist Ihr Spezialgebiet?«

»Ich habe in San Francisco Mikrobiologie studiert und später in Exobiologie promoviert. Vermutlich steht das alles da in Ihrer Akte.«

Sie fühlte sich versucht hinzuzufügen, dass es bei der Exobiologie um die Untersuchung möglicher Lebensformen auf anderen Planeten geht, also das, was man in der Umgangssprache als ›außerirdisches Leben‹ bezeichnet. Dieser Zweig der Naturwissenschaft war nicht besonders angesehen. Da sie aber fürchtete, dass er eine solche Belehrung als Kränkung auffassen würde, schwieg sie.

Er hob den Blick. »Ja, tatsächlich steht das alles hier. Sagen Sie, woher stammen Sie? Sie sind keine Amerikanerin.«

»Entschuldigung, aber da irren Sie sich. Zwar bin ich in Moskau geboren, aber schon als kleines Mädchen mit meinem Onkel in die Vereinigten Staaten gekommen. Da ich deren Staatsbürgerschaft besitze, bin ich durchaus Amerikanerin.«

Er verzog den Mund. »... hmm, schön. Ich möchte nicht, dass Sie unser Gespräch fälschlicherweise als Verhör betrachten, aber ich habe den Wunsch, meine Mitarbeiter näher kennen zu lernen, und werde Ihnen daher noch einige weitere Fragen stellen. Hier steht, dass Sie an der *Viking*-Mission beteiligt waren. Das muss um 1977 herum gewesen sein…«

»1976«, berichtigte Nora. »Die Tochtersonden von *Viking I* und *Viking II* sind im Juli und September auf dem Mars niedergegangen.«

»1976 also«, sagte der Mann. Seinem Ton entnahm Nora, dass ihm die Korrektur nicht gefallen hatte. »Also vor neunundzwanzig Jahren. Das passt nicht zu den dreiundzwanzig Jahren Mitarbeit, die hier stehen. Wie erklären Sie das?«

Eine absurde Frage. Sie unterdrückte einen Seufzer.

»Gerade als ich mein Studium aufnehmen wollte, hat mich mein Onkel Robert aufgefordert, außerhalb des offiziellen Programms an dem Projekt mitzuarbeiten. Er hatte zwar in Geologie promoviert, aber auch Mikrobiologe studiert und war daher der Gruppe von Biologen der *Viking*-Mission zugeteilt worden. Obwohl ich gerade erst achtzehn Jahre alt war, hat er gern mit mir über die Versuche gesprochen, mit denen er sich gerade beschäftigte. Es waren schöne Zeiten…«

Unlustig nickte Brooke.

»Aha. Ein Wunderkind, wie es aussieht. Wie darf ich das mit Ihrer Mitarbeit ›außerhalb des offiziellen Programms‹ verstehen? Sie hatten noch keinen Studienabschluss und Ihre akademische Laufbahn genau genommen nicht einmal in Angriff genommen, haben aber ungeachtet dessen, dass Sie regulär gar nicht hier beschäftigt waren, wissenschaftliche Artikel über die *Viking*-Mission veröffentlicht.«

Überrascht fragte sich Nora, worauf er sich mit ›wissenschaftliche Artikel‹ bezog, und versuchte sich an die damalige Zeit zu erinnern. Als er ihre Verwunderung bemerkte, setzte er nach: »Ihr Name steht zusammen mit dem Ihres Onkels unter den Artikeln der NASA, die über die Ergebnisse des *Viking*-Projekts berichten.« Sie wusste nicht, ob sein schiefes Lächeln spöttisch oder bedrohlich gemeint war.

Das scheint in seinen Augen eine Todsünde zu sein. Worauf wollte der Mann hinaus? Unvorstellbar, dass man so eine Witzblattfigur auf einen so verantwortlichen Posten gesetzt hatte. Wie konnte sie erklären, was in den Monaten nach dem Sommer 1976 geschehen war? Zwar hatte sie damals tatsächlich erst am Anfang ihres Studiums gestanden, doch hatte sie das nicht gehindert, die Begeisterung aller zu teilen und in den entscheidenden Augenblicken dabei zu sein, als die Sonden auf dem Mars niedergegangen waren. Sie hatte ihrem Onkel bei der Abfassung der Berichte geholfen, Kaffee gemacht, Anrufe entgegengenommen und unter seiner Anleitung für jeden bibliographiert, der Material brauchte. Sie erinnerte sich noch gut daran, wie sehr sie es beeindruckt hatte, bei einem der Berichte auch ihren Namen unter den vielen anderen zu lesen, die in der Danksagung standen. Sie hatte diese Artikel als große Schätze aufgehoben, hatte sie doch damit ein Zipfelchen des Ruhms jener erhascht, die Geschichte geschrieben hatten.

Brooke hatte die Akte vor sich ausgebreitet, und sie sah zwischen den Blättern die Fotokopie eines der Artikel ihres Onkels.

»Ich habe nie etwas namentlich gekennzeichnet. Können Sie mir bitte erklären, was hier gespielt wird?«

»Sehr gern, nur noch eine Frage. Hatten Sie nach Ihrer Arbeit am *Viking*-Projekt noch Kontakt mit Ihrem Onkel? Ich spreche, damit das klar ist, von Professor Robert Pulaski.«

Daher also wehte der Wind. Es ging gar nicht um sie, sondern um Onkel Bob. Es war jetzt über ein Vierteljahrhundert her, seit er offen Stellung gegen die NASA bezogen und schließlich seine Mitarbeit aufgekündigt hatte. Sie sah den Mann an und überlegte, dass die ganze Sache, die sie für endgültig erledigt gehalten hatte, keineswegs vorüber war.

Nach so langer Zeit konnte der Albtraum wiederkehren.

»Es war Aufgabe der *Viking*-Sonden, nach Leben auf dem Mars zu suchen«, begann sie.

»Auch wenn die Sache schon lange zurückliegt, bin ich durchaus über das Fiasko im Bilde. Um es schlicht und einfach zu sagen: Man hat nichts gefunden.«

»Ich würde das nicht unbedingt ein Fiasko nennen. Aber mein

Onkel war mit dem Vorgehen der NASA nicht einverstanden und hat daher seine Mitarbeit aufgekündigt. Das ist kein Geheimnis, jedermann weiß es. Damals habe ich angefangen, mich für diese Dinge zu interessieren. Wissen Sie… sofern es bei diesem Gespräch nicht um meine Zukunft hier geht, wäre es mir recht, wenn Sie mir den Anlass dafür nennen könnten.«

»Professor Pulaski hat ziemlich bald nach seinem Fortgang von der NASA sein Wissen den Sowjets zur Verfügung gestellt.« Brooke sagte diesen Satz in einem Ton, als wäre er ein Staatsanwalt, der Anklage erhebt. »Sie werden einsehen, dass wir so etwas nicht billigen können. Übrigens haben Sie meine Frage noch nicht beantwortet.«

Nora erinnerte sich an einige tendenziöse Artikel, die in der Lokalpresse erschienen waren, Monate nachdem die NASA offiziell eingeräumt hatte, dass die *Viking*-Sonden keinerlei Formen fremden Lebens auf dem Mars entdeckt hatten. Darin war ihr Onkel praktisch als Spion hingestellt worden, der sich auf die andere Seite des Eisernen Vorhangs geflüchtet hatte. In den Artikeln hatte es geheißen, Professor Robert Pulaski, der geistige Vater der mikrobiologischen Experimente an Bord der Muttersonden, habe erst den Misserfolg des NASA-Unternehmens in aller Öffentlichkeit breitgetreten und sich anschließend an den Feind verkauft. Nachdem die NASA zu dem Ergebnis gekommen war, dass es nicht den geringsten Hinweis auf irgendwelche Lebensformen auf dem Mars gebe, hatte sich das Gefühl, versagt zu haben, innerhalb der Forschergruppe noch verstärkt. Die Situation, zu der es dadurch gekommen war, hatte ihren Onkel weit mehr belastet als alle anderen. Unmöglich hätte Nora damals, als er sich entschlossen hatte, in die Sowjetunion zu gehen, vorhersehen können, auf welch bittere Weise sich das auf sie als Trägerin seines Namens auswirken sollte: die Gerüchte am Arbeitsplatz, das Getuschel unter den Kollegen, die argwöhnischen Blicke, die verhüllten Anspielungen, in denen von Landesverrat und mangelnder vaterländischer Treue die Rede war. Ihr erschien all das einfach lächerlich.

Jetzt fürchtete sie, dass ihr erneut eine ähnlich schwere Zeit bevorstand.

»Mein Onkel hat die Vereinigten Staaten verlassen. Haben Sie mich deswegen rufen lassen? Ich habe schon ewig so gut wie nichts von ihm gehört. Was wird hier eigentlich gespielt?«

Brooke erhob sich und nahm ein Blatt aus der Akte. Sie war mehr oder weniger sicher, dass sie von ihm keine Antwort bekommen würde.

»Es ist bekannt, dass Sie vor 1976 wiederholt mit Ihrem Onkel nach Moskau gereist sind.«

»Ja, genau dreimal«, bestätigte sie.

»Schau an. Es ist sicher besser, wenn Sie es eingestehen. Erscheint es Ihnen nicht sonderbar, dass ein Wissenschaftler sowjetischer Herkunft mit seiner Nichte gerade zu der Zeit in die Sowjetunion reist, da er an einer amerikanischen Weltraummission mitarbeitet? Sicherlich werden Sie einsehen, dass das merkwürdig erscheint.«

»Sie haben zu viele Spionageromane gelesen.«

Brooke hob mit bleichem Gesicht den Blick zu ihr, und sie war überzeugt, dass sie in diesem Augenblick ihren Arbeitsplatz verloren hatte. Sie hätte ihm sagen können, dass die Reisen einen rein familiären Hintergrund hatten. Die Besuche hatten ihrem Vater gegolten. Zwar hatte sie mit ihm nur wenig Kontakt gehabt, doch als er an Krebs erkrankt war, schien es ihrem Onkel und ihr angebracht, ihn zu besuchen. Nach zwei Jahren dann war er seinem schweren Leiden erlegen. Doch der Mann ihr gegenüber war ihr so zuwider, dass sie darauf verzichtete, ihm diese Erklärung zu liefern.

»Wir wollen diesen Punkt übergehen. Ist Ihnen bekannt, dass das FBI Ihren Onkel befragt hat, bevor die Sonden den Mars erreichten?«

Sie runzelte die Brauen. All das war zu lange her. Undeutlich huschten Bilder an ihr vorüber. Ein Mann im weißen Hemd, der den Knoten seiner dunklen Krawatte gelockert und sich das Jackett lose über die Schultern gehängt hatte. Er wartete, eine Hand auf ein Auto gestützt. Das Läuten der Türklingel, der Kuss ihres Onkels, seine leichthin gemachte Aussage, er werde einige Stunden fortbleiben. Dann war er zusammen mit einem weiteren Mann, der ebenso gekleidet war wie der erste, ins Auto gestiegen. Lauter Bilder wie aus einem Traum.

Natürlich war sie auf dem Laufenden. Ihr Onkel hatte sie darüber ins Bild gesetzt. Das FBI verdächtigte jeden, der in der Sowjetunion zur Welt gekommen war und in den Vereinigten Staaten in irgendeiner amtlichen Funktion tätig war. Dabei hatte er die Vereinigten Staaten zu seiner Wahlheimat gemacht und ganz wie ein pflichtbewusster amerikanischer Bürger seine ganze Kraft und all seine Fähigkeiten als Wissenschaftler der Raumfahrtbehörde zur Verfügung gestellt.

Das FBI war die Vergangenheit. Es hatte nicht den geringsten Sinn, diesen Albtraum wieder aufleben zu lassen. Doch genau darauf beharrte Brooke. Gerade, als Nora antworten wollte, änderte er seine Taktik.

»Dr. Pulaski, wie sieht gegenwärtig Ihre Aufgabe im Zusammenhang mit dem Projekt *Mars Eternity* aus? Soweit mir bekannt ist, soll der Roboter keinerlei biologische Experimente durchführen.«

Immerhin, eine vernünftige Frage. Sie stieß einen Seufzer aus. »Die Sonde soll erstmals eine Bohrung auf einem Planeten außerhalb der Erde niederbringen. Zu diesem Zweck führt sie ein spezielles Bohrgerät mit sich, das auf dem Mars in einem bestimmten Bereich bis in eine Tiefe von fünfhundert, vielleicht sogar achthundert Metern vordringen kann. Ich leite die Gruppe, die dieses Bohrgerät konstruiert hat. Seit dem Jahr 2002 erproben wir einen identischen Prototypen in Spanien im Gebiet des Río Tinto, weil die geologischen Bedingungen dort denen auf dem Mars in gewisser Weise ähneln.«

»Jedenfalls vermutet man das«, relativierte Brooke ihre Aussage. »Mir ist bekannt, welche Schwierigkeiten am Río Tinto im Zusammenhang mit dem bewussten Gerät aufgetreten sind, und ich zweifle sehr, dass das bereits in der Sonde befindliche

Bohrgerät imstande sein wird, die von Ihnen genannte Aufgabe zu erfüllen.«

Was hatte das nun wieder zu bedeuten? Sie war wie vor den Kopf geschlagen. Es hatte am Río Tinto nicht die geringsten Schwierigkeiten gegeben! Obwohl sie sich zur Ruhe mahnte, sprudelten die Worte aus ihrem Mund hervor. »Sie entschuldigen, aber ich weiß nicht, wovon Sie sprechen. Die letzten Bohrversuche sind erfolgreich verlaufen und ...«

»Die NASA hat für das kommende Jahr deutliche Einsparungen beschlossen. Ihnen dürfte bekannt sein, dass das Budget von Jahr zu Jahr neu festgelegt wird. Mithin beeinträchtigen diese Kürzungen das Projekt *Mars Eternity* als solches nicht. Trotz der in jüngster Zeit mit Bezug auf diese technischen Verfahren aufgetretenen Zweifel werden wir alles Menschenmögliche tun, um den Start nicht verschieben zu müssen.«

Nora war sitzen geblieben, sprang aber von ihrem Stuhl auf, als sie das hörte. Bis dahin waren es nur noch wenige Wochen!

»Entschuldigung! Wovon reden Sie?«

Brooke schob die Blätter seiner Akte zusammen und schloss sie.

»Die NASA kann sich kein weiteres Fiasko leisten«, teilte er ihr mit.

»Gestatten Sie mir zu sagen, dass mit einem Aufschub des Starts ein Fiasko programmiert würde.«

Brooke schüttelte den Kopf. »Da bin ich anderer Ansicht. Sie dürfen sicher sein, dass mir das Unternehmen noch mehr am Herzen liegt als Ihnen, doch muss die Behörde auch ihre Erfolgsstatistik im Auge haben.«

Allmählich begriff Nora die Zusammenhänge. Für die NASA war 2004 das Marsjahr, und in den ersten beiden Monaten hatte die Raumfahrtbehörde ihren bisher größten Triumph gefeiert, weil es ihr gelungen war, zwei Forschungsroboter auf dem Planeten abzusetzen. Beide hatten, jeder auf seine Weise, nachgewiesen, dass es dort irgendwann einmal Wasser in flüssiger Form gegeben hatte. Das hatte in den Medien für mächtigen Wirbel gesorgt. Alles verlief wie geplant.

»Ich will offen sein, Dr. Pulaski. Sie selbst haben bei vielen Gelegenheiten gezeigt, dass das Grundkonzept für das Projekt *Eternity* auf Vorstellungen fußt, die Ihr Onkel in den siebziger Jahren entwickelt hat. Allerdings halten einige hochrangige und allseits geachtete Fachleute diese Vorstellungen für irrig, zumindest aber für äußerst gewagt. Gewiss, sie sind keineswegs uninteressant, doch noch ist die Technik für Bohrungen auf dem Mars nicht reif. Sie bedarf weiterer Verbesserungen. Mag sein, dass die Zeit dafür einfach noch nicht gekommen ist.«

Nie hatte Nora öffentlich darüber gesprochen, dass sich das Projekt *Eternity* auf die Arbeit ihres Onkels stützte. Was zum Teufel steckte hinter alldem?

»Unter diesen Umständen könnte es angebracht sein, das Vorhaben zumindest so lange aufzugeben, bis die Entscheidung gefallen ist, ob der Start zum vorgesehenen Zeitpunkt erfolgt oder nicht. Die Techniker müssen die nötigen Änderungen vornehmen… Sofern Sie meine unverhohlene Meinung hören wollen, wäre es mir am liebsten, wenn der Start am vorgesehenen Tag erfolgen würde.«

Aufgeben.

»Selbstverständlich können Sie Ihre Arbeit bei uns fortsetzen«, erklärte er mit großzügiger Geste und nahm seinen Aktenkoffer wieder an sich. »Wir sind der Ansicht, dass sich jemand mit Ihrer Erfahrung ohne weiteres im Rahmen des Ausbildungsprogramms zum Thema Raumfahrt einsetzen lässt. Wir haben in der Abteilung Öffentlichkeitsarbeit Kürzungen beschlossen. Eine der dort frei gewordenen Stellen könnten Sie besetzen.«

»Ich muss unmittelbar nach dem Start einen Kongress leiten; dabei handelt es sich um eine feste Verpflichtung.« Überrascht hörte Nora ihre eigenen Worte, als hätte sich etwas in ihr gegen das gewendet, was sie bereits befürchtet hatte, bevor sie den Raum betrat.

Man hatte sie aus dem Mars-Projekt ausgebootet. Schlimmer noch war der Gedanke, dass man ihr diese Aufgabe genommen hatte, um sie einem anderen anzuvertrauen. Wem?

Im Hintergrund all dessen tauchte ihr Onkel Bob auf.

Er will das Projekt nicht aufgeben, dich aber daraus entfernen.

Brooke wandte sich der Glastür zu, ohne auf sie zu warten. Er öffnete sie und sagte, bevor er den Raum verließ: »Selbstverständlich können Sie diesen Kongress abhalten, wann immer es Ihnen beliebt.«

Río Tinto

Es war acht Uhr abends, und da Nora noch nicht Feierabend machen konnte, rief sie ihre Tochter Nadja an. In der Wohnung an der Oak Avenue nahm niemand ab. Es ärgerte sie maßlos, dass sie auf dem Anrufbeantworter landete, weil Nadja nicht zuhause war. Zwar war es noch nicht besonders spät, die Sonne stand noch deutlich sichtbar am Himmel, trotzdem hatte sie das Gefühl, dass sich die Tochter ihr entfremdete. Schließlich war das Kind erst vierzehn Jahre alt. Sie sprach ihre Nachricht auf und wandte sich wieder ihrer Arbeit zu.

Eins hatte ihr das Gespräch mit Brooke klargemacht: Bei dem Marsprojekt war sie kaltgestellt. Sie setzte sich vor ihren Rechner, stellte die Webcam ein und bereitete sich auf die Video-Konferenz vor. Sie kochte vor Wut. Seit Jahren arbeitete sie an der Konstruktion und Verbesserung eines Bohrgeräts für Gesteine, und ihrer Ansicht nach rechtfertigten die Ergebnisse ihrer Arbeitsgruppe es durchaus, dass man für knapp zweihundertfünfzig Millionen Dollar eine Mission zur Marserkundung ausgerüstet hatte. Verglichen mit sündhaft teuren Unternehmen wie *Galileo* oder *Cassini*, die sich die Erforschung des Jupiter und des Saturn zum Ziel gesetzt hatten, waren das doch ohnehin Kleckerbeträge. Der Probelauf am Río Tinto war erfolgreich verlaufen. Das Bohrgerät hatte einwandfrei funktioniert und seine endgültige Ausführung auch die Erprobungen im Roboterlabor von Pasadena erfolgreich hinter sich gebracht.

Wen mochte man als ihren Henker ausersehen haben? Womöglich den hochtrabenden Holländer De Wicke Ovidja mit der Hakennase und dem schwarzen Kraushaar, der Sternschnuppenschwärme erforschte und als übler Intrigant und Postenjäger bekannt war. Oder gar einen der Hohlköpfe, die ohne die geringste Aussicht auf Erfolg um ihre Gunst warben? Mit vor Zorn geballten Fäusten wartete sie darauf, dass Francisco González, der Leiter ihrer Arbeitsgruppe in Huelva, auf dem Bildschirm erschien. Nora, die fließend Spanisch sprach, nannte ihn Paco, wie das in Spanien bei Männern dieses Vornamens üblich ist. Die NASA hatte in den vergangenen Jahrzehnten ausgesprochen fruchtbare wissenschaftliche Verbindungen zu Spanien geknüpft, und González gehörte zu den besten Planetologen. Mit seinem sauber gestutzten, von grauen Fäden durchzogenen Bart und der Brille mit dem schweren Gestell sah er aus wie der typische Hochschullehrer. Er teilte Noras glühende Leidenschaft für die Erforschung des Mars.

»Ich kann es erklären«, sagte er mit seinem breitesten Lächeln, bereit, ihr ausführlich zu berichten.

Aber Nora konnte nicht an sich halten. »Wieso hast du mir nichts davon gesagt? Es ist nur noch ein Monat bis zum Start!« Sie merkte, dass sie förmlich schrie, doch es hätte sie zu große Mühe gekostet, sich zu beherrschen. Brooke hatte sie auf die Palme gebracht.

González beschloss, den Stier bei den Hörnern zu packen. »Vor drei Tagen sind wir bei dem Maulwurf auf einen Schwachpunkt gestoßen.«

Mit »Maulwurf« meinte er Noras Tiefbohreinrichtung für den Mars.

Sie spürte, dass sie die Beherrschung vollends zu verlieren begann. Sie stieß hervor: »Seit drei Tagen wisst ihr das schon! Wieso erfahre ich das erst heute? Das gefällt mir überhaupt nicht.«

Für die Behebung eines technischen Fehlers an der Bohreinrichtung, ganz gleich, wie unbedeutend er sein mochte, waren mindestens sechs Monate erforderlich. Nora war fest überzeugt, dass man das Projekt trotzdem unter keinen Umständen einstellen würde, nicht einmal dann, wenn die Bohreinrichtung nicht einwandfrei funktionierte. Schließlich gab es noch andere Möglichkeiten, Gestein und Sand vom Mars zur Erde zu bringen. Für den Fall, dass die Sache aufgeschoben werden musste, würde die Raumfahrtbehörde sechsundzwanzig Monate bis zur nächsten Möglichkeit eines Starts von Baikonur in Kasachstan aus warten müssen, weil erst dann wieder der geringstmögliche Abstand zwischen den beiden Planeten bestünde.

González bemühte sich um eine wissenschaftliche Erklärung.

»Wir haben eine Überhitzung im Kühlsystem festgestellt.«

»Das kann doch gar nicht sein«, begehrte sie auf.

Dutzende von Malen hatte man das System erprobt. Es war ein kleines technisches Wunder, das konnte Nora ohne Übertreibung behaupten. Ihren Leuten war es gelungen, das Gewicht der Einrichtung auf kaum zehn Kilo zu drücken. Für Bohrungen auf dem Mars waren technische Verfahren nötig, die noch fünf Jahre zuvor als unvorstellbar gegolten hatten. Das eigentliche Bohrwerkzeug, das imstande war, das härteste Gestein zu durchdringen, und das dem Boden des Mars Proben entnehmen sollte, bestand aus mit Diamanten besetztem Stahl.

Von allen Aufgaben hatte sich das Problem der Kühlung am schwierigsten lösen lassen. Obwohl die Temperaturen während der Mars-Nacht bis auf minus hundertzwanzig Grad sanken, musste die Bohrspitze fortwährend gekühlt werden, damit die beim Bohren auftretende Hitze den Bohrer nicht abstumpfte.

Nora hatte diese Klippe auf ebenso elegante wie raffinierte Weise bewältigt: der Bohrer sollte äußerst langsam laufen, um sich nicht übermäßig zu erhitzen. Als zusätzlicher Vorteil ließ sich dabei verbuchen, dass er so auch nur wenig Energie verbrauchen würde, was eine ununterbrochene Betriebsdauer von zweihundert Erdentagen ermöglichte.

»Die Wärmefühler haben einen deutlichen Temperaturanstieg verzeichnet, weshalb wir die Arbeit einstellen mussten«, fuhr González fort. »Das hat uns alle überrascht. Dabei ist uns aufgefallen, dass die Temperatur zehn Stunden nach Beginn des

Bohrvorgangs am stärksten anstieg. Das haben wir vorgestern gemerkt.«

»Und warum hast du mich nicht angerufen? Weitere Probebohrungen waren doch gar nicht vorgesehen. Bist du auf eigene Faust tätig geworden?«

Der Mann zuckte die Achseln. »Der Auftrag dazu ist aus Washington gekommen. Aus dem Hauptquartier. Ich dachte, du weißt Bescheid.«

Bei diesen Worten erlosch das grüne Licht förmlich vor Noras Augen. Mit »Hauptquartier« war das Verwaltungszentrum der NASA gemeint, wo die hohen Tiere saßen. Müde fuhr sich Nora mit der Hand durch das Haar. Washington. Die Leute meinten es unübersehbar ernst. Es hatte keinen Sinn, sich weiter in ihre Wut hineinzusteigern.

»So so, die haben also weitere Probebohrungen verlangt«, sagte sie etwas ruhiger. »Natürlich. Sie brauchten einen Vorwand.«

Sie dachte an das ihr ein Jahr zuvor auf den Schreibtisch gelegte umfangreiche Lastenheft für das Bohrgerät. Es hatte alle Probebohrungen und sonstige Anforderungen enthalten, die das Bohrgerät erfüllen musste, damit es für das Projekt *Mars Eternity* eingesetzt werden konnte.

»Man hat mir gesagt, man brauche die Ergebnisse dringend, um Vergleiche anstellen zu können, und auch, dass ich dir keine Mitteilung davon zu machen brauchte, weil sie das tun würden. Man hat mich sogar aufgefordert, niemandem etwas von diesem Eingreifen Washingtons zu sagen. Tut mir leid, Nora.«

»Schon gut, Paco, du kannst nichts dafür. Woher ist die Anweisung gekommen?«

González sagte so mechanisch, als läse er es von einem Briefkopf ab: »Von der Abteilung Mars-Erkundung, aus Albert Brookes Büro.«

Der Río Tinto hatte Nora schon vor einem Jahrzehnt fasziniert. Das Bild, das dieser entsetzlich verschmutzte Fluss bot, dessen Wasser so rot war wie Blut, stand in lebhaftem Gegensatz zur weißen Landschaft um ihn herum, zu den erodierten Terrassen, auf denen noch die Überbleibsel der Pyritsäulen zu sehen waren, an die vor langer Zeit die Engländer Feuer gelegt hatten, um das Kupfer herauszuholen. Am Ende des 19. Jahrhunderts musste die Luft dort voll giftiger Schwefeldämpfe gewesen sein. Viele der Menschen in jener Gegend waren umgekommen, und so hatte eine große Zahl der Bewohner des Gebiets allmählich ein Bewusstsein für das entwickelt, was dort geschah. Zum ersten Mal hatte Nora die verlassenen Anlagen, in denen die Arbeiter der damals größten Kupfermine der Welt zu Beginn des 20. Jahrhunderts gearbeitet hatten, durch die Windschutzscheibe von González' Auto gesehen. Die stählernen Reste der Dampflokomotiven, die man vor die Waggons mit dem abgebauten Mineral gespannt hatte, waren von rötlichem Rost bedeckt gewesen, dessen Anblick sie von ferne an den Mars erinnert hatte.

Das Beste, was englische Ingenieurkunst seinerzeit hervorgebracht hatte, zerfiel in einem verblüffenden Tempo, das alle Fachleute ratlos machte. Selbst aus Lokomotiven und Güterwaggons, die man noch zwanzig Jahre zuvor benutzt hatte, waren zerfressene Stahlskelette voll klaffender Löcher geworden. Regenfälle hatten den durch die Ausbeutung der Lagerstätten heillos verschmutzten Fluss über die Ufer treten lassen, und das Wasser hatte alles angefressen, was ihm in den Weg kam. Überall dort, wohin es gelangt war, lagen verrostete Fässer und standen Lagertanks, die aussahen, als hätte jemand mit einem riesengroßen Fuchsschwanz daran herumgesägt. Das Ganze war eine Mondlandschaft, ein Bild des Zerfalls, und es ließ sich absehen, dass das bis weit in die Zukunft so bleiben würde. Allem Anschein nach lebten im übersäuerten Wasser des Flusses Bakterien, die imstande waren, Pyrit und Eisen anzufressen. Es musste voller Kleinlebewesen sein, die ihre Energie aus diesem Substrat bezogen. Manche von ihnen konnten, wie es aussah, sogar ohne Sauerstoff existieren. Die immer mehr verfallenden Anlagen hatten bei Nora einen tiefen Eindruck hinterlassen. Weil ihr die Gegend um den Río Tinto herum erschien wie ein Abbild des Mars auf der Erde, eine durch Oxidation untergegangene Welt, war sie die ideale

Umgebung für die Erprobung ihrer Bohreinrichtung, die eines Tages in den Boden des Roten Planeten eindringen sollte.

»Das Problem liegt in den Wärmefühlern«, sagte González.

»In den Wärmefühlern?«

Der Mann näherte sich dem Bildschirm, um seine Lippen dichter an das Mikrofon heranzubringen. Er bemühte sich darum, von niemandem gehört zu werden, obwohl er über eine verschlüsselte Privatleitung sprach.

»Ja«, murmelte er. »Die Schaltkreise der Wärmefühler. Es gibt Anzeichen dafür, dass Säure sie angegriffen hat. Die Schutzschicht um sie herum war beschädigt.«

»Und das heißt?« Sie wagte nicht, den Satz zu beenden.

»Sabotage«, bestätigte der bärtige Wissenschaftler. »Eine andere Erklärung gibt es nicht.«

Avatar

Überrascht hörte Nadja auf dem Anrufbeantworter, dass die Mutter später als sonst nach Hause kommen würde. Das Sonnenlicht fiel noch in die zehn Autominuten vom Labor für Strahltriebwerke entfernte bescheidene Wohnung in der Oak Avenue. Nadja stellte ein Fertiggericht in die Mikrowelle und ging in ihr Zimmer. Wie bei Jugendlichen üblich war dort jede freie Fläche mit Bildern ihrer Lieblingssänger und Filmhelden gepflastert. Allerdings interessierte sie sich im Unterschied zu ihren Freundinnen nicht für das, was um diese Tageszeit im Fernsehen gezeigt wurde, es sei denn, es gab zufällig einmal ein gutes Rockkonzert. Daher blieb das Gerät abends gewöhnlich stumm. An jenem Tag aber wurde auf einem der Musikkanäle ein Konzert von Bruce Springsteen übertragen, und so wurde Nora, als sie nach Hause kam, von überlauter Musik empfangen. Sie beeilte sich, den Fernseher abzustellen.

»Nadja«, mahnte sie, »die Fenster.«

Alle Fenster waren geschlossen. Nadja wusste, dass das ihrer

Mutter nicht recht war. Freundlich, aber hartnäckig bestand sie zu allen Jahreszeiten darauf, dass ihre Tochter sie zumindest leicht öffnete, damit jederzeit frische Luft in ihre Wohnung kam – in den kalifornischen Wintern wurde es ohnehin nie wirklich kalt.

Lächelnd machte sich das Mädchen daran, das Wohnzimmer aufzuräumen. Sie hatte grüne Augen wie ihre Mutter und trug das schwarze Haar in einem Knoten zusammengefasst. Zu Noras ständigem Ärger kleidete sie sich betont nachlässig. Täglich fielen ihr Veränderungen am schlanken Leib ihrer Tochter auf, die sich hauptsächlich deshalb verpflichtet fühlte, einen BH zu tragen, weil ihre Brüste noch nicht vollständig entwickelt waren. Alles an ihrer Tochter erschien Nora wie ein Wunder, ob es nun die Hüften oder die schmale Taille waren. Sie hatte runde Schultern, schlanke Arme, für ihr Alter sehr lange Beine und als Ergebnis langer und zahlreicher Trainingsstunden im Schwimmbad einen kräftig entwickelten Rücken. Ihre Fortschritte als Schwimmerin waren vielversprechend, insbesondere im Schmetterlingsstil, aber auch im Brustschwimmen, und so war es nicht weiter verwunderlich, dass sie in ihrer Altersklasse bereits einige wichtige Preise gewonnen hatte. Nora war dabei gewesen, als sie im Rose Bowl, wo es mehr als genug von ihrem Siegeswillen angetriebene Anwärter auf den Status eines professionellen Schwimmers gab, ihre persönliche Bestzeit über hundert Meter im freien Stil um mehrere Sekunden unterboten hatte.

Allmählich wurde sich Nadja der Welt um sie herum immer bewusster, und ihr ganz besonderes Augenmerk galt den Schwierigkeiten anderer Menschen. Ein flüchtiger Blick auf das Gesicht der Mutter zeigte ihr, dass etwas nicht stimmte. Natürlich konnte sie nicht von ferne ahnen, dass man Nora soeben um den Lohn für das gebracht hatte, wofür sie den größten Teil ihres Lebens gekämpft hatte. Trotz aller Widrigkeiten hatte Nora stets eine Möglichkeit gefunden, Zeit für dies Ziel aufzuwenden.

»Ist was passiert, Mama?«

»Hast du schon gegessen und deine Hausaufgaben erledigt?

Wo hast du überhaupt gesteckt? Als ich gegen acht angerufen habe, warst du nicht zuhause. Hast du meine Mitteilung auf dem Anrufbeantworter abgehört?«

Das waren für eine Heranwachsende zu viele Fragen auf einmal.

»Aber heute ist doch Freitag!«, sagte Nadja anklagend, änderte aber sogleich ihre Taktik, um Diskussionen zu vermeiden. »Soll ich dir was zu essen machen?«

»Ich habe heute keinen Appetit. Vielleicht etwas Tee. Sag schon, wo warst du?«

»Kann ich heute Abend ausgehen?«, fragte Nadja. »Tom hat angerufen.«

»Mach mir etwas Tee«, bat Nora. »Du willst also mit Tom ausgehen? Darüber sprechen wir später.«

»Aber Mama, ich muss ihn jetzt gleich anrufen …«

»Nachher, Nadja«, sagte Nora. »Ich muss eine Weile für mich sein.«

Nadja begann, sich in dem jämmerlichen Ton zu beklagen, den ausschließlich Halbwüchsige verwenden, wenn sie sich wie Kleinkinder aufführen wollen, zog sich dann aber in ihr Zimmer zurück, allerdings ohne die Tür zuzuschlagen, wie das die meisten ihrer Bekannten getan hätten, um eine Konfrontation herauszufordern. Sie ließ sie erst halb offen stehen und zog sie dann als Protestsignal gerade so kräftig zu, dass die Mutter es hören musste.

Es war Nora klar, dass das eine intelligente (und deutlich wirksamere) Art des Aufbegehrens war, als wenn sie die Tür geknallt hätte. Sie musste viel über das Kind nachdenken, ein erfrischendes junges Mädchen, das seinem offenen Wesen zahlreiche Bewunderer beiderlei Geschlechts verdankte. Bisweilen kam ihr der Gedanke, dass ihre Tochter für so manche Überraschung gut sein dürfte.

Jetzt jedoch beschäftigten das Mars-Projekt, die Ereignisse um Onkel Bob und die Schwierigkeiten mit dem Bohrgerät sie so sehr, dass sie nicht mit Nadja sprechen konnte.

Sie nahm eine Zigarette aus der Handtasche und stieß dabei

auf die Festplatte, die ihr Charlie gegeben hatte. Sie nahm sie heraus und betrachtete sie. Auf Silizium gespeicherte Intelligenz. Warum nicht? Das Programm, von dem er gesprochen hatte, fußte auf den Entwicklungen der achtziger Jahre, bei denen man das Schwergewicht auf den psychologischen Aspekt gelegt hatte. Damals hatte man erreichen wollen, dass Maschinen vom Menschen formulierte Fragen auf eine Weise beantworteten, die sich als intelligent bezeichnen ließ, auch wenn sie selbst nicht intelligent waren. Der Grundsatz dabei war, dass der Fragensteller intelligenter sein muss als der Antwortende. Sie merkte, wie niedergeschlagen sie war. Sie musste unbedingt mit jemandem reden, wollte aber Nadja nicht erschrecken.

Schon jetzt hatte sie Angst davor, dass das Kind sie eines Tages verlassen und sie ihrem Leben allein gegenüberstehen würde.

Sie schloss die Festplatte an ihren Rechner an und schaltete ihn ein. *Jetzt mache ich die Turing-Probe*, dachte sie. *Der Geist Alan Turings aus dem Grabe.*

Auf dem Bildschirm tauchte ein Gesicht auf. Es war ihr eigenes, wenn auch etwas unscharf. Anstelle der Haare lag eine Art Konfetti um ihren Kopf, so, als hätte man die wirkliche Nora kahlgeschoren und aus Hautstücken eine Maske ihres Gesichts zusammengesetzt. Sie fand das Ganze lustig.

Sieht besser aus, als was ich morgens im Spiegel zu sehen bekomme.

Die Lippen der Maske bewegten sich, und Nora erkannte ihre eigene Stimme. Sie klang nicht scheppernd, sondern eher so, als hörte sie sich durch einen schlechten Lautsprecher. Die Worte waren deutlich zu verstehen.

»Hallo, Nora. Ich bin dein Avatar. Sag mir, wo du arbeitest und wie alt du bist.«

Bestimmt hatte Charlie diese Fragen programmiert. Vielleicht war das die Art, wie er Gespräche mit Frauen anknüpfte. Sie nahm das mit ihrem Rechner verbundene Mikrofon zur Hand.

»Ich gehe auf die fünfzig zu, das heißt, ich bin älter als achtundvierzig. Ich arbeite am Projekt der Gesteinsbohrung für die

Mission *Mars Eternity*, besser gesagt, ich stehe kurz davor, die Arbeit daran aufzugeben.«

»Dein Alter scheint dir Sorgen zu machen.«

Eigentlich hatte Nora damit gerechnet, dass der Avatar sagen würde, »du sagst mir also, dass du am Mars-Projekt mitarbeitest«. Das war die übliche Formel, bei der eine Aussage in eine Art indirekte Frage umgewandelt wurde. Doch sonderbarerweise konzentrierte sich der Avatar auf den ersten Teil ihrer Antwort, der sich auf ihr Alter bezog. Auf jeden Fall funktionierte das Stimmerkennungsprogramm einwandfrei.

»Ja, manchmal denke ich an mein Alter. Eigentlich ist das ziemlich dumm von mir.«

»Machst du dir etwas aus dem, was die Leute über dein Aussehen sagen könnten?«

»Darüber habe ich noch nicht nachgedacht. Wirklich noch nie.« Überrascht merkte sie, dass sie anfing, sich zu rechtfertigen.

»Hältst du dich für anziehend? Glaubst du, dass du Männern gefällst?«

Sie fand, dass Charlie damit übertrieb. Das war keine Unterhaltung mehr, sondern ein dummer Scherz, und sie war nicht in der Stimmung für dergleichen. Vielleicht steckte dahinter seine Absicht, ihr mit Hilfe einer Maschine klarzumachen, was er ihr nicht ins Gesicht sagen konnte.

Sie beschloss, noch eine Weile mitzuspielen. »Ich glaube, dass ich früher einmal anziehend war. Das ist aber jetzt nicht mehr wichtig.« Sie wartete die nächste Frage ab, um zu sehen, ob sie den Rechner ausschalten sollte oder nicht.

»Warum sagst du, dass es nicht mehr wichtig ist?«

Das Programm fing an, sich wie ein Psychotherapeut aufzuführen. Sei's drum.

»Früher einmal haben wir gearbeitet und geglaubt, etwas Bedeutendes damit zu bewirken. Das ist jetzt vorbei. Jeder von uns, der an dem Unternehmen mitarbeitete, war überzeugt, mehr oder weniger in die Geschichte einzugehen.«

»Um was für ein Unternehmen geht es dabei, Nora?«

Das verspricht, interessant zu werden. Vielleicht hatte Charlie doch gute Arbeit geleistet.

»Wir haben als Erste den Mars erreicht. Im Jahre 1976. Damit will ich nicht sagen, dass wir persönlich dort waren. Aber wir haben das Beste von uns in die Raumsonden des *Viking*-Programms gesteckt. Es war ein großartiger Erfolg. Wir haben ein neues Blatt in der Geschichte aufgeschlagen.«

Das war eine Übertreibung. Als wäre die junge Frau, die den anderen Kaffee gebracht hatte und ganz allgemein ein kleines Rädchen im Getriebe gewesen war, für das Ganze mit verantwortlich gewesen. Doch was konnte eine Maschine darüber wissen?

»Bekümmert es dich, keine neuen Blätter in der Geschichte aufzuschlagen, Nora? Fürchtest du, dein Name könnte in Vergessenheit geraten?«

Eine interessante Wendung. Charlie war ganz offenkundig ein Genie.

»Ich war zwanzig Jahre alt, als die *Viking*-Sonden auf dem Mars landeten. Der Mars war meine erste Liebe. Ich war damals Studentin, hatte meine Berufslaufbahn noch nicht begonnen, und mein Onkel hat mir gesagt, dass meine Begeisterung vielversprechend sei. Man hat mich in die Gruppe derer aufgenommen, die an der *Viking*-Mission arbeiteten, eine wunderbare Mannschaft.«

»Wie hat diese Gruppe ausgesehen, Nora?«

Nach wie vor bewegte sich lediglich der Mund der Maske, aber die Fragen hatten eine persönliche Klangfärbung.

»Jeder von uns war in den Mars verliebt. Die anderen waren deutlich älter als ich, lauter bezaubernde Menschen. Sie haben sich formlos gekleidet. Manche trugen riesige Hornbrillen, andere hatten einen Bleistift hinter dem Ohr. Man spürte, dass sie aufrichtig waren.«

»Hat sich jemand verliebt? Wer hat sich in dich verliebt, Nora?«

Zwei Fragen auf einmal, die nichts miteinander zu tun hatten. Offenbar war das Verb »verlieben« für die Datenbank ein harter Brocken.

Sie bemühte sich, langsam zu sprechen, und näherte ihren Mund dem Mikrofon, um deutlich verstanden zu werden. Ihre Antwort war komplex, und sie war nicht sicher, ob das Programm sie richtig umsetzen konnte.

»Das war alles ganz unschuldig. Die Männer waren sehr schüchtern, wie große Jungen. Sie wurden rot und machten nur Andeutungen. Kinder denken nur an sich selbst, sie können niemanden lieben, der ihnen keine Liebe entgegenbringt. Wir alle waren vom Mars wie verhext, aber in den Augen der Welt hatten wir keinen Erfolg.«

»Du sagst, dass du keinen Erfolg hattest. Wieso nicht?«

Nora glaubte zu sehen, dass die Maske die Mundwinkel leicht verzog. Die Lippen bewegten sich, dehnten sich und zogen sich dort, wo das Gesicht anfing, zu winzigen Runzeln zusammen. Charlie hatte keine Zeit gehabt, die Haare, einen Teil der Ohren und das Kinn auszubilden. Sie stellte sich vor, dass das Bild im Zauberspiegel des Märchens von Schneewittchen so ausgesehen hatte. In dem Fall wäre sie die böse Königin, die sich über ihre Hässlichkeit und mangelnde Tugend beklagte. Fast hätte sie laut herausgelacht.

»Es gab auf dem Mars kein Leben. Alle, die nicht näher mit uns zu tun hatten, waren enttäuscht. Niemand hat das erklärt. Sie waren überzeugt, dass wir gescheitert waren, und deshalb hat man uns vergessen.«

»Hast du Angst, vergessen zu werden, Nora? Wovor hast du Angst?«

Diesmal wusste sie nicht, was sie antworten sollte. Das Programm war wirklich erstklassig. Allmählich kam es ihr so vor, als gäbe es hinter dem Gesicht auf dem Bildschirm ein denkendes Gehirn. Sie schüttelte den Kopf und erkannte schlagartig, welchen Fehler sie während des gesamten Gesprächs begangen hatte. Sie hatte selbst keine einzige Frage gestellt. »Der Fragensteller muss intelligenter sein als der Antwortende.« Sie musste die richtigen Fragen stellen.

Sie überlegte, ob sie den Rechner ausschalten sollte, beschloss dann aber, das Spiel zu Ende zu bringen. Sie fasste den Rand des Bildschirms mit beiden Händen und sagte: »Du dumme Maschine, heute hat man mich vom Mars getrennt. Das ist etwas, das du nicht verstehen kannst. Und ich sag dir noch was. Man hat mit mir über meinen Onkel Bob geredet. Weißt du, wer das ist? Natürlich nicht! Im Übrigen bin ich überzeugt, dass man mich seinetwegen von dem Projekt ausgeschlossen hat. Verstehst du das? Es ist sogar sehr gut möglich, dass man mir kündigt.«

Die starre Maske zeigte ein spöttisches Lächeln. »Du sagst, dass man mit dir über deinen Onkel Bob gesprochen hat.«

Wieder wurde sie wütend und wollte den Rechner ausschalten. Dann hörte sie hinter sich eine Stimme: »Stimmt das, dass man dir kündigen will? Und wer ist Onkel Bob?«

Nadja stand hinter ihr, das Telefon in der Hand. Nora hatte das Bedürfnis, mit einem Schlag alles zurückzuzahlen, was sie schuldete, und drückte ihre Tochter fest an sich. »Zum Teufel mit Mars! Komm her!«

Aber Nadja hörte nicht auf zu fragen. Nora merkte, dass ihre Tränen im Begriff standen zu verraten, was sie selbst in diesem Augenblick nicht auszudrücken vermochte, doch als sie die Worte fand, stieß sie auf die heitere Gelassenheit eines jungen Mädchens, das kein Kind mehr war.

»Was ist, Mama?«

Sie wollte es ihr sagen, ihr erklären, was am Nachmittag geschehen war. Nadja war lange nach Onkel Bobs Fortgang zur Welt gekommen. Er war Noras Mentor gewesen, hatte in jenem magischen Jahrzehnt, denn das waren die sechziger Jahre gewesen, in ihr die Begeisterung für den Planeten Mars geweckt. Nadja wusste nichts von der Existenz dieses Onkels, denn über ihn hatte Nora ebenso wenig zu ihr gesprochen wie über Nadjas Vater. Sie und ihre Tochter hatten schwierige Zeiten durchmachen müssen, während sich die Männer in ihrem Leben darauf beschränkt hatten, einfach daraus zu verschwinden, als hätte es sie nie gegeben. So einfach war das. Nie würde Nora erfahren, ob sie tot waren oder noch lebten. Welche Rolle spielte das jetzt auch? Sie verdankte Onkel Bob die schönsten Träume, bis sich eben diese Träume später in entsetzliche Belastungen verwandelt hatten, die sie jetzt unter sich zu begraben drohten, in Herausforderungen, die ihr zeigten, wie schwach sie sein konnte. Er hatte sich davongemacht und zugelassen, dass in ihr nach und nach Hass und Widerwille entstanden, ohne dass sie etwas davon gemerkt hatte, bis sie an die Oberfläche traten und Wirkungen zeitigten, die sie weder neutralisieren noch mildern konnte.

Sie sah das Telefon in der Hand ihrer Tochter rot blinken. Offensichtlich hatte sie mit jemandem gesprochen. Nora hatte es nicht läuten hören. Sie würde Nadja zur Rede stellen müssen, weil sie Tom angerufen hatte. Bevor sie etwas sagen konnte, hielt ihr Nadja das Telefon hin: »Es ist für dich. Er sagt, es hat mit deinem Onkel Bob zu tun.«

5

Taningia

Luarca, Februar 2005

Alastair Golombek war noch nie in Luarca gewesen. In seinen Augen unterschied sich der kleine Ort mit seinem Hafen in nichts von anderen Fischerdörfern der Welt. Vermutlich drehte sich das Leben der Menschen hier um nichts anderes als das Meer. Er war es gewöhnt, mit Fischern zu reden, und ihm war durchaus bewusst, dass die Interessen der Menschen, die vom Meer leben, denen jener, die ihr Leben dessen Erforschung widmen, weil sie von ihm fasziniert sind, zwangsläufig diametral entgegengesetzt sind.

Wohin auch immer er kam, überall zeigten sich die gleichen Unterschiede. Die einen fürchteten trügerische Strömungen, Unwetter, Grundseen, das Ausbleiben der Fische oder die Erschöpfung der Fanggründe mehr als die Gefahr durch egal welches Lebewesen, das im Wasser heimisch war. Den Wissenschaftlern hingegen lag daran zu ergründen, was für Geheimnisse sich unter der Oberfläche der Weltmeere verbargen.

Nach seinem ersten Tag in Luarca sollte er zum ersten Mal in sechsunddreißig Berufsjahren entdecken, dass ihm eine durch das Unbekannte ausgelöste sonderbare Erregung die abergläubische Furcht der Fischer näherbrachte.

Noch eine Woche nach dem schlimmsten Unwetter, an das sich die ältesten Menschen dort erinnern konnten, machten den Bewohnern der Stadt Gerüchte zu schaffen, die sich gleich einer Epidemie ausbreiteten. Darin ging es um ein Ungeheuer, ein unbekanntes Lebewesen, dessen von Polizeibeamten streng bewachte Überreste in einem der Räume der Fischer-Bruderschaft verwesten. Man munkelte, die Fischkutter müssten im Hafen bleiben und dürften bis zum Monatsende nicht auslaufen, weil es da draußen außer dem Ölteppich noch mehr von diesen riesigen Ungeheuern gab. Man fürchtete, und das war eine neue Besorgnis, die See werde die Leichen der vier Unglücklichen, die auf der *María Victoria* ausgefahren waren, nicht freigeben, weil ein Ungeheuer das Boot auf alle Zeiten in die Tiefe des Meeres hinabgezogen hatte. So gut wie niemand von denen, die einander schaudernd derlei berichteten, hatte jedoch die Überreste gesehen, die in den Räumen der Fischer-Bruderschaft hinter Schloss und Riegel aufbewahrt wurden.

Golombek und sein treuer Schüler Thomas Albee hatten die bereits in Verwesung übergegangenen Pottwale auf der Halbinsel Kaikoura und die übrigen Mitglieder ihrer Expedition auf der *Rainbow* zurückgelassen. Die Entscheidung war dem Ozeanographen äußerst schwergefallen. Am Vortag hatte er mehrere Stunden lang auf dem Bildschirm seines Schülers die diesem als E-Mail-Anhang übermittelten Fotos betrachtet. Er war nicht bereit zu glauben, was er da sah. Dahinter musste eine Täuschung stecken, Humbug. Ein solches Exemplar war ihm in seiner langen Laufbahn als »Doktor Kalmar« noch nie unter die Augen gekommen. Diesen Spitznamen hatten ihm Fachkollegen wegen seiner Entschlossenheit verliehen, das größte wirbellose Tier der Welt bis in die fernsten Winkel des Erdballs zu verfolgen.

So nachdrücklich hatte Albee auf der Notwendigkeit einer Reise nach Spanien bestanden, dass Golombek zu fürchten begann, sein Schüler werde sich allein aufmachen, wenn er darauf beharrte, auf Kaikoura zu bleiben. Albee war anhänglich, konnte aber auch störrisch sein. Das war oft dann der Fall, wenn er seine Pfeife entzündete und ihren übelriechenden Rauch ausstieß. Am Abend vor dem Aufbruch war Golombek in der Kabine der *Rainbow* auf ihn zugetreten und hatte ihn aufgefordert, ihm nochmals seine Gründe zu erläutern.

Albee hatte einen Zug aus seiner Pfeife getan, sie dann aus dem Mund genommen und den Blick auf die ins letzte Abendlicht getauchten fernen Seaward Mountains gerichtet.

»Uns bleibt nichts außer Spanien. Die mit dem Wal verbundene Kamera war unser Trumpf-As, und sie ist verloren. Zwar könnte ich *Jeeves* in etwa drei Tagen fertig haben, aber die Zeit läuft uns davon, und wir haben kein Geld mehr.«

»Und die Fotos findest du hinreichend?«

»In dieser Mitteilung steckt etwas, das ich nicht näher erklären kann. Ich hatte schon Sorge, andere hätten es vor uns erfahren, doch ich glaube nicht, dass der Mann lügt. Wir wären die Ersten, die den Kadaver genauer untersuchen könnten!«

Triumphierend wies Albee mit dem Pfeifenstiel auf seinen Mentor.

Die Suche war zu Ende, das war auch Golombek bewusst.

Sie reisten mit möglichst wenig Gepäck nach Spanien. Neben dem Sektionsbesteck waren natürlich auch Fotoapparat und Videokamera unerlässlich. Bei herrlichem Wetter trafen sie in Luarca ein, das sich noch nicht von den Unwetterschäden erholt hatte. Bagger zogen Gräben, um aufgestautes Wasser ablaufen zu lassen, umgestürzte Signaleinrichtungen wurden wieder aufgestellt, zerrissene Freileitungen repariert. Im ruhigen Wasser des Hafens trieb jede Menge Unrat. Die Menschen säuberten die Scheiben ihrer Fenster, und die städtischen Arbeiter kümmerten sich um die verstopften Abwasserkanäle. Was dieser Rückkehr zur Normalität fehlte, war die dem Menschen vom Meer aufgezwungene Regelmäßigkeit des Ausfahrens und der Heimkehr der Fischer. Zwischen ihnen und dem Wasser schien auf einmal eine unsichtbare Schranke zu liegen.

Juan Cepesma holte Golombek und Albee mit seinem Geländewagen am Flugplatz Ranón ab. Er verhehlte seine Begeisterung für Golombek in keiner Weise, der auf seinem Fachgebiet als lebende Legende galt. Da er nicht nur seine Artikel gelesen, sondern auch in verschiedenen Büchern über die unterseeische Welt Hinweise auf seine Arbeit gefunden hatte, brachte er ihm ein hohes Maß an Verehrung entgegen. Gerade deshalb war er von der ersten persönlichen Begegnung mit dem Ozeanographen zutiefst enttäuscht. Der Mann schien gefühllos wie ein Stein und machte sich nicht einmal die Mühe, Cepesma zum Gruß die Hand zu schütteln. Die blauen Augen hinter seinen Brillengläsern waren kalt wie Gletscher, und das Einzige, was sich in seinem undurchdringlichen Gesicht bewegte, waren die wirren Strähnen seines Bartes, der ihn zusammen mit den tiefen Falten auf der Stirn älter aussehen ließ, als er war.

Cepesma hatte von den Vorfällen jener entsetzlichen Tage an das zuständige Ministerium berichtet, zweifelte inzwischen aber daran, ob diese Entscheidung richtig gewesen war, denn er musste damit rechnen, dass seine Mitteilungen auf taube Ohren stoßen würden. Welcher Mensch bei klarem Verstand würde seinen Worten Glauben schenken? Er hatte sich darauf beschränkt, an jenem Abend einen kurzen Brief zu verfassen, den er einfach mit »Juan Cepesma, Leiter der NAREMAR« unterschrieben hatte. Seinem Freund Julio, dem Polizeichef, hatte er nichts davon gesagt, und selbstverständlich war ihm auch nicht in den Sinn gekommen, über das Thema auch nur ein Wort mit dem Bürgermeister zu wechseln. Wohl aber hatte er eine Mitteilung an die E-Mail-Adresse der Abteilung für Zoologie der Wirbellosen an der Georgetown-Universität in Washington geschickt, an der Golombek forschte. Doch schon bald wurde seiner Begeisterung ein Dämpfer aufgesetzt.

Eine vom Server der Universität automatisch erzeugte Nachricht teilte ihm mit, der Ozeanograph befinde sich nicht am Ort und werde frühestens in zwei Wochen zurückkehren. *Das dürfte ohnehin das Beste sein*, sagte er sich, als er die enttäuschende Mitteilung las. Gewiss würde man dort seine Mitteilung für die Äußerung eines unzurechnungsfähigen Menschen halten und einfach löschen.

Trotzdem hatte ihn ein undeutliches Gefühl dazu veranlasst, auch aussagekräftige Fotos an diese E-Mail-Adresse zu schicken. Er hatte sie als »vertraulich« gekennzeichnet und mit Tag und Stunde der Aufnahme sowie seinem Namen versehen. Er nahm an, dass die bedeutenden Wissenschaftler Mühe haben würden, sich die Fotos zu erklären, wenn sie ihm schon keinen Glauben schenkten. Das rief in ihm eine sonderbare Erregung hervor. Wie auch immer sie sich verhielten – er war im Besitz der Überreste des Tieres, ein unwiderleglicher Beweis dafür, dass er die Wahrheit sagte.

Nach dem Abschicken des letzten Fotos hatte er sich besser gefühlt, den Rechner ausgeschaltet und die Sache in Gedanken zu den Akten gelegt. Er würde sich um eine Möglichkeit zur Konservierung der Überreste bemühen. Er hatte gute Bekannte, die ihm einige Industrie-Kühlgeräte leihen würden. Was von dem Tier übrig blieb, würde er seinem kleinen Museum einverleiben, wo Besucher es zusammen mit den Delphinskeletten und den Aquarien bestaunen konnten, in denen sich allerlei See-Lebewesen tummelten. Bestimmt würden die Kinder beim Anblick der Überreste des Ungeheuers große Augen machen, und sicherlich würden sie auch die Aufmerksamkeit dieses oder jenes Touristen auf sich lenken, der sich dorthin verirrte. Wenn er Glück hatte, würde die Presse

Wind von der Sache bekommen und irgendeine Lokalzeitung ihr einige Spalten widmen. Aber all das musste warten, bis die letzten Reste des Ölteppichs beseitigt waren. Erst dann würde das Leben in Luarca wieder seinen gewohnten Gang gehen und die Fischer erneut mit ihren Booten aufs Meer hinausfahren können.

Als er am folgenden Tag bei seinem Spaziergang durch das Städtchen sah, wie eifrig sich die Menschen bemühten, die Spuren des Unwetters zu tilgen, war er überzeugt, dass er mit seiner Annahme Recht hatte.

Noch am Abend desselben Tages änderte sich alles.

Als er seine E-Mails abrief, erschien auf dem Bildschirm seines Rechners eine knappe, aber unmissverständliche Mitteilung.

Sehr geehrter Señor Cepesma,
das Material, das Sie uns freundlicherweise übersandt haben, ist bei uns auf großes Interesse gestoßen. Wir halten es für sinnvoll, die Sache persönlich in Augenschein zu nehmen. Daher wären wir Ihnen dankbar, wenn Sie uns das gestatten und uns mit der gebotenen Diskretion so schnell wie möglich eine Bestätigung zukommen lassen könnten. Wir würden dann unverzüglich von Neuseeland aus aufbrechen.
Mit freundlicher Empfehlung

T. ALBEE, Wissenschaftlicher
Mitarbeiter von Dr. D. A. Golombek

In der Zwischenzeit war sich Cepesma darüber klar geworden, dass die Überreste des Riesenkalmars am Ort allerlei Befürchtungen ausgelöst hatten. Sein Freund Julio hatte die Mitteilung von der bevorstehenden Ankunft der beiden Wissenschaftler mit Missfallen aufgenommen, und auch der Bürgermeister war von der Sache alles andere als angetan gewesen.

»Am besten hätte man das Vieh ins Meer zurückgeworfen«, schloss der Polizeibeamte besorgt.

Alle wollten die Sache vergessen.

Thomas Albee nahm neben Cepesma auf dem Beifahrersitz Platz. Er war alles, was Golombek nicht war: liebenswürdig, sympathisch und einfühlsam. Aufmerksam hörte er sich an, was sein Gastgeber auf dem Weg vom Flugplatz nach Luarca zu sagen hatte.

»Sie sprechen gut Spanisch«, sagte Cepesma.

Ein Blick in den Rückspiegel zeigte ihm den verkniffenen und abwesenden Gesichtsausdruck Golombeks, der es bisher nicht für nötig gehalten hatte, auch nur ein einziges Mal das Wort an Cepesma zu richten.

»Das haben wir in Mexiko gelernt«, gab Albee zurück. »Dort haben wir schöne Jahre erlebt. Da spricht man aber anders. Später habe ich dann in Washington Auffrischungskurse besucht.«

Unauffällig nickte Cepesma zum Rückspiegel hin.

»Er beherrscht selbstverständlich ebenfalls mehrere Sprachen«, erklärte Albee mit leiser Stimme. »Es war gar nicht einfach, ihn dazu zu bringen, dass er mitkam. Aber keine Sorge, er wird sich überzeugen lassen. Schließlich ist er von der Sache förmlich besessen. Wenn er sich erst einmal zu etwas entschlossen hat, lässt er sich kaum wieder davon abbringen. So wie jetzt habe ich ihn auch schon früher erlebt. Übrigens hat er gesagt, er würde sich gern mal die Stelle ansehen, wo Sie den Fund gemacht haben. Geht das?«

Unwillkürlich nahm Cepesma vor Überraschung den Fuß vom Gas. »Wollen Sie nicht zuerst das Tier sehen?«

Albee hob die Brauen.

»Der Fundort ist genauso wichtig wie der Fund selbst. Wir untersuchen immer die Stelle, an der ein solches Tier ... entdeckt wird. Verhält es sich so, wie Sie es gesagt haben?«

»Ja, es ist von der See an Land geworfen worden«, gab Cepesma zur Antwort. »Sozusagen gestrandet.«

»Gestrandet ist der richtige Ausdruck«, lachte Albee. »Ich glaube, wir werden uns gut verstehen.«

»Ich denke auch.« Da Cepesma ein gefälliger Mensch war, lenkte er sein Fahrzeug an den Fuß der Klippe. »Hier haben wir es gefunden, am Wellenbrecher vor dem Leuchtturm.«

»Handelt es sich um einen künstlich angelegten Wellenbrecher?«, erkundigte sich Albee.

»Die ganze Hafeneinfahrt ist künstlich angelegt.« Immer wieder warf Cepesma im Rückspiegel unauffällige Blicke auf seinen stummen Gast, der sich damit begnügte, seine Umgebung zu mustern, während er sich den Bart zauste – offenbar ein nervöser Tick.

»Oben an der Klippe führt eine Straße am Friedhof entlang. Von da aus hat man einen herrlichen Blick über den Hafen und den ganzen Ort.«

Golombek verharrte in seinem Schweigen.

»Glänzender Gedanke«, stimmte Albee zu.

Möwen saßen auf den weißen Begrenzungspfählen der Straße, neben denen es steil in die Tiefe ging. Cepesma hielt an einer Stelle an, von der aus man die nordwärts liegende, etwa zweihundert Meter breite Hafeneinfahrt sehen konnte. Sie knickte L-förmig zum offenen Meer hin ab.

Kaum waren die Männer ausgestiegen, als der Wind an ihnen zerrte. Golombek richtete den Blick auf die Wellenbrecher. Von oben sahen sie aus wie riesige, im Meer verstreute graue Zuckerstücke. Er verschränkte die Arme und hob die Knollennase, als wollte er Witterung einer unsichtbaren Fährte aufnehmen, die nur er kannte.

Cepesma wies auf eine Stelle hinter dem Leuchtturm. »Da war es, zwischen den beiden Schutthaufen.«

»So nahe am Geländer?«, erkundigte sich Albee.

»Ich will mir das mal ansehen«, sagte Golombek gebieterisch. Es war das erste Mal, dass er in Cepesmas Gegenwart den Mund auftat.

Mit den Worten »Einen Augenblick bitte, ich muss erst ein paar Fotos machen« ging Albee zum Wagen, um seine Digitalkamera zu holen.

Aufmerksam und achtungsvoll schweigend beobachtete Cepesma, wie Golombek ohne die geringste Veränderung seiner verschlossenen Züge starr zum Leuchtturm hinübersah, die

Rechte zur Faust geballt. Dabei fiel ihm auf, dass Golombek ein Glied am kleinen Finger fehlte. Nach einer Weile ließ Cepesma den Blick über die Fläche zwischen dem Ozeanographen und dem Rand der Klippe wandern, zu deren Füßen der Leuchtturm stand. Es kam ihm vor, als verspotteten die Möwen den Mann mit der verstümmelten Hand, indem sie unmittelbar in seinem Gesichtsfeld Sturzflugfiguren vollführten. Von dort aus, wo die beiden Männer standen, war der fünfzehn Metern hohe Leuchtturm lediglich ein unbedeutender Bestandteil der Landschaft, ein Nichts, verglichen mit den Berghängen, die im Osten wie im Westen um ihn herum lagen.

Cepesma konnte nicht wissen, dass Golombek die Größe des Kopffüßers zu berechnen versuchte. Während Albee mehrere Aufnahmen machte, trat Cepesma näher an Golombek heran und hörte, wie dieser etwas vor sich hin murmelte. Es waren unverständliche Satzfetzen, über die sich die Möwen noch mehr zu ärgern schienen, denn ihre Schreie wurden immer lauter und durchdringender. Er vermutete, dass Golombek bedauerte, gekommen zu sein, doch das war ein Irrtum.

Wenn er ihn besser gekannt oder auf Albees Unbekümmertheit geachtet hätte, wäre ihm aufgegangen, dass sich hinter der wortlosen Konzentration des Mannes, die ihn so merkwürdig berührte, das methodische Vorgehen eines Kriminalisten verbarg. Immer wenn ihm ein Augenzeuge vortrug, er habe ein sonderbares Lebewesen gesichtet – und das kam bei seinen Expeditionen recht häufig vor –, schien Golombek wenn schon nicht in Trance, so doch in einen eigentümlich meditativen Zustand zu verfallen. Das menschliche Element spielte bei seinen Forschungen eine durchaus bedeutende Rolle. Gefälschte Fotos ließen sich nicht ohne weiteres entlarven, wohl aber Lügen. Der Ozeanograph dachte nicht im Entferntesten daran, über seine Gewährsleute zu spotten, wohl aber achtete er sorgsam auf alles, was sie sagten. Anhand dieser Äußerungen rekonstruierte er für sich das »Ungeheuer«, das sie mit ihren ungeschulten Augen wahrgenommen hatten. Anschließend unterwarf er das Ergebnis einer rigorosen Prüfung, an der wissenschaftliche Systematik und sein tief verwurzelter Skeptizismus gleichermaßen beteiligt waren. Erst dann fällte er ein endgültiges Urteil. Bei der darauffolgenden Untersuchung der Überreste, sofern es solche gab, fielen ihm dann Fälschungen sofort auf. Es besteht kein Zweifel, dass das Unergründliche der Legendenbildung stets Nahrung liefert, und das Meer hatte die Vorstellungskraft der Menschen schon seit Jahrhunderten zu einer Fülle ebenso wunderbarer wie nicht existierender Lebewesen angeregt.

Bald darauf fuhren die drei Männer zum Fuß der Klippe. Während sie von dort aus ans Ende der Mole gingen, wo der Leuchtturm am Rande des Wassers stand, zerrte der Wind an ihnen, der vom Meer hereinfuhr. Die Luft roch und schmeckte nach Salz.

Albee trat dicht an das Geländer heran, ging in die Hocke, nahm ein Notizbuch heraus und begann, die drei Reihen Betonblöcke zu skizzieren, die als Wellenbrecher dienten.

»Sagten Sie nicht, dass das Tier bis zum zweiten Wellenbrecher gelangt war?«, fragte er, während sein Blick zwischen dem Papier und dem Horizont hin und her wanderte.

Cepesma holte tief Luft. »Ja. Die Brecher haben es über die erste Reihe hinweggeschwemmt. Allerdings kann ich angesichts der damaligen Bedingungen nichts Genaueres sagen. War das eine Nacht! Ich weiß nicht, ob das Tier, als wir es herausholten, noch dort lag, wo wir es zuerst gesehen hatten. Ich erinnere mich aber genau, dass seine Fangarme, mit denen es sich hier festhielt« – er wies auf das Geländer –, »geradezu unheimlich leuchteten.«

Albee nahm ein Maßband aus der Tasche und machte sich daran, über das Geländer zu klettern.

»Seien Sie vorsichtig!«, mahnte ihn Cepesma. »Heute ist zwar gutes Wetter, aber Sie sehen ja, was für gewaltige Wellen hier trotzdem anrollen.«

Albee nickte und setzte einen Fuß auf das Geländer. Es gab unter ihm nach, und er fiel mit einem erstickten Schrei nach vorn. Cepesma konnte ihn gerade noch rechtzeitig packen.

»Fehlt Ihnen auch nichts?«, fragte er.

»Nur eine Abschürfung«, sagte Albee mit einem Blick auf seinen Unterarm. Das durchgebrochene Stahlrohr hatte den Ärmel seiner Öljacke zerrissen. »Es war dumm von mir, ich hätte es mir vorher genau ansehen sollen. Es ist komplett durchgerostet.«

Albee sah, dass seine Wunde zu bluten begann.

»Ich habe Verbandzeug im Auto«, sagte Cepesma. »Es sieht zwar nicht schlimm aus, aber ich werde Sie trotzdem zum Arzt fahren, damit er Ihnen eine Tetanusspritze gibt.«

»Nicht der Rede wert. Ich mache erst mal weiter«, erklärte Albee und nahm das Maßband wieder auf, das fast ins Wasser gefallen wäre.

Ohne ein einziges Mal auszugleiten oder daneben zu treten, kletterte er bis zur zweiten Reihe des Wellenbrechers über die Betonblöcke. Dabei bewegte er sich weit geschickter und sicherer, als Cepesma angenommen hatte. Er stellte fest, dass jeder der Betonklötze genau zwei Meter breit und eineinhalb Meter lang war. Dann maß er den Abstand zwischen zwei Blöcken und berechnete daraus die Entfernung bis zu der Stelle, die ihnen Cepesma bezeichnet hatte. Er wandte sich zu ihm um und rief laut, um über dem Brüllen des Windes verstanden zu werden: »War es hier?«

»Mehr oder weniger.«

»Sind Sie sicher?«

Er schrieb etwas in seinen Notizblock, wozu er sich in sicherer Entfernung von den Wellen auf einen der Betonklötze setzte. Golombek brach sein Schweigen zum zweiten Mal. »Dass so ein Geländer verrostet, ist doch weiß Gott nichts Besonderes.«

»Man hat es aber erst zu Anfang dieses Jahres angebracht. Es scheint nicht lange gehalten zu haben«, sagte Cepesma.

Dann rief Albee, der inzwischen vollständig durchnässt war, herüber: »Sechs Meter! Drei Klötze sind sechs Meter lang!«

Während sich Cepesma weiter mit dem Geländer beschäftigte, fuhr sich Golombek durch den Kinnbart. Er sah, wie der Steg unter dem Anprall der Wellen schwankte.

Golombek sagte in anklagendem Ton: »Wollen Sie mir etwa einreden, dass Sie einen Kalmar mit einer Körperoberfläche von zwanzig Quadratmetern gesehen haben, der zu allem Überfluss noch lebte? Sie haben selbst gesagt, dass es dunkel war und ein Unwetter tobte. Man konnte die Hand nicht vor Augen sehen. Nichts als Wellen und Blitze. Ich weiß, wie das ist, ich habe selbst auch schon solche Unwetter erlebt. Ihren eigenen Worten nach waren Sie mit der Polizei hier, die dann auf das ... sagen wir mal, Ding gefeuert hat.«

Cepesma hielt seinem herausfordernden Blick stand. »Die Männer haben es gesehen und sich bis heute nicht von dem Anblick erholt. Sie waren verständlicherweise nervös und haben das Feuer eröffnet. Wir waren alle wie vom Donner gerührt. Sie müssen wissen, dass man hier wie auch an anderen Orten nicht selten tote Kalmare am Strand findet. Wenn die Meeresströmung sie an Land wirft, sind sie meistens schon ziemlich verwest. Von vielen Fischern habe ich gehört, dass sich solche Tiere auch in ihren Netzen verheddert haben und sie die ins Meer werfen, weil sie ihnen den Fang verderben. Manchmal bringen sie auch einen Kalmar mit in den Hafen, aber nicht einmal die ältesten unter ihnen können sich erinnern, je so einen wie in dieser Nacht gesehen zu haben.«

Albee kam in großen Sprüngen auf sie zugeeilt. Da er dabei immer wieder in sein Notizbuch sah, wäre er fast noch einmal gestürzt. Er gewann sein Gleichgewicht zurück und kletterte hinauf zu Cepesma und Golombek.

»Vielleicht sollten Sie mit Chaco reden«, sagte Cepesma achselzuckend. Er konnte auf Golombeks Zügen nicht den geringsten Hinweis darauf finden, dass ihm der Mann glaubte, aber mehr, als er ihm berichtet hatte, konnte er ihm nicht sagen. »Er fischt schon sein Leben lang und ist nach wie vor von dem Vorfall zutiefst erschüttert.«

»Wenn ich Sie richtig verstehe, haben die Polizeibeamten auf den Kalmar oder was auch immer es war geschossen und sich dann zurückgezogen.« Albee wies auf das geknickte Geländer.

»Am nächsten Tag sind Sie dann hierher zurückgekehrt und haben das Tier gefunden, oder besser gesagt, was davon übrig war.«

»Ja, und es war mausetot. Jetzt wartet es im Haus der Fischer-Bruderschaft in einen Haufen Eis eingepackt darauf, von Ihnen in Augenschein genommen zu werden«, sagte Cepesma. »Vorausgesetzt, Sie sind nach wie vor interessiert.«

Auf der Mole wurden sie von Chaco und dem Polizeichef Julio erwartet. Beide trugen Schirmmützen. Ganz in der Nähe holte eine Baggerschute Ladungen von Sand aus der Hafeneinfahrt. Zwei Jungen in kurzen Hosen wriggten ihr Ruderboot geschickt an ihr vorüber – offenbar wollten sie Fische fangen.

Der Polizeibeamte legte die Hand grüßend an den Mützenrand und kam dann ohne Umschweife zur Sache. »Der Bürgermeister macht sich große Sorgen. Er möchte, dass die Gerüchte aufhören und der Normalzustand so rasch wie möglich wiederhergestellt wird, damit die Leute zum Fischfang ausfahren können.« Zu Golombek und Albee gewandt fügte er hinzu: »Sie müssen wissen, dass die Menschen hier abergläubisch sind.«

»Wo liegt denn das Problem?«, fragte Albee in seinem besten Spanisch.

»Es sind zwei Probleme: das Vieh und das Öl. In den letzten Wochen hat sich vor unserer Küste ein Ölteppich ausgebreitet.«

»Ich verstehe.«

Julio nahm die Mütze ab und kratzte sich im Nacken. Es war immer noch warm. »Die Ölklumpen verschmutzen alles über Kilometer hinweg. Unserer Ansicht nach hat jemand auf hoher See Bilgenöl abgelassen.«

Albee sah Cepesma bedeutungsvoll an und fragte: »Wie weit reicht die Verschmutzung?«

Julio hob die Brauen und blies in seine Mütze, bevor er sie wieder aufsetzte.

»Weit genug, dass seit mindestens drei Wochen niemand fischen konnte. Die Wellen werfen das Zeug an den Strand. Allerdings hat das Unwetter wohl die letzten Reste angetrieben. Und jetzt noch das verdammte Ungeheuer.«

Er wies auf das Gebäude der Fischer-Bruderschaft. »Die Leute haben Angst. Manche, die von der Sache gehört haben, würden nicht einmal dann hinausfahren, wenn die Fischerei wieder möglich ist.«

Golombek wiegte bedächtig den Kopf, ohne sich am Gespräch zu beteiligen.

»Das war kein Gehäuteter.«

Alle wandten sich Chaco zu. Dem alten Fischer waren die Augen feucht geworden, und sein Kinn zitterte, auch als er nichts sagte. Bisweilen flüsterte er etwas vor sich hin, als spräche er mit dem Wind, der seine kaum hörbaren Worte mit sich fortriss. Erneut fing er an zu sprechen.

»Das war kein Gehäuteter«, wiederholte er. »Deshalb sind jetzt alle tot.«

»Wovon redet er?«, fragte Golombek mit finsterer Miene.

»Die Fischer hier nennen die Riesenkalmare so, weil das Meer sie immer nur ohne Haut an Land wirft.«

»Interessant«, sagte Albee. Er nahm eine Pfeife aus der Tasche, begann sie mit dem Daumen zu stopfen und schien sich dabei ganz und gar auf den Pfeifenkopf zu konzentrieren. Dann hob er den Blick und wies mit dem Pfeifenstiel auf den alten Fischer. »Es stört Sie hoffentlich nicht, wenn ich rauche. Und Sie sagen also, dass es sich hier nicht um einen dieser ›Gehäuteten‹ gehandelt hat? Ach, fast hätte ich es vergessen.«

Er steckte die Pfeife wieder ein, holte sein Notizbuch hervor, notierte sich das Wort und schloss es wieder.

»Zurück zu diesen ›Gehäuteten‹«, sagte er.

»Chaco hat viel mehr von denen gesehen als ich«, erklärte Cepesma.

»Und worum handelt es sich Ihrer Meinung nach, wenn es keiner von denen war?«, wandte sich Albee erneut an den Fischer.

»Um etwas, das nicht aus dieser Welt stammt«, gab Chaco zur

Antwort. Dann wandte er sich um und ging gebeugt davon, die Hände in die Taschen geschoben.

Albee runzelte die Brauen und sah ihm nach. »Was hat er Ihrer Meinung nach damit sagen wollen?«

Cepesma schüttelte knapp den Kopf.

»Keine Ahnung. Niemand hat so lange hier gelebt wie er. Wenn er das sagt, hat das sicher seinen Grund.«

»Schön, ich muss gehen und dem Bürgermeister Meldung machen«, sagte Julio und schlug Cepesma leicht mit der Hand auf die Schulter. »Ruf mich auf der Wache an, sobald du was weißt.«

Cepesma nickte. Julio stieg in das Polizeiauto, in dem zwei seiner Männer warteten, und fuhr davon.

»Vermutlich wollen die eine Expertenmeinung hören«, sagte Albee, »damit sie den Fall zu den Akten legen können.«

»Das denke ich auch«, sagte Cepesma und lächelte. »Aus den Augen, aus dem Sinn.«

Hinter seinem Rücken knurrte Golombek: »Wir verschwenden hier nur unsere Zeit. Wir sollten uns lieber ansehen, was da auf uns wartet.«

Sie betraten eine Art Schuppen, der zum Gebäude der Fischer-Bruderschaft gehörte. Einige Fischer saßen vor dem darin untergebrachten Fischgeschäft, dessen Auslage gähnend leer war, und unterhielten sich.

Oberlichter erhellten den Verschlag, der zum größten Teil im Dunkeln lag, nur wenig. Die im Raum herrschende Kühle ließ die drei Männer frösteln. Starker Ammoniakgeruch erfüllte die Luft. Unwillkürlich umkrallte Golombek den Griff seines kleinen Alukoffers fester, als er die von einer Vielzahl nasser Laken bedeckte riesige unförmige Masse sah, die den Raum zur Hälfte füllte. Wie Diamanten schimmerten die auf die Tücher gelegten Eisstücke im Licht der wenigen Sonnenstrahlen, die durch die Oberlichter eindrangen.

Die von Zeit zu Zeit niederfallenden Tropfen riefen einen zwar regelmäßigen, aber dennoch beunruhigenden Widerhall hervor.

Pfützen bedeckten den Steinfußboden, und Wasser spritzte um Cepesmas Stiefelsohlen herum auf, während er zur gegenüberliegenden Wand ging, um Licht zu machen. In dessen Schein erkannte Golombek sofort, dass das, was die Laken verhüllten, mit Sicherheit kein Riesenkalmar war.

Die Deckenlampen spiegelten sich auf dem nassen Boden. In einer Ecke hing ein halbes Dutzend zerfetzter Fischernetze. Mit einigen kräftigen Fußtritten sorgte Cepesma dafür, dass das Eis von den Laken heruntergliitt, dann zog er sie Stück für Stück herab. Vor Golombeks verblüfften Augen nahm Gestalt an, was darunter verborgen gewesen war, und gewann trotz der fortgeschrittenen Verwesung sozusagen Leben. Was er da sah, machte einen weit tieferen Eindruck auf ihn, als es irgendein Foto vermocht hätte.

Benommen hörte er den Alukoffer mit seinen Instrumenten zu Boden klirren und bückte sich rasch, um ihn wieder aufzuheben.

Bei allen von ihm durchgeführten Sektionen hatte sich eins immer wieder bestätigt: Von der gewaltigen Größe, welche die Menschen dem Riesenkalmar zuschrieben, blieb nichts, sobald man ein solches, an den Strand gespültes runzliges Tier betrachtete. Wenn man wollte, dass es seine natürliche Größe gewann und die Menschen zumindest ein wenig beeindruckte, musste man die acht Arme und vor allem die beiden ungeheuer langen Fangarme vollständig ausbreiten.

Doch was Golombek dort vor sich sah, war weder ein reduzierter Körper noch eine Handvoll schlaffer Tentakel, und erst recht kein Haufen weißer Gelatine, die der zwischen der Tiefsee und der Meeresoberfläche bestehende gewaltige Druckunterschied in Fetzen gerissen hatte. Den Organismus, dessen Reste er da sah, kannte er nicht, und er erfüllte ihn mit Schrecken.

Eine Traube mächtiger dunkelkarmesinroter Fangarme, von denen Eiswasser herabtropfte, schimmerte im Licht der Lampen. Golombek trat vor und stieß mit dem Fuß leicht gegen einen der sich bogenförmig öffnenden Arme. Er war hart wie Stein.

Er ging in die Hocke und fasste ihn an.

Die mit gekrümmten weißen Zähnen besetzten runden Saugnäpfe von der Größe einer menschlichen Hand waren über die gesamte Fläche der Arme verteilt und lagen nicht nur auf der Unterseite wie bei allen anderen Kopffüßern, die man oft fälschlich »Tintenfische« nennt. Die Mundwerkzeuge waren in der Mitte gespalten und ähnelten damit einem Papageienschnabel. Der Mantel des Tieres, das heißt der eigentliche Körper mit dem zentralen Nervenorgan – sozusagen dem »Gehirn« des geheimnisvollen Tieres – sowie den übrigen Organen, fehlte. Auf der linken Seite wölbte sich etwas Schwarzes, eiförmig wie ein Rugbyball. Offensichtlich eins der beiden Augen.

Albee stand der Mund vor Staunen offen. Das Tier war von geradezu unfasslicher Größe, doch ließ es sich mit dem Begriff »Ungeheuer« natürlich nicht in die zoologische Systematik einordnen.

»Jules Verne hatte Recht«, sagte Golombek und hörte verblüfft seine eigene Stimme.

»… hast du die Arme gesehen, Thomas? Ich denke, es handelt sich um eine neue Spezies der *Taningia*. Die Größe allerdings … sieh nur die Photophoren.«

Damit meinte er die weißlichen Lichtzellen, die imstande waren, Leuchteffekte zu erzeugen.

Taningia danae war ein äußerst aggressiver Kalmar, auch wenn er mit einer Größe von einem Meter fünfzig hinter dem im Golf von Mexiko heimischen, doppelt so großen Roten Teufel zurückblieb, den Golombek nur allzu gut kannte. Ungläubig kniff er die Augen bei der Vorstellung zusammen, wie viel Licht ein solches Lebewesen in der völligen Dunkelheit der Tiefsee erzeugen konnte.

Als seit drei Jahrzehnten auf dem Gebiet der Ozeanographie forschender Wissenschaftler versuchte er einzuordnen, was er da sah, doch kostete es ihn große Mühe, sich zu konzentrieren. Ihm ging nicht aus dem Kopf, was er in alten Berichten über den geheimnisvollen Kraken gelesen hatte. Sie hatten aus dem Tier das Objekt von Legenden gemacht, die nichts mit seiner wahren Natur zu tun hatten. Unter anderem kam ihm der Bericht des Geistlichen Harvey in den Sinn, in dem es hieß, drei Fischer hätten im Winter 1879 auf Neufundland an der Küste von Labrador nicht weit vom Hafen ein gelatineartiges Lebewesen gesichtet, das dem Tode nahe war, und es aus dem Wasser gezogen. Seine gewaltige Größe habe sie entsetzt, und so hätten sie es den Hunden zum Fraß vorgeworfen. In anderen Berichten aus früheren Zeiten hieß es, Fischer seien beim Anblick der brodelnden Meeresfläche, die schwarz von der Tinte dieses riesigen Ungeheuers gewesen sei, von Angst und Schrecken ergriffen worden.

Auch musste Golombek daran denken, auf welche Weise Melville ein legendäres Ungeheuer beschrieben hat, das nach wissenschaftlichen Vorstellungen gar nicht existieren konnte:

> Eine rund hundert Meter lange und breite breiige Masse von leuchtender weißlicher Farbe trieb auf dem Wasser. Zahllose Arme gingen von seiner Mitte aus, die sich gleich einem Schlangennest ringelten. Man hatte den Eindruck, das Wesen sei darauf aus, damit alles und jedes zu zerquetschen, das in seine Nähe geriet.

Der Anblick der karmesinfarbenen Fangarme rief in ihm Vorstellungen von blutroten Tentakeln hervor, die aus dem tobenden, vielleicht sogar von der Tinte des Kalmars geschwärzten Wasser auftauchten gleich einer aus Höllenschlangen bestehenden treibenden Insel.

Besser denn je verstand er Kapitän Ahabs Besessenheit und musste an andere Geschichten von deutlich weniger poetischer Erhabenheit als Herman Melvilles Roman vom weißen Wal denken. Manche von ihnen waren so platt, dass sie die Aufmerksamkeit der Sensationspresse auf sich zogen. In einer von ihnen hieß es, »gleich einem Vulkan« aus dem Meer aufgetauchte riesige Fangarme hätten einen Fischer samt Frau und Tochter aus dem Boot gezerrt. Natürlich hatte der Fischer den Angriff, dem seine Angehörigen zum Opfer fielen, als Einziger überlebt, weshalb es keinen Zeugen gab, der diese Münchhausen-Geschichte bestätigen konnte.

Golombek vermochte den Blick nicht von den Saugnäpfen mit ihren gekrümmten Zähnen zu wenden. Bei sich dachte er, dass die eine oder andere dieser von Aberglauben und Ängsten genährten Geschichten unter Umständen einen wahren Kern enthalten mochte. Vor sich sah er ein außergewöhnliches Wesen, einen Kopffüßer, der sich nicht in die bestehende wissenschaftliche Systematik einordnen ließ. Während er um die Fangarme herumging, rieb er nervös den Stumpf seines kleinen Fingers, als suchte er nach dem fehlenden Glied. Er nahm sein Notizbuch heraus und begann mit einem Kohlestift die Überreste zu zeichnen.

Während Albee sie aus allen möglichen Blickwinkeln fotografierte, wobei die Blitze alles in grelles blaues Licht tauchten, öffnete Golombek seinen Alukoffer und nahm ein Diktiergerät heraus, um ihm seine ersten Reaktionen anzuvertrauen. Ohne sich im Geringsten von dem durchdringenden Ammoniakgeruch beeindrucken zu lassen, hielten die beiden Wissenschaftler genauestens jede Einzelheit des halb verwesten Kopffüßers fest.

Es schien Golombek zu stören, dass Cepesma schweigend am Eingang stand. Er sah in dem Mann, der seiner Ansicht nach gänzlich unverdient die zweifelhafte Ehre beanspruchte, einen solchen Zufallsfund gemacht zu haben, einen Eindringling, dem er nichts schuldete. Seiner festen Überzeugung nach hatte niemand außer ihm ein Anrecht darauf, die Überreste zu untersuchen und seinen Besitzanspruch auf sie anzumelden, wenn er das für richtig hielt. So trat er auf ihn zu und sagte ohne Umschweife: »Sie können draußen warten. Wir geben Ihnen Bescheid, wenn wir fertig sind.«

»Ich fahre dann in die Werkstatt zurück. Ich muss an einem Geländewagen das Verteilergetriebe reparieren. Das Ersatzteil ist gestern gekommen. Ich lasse Ihnen den Verbandkasten aus dem Auto da.«

»Ach, Sie sind Mechaniker?«, wandte sich Albee an ihn. »Es ist gar nicht einfach, dafür zu sorgen, dass alle Teile genau zueinander passen. Mir geht es ähnlich.«

»Schon möglich«, sagte Cepesma lächelnd, zuckte die Achseln und verließ den Lagerraum.

Golombek sprach weiter in sein Diktiergerät. »Acht Arme, die sich in der Mitte vereinigen, wo der Schlund liegt. Fangarme sind nicht erkennbar, allerdings ... Thomas?«

»Ja, ich glaube, das sind Stümpfe.« Albee fuhr mit seinen Aufnahmen fort und sprach dabei.

»Auf jeden Fall. Zwei verstümmelte Tentakeln, das heißt, es handelt sich genau genommen um eine zehnarmige Tintenschnecke, deren Länge wir allerdings nicht schätzen können. Die der Arme jedenfalls dürfte ...«

»... etwa fünf Meter siebzig oder achtzig«, fuhr Albee fort, der inzwischen weiße Handschuhe angezogen hatte und eifrig maß. Er tastete mit den Fingern im Schlund herum, der aussah wie eine von zwei schwarzen Kiefern umgebene rosa Vulva. Vergeblich versuchte er, sie voneinander zu lösen.

»Fünf siebzig bis fünf achtzig«, wiederholte Golombek.

»Der Schnabel lässt sich nicht öffnen«, sagte Albee. »Die Kiefermuskeln dürften zwei bis drei Mal größer sein als beim Riesenkalmar *Architeuthis*.« Dann murmelte er die unsterblichen Sätze aus Jules Vernes Roman *Zwanzigtausend Meilen unter dem Meere* vor sich hin: »Welcher Erfindungsreichtum der Natur! Ein Weichtier mit einem Vogelschnabel!«

Golombek hatte um eins der Augen herum etwas gesehen und ließ sich eine Pinzette geben. Er ruckte kräftig daran, doch da die Backen des Instruments auseinanderwichen, musste er es als Hebel ansetzen. Nach längerem Bemühen lag ein unregelmäßig geformter Stein auf seiner Handfläche.

Achtlos warf er die verbogene Pinzette beiseite.

»Fotografierst du weiter, Thomas?« Die Frage hätte er sich sparen können, denn sein Mitarbeiter betätigte ununterbrochen den Auslöser.

»Ich hab so was noch nie gesehen. Ein Otolith. Was meinst du,

Thomas? Glaubst du, dass das Tier hier schwerhörig war, oder konnte es damit besonders gut hören?«

Albee nahm die Kamera vom Auge und sah sich das Gehörsteinchen aus dem Gleichgewichtsorgan des Tieres aufmerksam an. Dann stieß er einen langgezogenen Pfiff aus.

»Der ist viel größer als die, die wir früher bei Obduktionen gefunden haben«, sagte er. »Nicht wie sonst von der Größe eines Stecknadelkopfes, sondern fast so groß wie ein Ei. Das Tier muss ein ungewöhnlich feines Gehör gehabt haben.«

Golombek nahm das Etui mit den Skalpellen zur Hand.

»Ob es hier was gibt, das wir als Tisch benutzen können?«

»Vielleicht da drüben.« Albee wies auf eine längliche Kiste nahe der Eingangstür und zerrte sie in die Mitte des Raumes. Sie war mindestens so schwer wie er selbst. Golombek breitete ein Tuch darauf aus, nahm eine Lupe in die Rechte und kniete sich, das Skalpell in der Linken, vor einen der Arme des Tieres.

»Wir wollen uns doch mal einen dieser Muskel ansehen.«

Der Arm bot dem Skalpell größeren Widerstand, als Golombek erwartet hatte. Es kam ihm vor, als schnitt er in mit Wasser vollgesogenes Leder. Auf einmal spürte er einen Stich und sah, wie sich Blut unter dem Gummi seines Handschuhs ausbreitete.

»Verdammt!«, rief er und zog ihn aus.

»Was ist?« Albee unterbrach seine Arbeit.

»Hoffentlich nichts Ernstes. Das Zeug ist unglaublich hart und zäh.«

»Dann muss das Elektroskalpell ran. Ich seh mir mal deine Wunde an.« Mit diesen Worten nahm Albee Verbandmaterial aus dem Kasten, den ihnen Cepesma dagelassen hatte. Der Mann schien ihm aus dem rechten Holz geschnitzt zu sein.

Das Skalpell war tief in den Stumpf des kleinen Fingers an der rechten Hand eingedrungen.

Schon wieder, ging es Golombek durch den Kopf. *Das kann kein Zufall sein.*

Als Albee mit einer Flasche Desinfektionsmittel und Verbandzeug zu ihm trat, sah Golombek an dessen Hand die Wunde, die sich Albee am Geländer der Mole zugezogen hatte. Beinahe zufrieden sagte er: »Da sind wir beiden alten Kämpen in einem Krieg verwundet worden, der noch nicht mal richtig angefangen hat. Wieso passiert uns jetzt so was? Auf Kaikoura bei den Pottwalen haben wir nicht die kleinste Schramme davongetragen, aber hier in einem gottverlassenen Kaff hat uns das Tier da, dessen Fleisch man nicht mal mit einem Skalpell schneiden kann, noch nach seinem Tod Wunden zugefügt!«

»Man muss nur an die Größe der Zähne, die Gewalt der Arme oder an die Kraft denken, mit der die riesigen Saugnäpfe etwas festhalten können«, fügte Albee mit einem Blick auf die karmesinfarbenen Überreste hinzu, »um zu sehen, wie gefährlich das Biest ist. Ich hab ja auch seine Kiefer nicht auseinandergebracht.«

»Wir sollten das hier alles zusammenpacken und mit nach Washington nehmen, ins Institut.«

Nachdenklich sagte Albee: »Das wird nicht so einfach sein. Der Mann betreibt ein Museum und hat mir gesagt, dass er das Tier einfrieren will, wenn wir mit unserer Arbeit fertig sind.«

Golombek fuhr genau in dem Augenblick zusammen, in dem Albee ein Stück Pflaster abschnitt, und hätte sich an der Schere fast noch einmal verletzt.

»Ein Museum! In diesem Drecknest! Und er will das Tier für sich behalten!«

Achselzuckend erklärte Albee: »Außer ihm interessiert sich hier niemand dafür, und er hat einen Anspruch darauf. Schließlich war er an Ort und Stelle, als das Tier gestrandet ist.«

»Was heißt hier Anspruch! Das kommt überhaupt nicht in Frage. Ein solches Unikat kann unmöglich in der Obhut eines ahnungslosen Amateurs bleiben. Wir sollten ihm Geld anbieten.«

Erneut zuckte Albee die Schultern. »Das habe ich schon getan, aber er hat mir gesagt, dass ihm nichts daran liegt.«

Golombeks Gesicht rötete sich, und er schnaubte vor Wut.

»Na schön, dann führen wir die Obduktion eben hier durch. Wir müssen die Zeit nutzen und die Nacht durcharbeiten. Morgen sehen wir weiter.«

Als Albee mit dem nötigen Material am Haus der Fischer-Bruderschaft eintraf, begann es dunkel zu werden. Er stieß die angelehnte Tür auf und blieb verwundert stehen. Golombek, der von seinem Eintreffen nichts bemerkt zu haben schien, ging auf und ab, machte sich Notizen, murmelte Dinge vor sich hin, die nur er verstand, und maß die Arme nach. Er hatte die Lage des Tieres so verändert, dass es in etwa die Haltung wie beim Schwimmen einnahm. Alle zehn Arme zeigten ausgestreckt nach vorn, auch die Stümpfe der beiden langen. Sie reichten bis zur Tür. Das Schmelzwasser des Eises glitzerte auf dem Boden. Es sah fast so aus, als schwimme das große Tier darin, durchdringe die Schwärze des Wassers auf der Suche nach der nächsten Beute, die es mit den Saugnäpfen seiner Fangarme ergreifen würde.

Der Geruch war so durchdringend, dass Albee versucht war, die Fenster zu öffnen. Dabei hatte er doch schon mit bloßen Händen im Mageninhalt von Walen herumgewühlt. Beschämt versuchte er, den Anfall von Übelkeit zu unterdrücken, doch es nützte nichts – er beugte sich vor und erbrach sich auf das Eis.

Golombeks Kittel war mit schwarzen Flecken übersät.

»Sehr eindrucksvoll, Thomas, findest du nicht auch? Heute Nacht werden wir Geschichte machen. Setz das Material da ab.«

Mit zitternden Händen griff Albee nach einer Wasserflasche und nahm einen Schluck. Es roch nach wie vor entsetzlich, aber es ging ihm etwas besser. Dann wies er auf ein in Querrichtung durchschnittenes Oval, dort, wo die Fangarme ansetzten.

»Ein Teil des linken Auges«, sagte er stotternd. »Könnte das … eine Hornhaut sein?«

Golombek strahlte vor Zufriedenheit. »Darüber habe ich auch schon nachgedacht. Kalmare haben keine Hornhaut, es könnte sich also um eine Ausnahme von der Regel handeln. Wie viele Ausnahmen uns wohl noch erwarten mögen? Leider haben wir das zentrale Nervenorgan nicht. Glaubst du, dass du dich in diesem Gewirr von Armen bewegen kannst? Ich bin ehrlich gesagt schon ein paarmal auf die Nase gefallen.«

Albee brauchte eine Viertelstunde, um sich mit dem Elektroskalpell durch die unglaublich harte und zähe schleimige Masse zu arbeiten. Er war über und über von Schweiß bedeckt. Die Wunde an seinem Arm war wieder aufgeplatzt und hatte einen Teil des Kittelärmels rot gefärbt.

Dann bedeutete er Golombek, näher zu treten. Jetzt konnten sie den Kiefer von der Stelle aus betrachten, an der das zentrale Nervenorgan hätte sitzen müssen. Es war, als befände man sich hinter dem Gaumen eines toten Menschen, dem ein Unfall den Schädel aufgerissen hatte.

»Es ist zu dunkel«, sagte Golombek und wischte sich den Schweiß von der Stirn.

Albee kam mit einer Taschenlampe zurück, stellte den Lichtkegel ein und untersuchte den Schlund. Er fand ein mit gezackten Zähnen besetztes raues Organ.

»Die Raspelzunge«, sagte er und richtete den Lichtstrahl darauf.

»Ja, die Radula«, stimmte Golombek zu. »Was schimmert da eigentlich so?«

Irgendetwas glänzte im Schlund, dessen schwärzlicher Schleimüberzug eine gewisse Ähnlichkeit mit Stalaktiten in einer Tropfsteinhöhle aufwies.

»Gib mir mal eine lange Zange, Thomas.«

Als Albee ihm das Werkzeug reichte, sagte Golombek: »Ich fürchte, du musst es tun. Meine Hand ist ganz gefühllos.«

Albee klemmte sich die Lampe zwischen die Zähne. Auf den glatten Überresten des Kalmars kniend, was äußerst unbequem war, musste er den Kopf weit in den Schlund des Tieres stecken, wobei sich der intensive Geruch noch verstärkte. Einen Augenblick lang überfiel ihn Panik. Er stellte sich vor, wie es wäre, wenn das Tier noch lebte und im Begriff stünde, ihn zu verschlingen. Sein Blick verschleierte sich, und er fürchtete, ohnmächtig in die Tiefen dieser gewaltigen Öffnung gezogen zu werden.

Im Licht der Taschenlampe sah er das Innere des Schlundes. Er schob die lange Zunge, gleichsam eine Art Förderband, das Nahrung in den Magen transportierte, beiseite. Kalmare müssen ihre

Beute sorgfältig zerkleinern, denn ein zu großer Brocken könnte auf dem Weg zum Verdauungstrakt ihr zentrales Nervenorgan zusammenpressen. Seine Nahrung zu schlingen, ging es Albee durch den Kopf, während ihm die Schweißtropfen über die Schläfen rannen, konnte für einen Kalmar geradezu lebensgefährlich werden.

»Sieht ganz so aus, als hätte sich das Tier verschluckt.« Albee fuhr mit der Rechten, in der er die Zange hielt, tief in den Schlund des Kopffüßers und versuchte zu ergreifen, was er gesehen oder zu sehen geglaubt hatte. Das Atmen fiel ihm immer schwerer. Schließlich zog er mit einem heftigen Ruck etwas heraus und richtete die Lampe darauf.

Es war ein kreisrunder Gegenstand, der sich gelb von den rötlichen Tönen der Schleimhäute abhob – unzweifelhaft ein goldener Ring.

Verblüfft sahen die Männer einander an.

»Was soll das heißen, Thomas? Erlaubst du dir etwa einen Scherz mit mir?«

Albee schluckte heftig und sagte dann: »Das ist ein Ring. Ein Trauring.«

»Das sehe ich selbst!«, platzte es aus Golombek heraus. »Ich bin nicht blind! Ich würde aber gern wissen, wie ein Trauring dahin kommt!«

Albee schwieg. Die Antwort auf die Frage lag so sehr auf der Hand, dass ihm eine Erklärung überflüssig erschien. Er hatte Golombek bei zahllosen Obduktionen assistiert. Sie hatten gelernt, aus dem Inhalt des Verdauungstrakts Rückschlüsse auf Nahrung und Lebensgewohnheiten der Tiere zu ziehen. Also konnte sein Mentor unmöglich annehmen, dass er sich unter solchen Umständen einen makabren Scherz erlaubte.

Aufmerksam musterte Golombek die Züge seines Mitarbeiters und erkannte unverkennbare Panik in dessen Augen.

»Zum Teufel, Thomas, woran denkst du?«

Wortlos gab ihm Albee den Ring. Golombek nahm ihn und trat damit an den improvisierten Seziertisch, den er mit einem Tuch abwischte, bevor er den Ring durch die Lupe genau in Augenschein nahm. In seinem Inneren waren ein Name und ein Datum eingraviert:

Lucía 16. 11. 1976

»Hmm«, machte er. »Sieh dir das mal an.«

Albee sah durch die Lupe und trat unwillkürlich einen Schritt zurück.

»Unsinn!«, stieß Golombek hervor, als er Albees Gesichtsausdruck sah. »Thomas, komm zu dir! Wo ist dein kritischer Verstand? Zieh doch um Gottes willen keine übereilten Schlüsse. Der Ring beweist überhaupt nichts.«

»Aber …«, setzte Albee an.

»Nicht das Geringste! Höchstwahrscheinlich ernähren sich Kalmare wie dieser hier von Aas, das von der Wasseroberfläche zu Boden sinkt. Wer weiß das schon? Nicht einmal wir können unserer Sache sicher sein. Es kommt immer wieder vor, dass Fischer ertrinken. Die wenigsten von ihnen können schwimmen, ich habe es immer wieder erlebt. Vielleicht hat der Mann, dem der Ring gehörte, ihn ins Meer geworfen, weil er Ärger mit seiner Frau hatte. Das hat überhaupt nichts zu bedeuten.«

»Aber wir müssten der Polizei davon Mitteilung machen. Cepesma …«

Golombek wedelte mit den Armen, als wären es die Flügel eines Geiers, und schnaubte: »In dem Fall hätten wir spätestens übermorgen die Presse auf dem Hals. Ich sehe schon die Schlagzeilen: KILLERKALMAR VERSCHLINGT WEHRLOSEN FISCHER. Sei vernünftig, Thomas. Du kennst doch Journalisten – oder solltest du schon vergessen haben, wie es auf Kaikoura zugegangen ist, wo die eingebildeten Hohlköpfe auf nichts anderes als Sensationen aus waren? Wir verfügen über keinerlei Beweise. Nicht mal der Ring ist ein Beweis. Stell dir einfach vor, man hätte ihn im Magen eines Dorschs gefunden. Niemand käme auf den Gedanken, ein so harmloser Fisch könnte Appetit auf Menschenfleisch haben. Falls wir die Sache mit dem Ring publik machen, würden auch Fotografen kommen und mit ihren Bildern die Aufmerksamkeit der Öffentlichkeit erst recht auf das Tier und auf uns lenken.«

Albee sah, dass durch die Dachluken schwacher Lichtschein hereinzufallen begann; der Vorbote des Morgengrauens. Sie hatten die ganze Nacht hindurch schwer gearbeitet, und er kannte keinen anderen Wunsch, als sich hinlegen und frische Luft atmen zu können.

Golombek hingegen schien weder die lange Nacht noch der entsetzliche Geruch oder die Müdigkeit etwas auszumachen. Die Hände auf dem Rücken verschränkt, begann er auf und ab zu gehen.

»Das Glück hat uns im Stich gelassen. Unsere Expedition war buchstäblich ein Schlag ins Wasser, und so stehen wir mit leeren Händen da, ohne die geringste Aussicht auf Erfolg. Unser Material reicht nicht mal für eine bescheidene Nachricht im Fernsehen. Wenn wir wenigstens ein Bild des *Architeuthis* hätten machen können, von mir aus ein unscharfes! Willst du, dass alles so sang- und klanglos zu Ende geht?«

»Aber die Polizei, die Behörden... Wir müssen doch Meldung machen.«

Golombek hob die Brauen, als dächte er über Albees Worte nach, in Wirklichkeit aber folgte er nur noch seiner eigenen Logik. Er nahm den goldenen Ring, sah ihn aufmerksam an und sagte dann: »Wenn ich mit unserer mehr als mageren Ausbeute nach Washington zurückkehre, macht mich die Frau fertig. Darauf kannst du Gift nehmen. Wer wäre so töricht, uns nach diesem kolossalen Fehlschlag noch Geld zu geben? Etwa die Zeitschrift *National Geographic*? Meine Überzeugungskraft ist allmählich erschöpft. Jetzt aber haben wir etwas Großartiges in Händen, das außer einem Dutzend Menschen hier am Ort noch niemand gesehen hat.«

Er trat auf Albee zu, um zu sehen, ob dieser nach wie vor zögerte. Er hob das Kinn, wie immer, wenn er sich ereiferte, wobei sich die grauen Strähnen seines Bartes aufrichteten.

»Thomas, hör mir gut zu! Wir sind die einzigen intelligenten Menschen, die dies Lebewesen genauer in Augenschein genommen haben, und niemand außer uns kann einschätzen, was sein Auftauchen bedeutet. Sieh um dich! Mit diesen Beweisen können wir rasch wieder Mittel in die Hand bekommen. Nur müssen wir umsichtig vorgehen und die richtigen Schritte tun. Genau dazu brauche ich dich.«

Mit diesen Worten legte er ihm den Ring in die Hand und schloss sie nachdrücklich um ihn herum.

Noch mehr als die Kälte des Metalls spürte Albee sein Schuldbewusstsein.

Er sah Golombek an. Sie arbeiteten schon seit vielen Jahren zusammen, und er hatte sich sogar für das Führen von Forschungs-Tauchbooten ausbilden lassen, um sich gemeinsam mit ihm an den tiefsten und geheimnisvollsten Stellen des Meeres auf die Suche nach dem Tier machen zu können, das ihn behext hatte.

Er konnte ihn unmöglich alleinlassen.

In diesem Augenblick wurde an die Tür geklopft. Es war Cepesma. Er schien ein gänzlich anderer Mann als noch am Vortag. Bedrückt und mit finsterer Miene sagte er: »Mario hat sich umgebracht.«

Die beiden Wissenschaftler sahen einander an.

»Wer ist Mario?«, fragte Albee.

»Einer der beiden jungen Leute, die bei dem Unwetter … das da gesehen haben«, sagte er traurig. »Entsetzlich. Wir können nicht mehr mit ihm sprechen.«

»Das ist schlimm«, sagte Golombek. »Ich erinnere mich. Sie haben etwas über die beiden gesagt. Aber uns bleibt noch das Mädchen.«

»Ja, Josefina.«

»Auch sie hat das Tier gesehen«, sagte Albee.

Cepesma presste die Lippen aufeinander und nickte.

»Na schön«, sagte Golombek und rieb sich die Hände. Er schien nicht im Geringsten erschöpft zu sein. »Unsere Arbeit verlangt, dass wir mit ihr über die Sache reden. Unbedingt.«

»Ich will sehen, was sich tun lässt.« Cepesma wandte sich um und ging ohne Eile auf seinen Geländewagen zu.

Albee konnte den Blick nicht von dem Ring abwenden. Er hörte, wie der Motor ansprang, und wollte etwas sagen, aber es kamen keine Worte aus seinem Mund. Er nahm eine der durchsichtigen kleine Plastiktüten aus seiner Kitteltasche, in denen sie Proben aufbewahrten, legte den Ring hinein, faltete sie sorgfältig zusammen und steckte sie ein. Aus dem Augenwinkel sah er zu seinem Vorgesetzten hinüber. Der Himmel wurde immer heller, und die Schatten schwanden aus den Straßen Luarcas.

Golombek verzog die Lippen zu einem befriedigten Lächeln.

6

Nicht größer als ein Fingernagel

Lyndon B. Johnson-Raumfahrtzentrum, Februar 2005

Die einzelnen Stufen der auf dem schlecht geschnittenen Rasen ausgestellten weißen Saturn-V-Rakete blieben hinter Nora zurück wie die Überreste einer griechischen Säule. Sie steuerte den Kleinlaster, den sie unweit ihres Motels in den Außenbezirken von Houston gemietet hatte, zur Einfahrt des Raumfahrtzentrums.

Der Himmel war bewölkt, und obwohl der Frühling unmittelbar bevorzustehen schien, spürte man noch Reste der Winterkälte. Im Sommer allerdings würde die Hitze scharf wie ein Messer vom texanischen Himmel brennen. Ein hochgewachsener breitschultriger Schwarzer mit einer Schirmmütze über dem fröhlichen Gesicht bewachte das Tor. Auf seinem in Leuchtfarbe gehaltenen Overall verkündeten schwarze Buchstaben, dass er für die Sicherheit der Anlage zuständig war. Die Schnalle seiner Pistolentasche war offen, und an seinem breiten Gürtel klirrte bei jeder Bewegung ein riesiger Schlüsselbund.

»Ich bin mit Dr. Edgar D. Richardson verabredet.«

Nachdem der Mann Noras Papiere aufmerksam durchgesehen hatte, sagte er mit einem breiten Lächeln, bei dem seine weißen Zähne blitzten: »Aus Kalifornien, stimmt's? Die Sonden starten von da, aber wir hier schicken die Leute auf den Mond. Fahren Sie bis zum Space Boulevard. Von da führt die Straße Sie automatisch zum Labor. Es liegt ziemlich weit ab.«

Eine Viertelstunde später stieg sie aus und ging auf das weiße Gebäude zu, in dem sich das größte Ausbildungs-Tauchbecken für Astronauten auf der ganzen Welt befand. Der Geruch nach Chlor bildete in seinem Inneren eine unsichtbare Wand, die sie durchschreiten musste.

Sogleich kehrte die Erinnerung an einen früheren Vorfall zurück.

Sie glaubte, keine Luft zu bekommen. Als sie den Blick senkte, sah sie, dass ihre Hände leicht zitterten. Sie atmete vorsichtig ein, schloss die Augen und verschränkte ihre Finger kräftig ineinander.

Das Zittern hörte auf.

Sie durchquerte die dem Inneren einer Raumstation nachgebildeten Teile, die sich nicht unter Wasser befanden, und trat ein. Sie wusste, was sie zu sehen bekommen würde.

Das blaue Wasser schwappte über die Gummiumrandung eines rechteckigen Beckens, das starke Scheinwerfer über die ganze Länge der sich in der Ferne verlierenden Hallendecke hinweg erleuchteten. Nahe dem Rand standen Flaschen mit Atemluft aufgereiht, und drei Taucher, die auf einer Treppe bis zur Brust im Wasser saßen, unterhielten sich. Sie erkannte Richardson sofort, den Mann, der den Ruf ihres Onkels in den Vereinigten Staaten zugrunde gerichtet hatte.

An einer der Schmalseiten des Tauchbeckens halfen mehrere mit Sprechgarnituren ausgerüstete Männer einem der Astronauten in den Raumanzug. Er stand auf einer Plattform, die am Haken einer an der Decke befestigten gelben Laufkatze hing. Gewissenhaft prüften die Helfer jeden Bestandteil des Raumanzugs, stellten die

Verbindungen her und zogen dem Astronauten Schuhe und Handschuhe an. Etwa vier Meter von der Plattform entfernt saß Richardson in seinem Rollstuhl, aus dem sein massiger Körper hinausquellen zu wollen schien, und sah den Vorbereitungen offenkundig befriedigt zu. An der anderen Schmalseite des Tauchbeckens hing eine riesige Flagge der Vereinigten Staaten an der Wand.

Richardson wandte sich um, als Nora seinen Namen sagte, und drehte seinen Rollstuhl mit verblüffender Gewandtheit in ihre Richtung. Er sah sie mit seinen kleinen schwarzen Augen aufmerksam an. Sein mächtiges Doppelkinn verschmolz übergangslos mit dem Halsansatz. Das straff über den Schädel gekämmte schwarze Haar bildete einen scharfen Gegensatz zu seinem Gesicht, das so unbehaart wie das eines Neugeborenen war. Als er Nora bedeutete, sie möge näher treten, sah sie durch das klare Wasser die verschwimmenden Umrisse der maßstäblichen Module der Weltraumstation. Sie stellte sich neben ihn, als wäre sie zum Zuschauen gekommen.

»Dr. Richardson, ich …«

Mit einer Handbewegung gebot er ihr Schweigen und wies auf die Bleigewichte an den Waden des Astronauten, denen seine ganze Aufmerksamkeit zu gelten schien.

»Die sind so berechnet, dass er im Wasser genau austariert ist. Er schwebt, ohne Auftrieb und ohne zu sinken. Näher kommt man der Schwerelosigkeit auf unserer Erde nicht.«

Der Mann im Raumanzug wurde ins Wasser hinabgelassen, wo ihn die neben ihm zierlich wirkenden Taucher mit sich nach unten zogen, dem Boden des Beckens entgegen.

»Bestimmt sind Sie Dr. Pulaski.« Mit diesen Worten hielt Richardson ihr seine kleine, aber kräftige Hand hin. Sie fühlte sich kalt an. Noch bevor Nora auch nur ein Wort sagen konnte, hatte er den Rollstuhl bereits in Bewegung gesetzt, dessen Räder er mit den Handflächen überraschend schnell vorantrieb. Sie hätte ihm auch anbieten können, ihn zu schieben, doch eine gewisse Unnahbarkeit, die von ihm ausging, ließ ihr das nicht geraten erscheinen. Unterwegs begrüßte er jeden, an dem sie vorüberkamen, mit Vornamen, und alle erwiderten seinen Gruß, auch die Taucher, die bis zur Brust im Wasser saßen und sich unterhielten.

Im Leitstand des Labors, der im Erdgeschoss lag, zeigte ein ganzes Dutzend Bildschirme die von Unterwasser-Kameras aufgenommenen Bilder des Astronauten. Vor einem dieser Bildschirme hielt Richardson an, allem Anschein nach in tiefe Gedanken versunken. Nora fürchtete schon, mit diesem Besuch ihre Zeit vergeudet zu haben.

»Was Sie mir da zeigen, ist hochinteressant, Dr. Richardson, aber ich denke, Sie haben mich kommen lassen, weil…«

»Das Einzige, was wir hier nicht simulieren können, ist die Abwesenheit von Reibung«, fiel er ihr ins Wort, ohne sie anzusehen. »Haben Sie schon mal versucht, im Weltraum eine Schraube festzudrehen? Natürlich nicht. Wer da eine Schraube rechtsherum festziehen will, fängt an, sich selbst nach links zu drehen.« Richardson demonstrierte die Bewegung vor dem Bildschirm, als arbeitete er mit einem imaginären Schraubendreher. »Flügelmuttern, Sechskantmuttern, sogar so was Einfaches wie ein Nagel – alles ist da oben stärker als man selbst.«

»Ich glaube, es ist besser, wenn sich das Modul dem Astronauten entgegenbewegt und nicht umgekehrt«, gab Nora zur Antwort.

Richardson löste den Blick vom Bildschirm, drehte den Rollstuhl herum und sah sie so aufmerksam an wie ein Luchs.

»Im Kosmonautenzentrum Juri Gagarin«, fuhr sie fort, »ist der Boden des Tauchbeckens beweglich angebracht. Er hebt und senkt sich mit allem, was sich darauf befindet, Modulen und Nachbildungen. Daher arbeiten die Kosmonauten dort nicht unter einem so hohen Wasserdruck wie hier, können sich nahe der Oberfläche aufhalten und haben trotzdem dasselbe Gefühl der Schwerelosigkeit.«

Richardson runzelte die Brauen. »Sie scheinen mir ja eine Musterschülerin zu sein. Woher wissen Sie das?«

Nora trat an den Bildschirm und legte einen Finger darauf. Der Astronaut schwebte völlig frei im Wasser, wie ein großer weißer

Schmetterling. Sie musste daran denken, welch einengenden Druck sie unter dem runden Helm empfunden hatte, der zwar ihre Schläfen freigelassen, aber dafür auf das Scheitelbein gedrückt hatte. Es hatte keine für die Köpfe von Achtzehnjährigen passenden Raumfahrthelme gegeben. Ihr kamen die lauten Geräusche aus dem Funkgerät in Erinnerung und die Angst, das Wasser werde durch eine undichte Verbindungsstelle ihres Raumanzugs eindringen, der viel zu groß war, als dass er hätte völlig dicht sein können. Diese Angst hatte ihre Lippen ausgedörrt.

»Es war zwei Jahre bevor wir den Mars erreichten«, sagte sie nach einer Pause und senkte den Blick. »Mein Onkel hat sich einen Raumanzug besorgt, keine Ahnung, auf welchen Wegen, und wir haben in einem Schwimmbad von Pasadena geübt, wenn es für die Öffentlichkeit geschlossen war.«

»Um die Schwerelosigkeit zu trainieren«, fügte Richardson hinzu.

»Ich habe ihn ein paar Mal angezogen, ja.«

Der Mann im Rollstuhl schnalzte mit den Fingern. »Eine so schöne Kosmonautin! Pulaski immer an vorderster Front! Das ist typisch für ihn. Sie sprechen also vom Jahr 1974? Soweit mir bekannt ist, war damals noch niemand auf den Gedanken gekommen, das Wasser als Medium zur Simulation von Schwerelosigkeit zu nutzen. Können Sie mir berichten, was Sie dabei empfunden haben?«

Ende der achtziger Jahre war man auf die Tauchbecken zum Trainieren der Schwerelosigkeit als einzige praktikable Alternative zu den »Weltraumspaziergängen« der Astronauten verfallen. Viele hatten die Überzeugung geäußert, künftig würden ohnehin Roboter die Aufgaben des Menschen übernehmen, wenn es im Weltraum so profane Dinge zu erledigen gab wie Abdichtarbeiten, das Anbringen von Nieten, das Lösen von Schraubverbindungen oder was dort sonst noch an mechanischen Arbeiten anfällt. Ihr Onkel Robert hatte zur Gruppe jener gehört, die anderer Ansicht waren, und er hatte vor Wut geschäumt, wenn er über die »Bubis von der Stanford University oder dem Massachusetts Institute of Technology« sprach, die solche seiner Meinung nach hirnrissigen Voraussagen über die wunderbare Zukunft der künstlichen Intelligenz machten, bei der ein Eingreifen des Menschen überflüssig sein würde.

In der Praxis zeigte sich, dass Astronauten außerhalb ihrer Raumkapseln solche Mechanikerarbeiten bestens zu erledigen verstanden, und die Erfahrung lehrte, dass nichts der menschlichen Hand vergleichbar oder gar überlegen war, wenn es darum ging, außerhalb der Erde Gegenstände zu handhaben.

»Bei meinem zweiten Tauchgang wäre ich fast ertrunken«, gestand Nora. »Das Wasser kam durch die Stiefel herein, aber weil es warm war, habe ich das nicht sofort gemerkt. Das lag vermutlich daran, dass ich von meiner Schwerelosigkeit so begeistert war.«

»Wie ich sehe, haben Sie das überlebt«, schloss Richardson befriedigt. Seine dicken weichen Lippen krümmten sich zu einem Lächeln. Es war Nora gelungen, seine Aufmerksamkeit auf sich zu lenken.

Sie strich sich das Haar zurück, löste den Blick vom Bildschirm und wandte sich dem Dicken mit den winzigen Händen zu.

»Das Funkgerät war ausgefallen. Ich befand mich ungefähr drei Meter unter Wasser, und die Gewichte waren so austariert, dass ich nicht weiter sinken, aber auch nicht auftauchen konnte. Es war mir unmöglich, die Arme zu bewegen, um ein Zeichen zu geben, weil der Raumanzug sehr starr war. Ich war meiner Sinne nicht mehr mächtig. Nach wenigen Minuten war der Anzug vollgelaufen. Mein Onkel war am Beckenrand mit etwas anderem beschäftigt, und der Funktechniker befand sich am anderen Ende des Beckens, als ihm auffiel, dass die Verbindung zusammengebrochen war. Einen Taucher hatten wir nicht. Es war eine maßlose Dummheit.«

»Typisch Pulaski: immer an vorderster Front, auch wenn es riskant, dumm und verantwortungslos ist«, sagte Richardson, während er unaufhörlich die Daumen gegeneinanderrieb. »Sagen Sie, haben Sie das Bewusstsein verloren?«

Beim Anblick seiner kleinen Augen, die lebhaft hin und her huschten, musste sie an die eines Kaninchens denken.

»Nein. Es war eher ein Panikanfall. Nach Ansicht der Ärzte war es gut, dass ich nicht mehr bei vollem Bewusstsein war, aber weiter atmete, denn als ich Wasser schluckte, wurde ich munter und fing an, mich unkontrolliert zu bewegen. Dabei wäre der Anzug fast zerrissen. Dann haben sie mich noch gerade rechtzeitig herausgeholt.«

Richardson warf seinen Oberkörper so heftig nach hinten, dass die Rückenlehne des Rollstuhls knirschte.

»Robert Pulaskis Nichte. Labor für Strahltriebwerke. Vielleicht sind wir uns früher schon mal begegnet. Natürlich saß ich da noch nicht im Rollstuhl. Sie erkennen mich nicht, was? Ich nehme Ihnen das nicht übel.«

Er verließ den Raum ohne ein weiteres Wort. Obwohl er keinen Motor-Rollstuhl hatte, der sich mit einem Finger oder dem Mund steuern lässt, fuhr er so schnell, dass Nora Mühe hatte, ihm zu folgen. Offensichtlich hatte er mehr als genug Kraft in den Armen, um die Räder anzutreiben.

Sie konnte sich undeutlich an ihn erinnern. Wichtiger aber war, dass sie in jenen schweren Jahren, als sich die NASA gegen ihren Onkel gestellt hatte, dies und jenes über ihn gehört hatte, vor allem aus dessen Mund.

»Dr. Richardson, Sie haben bei Ihrem Anruf einen Brief erwähnt.«

»Ach ja, der Brief. Ich schlage vor, dass wir im Labor miteinander reden. Es liegt etwa zehn Minuten von hier entfernt. Sie sind ja vermutlich mit dem Auto gekommen.«

Er öffnete den Mund erst wieder, als sie das Gebäude mit dem Tauchbecken verlassen hatten, und sagte, auf einen grauen Dodge weisend: »Mein Wagen. Das Beste dürfte sein, wenn Sie mir folgen. Sehen Sie zu, dass Sie mich nicht aus den Augen verlieren. Ich fahre ziemlich schnell.«

Nora fand sein Labor, das am Ende eines öden Ganges mit gelblichen Wänden lag, erstaunlich klein. Ein Marsglobus links der Tür und eine recht gelungene Nachbildung des Mondes rechts davon waren der einzige Schmuck im ganzen Raum. Nirgendwo sah man Familienfotos oder dergleichen. Richardson hatte schon immer geradezu spartanisch gelebt. Der große beigefarbene Tubus des Raster-Elektronenmikroskops und die Computerbildschirme ließen auf dem Tisch wenig Platz zum Schreiben. Im Hintergrund befanden sich in einem Reinraum in Glas eingeschmolzene Proben von Meteoritgestein, auf die mit Filzstift Zahlen und Zeichen geschrieben waren, die von ultraviolettem Licht angestrahlt wurden. Trotz der Enge steuerte Richardson seinen Rollstuhl äußerst geschickt an den Hindernissen vorüber.

Nora wusste, was man in Fachkreisen über ihn sagte: Er sei ein Geologe, dem niemand ein X für ein U vormachen konnte, eine unangefochtene Autorität auf dem Gebiet von Mondgestein und Meteoriten. Als sie die Tür hinter sich geschlossen hatte, wandte er sich ihr zu.

»Pulaskis Nichte erweist mir die Ehre, mich persönlich aufzusuchen! An Ihren Onkel kann ich mich gut erinnern, aber an Sie kaum, seien Sie bitte nicht gekränkt. Sagen Sie, waren Sie mit ihm einer Meinung? Ich beziehe mich auf die mit *Liliput* erzielten Ergebnisse.«

Noch nie hatte Nora gewagt, jemandem zu sagen, was sie von der Arbeit ihres Onkels hielt.

»Nein.« Richardsons Äuglein öffneten sich weit, und er hob die Brauen. Er wedelte mit den Armen, als wollte er davonfliegen, wobei sich die Finger wie Schwungfedern bewegten.

»Ich sehe, Sie stehen auf eigenen Füßen. Der schmerzhafte Prozess der Abnabelung von der Familie, wenn man zur Vernunft kommt, was? So ist das immer. Ich habe nie geglaubt, was mir meine Eltern sagten, und hatte Ihrem Onkel Bob gegenüber immer so meine Zweifel. Ich muss also annehmen, dass Sie nicht an die Existenz von Leben auf dem Mars glauben.«

Liliput war der Spitzname des dreihunderfünfzigtausend Dollar teuren Experiments, das man aus mehreren Vorschlägen ausgewählt hatte, um festzustellen, ob es Leben auf dem Mars gibt. Gleichzeitig hatten die Marssonden auf Richardsons Anregung hin ein weiteres Experiment durchgeführt. Das Kürzel GCMS, mit dem es bezeichnet wurde, bedeutete Gas-Chromatographie und Massen-Spektrometrie, und weil die Öffentlichkeit das nicht verstand, nannte Richardson es lieber *Wolfsfalle*.

Als die *Viking*-Sonden den Mars erreicht hatten, setzten sie einen Roboter namens *Liliput* in Marsch. Seine Aufgabe war es festzustellen, ob es auf der Oberfläche des Planeten irgendeine Art von Kleinlebewesen gab. Seine Arme nahmen Proben des Marsbodens auf und legten sie in einem Gefäß ab, in das dann mit radioaktivem Material gekennzeichnete Bakteriennahrung gegeben wurde. Sofern der Marsboden tatsächlich Lebewesen enthielt, würden diese die Nahrung aufnehmen und radioaktives Kohlendioxid ausscheiden – und das ließe sich mittels eines Geigerzählers nachweisen.

Liliput unternahm an zwei Stellen, die fünf Kilometer voneinander entfernt lagen, neun Versuche. Bei sieben von ihnen meldeten die Geigerzähler das Vorhandensein von radioaktivem Gas. Mithin musste in den Bodenproben des Planeten irgendeine Art von Stoffwechsel stattfinden.

Alle waren maßlos verblüfft, außer Richardson. Seine *Wolfsfalle* konnte in den Bodenproben nicht die geringste Spur organischen Materials nachweisen, und das bedeutete, dass es dort unmöglich Leben geben konnte.

Dann setzte er zum entscheidenden Angriff auf Pulaski an. Seiner Überzeugung nach war der Mars ein Planet ohne jedes Leben. Immerhin hatten Staubstürme seine Oberfläche erodiert und die ultraviolette Strahlung der Sonne sie verwüstet. Unter diesen für Menschen unvorstellbaren Bedingungen mussten seines Erachtens selbst die für die vermuteten Mikroorganismen in den Bodenproben vorgesehenen Nährstoffe verbrennen.

Pulaski hatte sich mit seinen Ergebnissen offensichtlich zu weit aus dem Fenster gelehnt und war in Ungnade gefallen, als er gegen Richardsons Vorstellungen aufbegehrt hatte.

Jetzt öffnete Richardson eine Tisch-Schublade und nahm einen Umschlag heraus. Die russische Briefmarke war in jüngster Zeit gestempelt worden. Er gab ihn Nora mit gleichmütiger Geste, als wäre er ebenso wert- wie bedeutungslos.

»Es macht Ihnen hoffentlich nichts aus, dass ich den Brief geöffnet habe. Schließlich ist er an mich adressiert. Gelesen habe ich ihn aber nicht – er ist auf Russisch geschrieben, und was mich betrifft, könnte es ebenso gut Chinesisch sein.«

Das Papier war so dicht und schwer wie ein Stück Stoff von gleicher Größe. Links oben stand im Briefkopf »Smolensko-Institut für organische Chemie«. Während sie las, hörte sie in ihrem inneren Ohr die Stimme ihres Onkels, der durch die an einen anderen gerichteten Worte zu ihr sprach.

Der knappe und krause Text voller Streichungen und unvollständiger Sätze gab enttäuschend wenig her.

> Richard, oder auch Dick, trotz allem.
>
> Ich werde alt und bin müde. Trotzdem vermögen mich Deine anregenden Angriffe noch heute zu amüsieren, wie früher... Sicher bist auch Du älter geworden, [unleserlich]. Jeder von uns beiden hatte seine Chance...
> Alles geht dem Ende entgegen. Es ist zu spät... Ich kann mich nicht richtig konzentrieren. Es würde nichts nützen. Lass uns aufhören... meine ~~mein~~ Zeit hier im Institut ist bald zu Ende. Wie sieht es bei Dir aus, Dick?
> Ich sehe, was hier mit mir ~~geschieht~~. Meine größte Sorge ist, dass sich meine geliebte Nichte Nora ~~auf der anderen Seite befindet~~. Mir geht ~~die Luft zum Atmen~~ aus, und ich möchte nicht, dass es ihr ebenso geht... das ist mein einziger Wunsch. Nein... ich verdiene ihr Mitgefühl nicht, wage nicht einmal, darauf zu hoffen. Aber ich wende mich an Dich, Richard. Du bist lebendig ~~und gegen mich eingestellt~~, setz Dich bitte mit meiner Nichte in Verbindung. Sie heißt Nora Pulaski... arbeitet im Labor für Strahltriebwerke, dort ist sie aufgewachsen.
> Die ganze Zeit hindurch... nichts als diese Befriedigung, bre-

che ich mein Schweigen… ~~kalte Gleichgültigkeit~~, Richard, gib diesen Brief an Nora weiter.

Was ~~mit ihr geschieht~~, muss jetzt geschehen… ~~es ist gut so~~, hat seinen berechtigten Grund. Sie soll die Finger vom Mars lassen…

Wer wäre besser geeignet als Du…? Die Glaubwürdigkeit, ~~die hervorgeht~~ aus dem Mund des ärgsten Feindes?

Tu es, Dick.

Du weißt, dass es mir ernst ist… zu ihrem Nutzen… ich muss jetzt fort… bitte vernichte, was ich dir früher geschickt habe!

ROBERT PULASKI

Richardson öffnete ein Fach und nahm eine luftdicht verschlossene kleine Kunststoffschachtel heraus. Sie enthielt ein Gesteinsstück, nicht größer als ein Fingernagel. Auf der Schachtel standen weder Zahlen noch Kommentare, lediglich der mit unlöschbarem Filzstift geschriebene, deutlich lesbare Name *Pulaski* und der Vermerk *wertlos?*

»Ist das nicht sonderbar? Ich spiele nicht gern Detektiv«, sagte Richardson, ohne die Schachtel loszulassen. »Ihr Onkel kennt mich gut.«

»Was ist das?«, fragte Nora.

»Ich will es Ihnen offen sagen: ein schlechter Scherz. Es ist zu Anfang des Jahres gekommen, und ich hätte es sofort weggeworfen, wenn es mir jemand anders geschickt hätte. Ich kenne nur einen einzigen Robert Pulaski, aber immerhin besteht die Möglichkeit, dass in Russland Hunderte dieses Namens leben und einer von ihnen die Adresse meines Labors aus einem internationalen Verzeichnis herausgesucht hat, um mich sozusagen in den April zu schicken. Da ich aber im ganzen Leben lediglich mit einem einzigen Robert Pulaski zu tun hatte, ist es natürlich äußerst wahrscheinlich, dass die Sendung von Ihrem Onkel stammt.«

»Und hat jemand das Material untersucht?«, wollte Nora wissen.

Richardsons Gesicht quoll vor Wut so stark auf, als müsste es platzen.

»Glauben Sie wirklich, dass ich für einen solchen Unsinn Zeit habe? Es könnte alles Mögliche sein, beispielsweise ein Meteoriten-Bruchstück, das er auf dem schwarzen Markt gekauft hat. Da wir hier die Fachleute für Meteoritengestein sind, liegt die Kompetenz für solche Analysen natürlich bei uns. Nur sehe ich keinen Anlass, Pulaskis Abfall zu analysieren. Ich hätte das Gesteinsstück längst wegwerfen sollen. Als dann der Brief hier kam, ist es mir wieder eingefallen. Einer meiner Studenten hätte damit herumexperimentieren können, ein schönes Spielzeug. Wahrscheinlich ist es kontaminiert. Das glauben Sie nicht? Es ist mit der Post gekommen! Dieser Stümper Pulaski!«

Er wollte den Behälter in die Kammer für UV-Bestrahlung legen, doch entglitt er ihm, landete aber auf seinen überdimensionierten Oberschenkeln, statt auf dem Fußboden zu zersplittern. Überrascht merkte Nora, dass ihr das nichts ausgemacht hätte.

»Dr. Richardson, Sie haben vor langer Zeit die Arbeit meines Onkels zugrunde gerichtet. Warum haben Sie mich eigentlich angerufen, statt den Brief nach allem, was geschehen ist, einfach in den Papierkorb zu werfen?«

Ein spöttisches Lächeln trat auf das Gesicht des Geologen.

»Ich werde darauf antworten, wenn auch Sie mir eine Frage beantworten. Ich kann nicht bestreiten, dass mich die Sache neugierig gemacht hat. Ich musste jemanden um Hilfe bitten, weil der Brief auf Russisch geschrieben war. Auf mich wirkt er so, als hätte ihn ein Geistesgestörter verfasst, auch wenn Ihr Onkel Sie darin durch mich um Verzeihung bittet. Er wagt nicht, es offen zu sagen. Warum?«

Richardson stand im verdienten Ruf der Erbarmungslosigkeit, denn er machte niemals irgendwelche Zugeständnisse. Nora zögerte kurz und suchte nach einer Antwort.

»Hat Sie das daran gehindert, ihn fortzuwerfen?«, fragte sie. »Haben Sie geglaubt, darin eine Art Rolle zu entdecken, die mein Onkel gespielt haben könnte?«

»Sie sind äußerst scharfsinnig, meine Liebe.«

»Und aus diesem Grund haben Sie sich entschlossen, mich anzurufen?«

Wieder drückte er die Daumen gegeneinander.

»So ist es. Ich habe mir die Mühe gemacht, Ihren Privatanschluss zu erfragen. Ihre Kollegen haben mir die Nummer gerne genannt.«

Sie strich sich müde über die Lider und holte tief Luft. Nach einer längeren Pause, in der sie überlegte, was sie ihm antworten sollte, beschloss sie, die Wahrheit zu sagen. So hatte sie sich das ursprünglich nicht vorgestellt. Eigentlich hätte Richardson ihr Erklärungen liefern müssen, und nicht umgekehrt.

»Das Jahr, nachdem die *Viking*-Sonden den Mars erreicht hatten, war für meinen Onkel äußerst schwierig, genau genommen für uns beide. Seine Enttäuschung nahm immer mehr zu. Er hat eine Art Verfolgungswahn entwickelt und sich als Opfer einer gegen ihn gerichteten Verschwörung gesehen. Zu denen, die er verdächtigte, gehörten insbesondere Sie, Dr. Richardson. Immerhin haben Sie öffentlich erklärt, er weigere sich zuzugeben, dass die Ergebnisse der Mission den Tatsachen entsprachen. Er ist so weit gegangen, seine Vorgesetzten bei der NASA zu beleidigen, und hat wegen einiger Äußerungen gegenüber Vertretern einer Lokalzeitung von Pasadena Ärger bekommen. Für Journalisten hatte er noch nie etwas übrig gehabt, und zum Schluss hat er sogar erklärt, die NASA halte Beweismaterial zurück. Ein solches Verhalten entsprach dennoch in keiner Weise seiner Wesensart.«

Daumendrehend hörte Richardson aufmerksam auf ihre Worte und nickte zustimmend.

Sie holte erneut tief Luft. »Ich habe mich stets aus diesen Streitigkeiten herausgehalten. Alle vertraten den Standpunkt, dass die Werte nicht schlüssig waren und verworfen werden sollten. Ich stand damals gerade davor, mein Studium der Mikrobiologie aufzunehmen. Mein Onkel hatte mir ein Stipendium des Labors für Strahltriebwerke verschafft. Die Leute haben das finanziert, weil der NASA in den sechziger Jahren viel an der Entwicklung von

Einrichtungen zur Entdeckung von Lebensformen lag, die man in künftigen Sonden zur Planetenerkundung einsetzen konnte. An diesem Forschungszweig war mein Onkel beteiligt und hat dank seiner erstklassigen Kontakte erreicht, dass man mir einen Teil des *Viking*-Projekts anvertraute.«

»Aha«, sagte Richardson. »Und wo ist der Haken?«

»Eines Tages hat er mich in glänzender Stimmung in eins der besten Restaurants von Pasadena eingeladen. Er war richtig umgänglich, ganz anders als sonst. Wie Sie wissen, war er wortkarg und hat sich so möglichst von anderen Menschen ferngehalten. Nach einer erstklassigen Mahlzeit hat er mich vorsichtig nach meiner Meinung zu den Ergebnissen des *Liliput*-Unternehmens gefragt. Noch nie zuvor hatte er sich für meine Ansichten als Wissenschaftlerin interessiert – bis dahin war ich einfach seine Nichte gewesen. Außerdem hatte ich doch meine Laufbahn noch gar nicht richtig begonnen. Gefördert hatte er mich, weil er mich als Mitglied seiner Familie schätzte, aber letzten Endes war ich in seinen Augen nichts als eine begabte Studentin. Statt auszuweichen, habe ich ihm gesagt, was ich dachte.«

»Und was war das?« Richardson hörte auf, seine Daumen zu drehen.

»Dass ich Ihren Standpunkt teilte.«

Diese Mitteilung schien Richardson sehr zu überraschen.

»Von jenem Tag an hat er mich mit anderen Augen betrachtet und sich allmählich von mir zurückgezogen. Anfang 1977 haben die Ermittlungen des FBI eingesetzt, und man hat ihn einige Male zu Anhörungen vorgeladen. Zwar hat man ihn nie festgenommen und auch keinerlei Anklage gegen ihn erhoben, doch sind ihm die Beamten auf Schritt und Tritt gefolgt. Für die Presse war das natürlich ein gefundenes Fressen, sie hat die Sache so aufgebläht, dass seine Situation unhaltbar wurde. Eines Tages habe ich dann bei meiner Rückkehr aus dem Labor gesehen, dass er seine Siebensachen gepackt hatte und ausgezogen war. Mir war gleich klar, dass ich ihn nicht wiedersehen würde. Von Kollegen im Labor habe ich dann erfahren, er habe ein Angebot angenommen, in Moskau zu arbeiten. Mehr wussten sie auch nicht. Er hat mich nie angerufen oder mir sonst eine Mitteilung zukommen lassen. Er war in jeder Beziehung aus meinem Leben verschwunden – bis zu Ihrem Anruf.«

Richardson knurrte zustimmend, als ihm Nora den Umschlag zurückgab. Mit diesem Blatt Papier schien sich der Kreis zu schließen. Allmählich wurde ihm die junge Frau sympathisch.

»Und Sie sind gekommen, weil Sie glauben, dass mit Pulaski etwas geschehen ist, das sich auf Ihre Arbeit an der *Mars Eternity* auswirken könnte. Ist es nicht so?«

Sie wischte sich die schweißnasse Stirn. Die Klimaanlage schien nicht richtig zu funktionieren.

»Man hat mich bei der Unternehmung ausgebootet. Dazu hat man Komplikationen vorgeschoben, von denen mir nichts bekannt war – wenige Wochen vor dem Start. Man hat mir gegenüber den Namen meines Onkels erwähnt. Ich bin nicht sicher, aber vielleicht haben Sie Recht. Er ist auf die eine oder andere Weise in die Sache verwickelt. Möglicherweise will er sich an mir rächen, indem er mich vom Mars fernhält. Ich glaube, er hat mir mein damaliges Verhalten nicht verziehen.«

Richardson runzelte die Brauen. »Und jetzt soll ich Ihnen dabei helfen festzustellen, was gespielt wird?«, schloss er.

»Bevor ich herkam, war ich mir mit Bezug darauf in keiner Weise sicher, jetzt bin ich es. Ja, ich brauche Ihre Hilfe.«

Er legte sich den Brief auf den Schoß und setzte seinen Rollstuhl in Bewegung.

»Nun, Wahrheitsliebe verdient es, belohnt zu werden. Kommen Sie mit.«

Es ging durch einen Korridor von der Art, wie sie Nora aus Museen und Universitäten kannte: Überall fehlte es an Platz, links und rechts türmten sich Kisten voll Material und Chemikalien. Vor der Tür seines Arbeitszimmers nahm er einen Schlüsselbund heraus und schloss auf. Im Inneren des Raumes verstärkte sich das Gefühl von Klaustrophobie noch mehr. Tische quollen von Papieren aller Art über – Sonderdrucke und Akten; auf Regalen stapelten sich solche Mengen von Büchern, dass man um deren Tragfähigkeit fürchten musste, Wände waren mit Karten und Abbildungen bedeckt. All das ließ die Computerbildschirme, die Drucker und die Scanner kleiner erscheinen, als sie waren.

Es schien Nora, als bekäme sie nicht genug Luft. Sie schloss die Augen und dachte, *bloß nicht jetzt*, während Richardson einen Aktenschrank öffnete und darin etwas suchte. Er nahm eine von Gummibändern zusammengehaltene Mappe heraus, öffnete sie und legte einige Fotos auf den Tisch.

Als er sah, dass Nora der Schweiß über die Schläfen lief, erkundigte er sich: »Geht es Ihnen nicht gut?«

»Nicht weiter schlimm. Ist schon vorbei. In geschlossenen Räumen wird mir leicht übel.«

Sie atmete tief durch. Der beherrschte Klang ihrer Stimme war ein Hinweis darauf, dass ihre Bemühungen um Konzentration Wirkung zeigten. So wie sie mit gesenkten Lidern angespannt dasaß, wirkte ihr Gesicht sogar auf jemanden wie Richardson anziehend. Er sah sie jetzt erkennbar mit einer gewissen Begierde an.

Dann sagte er: »Ich wollte Ihnen das hier zeigen.«

Die Schwarzweißfotos waren sehr scharf. Auf einem davon sah man zwei Zelte, die auf einer Eisfläche zu stehen schienen. Ein anderes zeigte ein Schneemobil und einige Flaggen sowie zwei Personen mit dicken Wollmützen. Obwohl beide hinter etwas hockten, das wie ein großer Felsbrocken aussah, überragte die eine Gestalt die andere beträchtlich.

»Ihr Onkel«, sagte Richardson. »Das war einer der ersten Brocken Marsgestein, die wir in der Antarktis gefunden haben. Es hat einige Jahrzehnte gedauert, bis wir unserer Sache sicher sein durften. Damals konnte man das noch nicht wissen, und so hatten wir nicht die geringste Ahnung davon, wie wichtig diese Entdeckung sein würde. So gut wie niemand weiß etwas von dieser Expedition, die Anfang der Siebziger stattfand. Zwei der Teilnehmer sind kurz darauf gestorben. Hat er Ihnen etwas davon gesagt?«

Nora nahm das Foto zur Hand.

»Ja. Ich kann mich ganz undeutlich daran erinnern. Es war eine seiner ersten Antarktis-Unternehmungen. Er hatte damals große Schwierigkeiten, jemanden zu finden, der sich während seiner Abwesenheit um mich kümmern konnte. Sind Sie der andere hier auf dem Bild?«

Verblüfft sah sie, dass die beiden einander umarmten und trotz der Kälte lächelten. Die Erzfeinde friedlich vereint! Trotz der großen dunklen Schneebrille erkannte sie die Züge ihres Onkels, den grauen Bart, den mächtigen Leib. Der andere war Richardson, damals noch nicht annähernd so füllig wie jetzt.

Er ergriff wieder das Wort: »Ihr Onkel hatte gute Arbeit in der Gruppe geleistet, die Meteoritengestein sammelte. Damals habe ich ihn kennengelernt. Ich war an einem von unserer Regierung finanzierten geologischen Programm beteiligt, während er im Auftrag der NASA tätig war. Wir merkten bald, dass wir die Arbeit des jeweils anderen ernst nehmen konnten. Wir amüsierten uns mit meinem alten Schneemobil, das ich mir Anfang der Siebziger gekauft hatte. Denken Sie nur! Ich auf einem Schneemobil! Damit sind wir auf dem Darwin-Gletscher über die Flanken der Meteoritenhügel gefahren, dreihundert Kilometer von der Forschungsstation McMurdo entfernt.«

»Wie alt ist die Aufnahme?«

Er zuckte die Achseln.

»Sie ist zwei Jahre bevor die *Viking*-Sonden den Mars erreichten gemacht worden, also 1974.«

Sie wiegte den Kopf und versuchte ihre Verwunderung zu unterdrücken.

»Ihnen beiden scheint es da ja sehr gut gegangen zu sein.«

Richardson verzog das Gesicht auf eine Weise, die sie nicht recht zu deuten vermochte – lachte er, oder machte er sich über sich selbst lustig?

»Ja, das waren noch Zeiten! Aber im Laufe der Jahre ist mir aufgegangen, dass man die Vergangenheit nicht sehnsüchtig verklären soll, sonst kommt man sich noch törichter vor, als man ohnehin schon ist. Ich erinnere mich noch genau an den Tag, an dem die Aufnahme gemacht worden ist. Am Vorabend hatten wir wegen eines Eissturms Zuflucht in den Zelten suchen müssen. Ich war zurückgeblieben, als der Tanz losging. Ich weiß nicht, ob Sie je einen Eissturm miterlebt haben, aber ich kann Ihnen versichern, dass das entsetzlich ist. Alle Empfindungen sterben ab, und man verliert jede Orientierung, so, als befände man sich am Boden einer Flasche. Es gibt nichts mehr, wonach man sich richten könnte, weder Norden noch Süden. Ich versuchte, die Zelte zu erreichen, doch die waren schon nicht mehr zu sehen. Zum Glück streckte mir Pulaski eine Hand entgegen, und so ist es uns gemeinsam gelungen, Schutz zu suchen.«

Auch wenn Richardson das nicht ausdrücklich gesagt hatte, so ging doch aus seinen Worten hervor, dass ihm Pulaski in jener Sturmnacht des Jahres 1974 das Leben gerettet hatte.

Auf einem der überhäuften Schreibtische sah man mehrere in Glas eingeschmolzene gräuliche Gesteinsmuster, neben denen jeweils ein starkes Vergrößerungsglas lag. Manche von ihnen waren nach 1971 zusammengetragen worden. Auf allen stand als Fundstelle »Antarktis« vermerkt. In einer Ecke sah Nora ein Paar alte Schneeschuhe.

Von ihrem Onkel wusste sie, was die Suche nach Meteoriten in einer Umgebung wie der Antarktis bedeutete, in der es nichts als Eis gab. Ein Stein, der dort lag, konnte nur vom Himmel gefallen sein und war damit als Meteorit anzusehen.

Richardson fuhr mit seiner Erzählung fort. »Es gibt dort Täler, in denen es seit Jahrhunderten oder sogar Jahrtausenden nie geregnet hat. Pulaski, dessen zweite Leidenschaft, wie Sie wissen, die Mikrobiologe war, wollte feststellen, unter welchen Bedingungen Bakterien überdauern können. Seiner Auffassung nach war eine solche Lebensform auch auf dem Mars möglich, obwohl dieser Planet extrem trocken und eisig ist. Mich wiederum interessierte der geologische Aspekt, vor allem, was die Meteoriten anging. Während an jenem Abend der Sturm an unserem Zelt zerrte, entstand beim Schein einer Petroleumlampe der Plan für

Liliput und die *Wolfsfalle*. Ihr Onkel war fest davon überzeugt, dass es auf dem Mars Leben geben könne, wenn auch ausschließlich in Form von Mikroben – aber selbst die müssen atmen. Die Marssonden wären nicht imstande, solche Lebensformen zu erkennen, wohl aber könnte man ihnen auf die Schliche kommen, wenn man ihre Ausscheidungen erkennbar machte. Unser Atem hatte sich in kleinen Tröpfchen an der Zeltleinwand kondensiert, und das hat ihm wohl den Gedanken eingegeben. Mir hingegen war klar, dass Leben ohne organische Materie nicht möglich ist. Der weiße Kontinent, wie man die Antarktis auch nennt, also die Gegend um den Südpol, ist ein Ort, an dem man nicht zu fürchten braucht, ein Raubtier könne in die Behausung des Menschen eindringen und ihn verschlingen, denn dort gibt es weder Eisbären noch Wölfe, lediglich eine unbelebte Landschaft, in der nicht der winzigste Grashalm wächst und schon gar kein Tier existieren kann. Dort fühlt man sich ziemlich einsam.«

Richardson ließ eine Pause eintreten und nahm eine Flasche aus dem Kühlschrank, die weniger als zur Hälfte mit einer durchsichtigen Flüssigkeit gefüllt war. »Gin«, sagte er und goss sich ein wenig ein. »Damit vertreibe ich mir die Zeit. Auch einen Schluck?«

Nora wollte schon ablehnen, überlegte es sich aber im letzten Augenblick anders. Er hob die Brauen und schien erfreut, dass sie ihm Gesellschaft leistete.

Sie spürte die angenehme Kühle des Getränks durch die Wand des Glases. Während ihr Gastgeber den Inhalt des seinen herunterstürzte und sich gleich nachgoss, nippte sie nur ein wenig an ihrem.

»Ich habe damals beschlossen, einige Vorrichtungen zu konstruieren, die so empfindlich waren, dass sie jede noch so winzige Mikrobe aufspüren konnten«, fuhr er fort. »Wie gesagt, meine Wolfsfalle – auch wenn es in der Antarktis keine Wölfe gab, und auf dem Mars erst recht nicht! Auf jeden Fall sind Ihr Onkel und ich uns an jenem Abend in die Haare geraten, nachdem wir zuerst miteinander gelacht und dann etwas getrunken hatten.«

»Was ist passiert?«

Er sah auf den Inhalt seines Glases und rief aus: »Was glauben Sie? Wir haben zwei feindliche Lager gebildet! *Hier Liliput* und *da Wolfsfalle*! Es ging darum, wer Recht hatte. Mir war klar, dass ich das sein würde, was sich ja auch bestätigt hat. Pulaski hat schließlich Zuflucht zu so aberwitzigen Theorien genommen, dass er mich damit auf die Palme gebracht hat. Wir hatten beide ziemlich viel getrunken und haben uns richtig in unsere Wut hineingesteigert.«

Ein leichter Glanz trat in Noras Augen. »Welche Art von aberwitzigen Theorien waren das?«

»Er hat gesagt, ›jede Wette, dass ich mit *Liliput* auf dem Mars Leben entdecke‹, und sich über meine Wolfsfalle totgelacht. Aber das war nicht das Schlimmste. Er hat angefangen, wirres Zeug zu reden, und sich unglaublich eingebildet aufgeführt. Er hat versucht, die Verdienste, die ich mir mit meiner Meteroritenforschung erworben hatte, kleinzureden, und behauptet, ich verstünde in Wirklichkeit nicht das Geringste von der Sache. Dann hat er mit unglaublicher Hartnäckigkeit hinzugefügt, Schuld an der Energiekrise, zu der es kurz davor im Jahre 1973 gekommen war, sei die Mehrheit der Geologen.«

Nora runzelte die Brauen. »Energiekrise? Meinen Sie die Erdölkrise?«

Richardson hatte sich in Eifer geredet und sagte spottend: »Er war betrunken und hat behauptet, wir hätten uns von den Ölmultis kaufen lassen, um die Allgemeinheit hinters Licht zu führen. Wir hätten den Menschen eingeredet, es gebe nicht genug Öl und die Reserven seien so gut wie erschöpft. Dekadentes Kommunistengeschwafel! Danach war zwischen uns beiden das Tischtuch endgültig zerschnitten. Das Misstrauen hatte uns einander entfremdet. Ich wartete darauf, dass die *Viking*-Sonden den Mars erreichten, um zu beweisen, dass ich Recht hatte. Den Rest der Geschichte kennen Sie.«

Während er sein Glas erneut leerte und noch einmal füllte, gab ihm Nora die Fotos zurück. Der Alkohol schien ihm nichts auszumachen. Trotz seiner zynischen Haltung spürte sie, dass ihm die Vorfälle der Vergangenheit wichtig waren. Sie dachte an Robert Pulaski, an das letzte Mal, als sie ihn im Restaurant hatte lächeln sehen, an den Augenblick, in dem der Ausdruck von Gleichgültigkeit und Abschätzigkeit auf sein Gesicht getreten war.

Nichts als dieser Brief würde ihr von ihm bleiben.

»Was werden Sie mit der Gesteinsprobe machen? Ich meine die, die Ihnen mein Onkel geschickt hat?«

»Seine Gesteinsprobe«, sagte Richardson nachdenklich. »Die Lösung des Rätsels. Meinen Sie nicht auch? Ich sage es einmal so: Ich war entschlossen, sie wegzuwerfen, bin mir aber jetzt nicht mehr sicher. Übrigens gefallen Sie mir.«

Nora war nicht recht bereit, sich das einzugestehen, aber ihr ging es mit ihm ebenso. Hinter dem Zynismus, der dem Gelähmten wie ein Schutzwall gegenüber der Außenwelt diente, schien sich eine einfühlsame Seele zu verbergen.

Das Schuldbewusstsein, das sie bisher gegenüber ihrem Onkel empfunden hatte, verwandelte sich in Groll. Immerhin hatte er sie einfach ihrem Schicksal überlassen. Die Leere, die nach seinem Weggang geblieben war, hatte sie reifen lassen, und jetzt empfand sie angesichts der gestammelten Entschuldigungen in jenem Brief nichts als Wut auf ihn. Er trug die Schuld daran, dass ihre Teilnahme an dem Unternehmen gefährdet war, denn er hatte den Namen Pulaski in Verruf gebracht. Und was ihr Richardson berichtet hatte, der sein Gin-Glas immer wieder leerte, war lediglich ein weiterer Beweis für den unsagbaren Hochmut ihres Onkels gegenüber den Menschen um ihn herum.

Zum Teufel mit all dem. Sie würde schon dafür sorgen, dass alles wieder ins Lot kam. Noch hatte die NASA sie nicht entlassen, und mit ihrem Ersparten konnte sie notfalls mehrere Jahre auskommen. Viele ihrer Kollegen wussten, dass sie die Urheberin des als »Maulwurf« bezeichneten Bohrgeräts war, das nur wenig Energie verbrauchte, weil es langsam arbeitete und daher imstande war, über Monate hinweg in die Geheimnisse des Mars einzudringen. Was auch immer ihre Vorgesetzten sagen mochten, die neuen Leute an der Spitze der Unternehmung würden auf jeden Fall zu ihr kommen, um ihren Rat einzuholen und um Ergebnisse zu vergleichen. Dabei dachte sie insbesondere an den Mann mit dem holländischen Namen De Wicke, ein zwar fähiger, aber gesichtsloser Wissenschaftler, der ähnliche Projekte vorgeschlagen hatte, die sich ganz offensichtlich auf ihre Entwicklung stützten.

Sie würde sich der neuen Situation anpassen. War das nicht eine ihrer ganz besonderen Fähigkeiten?

Sie hob ihr Glas und stürzte den Gin herunter.

»Ich bin einverstanden.«

Richardsons Gesicht hellte sich auf. Sie war sicher, dass das nicht am Alkohol lag.

»Was wollen Sie damit sagen?«

Sie wies auf den durchsichtigen Behälter. »Das gehört in den Müll. Es ist nicht der Mühe wert, sich weiter damit zu beschäftigen.«

»Wie lange werden Sie hierbleiben?«

»Ich habe keinen festen Rückflug gebucht und nehme die nächste Maschine nach Kalifornien, die ich bekommen kann. Ich danke Ihnen für Ihre Hilfe, Dr. Richardson. Was Sie mir gesagt haben, war äußerst aufschlussreich.«

Er schob seinen Rollstuhl ein wenig näher und nahm ihre Hand. Sie ließ es zu.

»Ein zauberhaftes Parfüm«, sagte er, nachdem er sich eine Weile über die Hand gebeugt hatte.

Er ließ sie los und sah Nora an. »Bitte verstehen Sie mich nicht falsch, wenn ich Sie bitte, einen Tag länger zu bleiben.«

Sie lächelte.

»Welchen Grund könnte ich dafür haben?«

Er sah auf die Uhr. »Ich würde gern etwas gründlicher über Ihre Situation nachdenken. Ich habe den ganzen Nachmittag frei, denn das heutige Training ist, was mich betrifft, unerheblich. Ich kenne seinen Ablauf auswendig. Könnten Sie keinen Vorwand finden, sich ein paar Stunden länger hier aufzuhalten? Allerdings muss ich zugeben, dass Houston nichts zu bieten hat, es sei denn, man isst gern Fleisch. Für meinen Geschmack wird es hier aber zu scharf gebraten.«

»Ist das eine Einladung zum Abendessen, Dr. Richardson?«

Er wies mit dem Finger auf seine Schläfe und lachte laut heraus. »Glauben Sie bloß nicht, dass ich keine Lust dazu hätte, aber das hier ist alles an mir, was noch lebt. Mein übriger Körper ist vor viel zu langer Zeit gestorben. Er besteht nur aus Fett und Muskeln, die ich ernähren muss, aber nicht befriedigen kann. Nein, wirklich. Es dürfte das Beste sein, ich spüle die Gesteinsprobe Ihres Onkels durch die Toilette, wie das von Anfang an meine Absicht war. Das heißt, offen gesagt weiß ich noch nicht, was ich wirklich damit tun werde. Da man derlei nicht in Gesellschaft erledigt, fürchte ich, dass ich Sie heute Abend nicht einladen kann.«

Sie sah sich rasch in der Unordnung des Raumes um. Es kam ihr so vor, als ob der harte und unerbittliche Richardson sie um einen Gefallen bat. Eigentlich wollte sie fort. Sie war gekommen, um Antworten zu finden, und fühlte sich von allem, was er über ihren Onkel gesagt hatte, enttäuscht. Jetzt, wo ihr der Mars nicht mehr so wichtig war, ging es ihr besser.

»Gut, einen Tag länger könnte ich bleiben. Ich muss aber meine Tochter anrufen und ihr Bescheid sagen.«

»Tun Sie das, und geben Sie meiner Sekretärin Heather bitte die Telefonnummer Ihres Hotels. Ich werde mich mit Ihnen im Lauf des Nachmittags in Verbindung setzen.«

Er nahm den Brief und hielt ihn ihr hin, doch sie nahm ihn nicht.

»Er gehört Ihnen«, sagte er und sah sie eindringlich an.

Sie wich ein wenig zurück, als erschreckte das Papier sie. »Er ist an Sie adressiert. Außerdem interessiert er mich nicht.«

Daraufhin drückte er ihr den Brief in die Hand und schloss ihre Finger darum. Überrascht spürte sie, wie viel Kraft er in seinen kleinen Händen hatte.

»Behalten Sie ihn. Als Ihr Onkel das schrieb, hat er nicht an mich gedacht.«

Er wandte sich mit seinem Rollstuhl von ihr ab, und Nora fand sich mit einem Mal auf dem Gang vor seinem Arbeitszimmer wieder. Die Tür schloss sich hinter ihr.

7

Nadja

Pasadena, Februar 2005

Die elegante Kleidung des schlanken und ziemlich großen Mannes passte gut zu den dunklen Flaschen mit kalifornischem Wein in der Getränkeabteilung. Das offenkundig teure Jackett, das Nadjas Aufmerksamkeit auf sich zog, war gestreift, und zur beigefarbenen Hose trug er auf Hochglanz polierte Schuhe. Ein zweiter flüchtiger Blick zeigte ihr, dass er mit Sicherheit nicht aus Kalifornien stammte. Überhaupt schien er kein Angelsachse zu sein; seine Gesichtszüge wirkten eher slawisch, fand Nadja, die sich für eine gute Beobachterin hielt. Seine dunklen Haare waren auf der rechten Seite gescheitelt, die Nase war gerade und das Kinn unter den fein geschnittenen Lippen kräftig. Seine Augen, deren Blau nicht ganz so kräftig war wie das Grün der ihren, die sie von der Mutter geerbt hatte, muteten sie sonderbar an.

Sie stand vor der riesigen Kühltheke mit dem kaum überschaubaren Angebot von Biofleisch, das der Farm Fresh Ranch Market anbot, und versuchte, den Küchenplan für die ganze Woche festzulegen. Ihre Mutter hatte angerufen, um ihr mitzuteilen, dass sie einen oder zwei Tage länger fortbleiben werde als vorgesehen. Sie war auch schon früher allein gewesen, doch noch nie so lange. Das ärgerte sie. Die Mutter rief jeden Abend gegen acht an, um zu sehen, ob sie zu Hause war. Es machte Nadja nichts aus, die täglichen Einkäufe zu erledigen, daran hatte sie sich in den vergangenen vier Jahren gewöhnt. Es waren die bisher härtesten ihres Lebens gewesen, weil ihre Mutter ausschließlich für den Mars zu leben schien und, wie es aussah, an nichts anderes mehr denken konnte. Oft verglich Nadja im Stillen das unnachgiebige und schwer zu durchschauende Wesen ihrer Mutter mit der Unwirtlichkeit des Roten Planeten, von dem sie geradezu besessen war.

Es kam nur selten vor, dass sich Nora einige Stunden von ihrer Arbeit löste. Dann schlenderten Mutter und Tochter durch die ruhigen Straßen Pasadenas mit ihren aus rötlichen Ziegeln erbauten niedrigen Häusern, setzten sich, ganz in den Anblick der Springbrunnen versunken, im Schatten einer Palme auf eine der Bänke von Old Colorado, erfrischten sich mit einem Getränk und unterhielten sich. Mitunter zeigte Nora auf die Gipfel der tief erodierten braunen San-Gabriel-Berge, die sie ganz besonders faszinierten, weil sie bei jedem Sonnenuntergang in Orangetönen aufflammten und sie an die gleichfarbigen Erhebungen auf dem Mars erinnerten. Dabei wies sie Nadja auf den herrlichen Farbkontrast zwischen ihnen und der gelben Fassade sowie den grünen Pagoden am Eingang des Pacific Asia Museums hin. Sie vertraute ihr ihre Träume an und erklärte ihr, sicher werde eines Tages ein Mensch seinen Fuß auf den Mars setzen, und zwar höchstwahrscheinlich zu Nadjas Lebzeiten, sodass sie Zeugin dieses für die Menschheit ungeheuer bedeutenden Erfolges sein könne.

Jetzt aber war die Mutter nicht da. In den unaufhörlichen Anrufen des Kindskopfs Tommy sah Nora eine Ablenkung Nadjas vom Schwimmtraining in Rose Bowl, die sie nicht bereit war hinzunehmen. Dabei war er ein lustiger Junge, der Nadja zum Lachen brachte, auch wenn sie ihn insgesamt für zu oberflächlich und letztlich auch langweilig hielt. Er spielte in einer Gruppe Gleichgesinnter E-Gitarre, aber wohl eher, um bei Mädchen Eindruck zu schinden, als aus anderen Gründen. Jedenfalls fand Nadja sein Spiel vom musikalischen Standpunkt aus nicht bemerkenswert. Für Alltagsaufgaben hatte er nichts als Verachtung übrig und machte sich grundsätzlich aus dem Staub, wenn sie ihn bat, ihr bei den Einkäufen zu helfen. Lieber trieb er sich am Nachmittag nach der Schule in Musik- und Elektronikgeschäften am Old Colorado herum, sodass sie stets allein zurechtkommen musste.

Mit ihren vierzehn Jahren besaß Nadja natürlich noch keinen Führerschein, doch lag der Supermarkt zum Glück nur zehn Fußminuten von der Wohnung entfernt. Da sie dort seit Jahren einkaufte, waren ihr die Gesichter vieler Menschen in diesem Laden ebenso vertraut wie ihre Einkaufsliste. Einer von ihnen war der Mexikaner Jimmy, der stets mit der gleichen diensteifrigen Haltung am Obststand seine Waren anbot. Es gab nur wenige Dinge, die Nadja ihren iPod vergessen ließen, auf dem sie ihre Lieblingsmusik gespeichert hatte, und das Einkaufen gehörte nicht dazu. Nie ging sie ohne den iPod aus dem Haus, und die beiden weißen Kabel, die zu den Ohrhörern führten, bildeten einen reizenden Kontrast zu ihrem schwarzen Haar.

Beim Anblick des slawisch aussehenden Mannes, der aufmerksam die Etiketten der teuersten Weinflaschen zu studieren schien, nahm sie die Ohrhörer heraus. Er hielt zwei Flaschen in der Hand, und als er sah, dass sie ihn musterte, erwiderte er ihren Blick und lächelte. Sie wandte sich ab und konzentrierte sich auf die Auswahl eines Fertiggerichts mit Hühnchen, das sie sich warm machen wollte, spürte aber, dass sich ihr Puls beschleunigt hatte. Als sie wieder hinsah, war der Mann fort. Kopfschüttelnd verwünschte sie ihre Dummheit und machte sich dorthin auf, wo der stets vergnügte, aber ansonsten langweilige Jimmy Obst und Gemüse zu solchen Bergen aufgetürmt hatte, dass man fürchten musste, sie könnten jeden Augenblick in sich zusammenstürzen.

Zerstreut schob sie ihren Einkaufswagen auf dem Weg zur Kasse noch durch einige weitere Gänge, wobei sie dies und jenes hineinlegte, immer in der Hoffnung, den Mann mit dem schwarzen Jackett vielleicht doch noch einmal zu sehen, aber sie konnte ihn nirgendwo entdecken. Sie kam sich ausgesprochen töricht vor. Die Kassenschlange war inzwischen ziemlich lang geworden, und was sie im Wagen hatte, war schwerer, als was sie zu tragen gewohnt war. Immerhin musste sie die vollen Tüten mindestens zehn Minuten nach Hause schleppen. Hoffentlich fing es nicht auch noch an zu regnen. Ihr fielen die dunklen Wolken ein, die sie beim Verlassen der Wohnung gesehen hatte. Viele Unwetternachmittage begannen so, mit einer leichten Brise, die nahezu sinnlich über die Palmwedel zu streichen schien.

Als noch fünf Kunden vor ihr waren, prasselte ein kräftiger Guss hernieder. Missmutig warf sie einen Blick auf den Inhalt ihres Einkaufswagens: All das würde durchweichen und damit unbrauchbar sein. Wieder ein Abend ohne warme Mahlzeit, und alles wegen des Faulpelzes Tommy. Das einzig Gute an diesem Kindskopf war das Auto seines Vaters, ein schon etwas in die Jahre gekommener Chrysler. Zwar war es ein Kabrio, aber man konnte ja das Verdeck schließen. Hätte der Dummkopf doch nur mitkommen wollen!

Die Warteschlange wurde kürzer, und sie beschloss, das Risiko einzugehen. Nass würde sie so oder so werden. Gerade, als sie ihr Geld aus dem Portemonnaie fingerte, hörte sie die Stimme hinter sich. Fast war es nur ein Flüstern.

Es war zweifellos Russisch, allerdings konnte sie den Akzent nicht zuordnen, der sich deutlich von dem ihrer Mutter unterschied. »*Ty prekrasno vygyadisch, Nadja.*«

Eine nichtssagende Redensart, einem jungen Mädchen mitzuteilen, dass sie gut aussah.

Der Mann im schwarzen Jackett lächelte ihr zu. Als er einen Hundert-Dollar-Schein herausnahm, sah sie das schimmernde Lederarmband seiner zweifellos sündhaft teuren goldenen Uhr. Sie stand mit offenem Mund da, ohne sich zu regen. Der Mann zahlte und machte sich dann daran, als wäre es das Natürlichste von der Welt, ihre Einkäufe in die großen braunen Papiertüten zu packen.

»Woher kennen Sie meinen Namen?«, hatte sie verwirrt auf Russisch gefragt und staunte jetzt, als er in gebrochenem Spanisch antwortete.

»Ach, meine Kleine, ich weiß viel über dich – so zum Beispiel auch, welche Sprachen du trotz deiner jungen Jahre sprichst. Sag mir, wann kommt deine Mutter zurück?«

Nadja sprach gern Spanisch. Sie hatte es von ihrer Mutter gelernt, die als junges Mädchen einige Jahre lang die Sommerferien in Nordspanien verbracht hatte. Ihr erschienen die Spanisch sprechenden Bewohner Kaliforniens offener und umgänglicher als die Englisch sprechenden.

Bei diesem Mann aber verhielt es sich anders, und sein Versuch, sich ihr mit Hilfe ihrer Muttersprache zu nähern, schien ihr trotz seiner allem Anschein nach gebildeten Art verdächtig.

Verblüfft und beunruhigt wich sie einige Schritte zurück. Was mochte hinter diesem Annäherungsversuch stecken? Wollte er sie etwa aus dem Supermarkt entführen, wenige Minuten von ihrer Wohnung entfernt? Sie standen jetzt am Eingang, und obwohl der Regen nur so herniederprasselte, erwog sie, vor diesem Menschen davonzulaufen, der Dinge über sie und ihre Mutter wusste ... Zum Teufel mit dem Abendessen!

Während sich die Gedanken in ihrem Kopf jagten, hielt ihr der Mann freundlich die Hand hin und sagte, wieder auf Russisch: »Du brauchst keine Angst zu haben. Ich heiße Wladimir Tschakenko und bin ein alter Freund deines Großonkels Bob.«

Beim Anblick der Hand des Mannes, den sie eigentlich ganz anziehend fand, gab sie den Gedanken an Flucht auf. Er wartete geduldig. Ihr ging auf, dass es sich nicht um eine zufällige Begegnung handelte – der Mann hatte ganz offenkundig nach ihr gesucht.

Obwohl ihr Widerstand allmählich dahinschwand, nahm sie die angebotene Hand nicht. Erstaunlicherweise schien ihn die darin liegende Zurückweisung nicht zu stören.

Tschakenko ließ die Hand sinken und hob die beiden Tüten auf, die er auf dem Boden abgesetzt hatte.

»Es ist schon lange her, dennoch weiß ich genau, womit sich dein Großonkel beschäftigt hat, als er zu uns gestoßen ist, um für uns zu arbeiten. Möchtest du ein Foto von ihm sehen?«

Ohne eine Antwort abzuwarten, nahm er eines aus einer Tasche seines Jacketts.

Sie sah einen, nach den Möbeln um ihn herum zu urteilen, bemerkenswert großen Mann. Die Frau, die er umarmte, war drei Köpfe kleiner als er. Mit seinem ins Graue spielenden sauber gestutzten Kinnbart und dem dichten Schnurrbart wirkte er eindrucksvoll. Die Falten auf seiner Stirn waren tief eingeschnitten, und sein Blick schien alles zu durchdringen. Er sah aus wie jemand, der mit zunehmendem Alter nicht schwächer wurde, sondern mit jedem Jahr, das verging, an Kraft und Schwung zunahm.

Da Nadja ihren Großonkel noch nie gesehen hatte, konnte der Mann auf dem Bild jeder Beliebige sein. Unwillkürlich musste sie daran denken, dass er sich nicht anders verhalten hatte als ihr Vater: Beide hatten sich davongemacht, bevor sie zur Welt gekommen war.

Was mochte dieser Tschakenko von ihr erwarten? Sollte sie in Tränen ausbrechen oder darüber jammern, dass ihr angeblicher Großonkel nie das geringste Lebenszeichen von sich gegeben hatte? Ein flüchtiger Blick auf das Foto genügte, um zu erkennen, dass der hochgewachsene bärtige Mann sie nicht die Spur interessierte, und so hielt sie es Tschakenko wieder hin.

Dieser traf keine Anstalten, es an sich zu nehmen.

»Du solltest es behalten. Es ist für deine Mutter. Auf der Rückseite steht meine Telefonnummer in Moskau und der Name meiner Firma.«

Es ging also gar nicht um sie selbst, sondern der Mann wollte mit ihrer Mutter Kontakt aufnehmen. Nadja nahm ihm die Tüten ab und drückte sie an sich.

»Was wollen Sie?«

Er sah auf die Straße hinaus und lächelte. Inzwischen rauschte der Regen wie ein Wasservorhang herunter und hämmerte wild gegen die Scheiben der Geschäfte.

»Zuerst einmal dich nach Hause bringen. Bei diesem Wetter kannst du unmöglich zu Fuß gehen.«

»Was wollen Sie von meiner Mutter?«, ließ sie nicht locker und drückte die Tüten fester an sich.

»Wir haben die Verbindung zu deinem Großonkel Bob verloren. Wir wissen nicht, wo er sich aufhält. Er hat, wie ich schon gesagt habe, für uns gearbeitet. Er ist mit der Frau auf dem Foto verheiratet. Sie ist sehr krank und macht sich große Sorgen um ihn. Wir würden uns freuen, wenn deine Mutter uns dabei helfen könnte, ihn aufzuspüren. Willst du ihr das sagen, Nadja? Wir wollen deinem Großonkel nur helfen.«

Das kannst du sonst jemandem erzählen, dachte Nadja.

Laut sagte sie: »Sie dürfen mich nicht für dumm halten. Woher soll meine Mutter wissen, wo er sich aufhält? Schließlich hat sie schon viele Jahren nichts von ihm gesehen oder gehört.«

Um zu zeigen, wie wenig ihr an diesem Mann lag, stellte sie die Tüten wieder ab, zerriss das Foto und warf ihm die Stücke vor die auf Hochglanz polierten Schuhe.

Ihre Aufsässigkeit schien ihn in keiner Weise aufzuregen.

»Das Bild gehört dir, also kannst du damit tun, was du für richtig hältst. Hörst du, wie es donnert? Das Unwetter scheint schlimmer zu werden. Wenn du unbedingt nass werden willst, geh du von mir aus ruhig zu Fuß nach Hause. Es war mir ein Vergnügen, Nadja.«

Aus dem Augenwinkel sah er, wie sie zögerte, bevor sie sich auf den Boden kniete, um die Reste des Fotos aufzuheben.

Er drückte auf einen Schlüssel, und die Tür des vor dem Eingang geparkten silberfarbenen BMW, dessen Nummernschild zeigte, dass es sich um einen Mietwagen handelte, öffnete sich. Er stieg ein. Lautlos senkte sich das Fenster und gab sein Gesicht frei.

Dicke Regentropfen begannen die Tüten zu durchfeuchten, während Nadja den Blick zwischen dem Mann und dem Himmel hin und her wandern ließ.

Ihn schien es nicht weiter zu beeindrucken, dass der Ledersitz nass wurde.

»Nun, kommst du? Ich setz dich gern bei euch zu Hause ab.«

Sie zögerte kurz.

Der Regen ließ nicht nach, und so beschloss sie einzusteigen.

8

Analyse

Johnson-Raumfahrtzentrum Houston,
Labor für Mondgestein,
Februar 2005, 8.00 Uhr vormittags

Edgar Richardson wies telefonisch seine Sekretärin Heather an, für den nächsten Morgen alles zu einer Gesteinsanalyse Erforderliche vorzubereiten. Es würde ein harter Tag werden, und ihm war klar, dass er den Komplex erst im Laufe des Nachmittags verlassen konnte.

Schon um acht Uhr fand er sich, wie es seiner Gewohnheit entsprach, an der Schleuse zum Reinraum ein. Nachdem ihm Heather, eine füllige Schwarze, in den weißen Schutzanzug und die Überschuhe geholfen hatte, setzte er die vorgeschriebene Kopfbedeckung auf. Sie hatte die auf Räder montierte Plattform bereitgestellt, auf die er sich stützen musste, um in die Luftschleuse zu gelangen und dort die vorgeschriebene Zeit aushalten zu können. An ihrem anderen Ende erwartete ihn ein zweiter den Bedingungen des Reinraums entsprechender Rollstuhl.

»Die Uhr, Herr Professor«, erinnerte ihn Heather. »Sie wissen doch, nichts aus Metall.«

Widerwillig ließ er zu, dass sie ihm die Uhr abnahm und einsteckte. Sie befanden sich bereits in der Schleuse.

»Zum Kuckuck, ich hänge an meiner Uhr! Ich arbeite schon seit dreißig Jahren in diesem Labor.«

Sie drückte auf einen Knopf und beschränkte sich darauf zu sagen: »Kämmen und trocknen.«

Eine Luftströmung stieg vom Boden zur Decke auf und hüllte beide ein. Sie verharrten eine Minute so, anschließend war ihm die Frau behilflich, sich in den sterilen Rollstuhl zu setzen. Als sie sich verabschiedete, erwiderte er ihren Gruß nicht. Da er das nie tat, machte es ihr nichts aus.

Ohne auf die Glaskästen mit Mondgestein zu achten, aus denen nach außen gestülpte schwarze Gummihandschuhe herausragten wie Euter, gelangte er dorthin, wo er sich als unumschränkter Herrscher fühlte.

Ein zwei Meter hoher Metallschrank enthielt einen hochauflösenden Computertomographen. Daneben sah man zwei übereinander angeordnete Bildschirme, einen Rechner und die Steuereinrichtung für den Scanner. Auf einem weißen Blatt Papier stand das Kästchen, auf das er in schwarzen Buchstaben »Pulaskis Abfall« geschrieben hatte.

Er nahm es zur Hand und hielt es gegen das Licht. Bis zu Noras Besuch hatte er der Sache nicht die geringste Bedeutung beigemessen und sich daher auch nicht näher mit der Gesteinsprobe beschäftigt. Er sah, dass der Behälter gut versiegelt war. Die Außenflächen zu dekontaminieren dürfte keine unüberwindbare Hürde sein. Anders sah es mit dem Inneren aus. Sofern auch nur der geringste Hinweis auf Verunreinigung mit irdischem Material vorlag, würde er sie mit Sicherheit entdecken.

Er nahm das winzige Gesteinsstück mit einer Pinzette heraus, öffnete den Scanner und nahm die nötigen Einstellungen vor.

Auf keinen Fall durfte man ein Messer benutzen, um Gestein zu zertrennen. Der Tomograph würde die Abbildung in winzige Scheiben mit einem Durchmesser von wenigen Tausendstel Millimetern zerlegen, ohne das Material zu zerstören, und die Scheiben zu einem vollkommenen dreidimensionalen Abbild zusammensetzen. Diese hochkomplizierten Geräte machten Unsichtbares sichtbar, und so konnte ein Paläontologe damit beispielsweise feststellen, ob das versteinerte Ei eines Dinosauriers befruchtet war, also einen Embryo enthielt, ohne es öffnen zu müssen.

Fünf Minuten nach dem Scanvorgang starrte Richardson ungläubig auf den Bildschirm.

Was er da sah, war – wie sollte er es nur beschreiben – geradezu übernatürlich. Eine Ansammlung perfekter Kristalle, jeder einzelne mit zwölf Flächen von je vierzig Tausendstel Quadratmillimetern, orangefarben und grau, in kompakten und geordneten Formationen, die wie Strudel aussahen. Verrostetes Eisen, Magnetit, auch unter der Bezeichnung Magneteisenstein bekannt.

Ihn verblüffte die Vorstellung, dass das Material aus dem Weltraum stammen sollte. Wieso eigentlich? Pulaski jedenfalls, sofern er derjenige war, der ihm das geschickt hatte (darüber konnte ihm das Gerät nichts sagen, doch war er bereit einzuräumen, dass der Schweinehund dahintersteckte), hatte keinerlei Angaben zu dem Material gemacht.

Er schaltete das Videogerät ein, öffnete den Scanner und nahm das Gesteinsstück heraus.

Er würde es von seiner Maschine der Absoluten Wahrheit untersuchen lassen. Diese Erfindung, die ihm Geltung und Ansehen verschafft hatte, bestand aus einem Gewirr von Röhren, Ventilen, Kabeln, Bildschirmen und Vakuumkammern. Das Ganze war um ein Mikroskop herum angeordnet, dessen Aufnahmen er mittels zweier Laser, einer infrarot, der andere ultraviolett, sowie eines Spektrometers auf einem Bildschirm sichtbar machen konnte.

Er setzte sich die Schutzbrille auf, legte das fingernagelgroße Stück Gestein in die Vakuumkammer, löschte das Licht und setzte die Vakuumpumpe in Gang, die sich mit vernehmlichem Geräusch ans Werk machte.

Als er das Mikroskop einschaltete, ertönte ein Summen. Dann richtete er den Laser auf das Stück Gestein. Ein dünner roter Lichtfaden kam aus der Röhre. Die infraroten Impulse bildeten eine weitere Geräuschquelle. Tief atmend schaltete er den ultravioletten Laser hinzu. Ein weiteres Summen verstärkte den Chor der Geräte. Die beiden Laserstrahlen zerstörten einen Teil des Gesteins.

»Verbrenn schon und sag mir, wer du bist, verdammtes Miststück«, brummelte der Geologe vor sich hin.

Gespannt richtete er den Blick auf die Zahlenreihen auf dem Bildschirm und auf die Prozentwerte, die ihm sagten, welche Anteile an Sauerstoff- und Stickstoffisotopen das Gestein enthielt.

Auch eine gewisse Menge an Xenon war dabei. Er spürte, dass sich sein Herzschlag beschleunigte, bis er mit dem regelmäßigen Pulsen der Laser im Gleichklang zu sein schien, die imstande waren, das Gestein einige Millisekunden lang auf hundert Millionen Grad zu erhitzen.

Für Richardson waren die Werte eindeutig, auch wenn die Mehrheit der Menschen nicht das Geringste damit hätte anfangen können. Seine Maschine der Absoluten Wahrheit schrie es ihm entgegen: »Es stammt vom Mars.«

Die Analysenwerte waren über jeden Zweifel erhaben. Was da vor ihm lag, war ein Stück Marsgestein. Er druckte die Analyse aus, nahm die Brille ab und schaltete das Licht wieder ein. Er riss das Papier aus dem Drucker, um sich die Zahlen und Kurven noch einmal genau anzusehen. Eine von ihnen erregte sofort seine Aufmerksamkeit.

Also doch! Eins der Elemente wies auf Verunreinigung mit irdischem Material hin. Die Probe war in Berührung mit der Erdatmosphäre gekommen. Auf die Chemie war Verlass, sie hatte Pulaskis schmutzigen Trick offengelegt. Er wischte sich mit dem Handrücken den Schweiß von der Stirn. Pulaski musste ziemlich einfältig sein, wenn er glaubte, er könne ihn noch einmal hinters Licht führen. Ihn, Edgar Richardson.

Er nahm das Kästchen und öffnete den Zylinder der Unterdruckkammer, die etwa drei Finger im Durchmesser maß. Vom Gestein war nichts mehr zu sehen. Es war verdampft, wie er zu seiner großen Freude feststellte. Ein charakteristischer Geruch, ähnlich dem von Benzin, kam aus der Kammer heraus.

Richardson kratzte sich am Kinn. Woher mochte die Gesteinsprobe stammen? Wie war Pulaski in ihren Besitz gelangt? Hatte er sie in irgendeinem Museum entwendet? Er nahm einen leichten Geruch nach Eisenoxid wahr und merkte, dass sich ihm ein Schleier vor die Augen legte. Er fröstelte. Er nahm die Videokassette, die Papiere mit den Ergebnissen der Analyse und allen anderen Angaben an sich. Dann rief er über das Haustelefon Heather an.

Er merkte, wie ihn kalte Schauer überliefen. Wer zum Teufel hatte die Temperatur so sehr heruntergeregelt? Zwar hielt man den Reinraum grundsätzlich einige Grade kühler als den Rest des Gebäudes, doch das hier war entschieden zu kalt.

»Ich bin mit der Analyse fertig. Warten Sie in der Luftschleuse auf mich«, sagte er. Dann legte er auf.

Wie immer würde sie die rollende Plattform bringen, um ihm zu helfen.

Kraftvoll setzte er seinen Rollstuhl in Bewegung. Die Videokassette lag ihm auf dem Schoß. Er hatte es eilig. Er würde einige Kollegen anrufen, doch hatte er kaum noch Zweifel: Pulaski war ein Lügner und ein Scharlatan. Mechanisch sah er auf sein Handgelenk. Ach so, die verdammte Heather hatte seine Uhr. Wie viele Stunden mochten vergangen sein? Seine Stirn war schweißnass. Mit einem Mal war ihm heiß. Irgendein Holzkopf schien sich ein Vergnügen daraus zu machen, an den Thermostaten herumzuspielen.

Als er an den Kästen mit den Stülp-Eutern vorüber war, sah er im Gang nebenan eine Gestalt, die ihm bekannt vorkam. Er fuhr näher hin, um sie sich genauer anzusehen, und begrüßte den Mann mit einer Handbewegung und einem angedeuteten Lächeln. Einen Augenblick lang hatte er geglaubt, Pulaski zu sehen.

Er wandte den Blick wieder ab, schloss die Augen und trieb die Räder seines Rollstuhls mit aller Kraft voran. Im letzten Augenblick konnte er einen Zusammenstoß mit einem der Glaskästen vermeiden, eckte aber an, was nicht geringes Aufsehen hervorrief. Die Videokassette fiel zu Boden. Einer der Techniker hob sie auf und trat zu ihm, um sich zu erkundigen, ob es ihm nicht gut gehe. Die Stimme des Mannes riss ihn aus seiner Versunkenheit.

»Schon gut, danke, es ist nichts. Ich bin nur ein bisschen müde. Heather?«

Seine Sekretärin kam mit der Rollplattform, und er stützte sich darauf. Heathers Hand war warm. Er war dankbar für die Berührung. Sie verließen den Reinraum durch die Luftschleuse.

Draußen gab sie ihm die Uhr zurück. Es war erst kurz nach elf;

er hatte kaum drei Stunden im Reinraum zugebracht. Sein Schüttelfrost hatte so plötzlich aufgehört, wie er gekommen war, und er beschloss, sich draußen ein wenig in die Sonne zu setzen. Die gezackte Kurve, sozusagen die chemische Kennkarte der Gesteinsprobe, rief in ihm einen Wirbel der unterschiedlichsten Empfindungen hervor. Einer ihrer Ausschläge lieferte den Beweis für das fremde Element, für den Betrug. Eine Verunreinigung lag vor. Das Johnson-Raumfahrtzentrum besaß mehr als fünfzehn Meteoriten, die vom Mars stammten. Teils waren sie an so unterschiedlichen Orten wie dem Südpol, in Ägypten und der Sahara niedergegangen, teils entstammten sie den Beständen verschiedener Museen in Europa und Asien. An ein Stück Marsgestein zu kommen war nicht besonders schwer. Die Zahl derer, die Meteoriten und Weltraumabfall sammelten, nahm immer mehr zu, und sie waren durchaus gewitzt genug, sich einen guten Meteoriten zu verschaffen, um ihn auf dem schwarzen Markt oder im Internet zu verkaufen. Es dürfte nahezu unmöglich sein festzustellen, von welchem Meteoriten jene Gesteinsprobe stammte.

Doch dies fremde Element… irgendetwas stimmte damit nicht.

Er sortierte die Videokassette ein, notierte sich einiges von dem, was er gesehen hatte, und steckte alles in einen großen braunen Umschlag, auf den er »Pulaski« schrieb. Nach einem nachdenklichen Blick auf das Telefon wählte er Heathers Nummer und bat sie, in Noras Motel anzurufen und sie zu bitten, einen weiteren Tag zu bleiben. Er wollte noch einmal mit ihr sprechen. Er würde einen Gutteil der Nacht an der neuen Aufgabenstellung weiterarbeiten, jetzt aber musste er sich erst einmal entspannen.

Es war der dritte Teil des Schwerelosigkeits-Trainings der Astronauten. Er fuhr in seinem Wagen zum Gebäude mit dem Tauchbecken, das er normalerweise einmal wöchentlich aufsuchte. Er hatte entdeckt, dass der Aufenthalt in diesem Tauchbecken für ihn eine heilsame Übung war, denn er vertrieb die Ängste, die ihn anfänglich heimgesucht hatten, als er nach seinem Unfall erfahren hatte, dass er nie wieder würde gehen können. Das lag jetzt dreißig Jahre zurück. Das Tauchbecken gab es seit etwas mehr als acht Jahren. Die Art, wie sich die an Land so schwerfälligen und tapsigen Astronauten im Wasser bewegten, entsprach seinem Traum, sich als Querschnittgelähmter in einer Umgebung der Schwerelosigkeit ungehindert bewegen zu können.

Er durchquerte mit dem Rollstuhl eine der Zufahrten zum Tauchbecken, auf dessen Boden die im Maßstab eins zu eins nachgebildeten Module der Raumstation ruhten. Er ließ Räume hinter sich, in die nie auch nur ein Strahl des mittäglichen Lichtes drang, und gelangte zu einem Modell des Weltraumteleskops Hubble, ebenfalls im Maßstab eins zu eins, dessen ausgebreitete Solarsegel wie die Flügel eines mechanischen Insekts wirkten. Er hörte ein Geräusch. Schritte. Jemand näherte sich dem Nachbau des Teleskops. Er sah sich um. Nichts. Weiter hinten hörte er vom Beckenrand das vertraute Gemurmel der Taucher. Er fuhr weiter bis zum nächsten Abschnitt, wo ein Teil der Weltraumfähre stand, deren Türen zum Dach der Halle hin geöffnet waren. Erneut ertönten die Schritte. Rasch drehte er den Rollstuhl in die andere Richtung. Wieder hörte das Geräusch auf, doch fiel auf die hell glänzende Außenhaut der Raumfähre ein Schatten, der sogleich wieder verschwand.

So unvernünftig es sein mochte, er gab seinem Bedürfnis nach, laut zu rufen: »Ist da jemand?«

Keine Antwort, lediglich das Gemurmel der Taucher im Hintergrund.

Es schien kaum Betrieb zu herrschen. Wo nur all die Leute waren? An einer der Schmalseiten des Beckens hingen die Tauchanzüge. Zwei Männer unterhielten sich an einem mit Papieren bedeckten Tisch. Vermutlich besprachen sie den Arbeitsablauf des Nachmittags. Richardson hob den Blick zum Leitstand im ersten Stock. Keine einzige Kamera lief, und niemand schien im Wasser zu sein, dessen Oberfläche nahezu völlig glatt war und sich lediglich an den Gummiwänden leicht kräuselte. In diesem Spiegel schimmerten die weißen Module der Raumstation lapislazulifarben. Er machte den Tauchern ein Zeichen. Sie sahen kurz herüber, senkten dann wieder die Köpfe und unterhielten sich weiter. Ob sie ihn erkannt hatten?

Wie es aussah, waren für heute keine Tauchgänge vorgesehen. Irgendein Hornochse hatte ihm am Telefon falsche Angaben gemacht. Wieder hörte er Schritte hinter sich, und wieder hörten sie auf, als er sich umdrehte. Er kam sich vor wie auf dem Präsentierteller. Obwohl ihm als Wissenschaftler jeglicher Glaube an Gespenster abging, spürte er, wie es ihm kalt über den Rücken lief. Seit ewigen Zeiten hatte er diese Empfindung nicht gehabt, sie erinnerte ihn an das Tosen der eisigen Winde, die von den Hängen der Berge der Antarktis herbeigestürmt waren, alles mit sich gerissen und dafür gesorgt hatten, dass man um sich herum nur noch eine Art weißen Rauch sah.

Der Tag des Unfalls.

Es war nach dem Unwetter gewesen, der Nacht, in der er und Robert Pulaski auf alle Zeiten Feinde geworden waren. Der Auftakt zu einer Verwünschung. Erneut blickte er sich um und sah diesmal statt der Wasserfläche eine spröde weiße Schicht, die unter den Rädern seines Rollstuhls nachzugeben begann. Nur saß er nicht mehr darin. Er stieg auf der Suche nach Meteoriten einen Hang hinab, der für sein Schneemobil zu steil war, weshalb er sich die Schneeschuhe untergeschnallt hatte. Der Sturm schien von neuem loszubrechen. Pulaski folgte ihm in einigen Metern Abstand, und weiter hinten kamen die übrigen Mitglieder der Gruppe.

Die Sekunde dehnte sich zur Ewigkeit. Das Eis gab unter seinen Schneeschuhen nach, und er merkte, wie es ihn in die Tiefe riss. Die Schwerkraft zerrte ihn nach unten. Im Stürzen schlug er sich die Schulter an, doch gelang es ihm, sich an einem Vorsprung festzukrallen. Als er den Blick aus der eisigen Felsspalte nach oben richtete, sah er einen schmalen Streifen des bleichen Himmels, der sich über der Antarktis spannte. Während er sich mit allen Kräften bemühte, dem Sog der Tiefe nicht nachzugeben, erkannte er Pulaski, der sich über den Rand der Spalte beugte, eher neugierig als beunruhigt. Das Letzte, woran er sich vor seinem endgültigen Sturz in den Abgrund erinnern konnte, waren Pulaskis faltige Wangen.

Er meinte, ihn lächeln gesehen zu haben.

Mehrfach war er gegen die Wände der Spalte gestoßen, bis eine Eisnadel seine dicke Daunenjacke durchdrungen hatte und glatt zwischen zwei Rückenwirbel gefahren war. Langsam war die Kälte in seinen Beinen emporgestiegen. Danach hatte er in seiner unteren Körperhälfte nie wieder etwas gespürt. Noch jetzt hallten ihm die Hilfeschreie in den Ohren, die eigenen und die der anderen Expeditionsteilnehmer. Noch immer sah er das Ende des um seine Hüften geschlungen Seils vor sich, erinnerte er sich an die Panik, die ihn erfasst hatte, weil er seine Beine nicht mehr spürte. Während man ihn nach oben zog, war er ohnmächtig geworden.

Margaret Rodríguez tat an diesem Tag, an dem keine Tauchgänge stattfanden, Dienst am Leitstand und überprüfte die Farbkalibrierung und Signalübertragung der Unterwasser-Kameras, die ihre Aufnahmen aus verschiedenen Winkeln machten. Einige Taucher übten die für den kommenden Tag vorgesehene komplizierte Simulation, bei der es darum ging, mit Schaumgewehren Lücken zu schließen, die nach einem gedachten Raketenstart durch sich lösende Kacheln des Hitzeschildes entstanden waren. Auch wenn die Gewehre unter Wasser selbstverständlich nicht funktionierten, sollten die Astronauten zumindest die Bewegungsabläufe für die Annäherung an den gewaltigen Flügel üben.

Mit einem Mal sah Margaret Rodríguez in der Ecke eines Bildschirms etwas auftauchen, das wie die Felge eines Rades aussah.

Langsam wurde der Gegenstand größer, dann zeigten die Kameras einen Rollstuhl, der im Wasser trieb und langsam die auf die Wand des Tauchbeckens gemalte schwarze Linie überquerte, hinter der die Zone mit fünf Meter Wassertiefe begann. Als Nächstes sah sie, wie auf den anderen Bildschirmen zehn auf dem

Rücken liegende Professoren Richardson erschienen. Sie leisteten der sonderbaren Drehbewegung, die den Rollstuhl auf eine der Nachbildungen der in elf Metern Tiefe liegenden Flügel der Weltraumfähre zutrieb, keinen Widerstand. Die Augen des Mannes waren weiß, die dünnen schwarzen Strähnen seines Haares zeigten nach oben. Sein Mund stand offen, doch sah man um ihn herum keine Luftblasen. So trieb er wie eine träge Fettkugel dem Boden des Tauchbeckens entgegen.

Margaret Rodríguez stieß einen Schrei aus.

9

Schreckgespenster

Luarca, Februar 2005

Der Abend senkte sich über Luarca, als Alastair Golombek, Thomas Albee und Juan Cepesma zu einem Haus oben auf dem Felsabsturz fuhren, von dem aus der Blick auf das Meer fiel. Es bestand aus einem älteren Gebäude und einem Anbau deutlich neueren Datums. An den hölzernen Fensterrahmen des älteren Teils hafteten hier und dort hartnäckige Reste grüner Farbe, und ein Metallgeländer lief um eine baufällige Veranda. Wie fast überall im Ort lebten dort Fischer, doch strömten das Haus und seine Umgebung eine bedrückende Atmosphäre aus, als wäre alles völlig verlassen. Es zeigte sich, dass es von mehreren Familien bewohnt wurde, von denen jede hinreichend Anlass zu Kummer und Trauer hatte. Die kleine grauhaarige Frau, die den drei Männern öffnete, war Lucía, deren Mann Luis García man zum letzten Mal gesehen hatte, als er an Bord der *María Victoria* gegangen war. In einer Ecke saß schluchzend Antonia, die Mutter des jungen Mannes, der sich umgebracht hatte. Cepesma übernahm die Vorstellung seiner beiden Begleiter. Als Nächste sahen sie

Josefina, die Mutter des gleichnamigen Mädchens, die um die Gesundheit ihrer Tochter bangte. Soweit Golombek und Albee wussten, war das Mädchen der einzige Mensch, der nähere Angaben über die Vorgänge des Abends machen konnte, an dem das Ungeheuer aufgetaucht war und man das vermisste Pärchen wie durch ein Wunder inmitten des Unwetters aufgefunden hatte.

Die Frauen verhielten sich den drei Männern gegenüber misstrauisch. Das schien Golombek sonderbarerweise durchaus recht zu sein, hoffte er doch, den Ort so schnell wie möglich wieder verlassen zu können. Er brannte darauf, seine nächsten Schritte zu planen. Dazu gehörte in allererster Linie das Vorhaben, die Überreste des Kalmars an sein Labor in der Georgetown-Universität in Washington zu schicken und sich mit den Stellen in Verbindung zu setzen, die ihn finanzierten. Da das Direktorium der National Geographic Society ausschied, seiner Ansicht nach eine Ansammlung unfähiger Geizhälse, hatte er sich für das Smithsonian Institute entschieden, das bereits sein Abenteuer vor Kaikoura finanziert hatte. Es drängte ihn, die Zuständigen durch einen mit Filmen, Skizzen und Fotos untermalten Bericht zu beeindrucken, der die ungewöhnliche Entdeckung einer neuen Spezies von Riesenkalmar gebührend hervorhob. Und er war der Entdecker dieses Fabelwesens, des Kraken.

Albee strich sich die Haare nach hinten. Ihm entgingen die verstohlenen Blicke der Frauen im Hause ebenso wenig wie ihre kaum verhohlene Angst angesichts der Gegenwart der Fremden, und es ließ ihn nicht kalt, was sie im Flüsterton über Seeungeheuer von sich gaben. Cepesma trat zu ihm und sagte, wobei er unauffällig auf die Frauen wies: »Hier kennt jeder jeden. Daher ist mir klar, auch wenn mir die Frauen nichts davon gesagt haben, dass nach ihrer festen Überzeugung im Ort ein Schreckgespenst umgeht. Sie glauben, dass es der Teufel ist. Sie sind sich sicher, dass dies Wesen die Schuld an dem trägt, was ihren Kindern und Männern widerfahren ist.«

Albee fiel der Trauring ein. Noch hielt er ihn verborgen, doch brannte er ihm auf der Haut, als wäre er rotglühend. Angst und

Schrecken erfüllten ihn bei der Vorstellung, wie die Frau, deren Name darin eingraviert war, auf den Anblick des Rings reagieren würde. Er versuchte sich mit der Erklärung zu beruhigen, die sein Lehrmeister abgegeben hatte: Kalmare verhalten sich bei der Suche nach Nahrung sozusagen wie Hyänen des Meeres. Es sind grausame, aggressive Lebewesen, die mit größter Selbstverständlichkeit jede sich bietende Möglichkeit nutzen. Manche Arten verhalten sich ihren Artgenossen gegenüber sogar kannibalisch, beispielsweise, wenn sie auf ein geschwächtes oder sterbendes Tier treffen. Man wusste so wenig über diese Tiere, dass alles möglich schien. In einer Umwelt wie der Tiefsee, in der man so gut wie nichts sehen konnte, war vermutlich jeder Überrest organischen Lebens als Nahrung willkommen. Vermutlich konnten dort lebende Tiere nie sicher sein, wann sich wieder eine Gelegenheit bieten würde, Nahrung zu finden.

Doch in diesem Fall …

Zwei der Frauen saßen in einem bescheidenen Wohnzimmer im älteren Teil des Gebäudes. Sie drehten ihre Kaffeetassen zwischen den Fingern und sprachen über Alltagsdinge, um das lastende Schweigen zu brechen. Als Josefinas Mutter erneut hereinkam, fragte Juan Cepesma sie: »Wie geht es ihr?«

»Schlecht. Wie fürchterlich das alles ist! Sie phantasiert unaufhörlich und gibt lauter unverständliches Zeug von sich! Der Arzt sagt, dass es mit ihrem Kopf zu tun hat und er einen Spezialisten hinzuziehen will. Ich will aber nicht, dass jemand meiner Josefina nahe kommt und sie mir wegnimmt.«

Sie trat zu den beiden anderen Frauen.

Albee näherte sich dem offensichtlich tief in Gedanken versunkenen Golombek und sprach ihn mit leiser Stimme an. Obwohl beide recht gut Spanisch sprachen, verstanden sie nicht alles, was die Frauen miteinander flüsterten, doch hatte Golombek das Wesentliche mitbekommen.

»Josefina, das junge Mädchen, das mit dem Jungen zusammen war, als sie am Leuchtturm das Tier gesehen haben, scheint sehr krank zu sein.«

Cepesma trat auf die beiden Ozeanographen zu. »Die Frau sagt, dass ihre Tochter Wahnvorstellungen hat«, erklärte er.

»Können wir mit ihr sprechen?«, wollte Albee wissen.

»Ich weiß nicht recht. Ich bin nicht sicher, ob man uns das gestatten würde.«

»Hat sie das Tier gesehen?«, fragte Golombek.

Cepesma nickte. Er missbilligte die Haltung des Ozeanographen. Er mochte ein glänzender Wissenschaftler sein, doch als Mensch war er seiner Ansicht nach eine Katastrophe. Sein unaufhörliches Lächeln zeigte deutlich, dass er nicht das geringste Verständnis für den schweren Schicksalsschlag aufbrachte, den das Geschehene für die Leute bedeutete.

»Als ich sie am Hafen gesehen habe, war sie von Panik erfüllt und hat phantasiert. Mag sein, dass sie sich erinnern kann.«

»Wo ist sie jetzt?«, wollte Albee wissen.

Inzwischen war die Mutter näher getreten. Ihren Augen war anzusehen, dass sie geweint hatte. Sie sprach mit brüchiger Stimme: »Oben. Es geht ihr gar nicht gut. Manchmal singt sie und sagt Dinge wie früher als kleines Mädchen. Ich denke, Sie können mit ihr sprechen«, sagte sie zu Cepesma gewandt.

Um Aufrichtigkeit bemüht, erklärte Albee in seinem besten Spanisch: »Wir sind keine Ärzte, Señora. Aber Ihre Tochter hat etwas gesehen, das wir vielleicht aufklären können. Möglicherweise kann es ihr helfen. Dürfen wir mit ihr sprechen? Es dauert nicht lange.«

Cepesma hielt das für einen Versuch wert. Er fasste die Frau am Arm und sagte eindringlich: »Erinnere dich – ich hatte dir gesagt, dass wir kommen würden, um Josefina zu sehen. Es dauert nur ein paar Minuten. Dann gehen wir wieder. Ich werde mit dem Arzt reden.«

Das sehr schlanke junge Mädchen saß im Zimmer oben in einem Schaukelstuhl in einer Ecke so weit wie möglich vom einzigen Fenster entfernt, dessen Vorhänge zugezogen waren. Die Hände hielt sie vor dem Unterleib verschränkt. Ihr linkes Augenlid war geschwollen, die bleichen Wangen tief eingefallen. Das ordentlich gekämmte rötliche Haar hing ihr zu beiden Seiten der Schläfen herab. Vermutlich das Werk der Mutter, ging es Albee durch den Kopf. In ihrem gegenwärtigen Zustand war sie selbst wohl kaum in der Lage, für sich zu sorgen. Sie schaukelte, murmelte Unverständliches vor sich hin und schwieg dann wieder, wie in tiefen Träumen verloren.

Die beiden Ozeanographen hielten sich neben dem Fenster, während Cepesma auf das Mädchen zutrat. Sie hatte das ausdruckslose Gesicht zur Zimmerdecke gehoben, und im Halbdämmer sah er, dass ihr ein Speichelfaden aus einem Mundwinkel lief.

»Josefina, ich bin's, Juan. Erkennst du mich?«

Keine Reaktion. Man hörte ein Flüstern. Dann wieder Schweigen.

Albee zog den Vorhang ein wenig beiseite. Bevor Cepesma etwas sagen konnte, richtete sie den Blick auf den schmalen Lichtstreifen, der vom Fenster zu ihrem Schaukelstuhl lief, und stieß einen gedämpften Schrei aus. Wie das schrille Pfeifen eines Wasserkessels, musste Cepesma unwillkürlich denken.

Sie sagte einige Worte. Es klang, als spräche ein anderer Mensch. Bisweilen war es die Stimme eines kleinen Mädchens, dann wieder die einer Erwachsenen.

»Geh weg! Komm nicht näher! Geh weg!«

Während sie unaufhörlich weitersprach, bedeckte sie das Gesicht mit den Händen.

»Das Licht …« Cepesma wies auf die Vorhänge.

»Eine Art Lichtphobie«, sagte Albee und zog die Vorhänge wieder zu. »Seit wann hat sie das?«

»Vermutlich seit dem bewussten Vorfall. Das hätte mir die Mutter ruhig sagen können, auch wenn sie verständlicherweise sehr mitgenommen ist.«

»Was glauben Sie, worauf das zurückgeht?«

»Ich weiß nicht. Möglicherweise hat es mit dem Lichtschein zu tun, den Chaco und ich gesehen haben. Er war bläulich, wechselte bisweilen ins Grünliche, wie bei einer Fluoreszenz. Irrlichter waren es mit Sicherheit nicht, denn wie die aussehen, weiß ich aus Sumpfgebieten, und es war auch kein Elmsfeuer.«

Golombek wandte sich Cepesma mit neu erwachtem Interesse zu.

»Da war also ein Lichtschimmer. Es wäre hilfreich, wenn Sie sich erinnern könnten, wo Sie den gesehen haben.«

»Sollten wir nicht eine Kerze holen?«, unterbrach Albee. »Bestimmt dauert es nicht mehr lange, bis man hier nichts mehr sehen kann. Ich wage nicht, das elektrische Licht einzuschalten, weil ich nicht einschätzen kann, wie sie darauf reagieren würde.«

Josefina hatte aufgehört zu schluchzen, barg aber nach wie vor das Gesicht zwischen den Händen. Cepesma nahm einen alten Kerzenleuchter von einer Wandkonsole, stellte ihn in die entfernteste Ecke und zündete eine der Kerzen an. Mit einem Mal wurde es still. Das Mädchen schloss die Augen und schlief ein.

Cepesma begann seinen Bericht über das Vorgefallene. »Zum ersten Mal habe ich das Leuchten gesehen, als wir am Strand ankamen. Es war mitten im schlimmsten Unwetter, doch wir haben es bis an den sandigen Uferstreifen geschafft. Julio, der Polizeichef, hat mir ein Stück von einer Schwimmweste gezeigt, die unter Umständen von der *María Victoria* stammte. Das Material war von einer Art Schleim bedeckt, der es schimmern ließ. Zuerst dachte ich, es könnte eine reflektierende Farbe wie bei Warnwesten oder dergleichen sein. Dann hat Julio zu den Klippen hinübergezeigt.«

Die beiden Ozeanographen sahen einander an. Albee ergriff als Erster das Wort. »Was wollen Sie damit sagen? Haben Sie etwas anderes gesehen als das Wesen, dem Sie später beim Leuchtturm begegnet sind?«

»Natürlich. Es befand sich zwischen den Felsbrocken, hatte aber keine erkennbare äußere Form. Es war eine gallertartige schimmernde Masse.«

»Haben Sie das Stück von der Schwimmweste noch?«, wollte Albee wissen.

»Ja, ich habe es vorsichtshalber in eine Plastiktüte gesteckt.

Falls Sie es sich genauer ansehen wollen, steht es Ihnen zur Verfügung.«

»Wie weit waren Sie von dem Leuchtturm entfernt?«

»Höchstens zwei Kilometer.«

»Eine gallertartige schimmernde Masse«, wiederholte Golombek nachdenklich. »Hatten Sie die Möglichkeit, sich ein Stück davon zu verschaffen?«

»Das war ganz und gar ausgeschlossen. Wir befanden uns auf dem Höhepunkt des Unwetters. Zwar ließ seine Gewalt allmählich nach, aber näher heranzugehen wäre Selbstmord gewesen.«

»Wann haben Sie den jungen Mann gefunden?«, fragte Albee.

»Kurz nachdem sich einer meiner Mitarbeiter über Funk gemeldet hat, weil sie auf das Mädchen gestoßen waren. Mitten im Regen und Donner hat mich Mario sozusagen überfallen. Ursprünglich hatte es geheißen, am Strand gingen Gespenster um, und der alte Chaco hat einen gewaltigen Schreck bekommen. Das hat mir zu denken gegeben, denn der Mann ist gewöhnlich die Ruhe selbst. Er hat sich sein Leben lang vom Meer ernährt und ist oft allein in seinem Holzboot zum Fischfang hinausgefahren – frühmorgens aufgebrochen und im Dunkeln zurückgekehrt. Man erzählt sich, er habe in jungen Jahren Gewitter sozusagen riechen können, was ihm Zeit gab, sich auszuziehen und seine Kleidung wasserdicht zu verpacken, bevor es losging, sodass er sich anschließend wieder anziehen und in trockenen Sachen das Ufer erreichen konnte. Er hatte noch nie vor etwas Angst, schon gar nicht vor so irrationalen Dingen, das kann ich Ihnen versichern. Bis zu jenem Abend.«

»Was können Sie uns über den jungen Mann sagen?«, wollte Albee wissen.

»Körperlich schien ihm nichts zu fehlen, aber er fantasierte, als habe er Wahnvorstellungen. Außerdem hat er im Dunkeln geleuchtet, genauso wie das Stück von der Schwimmweste.«

»Zweifellos erworbene Biolumineszenz«, sagte Golombek und kratzte sich am Kinn, »von der gleichen Art, wie sie die Organe bestimmter Tiere in der Tiefsee erzeugen. Man findet das auch bei einzelnen Kopffüßern.«

»Zwar weiß ich, was Biolumineszenz ist«, gab Cepesma zurück. »So nennt man das Selbstleuchten lebender Organismen. Doch dass man die erwerben kann, war mir bisher nicht bekannt.«

»Manche Tiere sind imstande, zu ihrer Verteidigung eine leuchtende Flüssigkeit abzusondern, um die Aufmerksamkeit der Räuber darauf zu lenken, womit sie Gelegenheit haben zu entkommen«, erklärte Albee. »Sie bleibt an der Haut haften, und die Leuchtwirkung kann ohne weiteres mehrere Stunden anhalten. Das wäre eine mögliche Erklärung für das, was Sie gesehen haben.«

»Auch auf Josefinas Brust haben damals einige Stellen auf diese Weise geleuchtet«, fuhr Cepesma fort.

Mit einem Blick auf das ausdruckslose Gesicht des Mädchens machte Golombek seinem Mitarbeiter ein Zeichen, woraufhin dieser ein Notizbuch hervorzog. Bisher hatte sie nichts als wirre Reden von sich gegeben. *Zweifellos hat ihr etwas einen nachhaltigen Eindruck gemacht – nur, was?*, ging es ihm durch den Kopf. Sie schien ihm nicht unbedingt eine verlässliche Zeugin zu sein, sondern eher eine fantasierende Halbwüchige, die an einer Depression litt. Er hoffte, eine Beschreibung aus erster Hand zu bekommen, und da er während seiner beruflichen Laufbahn schon die ungewöhnlichsten Geschichten gehört hatte, war er nicht leicht zu beeindrucken. Was ihm fehlte, waren Beschreibungen durch Fachleute. Wenn er vor dem Beobachtungsfenster eines Forschungs-Tauchboots einen Kalmar erkannte, notierte er als Erstes die Wassertemperatur, die genaue Tiefe, den Druck und so weiter und verließ sich auf seine Sinne, wenn es darum ging, die Spezies zu bestimmen. Anschließend wertete er alle Fotos oder, bei einem Film, jedes Einzelbild aus.

Nichts von dieser wissenschaftlichen Haltung konnte er in Josefinas abwesendem Blick erkennen.

Schließlich wandte er sich zu Cepesma um. »Offensichtlich gestattet ihr Zustand es nicht, uns einen zusammenhängenden Bericht zu liefern. Es würde uns weiterhelfen, wenn Sie die Abdrücke auf ihrer Brust näher beschreiben könnten.«

Von draußen drangen gedämpft das Geräusch von Wellenschlag und Möwenschreie herein. Die Zeit dehnte sich.

Achselzuckend sagte Cepesma: »Die Flecken hatten keine bestimmte Form. Die Brüste schimmerten im Licht der Laterne von etwas, das wie darübergestreut wirkte. Es war von derselben grünlich-bläulichen Farbe, die ich schon beschrieben habe. Mehr kann ich nicht dazu sagen.«

»Eine grünliche Masse auf den Felsen, eine leuchtende Flüssigkeit«, wiederholte Albee, »wie sie sich auch bei den beiden zeigte. Was hatten die eigentlich an so einem scheußlichen Abend da draußen zu suchen?«

Das Zucken der Kerzenflamme ließ die Schatten der Männer auf dem Fenstervorhang tanzen und abwechselnd kleiner und größer werden. Mit einem Mal hörten sie hinter sich eine leise Stimme und das Knarren des sich bewegenden Schaukelstuhls auf den Bodendielen. Sie wandten sich um.

»...ich hab ihm gesagt, dass ich nicht will, aber er hat nicht lockergelassen.«

Josefina sprach. Ihre Stimme klang, als wäre sie wieder bei klarem Verstand. Sie war keine fantasierende Heranwachsende mehr, sondern einfach ein erschrecktes und tief beeindrucktes junges Mädchen. Sie wandte sich nicht an die Männer, sondern sprach vor sich hin, als redete sie mit sich selbst.

»Ich hab ihm gesagt, dass ich nicht will, aber er hat nicht lockergelassen. Er hat gesagt, wenn wir es täten, würden wir auf immer zusammenbleiben. Am Leuchtturm sei es sicher, da könnte nichts passieren. Die Wellen und der Wind haben ihn noch mehr erregt. Ich wollte nicht, aber er hat nicht lockergelassen. Heute ist mein Tag, heute ist mein Tag, hat er immer wieder gesagt...«

»Eine Reaktion auf das Kerzenlicht«, flüsterte Cepesma. »Sehen Sie nur, sie hält den Blick auf die Flamme gerichtet.«

Josefina öffnete die Augen ein wenig weiter. In ihnen lag eine Intensität und ein Leuchten, wie man es bei Kranken selten findet.

»Ich wollte nicht, aber ich mag ihn. Es hat schrecklich geregnet, aber er hat mir seine Jacke umgehängt und dann sein Motorrad geholt. Wir sind ziemlich nass geworden. Der Regen hat laut auf die Mauern und die Dächer geprasselt … Dann waren wir am Leuchtturm. Ich hatte ein bisschen Angst, aber er wollte es unbedingt. Dann haben wir gehört …«

Cepesma ging in die Hocke und fasste das Mädchen an den Schultern. Er bewegte seine Finger vor ihrem Gesicht hin und her, doch sie schien nichts davon zu merken.

»Sieh mich an. Erkennst du mich? Ich bin Juan. Weißt du, wo du bist?«

»Fragen Sie sie lieber, *was* sie gehört hat«, sagte Golombek.

»Seit Tagen trinkt sie nur Wasser und isst kaum etwas. Wir sollten den Arzt verständigen. Vielleicht ist das der Anfang ihrer Gesundung.«

Das Mädchen redete weiter; ihre Worte folgten immer rascher aufeinander.

»Es hat sich angehört, wie wenn Blasen aufsteigen, nur viel lauter. Blasen aus dem Wasser, um den ganzen Leuchtturm rum und so laut, dass ich Kopfschmerzen gekriegt hab. Die Blasen haben mir entsetzlich Angst gemacht, aber Mario wollte es unbedingt, bis ich es nicht mehr ausgehalten hab und vor Angst schreien musste. Ich hab mich geweigert und zu ihm gesagt, er soll nicht hingehen, aber er hat nicht auf mich gehört. Er ist hingegangen, um nachzusehen. Er war wütend auf mich. Er hatte es unbedingt tun wollen, und jetzt musste er nach draußen. Es wäre mir lieber gewesen, wir wären fortgegangen, aber er hat nicht auf mich gehört. Dann hat er mit einem Mal geschrien … Er ist wieder reingekommen … und hat mich geschlagen.«

Cepesma strich sich mit dem Zeigefinger über den Schnurrbart und spürte dabei die Bartstoppeln auf seinen Wangen. Er hatte sich seit mehreren Tagen nicht rasiert. Das Mädchen hörte auf zu reden und begann mit der Stimme eines Kleinkindes ein Lied zu summen, dessen Rhythmus in sonderbarer Weise zu den Bewegungen des Schaukelstuhls passte. Mit einem Mal schien sie nicht mehr da zu sein, als hätte sie beschlossen, sich in ein Loch zu verkriechen.

Cepesma sah Albee an. »Blasen um den Leuchtturm herum. Glauben Sie, dass das eine Sinnestäuschung war? Meiner Ansicht nach hätte man die bei dem tobenden Unwetter unmöglich hören können. Was sie wohl damit sagen wollte?«

Albee fühlte sich versucht, seine Pfeife hervorzuziehen, nahm sich aber zusammen. Rauchen in Gegenwart einer Kranken gehörte sich nicht.

»Gelegentlich gibt das Meer unter dem Einfluss der Winde sonderbare Geräusche von sich«, gab er zu bedenken. »Aber die Sache mit den Blasen wundert mich überhaupt nicht. Was hat es mit dem Lied da auf sich?«

»Ihre Mutter hat mir gesagt, dass sie seit einiger Zeit singt, wie sie es als ganz kleines Mädchen getan hat. Glauben Sie, dass das alles miteinander zusammenhängt?«

»Worauf wollen Sie hinaus?«, fragte Golombek.

Josefina schaukelte mit geschlossenen Augen weiter.

»Das verdammte Vieh!«, stieß Cepesma hervor. »Es ist an allem schuld.«

Golombek bewegte unruhig den Kopf hin und her. »Da irren Sie sich. Es gibt keinen einzigen belegten Fall dafür, dass ein Riesenkalmar einen Menschen angegriffen hätte. Ich kann Ihnen auch gern erklären, woran das liegt. Diese Tiere sind an das Leben in großer Tiefe angepasst und so gut wie tot, wenn sie an die Oberfläche kommen. Sofern es in ihrem Inneren eine Körperhöhle gäbe, würden sie platzen wie ein Luftballon. Es ist genau so, als wenn man unsereinen auf dem Mond aussetzte: Aus dem einfachen Grund, dass man dort nicht atmen kann, würden wir uns aufblähen und buchstäblich explodieren. Im Übrigen besitzen diese Tiere anders als die verschiedenen Walarten nichts, womit sie den Druckunterschied ausgleichen könnten. Was Sie gesehen haben, war ein Kadaver. Der Kalmar konnte gar nicht mehr am Leben sein.«

»Aber seine Fangarme haben sich bewegt«, gab Cepesma zu bedenken.

Zum Zeichen seiner Skepsis stieß Golombek die Luft mit einem schnaubenden Geräusch durch die Nase aus.

»Natürlich. Ich kenne Geschichten von Fischern, die Stein und Bein schwören, dass sie lebende Riesenkalmare im Netz hatten. Aber das kann man nicht als Leben bezeichnen; die Tiere liegen im Sterben. Selbstverständlich bewegen sie sich, aber das sind meist reine Reflexe, Zuckungen im Todeskampf. Genau so was haben Sie gesehen.«

»Von mir aus. Und was habe ich dann Ihrer Ansicht nach im Haus der Fischer-Bruderschaft?«

Es gefiel Golombek nicht, dass Cepesma von den Überresten des Tieres sprach, als gehörten sie ihm.

»Genau darüber wollte ich mit Ihnen reden. Thomas hat mir gesagt, dass Sie beabsichtigen, die Überreste zu behalten. Das wäre völlig falsch. Wir sind überzeugt, dass noch viel zu tun bleibt und das Tier, zweifellos ein ungewöhnliches Exemplar, einer genauen Untersuchung durch Fachleute an einem geeigneteren Ort bedarf.«

»Die Gemeindeverwaltung ist bereit, Sie für Ihre Gutachten zu honorieren«, sagte Cepesma mit gesenkter Stimme. Der Ort, an dem sie sich befanden, erschien ihm für eine solche Verhandlung denkbar unpassend. Auch war er alles andere als sicher, ob sich der Bürgermeister seinem Standpunkt anschließen würde. Er sah unauffällig zu Josefina hinüber. Sie war wieder in ihre frühere Starre verfallen, wie ein Standbild, das sich im finsteren Winkel verbarg. Höflich fügte er hinzu: »Ich danke Ihnen aufrichtig für Ihr Kommen und verstehe die Gründe, die Sie dafür hatten, aber der Kalmar gehört mir.«

Golombek hörte das mit unverhohlenem Missvergnügen. Ganz offenbar hatten sie hier ihre Zeit vergeudet. Er wusste, dass die Fotos, der Film von der Obduktion, die Skizzen und die sie begleitenden Erklärungen nicht für die Bewilligung weiterer Gelder genügen würden. Er musste seinen Förderern unbedingt den greifbaren Beweis vorlegen.

»Schön. Dann ist ja alles klar«, knurrte er. »Ich warte draußen auf dich, Thomas.«

Er verließ das Haus in äußerst übler Laune, ohne sich von jemandem zu verabschieden.

Albee achtete nicht darauf. Tief in Gedanken versunken ließ er das Mädchen nicht aus den Augen. Sie war eingeschlafen, ihr Kopf hing seitlich herab. Im Schatten war nur ihr bleicher Hals sichtbar.

»Was ist mit dem Jungen passiert?«, fragte er. »Dasselbe wie mit ihr?«

Cepesma kraulte sich den Bart. »Nicht ganz. Er ist seitdem ziemlich aggressiv, und weil er versucht hat, sich selbst zu verstümmeln, hat man ihm Beruhigungsmittel gespritzt und ihn in eine Fachklinik in der Umgebung gebracht. Sie müssen wissen, dass wir hier keine Irrenanstalt oder dergleichen haben. Von dort hat er schon mehrfach auszubrechen versucht, und vor ein paar Tagen ist ihm das auch tatsächlich gelungen. Gestern hat man ihn in den frühen Morgenstunden mit gebrochenem Genick im Fluss gefunden, unter der Brücke Richtung Hafen. Ich habe erst Stunden später davon erfahren. Bisher hat man noch keine Autopsie durchgeführt. Höchstwahrscheinlich hat er sich von der Brücke gestürzt.«

»Eine äußerst betrübliche Angelegenheit«, sagte Albee.

»Ich bin immer noch davon überzeugt, dass all diese Dinge zusammenhängen. Sie hätten dabei sein sollen. Wenn Sie mir die Anmerkung gestatten, Sie beide scheinen der Ansicht zu sein, dass es sich um isolierte Vorfälle handelt, die nichts miteinander zu tun haben.«

Albee steckte die Kritik mit sportlichem Lächeln ein. »Das erinnert mich an ein Sprichwort: Im Wald sieht man die Bäume nicht. Stimmt doch?«

»Man sieht den Wald vor Bäumen nicht«, korrigierte Cepesma,

der jetzt etwas besser gelaunt schien. »Ihnen scheinen ja unsere Sprichwörter zu gefallen. Ja, man sollte die Dinge im Zusammenhang sehen.«

»Da haben Sie Recht. Das würde uns vermutlich weiterhelfen. Ich finde, wir sollten uns weiter unterhalten. Übrigens ist meine Kehle geradezu ausgedörrt.«

Da es dunkel war, lag Stille über dem Anleger. Schweigend stiegen Albee und Cepesma über eine steile Treppe in Richtung Hafen hinab. Ganz in der Nähe wurde ein neuer Parkplatz angelegt, von dem aus die Asphaltstraße zum vordersten Leuchtturm führte. Lichter spiegelten sich in der trägen schwarzen Wasserfläche des Hafens, auf der sich die vertäuten Boote kaum bewegten. Die ganze friedliche Szene, die sich Albee darbot, stand im krassen Widerspruch zu seiner inneren Erregung. Sie überquerten den Platz, der nach Severo Ochoa benannt war, einem spanischen Biochemiker und Nobelpreisträger, der auf dem Friedhof oberhalb der Klippe ruhte. An der Uferpromenade betraten sie eine Gaststätte, in der es durchdringend nach Apfelwein roch. Albee probierte das Getränk – es sagte ihm zu. Er sah sich im Raum um, legte die Pfeife auf den von Getränkeresten benetzten Tisch und stützte die Ellbogen auf.

»Sie sagen, hier sind nicht zum ersten Mal Riesenkalmare aufgetaucht. Kommt das häufig vor?«

Auch Cepesma nahm einen Schluck Apfelwein und wischte sich den dichten schwarzen Schnurrbart.

»Durchaus. Schon von klein auf hab ich immer wieder Geschichten über Kalmare gehört, die sich in Fischernetzen verfangen haben oder an den Strand gespült wurden. Die Fischer nennen sie ›Gehäutete‹. In den letzten beiden Monaten hatten wir allerdings deutlich mehr Fälle als früher.«

Albee wies auf den Leuchtturm. »Solche wie den im Haus der Fischer-Bruderschaft?«

»Nein, natürlich nicht. Die Kadaver waren viel stärker verwest, manchmal bis zur Unkenntlichkeit. Vor dem Unwetter habe ich von fünf Fällen erfahren. Vier der Tiere sind ganz in der Nähe gesehen worden, ein paar Kilometer von hier. Eins hatte sich in den Netzen eines Fischerbootes verfangen, und ein anderes war, wie es aussah, in die Schrauben eines Frachters geraten. Gewöhnlich tauchen sie zwischen Anfang Dezember und Ende Januar auf. Man könnte geradezu von einer ›Saison der Kalmare‹ sprechen.«

»Saison der Kalmare«, wiederholte Albee, hob das Glas und trank ihm zu. »Schmeckt wirklich gut.«

Als er sah, dass sein Glas nahezu leer war, griff er nach der Flasche, doch Cepesma hielt seine Hand fest und winkte dem Kellner. »Das ist hier nicht üblich. Sie könnten damit die Bedienung verärgern.«

Während der Kellner Albees Glas erneut füllte, legte dieser die Fingerspitzen gegeneinander und stützte das Kinn darauf.

»Hatten Sie früher schon einmal so einen gesehen wie ... den von neulich?«

Statt darauf zu antworten, sagte Cepesma: »Ich habe das Gefühl, dass wir, also Sie und ich, uns in eine Sackgasse verrannt haben. Daher möchte ich Ihnen ein Spiel vorschlagen. Wie wäre es, wenn wir einander fünf Minuten lang die Wahrheit sagen? Hier drinnen ist es sehr gemütlich.«

Albee lächelte höflich. »Na schön. Schießen Sie los.«

»Ich habe seit Ihrer Ankunft nichts von Ihnen bekommen.«

»Wir sind auf Ihre Aufforderung hin gekommen«, erinnerte ihn Albee.

»Der Bürgermeister erwartet einen Bericht.«

»Was haben wir damit zu tun?«

Cepesma senkte den Blick. Weiterzumachen wie bisher war sinnlos; das würde lediglich eine gespannte Atmosphäre erzeugen. Er versuchte sich einzureden, dass es nicht um einen Wettstreit ging.

»Nun, die Leute hier haben das Warten satt. Sie wollen wissen, wann sie wieder zum Fischfang ausfahren können. Es gibt natürlich auch solche, die lieber die Hände in den Schoß legen und hoffen, dass ihnen die Regierung Hilfsgelder zahlt. Jedenfalls hat die Sache mit dem Kalmar sie alle misstrauisch gemacht. Sie wissen ja, dass es hier zu mehreren Tragödien gekommen ist. Erst die toten Fischer, dann der Selbstmord des Jungen. Das ist eine üble Geschichte.«

Albee fühlte sich versucht, den Ring auf den Tisch zu legen, stopfte stattdessen aber seine Pfeife. Er begriff, dass sich in der Erregung, die er empfand, seine Gewissensbisse äußerten.

»Auch wir haben mit ernsthaften Schwierigkeiten zu kämpfen«, versuchte er sich zu rechtfertigen. »Ich war derjenige, der Ihre Mitteilung gelesen hat, und es war alles andere als einfach, ihn zu überzeugen, dass wir herkommen müssten. Ich hatte schon gefürchtet, dass ich es nicht schaffe.«

Er vermied es, Golombeks Namen auszusprechen.

»Er ist wohl ein ziemlicher Miesepeter«, sagte Cepesma. »Er scheint mir weder besonders teilnahmsvoll noch einfühlsam zu sein, sondern alle Welt zu hassen.«

Ohne sich dazu zu äußern, entzündete Albee seine Pfeife und sog einige Male daran. Nachdem er den Rauch ausgestoßen hatte, wies er mit dem Stiel auf sein Gegenüber.

»Was wollen Sie in Wirklichkeit? Meiner Überzeugung nach interessieren die Überreste des Kalmars Sie gar nicht. Sie waren nicht verpflichtet, uns zu informieren, und hätten das Tier ohne weiteres für sich behalten und eine Jahrmarktsensation daraus machen können. Sie betreiben doch wohl eine Art Museum mit Kuriositäten aus dem Meer.«

»Vertrauen gegen Vertrauen: Ich denke, dass ich Ihnen helfen kann. Nur möchte ich nicht, wie ich schon gesagt habe, mit leeren Händen dastehen. Ganz davon abgesehen, gefällt es mir nicht, wenn man mich für dumm verkauft.«

Albee beugte sich vor. »Vertrauen gegen Vertrauen. Golombek ist der Ansicht, dass es sich um eine neue Art von *Taningia* handelt. Vollständig sicher sind wir uns der Sache allerdings noch nicht. Wir haben es hier mit einem riesigen Einzelexemplar zu tun, das ganz wie seine kleinen Verwandten fähig ist, Biolumineszenz zu erzeugen. Bevor wir mit Ergebnissen an die Öffentlichkeit treten können, müssen wir das Tier im Labor genauer untersuchen. Dafür ist es unerlässlich, seine Überreste nach Washington zu schaffen. Wenn Sie mich fragen: Ich bin sicher, dass wir den mythischen Kraken vor uns haben.«

Cepesma stockte der Atem. »Den Kraken!«

»Unserer Schätzung nach dürfte er zu Lebzeiten gut und gern seine zwei Tonnen gewogen haben. Da er über zehn Arme statt acht verfügt, gehört er wohl zur Familie *Taningia*. Vieles ist aber noch unklar.«

»Ist er gefährlich?«

Albee sog erneut an seiner Pfeife. »Aus einer Handvoll halb verwester Reste lässt sich unmöglich auf das Verhalten eines Tieres schließen. Am ehesten können wir Mutmaßungen auf das Verhalten anderer *Taningia*-Arten stützen. Das aber wäre natürlich alles wenig aussagekräftig. Man weiß, dass eins dieser Tiere, das eine Weile in einem Aquarium überlebt hat, einen Ozeanographen gezielt angegriffen hat, der es mit einer Taschenlampe stimuliert hatte, um seine Reaktionen zu testen. Es hat die Arme ausgebreitet und mehrfach seine großen gezähnten schnabelförmigen Kiefer aufgerissen, als wollte es ihn beißen. Zum Glück befand sich der Mann in einem Unterwasserkäfig.«

»Das klingt ja alles andere als ermutigend.«

Albee zuckte die Achseln. »Auch wenn ich einem solchen Tier unter Wasser nur ungern begegnen würde, teile ich Professor Golombeks Ansicht: Riesenkalmare fallen Menschen nicht an. Weder gibt es die in den Legenden beschriebenen Schwärme, die Jules Vernes Unterseeboot *Nautilus* angegriffen haben sollen, noch ziehen diese Tiere mit ihren Tentakeln unglückselige Seeleute auf den Meeresboden hinab.«

Cepesma leerte sein Glas mit einem Zug und stieß geräuschvoll die Luft aus. »Ich kann Ihre Zuversicht leider nicht teilen. Fragen Sie die Polizeibeamten, die bei mir waren: Die würden Ihnen sagen, dass sie am liebsten so lange auf das Ding da gefeuert hätten, bis die Magazine ihrer Pistolen leer waren.«

Albees Auffassung nach konnte es unmöglich ein Zufall sein, dass nahe einer so kleinen Ortschaft in einem einzigen Jahr fünf dieser Tiere aufgetaucht waren, und so fragte er: »Sie leben schon so lange hier – haben Sie eine Erklärung dafür, dass die Tiere gerade hier aufkreuzen?«

»Unbedingt.«

Albee beugte sich vor. »Und die wäre?«

»Das sage ich Ihnen gern. Zweifellos wollen Sie sich hier genauer umsehen, um den Aufenthaltsort dieses Ungeheuers zu suchen. Wenn ich Ihnen nun sagte, dass ich eine ziemlich genaue Vorstellung davon habe, wo sich die finden lassen?«

Albee hob die Brauen. »Heißt das, Sie kennen deren Habitat?«

»Ganz sicher kann man sich in solchen Fällen nie sein, aber ich habe schon seit längerem darüber nachgedacht. Ich denke, dass wir zumindest den ungefähren Bereich finden könnten.«

»Und Sie sind imstande, uns den auf einer Karte zu zeigen?«

»Selbstverständlich.«

»Was spricht dagegen?«

Cepesma hob die Hände.

»Vertrauen gegen Vertrauen. Auch wenn ich mit Ihnen deutlich besser zurechtkomme als mit Ihrem Kollegen, bin ich der Ansicht, dass ich Ihnen das nicht ohne Gegenleistung sagen sollte. Seit fünfzehn Jahren sammle ich Meerestiere ein, die an Land gespült werden. Dabei ist mir schon allerlei unter die Finger gekommen, von Delphinen und Schwertwalen, deren Mageninhalt aus nichts als Plastiktüten bestand, bis hin zu vergifteten Meeresschildkröten. Und natürlich auch Riesenkalmare. Sie dürfen mir glauben, dass ich mit der Gegend hier an der Küste ziemlich vertraut bin.«

Albee merkte, dass seine Pfeife ausgegangen war, und machte sich umständlich daran, sie erneut in Brand zu setzen.

Zwar hatte er keinen Grund, Cepesma unbesehen zu glauben, doch sagte ihm sein Instinkt, dass er auf einer heißen Fährte war.

»Warum sagen Sie nicht einfach, was Sie haben wollen?«

Cepesma legte seine großen Hände auf den Tisch.

»Eine Übereinkunft. Ich überlasse Ihnen die Reste des Tieres, sodass Sie damit tun können, was Sie für richtig halten, vorausgesetzt, Sie nennen den Fundort und meine Mitwirkung bei der Sache. Ich möchte nicht, dass man mich mit Stillschweigen übergeht.«

»Und was sollen wir noch tun?«

Mit leicht gesenkter Stimme fuhr Cepesma fort: »Ich kann Sie dorthin führen, woher der Krake möglicherweise stammt. Das muss aber unter uns bleiben. Nehmen Sie mich mit, wenn Sie dorthin fahren.«

Es war Albee bewusst, dass Golombek die Reste des Tieres als Beweismittel brauchte, wenn er weitere Geldmittel lockermachen wollte. Weder Fotos noch ein Film von einem Kadaver würden genügen, die Quelle weiterhin sprudeln zu lassen. Wenn er Cepesmas Vorschlag ablehnte, war Schluss mit dem Dollarsegen und der Expedition. Cepesma hatte seine Karte gekonnt ausgespielt.

Albee sog erneut an der Pfeife, doch sie war wieder ausgegangen, sei es, weil der Tabak nass geworden oder die Luft in dem Raum zu feucht war.

»Ich höre. Wenn sich die Sache als undurchführbar erweist, werde ich keinen Gebrauch von dem machen, was Sie mir sagen.«

»Habe ich Ihr Wort darauf?«

»Ja. Aber Sie müssen mich überzeugen.«

Jetzt wird es ernst, sagte sich Cepesma. *Das Vorgeplänkel ist vorbei, mein Freund.*

»Gewisse ausländische Erdölgesellschaften zeigen schon seit längerem ein starkes Interesse an einem Gebiet dreißig bis siebzig Seemeilen nordöstlich von hier. Genau dort liegen einige unserer ertragreichsten Fanggründe, wie beispielsweise die von Carrandi. Die Fischer finden sie, indem sie sich vom Wasser aus an den Bergen der Küstenlinie orientieren. Zwar sind die Mittel meiner Organisation äußerst beschränkt, aber wir arbeiten mit anderen ökologisch orientierten Gruppen zusammen. Vertreter dieser

Gruppen, die in dem Gebiet waren, haben berichtet, dass die Ölfirmen dort Sprengungen unter Wasser vorgenommen haben, um Erdöl-Lagerstätten zu erkunden. Ist es nicht möglich, dass die Detonationen die Riesenkalmare aufgestört oder verletzt haben? Natürlich habe ich dafür keine Beweise – wer hat die schon in solchen Fällen?«

»Kopffüßer haben einen äußerst schlecht entwickelten Gehörsinn«, gab Albee zu bedenken.

»Wir haben zu Beginn des Jahres in meinem Museum ein paar Riesenkalmare obduziert, die keine zwei Meter lang waren. Es hat mich große Mühe gekostet, mir bekannte Ozeanographen aus Oviedo dazu zu bringen, dass sie mir dabei halfen. Als ich vor einigen Jahren den ersten entdeckt habe, wollte ich ihn konservieren und in meinem Museum ausstellen. Da hat mich doch tatsächlich einer von diesen Meereskundlern gefragt: ›Warum zum Teufel willst du so was aufheben? Das wirft man am besten wieder ins Meer.‹«

Albee war verblüfft. »Im Ernst?«

»Im Ernst. Bei den von mir gerade erwähnten Obduktionen hat sich gezeigt, dass viele innere Organe beschädigt waren, so, als seien sie von innen heraus explodiert.«

Albee gestand sich ein, dass vernünftig klang, was der Mann sagte.

»Haben Sie die Obduktionsberichte noch?«

»Vier vollständige und Teile von dreizehn weiteren. Sie können sie gern einsehen, wenn wir uns einig werden.«

Er trommelte mit den Fingern auf der Tischplatte und fuhr fort: »Ich könnte Ihnen helfen, die Tiere aufzuspüren, sofern Sie mich mitnehmen. Ich kenne die Fanggebiete der Fischer und die Stellen, an denen ihnen solche Tiere ins Netz gegangen sind. Einige Seemeilen vor der Küste liegt ein tiefer Absturz – das wäre eine gute Stelle, um anzufangen.«

Die Vorstellung gefiel Albee, doch war er nicht sicher, was Golombek dazu sagen würde.

»Ich glaube nicht, dass ihm der Gedanke zusagt, mit einem

Führer hinauszufahren. Er verlässt sich lieber auf seinen Instinkt. Er hat noch nie jemanden gebraucht, um sich auf dem Meer zu orientieren.«

»Sie könnten ihn ja überzeugen«, ließ Cepesma nicht locker. »Bieten Sie ihm im Gegenzug die Überreste an.«

Albee stocherte erneut in seiner Pfeife herum. Sie war ganz offensichtlich verstopft.

»Es wird schwer sein, die nötigen Gelder zu bekommen«, gab er zu bedenken. »Vielleicht sogar unmöglich.«

Cepesma wies auf den Leuchtturm, dessen rötliches Licht bei jedem Wechsel tanzte. Unter dem gewaltigen Umriss der Steilküste im Osten lag alles in undurchdringlicher Finsternis.

»Bei *den* Aussichten? Da müssten die für die Vergabe Zuständigen ja blind oder dumm sein. Ich habe mein ganzes Leben mit dem Meer verbracht und noch nie etwas Ähnliches wie dieses Tier gesehen.«

Albee lachte laut heraus.

»Sie glauben gar nicht, wie viele Dummköpfe es bis in die höchsten Kreise gibt. Wer Geld braucht, bekommt grundsätzlich Steine in den Weg gelegt. Vor allem, wenn dabei keine politischen Interessen im Spiel sind.«

Cepesma umklammerte sein Glas. »Verstehen Sie mich nicht falsch. Wie die meisten Menschen verliere ich nicht gern und möchte lieber gewinnen.«

»Das ist ein Spiel, bei dem die Menschen bisher immer verloren haben«, gab Albee zu bedenken und hob die Pfeife. »Es ist noch niemandem gelungen, den Kraken auch nur zu fotografieren.«

»Der Krake!« Das Wort hatte Cepesmas Vorstellungskraft schon in frühester Kindheit befeuert, als er bebilderte Schreckensgeschichten über die riesigen Ungeheuer gelesen hatte, die aus dem Wasser auftauchten und Jungfrauen mit in die Tiefe rissen.

»Glauben Sie wirklich, dass wir im Haus der Fischer-Bruderschaft Teile des Kraken haben?«

»Sie brauchen nur bei einer Zeitung anzurufen. Die Leute schreiben mit Sicherheit, was wir noch nicht wissen. Glauben Sie mir. Es kommt mir wie ein Wunder vor, dass die nicht längst bei Ihnen angeklopft haben. Warum war eigentlich das Fernsehen noch nicht da? Die Überreste sind auf jeden Fall für einen erstklassigen Exklusivbericht gut, der Ihnen die Anerkennung verschaffen würde, an der Ihnen gelegen zu sein scheint.«

Es war ihm ein wenig peinlich, das gesagt zu haben.

»Das Tier ist von außen in unsere Gemeinschaft eingedrungen und hat Menschen, die mir lieb sind, in Angst und Schrecken versetzt. Ein Junge, den ich schon kannte, als er noch in die Windeln machte, ist umgekommen, und ein junges Mädchen leidet unter Wahnvorstellungen. Zusammen mit diesem Ungeheuer sind die verdammten Ölklumpen aufgetaucht, die uns in den Ruin treiben. Da muss eine Beziehung bestehen. Was hat es Ihrer Ansicht nach mit der grünlichen Masse auf sich, die wir nahe den Felsen gefunden haben?«

Albee stieß einen gedehnten Seufzer aus. »Das könnte alles mögliche belanglose Zeug sein. Golombek allerdings, und das ist in der Tat interessant, hält es für möglich, dass es sich um eine Ansammlung unbefruchteter Eier handeln könnte, die von einer Art phosphoreszierender Gallerte umgeben sind.«

»Krakeneier?«

»Ja, und zwar solche, die auf die Befruchtung durch ein männliches Tier warten. Wir wissen, dass die weiblichen Tiere bei dieser Spezies deutlich größer sind als die männlichen. Sollte es sich wirklich um den Kraken handeln, würde das heißen, dass wir vollständig im Dunkeln tappen, denn über dieses Tier wissen wir nicht das Geringste. Alles ist reine Spekulation.«

»Nun könnte aber das, was wir im Haus der Fischer-Bruderschaft haben, ein männliches Tier sein.«

»Wir hatten leider keine Möglichkeit, das Geschlecht zu bestimmen …«

Aber Cepesma, der das wohl nicht hören wollte, steigerte sich in zunehmende Begeisterung: »… dann wäre das weibliche Tier, das, was die Sache da im Wasser hinterlassen hat, sehr viel größer. Was meinen Sie: mehr als doppelt so groß?«

»Möglich«, räumte Albee ein, beeilte sich aber hinzuzufügen: »Das ist aber reine Spekulation.«

Unbeeindruckt stieß Cepesma hervor: »Mehr als doppelt so groß, Donnerwetter! Vermutlich werden Sie in den Überresten das eine oder andere Stück Blei finden – die Kugeln der Polizeibeamten.«

»Soweit wir bisher festgestellt haben, hat von denen keine einzige getroffen«, sagte Albee mit feinem Lächeln.

Cepesma stand auf und hielt ihm die Hand hin. »Ich muss gehen. Ich habe Josefinas Mutter versprochen, vor dem Abendessen noch einmal vorbeizuschauen. Werden Sie über meinen Vorschlag nachdenken und sich dafür starkmachen?«

»Selbstverständlich.« Albee bekräftigte das mit einem Händedruck. »Unser Schiff, die *Rainbow*, befindet sich gegenwärtig in Neuseeland, kann aber mit etwas Glück in einigen Wochen hier sein.«

»Schön. Soll ich Sie irgendwohin mitnehmen?«

»Ich möchte lieber noch eine Weile bleiben.«

Cepesma verabschiedete sich vom Wirt, der mit einem Tuch über den Tresen fuhr, und den letzten Gästen, einigen alten Männern, sichtlich über siebzig. Albee kam sich unter diesen Menschen, die einander alle zu kennen schienen, fremd vor. Er hielt den Blick auf den goldfarbenen Rest Apfelwein am Boden seines Glases gerichtet und sah zu, wie sich die Bläschen an die Oberfläche kämpften und dort platzten. Sein Leben kam ihm ebenso flüchtig vor wie diese Gasblasen. Nach einigen weiteren Jahren des Umherziehens über die Ozeane auf der Suche nach einem Lebewesen, das ebenso wenig greifbar war wie ein Traum, erwarteten ihn das Alter und die Leere. Immer würde er nur Golombeks Gehilfe bleiben und nie eine Möglichkeit haben, aus dem Schatten des exzentrischen Ozeanographen herauszutreten.

In diesem Augenblick tiefster Niedergeschlagenheit fiel ihm ein, auf welche Weise sich der schwer fassbare Krake unfehlbar fangen lassen würde.

10

Ein befremdliches Einsprengsel

Lyndon-B.-Johnson-Raumfahrtzentrum Houston, Februar 2005

»Doktor Richardson ist tot. Wer sind Sie?«

Zuerst nahm Nora an, der Wachmann an der Einfahrt zum Raumfahrtzentrum Johnson erlaube sich einen üblen Scherz mit ihr. Es war nicht der stämmige lächelnde Schwarze von vor zwei Tagen, sondern ein Weißer, der sein schmales, hartes Gesicht hinter einer aggressiv wirkenden dunklen Sonnenbrille versteckte. Eingehend prüfte er den Dienstausweis, den ihm Nora hinhielt, und fragte noch einmal, wer sie sei.

Sie fühlte sich eingeschüchtert. Wie es aussah, war mit dem Mann nicht gut Kirschen essen.

»Dr. Richardson tot? Das ... das kann nicht sein. Ich war doch erst vorgestern bei ihm. Wir haben uns für heute erneut verabredet. Ich bin Nora Pulaski ... vom Labor für Strahltriebwerke.«

Trotz dieser Erklärungen nahm der Mann den Blick nicht von ihrem Ausweis und verglich das Foto mit ihrem Gesicht.

»Wenn das so ist, müssen die Leute mit Ihnen reden.«

»Mit mir reden? Wer?«

Ohne auf sie zu achten, sprach er in sein Funkgerät. »Eine gewisse Pulaski ist hier. Sie will mit Doktor Richardson verabredet sein. In Ordnung. Ja, im Labor.«

Dann gab er Nora in herrischem Ton Anweisungen, hielt es aber nicht für nötig, ihr den Weg zu erklären.

Als sie das Gebäude erreichte, in dem sich das Ausbildungs-Tauchbecken befand, war unübersehbar, dass etwas Folgenschweres vorgefallen sein musste. Polizeiautos standen davor. Wie Wölfe, die auf Beute lauerten, ging es ihr durch den Kopf. Sie rechnete damit, das übliche Absperrband vorzufinden, wie sie es aus Krimis im Fernsehen kannte, oder mit weißer Kreide auf den Boden gemalte Umrisse von Personen. Doch nichts von alldem; sie stieß lediglich am Eingang des Labors auf drei Beamte, zwei Männer und eine Frau. Alle trugen schwarze Hosen, leuchtend blaue Hemden mit schwarzen Paspeln an den Taschen, Achselstücke und Krawatte. Während sie Mitarbeiter des Labors befragten, machten sie sich Notizen. Nora erkannte einen der Taucher, den sie bei ihrem ersten Besuch gesehen hatte. Vermutlich der Leiter der Arbeitsgruppe. Eine Blondine, die ziemlich nervös zu sein schien, stellte sich später als eine der Technikerinnen heraus, die im Kontrollraum arbeiteten. Eine füllige Schwarze konnte ihre Tränen nicht zurückhalten, und auf den Gesichtern zweier weiterer Techniker lag der Ausdruck tiefen Unbehagens.

Als die Polizeibeamtin Nora sah, löste sie sich aus der Gruppe und kam auf sie zu. Sie hatte dunkles Haar und dunkle Brauen, helle Augen und machte auf Nora einen sympathischen Eindruck. Sie stellte sich als Cathrine Montalvo vor. Ihrer Sprechweise nach musste sie schon ziemlich lange in Houston leben.

»Ich habe gehört, Sie waren vorgestern bei Doktor Richardson. Stimmt das?«

Nora nickte. Die Beamtin nahm einen Notizblock zur Hand und begann zu schreiben.

»Können Sie mir den Anlass Ihres Besuchs erläutern? Sie arbeiten in Kalifornien, das ist ziemlich weit von hier.«

Mit dieser Frage hatte Nora rechnen müssen, und ihr ging auf, dass sie nicht die ganze Wahrheit sagen durfte, wenn sie sich keine unnötigen Schwierigkeiten einhandeln wollte. Auf keinen Fall konnte sie sagen, dass es sich um eine persönliche Angelegenheit handelte, da sie Richardson zum ersten Mal gesehen hatte, doch die Wahrheit durfte sie erst recht nicht sagen. Mit ›Ich habe ihn aufgesucht, weil ich hoffte, dass er mir helfen könnte, einen Onkel zu finden, den ich seit fünfundzwanzig Jahren nicht gesehen habe‹ würde sie nicht weit kommen. Daher beschloss sie, die Sache auf die berufliche Ebene zu schieben, und gab sich Mühe, ihre Worte beiläufig klingen zu lassen.

»Ich wollte mich mit ihm über die Analyse einer Gesteinsprobe beraten, die unter Umständen von einem Meteoriten stammt. Er als Geologe ist Fachmann auf diesem Gebiet.«

Ihr ging auf, dass sie im Präsens von Richardson sprach. Sie hatte sich noch nicht an den Gedanken gewöhnt, dass er nicht mehr lebte.

Die Beamtin hob die Brauen. Einen Augenblick lang fürchtete Nora, etwas gesagt zu haben, das ihren Verdacht erregt hatte, doch bald schwand ihre Furcht.

»Ein Meteorit? Schön. Wann und wo haben Sie ihn zum letzten Mal gesehen?«

»Vorgestern, in seinem Arbeitszimmer. Ich habe mich mit ihm für heute um diese Zeit verabredet, um mit ihm über das Ergebnis seiner Analyse zu sprechen.«

»Haben Sie etwas Auffälliges an ihm bemerkt? War er möglicherweise aufgeregt, oder hat er mit Ihnen über etwas Ungewöhnliches gesprochen?«

Die üblichen Fragen. Sicherlich arbeitete sie die Liste aller Menschen ab, mit denen Richardson in den letzten Tagen zusammen gewesen war.

Was ließ sich darauf sagen? Etwa ... »Eigentlich nicht. Er war kein Durchschnittsmensch, ein Genie im Rollstuhl, ein Mann, der sich wünschte, im Sterben die Freiheit zu erfahren, die man im Weltraum erlebt, und der deshalb bei den Tauchübungen zugegen war. Außerdem war ihm mein Onkel Robert zuwider, dem das FBI nicht über den Weg traut und der die Vereinigten Staaten überstürzt verlassen hat.«

»Es war unsere erste Begegnung«, gab Nora zur Antwort.

Mit einem Lächeln, bei dem sie ihre makellos weißen Zähne entblößte, sagte die Beamtin: »Es ist gut, Dr. Pulaski. Sie können gehen. Für den Fall, dass wir uns noch einmal mit Ihnen unterhalten müssen, haben wir ja Ihre Telefonnummer.«

Nichts von »Hier ist meine Karte, rufen Sie mich an, wenn Sie sich an etwas Ungewöhnliches erinnern«, wie man es aus dem Fernsehen kannte. Die Beamtin verabschiedete sich und sprach mit einem ihrer Kollegen. Nora fühlte sich ausgeschlossen. Die Polizisten erledigten ihre Aufgaben streng nach Vorschrift, offenkundig darauf bedacht, einen hieb- und stichfesten Bericht verfassen zu können. Lauter Dinge, die für die Darsteller von Ermittlern in Krimis viel zu langweilig sind.

Da sie auf keinen Fall einfach zur Tür hinausgehen und sich davonmachen konnte, trat sie zu der Gruppe, bei der sich die Beamtin jetzt befand. Sie fragte Nora: »Was kann ich für Sie tun?«, nach wie vor mit ihrem vollkommenen Christkindlächeln.

»Ich wüsste gern, was geschehen ist. Der Wachmann an der Einfahrt hat mir gesagt, dass Doktor Richardson nicht mehr lebt, und so ...«

»Sind Sie denn mit ihm verwandt? So hatte ich Ihre Äußerungen nicht verstanden.«

Nora sah, dass sich die füllige Schwarze auf einem der Stühle nahe der Ecke des Raumes niedergelassen hatte. Ihre Blicke trafen sich. Nora sah, dass ihr Augen-Make-up zerlaufen war. Eine der für das Tauchbecken zuständigen Technikerinnen, die ihren Hausausweis an einem Schlüsselband um den Hals trug, trat mit zwei dampfenden Plastikbechern auf sie zu und gab ihr einen. Kaffee, nahm Nora an. Beide schienen den gleichen Kummer zu empfinden. Die Beamtin, die mit all dem nichts zu tun hatte, sah Nora unverwandt mit ihrem festgewachsenen Lächeln an.

»Nein, das nicht, aber ich kann mich noch nicht richtig damit abfinden. Vorgestern war ich erst bei ihm, und jetzt ...«

»Ich verstehe. Wir dürfen aber niemandem Auskunft erteilen, der nicht zur Familie gehört. Ich fürchte, ich kann nichts weiter für Sie tun.«

Offenkundig war sie damit verabschiedet. Da die Beamtin aus irgendeinem Grund wie ein Standbild stehen blieb, hatte Nora keine Wahl, als sich abzuwenden.

Tief enttäuscht und den Kopf voller Fragen, ging sie zum Parkplatz. Sie dachte an die Rückfahrt, an die Zweifel, die sie auf dem Flug nach Kalifornien bestürmen würden. Gerade, als sie ihren Wagen aufschließen wollte, sprach jemand sie mit Namen an.

»Doktor Pulaski?«

Sie drehte sich um. Es war die Schwarze, die mit raschen Schritten auf sie zukam. Sie schien das Gebäude in großer Eile verlassen zu haben.

»Sie sind doch Doktor Pulaski?«

Nora nickte.

»Ich heiße Heather. Marylin Heather. Ich war Doktor Richardsons Sekretärin. Ich hatte Ihnen die Mitteilung hinterlassen, dass Sie kommen sollten.«

Jetzt fiel Nora der Name wieder ein. Die Frau hatte auf den Anrufbeantworter in ihrem Motelzimmer gesprochen. Als Ort der neuerlichen Besprechung war Richardsons Arbeitszimmer und nicht das Gebäude mit dem Ausbildungs-Tauchbecken angegeben worden. Mit einem Blick auf dessen weiße Fassade fragte sie: »Was ist geschehen?«

Schwer atmend, als bekäme sie kaum Luft, fasste Heather sie am Arm. Nachdem sie sich ein wenig beruhigt hatte, sagte sie: »Er ist ertrunken. Margaret, die Frau, die Sie vorhin bei mir gesehen haben, hat ihn auf den Bildschirmen entdeckt.«

Noras grüne Augen weiteten sich ein wenig. »Ertrunken? Wie ist es dazu gekommen?«

Sie dachte an die zahlreichen Sicherheitsvorkehrungen rund um das große Tauchbecken: Linien, die niemand überschreiten durfte, all die Berufstaucher, die einander praktisch rund um die Uhr ablösten … Es musste das sicherste Tauchbecken auf der Welt sein. Bestimmt wäre es einfacher, in einer Badewanne zu ertrinken.

Die Frau konnte ihr keine Erklärung liefern. »Er hat sich gern da aufgehalten. Die Atmosphäre in der Tauchhalle hat ihn entspannt und ihm das Denken erleichtert. Das hat er mir immer wieder gesagt«, brachte sie schließlich heraus.

Es kam Nora so vor, als würde die Schwarze jeden Augenblick in Tränen ausbrechen.

»Gibt es hier in der Nähe eine Cafeteria? Ich würde Sie gern einladen.«

Kurz darauf betraten sie eine der Kantinen im Gebäude Nummer elf, dessen schwarz-weiß gefliester Boden makellos sauber war. Noch war der Raum so gut wie leer, doch da es um die Mittagszeit war, würde er sich bald füllen. Es roch nach einem Gemisch aus Grillfleisch und texanisch-mexikanischen Speisen. Heather nahm eine große Portion gegrillte Rippchen und ein Tomatensandwich, dazu das übliche riesige Glas Coca-Cola, während Nora es bei einem Tee mit Zitrone bewenden ließ. Nachdem Heather mit den Rippchen kurzen Prozess gemacht hatte, wandte sie sich dem Sandwich zu. Ihre starke Gemütsbewegung schien ihrem Appetit nicht abträglich gewesen zu sein.

»Was sagt die Polizei?«, fragte Nora.

»Dass es ein Unfall war. Gestern hat man ihn gefunden. Die Sache hat uns alle fürchterlich mitgenommen.«

»Ein Unfall?« In Noras Stimme lag unüberhörbar Ungläubigkeit.

»Ja. Aber ich verstehe das nicht. Gestern Nachmittag hat es überhaupt keine Tauchübungen gegeben.«

»Was wollen Sie damit sagen?«

Während sie Heather zusah, die mit verblüffender Geschwindigkeit kaute und schluckte, fühlte sie sich unwillkürlich an die Bewegungen erinnert, die man hinter dem Glas einer in Gang gesetzten Waschmaschine sieht. Die Frau nahm einen weiteren Schluck Coca-Cola.

»Tauchversuche finden nicht jeden Tag statt. Allerdings sind es mehr, wenn der Flug einer Raumfähre zur Weltraumstation bevorsteht. Nach dem Unglück der *Columbia* hat man die Übungen sogar eine ganze Weile eingestellt.«

»Sie halten seinen Tod also nicht für einen Unfall?«

»Ganz und gar nicht. Ich habe Ihnen ja schon gesagt, dass er gern den Astronauten bei den Tauchübungen zugesehen hat. Ich erinnere mich, dass er mir einmal gestanden hat, er habe von klein auf davon geträumt, selbst Astronaut zu werden. Er wusste immer ganz genau, wann diese Übungen stattfanden. Soweit mir bekannt ist, hat er das Gebäude jeweils nur dann aufgesucht, wenn er sicher sein durfte, dort Astronauten anzutreffen. Warum also gestern?«

»Wusste denn niemand, dass er dort war?«

»Doch, natürlich. Die Taucher kannten ihn alle; allerdings waren am Spätnachmittag nicht viele da. Später hat Margaret mit ihren Kollegen darüber gesprochen. Alle haben ihn gesehen und gegrüßt. Keinem ist was Besonderes aufgefallen, sagt die Polizei.«

Ein paar Sekunden lang nicht aufgepasst, dachte Nora verwirrt.

»Mir hatte er gesagt, er wolle noch an einer wichtigen Sache weiterarbeiten und wahrscheinlich die Nacht in seinem Arbeitszimmer verbringen. Er hat gern nachts gearbeitet und vorher immer dafür gesorgt, dass in seinen Kühlschrank genug Getränke und belegte Brote waren. Er hat sich von mir eine große Kanne Kaffee machen lassen, bevor ich gegangen bin.«

»Hat er sonst noch etwas gesagt?«

»Nein. Weiter nichts. Der Kaffee ist wahrscheinlich kalt geworden, und der Kühlschrank ist immer noch voll.«

Nora legte ihr den Arm um die Schultern.

»Glauben Sie mir, es tut mir sehr leid, wirklich.«

»Seit zehn Jahren arbeite ich mit ihm zusammen. Gestern ist er mir müde vorgekommen. Vermutlich ist das ja normal, wenn jemand sein Leben lang sitzen muss.«

Nora begriff, dass es besser war zu gehen. Es war eine kurze Mahlzeit gewesen. Als sie aufstand, um sich zu verabschieden, fragte Heather: »Könnten Sie mich vor dem Gebäude mit seinem Arbeitszimmer absetzen? Es ist nicht weit von hier. Ich muss noch dies und jenes von dort holen. Mein Wagen steht auch da. Ich bin heute Morgen ziemlich früh gekommen.«

Bald darauf waren sie angekommen. Heather stieg aus und fragte: »Könnten Sie einen Augenblick warten? Es dauert nicht lange.«

»Natürlich. Gern.«

Nora stellte den Motor ab und sah der Frau nach, die trotz

ihrer Fülle mit raschem Schritt auf das Gebäude zueilte. Der plötzliche Tod ihres Vorgesetzten ging ihr unübersehbar nahe, doch nahm Nora an, dass sie bald darüber hinwegkommen würde. Sicher war sie ihm dankbar für vieles, doch gehörte er bereits der Vergangenheit an. *Wie bei mir und Onkel Robert*. Während ihr dieser Gedanke durch den Kopf ging, empfand sie nichts als einen gewissen Groll. Es schmerzte sie auch nicht mehr, dass man sie nicht weiter an der Mission *Mars Eternity* beteiligen würde. Irgendetwas würde sich finden, ob inner- oder außerhalb der NASA. Vielleicht war die Stelle in der Abteilung Öffentlichkeitsarbeit, die ihr das Ekel Brooke angeboten hatte, gar nicht so schlecht.

Dann war da noch Nadja. Zweimal hatte sie mit ihrer Tochter sprechen können, seit sie hier war, zuerst vom Flughafen aus und dann vor zwei Tagen, nachdem sie bei Richardson gewesen war. Seither hatte sie nichts von ihr gehört und spielte Katz und Maus zwischen dem Anrufbeantworter ihres Motelzimmers und dem zuhause, auf dem sie Nadja mehrfach hinterlassen hatte, sie möge sie anrufen.

Sie merkte, dass ihre Finger ungeduldig auf dem Lenkrad tanzten. Nadjas Schwimmtrainerin wollte unbedingt, dass sie eine Entscheidung trafen. Das Mädchen habe Talent, müsse aber härter trainieren …

Sie fuhr hoch, als sie das Klopfen an der Scheibe hörte. Es war Heather. Nora ließ das Fenster herunter und nahm den großen braunen Umschlag entgegen, den ihr Richardsons Sekretärin gab.

»Das lag auf seinem Schreibtisch. Ihr Name steht darauf. Ich habe es schon heute Morgen gesehen, bevor ich erfuhr, dass er nicht mehr lebt. Vermutlich hat es mit dem zu tun, woran er in der Nacht gearbeitet hat.«

Nachdenklich betrachtete Nora den Umschlag. Richardson hatte »Pulaski (eilt)« darauf geschrieben.

Heather verabschiedete sich mit den Worten »Sie sind ein guter Mensch. Danke für die Einladung«. Sie war fort, bevor Nora antworten konnte.

So tief war Nora in ihre Gedanken versunken, dass sie die Durchsage nicht hörte, mit der die Ankunft ihrer Maschine nach Pasadena gemeldet wurde. Ihr Handgepäck enthielt das Allernötigste. Auf dem riesengroßen Papierbecher Cappuccino, der vor ihr stand, war die Warnung aufgedruckt, dass es sich um ein Heißgetränk handele und man sich daran verbrühen könne.

Ihr Herzschlag beschleunigte sich, als sie sich nach längerem Zögern entschloss, den Umschlag zu öffnen.

Richardson hatte diese Blätter in der Hand gehabt, bevor er umgekommen war.

Der Umschlag enthielt hochglänzende Schwarzweißfotos von etwas, das aussah wie in konzentrischen Trauben angeordnete graue Quadrate oder Rhomboide. Vermutlich handelte es sich um Röntgenaufnahmen – aber wovon?

War es möglicherweise eine Aufnahme des winzigen Stückchens Meteoritengestein, das ihr Onkel ihm geschickt hatte?

Magnetitkristalle, ging es ihr durch den Kopf.

Sie überflog die Liste der in der Gesteinsprobe enthaltenen Isotope und chemischen Elemente und spürte, wie ihr Herz immer heftiger schlug.

Das Gesteinsstück stammte zweifelsfrei und unwiderleglich vom Mars.

Wenn es um Magnetit ging, lieferten sich Wissenschaftler heftige Kontroversen. Es war bekannt, dass Bakterien imstande sind, in ihrem Inneren Magnetit zu erzeugen, doch treten diese Kristalle auch spontan in der Natur auf. Was aber hatte es zu bedeuten, wenn sie sich in einem Meteoriten fanden? Hatte er früher einmal Bakterien außerirdischen Ursprungs enthalten, oder waren sie »einfach so« entstanden? Hinzu kam das ständig wiederkehrende Problem der Verunreinigung. Manche der in der Antarktis gefundenen Meteoriten vom Mars enthielten Magnetit. Die Skeptiker behaupteten, es sei von auf der Erde lebenden Bakterien erzeugt worden und stamme mithin von der Erde. Diese These hatte sich weitgehend durchgesetzt.

So sehr beschäftigten diese Gedanken Nora, dass sie ihren

Cappuccino unberührt stehen ließ und auch die Ankündigung des bevorstehenden Abflugs nicht hörte.

Richardsons Ergebnissen zufolge stimmte etwas mit der Gesteinsprobe nicht. Er war sicher, etwas identifiziert zu haben, das aussah wie eine Art Epoxidharz. Um darauf hinzuweisen, hatte er sich nicht damit begnügt, einen roten Kreis um den entsprechenden Wert zu ziehen, sondern diesen auch mit zwei Ausrufe- und Fragezeichen gekennzeichnet und außerdem das Wort FÄLSCHUNG dazugeschrieben. Es konnte keinen Zweifel geben: Die Probe war verunreinigt. Nora ging in Gedanken durch, was sie über Epoxidharze wusste, während sie abwesend zu einem Mann im grauen Overall hinsah, der den Boden kehrte.

Man fertigte Kacheln aus diesem Material, aus denen bei Weltraumraketen der Hitzeschild hergestellt wurde.

Hitze.

Etwas zuckte in ihrer Erinnerung auf, das ihren Herzschlag erneut beschleunigte. Konnte das Vorhandensein dieses Materials bedeuten, dass …? Nein. Unmöglich. Sie verwarf den Gedanken sogleich wieder. Jemand hatte einmal gesagt, dass gute Einfälle Widerhaken haben und sich festsetzen, wenn sie erst einmal aufgetaucht sind. Während sie über die Sache nachdachte, hörte sie ihren Namen. »Letzter Aufruf für Fluggast Nora Pulaski. Nora Pulaski, Flug 514 nach Pasadena. Sie werden dringend ersucht, sich zum Flugsteig sechzehn zu begeben.«

Nora dachte an Nadja.

Sie hatte nie viel von Mobiltelefonen gehalten, jetzt aber hätte sie gern eins gehabt. Sie suchte nach einer Telefonzelle. Ihr Herz sank, als sie sah, wie lang die Schlange vor der Sicherheitskontrolle war. Sie wedelte mit ihrem Flugschein herum, doch ihr Versuch, sich vorzudrängen, trug ihr außer zahlreichen missbilligenden Blicken nichts ein. Eine Kontrolleurin wies sie an, sich hinten anzustellen. Vergeblich verwies sie auf die Abflugzeit ihrer Maschine und darauf, dass sie ihren Flug verpassen werde, wenn man sie nicht gleich abfertigte. Der Lautsprecher wiederholte die

Durchsage, und sie versuchte einer anderen Kontrolleurin klarzumachen, dass der Aufruf ihr galt. Es war sinnlos.

Sie sah auf die Uhr. Der Mann vor ihr ließ seinen Blick gelangweilt über das Titelblatt von *USA Today* laufen. Nora sah hin und las, man werde angesichts der Bedrohung durch Terrorismus verschärfte Kontrollen an Flughäfen durchführen. Endlich durfte sie ihre Tasche mit den Papieren, die ihr Heather gegeben hatte, in die Durchleuchtungsmaschine stellen. Dann winkte die blasse Rothaarige, die sich von Noras Bitten nicht hatte erweichen lassen, sie aus der Schlange heraus, um sie einer gründlichen Leibesvisitation zu unterziehen. In dem Augenblick war ihr klar, dass sie den Flug auf jeden Fall verpassen würde.

Sie sah, wie hinter dem Durchleuchtungsgerät eine behandschuhte Hand den Umschlag aus der Tasche holte, öffnete und die Videokassette herausnahm. Ein hochaufgeschossener Sicherheitsbeamter betrachtete das Band so misstrauisch, als wäre es eine gefährliche Waffe. Nora konnte ihre Besorgnis nicht unterdrücken.

»Fassen Sie es nicht an.«

»Was ist das?«, fragte er, ohne den Blick zu heben.

Er schüttelte die Kassette, als suchte er darin nach einem verborgenen Sprengsatz, und beäugte argwöhnisch die Papiere.

Um Fassung bemüht, sagte Nora: »Das sind wissenschaftliche Aufnahmen«, und griff danach, doch der Mann schob ihre Hand beiseite.

»Na hören Sie!«, begehrte sie auf.

Das schien ihm nicht zu gefallen. Verständnislos betrachtete er die Zacken des Spektrogramms, als handelte es sich um einen Geheimcode. Er winkte Kollegen herbei und entriss Nora den Umschlag, den sie wieder an sich genommen hatte. Während man sie durch die Metallschleuse schickte, sichteten die Sicherheitsleute ein Stück weiter die Papiere. Einer von ihnen zerrte so an dem Magnetband, dass Nora unwillkürlich an Schimpansen denken musste, die einen unbekannten Gegenstand untersuchen.

Die Kontrollbeamten hinter ihr verlangten von einer älteren

Muslimin, dass sie erst ein Bein anhob und sich dann mit gespreizten Beinen und ausgebreiteten Armen hinstellte, während sie mit Metalldetektoren an ihrem Körper auf und ab fuhren. Sie wiederholten den Vorgang dreimal. Da die Frau die Anweisungen nicht verstand und keiner von ihnen ihre Sprache beherrschte, musste sich eine Beamtin vor sie hinstellen und ihr die Bewegungen vormachen, die man von ihr verlangte.

Einen weiteren Aufruf für ihren Flug hörte Nora nicht. Wie nicht anders zu erwarten, zog sich die Kontrolle quälend in die Länge. Als man ihr die Uhr zurückgab, sah sie, dass ihre Maschine vor etwa acht Minuten gestartet sein musste. Sie nahm ihre Tasche und wartete darauf, dass man ihr den Umschlag wieder aushändigte.

Der Hochaufgeschossene kam nicht wieder.

Um sie herum nahmen Menschen schlecht gelaunt ihre Notebook-Rechner aus den Plastikschalen, in denen man sie durch die Durchleuchtungsmaschine geschickt hatte. Immer mehr leere Schalen stapelten sich dahinter. Die Beamten, die alles mit Gummihandschuhen anfassten, als lebten sie in einer Welt voller Schmutz, achteten nicht auf Noras Versuche, sich bemerkbar zu machen, und beschäftigten sich mit der endlosen Zahl von Fluggästen. Sie bat einen Asiaten, der die Papiere kontrollierte, ihr weiterzuhelfen, doch dazu war er nicht imstande. Dann wandte sie sich an die Frau, die sie anfangs gebeten hatte, dafür zu sorgen, dass sie den Flug nicht verpasste, und beschrieb ihr den Mann, der die Papiere an sich genommen hatte. Sie konnte sich nicht besonders gut an ihn erinnern, und auf seine Kollegen hatte sie nicht weiter geachtet.

Keiner der Kontrolleure konnte mit ihrer Beschreibung etwas anfangen. Während sie mit zwei Beamten verhandelte, tauchte ein Polizist auf.

»Fehlt Ihnen etwas?«, fragte er barsch.

»Ja, natürlich. Ein brauner Umschlag«, sagte sie. »Ihre Kollegen haben ihn mir abgenommen und nicht zurückgegeben.«

»Was war darin?«

Es folgte eine weitere längere Unterhaltung mit vielen Fragen.

Allen Sicherheitsleuten um sie herum standen unübersehbar Ungläubigkeit und Argwohn ins Gesicht geschrieben. Angeblich vermochte keiner von ihnen zu sagen, wer der Mann war, der ihre Papiere an sich genommen hatte. Nadja fiel ihr ein, und sie gab jeden weiteren Versuch auf, Richardsons Bericht zurückzubekommen. In wenigen Stunden gab es einen weiteren Flug nach Pasadena. So hatte sie immerhin Glück im Unglück gehabt und brauchte die Nacht nicht im Flughafen zu verbringen.

Sie suchte eine Telefonzelle auf, um Nadja anzurufen. Auch diesmal meldete sich lediglich der Anrufbeantworter.

Es folgten zwei angstvolle Stunden. Immer wieder bemühte sie sich anzurufen, ohne Erfolg. Dann stieg sie in die letzte Maschine nach Pasadena.

Von den Unzuträglichkeiten und Turbulenzen des Rückflugs, unter denen die meisten Passagiere litten, bekam Nora so gut wie nichts mit. Sie lehnte die von den Flugbegleiterinnen der Boeing 767 herumgereichten üblichen Getränke und auch den Imbiss ab und schloss die Augen, während die übrigen Fluggäste mit schweißnassen Handflächen ängstlich durch die Fensterchen sahen, auf die der Regen trommelte. Sie war in Gedanken weit fort, an den windgepeitschten Lavaflächen der Tharsis-Vulkane auf dem Mars.

Die Luftlöcher, in die das Flugzeug immer wieder sackte, konnten sie nicht beeindrucken. In Charlies Simulator hatte sie weit Schlimmeres durchgemacht und dabei erfahren, wie es ist, sich dem unendlichen Unbekannten ausgesetzt zu fühlen. Das war für sie der Mars, der alte faszinierende Planet, auf dem absolute Stille herrschte. Sie hatte sich angewöhnt, diese virtuellen Reisen zu nutzen, um sich von ihrer Klaustrophobie zu befreien, sich in der Atmosphäre einer anderen, einer kalten und lebensfeindlichen Welt zu verlieren, die sich so deutlich von der ihren unterschied.

Das Schlimmste bei Passagierflügen war für sie die Enge der Sitze.

Als ihr Richardsons Aufzeichnungen einfielen, bekam sie leichte Kopfschmerzen. Alles, woran sie sich erinnern konnte, hatte sie aufgeschrieben. Noch wollte sie nicht daran denken, dass die Papiere für sie verloren waren.

Letztlich war Nadja das Einzige, was ihr blieb.

Über Los Angeles tobte ein Gewitter, und der zähe Verkehr vom Flughafen bis zu ihrer Wohnung steigerte ihre Ungeduld und ihre Sorge. Niemand öffnete auf ihr Klingeln. Vielleicht stand Nadja unter der Dusche und hatte nichts gehört. Während sie aufschloss, fiel ihr ein, dass sie ihrer Tochter gesagt hatte, sie solle den Schlüssel von innen stecken lassen, wenn sie schlief, auf jeden Fall aber grundsätzlich von innen abschließen, wenn sie vom Schwimmtraining zurückkam, auch wenn es erst früher Nachmittag war. War die verschlossene Tür ein Hinweis darauf, dass Nadja auf sie gehört hatte? Oder war sie gar nicht zuhause?

Nora trat ein und sah rasch, dass in der Wohnung die übliche Unordnung herrschte: Kleidungsstücke lagen achtlos hingeworfen auf einem Sessel, und in der Küche stand schmutziges Geschirr herum. Sie rief. Keine Antwort. Der Regen peitschte die Scheiben der leicht geöffneten Fenster. Sie schlief am liebsten, wenn frische Luft in ihr Zimmer kam und eine Lampe brannte, ganz gleich, ob es Tag oder Nacht war. Ihre Tochter hingegen hasste jede Art von Luftzug, deckte sich vollständig zu, zog sich das Kissen über das Gesicht und schlief in völliger Dunkelheit.

Sie öffnete die Tür zu Nadjas Zimmer. Von der Wand gegenüber der Tür sah Bruce Springsteen sie an, die Gitarre in der Hand.

Das Kind war nicht zu Hause.

Gerade als Nora überlegte, was sie tun sollte und wen sie anrufen könnte, summte das Telefon. Unwillkürlich schrie sie leise auf, weil sie eine unerklärliche Angst empfand. Während sie zum Telefon eilte, als hinge ihr Leben davon ab, wäre sie fast über das Wohnzimmersofa gestolpert. Sogleich bestätigten sich ihre Befürchtungen: Es war nicht Nadja. Kaum hatte sie sich gemeldet, als die von Rockmusik untermalte Stimme eines jungen Mannes vorwurfsvoll ausrief: »Nadja! Wo hast du bloß gesteckt? Ich bin's, Tom!«

Ihr fiel ein, dass schon viele Leute gesagt hatten, man könne ihre Stimme und die ihrer Tochter kaum auseinanderhalten, und so sagte sie: »Tom! Ich bin die Mutter. Ist Nadja denn nicht bei Ihnen?«

Tom zögerte, bevor er antwortete. Nora fiel ein, dass Nadja ihr den Freund noch nicht vorgestellt hatte.

»Frau Pulaski? Nein. Hier ist sie nicht.«

»Hören Sie, Tom, das ist jetzt sehr wichtig. Haben Sie sich mit ihr verabredet?«

Es folgte eine weitere Pause, die etwas länger dauerte.

»Nun... schon. Ich meine, sie sollte mich anrufen. So hatten wir das abgesprochen. Aber sie hat sich nicht gemeldet.«

Vermutlich hatte Nadja ihn nicht sehen wollen. Nora wusste nicht, ob sie das gut oder schlecht finden sollte. Vielleicht hatten sie sich gestritten.

Sie kannte den jungen Mann nicht, war aber sicher, dass er tun würde, was man ihm sagte, und so forderte sie ihn auf, so streng sie konnte: »Wenn Sie etwas von Nadja hören oder sie bei Ihnen auftaucht, rufen Sie mich sofort an. Haben Sie verstanden?«

»Natürlich, keine Sorge, wird gemacht«, sagte er und legte auf.

Jetzt tat es ihr leid, so schroff gewesen zu sein. Vielleicht hatte sie Tom eingeschüchtert. Sie hätte ihn gern Verschiedenes gefragt, wusste aber seine Nummer nicht. Sie fing an, in den Papieren auf dem Tischchen zu suchen. Vielleicht hatte Nadja die Nummer irgendwo aufgeschrieben. Dann fiel ihr ein, dass man auf dem Display von Telefonen die Nummern der letzten Anrufe ablesen konnte, aber im selben Augenblick summte der Apparat erneut, und ungeheure Erleichterung erfüllte sie. Nadja, endlich!

Sie nahm ab. Bevor sie etwas sagen konnte, meldete sich eine unbekannte Männerstimme. Der Atem stockte ihr, und ihr wurde kalt ums Herz.

»*Dobry Wetscher!* Ihrer Tochter geht es gut, Doktor Pulaski. Sie brauchen sich keine Sorgen zu machen, wirklich nicht.«

Der Mann sprach Englisch mit unüberhörbarem russischen Akzent und machte nach jedem Satz eine Pause, die auf Nora wie ein Keulenschlag wirkte. Sie umklammerte den Hörer fester. Die Beine gaben unter ihr nach, und sie fürchtete, ohnmächtig zu werden. Zugleich stieg Wut in ihr auf. Auf keinen Fall würde sie dieser Schwäche nachgeben.

»Ich will mit meiner Tochter sprechen«, sagte sie gebieterisch.

»Das wird früher der Fall sein, als Sie annehmen. Es geht ihr gut.«

»Wer sind Sie?«

»Auf die Frage habe ich schon gewartet. Nadja wird es Ihnen sagen, Doktor Pulaski. Sicher werde ich bald das Vergnügen haben, Sie persönlich kennenzulernen.«

»Ich habe kein Geld, aber verlangen Sie, was Sie wollen. Geben Sie mir nur meine Tochter zurück.«

»Ich verstehe, dass Sie verwirrt und erschreckt sind. Mir würde es ebenso gehen. Ich bin nicht auf ein Geschäft mit Ihnen aus.«

Welches grausame Spiel mochte dahinterstecken? Sie musste das Thema wechseln, irgendetwas tun, damit dieser Unmensch nicht auflegte. Mit einem Mal fielen ihr die Aufzeichnungen ein, die man ihr abgenommen hatte.

»Geht es um den Bericht von Professor Richardson? Den hat man mir am Flughafen von Houston gestohlen. Ich schwöre es. Ich habe nicht die geringste Ahnung, wer das war.«

In der Stimme des Mannes lag keine Überraschung, wohl aber ein Anflug von Spott: »Darüber reden wir noch, aber jetzt hören Sie mir erst mal zu. Sie müssen unbedingt beim Start dabei sein. Das ist äußerst wichtig. Ich will Sie nicht erschrecken, aber für Sie wie für Ihre Tochter besteht eine gewisse Gefahr. Daher bitte ich Sie, sich auf keinen Fall von ihr zu trennen. Sie hören noch von mir.«

Damit legte er auf. Bald darauf drehte sich ein Schlüssel im Schloss. Die Tür öffnete sich, und Nadja trat ein. Nachlässig und mit geübtem Schwung warf das Mädchen seine Sporttasche auf einen Sessel, begrüßte die Mutter mit einem Kuss und ging gleich darauf zum Kühlschrank, um sich etwas zu trinken zu holen. Sie schien sich über das Schweigen ihrer Mutter zu wundern und fragte: »Hast du was? Wie war's in Houston? Es hat wohl länger gedauert, als du gedacht hattest?«

Nora atmete bewusst langsam aus und lächelte ihr dann zu. Dieses Lächeln zu üben hatte sie im Lauf eines Lebens, in dem es immer wieder Schwierigkeiten beim Vorankommen gegeben hatte, reichlich Gelegenheit gehabt. Alle Ängste blieben in ihrem Inneren verschlossen. Nie und nimmer würde sie damit Menschen behelligen, die ihr mehr bedeuteten als alles andere auf der Welt. Sie küsste Nadja auf die Stirn und tätschelte ihr zärtlich den Nacken. Nur einen kurzen Augenblick schloss sie die Augen und dankte wortlos dem Schicksal.

»Heute Abend kommt nichts Tiefgefrorenes auf den Tisch – wir gehen zum Essen aus. Außerdem solltest du dich schon einmal darauf einstellen, dass du im nächsten Monat mit mir nach Moskau fliegst. Ich muss nur noch den Flugschein für dich bestellen.«

Überrascht riss Nadja die Augen auf. Dann sagte sie: »Aber Mama, draußen regnet es in Strömen. Übrigens muss ich mit dir reden. Neulich ist nämlich ...«

Nora unterbrach ihren Wortschwall. »Wir reden im Restaurant miteinander. Sag mir bloß nicht, dass du wasserscheu bist. Also auf!«

11

Das Schloss

Washington, Ende März 2005

Es war fast halb neun am Abend, als Alastair Golombek eiligen Schritts dem Haupteingang des ältesten Gebäudes im Museumskomplex der Smithsonian Institution entgegenstrebte. Die Dächer der Türme zeichneten sich vor dem bleichen Himmel ab. Die in kurzen Abständen startenden und landenden Flugzeuge schienen das Washington-Denkmal fast zu streifen. Der braunrote Sandstein, aus dem die Fassade des wegen seines schlossähnlichen Aussehens gewöhnlich als »The Castle« bezeichneten Gebäudes bestand, ließ sich nur verschwommen erahnen. Jahr für Jahr besuchten Millionen von Menschen dies Museum, doch so spät am Abend war es für den Publikumsverkehr geschlossen.

Golombek warf einen Blick auf die große Uhr am Eingang, deren Zifferblatt mit den Schatten zu verschmelzen begann. Fünf Minuten vor halb neun. Er musste sich beeilen. Auf keinen Fall durfte er sich verspäten, denn die Menschen, die ihn im Ostflügel erwarteten, die Nachfolger jener, die vor hundertfünfzig Jahren die Entstehung des größten Museumskomplexes auf der Welt ermöglicht hatten, legten großen Wert auf Formen.

Während Golombek, der sich in jenem Labyrinth bestens auskannte, seinem Ziel entgegenstrebte, fühlte er sich als Bestandteil dieser musealen Welt. Es bereitete ihm großes Vergnügen, durch die stillen Räume dieses ältesten Baus des Museumkomplexes zu gehen, und er wusste, dass er in einer Vielzahl von Sälen, Türmen und Galerien Zeugen einer weit in die Vergangenheit reichenden Zeit enthielt, angefangen von versteinerten Großsaurier-Skeletten und anderen prähistorischen Landtieren bis hin zu allerlei Meeresbewohnern.

In der Vorhalle zum Verwaltungstrakt, wo ihn die Vertreter des Smithsonian erwarteten, blieb er stehen.

Er hörte nichts.

Er hob den Blick.

Sein Schatten zeichnete sich übergroß auf einer vor fünfzehn Jahren eingebauten abgehängten Holzdecke ab. Er erinnerte sich an die Zeichnungen des Riesenkalmars, den man einige Jahre vor dem Großbrand gefangen hatte. Genau dort, wo jetzt sein Schatten auf das Holz fiel, hatte der mumifizierte riesige Kopffüßer, die langen Fangarme in Angriffshaltung ausgebreitet, seine Umgebung beherrscht. Man konnte ihn als Symbol dafür ansehen, dass die Welt des 19. Jahrhunderts voller Geheimnisse gewesen war, von denen die Menschen so gut wie nichts wussten und mit denen sie lediglich durch legendäre Berichte und Ängste aus früheren Zeiten in Verbindung standen. Man hatte das Tier an der Küste von Neufundland entdeckt und seine konservierten Reste ins Smithsonian gebracht, wo es die Wissenschaftler jener Zeit tief beeindruckt hatte. Noch nie hatte man ein vergleichbar großes Tier dieser Gattung gesehen.

Es war Golombek klar, dass er seine Förderer mit einem mindestens ebenso außergewöhnlichen Fund beeindrucken musste, um sie davon zu überzeugen, dass auch die Welt des 21. Jahrhunderts noch Herausforderungen bereithielt, die es wert waren, dass man sich ihnen stellte.

Im Büro erwarteten ihn zwei hochgewachsene, schlanke, gut gekleidete ältere Herren – William und Robert Hardin, treu ergebene Assistenten Catherine Caitlins, die den Museumskomplex seit siebenundzwanzig Jahren mit fester Hand leitete. Obwohl William zehn Jahre älter war als sein Bruder Robert, sahen sie einander mit ihrer Adlernase, dem verkniffenen Mund und dem spitzen Kinn sehr ähnlich. Sie saßen an einem der beiden hundert Jahre alten Eichentische, auf die alljährlich eine weitere Firnisschicht aufgetragen wurde. Der Teppichboden auf den Dielen dämpfte die Schritte. Bei Golombeks Eintreten erhoben sich die beiden achtungsvoll und neigten grüßend den Kopf. William Hardin klopfte kurz an eine drei Meter hohe weißlackierte Tür, woraufhin die Direktorin ihn eintreten ließ und die Tür wieder hinter sich zuzog. Wegen ihrer allgemeinen Beliebtheit besaß diese Frau, die an der Spitze des Smithsonian stand, in politischen Kreisen der amerikanischen Hauptstadt einen beachtlichen Einfluss, und so behandelte man sie bei allen gesellschaftlichen Anlässen in Washington mit größter Zuvorkommenheit und Hochachtung. Es gefiel ihr, dass jedermann sie nach den Anfangsbuchstaben ihres Namens einfach C.C. nannte. Niemand wäre auf den Gedanken gekommen, ihren Nachnamen zu benutzen, und es gab auch am Ort keine Verwandten oder hinlänglich enge Vertraute, die sie mit Vornamen angesprochen hätten. Seit vielen Jahren suchte sie jeden Dienstag um Punkt fünf Uhr die Gattin des jeweiligen Präsidenten (von denen sie eine ganze Reihe kennengelernt hatte) zum Tee auf, außerdem verfügte sie über beste Beziehungen zu den Besitzern so unterschiedlich ausgerichteter Zeitungen wie *The Washington Post* oder *The Washington Times*, was es ihr jederzeit ermöglichte, Gelder für die Zwecke des Smithsonian zu beschaffen.

Während Robert Hardin auf die Rückkehr seines Bruders wartete, sah er starr vor sich hin, ohne eine Miene zu verziehen. Ihm war klar, dass Golombek gekommen war, um weitere Fördermittel zu erbitten.

Schließlich kehrte William zurück, machte eine kaum wahrnehmbare Bewegung und öffnete die Tür zum Büro der Direktorin, das deutlich bescheidener war, als man angesichts der ungeheuren Ausdehnung der Museumssäle erwartet hätte. Die Bücherschränke an den Wänden enthielten Hunderte von Bänden, während der Schreibtisch so leergefegt war, als hätte dort noch nie jemand etwas geschrieben. Die Frau mit den zurückgekämmten grauen Haaren, die dahinter saß, wirkte nicht besonders groß, als sie aufstand und Golombek ihre knochige und faltige Hand bot. Trotz ihres Alters lag in ihren blauen Augen ein bemerkenswertes Feuer, und ihr Lächeln, das sie der einwandfreien Arbeit ihres Zahnarztes verdankte, ließ ihr Gesicht aufleuchten.

Niemand außer ihr nannte Golombek mit Vornamen. So hielt sie es mit jedem, der mit ihr geschäftlich zu tun hatte. Er hingegen behandelte sie mit der gebotenen Hochachtung und Distanz, wie auch alle anderen.

»Ich freue mich, dich zu sehen, mein lieber Alastair«, begann sie. »Wir müssen unbedingt über die Sache reden. Setz dich.«

Die Brüder Hardin hielten sich schweigend nahe der Tür im Hintergrund, als wären sie Einrichtungsgegenstände. Golombek und C.C. nahmen in zwei Louis-XV-Sesseln einander gegenüber Platz. Auf dem Tischchen zwischen ihnen stand eine Vase mit

Stiefmütterchen. Eine Lithographie unmittelbar hinter C.C. zeigte den als Dronte bekannten flugunfähigen Vogel, der einst auf der Insel Mauritius heimisch war und den die Menschen des Westens bereits hundertvierzig Jahre nach seiner Entdeckung vollständig ausgerottet hatten. C.C. sagte: »Zuerst die unangenehme Angelegenheit.« Ihre Stimme klang harmonisch und im Unterschied zu der vieler anderer älterer Frauen nicht schrill. »Wir haben uns gründlich mit deinen Vorstellungen bezüglich der neuen Expedition beschäftigt und das Material geprüft, das du mitgebracht hast. Offen gesagt sind wir alle der Ansicht, dass die Sache zumindest für den Augenblick zu riskant ist.«

Er quittierte die Zurückweisung mit einem Lächeln. Er hatte nichts anderes erwartet.

»Ich bin keineswegs ausschließlich in der Absicht gekommen, Ihnen zu sagen, dass Sie sich meiner Ansicht nach mit Bezug auf diesen Punkt gründlich irren. Ganz im Gegenteil muss ich Ihnen dahingehend zustimmen, dass wir uns einem neuen Abenteuer gegenübersehen, das gewisse Risiken birgt. Aber wann wäre das je anders gewesen? Zweifellos handelt es sich um eine einzigartige Gelegenheit, und es wäre mehr als schade, wenn diese herrlichen Museen sich das entgehen ließen. Gestatten Sie mir daher, mit der gleichen Entschlossenheit aufzutreten wie Sie.«

Sie lächelte.

»Selbstverständlich. Wir sind bereit, dich anzuhören, Alastair, aber sechs Millionen Dollar sind viel Geld.«

»Sicher, aber weniger würde nicht genügen. Ich kenne keinen Kollegen, der so viel Zeit und Mühe wie ich auf die Suche nach dem Riesenkalmar verwendet hat. Ich habe alles darangesetzt, ihn in seiner Welt aufzusuchen, zu filmen und lebend zu beobachten. Wer zu ihm vordringen will, kommt nicht an mir vorbei. Ich bin der Einzige, der diesen Erfolg garantieren kann. Sicherlich werden Sie mir zustimmen, wenn ich sage, dass sein Geld zum Fenster hinauswirft, wer den Ehrgeiz eines einzelnen Wissenschaftlers finanziert, wenn nicht die Menschheit einen Nutzen davon hat. Man muss die Lebensgewohnheiten eines so ungewöhnlichen Geschöpfes unbedingt der Öffentlichkeit zeigen. Niemand könnte das besser als das Smithsonian Museum. Ich bin fest davon überzeugt, dass die Ergebnisse den Einsatz rechtfertigen werden.«

»Damit sagst du uns nichts Neues, Alastair. Was meinst du, William?«

Der ältere der Hardin-Brüder trat wie ein Automat aus dem Schatten heraus.

»Gewiss. Nicht zum ersten Mal finanziert die Smithsonian Institution Expeditionen, die Filmaufnahmen vom *Architeuthis* zum Ziel haben. Wir haben eine ganze Reihe vertraglicher Abmachungen mit anderen Institutionen, zum Beispiel hier mit der National Geographic Society und in England mit der BBC und dem Discovery Channel. All diese Unternehmungen haben nichts bewirkt.«

Mit einem erneuten Blick auf Golombek gab C. C. zu bedenken: »Wir haben uns das von dir mitgebrachte Material angesehen. Trotz gewisser Erfolge scheint auch deine letzte Unternehmung vor Kaikoura keine Ausnahme gewesen zu sein. Was sagst du dazu, William?«

Wieder sah sie zu dem älteren der Hardin-Brüder hin und forderte ihn mit einer Handbewegung zum Sprechen auf. Offensichtlich war es seine Aufgabe, Golombek eine längst feststehende Entscheidung mitzuteilen, die nicht er getroffen hatte. Während der ganzen Unterhaltung hatte Golombek nicht im Geringsten auf die beiden Männer geachtet. Ihm war bewusst, dass niemand außer C. C. bestimmte, was mit dem Etat von rund siebenhundert Millionen Dollar geschah, die der Einrichtung neben den beachtlichen Zuwendungen von privater Seite alljährlich von der Regierung der Vereinigten Staaten zur Verfügung gestellt wurden. Er achtete genau auf jede ihrer Regungen. Ihm war bewusst, dass William Hardin nichts als ihr Werkzeug war, das sie mittels eines niemandem außer ihr bekannten Wirkmechanismus aus der reglosen Finsternis zum Leben erweckte.

»Wir haben Ihre Berichte gelesen und gründlich geprüft, die

Fotos gesichtet und uns auch einen Teil der Filmaufnahmen des in Spanien angespülten Tieres angesehen. Auch wenn sich die bewussten Überreste in ziemlich schlechtem Zustand befinden, ließe sich durch unsere Spezialisten im Labor von Georgetown etwas Ausstellungsfähiges daraus machen, das seinen Platz an auffälliger Stelle in einem der Mollusken-Säle des Naturgeschichtlichen Museums finden könnte.«

Während sie jetzt wieder das Wort ergriff, schienen ihre Augen zu lächeln. »Erstens möchte ich nicht als geizige alte Schachtel gelten, und zweitens würde man im Smithsonian wieder einmal deinen Namen nennen, zumindest während der Werbekampagne. Das ist die angenehme Nachricht – es ist immer besser, man spart sich so etwas für den Schluss auf.«

Es gelang Golombek noch gerade rechtzeitig, seine Befriedigung nicht allzu offen zu zeigen.

»Eine Ausstellung! Ein ausgezeichneter Gedanke. Lassen Sie mich erklären, warum ich hier bin. Unser Unternehmen vor Kaikoura war gut geplant. Auch wenn ich keine Entschuldigung dafür habe, dass ich dieser denkwürdigen Einrichtung kein einziges Bild der dort lebenden Kalmare zur Verfügung stellen kann, gestatten Sie mir bitte anzumerken, dass wir trotzdem nicht gescheitert sind. Im Gegenteil haben wir einen Erfolg errungen. Verhielte es sich anders, ich hätte mich an die National Geographic Society gewendet und mich im kommenden Jahr mit mehr Geld noch einmal dorthin aufgemacht. Es ist mir gelungen, die Kosten für meine wissenschaftliche Expedition beträchtlich zu senken, indem ich dafür einen Mitarbeiter verpflichtet habe, der nicht nur das Tauchboot steuert, sondern auch die Kamera bedient, statt einen ganzen Trupp Fernsehleute mitzunehmen. Allerdings bin ich keineswegs ausschließlich aus finanziellen Gründen hier oder um Ihnen zu erklären, dass ich wieder einmal einen Versuch unternehmen möchte, *Architeuthis* auf Film einzufangen.«

Überrascht öffnete C. C. die Augen. »Ach nein?«

Lächelnd schüttelte Golombek den Kopf.

»Nein. Was ich vorhabe, geht weit über das hinaus und ist bedeutend wichtiger als alles, was je zuvor unternommen worden ist. Es handelt sich nicht einfach darum, Bilder eines Riesenkalmars zu bekommen – dazu bin ich dank einer neuen Kamera bereits jetzt imstande. Bei ihrer Konstruktion hat man einige meiner Gedanken verwirklicht, und daher werde ich Erfolg haben, wo andere gescheitert sind. Ich werde den Kraken, der in Legenden immer wieder auftaucht, in der Finsternis seiner Umgebung filmen, ohne ihn zu stören. Ich bin gekommen, um Ihnen zu erklären, dass er keineswegs eine mythologische Gestalt ist, sondern tatsächlich existiert. Er ist ebenso wirklich wie Sie und ich.«

Er lächelte befriedigt, als er merkte, dass es ihm gelungen war, ihr Interesse zu wecken. »Mein Assistent Albee hat meine Vorstellungen mit einer neuen Kamera-Konstruktion umgesetzt. Ich möchte Ihnen etwas vorschlagen, das Geschichte machen wird und weit über eine schlichte Fotosafari hinausgeht: eine einzigartige Expedition, bei der das Tier gefangen wird, das meiner festen Überzeugung nach Jules Verne zu seiner Erzählung angeregt hat und, wie ich vermute, noch weit geheimnisvoller ist als *Architeuthis* selbst. Die an der nordspanischen Küste angetriebenen organischen Überreste haben es mir ermöglicht, die Existenz eines weit ungewöhnlicheren Lebewesens nachzuweisen, als es der Riesenkalmar ist. Es ist kein anderer als der Krake, ein prähistorisches Lebewesen, das seit Tausenden von Jahren existiert, ohne dass wir fossile Zeugnisse von ihm besitzen. Ich habe ihm den Namen *Taningia golombiculae* gegeben, das heißt, es verdankt einen Namensbestandteil mir, seinem Entdecker. Wenn er erst unter Beachtung aller nötigen Vorkehrungen lebend gefangen ist, könnte er die spektakulärste Attraktion des Smithsonian werden. Es wäre ungefähr so, als würde man einen lebenden Dinosaurier fangen, um ihn dem Publikum vorzuführen.«

Das Kinn auf die gefalteten Hände gestützt, hörte C.C. aufmerksam zu. Zufrieden erkannte Golombek, dass ein neuer Glanz in ihre Augen getreten war.

Er hatte seinen Trumpf richtig ausgespielt.

»Du willst das Tier fangen? Den Kraken? Lebend?«, fragte sie. »Ist das denn möglich? Ich war bisher der Ansicht, dass Riesenkalmare sterben müssen, sobald sie an die Meeresoberfläche gelangen.«

»Soweit wir wissen, verhält es sich tatsächlich so. Für diese ungewöhnliche neue Art aber gilt das nicht. Während meines Aufenthalts in Spanien bin ich Menschen begegnet, die mir glaubwürdig versichert haben, dass sie das Tier lebend an der Meeresoberfläche gesehen hatten. Unter ihnen befinden sich Polizeibeamte, die darauf schießen mussten, um es zu töten. Bei der in meinem Labor durchgeführten Obduktion habe ich einige Stücke Blei gefunden, Überreste der Kugeln – ein hinreichender Beweis für die Zuverlässigkeit dieser Zeugenaussagen.«

Was den letzten Punkt anging, war Golombek bewusst von der Wahrheit abgewichen. Zwar hatte er die Aussagen der Beamten, aber keine Kugeln.

»Alastair, noch nie hat jemand einen Riesenkalmar gefangen und am Leben erhalten können, und erst recht kein Tier, wie du es beschreibst, diesen Kraken. Wieso glaubst du, Erfolg haben zu können, wo alle anderen gescheitert sind?«

»Ich habe nicht die Absicht, ein erwachsenes Exemplar zu fangen, auch wenn man diese Möglichkeit nicht ausschließen darf. Ich denke eher daran, es mit Hilfe seiner Eier zu klonen.«

Weiter lächelnd wartete er eine Weile, damit die Frau die Bedeutung des Gesagten erfassen konnte. Er spürte, dass sich die Waage zu seinen Gunsten neigte. Was er C.C. vorzutragen gedachte, stand nicht in den Berichten. Eine bewährte Vorgehensweise, die nie ihre Wirkung verfehlte: Keinesfalls durfte man von Anfang an alle Karten auf den Tisch legen.

»Unserer Überzeugung nach produziert die neu entdeckte Spezies eine Unmenge Eier und umgibt sie mit einem leuchtenden Schleim – Biolumineszenz. Ich habe ja bereits gesagt, dass ich nicht mit leeren Händen gekommen bin. Gewiss, vor Neuseeland hatten wir mit manchen technischen Schwierigkeiten zu kämpfen, aber unsere in Spanien durchgeführten Untersuchungen waren weit ertragreicher. So konnten wir Reste einer Schwimmweste bergen, die wohl jemand ins Hafenbecken geworfen hatte.«

»Ich bin mit den biologischen Einzelheiten der Kopffüßer nicht besonders vertraut, also solltest du mir das Ganze näher erklären«, forderte ihn C.C. auf.

»Gern. Auch wenn sich bei Autopsien gezeigt hat, dass die männlichen Riesenkalmare ein Zeugungsorgan von gewaltiger Größe besitzen, wissen wir nicht, auf welche Weise sich diese Tiere fortpflanzen. Wir wissen durch Untersuchungen kleinerer Kalmare, dass das Männchen das Weibchen umarmt und dabei eine Art Sack voller Samen in den Eileiter einführt, wo die Eier entstehen. Ihrer entledigen sich die befruchteten Weibchen im Ozean an Stellen, wo sie in der Nähe von Planktonmassen an die Oberfläche steigen oder sich an Gegenstände in der Tiefsee heften. Dort wachsen die Larven heran. Darf ich aufstehen? Ich fühle mich wohler, wenn ich beim Dozieren stehen kann. Das ist eine alte Angewohnheit von der Universität her.«

»Nur zu, Alastair. William kann auch dafür sorgen, dass man uns Tee bringt. Nicht wahr, William?«

Während Golombek mit seinem gründlich einstudierten Vortrag fortfuhr, sah er, wie der ältere Hardin den Raum verließ und der jüngere neben C.C. trat, die sitzen geblieben war.

»Bei näherer Untersuchung eines Stücks der Schwimmweste haben wir eine daran haftende Substanz entdeckt. Sie erwies sich unter dem Mikroskop als eine Unzahl unbefruchteter Eier, was mich zutiefst erstaunte. Bei den Cephalopoden findet die Befruchtung gewöhnlich während der Kopulation statt, doch hier scheint das nicht der Fall gewesen zu sein. Daraus leite ich die Hypothese her, dass ein männliches und ein weibliches Tier der Art *Taningia golombiculae* nahe der spanischen Stadt, in der wir uns befunden haben, an die Meeresoberfläche gekommen sind, um sich fortzupflanzen. Das weibliche Tier hat die Eier dort ausgestoßen, eine treibende Masse von Millionen, damit das männliche Tier sie mit seinem Sperma befruchtete, und hat sich dann davongemacht. Vermutlich ist das männliche Tier aus einem uns nicht bekannten Grund zwischen die Felsen geraten und konnte daher seine Aufgabe nicht erfüllen. Zwar ist diese Art der Befruchtung bisher bei keinem Cephalopoden belegt, doch wir haben es hier mit einem bisher gänzlich unbekannten Tier zu tun. Leider habe ich das Geschlecht des von uns aufgefundenen Exemplars bisher nicht feststellen können, aber die Eier befinden sich im Kühlraum meines Labors. Ich brauche jetzt nur noch etwas DNS eines männlichen Tieres. Dafür genügt ein frischer Rest, ganz gleich, wie wenig. Das bei der Obduktion vorgefundene genetische Material ist zu sehr beschädigt und würde den Erfolg unseres Vorhabens nicht gewährleisten.«

»Ein Klon!«, rief C.C. aus. »Sprichst du im Ernst?«

Golombek nickte. »Das ist eine der Möglichkeiten meines Projekts. Sofern die nötigen Mittel zur Verfügung stehen, lässt sich das technisch ohne weiteres durchführen, so utopisch es zu sein scheint. Es gibt aber auch noch einen anderen Weg. Wenn wir den Reproduktionsmechanismus dieser Tiere kennen, können wir aller Wahrscheinlichkeit nach dank der Biolumineszenz mit Hilfe der Einrichtungen an Bord unseres ozeanographischen Erkundungsschiffes, der *Rainbow*, große Mengen von Eiern auch dann einsammeln, wenn sie sich unterhalb der Wasseroberfläche befinden sollten. Die dürften nicht lange unbefruchtet bleiben und würden binnen kurzem in den Larvenzustand übergehen. Sie ließen sich mit einem speziellen Netz einfangen und an Bord bringen, wo sie weiterwachsen könnten – jeden Tag um ein Viertelprozent. Sobald wir eine gewisse Anzahl davon haben, können wir sie sozusagen züchten und hierher bringen.«

William Hardin kam mit einem Tablett, stellte es auf den Tisch und goss den Tee ein. C.C. nahm reichlich Zucker und bat dann Golombek, sich wieder zu setzen. An einem Ort, an dem man der Vergangenheit eine geradezu religiöse Verehrung entgegenbrachte, sah er darin ein gutes Zeichen.

Sie nahm einen Schluck aus ihrer Tasse, stand dann auf, trat an ihren Schreibtisch und fuhr liebkosend über dessen auf Hochglanz poliertes Holz.

»Wie lange würdest du brauchen, um die Sache auf die Beine zu stellen?«, fragte sie, allem Anschein nach von der glatten Tischfläche fasziniert.

Sonderbarerweise war das die Frage, die Golombek am meisten gefürchtet hatte. Am zweiten Tag nach seiner Ankunft in Luarca hatte er die *Rainbow* von Neuseeland aus nach Spanien in Marsch gesetzt, ohne zu wissen, ob seine Bemühungen, weitere Geldmittel aufzutreiben, Erfolg haben würden. Er wollte sich unbedingt sogleich an die Arbeit machen.

»Ich denke, zehn Tage genügen. Wenn es unbedingt sein muss, schaffe ich es auch in acht.«

Sie zeigte keine Überraschung.

»Acht Tage. Du scheinst deiner Sache ja ganz schön sicher zu sein.«

Er gab keine Antwort.

Sie wandte sich ihm zu. Auf ihrem Gesicht lag der Ausdruck tiefer Befriedigung.

»Die von dir verlangten sechs Millionen Dollar sind viel Geld. Zwar halte ich das Vorhaben für hinreichend interessant, trotzdem wirst du mit weniger auskommen müssen. Ich könnte äußerstenfalls ein gutes Drittel davon aufbringen. Ich muss dir wohl nicht erklären, dass man uns wie alle anderen Museen kurzhält. Den sinnlosen Kriegen, die wir in den letzten Jahren führen, verdanken wir, dass die Regierung unseres geliebten Präsidenten weitere Budgetstreichungen plant – und dabei unterstützt ihn seine Frau auch noch. Bei Licht besehen liegt da das ewige Problem mit den Präsidentengattinnen: Sie sind nichts weiter als gewöhnliche Statistinnen im Spiel ihrer Männer.«

Golombek spürte, wie sich sein Puls beschleunigte, als C. C. an ihrem Schreibtisch Platz nahm. Sie holte einen Schnellhefter aus der Schublade, setzte sich umständlich die Lesebrille auf, die ihr an einer Kette um den Hals hing, und begann, etwas auf einem

Briefbogen des Smithsonian zu notieren. Dann hob sie den Blick und sah ihn über die Brillengläser hinweg an. Obwohl er wusste, dass es sich um eine Anweisung handelte, Gelder an ihn auszuzahlen, wagte er nicht, das Blatt an sich zu nehmen. Sie hielt es weiterhin fest in der Hand, während sie ihm entschlossen mitteilte: »Ich gebe dir zweieinhalb Millionen Dollar und keinen Cent mehr. Dieser Betrag muss für dein Vorhaben genügen. Ich erwarte, dass du das Projekt exklusiv in Zusammenarbeit mit uns durchführst und weder zusätzliche Beträge bei anderen Stellen einwirbst noch irgendjemandem eine Beteiligung anbietest. Für den Fall, dass du meine Bedingungen akzeptierst, haben Robert und William den Vertrag morgen zur Unterschrift fertig. Es werden keinerlei Änderungen daran vorgenommen. Im Übrigen gefällt mir deine mutige Entscheidung, dich sogleich an die Arbeit zu machen. Du bekommst deine zehn Tage Vorlauf. Wenn du länger brauchst, wird unsere Zuwendung vollständig gestrichen. Ein Zurück gibt es nicht.«

Zweieinhalb Millionen, ging es Golombek durch den Kopf. Er würde seine Besatzung stark verringern und das Gehalt der Männer kürzen müssen, aber er würde mit dem Geld auskommen. Seines Wissens lag die *Rainbow* bereits im Hafen von Gijón vor Anker. Er nickte zustimmend und nahm C.C. das Blatt aus der Hand. Er wagte nicht, es zu falten.

»Ich bin überzeugt, dass Sie Ihre Entscheidung nicht zu bereuen brauchen.«

Die Brüder Hardin gingen zur Tür, ein Hinweis darauf, dass die Unterredung beendet war. Golombek folgte ihnen. Doch bevor er hinausging, sagte C.C., die wieder aufgestanden war, mit beherrschter Stimme: »Eins noch, Alastair. Das Geld kommt aus dem Etat eines Museums, und das bedeutet, dass es auf keinen Fall vergeudet werden darf. Solltest du mit deinem Vorhaben Schiffbruch erleiden und mit leeren Händen zurückkehren, werde ich persönlich dafür sorgen, dass mit deiner wissenschaftlichen Laufbahn Schluss ist. In dem Fall wirst du hier in Washington nie wieder eine Anstellung bekommen, weder als Lehrstuhlvertreter noch auch nur als Lehrer für Naturwissenschaften an einer höheren Schule.«

Dann schloss William, auf dessen Zügen nach wie vor das festgewachsene Lächeln lag, die hohe weiße Tür.

12

Die Heimkehr

Nach Moskau, Ende März 2005

Noch eine Viertelstunde bis zur Landung der Maschine der American Airlines auf dem Moskauer Flughafen Scheremetjewo. Es war ein langer Flug gewesen. Nadja schlief, den Kopf an die Schulter ihrer Mutter gelehnt. Während die Maschine im Sinkflug Wolkenbänke durchstieß, sah Nora durch das von Eiskristallen bedeckte Fenster.

Die unübersehbar draußen herrschende Kälte rief in ihr Erinnerungen an endlose Wintermonate in Moskau wach, an die hohen Schneehaufen vor der Fassade der Universität, deren Fensterrahmen sich unter dem Einfluss der Zeit und des Wetters verzogen hatten. Vergeblich hatten die Studenten sich aufzuwärmen versucht. Die wenigen, die Nora mit ihren neun Jahren gekannt hatte, waren verpflichtet gewesen, während der Unterrichtsveranstaltungen Anhänger mit dem Sowjetstern zu tragen, während um ihren Hals der Schlüssel zu der Wohnung gehangen hatte, in der ihr Onkel Robert, der sich um ihre Erziehung kümmerte, gemeinsam mit mehreren Kollegen von der Universität lebte. Weil er dort Professor war, hatte Nora durch die ungeheizten Korridore streifen und das Wäldchen nahe den Universitätsgebäuden erkunden dürfen, während ihre Alterskameraden zur Schule gingen. Schon mit zehn Jahren hatte sie von den als Hohmann-Übergängen bekannten Raumflugbahnen gehört, die man zum Erreichen des Planeten Mars berechnet hatte. Mit elf Jahren, kurz bevor ihr Onkel beschlossen hatte, sich gemeinsam mit ihr in die Vereinigten Staaten abzusetzen, war sie in der Lage gewesen, aus dem Kopf zu sagen, wie lange der Hin- und Rückflug zum Mars vermutlich dauern würde: zwei Jahre und acht Monate.

Ihr ging durch den Kopf, dass ihr Onkel sie damals in Moskau nicht hatte zur Schule schicken können, womit er sie um ihre Kindheit gebracht hatte, wie auch, dass sie ihre Tochter nicht von den Dingen fernhalten konnte, die ihr jetzt so große Sorgen verursachten.

Nur noch verschwommen erinnerte sie sich an das andere, was damals gewesen war: an die Unterleibsschmerzen mit fünf Jahren wegen des widerlichen Milchpulvers im Kindergarten, ihr sprachloses Staunen beim Anblick einer Puppe, die ihr jemand gezeigt hatte, als sie noch keine zehn Jahre alt war. Als kleines Mädchen hatte sie allein zu Fuß den Heimweg von der Universitätsbibliothek zurückgelegt, fast eine volle Stunde, und war dann die hundertneunundvierzig Stufen zur Wohnung emporgestiegen, wobei sie jede einzelne gezählt hatte. Anschließend hatte sie mit ihrem Atem den Eiszapfen gewärmt, in den sich der Schlüssel verwandelt hatte, bevor sie ihn ins Schloss gesteckt hatte, um die Tür aufzuschließen.

Noch immer war das Flugzeug in eine watteartige Masse gehüllt. Sobald sich eine Lücke darin zeigte, konnte man ein Stück Erde sehen, die Moskwa und auf ihr große Schiffe. Sie erinnerte sich nicht, früher solche Schiffe auf dem Fluss gesehen zu haben. Immer wieder betrachtete sie das Foto ihres Onkels Robert Pulaski. Sie hatte die Teile, die Nadja ihr gegeben hatte, wieder zusammengeklebt. Sie lächelte. Wegen der zierlichen Frau mit hellen Augen neben ihm sah er auf dem Bild doppelt so klobig aus, wie er in Wirklichkeit war. Auf der Rückseite des Fotos stand ein anderer Name, Wladimir Tschakenko, und eine Telefonnummer. Nora fühlte sich versucht, das Foto erneut zu zerreißen, richtete dann aber lieber den Blick auf die Masten der Hochspannungsleitung, die vor dem Fenster sichtbar wurde, während im Flugzeuginneren der Hinweis aufleuchtete, man möge die Sicherheitsgurte anlegen.

Es waren nur noch drei Tage bis zum Start der *Mars Eternity* vom Weltraumbahnhof Baikonur in Kasachstan. Zwar hatten ihre Vorgesetzten sie von der Teilnahme an der Mission ausgeschlossen, ihr aber gestattet, beim Start dabei zu sein. Es war das Mindeste, was sie hatten tun können. Den Maulwurf, das heißt die Bohreinrichtung zur Entnahme von Gesteinsproben, würde der Holländer De Wicke bedienen, was niemanden überraschte. Manche Journalisten hatten scherzend gesagt, dass die NASA im Begriff stehe, einer anderen Welt Gewalt anzutun. Sie musste lächeln; so mancher würde in der Beteiligung des Holländers mit seinem Bohrgerät eher einen Witz als einen herausragenden Beitrag an der Mission sehen.

Die Maschine flog den Terminal zwei des Flughafens in einer weiten Kurve an, was einige der Fluggäste aus der Stumpfheit riss, in die sie, Folge eines langen Fluges, verfallen waren. Nadja schreckte nicht einmal auf, als das Fahrgestell mehrfach hart ruckend auf der Rollbahn aufsetzte. Langsam öffnete sie die großen grünen Augen und streckte sich. Dann nahm sie die Stöpsel ihres iPods aus den Ohren und verstaute sie in einer ihrer Taschen.

Es schien Nora unglaublich, dass das Kind bei der Musik aus diesem weißen Kästchen schlafen konnte.

»Sind wir schon da? Ich hab Durst«, sagte sie und drängte sich dann dicht an Nora, um aus dem Fenster einen ersten Blick auf das Geburtsland der Mutter zu werfen. Draußen sah man die Fassade des Flughafengebäudes mit dem Namen in roten Leuchtbuchstaben.

»Wie hässlich«, rief sie aus. »Da gefällt mir Pasadena aber viel besser.«

In einem schlecht beleuchteten Raum mit bedrückender Atmosphäre mussten sie unendlich lange auf die Abfertigung warten. Die gut aussehenden Beamtinnen in ihren grünen Uniformen übernahmen in ihren Kabinen vor erdfarbenen Bildschirmen schweigend die Daten aus den Pässen der Fluggäste. Als eine von ihnen Noras Pass nahm, kreuzten sich einige Sekunden lang beider Blicke. Nora musste an den Stolz und die Dickköpfigkeit ihres Onkels denken, der nach seiner Ankunft in den Vereinigten Staaten darauf bestanden hatte, seinen Namen zu behalten.

Sie blinzelte. Die negativen Auswirkungen seiner Flucht schienen für sie, die damals elf Jahre alt war, kein Ende zu nehmen. Die Kälte, die Schwierigkeiten, Benzin für das Auto zu beschaffen, die Hoffnung, dass der Wagen durchhielt… ganz zu schweigen von Noras von vornherein nicht erfüllbarem Wunsch zu schlafen, bevor sie auf dem Landweg Noworossisk am Nordufer des Schwarzen Meeres erreicht hatten.

Dann das Schlimmste von allem: die Überquerung jenes sauerstoffarmen eiskalten Gewässers, der Fieberschauer, der sie nicht hatte schlafen lassen und sich auf ihre Wolldecke übertrug, sodass diese ihr die Schulter wundrieb. Auf der Koje unter ihr das Schnarchen des Onkels, der fest überzeugt war, dass sein Plan gelingen werde, sich nach Bulgarien durchzuschlagen. In Nesebăr, einem verwinkelten Städtchen aus weißen Häusern mit rötlichen Dächern am Rande jenes verhassten Meeres, hatte sie sich ein wenig erholt und den besten Fisch gegessen, den sie in ihrem kurzen Leben je bekommen hatte. Von da an hatte sich alles beschleunigt. Bulgarien als logischer Übergang nach Griechenland, ihr erster Aufenthalt in einem demokratisch regierten Land. Die Zeit in Nordspanien, vorletzte Station vor dem endgültigen Sprung in die Vereinigten Staaten, war für Nora der angenehmste Teil des ganzen Unternehmens gewesen. Während ihr Onkel seinen genauestens vorausberechneten Weg gegangen war, der ihn in die NASA führen sollte, mit dem Ziel, auf den Mars zu gelangen, hatte sie in Spanien die letzten, lediglich von Zeit zu Zeit durch Regenschauer getrübten, Sommer ihrer Jugendzeit verbracht.

Sie öffnete die Augen. Die Beamtin prüfte ihr Visum und das ihrer Tochter, beide Bürgerinnen der Vereinigten Staaten, die Moskau im 21. Jahrhundert besuchten. Nora wechselte einige

Worte auf Russisch mit der jungen Frau, die die Pässe stempelte und sie lächelnd zurückgab. Als sie die Pass- und Zollkontrolle hinter sich hatten, blieb sie stehen, sog die Luft ein, fasste Nadja bei den durch das Schwimmtraining kräftig ausgebildeten Schultern und drückte sie kurz an sich.

Sie war wieder zu Hause.

Fast jeder um sie herum hatte ein Mobiltelefon in der Hand und versuchte, jemanden zu erreichen. In breiter Linie standen vor dem Ausgang Menschen, die gekommen waren, Reisende abzuholen. Wie an jedem internationalen Flughafen hielten viele ein Schild mit darauf geschriebenen Namen hoch. Vergeblich suchte Nora den ihren. Allmählich löste sich die Schar der Abholenden auf.

»Ich glaube, dein Freund Wladimir ist nicht gekommen«, sagte Nora.

»Das ist nicht mein Freund«, gab Nadja zurück. »Bist du sicher, dass du ihm gesagt hast, wann wir ankommen?«

Nora hatte die Nummer, die Tschakenko hinten auf das Foto ihres Onkels geschrieben hatte, kurz vor dem Abflug angerufen. Statt seiner hatte sich eine russische Telefonistin des Unternehmens TakOil LEM Resources gemeldet und sie an Tschakenkos Sekretärin weitergeleitet. Diese hatte ihr in einwandfreiem Englisch mitgeteilt, er werde sich »mit Ihnen in Verbindung setzen« und auch beim Start der *Mars Eternity* anwesend sein. Sie hatte sich von Nora die Flugnummer geben lassen und zugesagt, man werde dafür sorgen, dass sie und ihre Tochter am Flughafen abgeholt würden.

»Frau Doktor Pulaski?«

Ein Mann, dessen schwarze Haare unter seiner Mütze hervorquollen, hielt ein Schild mit der Aufschrift »Doktor Pulaski« in der Hand. Nora sah sich um. Inzwischen waren sie praktisch allein. Als sie stumm nickte, sagte er: »Erfreut, Sie kennenzulernen. Ich bin Wladimir Tschakenko.«

Nora spürte, wie Nadja ihren Unterarm kräftig drückte, um ihr zuzuflüstern: »Das ist nicht der, der mit mir gesprochen hat.«

»Was sagst du da?«

Der Mann erklärte mit breitem Lächeln, bei dem ein Goldzahn aufblitzte: »Ihre Tochter muss sich irren. Wir hatten uns verabredet, um über Ihren Onkel Bob zu reden.«

Nadja schüttelte den Kopf.

»Sie irren sich, tut mir leid. Komm, Nadja«, sagte Nora und zog sie am Arm von dem Unbekannten fort. Nur gut, ging es ihr durch den Kopf, dass alles, was sie brauchten, in ihrem Rucksack war. Sie hatte etwas gegen Koffer.

Ohne sich vom Fleck zu rühren, nahm der Mann ein Mobiltelefon heraus, wählte eine Nummer und sagte etwas. Nora spürte, wie sich ihr Herzschlag beschleunigte.

»Bist du deiner Sache sicher, Nadja?«

»Hältst du mich für dumm, Mama? Er ist es bestimmt nicht. Der Mann, der mit zu uns nach Hause gekommen ist, hatte blaue Augen, war blond und elegant.«

Nora wandte sich erneut zu dem Mann mit der Mütze um, doch er war wie vom Erdboden verschluckt.

Sie war sicher, dass man sie beschattete. Sie sah einen Mann, der mit einer Zeitung in der Hand dasaß, die er ein wenig gesenkt hielt, um über ihren Rand hinwegblicken zu können. *Großer Gott, das ist ja wie in einem miesen Spionagefilm*, dachte sie. Ein weiterer Mann lehnte an einer Vitrine mit einer Leuchtreklame für Samsung-Fernseher und rauchte scheinbar in Gedanken verloren. Ob er sie beobachtete? Ein dritter näherte sich ihnen und bot ihnen an, sie mit seinem Taxi in die Stadt zu fahren. Nadja, die sich an Noras Arm festklammerte, sagte mit einem Mal: »Da ist er.« Sie wies mit dem Finger.

»Wer?«

»Der von vorhin, mit der Mütze. Er hat sich da hinter der Säule versteckt.«

Niemand war zu sehen.

»Jedenfalls bleiben wir nicht hier.«

»Warum rufst du nicht Wladimir an, Mama?«

»Was sagst du da?«

»Du hast doch seine Nummer. Auf dem geflickten Foto.«

Ach ja, natürlich. Nora suchte nach einer Möglichkeit zu telefonieren. Bei der Passkontrolle hatte sie Telefonzellen gesehen. Sie suchten eine Weile, bis sie schließlich in der Nähe eines Kiosks für Tabakwaren und Spirituosen mehrere freie Telefonzellen fanden. Dann aber fiel Nora ein, dass sie kein russisches Hartgeld hatte. Als sie auf einer großen Leuchtreklame eine schöne junge Frau mit einem Nokia-Telefon in der Hand sah, bedauerte sie, kein Mobiltelefon gekauft zu haben. Sie kam sich unvernünftig vor. Inzwischen war sie bereit, diesem Fiesling von Tschakenko ihre ganze aufgestaute Wut entgegenzuschreien.

»Ich habe nur Scheine.«

Nadja sagte achselzuckend: »Na und? Dann kaufen wir eben ein paar Süßigkeiten.«

Schon bald darauf legte Nora mit ernster Miene den Hörer auf.

»Was ist?«, wollte Nadja wissen.

»Dein Freund Tschakenko lässt sich durch seine Sekretärin entschuldigen. Sie sagt, er sei verhindert gewesen und werde auch nicht beim Start dabei sein. Er habe alles vorbereitet und wir würden ihn am Weltraumbahnhof von Baikonur sehen. Wir bleiben einfach ein paar Tage länger da.«

»Mama, er ist nicht mein Freund.«

»Ich weiß. Aber wer war der andere da vorhin? Wieso hat er von Onkel Bob gesprochen? Wir sollten zusehen, dass wir so schnell wie möglich von hier verschwinden.«

Sie zwängten sich durch die vor dem Flughafengebäude geparkten Autos und ließen das Chaos und die Gefahren hinter sich. Wie schön wäre es gewesen, wenn ein Vorgesetzter sie mit einer schwarzen Mercedes-Limousine abgeholt hätte!

Als einziger Trost blieb Nora das Bewusstsein, dass die NASA für alle Mitarbeiter für die Tage, bis sie nach Baikonur aufbrachen, Zimmer im selben Moskauer Hotel reserviert hatte, dem über hundert Jahre alten Royal Meridien National.

Nadja war von den Kopien antiker Standbilder hinter der Drehtür und den herrlichen Kronleuchtern an der Decke der Hotelhalle ganz begeistert.

Als sich Nora in ihrem Zimmer ein Glas Milch eingoss, sah sie, dass Nadja bereits eingeschlafen war. Sie deckte ihre Tochter zu, strich ihr über das Haar und gab ihr einen Kuss. Zum ersten Mal seit langem hatte sie nicht das Bedürfnis, die Fenster zu öffnen. Ganz offenkundig hatte der Mann am Flughafen die Unwahrheit gesagt. Das konnte nichts Gutes bedeuten.

Sie setzte sich an den kleinen Schreibtisch und breitete die Blätter vor sich aus, auf denen sie alles notiert hatte, was ihr von Richardsons Analyse in Erinnerung geblieben war: Epoxidharz, Xenon und die unverkennbare Isotopenmarkierung mit den Anteilen der in der Marsatmosphäre enthaltenen Gase. Sie besaß nur noch den Brief ihres Onkels an Richardson, in dem als Einziges von allem, was er geschrieben hatte, die Aussage einen Sinn ergab, dass sie den Mars unbedingt aufgeben müsse.

Auch ein Foto ihres Onkels lag auf dem Tisch, eine Aufnahme, die offenkundig in einem Labor gemacht worden war, denn man sah Reagenzgläser, Kulturschalen und ein Becken mit Wasserhahn. Ein Labor wie alle anderen auf der Welt, nur dass hier ein Lichtkreis alle Gegenstände wie ein Heiligenschein umgab.

Sie richtete den Blick auf den Briefkopf, den sie mit rotem Filzstift gekennzeichnet hatte: »Smolensko-Institut für Organische Chemie.« Kein Hinweis auf eine Universität, obwohl es dort sicher ein chemisches oder vielleicht auch ein mikrobiologisches Labor gab. Bevor sie das Flugzeug bestiegen hatte, war es ihr gelungen, etwas über die Adresse des Instituts zu erfahren – ein indirekter Verweis im Brief eines nordamerikanischen Astronauten, der seine Eindrücke beim Besuch der etwa vierzig Kilometer östlich von Moskau gelegenen Sternenstadt geschildert hatte, dem Ausbildungszentrum, das den Namen des Kosmonauten Juri Gagarin trug. Darin war die Rede von einem »der Erinnerung an Konstantin Smolensko gewidmeten Gebäude« gewesen.

Es schien eine besondere Ironie darin zu liegen, dass ihr Onkel ganz wie Richardson zum Schluss ebenfalls an einem Ort gearbeitet hatte, wo künftige Raumfahrer die Auswirkungen der Schwerelosigkeit in einem Tauchbecken kennenlernten. Es mochte sich dabei einfach um einen Zufall handeln, vielleicht aber war es auch mehr.

Außerdem stand da »Erdöl?«

Zwar war Pulaski ein glänzender Mikrobiologe gewesen, doch wusste Nora sehr wohl, dass ihn die Geologie schon von klein auf fasziniert hatte. Daher war es ohne weiteres möglich, dass er mit der Sache zu tun hatte – nur auf welche Weise?

Nadjas Unruhe lebte wieder auf, als sie am nächsten Tag mit der Mutter im Taxi durch eine trostlose Umgebung fuhr. Immer wieder behauptete sie, sie sehe Leute, die sie nicht aus den Augen ließen. Als der Wagen nicht weit von Swesdny Gorodok unmittelbar außerhalb Moskaus vor einem grauen Gebäude anhielt, das ein verrosteter vierzackiger Stern krönte, entdeckte sie, während sie ein Foto machte, jemanden zwischen den Bäumen. Nicht einmal als sie das Schilderhaus am Eingang zur Sternenstadt hinter sich hatten, wo Soldaten in schlecht sitzenden khakifarbenen Mänteln Noras Dienstausweis geprüft hatten, konnte sie ihre Bangigkeit ablegen. Gerade als sie am Denkmal für Juri Gagarin vorüberkamen, an dessen Sockel frische Blumen lagen, sah sie einen Mann mit blonden Haarsträhnen, der eine schwarze Lederjacke trug. Er hatte es sich auf einer der Stufen bequem gemacht, rauchte und lächelte ihr zu.

»Mama, er hat mich angesehen. Er ist mir unheimlich«, erklärte sie.

»Sicher ein Arbeiter, der sich eine kurze Pause gönnt«, versuchte Nora sie zu beruhigen.

Ein weiterer Mann, der nichts zu tun zu haben schien, lehnte an der Eingangstür des Gagarin-Museums. Nora merkte, dass die beiden einander kurz ansahen, dann warf der auf den Denkmalstufen Sitzende seine Zigarette fort, erhob sich und ging zu dem anderen am Museumseingang. Die beiden sprachen so leise miteinander, dass Nora nichts verstehen konnte. Dann betraten sie das Gebäude.

»Gehen wir auch rein?«, wollte Nadja wissen.

»Warte erst mal hier.«

Nora erkundigte sich bei einer der Angestellten im Museumsladen nach dem Smolensko-Institut. Es lag weniger als fünf Fußminuten entfernt.

Als sie das Gebäude erreicht hatten, einen von Bäumen umstandenen Ziegelbau auf einem von Unkraut und Gestrüpp überwucherten Gelände, verharrte sie eine Weile in Gedanken verloren. Hier also hatte sich ihr Onkel aufgehalten, zumindest zu Anfang des Jahres noch.

Kein Schild wies auf den Zweck des Gebäudes hin. Der Haupteingang, den man über mehrere Stufen erreichte, war durch Ketten mit mehreren Vorhängeschlössern gesichert. Da sie nicht den geringsten Anflug von Rost aufwiesen, mussten sie ziemlich neu sein. Umweit des Gebäudes stand an der Straße ein Kiosk. Als Nora und Nadja sich ihm näherten, um nachzufragen, zeigte sich, dass er halb verfallen war. Hinter den Scheiben sah man ausgebleichte Zeitschriften, Spielzeug mit Preisschildern, die im Lauf der Zeit unleserlich geworden waren, Nachbildungen von Pistolen und Militärhelmen aus Plastik sowie billige Mützen. Außerdem gab es Getränke und große Gläser mit Dörrobst. Eine Frau mit einem Kopftuch stapelte rote Äpfel zu kleinen Pyramiden auf.

Nora trat näher, begrüßte die Alte und kaufte einige Äpfel. Nachdem sie Nadja einen gegeben hatte, verwickelte sie die Frau in ein Gespräch. Sie klagte, das Geschäft gehe schlecht, und erklärte mit einer Stimme, die wie das Krächzen eines Vogels klang, sie verkaufe so gut wie nichts, weil kaum noch jemand dort vorüberkomme. Wenn es so weitergehe, werde sie ihren gesamten Warenbestand zu einem lachhaft niedrigen Preis abstoßen und den Kiosk schließen müssen.

Nadja fragte nach dem Grund für ihre missliche Lage.

Obwohl ihr die Fragerinnen lästig zu sein schienen, berichtete die Frau, alles habe damit angefangen, dass Soldaten die Schlösser am Eingang des Gebäudes zerstört und die Tür unter wilden Flüchen mit geschwungenen Waffen eingetreten hätten, ohne aber hineinzugehen. Anschließend sei ein weiterer Militärlastwagen gekommen, aber nicht mit Soldaten, sondern mit Männern, die »wie Kosmonauten« gekleidet waren. Verwundert sah Nadja ihre Mutter an. Wieso waren die hineingegangen und die Soldaten nicht? Dann habe einer der Soldaten ihren Kiosk gesehen und die anderen herbeigerufen. Gemeinsam hätten sie die Frau hinausgezerrt und auf die Straße getrieben. Auf ihren Einspruch hin habe einer von ihnen sie mit erhobenem Gewehrkolben bedroht. Unmittelbar bevor sie gegangen sei, habe sie noch sehen können, dass die »Kosmonauten« Menschen aus dem Gebäude herausgeschleppt hätten, allem Anschein nach Kranke.

Weiter erklärte sie, drei Wochen lang habe sie ihren Kiosk nicht betreten können. Bei ihrer Rückkehr dann habe sie feststellen müssen, dass man ihn ausgeplündert hatte. Mit typisch russischem Stolz erklärte sie, sie werde sich nicht mir nichts dir nichts vertreiben lassen, sondern sich bemühen, ihren Handel wieder in Gang zu bringen. Durch die Schuld der Soldaten seien die Aussichten dafür allerdings äußerst gering.

Das Ganze habe Anfang Februar stattgefunden. Darüber hinaus sei weiter nichts geschehen und sie habe, von der Plünderung abgesehen, in den folgenden Wochen nichts Ungewöhnliches bemerkt. Niemand habe ihr Anweisungen erteilt, und sie sei auch nicht wieder belästigt worden.

Nora nahm einen Hundert-Rubel-Schein aus der Tasche, gab ihn der Frau und drückte ihr Bedauern über ihre unglückliche Lage aus.

Überrascht und dankbar umklammerte diese den Schein, legte einige Äpfel in eine Tüte und bot sie den Besucherinnen an. Beide wiesen das Geschenk zurück, doch die Alte bestand auf ihrer Gabe, und so mussten sie sie schließlich nehmen. Als sie sich verabschiedeten, verneigte sich die Frau mehrfach ehrerbietig.

Nadja hatte trotz des üppigen Hotelfrühstücks Hunger und

biss kräftig in ihren Apfel. Mit vollem Mund kauend fragte sie: »Was das mit den ›Kosmonauten‹ wohl zu bedeuten hat? Und meinst du, dass die Männer deinen Onkel gekannt haben?«

»Das waren bestimmt keine Kosmonauten, Nadja.« Nora konnte sich nicht vorstellen, dass sie in Raumanzügen in der Öffentlichkeit in Erscheinung traten.

Das Ganze war eine militärischen Einrichtung, auch wenn man mit Ausnahme der Wachsoldaten an der Einfahrt auf das Gelände kaum etwas davon merkte und auf dem Gelände keine Militärfahrzeuge zu sehen waren. Nora sah, dass im Obergeschoss einige Fensterscheiben zerbrochen waren. Ob dort Onkel Bob gearbeitet hatte? Es gab keine Möglichkeit, sich Gewissheit zu verschaffen. Sie beschloss, einmal um das Gebäude herumzugehen. Dabei entdeckte sie im Erdgeschoss ein Fenster, dessen Scheiben zur Hälfte fehlten.

»Was hast du vor, Mama? Gehen wir jetzt noch ins Museum?«

Nora sah sich suchend um. Niemand war zu sehen. In den sechziger Jahren hatte dieser Anlage die Aufmerksamkeit aller westlichen Geheimdienste gegolten, jetzt aber sah es so aus, als könnte man sich dort völlig frei und ungehindert bewegen. Die Gebäude wurden nicht einmal von außen bewacht.

Trotzdem dürfte ihr Vorhaben nicht ungefährlich sein. Was, wenn man sie entdeckte? Lohnte es sich, das mit dem Eindringen in ein aufgegebenes Institutsgebäude verbundene Risiko auf sich zu nehmen?

Sie fasste Nadja am Arm. »Rühr dich nicht von hier weg, hörst du? Ich bin in spätestens fünf Minuten zurück.«

Sie holte tief Luft und machte sich auf. Durch das schadhafte Fenster gelangte sie in einen Korridor, von dem eine Treppe nach oben und eine andere in den Keller führte. Sie beschloss, sich im ersten Stock umzusehen.

Darauf bedacht, möglichst kein Geräusch zu machen, wich sie vorsichtig den Glassplittern aus, die auf dem Treppenabsatz lagen. Obwohl das Licht nicht funktionierte, konnte sie recht gut sehen. Während sie sich langsam ihren Weg bahnte, warf sie einen

Blick auf die geologischen Karten an den Wänden. Sie zeigten Lagerstätten von Bodenschätzen in verschiedenen Gegenden Russlands und in ehemaligen Sowjetrepubliken, unter ihnen auch Kasachstan. An den offenstehenden Türen zu den einzelnen Räumen las sie die Namen der Wissenschaftler, die dort tätig gewesen waren. In der Luft hing ein Gemisch von Gerüchen, wie sie in der chemischen Industrie üblich sind. Sie bückte sich, um die Etiketten auf Glasbehältern zu lesen, die auf dem Boden standen: Glutaraldehyd, Formaldehyd und Wasserstoffperoxid: lauter starke Mittel, die zum Sterilisieren von Laborinstrumenten dienten, mit denen man aber auch Wohnräume und ganze Gebäude desinfizieren konnte. Ob die auch bei Notfällen im Zusammenhang mit mikrobiologischen Arbeiten eingesetzt wurden? In den Ecken des Korridors und hinter den Türen der einzelnen Laborräume sah sie weitere solcher Gefäße. Offensichtlich war das ganze Gebäude in so großer Eile entseucht worden, dass man sich nicht einmal die Mühe gemacht hatte, die Spuren zu tilgen und die Reste mitzunehmen. Sie konnte sich den Schrecken der Kioskbetreiberin gut vorstellen: das Gebrüll, mit dem die Soldaten die Tür eingetreten hatten, um den in ABC-Schutzanzüge gekleideten und mit Atemschutzgeräten ausgerüsteten Männern Zutritt zum Gebäude zu verschaffen.

Vermutlich hatte man eine ganze Reihe von Leuten auf Tragen hinausbringen müssen.

Als sie das Namensschild an der letzten Tür des Ganges las, von dem aus die Treppe in die nächste Etage führte, beschleunigte sich ihr Puls: R. Pulaski. Das Labor ihres Onkels.

Sie stieß die Tür auf und sah sich einem Tohuwabohu gegenüber. Bücher über Mikrobiologie und Geologie lagen inmitten von Bruchstücken der Regale und Scherben von Fensterglas zerrissen am Boden. Die Desinfektionsflüssigkeiten hatten die Blätter verfärbt und gewellt. Der Labortisch war umgestürzt und auch die Stühle. Man hatte alles von den Wänden heruntergerissen und zu Boden geschleudert, sodass sie Acht geben musste, um über nichts zu stolpern. Sogar die Schubladen waren aus den Möbeln herausgezogen. Große weiße Flecken bedeckten das Holz und die Wände – vermutlich hatte man alles mit Desinfektionsmitteln besprengt.

Die Leute hatten ganze Arbeit geleistet. Als sie versehentlich gegen eine halb heraushängende Schublade stieß, wäre diese fast zu Boden gefallen. Weil sie dabei ein Geräusch verursacht hatte, blieb sie eine Weile ruhig stehen, hörte aber nichts als ihren eigenen Atem. Dann entdeckte sie zwischen den Papieren ein Stück eines Schwarzweißfotos. Sie nahm es an sich. Fast atemlos vor Überraschung sah sie sich selbst, eine Nora Pulaski mit ernsthaftem Gesichtsausdruck, kurz geschnittenem links gescheitelten Haar und einem T-Shirt, wie man es in jedem beliebigen Laden in Südkalifornien kaufen konnte – nur dass sie dreißig Jahre jünger war.

Sie erkannte weitere Mitglieder der *Viking*-Mannschaft: R. Roscoe, den Franzosen Maurice De Vries … Die anderen fehlten; sie waren auf dem abgerissenen Stück. Auf ihrer rechten Schulter lag eine Hand, die ihr bekannt vorkam. Vermutlich gehörte sie ihrem Onkel Robert. Auch sein Gesicht fehlte. Die Aufnahme hatte jemand im Kontrollzentrum von Pasadena von den Mitarbeitern am Projekt *Viking* gemacht, der »unbesiegbaren Mannschaft«. Über allem lag das herrliche Licht des kalifornischen Sommers von 1976, das man in Moskau nirgendwo hätte finden können.

Ob man das Bild ohne Hintergedanken zerrissen hatte? Immerhin waren die Leute, die dies Durcheinander angerichtet hatten, auf der Suche nach ihrem Onkel gewesen.

Sie hörte Schritte auf dem Korridor und trat rasch hinter die Tür. Ein Schatten lief über die gegenüberliegende Wand. Jemand, der sich dort offenbar gut auskannte, ging mit großen Schritten vorüber. Ob er schon vor ihr im Gebäude gewesen war? Hoffentlich war es nur ein Wächter, der seine Runde machte.

Sie dachte an Nadja, die draußen auf sie wartete.

Dummkopf!, verfluchte sie sich im Stillen. Die Schritte entfernten sich nach oben, ganz ruhig, ohne Übereilung. Möglichst leise glitt sie aus dem Raum. Sie hatte ihre Tochter im Stich gelassen, eine verantwortungslose Mutter. Jedes Knarren der Bodendielen steigerte ihre Besorgnis. Sie hatte Nadja einer Gefahr ausgesetzt. Sie spürte, wie ihr Schweiß im Nacken hinablief.

Sie musste die Treppe erreichen, die ins Erdgeschoss führte. Am liebsten hätte sie laut nach ihrer Tochter gerufen, einfach, um ihr schlechtes Gewissen zu beruhigen. Aber würde man sie dann nicht erst recht entdecken? So rasch sie konnte, arbeitete sie sich durch den Korridor voran. Sie hörte schnelle Schritte über sich. Jemand rannte. Gleich darauf ertönte ein unterdrückter Schrei, der im nächsten Augenblick verstummte.

Sie eilte die Stufen hinab, ohne auf den Lärm zu achten, den sie dabei verursachte. Sie begann zu keuchen. In das Gebäude zu gelangen war sehr viel leichter gewesen, als es zu verlassen. Sie spürte, wie im Fensterrahmen sitzende Glasreste den Stoff ihrer Windjacke zerfetzten. Sie sprang auf den Rasen und richtete sich sogleich wieder auf. Das grelle Licht ließ ihre Augen schmerzen.

Von Nadja war nichts zu sehen.

Sie umrundete das Gebäude. Am Kiosk vor dem Haupteingang war niemand. Das Atmen verursachte ihr Schmerzen. Noch einmal ging sie um das Gebäude herum und spähte aufmerksam in alle Richtungen. Vielleicht hatte sich Nadja, des Wartens müde, unter einen Baum gelegt, um sich auszuruhen. Oder ein Wachposten hatte sie entdeckt und mitgenommen. Ein in Tarnfarbe lackierter Lastwagen fuhr vorüber. Die Soldaten auf der Ladefläche rauchten und gähnten. Sie sahen nicht einmal zu ihr her.

Sie senkte den Blick. Vor ihren Füßen lag das Kerngehäuse eines Apfels. Sie bückte sich, hob es auf und roch daran. Es war noch ganz frisch. Sie fuhr zusammen, als hinter ihr eine Stimme auf Englisch sagte: »Ganz ruhig, Doktor Pulaski. Es war nicht klug von Ihnen, Ihre Tochter allein zu lassen.«

Es war der Mann mit der Lederjacke und den blonden Strähnen. Er sah fröhlich drein, während er mit dem Jackenärmel einen leuchtend roten Apfel polierte und dann herzhaft hineinbiss. Es kostete Nora eine geradezu übermenschliche Kraft, sich zu beherrschen. Einer von Nadjas Äpfeln!

Schließlich brachte sie heraus: »Wo ist meine Tochter? Wer sind Sie?« Sie hörte ihre eigenen Worte wie von ferne.

Der Unbekannte kaute ungerührt weiter. »Keine Sorge, ihr fehlt nichts. Anatoli!«

Ein zweiter Mann tauchte auf. Es war der vom Eingang des Gagarin-Museums. Neben ihm ging Nadja. Beim Anblick ihrer Mutter beschleunigte sie den Schritt. Nora drückte ihren Kopf an die Brust und küsste sie. Sie gab sich Mühe, ruhig zu wirken.

»Es ist nichts passiert«, sagte Nadja. »Zuerst hatte ich ein bisschen Angst. Sie haben gesagt, dass sie Tschakenkos Leibwächter sind und ich nicht schreien soll, weil es hier gefährlich wäre und jemand da sein könnte. Niemand hat mir was getan.«

»Was wollen Sie?«, fragte Nora aufgebracht.

Der Mann in der Lederjacke sagte: »Wir sollen Ihnen im Auftrag von Herrn Tschakenko sagen, dass er übermorgen zu Ihnen kommt. An der Startrampe ist es sicherer. Bis dahin empfehle ich Ihnen, lieber im Hotel zu bleiben. Wir halten die ganze Nacht in der Halle Wache. In Moskau ist es genauso gefährlich wie draußen am Flughafen. Es war ganz richtig, dass Sie sich da nicht länger aufgehalten haben. Vergessen Sie nicht: übermorgen.«

Dann machten sie kehrt und gingen ohne ein weiteres Wort davon.

13

Der Start

Baikonur, 30. März 2005

Immer wieder hämmerten die Fahrwerksräder von Wladimir Tschakenkos Tupolew-154 auf die Rollbahn des Yubileiny-Flugfeldes, zu dessen Instandhaltung man seit Jahrzehnten nichts unternommen hatte. Immer noch wehte ein kalter Wind, doch trotz dieses letzten Aufbäumens eines harten Winters, in dessen Verlauf die Temperatur auf vierzig Grad unter Null gesunken war, waren die letzten Schneereste geschmolzen, und die ersten Frühlingsboten begannen sich auf dem Boden Kasachstans zu zeigen.

Drei lackglänzende luxuriöse Sil-Limousinen warteten dort, wo die Tupolew zum Stillstand gekommen war. Graue Wolken bedeckten den Himmel. Tschakenko stieg als Erster aus. Sein dunkler Armani-Mantel war farblich auf seinen Nadelstreifenanzug abgestimmt. Als er in der Tür des Flugzeugs erschien, präsentierten die Soldaten, die in Reih und Glied vor den Limousinen standen, das Gewehr. Einige von ihnen waren offenbar Kasachen; sie hatten deutlich erkennbar asiatische Gesichtszüge. Tschakenko salutierte knapp, und ein Adjutant riss den Schlag einer der Limousinen auf.

Gleich darauf verließ die Fahrzeugkolonne in eine dichte Staubwolke gehüllt das Flugfeld und traf schon zwanzig Minuten später in Baikonur ein. Obwohl es noch eine ganze Weile dauern würde, bis es vollständig dunkel war, wirkte die Stadt verlassen. Die zwanzigstöckigen eintönigen Wohnblocks, vor denen hier und da ein rachitischer Baum stand, schienen allen Staub der Umgebung auf sich zu ziehen, der unter dem Schnee nur darauf gewartet hatte, in die Stadt geweht zu werden. Die Fahrt zum Weltraumbahnhof wurde zur Qual, weil die Räder der nicht besonders komfortabel gefederten Wagen immer wieder in tiefen Schlaglöchern versanken.

Baikonur war eine reine Schlafstadt, die von Phantasmen bewohnt zu sein schien. Nie würde sie ein Touristenziel werden, denn es gab dort nichts, das für Besucher von Interesse hätte sein können, nicht einmal Restaurants, Geschäfte oder Hotels. Die einzige Ausnahme bildete das *Sputnik*, in dem die Kosmonauten übernachteten, bevor sie zu ihrer Mission aufbrachen. Unkraut und Gebüsch überwucherten immer größere Flächen der Tundra um die Stadt herum.

Auf ihrem Weg kam der Fahrzeugkolonne trotz der vergleichsweise frühen Nachmittagsstunde kein einziges Fahrzeug entgegen. Die Tankwarte der wenigen Tankstellen an ihrem Weg, deren Zapfsäulen allmählich vor sich hin rosteten, hatten kaum Gelegenheit, den Blick zu heben, bevor die schnell fahrenden auffälligen Limousinen vorüber waren. Nachdem sie die letzte der vielen Kontrollen hinter sich gebracht hatten, wobei sie gerade lange genug anhielten, um den russischen Posten Gelegenheit zum Heben der Schranken zu geben, empfing Tschakenko über sein Mobiltelefon die letzten Anweisungen. In der Ferne zeichneten sich die Umrisse zweier Antennenanlagen ab. Sie bildeten in diesem Meer aus staubbedecktem Steppengras zusammen mit den Startrampen, die aus den Zeiten des Wettlaufs zum Mond zwischen der UdSSR und den USA stammten, den einzigen Hinweis auf das Wirken der Zivilisation. Um diese Rampen herum, Überbleibsel des Kalten Krieges, standen vor einem Hintergrund aus elektrischen Freileitungen Wartungshallen und andere Gebäude, die zum großen Teil schon lange nicht mehr benutzt wurden und zu zerfallen drohten.

Während sein Wagen weiter über die parallel zur Eisenbahnlinie verlaufende Straße holperte, sah Tschakenko durch das Fenster die endlose Abfolge von hölzernen Masten, an denen die Stromkabel bis zu den Startrampen verliefen. Zwischen den einzelnen Plattformen lagen Dutzende von Kilometern, sodass man die eine von der anderen aus nicht sehen konnte. Verbunden waren sie lediglich durch ein überaltertes Schienennetz. Er war nicht zum ersten Mal am Kosmodrom, das die Medien gern als »Weltraumbahnhof« bezeichneten. Früher hatte er mehrfach zugesehen, wie sich die Massen von Arbeitern, die um fünf Uhr nachmittags gleich disziplinierten Ameisen aus den einzelnen Gebäuden geströmt waren, ihren Weg durch den Wildwuchs zum Schienenstrang gebahnt hatten, um in die klapprigen Waggons zu steigen, die sie in die Stadt zurückbrachten, um die herum sich die endlose Tundra erstreckte.

Die Startrampe Nummer sechs lag ziemlich weit vom Komplex 112 entfernt, wo die verschiedenen Teile der Sojus-Raketen montiert wurden. Tschakenkos Wagen musste sich zwischen den

Gleisen und den Wartungshallen den Weg zur halbkreisförmigen Plattform des gewaltigen olivgrünen Turms suchen, der dreißig Meter hoch in den Himmel ragte.

Endlich war er am Ziel.

Nora, die über eine der Seitentreppen auf die Plattform emporgestiegen war, lehnte am Geländer und ließ ihre Gedanken schweifen. Hier also wären die Kosmonauten in ihr Raumfahrzeug gestiegen, wenn es sich um einen bemannten Flug gehandelt hätte, doch die Marssonde *Eternity* war achtunddreißig Stunden zuvor unbemannt gestartet. An manchen Stellen der Plattform hing der Geruch der Abgase der Raketentriebwerke noch in der Luft.

Nora strich mit den Fingern über den olivgrünen Anstrich. Es hieß, die Farbe sei gegenüber den heißen Raketenabgasen ungeheuer hitzefest, was angeblich auf eine geheime Mischformel zurückging, auf welche die russischen Ingenieure noch zu einer Zeit stolz waren, als ihre amerikanischen Kollegen sie dort besuchten. Damit wäre das eins der wenigen aus der Zeit Stalins übrig gebliebenen Geheimnisse gewesen – in einem Land, in dem auf Boris Jelzins Regierungszeit in den neunziger Jahren eine ungezügelte Privatisierung gefolgt war. Während ihr diese Dinge durch den Kopf gingen, sprach ein Mann sie an. Seine Stimme klang gebildet und beherrscht.

»Ich habe das Schauspiel des Starts verpasst. Es tut mir leid, so spät zu kommen. Vermutlich sind Sie Frau Doktor Pulaski.« Der Mann hatte sich nicht vorgestellt und hielt das wohl auch nicht für nötig. Vermutlich nahm er an, Nora könne sich denken, wer er war.

Obwohl er einige Meter unter ihr am Fuß der Plattform stand, hörte sie seine Worte deutlich. Sie erwog, die Stufen hinabzugehen, entschied sich aber im letzten Augenblick dagegen. Nadja strich um den Turm herum und blieb am Geländer der Rampe stehen, um den Blick über die Tundra schweifen zu lassen.

»Wie war der Start?«, fragte er.

»Man hat ihn mit der üblichen russischen Pünktlichkeit und

Tüchtigkeit durchgeführt«, gab Nora zurück. Er hob die Nase und schnupperte leicht.

»Man riecht immer noch den Raketentreibstoff. Wie lange wird der Flug bis zum Mars dauern? Sie müssen wissen, dass ich ziemlich neugierig bin.«

Nach einem kurzen Blick auf den Mann beschloss Nora, weiterhin oben zu bleiben. Sie kehrte ihm den Rücken zu und richtete ihre Aufmerksamkeit betont auf den Himmel. Zwar sah man nur wenige Wolken, aber das Blau wurde bereits schwächer. Einige Meter über ihr waren fünfzackige Sowjetsterne angebracht.

»Fünfeinhalb Monate«, sagte sie, während sie den Wolken zusah, die sich träge unter der Sonnenscheibe dahinschoben.

»Interessant«, sagte Tschakenko. »Was würden Sie dazu sagen, wenn ich Ihnen die Möglichkeit böte, Ihre Träume mit Bezug auf diese Sonde teilweise zu verwirklichen?«

Sie wandte sich zu ihm um. Er stand mit verschränkten Armen da.

»Was wollen Sie damit sagen?«

Er zog die Aufschläge seines Mantels enger zusammen. Es war kalt, obwohl die Sonne den ganzen Tag geschienen hatte.

»Ihre Schwierigkeiten sind mir bekannt, und ich weiß auch, dass man Sie von der Mission ausgeschlossen hat, obwohl Sie und Ihre Leute in Spanien gute Arbeit geleistet haben. Sehr gute sogar. Meiner Ansicht nach hat man Ihnen damit großes Unrecht getan.«

»Ich möchte nicht unhöflich erscheinen, aber offen gesagt liegt mir nichts an Ihrer Ansicht.«

Er lächelte. »Wollen Sie nicht herunterkommen?«

Sie stützte sich auf das Geländer. Jetzt war die Reihe mit Fragen an ihr.

»Mal sehen, ob es sich lohnt. Was wissen Sie über meinen Onkel, und was haben Sie mit alldem zu tun?«

Er wies mit einer Kopfbewegung zu Nadja hin und wandte sich dann wieder Nora zu.

»Sie haben eine reizende und sehr kluge Tochter. Hat man Ihnen das noch nicht gesagt?«

Die Unverschämtheit, mit der er über Nadja sprach, gefiel Nora in keiner Weise.

»Durchaus. Die Art und Weise, wie Sie damals in Kalifornien im Supermarkt vorgegangen sind, ist mir gehörig gegen den Strich gegangen. Wäre ich zuhause gewesen, ich hätte Sie angezeigt oder einen Gorilla angeheuert, damit der Sie sich mal vorknöpft.«

Tschakenko zeigte ein vollkommenes Lächeln.

»Eine bewundernswerte und angemessene Reaktion. Aber glauben Sie mir, ich bin das kleinste Ihrer Probleme. Vermutlich hat Nadja Ihnen berichtet, dass wir uns große Sorgen um Ihren Onkel machen. Wir haben nicht die geringste Vorstellung, wo er sich aufhalten könnte.«

»Ich auch nicht«, gab sie zurück.

Sie holte tief Luft und richtete von ihrer erhöhten Warte aus den Blick auf Tschakenkos Leibwächter, hirnlose Standbilder um die Sil-Limousinen herum, auf blinden Kadavergehorsam gedrillte Befehlsempfänger. Keiner von ihnen war in Uniform; alle trugen dunkle Anzüge und wadenlange Mäntel.

Wenn sie etwas zur Hand gehabt hätte, das man ihm an den Kopf werfen konnte – sie hätte es getan. Auf keinen Fall wären seine Männer rechtzeitig bei ihm, um ihn zu schützen. Aber der Gedanke an Nadja trat in den Vordergrund, und so unterdrückte sie ihren Impuls, wie sich das für eine gesittete Russin gehörte.

»Ich möchte, dass Sie sich künftig von Nadja fernhalten. Bestimmt haben Sie gute Anwälte, trotzdem werde ich Anzeige wegen versuchter Entführung gegen Sie erstatten.«

Tschakenko reagierte sarkastisch, wobei er theatralisch die Hände hob: »Entführung! Nun seien Sie doch vernünftig. Sie wollen mich anzeigen, weil ich Sie beide beschützt habe? Entführung! Genau so was haben meine Leute doch verhindert. Unglücklicherweise waren wir nicht rechtzeitig am Flughafen, aber Ihre Tochter ist sehr gewitzt und hat die Pläne der Gegenseite durchschaut. Ohne sie könnte ich jetzt nicht mit Ihnen reden.

Meine Männer haben sich um Ihre Sicherheit gekümmert, seit Sie am Museum waren. Dieser Juri Gagarin war in der Tat ein großer Mann!«

Nora stieg einige Stufen hinab und blieb dann stehen. Nicht nur was der Mann sagte, erfüllte sie mit Misstrauen, sondern seine ganze Art.

»Sie sind, wie ich inzwischen weiß, Präsident der TakOil LEM Resources, eines Mitte der neunziger Jahre gegründeten Unternehmens, das sich einerseits mit der Weltraumforschung und andererseits mit der Erkundung und Erschließung neuer Energiequellen beschäftigt. Hat mein Onkel für Sie gearbeitet?«

Tschakenko nahm ein Paar schwarze Lederhandschuhe aus der Manteltasche.

»Was glauben Sie denn? Eigentlich müssten Sie sich das denken können.«

Nora ging eine weitere Stufe hinab und fragte: »Aber Ihr Unternehmen wurde auf dem Höhepunkt der Öffentlichkeitskampagne zur Rettung der Raumstation Mir vor ihrer endgültigen Zerstörung gegründet. Wovon leben Sie jetzt eigentlich, nachdem die Mir nicht mehr existiert?«

Er begann sich die Handschuhe überzustreifen, wobei er jedem einzelnen Finger große Aufmerksamkeit widmete. Dabei blitzte unter dem Ärmel eine übermäßig große goldene Uhr hervor. Er lächelte, als wollte er auf diese Weise seine Bewunderung für Noras Wissbegierde ausdrücken.

»Unsere Einkünfte beziehen wir nahezu ausschließlich aus den Energiequellen des Landes – Gas, vor allem aber Erdöl. Der Weltraum ist weit weniger gewinnbringend, als es den Anschein hat.«

»Und womit hat sich mein Onkel beschäftigt? Es muss ja einen Grund dafür geben, dass Sie jetzt hier sind.«

»Wollen Sie nicht herunterkommen? Es wird allmählich kalt, und es ist anstrengend, so laut reden zu müssen. Bei einem solchen Wetter sollte man seine Kehle schonen. In diesem Jahr hat es schon viele Grippefälle gegeben.«

»Hier oben ist es noch warm«, gab Nora zurück.

Er holte ein glänzendes Metalletui hervor und steckte sich eine Zigarette an, obwohl auf dem ganzen Gelände strenges Rauchverbot herrschte. »Dann stört es Sie wohl auch nicht, wenn ich rauche.«

Sie gewann den Eindruck, dass alles, was um sie herum lag, von der Startrampe bis hin zu den Wartungshallen, auf irgendeine Weise diesem nur mittelgroßen und verdächtig liebenswürdigen Mann von höchstens fünfundvierzig Jahren gehörte, der da halb unter ihr stand. Es hätte sie gar nicht gewundert, wenn sogar die ihrem Ziel entgegenstrebende *Mars Eternity* der Verfügungsgewalt dieses Menschen von verstörend undurchschaubarem Charakter unterstanden hätte.

Nach einigen Zügen von seiner Zigarette fuhr Tschakenko fort: »Da unser Unternehmen erst vor zehn Jahren von einer kleinen Gruppe von Kapitalgebern gegründet wurde, ist es zu einem Kontakt mit Doktor Pulaski erst nach dessen freiwilligem Exil im gelobten Land der Vereinigten Staaten gekommen. Wir haben ihn vor etwa neun Jahren eingestellt, damit er geologische Untersuchungen von der Art durchführte, wie er sie Mitte der achtziger Jahre schon für andere Unternehmen der damaligen Sowjetunion vorgenommen hatte.«

Nora runzelte die Brauen. Tschakenkos Leibwächter standen nach wie vor starr wie Statuen im Hintergrund. Sie beschloss, einige weitere Stufen hinabzugehen. Er wartete, bis sie am Fuß der Treppe angekommen war, und fuhr dann fort: »Gemeinsam mit anderen herausragenden russischen Experten auf diesem Gebiet hat er hier glänzende Grundlagenarbeit zu den Themenkomplexen Entstehung von Kohlenwasserstoff-Verbindungen und Erkundung von Erdöl-Lagerstätten geleistet. Seinerzeit hat das in erster Linie die dem sowjetischen Staat unterstehenden Erdölgesellschaften interessiert, später aber sind wir auf den Plan getreten. Auch eine Zigarette? Es sind amerikanische.«

Nadja kam herüber, wobei sie sorgfältig darauf achtete, nicht über die Schienen zu stolpern, auf denen man die Sojus-Rakete zur Plattform geschafft hatte. Die Sonne begann zu sinken, und die Antennenanlagen zeichneten sich scharf vor dem Himmel ab. Tschakenko lächelte Nadja zu, die einen großen Bogen um ihn machte.

»Es hat sich für uns durchaus gelohnt, ihn zu beschäftigen, aber es hat auch Schwierigkeiten gegeben.«

»Welcher Art waren die?«

»Als er anfangs mit seinen Voraussagen danebengelegen hat, haben wir ein Vermögen mit Bohrungen an Stellen vergeudet, an denen nicht ein einziger Tropfen Öl zu finden war. Vor der Pleite haben uns die Amerikaner gerettet.«

»Wie das?«, fragte Nora erstaunt.

»Wir sind gewissermaßen als Tochterunternehmen eines nordamerikanischen Konzerns tätig, genauer gesagt, man kann auch sagen, als dessen Teilhaber in diesem Land voller Möglichkeiten. Zwar sind wir Russen, arbeiten aber mit US-amerikanischem Kapital.«

Nora schüttelte den Kopf. Einer der Leibwächter sah auf die Uhr und öffnete den Schlag einer Limousine.

»Ich verstehe immer noch nicht, worauf Sie hinauswollen.«

Tschakenko warf die Zigarette zu Boden und trat sie aus.

»Ihr Onkel ist vor etwas über zwei Monaten unter ausgesprochen geheimnisvollen Umständen untergetaucht, zu einem für uns überaus kritischen Zeitpunkt. Wir hätten ihn dringend zur Lösung von Problemen gebraucht, die keinen Aufschub duldeten. Die Verantwortlichen des Konzerns, für den wir arbeiten, sind überzeugt, dass Sie uns helfen können, und haben sich bereit erklärt, Ihnen als Gegenleistung für Ihre beratende Tätigkeit die Leitung der Mars-Mission anzuvertrauen. Damit könnten Sie einen zweiten Anlauf dorthin nehmen. Ich denke, eine solche Gelegenheit dürfen Sie sich auf keinen Fall entgehen lassen.«

Endlich hatte er die Katze aus dem Sack gelassen. Mit seinem Angebot war er aber bewusst im Ungefähren geblieben, und er schien auch nicht bereit, sich deutlicher auszudrücken. Jede Bewegung, jeder Satz ließen den Mann rätselhafter, undurchsichtiger und schwerer fassbar erscheinen.

Nadja stand einige Meter von ihrer Mutter entfernt am Fuß der Treppe und betrachtete das ständig wechselnde Bild, das die vorüberziehenden Wolken am oberen Teil des Turms erzeugten.

»Eine Übereinkunft«, sagte Nora nachdenklich.

»So könnte man es nennen«, gab Tschakenko zurück. Er lächelte wieder.

»Über deren Einzelheiten ich nicht das Geringste weiß. Um was für Schwierigkeiten geht es?«

Große Grasflächen lagen zwischen den drei Personen, und so schien jeder von ihnen in seiner Einsamkeit gefangen. Der Wind frischte allmählich auf. Nora merkte, dass Tschakenko nicht sprechen wollte und sich zum ersten Mal unbehaglich zu fühlen schien.

»Sie müssen verstehen, dass alles, was ich Ihnen hier sage, vertraulich ist. Ich könnte Ärger bekommen, wenn Sie sich nicht danach richten.«

Nora sah ihm in die Augen. Zwar erkannte sie etwas Eiskaltes darin, hielt aber ihre Stellung für so gut wie unangreifbar.

»Lassen Sie es doch darauf ankommen«, ermutigte sie ihn.

»Der Konzern, für den ich arbeite, erkundet zurzeit an einer Stelle des Kantabrischen Meeres in Nordspanien mögliche Erdöl-Lagerstätten. So viel darf ich Ihnen sagen. Diese Erkundung geht zum Teil auf die Vorarbeiten Ihres Onkels zurück. Allerdings sind dabei Probleme aufgetaucht, und da er uns gegenwärtig nicht zur Verfügung steht, ist die Leitung des Unternehmens zu der Überzeugung gelangt, dass Sie uns weiterhelfen können.«

»Sprechen Sie von Erdöl?«, vergewisserte sich Nora.

Tschakenko wandte sich um. Offenbar hatte er einem seiner Mitarbeiter ein Zeichen gemacht, das sie nicht sehen konnte, denn dieser holte einen Ordner aus einem der Wagen.

»Ich bin nicht befugt, mich über Einzelheiten zu äußern, jedenfalls nicht zu diesem Zeitpunkt. Es handelt sich um eine heikle Angelegenheit. Meine Anwälte haben einen Vertrag ausgearbeitet, wie er in der Erdöl-Branche üblich ist. Dabei vereinbaren beide Seiten, die Sache vertraulich zu behandeln. Insbesondere verpflichten Sie sich, nichts von dem weiterzugeben, was Sie im Laufe Ihrer Tätigkeit erfahren. Dafür wird Ihnen, sofern Sie die Vereinbarung unterschreiben, eine beachtliche Gegenleistung zugesagt, nämlich die Leitung der Mission. Verständlicherweise können wir Ihnen das nicht schriftlich zusichern, doch dürfen Sie mir glauben, dass das auch nicht nötig ist.«

»Und was veranlasst Sie zu der Annahme, dass ich nach wie vor an der Mission interessiert sein könnte?«

Tschakenko hob die Brauen in gespielter Überraschung.

»Sie sind wirklich außerordentlich gewitzt«, räumte er ein. »Fast so sehr wie Ihr Onkel.«

»Lassen Sie ihn aus dem Spiel«, gab sie zurück. »Das liegt in der Vergangenheit.«

Er verzog spöttisch den Mund. »Ich kenne kaum jemanden, der behaupten kann, seine Vergangenheit liege hinter ihm. Gehören Sie etwa zu diesen Menschen?«

Nora schwieg.

Er klappte den Ordner auf. »Sofern Sie sich entschließen mitzumachen, ist alles ganz einfach. Es sind lediglich einige Regeln zu beachten. Wenn Sie unterschreiben, garantiere ich Ihnen, dass Sie im Laufe der Zeit Antworten auf jede Ihrer Fragen bekommen werden. Ihr Onkel hat vor Jahren einen ähnlichen Vertrag unterschrieben. Sie können alles überprüfen, was er in dieser Zeit getan hat. Ganz davon abgesehen bietet sich Ihnen erneut die Möglichkeit, an der Mars-Mission teilzunehmen. Überlegen Sie es sich also.«

Nora sah auf den Ordner. Nadja trat auf sie zu und flüsterte: »Unterschreib nicht, Mama. Lass uns wieder nach Hause gehen.«

»Und wenn ich mich weigere?«

Ohne auch nur mit den Achseln zu zucken, sagte er: »Dann ist die Angelegenheit erledigt. Ich gehe jetzt, und Sie werden mich nie wiedersehen. Gestatten Sie mir allerdings eine Anmerkung.

Die Tatsache, dass der Verschwundene Ihr Onkel ist, könnte Sie in Schwierigkeiten bringen, die Sie mit Ihrer Unterschrift vermeiden würden. Sie wären so sicher wie in Abrahams Schoß. Bestimmte Leute sind an Ihnen interessiert. Denken Sie an den Flughafen und an Ihre Tochter. Es gibt da Dinge, von denen Sie nichts ahnen.«

»Soll das eine Drohung sein?«

Er lachte. »Bisher habe ich meine schützende Hand über Sie gehalten, aber meine Pflicht, das zu tun, endet hier und jetzt. Unser Unternehmen wird seine Ziele erreichen, ob Sie uns dabei unterstützen oder nicht. Sofern Sie nicht mit einsteigen, wird es lediglich ein wenig länger dauern. Das tut uns nicht weiter weh. Aber wie sieht es bei Ihnen aus? Eine unsichere berufliche Zukunft und« – dabei sah er zu Nadja hin – »ganz allgemein schlechte Aussichten. Überschlafen Sie die Sache ein paar Nächte und rufen Sie mich dann an. Meine Nummer haben Sie ja.«

Er lächelte Nadja zu, machte eine Handbewegung zum Abschied und stieg ein. Die Motoren wurden gestartet, und nach einer Minute zeugte nur noch eine Staubwolke davon, dass jemand dort gewesen war. Nora hielt den Ordner in der einen Hand und legte die andere auf Nadjas Schulter. Die Flugzeug-Warnlichter auf den Spitzen der Masten der Hochspannungsleitung begannen bläulich aufzublinken.

»Unterschreib nicht, Mama. Lass uns wieder nach Hause gehen«, wiederholte Nadja.

Nora sah zum Himmel, der sich immer mehr verdunkelte. Sie dachte an die *Mars Eternity*, die auf dem Weg zum Roten Planeten war, und an alles, was sie über ihren Onkel in Erfahrung gebracht hatte. Was ihr seit nahezu einem Vierteljahrhundert anhing, war sozusagen sein Erbe.

Eine kalte Brise ließ sie erschauern. Sie ging nicht auf Nadjas Worte ein. Wie fern doch ihr Zuhause war.

Dreißig Stunden nach seinem Zusammentreffen mit Nora Pulaski landete Wladimir Tschakenko in seiner Tupolew auf einem privaten Fluggelände. Es lag vierzig Kilometer nordöstlich von Argalik, in einer Gegend, die noch trostloser war als die um den Weltraumbahnhof Baikonur. Die Landebahn befand sich mitten im Nichts. Es gab weder Gebäude noch Signaleinrichtungen oder irgendeine Art von Infrastruktur. Auch war es deutlich kälter als in Baikonur, denn der Wind kam aus der Leere des Nordens. Trotzdem sah man zwischen den eisbedeckten Flächen der Tundra große Ansammlungen von Moos. Zwei Militärlastwagen warteten in geringer Entfernung vom Flugzeug. Sie würden Tschakenko an einen Ort bringen, der auf keiner Karte verzeichnet war und zu dem keine erkennbare Straße führte. Der Wind peitschte die Verdeckplanen, während sich die Lastwagen am Rande eines Sumpfgebietes entlang voranarbeiteten, bis sie schließlich eine Stacheldrahtumzäunung erreichten. Soldaten sprangen herab, um spanische Reiter beiseitezuschieben und die Wagen durchzulassen, und setzten sich dann Atemschutzmasken auf. Tschakenko folgte ihrem Beispiel. Man sah, dass er Übung darin hatte. Dann fuhren die Lastwagen wieder an.

Vor dem Eingang eines Betonbunkers, der auf einem Sandhügel stand, hielt die Kolonne an. In der Nähe der Soldatenunterkünfte sah man Transportfahrzeuge sowie riesige Stapel von Benzinfässern. Fünf große Generatoren erzeugten Tag und Nacht Strom, obwohl zu beiden Seiten des Bunkers die hohen Gittermasten einer Hochspannungsleitung aufragten.

Mit einem Satz sprang Tschakenko über einen der zementierten offenen Kanäle. Sie leiteten Abwässer und Exkremente in den ostwärts gelegenen Sumpf, der bei jedem Sonnenauf- und -untergang grünlich-bräunlich schimmerte. Gerade jetzt drangen die Schreie eines Flamingoschwarms von dort herüber. Es war Tschakenko klar, dass die wohl erst vor kurzem durch das Wasser des Sumpfgebiets angelockten Vögel in weniger als vierzehn Tagen nicht mehr leben würden. Während der vergangenen Wochen hatten es von ihm und seinen Männern aufgefundene Tierkadaver zur Gewissheit werden lassen, dass die Mehrzahl der in der näheren Umgebung des Bunkers lebenden Säuger – überwiegend Nagetiere wie Erdhörnchen, aber auch Lemminge – inzwischen wohl in ihren Höhlen verfaulte. Lediglich Vertreter der Pflanzenwelt, beispielsweise Süßgräser und verschiedene Beifußarten, denen es gelang, zwischen Eis und Sumpf zu überleben, schienen imstande, mit ihrem langsamen Wachstum fortzufahren.

Zwei ebenfalls mit Atemschutzmasken ausgerüstete Soldaten, die den Eingang des Bunkers bewachten, öffneten ihm die Tür. Er ging eine steile Treppe hinab, wo ihn die Dunkelheit verschluckte.

Am Fuß der Treppe traf er auf einen weiteren Soldaten, der den Eingang zum entseuchten Bereich bewachte und gleichfalls eine Atemschutzmaske trug. Er betätigte den Öffnungsmechanismus der schweren, aus Stahl und Beton bestehenden Tür, worauf sich der schmale Gang zur Sicherheitsschleuse öffnete. Nachdem das rote Licht erloschen war, leuchtete ein grünes auf. Nach einem kurzen Hinweiston aus einem Lautsprecher, ähnlich wie auf einem U-Boot, wartete Tschakenko drei oder vier Minuten, die sich unendlich zu dehnen schienen. Der Druck der Maske auf seinem Gesicht wurde immer stärker. Dann öffnete ein weiterer Soldat die nächste Tür. Als sie sich wieder hinter ihm schloss, konnte er endlich die Atemschutzmaske abnehmen. Er gab sie dem Mann und suchte unverzüglich den entseuchten Bereich auf.

Zu beiden Seiten des langgestreckten Raumes sah man weitere Soldaten, alle ohne Atemschutzmaske. Tschakenko ging durch mehrere Türen, bis er einen größeren und besser ausgestatteten fünfeckigen Raum erreichte, in dem sich Tragen, Tropfgalgen, EKG- und EEG-Geräte befanden. An den Wänden standen Schränke mit Blut- und Gewebeproben. Hinter jeder der Wände lag ein kleines Gelass, dessen Wände mit einer Art Schaumstoff gepolstert waren. Jedes enthielt ein Bett, ein Waschbecken und hinter einer festen Kunststoff-Abtrennung eine einfache Toilette. An der Wand des Labors, in dem lediglich zwei Männer in weißen Kitteln arbeiteten, hing eine große Karte der Umgebung von Argalik. Die meisten der Bildschirme waren ausgeschaltet. An hohen Ständern hingen blaue ABC-Schutzanzüge mit einer Sichtscheibe in der Kapuze und einem Schlauch am Rücken, der sich mit Sauerstoff-Flaschen an den Wänden verbinden ließ.

Vier der fünf Gelasse waren leer und dunkel. Da es im Labor kalt war, machte Tschakenko eine abwehrende Handbewegung, als ihn einer der Männer aufforderte, seinen Mantel mit einem weißen Kittel zu vertauschen.

»Gibt es was Neues, Sergej?«

Doktor Posochow blickte aufmerksam auf den einzigen eingeschalteten Bildschirm. Seine übergroße Brille bedeckte fast das ganze faltige Gesicht, dem man die Müdigkeit ansah.

»Nein.« Er schüttelte den Kopf.

»Es hat aber doch geheißen, dass er bei Bewusstsein ist. Das ist doch schon ein Fortschritt«, sagte Tschakenko. »Sag nur nicht, dass ich umsonst gekommen bin.«

»Fortschritt, Fortschritt …«, wiederholte Posochow. »Wenn es in deinen Augen kein Fortschritt ist, dass jemand aus dem Koma aufwacht und dem Totengräber von der Schippe springt, bist du tatsächlich vergeblich gekommen.«

»Mich interessiert nichts als Ergebnisse.« Bei diesen Worten sah Tschakenko zu dem einzigen erleuchteten Gelass hinüber. Durch die Kunststoffscheibe war zwar ein weißes Bett und der Rand eines Waschbeckens zu sehen, aber keine Spur von einem Bewohner. »Er muss reden. Das ist ungeheuer wichtig, Sergej.«

»Sieh dir doch die übrigen Gummizellen an«, gab Posochow zurück. Mit diesem verächtlichen Ausdruck bezeichnete er die an das Labor grenzenden Gelasse wegen des Zustands ihrer Insassen und wegen der gepolsterten Wände. »Keiner von denen hat lange genug überlebt, um noch mal wach zu werden und die Augen wieder aufzumachen. Was willst du noch? Es ist mehr als zwei

Monate her, dass wir ihn gefunden haben. Verglichen mit den anderen ist das ein einsamer Rekord.«

»Die Geduld meiner Auftraggeber geht zu Ende. In diesem Fall ist Zeit nicht nur Geld, sondern buchstäblich Gold, Sergej.«

Es war Tschakenko durchaus klar, dass man die Versuche einer Entseuchung, für die die Bunkeranlage errichtet worden war, nur teilweise als gescheitert ansehen musste. Zumindest reichte die tödliche Gefahr nicht weiter als über einen Umkreis von dreißig Kilometern Durchmesser. Er hatte sich entgegen ihrer ursprünglichen Befürchtung im Laufe der Zeit auch nicht vergrößert; allerdings kannte niemand den Grund dafür. Auf jeden Fall hatten sich die Dollar-Millionen ausgezahlt, die man für den Bau eines Zufluchtsorts in dieser Gegend investiert hatte, auch wenn damit keine vollständige Entseuchung gelungen war. Man musste es schon als Erfolg werten, dass der Verseuchung auf diese Weise rechtzeitig Einhalt geboten worden war. Posochow konnte es selbst kaum fassen, dass der Albtraum erst vor drei Monaten begonnen hatte. Zugleich aber war er sicher, dass er diesen verhassten Ort auch dann nicht vergessen würde, wenn er sich viele Jahre später, nach seiner Pensionierung – und wohlhabender, als er es sich je vorgestellt hatte – dem süßen Leben hingeben würde. Er vermutete, dass dort auch schon vor dem Bau des Bunkers die Hölle gewesen sein musste. Zwei Wochen nach dem Eintreffen der ersten Arbeitsgruppe waren wenige Kilometer von der Aufschlagstelle entfernt tote Bauern entdeckt worden, die vollständig bekleidet auf dem Bauch gelegen hatten – die ersten drei menschlichen Opfer. An den darauffolgenden Tagen war man auf die Kadaver der Kühe gestoßen, die sie gehütet hatten. Über sie hatten sich zum großen Teil bereits die Räuber der Tundra hergemacht: Wölfe und sibirische Wildkatzen, die dann ihrerseits ebenfalls bald eingegangen waren. Als Nächstes verendeten Raubvögel, die sich an dem reichlich vorhandenen Aas gesättigt hatten.

Der Bunker war unmittelbar am Rande des Todeskreises errichtet worden. Soldaten durchstreiften in speziell für die Bekämpfung chemischer und biologischer Waffen entwickelten

Schutzanzügen die Umgebung des Hauptherdes und besprengten jede Leiche und jeden Tierkadaver, den sie fanden, mit Formaldehyd, Jod und Wasserstoffperoxid. Die toten Bauern hatte man in luftdicht verschlossenen Säcken auf Lastwagen, die man aus Argalik hatte kommen lassen, weggeschafft, um sie in der Umgebung von Karaganda, über siebenhundert Kilometer entfernt, in Gießerei-Schmelzöfen zu verbrennen. Es hatte nicht lange gedauert, bis Tschakenko um Flugzeuge zum rascheren Abtransport der Toten bitten musste, da deren Zahl immer größer wurde.

Alle waren sie umgekommen: die Angehörigen der ersten Arbeitsgruppe, die man dorthin geschickt hatte, die Soldaten, die sie begleitet hatten, und ärgerlicherweise sogar die Wissenschaftler, die sie untersucht hatten, wenn auch weit später. Tschakenkos Männer hatten jeden Einzelnen von ihnen aufspüren müssen, damit man sie in die Gelasse schaffen konnte, die Posochow als »Gummizellen« bezeichnete und die wie übergroße Särge wirkten. Einer nach dem anderen waren sie ins Koma gefallen. Sobald sie tot waren, hatte man sie so schnell wie möglich abtransportiert und das Licht in ihren Gelassen gelöscht. Man hatte es lediglich als eine Art Ehrerbietung so lange brennen lassen, denn Elektrizität war dort ein Luxusgut.

Tschakenko trat an die Scheibe vor dem erleuchteten Gelass und sah hinein.

Ein Mann mit bloßen Füßen lag dicht an der linken Seite der Trennwand und war daher nur zu sehen, wenn man mit dem Gesicht nah an die Scheibe ging. Er presste den Kopf an die hochgezogenen Knie, um sich den Blicken zu entziehen. Offensichtlich gefiel ihm das ständige Begafftwerden ebenso wenig wie Orang Utans oder Schimpansen in ihrem Käfig.

Posochow trat zu Tschakenko. »So hockt er schon seit Wochen da, ganz gleich, ob er isst oder sich entleert. Kein einziges Mal hat er zu mir hergesehen. Ich stell das Tablett mit dem Essen und den Getränken immer ganz bewusst an die Bettkante, aber er holt es sich jedes Mal in die Ecke da. Die Toilette benutzt er nie. Es ist sehr lästig, alle zwei oder drei Tage mit dem Schutzanzug da reinzumüssen und sauberzumachen.«

»Bist du sicher, dass es nicht an uns liegt, wenn er nichts sagt?«, fragte Tschakenko, der eine Art Gewissensbisse empfand.

Posochow zuckte die Achseln.

»Meinst du die Überdosis? Deine Männer sind Rindviecher. Wenn du eine Meute von Menschenaffen mit Pentothal-Spritzen auf ihn losgelassen hättest, wäre es wohl auf dasselbe hinausgelaufen. Es ist, als wäre er tot.«

Tschakenko schnaubte ärgerlich. Es wäre viel einfacher gewesen, den Mann gleich umzubringen, nachdem diese verfluchte Seuche in die Tundra seiner alten Heimat gelangt war. Seiner festen Überzeugung nach war jeder Mensch für sein Schicksal selbst verantwortlich, und er hatte im Lauf seines Lebens eine ganze Reihe von Leuten kennengelernt, die ihr Weg stracks in ein von ihnen selbst geschaufeltes Grab geführt hatte.

Doch schon bald, nachdem das Phänomen aufgetreten war, hatten sich die ersten Schwierigkeiten eingestellt. Mit einem Mal gewannen die Toten eine Bedeutung, von der zuvor niemand etwas geahnt hatte. Seine Vorgesetzten hatten im Anfang die falsche Entscheidung getroffen, und er sollte jetzt dafür geradestehen. Ihm blieb nur die Hoffnung, dass der Mann dort im Gelass seinen klaren Verstand wiedererlangte. Es bestand kein Zweifel, dass er an einer Geisteskrankheit litt, der die moderne Medizin nichts entgegenzusetzen hatte.

Mit dem Ausdruck des Ekels entfernte sich Tschakenko von der Scheibe. Obwohl das Gelass luftdicht abgeschlossen war, schien ihm der widerliche Geruch nach Exkrementen und Urin im Labor zu hängen und sich mit dem nach verschiedenen Reagenzien und Desinfektionsmitteln zu vermischen.

»Wir müssen erreichen, dass er wieder zu Verstand kommt; dafür bezahlen wir dich.«

»Er ist zwar aus dem Koma aufgewacht, aber ganz offensichtlich geisteskrank«, sagte der Arzt. »Er kann jeden Augenblick wieder ins Koma fallen. Wenn du ein Wunder verlangst, wende dich an den Heiland der Christen. Vielleicht kann der was für dich tun.«

Tschakenko stieß mit einem Finger gegen Posochows weißen Kittel.

»Sollte das passieren, gehst du denselben Weg wie er, das garantiere ich dir.«

Es gab keinen Ausweg, es sei denn, ein Wunder geschah und der Unglückliche erlangte wie durch ein Eingreifen des Heiligen Geistes den Verstand wieder. Doch obwohl Wladimir Tschakenko, der in einem so gut wie atheistischen Land zur Welt gekommen und aufgewachsen war, in dem man jede religiöse Überzeugung ausgemerzt hatte, weder an ihn noch an Gott glaubte, murmelte er ein Gebet für die Genesung jenes Mannes, so unwahrscheinlich sie sein mochte. Früher hätte er nicht im Traum an die Möglichkeit gedacht, dass er einmal für Robert Pulaski beten würde.

TEIL ZWEI

14
Steiffel

Kantabrisches Meer,
vierzig Seemeilen nordöstlich von Gijón,
Anfang April 2005

Es gibt im Leben nichts umsonst, ging es dem Erdöl-Magnaten Calvin Steiffel durch den Kopf, der vor einem großen Plasmabildschirm frühstückte, auf dem eine Dokumentarsendung über eine Löwin bei der Jagd lief. Das Schiff, auf dem er sich befand, war mit technischen Mitteln ausgestattet, die sich nur die wenigsten Menschen überhaupt vorstellen konnten. Er wartete auf das leise Summen seiner Sprechanlage. Die See war ziemlich ruhig, wie er durch die große halbkreisförmige getönte Panoramascheibe seiner Privatsuite sah, die einen fünfundachtzig Quadratmeter großen Sitzungsraum, sein Büro, ein Badezimmer, das fast ebenso groß war wie das Schlafzimmer, sowie einen Raum für Kommunikationselektronik, Rechner und dergleichen enthielt. Die besten Schiffsbauer hatten sich die Köpfe über den Entwurf dieser Räume zerbrochen, die auf dem dritten Oberdeck am Bug der *Merlin* lagen, Flaggschiff der Texon Oil Incorporated. Da sich Steiffel von der Hubschrauber-Landeplattform des Schiffes auf keinen Fall die Sicht versperren lassen wollte, war diese auf eine Art Stahlturm mehrere Dutzend Meter oberhalb seiner Suite verlegt worden.

Jetzt roch es in seinem Büro nach Spiegelei mit Speck, Toast und Kaffee. Der auf den Punkt genau gebratene Speck kam aus Texas. Dort war Steiffel aufgewachsen, doch zur Welt gekommen war er, ein reiner Zufall, in der australischen Stadt Perth, als seine Mutter dort im siebten Monat einen kurzen Urlaub verbracht hatte. Obwohl die dortigen Ärzte die Frühgeburt schon aufgegeben hatten, war der Junge entgegen allen Erwartungen durchgekommen. Das lag in erster Linie daran, dass sein Vater einen der ersten Brutkästen eigens aus Paris hatte einfliegen lassen. Fünfundsechzig Jahre später war Steiffel eine gebieterische und ebenso wie sein Unternehmen vor Gesundheit strotzende Gestalt mit einem so mächtigen Brustkorb und so massigen Armen, dass ihm kein Konfektionsanzug passte. Jedes Jahr richtete er es ein, einige Stunden an seinem Privatstrand zu verbringen, den er in jüngeren Jahren nicht weit von Perth entfernt gekauft hatte.

Während er gemächlich frühstückte und jeden Bissen genoss, ließ er den Bildschirm nicht aus den Augen, auf dem sich die Löwin jetzt ins Gras der afrikanischen Savanne duckte.

Steiffel wurde selten wütend, weil seiner festen Überzeugung nach Wutanfälle etwas für Zukurzgekommene waren. In den Kreisen der Mächtigen, in denen er sich seit vielen Jahren bewegte, war derlei nicht üblich. Doch trotz dieser Abgehobenheit pflegte er den Kontakt zu den einfachen Menschen und präsentierte sich daher von Zeit zu Zeit im Fernsehen als tüchtigen Sachwalter eines der bedeutendsten Erdölkonzerne auf der Welt. Scheinbar bescheiden rückte er seinen persönlichen Erfolg in den Hintergrund, indem er auf die Leistung seiner neunzigtausend Mitarbeiter auf der ganzen Welt verwies. Er beherrschte die Kunst, sich den Menschen, die ihn interviewten oder ihm zuhörten, als sympathisch darzustellen. Seine Zurückhaltung in persönlichen Dingen wurde in Geschäftskreisen gern gesehen. Er kannte kein anderes Thema als die Erdölindustrie. Auf Fachkongressen sprach er über Wohlstand und davon, dass auch die Bewohner der Entwicklungsländer Anspruch auf einen gehobenen Lebensstandard hätten. Er machte keinen Hehl daraus, dass dieser Wohlstand seit über hundert Jahren auf dem Erdöl gründete und daher Unternehmen wie seines die moralische Verpflichtung hätten, für einen ununterbrochenen Fluss von Öl zu sorgen. All das sagte er in so einfachen Worten, dass jeder begeistert war, der ihn reden hörte.

Texon Oil Incorporated stand an dreiundzwanzigster Stelle aller Erdölunternehmen auf der Welt, war aber das größte, das sich in Privatbesitz befand. Die bestätigten Reserven, auf die es Zugriff hatte, beliefen sich auf dreiundzwanzig Milliarden Barrel. Im Weltmaßstab bedeutete das, dass lediglich die Ölländer Saudi-Arabien, Venezuela und Qatar größere verfügbare Vorkommen besaßen.

Er machte eine kleine Pause, bevor er einen weiteren Bissen nahm, den er mit einem Schluck Orangensaft hinabzuspülen gedachte. Die Löwin hatte ihre Beute entdeckt und verharrte wie ein Standbild vor dem entscheidenden Sprung.

Im Leben gibt es nichts umsonst. Das galt auch für sein Familienunternehmen, das seit über einem Jahrhundert bestand.

Er war fest davon überzeugt, dass seine von schwierigen Umständen begleitete Geburt in ihm das Interesse daran geweckt hatte, die Abläufe in der Natur, insbesondere alles, was das Überleben betraf, zu erkunden, auch wenn es keine Möglichkeit gab, die Richtigkeit dieser Annahme wissenschaftlich zu untermauern. Als Beispiel für diese Überlebenstheorie stand auf einem seiner teuren Büromöbel ein Goldfischglas, nicht größer als ein Fußball. Darin schwammen drei ganz gewöhnliche orangefarbene Kaltwasserfische. Täglich bekamen sie eine Fingerspitze voll Futter, und alle zwei Tage wurde das trübe Wasser ausgewechselt. Eine elendere Existenz als die dieser drei Lebewesen, die auf winzigem Raum zusammengedrängt darauf hofften, dass ihre Nahrung sozusagen vom Himmel herabfiel, war nicht vorstellbar. Gelegentlich enthielt er ihnen das Futter mehrere Tage lang vor und sah zu, wie sie im schmutzigen Wasser umherschwammen und mit weit aufgerissenem Maul an die Oberfläche kamen, auf der Suche nach Sauerstoff und der unerlässlichen Nahrung.

Der Überlebensinstinkt war stärker als alles andere.

An diesem Tag hatte er die Fische gefüttert und ihnen frisches Wasser gegeben.

Jetzt kam langsam Bewegung in die Löwin. Es war Steiffel klar, dass sie keine zweite Gelegenheit bekommen würde. Wie ein Reptil an den Boden gedrückt, versuchte sie sich unsichtbar zu machen. Sie war auf Beute aus, genau wie er. Sie wirkte erschöpft. Dann spannte sie ihre Muskeln und setzte zum entscheidenden Sprung an, möglicherweise dem letzten ihres Lebens.

Überleben. Er musste an die Glockenkurve denken, von der alle in der Erdölbranche Tätigen geradezu besessen waren. King Hubbert, ein Geologe der Shell, hatte 1976 etwas vorausgesagt, wovon viele nichts hatten hören wollen, auch wenn sie es geahnt haben mochten. Seiner Annahme nach würde die aus einer neu erschlossenen Ölquelle geförderte Menge immer mehr zunehmen, bis der gefürchtete Punkt erreicht wurde, an dem die Hälfte der Reserven erschöpft war. Danach würde die Erzeugung zurückgehen, erst nach und nach, dann aber immer schneller, bis der Schlusspunkt erreicht war. Steiffel war die Befürchtung nicht fremd, am nächsten Morgen aufzuwachen und zu entdecken, dass er sich auf dem absteigenden Ast der Kurve befand; sie war ihm geradezu angeboren. Sein Leben bestand nahezu ausschließlich daraus, sich in einer Welt voll habgieriger und nach immer mehr strebender Giganten, einer Welt, in der schärfster Konkurrenzkampf herrschte, so viele Vorräte wie möglich zu sichern. Im Ölgeschäft diktierte die Menge die Regeln. Die OPEC-Länder besaßen siebzig Prozent der Erdölvorräte auf der Welt und konnten daher den Ölhahn nach Belieben auf- und zudrehen, um damit die Preise zu diktieren. So einfach war das Spiel.

Sofern es ihm aber gelang, hier im Kantabrischen Meer ähnlich der Löwin seine Beute zu packen, bestand die Möglichkeit, alle Regeln über den Haufen zu werfen – nicht im hohen Gras der Savanne, wohl aber mehrere tausend Meter unter dem Meeresspiegel. Ein besorgter Ausdruck trat auf seine Züge, und unwillkürlich schob er seine volle Unterlippe über die aufgeworfene Oberlippe.

Da Menschen seiner festen Überzeugung nach imstande waren, die Welt zu verändern, hatte er sein Hauptquartier im texanischen Houston verlassen, um die Arbeiten persönlich zu überwachen. Nach einem ganzen Jahrzehnt vorbereitender Bemühungen schien sich der entscheidende Zeitpunkt zu nähern, da sich die Waage zu seinen Gunsten neigen würde.

Leider standen die Dinge nicht zum Besten. Ähnlich war es ihm vor einigen Jahren in einem abgelegenen Dschungelgebiet Venezuelas gegangen, als eine Gruppe von Ingenieuren seines Unternehmens bei der Suche nach Erdölvorkommen um einen der Nebenflüsse des Orinoko herum umgekommen waren. Es hieß, sie seien den Angriffen von Indios zum Opfer gefallen. Wie auch immer sich das in Wahrheit verhalten mochte, die Arbeiten an seinem Projekt dort hatten sich verzögert, und venezolanische Unternehmen waren in die Lücke gestoßen. Steiffel hatte ihnen die Beute nicht zu entreißen vermocht. Seither hasste er Moskitos und Hitze, während ihn das Meer schon immer angezogen hatte. Jetzt war er dort, um die wichtigste aller Partien zu gewinnen.

Die Gegensprechanlage summte. Jemand aus der Außenwelt wollte mit ihm sprechen. Mit einer müden Bewegung drückte er auf einen Knopf, woraufhin die Stimme Wladimir Tschakenkos ertönte. Tschakenko war sein Strohmann, der die Interessen der Texon in Asien und Teilen Russlands vertrat.

»Doktor Pulaski und ihre Tochter treffen morgen auf der *Merlin* ein.«

Steiffel sah auf die Uhr. »Und wann?«

»Gegen neun Uhr morgens.«

Steiffel kratzte sich leicht am Kinn, das in einer dreifachen Hautkaskade in den Hals überging.

»Hmm, das fällt zeitlich mit der letzten medizinischen Gruppe zusammen.«

»Ich kann das ohne weiteres hinauszögern oder die ganze Sache um ein paar Tage verschieben.«

»Nein, nein, lass es dabei, Wladimir. Unter welchen Bedingungen kommt sie?«

Tschakenko räusperte sich leise. »Ich denke, dass es die richtigen sind. Es hat nicht lange gedauert, bis ich sie so weit hatte, den Vertrag zu unterschreiben.«

»Als ob es nur um das Blatt Papier ginge! Was weiß sie deiner Ansicht nach?«

»Vor allem will sie wissen, welche Rolle ihr Onkel Robert hier gespielt hat. Zumindest erweckt sie diesen Eindruck. Wie auch immer – sie hat unterschrieben.«

Steiffel gab ein missbilligendes Schnaufen von sich. »Verträge kann man brechen. Sie liefern lediglich unseren Anwälten eine Möglichkeit, den Schein zu wahren. Ich will wissen, ob wir uns auf die Frau verlassen können.«

Tschakenkos Stimme war deutlich zu hören. »Das weiß ich nicht. Sie sammelt seit längerem Material über ihren Onkel und seine Beziehungen zu uns, und ich vermute, dass sie damit zu gegebener Zeit weitermachen wird.«

»Und was ist mit Richardsons Bericht?«

Tschakenko zögerte. »Soweit wir von ihr wissen, steht darin nichts über uns. Also können die Leute, die ihn an sich gebracht haben, unmöglich eine Verbindung zu uns herstellen.«

Steiffel dachte an die lange Liste seiner Gegenspieler: Amoco, Chevron-Texaco, Totalfina-Elf und vor allem Shell. Darüber hinaus konnten auch noch einige asiatische Unternehmen in die Sache verwickelt sein, beispielsweise Petro-China, wenn nicht gar die eine oder andere Firma aus den Vereinigten Arabischen Emiraten. Er wies mit seinem riesigen Ringfinger drohend auf den Lautsprecher.

»Du musst ihn herbeischaffen.«

»Ganz und gar unmöglich. Einmal davon abgesehen ist es nur ein Stück Papier ohne die geringste Bedeutung … Vergiss nicht, dass es verdächtig wirken würde, wenn sich meine Männer darum bemühten. Ich denke, dass es besser ist, die Sache auf sich beruhen zu lassen.«

»Versuch es von mir aus unauffällig«, gebot Steiffel. »Die Leute, die ihn haben, wittern die Beute, und das sind dieselben, die drauf und dran waren, die Frau mitsamt ihrer Tochter zu entführen. Wir befinden uns in einem Rennen, Wladimir, und das Rennen hat ein Ziel. Wir wollen das ganze Podium für uns – einen zweiten und dritten Platz darf es nicht geben! Das wäre viel zu gefährlich. Was kannst du mir über Richardson selbst sagen?«

»Die Polizei ist überzeugt, dass es ein Unfall war. Er ist ausgerutscht und im Tauchbecken ertrunken. Du weißt ja, dass er gelähmt war.«

Steiffel rümpfte die unmäßig große Nase, sodass die Brille vor seinen schwarzen Augen in heftige Bewegung geriet, und stützte das Dreifachkinn auf die Linke, bevor er antwortete: »Das Wort Unfall bereitet mir Unbehagen. Es klingt mir seit einigen Monaten übermäßig vertraut in den Ohren.«

»Na hör mal, Calvin. Meine Männer haben saubere Arbeit geleistet.«

»Schon. Aber ihr habt zugelassen, dass der Bericht seiner schwarzen Sekretärin in die Hände gefallen ist. Du hast Pfusch abgeliefert.«

Wieder trat eine Pause ein, sozusagen als Hinweis darauf, dass eine neue Runde eingeläutet wurde.

»Pulaski ist nach wie vor außer Gefecht. Ich glaube nicht, dass er es schafft.«

»Falls sich das bewahrheitet, mache ich dich für seinen Tod verantwortlich. Die Art, wie du die Jagd auf ihn in Moskau organisiert hast, hat mir in keiner Weise zugesagt. Ich brauche den Mann lebend und bei klarem Verstand. Immerhin kann sich der Einsatz seiner Nichte bei uns als zweischneidig erweisen. Sie hier aufs Schiff zu bringen halte ich für ziemlich riskant. Du musst mir dafür einstehen, dass ihr nichts zustößt, und unbedingt dafür sorgen, dass niemand ihre Fährte aufnimmt.«

»Sie kommt in Begleitung meiner Männer im Hubschrauber. Ich werde selbst mit an Bord sein.«

»Sorg dafür, dass ihr in den frühen Morgenstunden vom spanischen Festland startet, solange es noch dunkel ist. Sobald sie sich ausgeruht hat, will ich mit ihr über ihren Onkel sprechen.«

»Was machen wir mit der Kleinen? Die war in unserem Plan nicht vorgesehen.«

»Ohne dein törichtes Eingreifen wäre es nicht dahin gekommen«, hielt ihm Steiffel vor. »Du hättest auf sie aufpassen müssen, bis die Mutter an Bord war und nicht zurückkonnte.«

Ohne darauf einzugehen, fügte der Russe hinzu: »Wie vereinbart bringt der Hubschrauber die gewünschte Lieferung. Eine Ablösung von Besatzungsmitgliedern ist nicht vorgesehen, auch wenn dieser und jener das wohl glaubt. Ich werde dafür sorgen, dass diese Mitteilung in der gesamten Besatzung die Runde macht.«

»Gut, damit gewinnen wir Zeit. Die letzten Zwischenfälle haben die Leute nur unnötig nervös gemacht.«

Die für Ölbohrinseln gültigen internationalen Vorschriften verlangten, dass jeweils ein Teil der dort Tätigen im rollierenden System nach spätestens achtundzwanzig Tagen ausgewechselt wurde. Normalerweise geschah das alle zwei Wochen. Da die *Merlin* ein Schiff war, konnte sie bei Bedarf rasch einen Hafen anlaufen, und so hielt Steiffel es nicht für nötig, sich an diese Vorschriften zu halten. Im Übrigen hätte er das Schiff lieber versenkt, als damit einen Hafen aufzusuchen.

Damit eilte er entsprechend seiner Gewohnheit den Ereignissen voraus. Zwar verfügte sein Unternehmen über eine Genehmigung für Probebohrungen, die ein volles Jahr lang gültig war, doch ließ es sich gar nicht vermeiden, dass die *Merlin* unerwünschte Aufmerksamkeit auf sich zog. Da sie als Erkundungsschiff registriert war, wies ihre Anwesenheit in jenen Gewässern deutlich darauf hin, dass das multinationale Unternehmen dort Öl zu finden hoffte. Natürlich durfte man im Bezug auf dergleichen nie sicher sein, konnte ein solches Vorhaben doch jederzeit scheitern, worauf Steiffel auch jeden Gesprächspartner hinzuweisen pflegte. Er sagte gern, die einzige Methode, Sicherheit zu erlangen, bestehe darin, »den Finger in die Nase zu stecken«, das heißt, einige Probebohrungen niederzubringen, um zu sehen, ob die Vorkommen den großen technischen Aufwand lohnten, der mit der Förderung zwangsläufig verbunden ist.

In gewisser Entfernung von dem Gebiet, in dem die *Merlin* vor Anker lag, führte ein kleineres Schiff von Steiffels Unternehmen seismische Untersuchungen des Meeresbodens durch. Er hoffte, der Außenwelt auf diese Weise den Eindruck zu vermitteln, es handele sich lediglich um eine Erkundung möglicher Erdölvorkommen. Ihm war bewusst, dass jeder, der ein solches Schiff in jenem Gebiet sah, Verdacht schöpfen würde. Es war so, als wenn jemand eine Unmenge Regenschirme in die Wüste transportierte: Man würde ihn entweder für verrückt halten oder annehmen, er sei sicher, dass es dort in nächster Zeit anhaltend regnen werde.

Das kleinere Schiff diente lediglich als Tarnung für die *Merlin*, die nichts anderes war als eine einzigartige schwimmende Bohrinsel, die Steiffels Erwartungen bisher allerdings bitter enttäuscht hatte, denn die Tanks der *Merlin* waren so gut wie leer geblieben. Aufgrund der ungünstigen Nachrichten und der in den letzten drei Monate eingetretenen Verzögerungen war er selbst an Bord gegangen, um nach dem Rechten zu sehen. Was er seither erlebt und erfahren hatte, gefiel ihm in keiner Weise. Hinzu kam noch der Ärger mit den Umweltschützern. Von der *Merlin* aus konnte man sehen, dass kleine Boote die Fischer zu den nahe gelegenen Fanggründen begleiteten, und der Pilot hatte berichtet, man habe seinen Hubschrauber fotografiert, während er die Fischkutter überflog. Offenbar war es nur eine Frage der Zeit, bis sich die Umweltschützer auch die *Merlin* vornahmen und wie Schweißhunde um sie herumschnüffelten.

»Meine Beauftragten in Spanien haben in jüngster Zeit gewisse Aktivitäten von Umweltgruppen in einem Küstenort entdeckt«, hörte er jetzt Tschakenkos Stimme aus dem Lautsprecher. »Irgendein Bürgermeister hat Politiker der Provinzdelegationen zusammengetrommelt. Man will auf dem Meer Ölflecken gesehen haben, und es heißt, dass die Fischer deshalb nicht mehr zum Fang ausfahren können.«

»Lässt sich das mit uns in Verbindung bringen?«, fragte Steiffel mit gerunzelter Stirn.

»Soweit ich weiß, sind die Verschmutzungen auf kleine Gebiete begrenzt. Ich glaube nicht, dass das den Fischfang in größerem Umfang behindern wird.«

»Das genügt nicht, Wladimir.«

»In erster Linie klagt man darüber, dass tote Tiere an der Küste angeschwemmt werden. Das hat nichts weiter zu bedeuten. Angeblich geht es dabei um ein Handvoll Delphine und einen Pottwal. Einige Angehörige der Umweltgruppen führen das auf die seismischen Erschütterungen durch unser Hilfsschiff zurück.«

Das »Hilfsschiff«, das die eigentlichen Ziele der Texon verschleiern sollte, schoss mit Hilfe von Druckluft Schallwellen gegen den Meeresboden ab, die je nach Zusammensetzung des Gesteins stärker oder weniger stark zurückgeworfen wurden. Den Steiffel vorgelegten Ergebnissen nach zu urteilen hatten die Ingenieure glänzende Arbeit geleistet.

Er wollte schon »verdammte Umweltheinis« sagen, schluckte es aber im letzten Augenblick herunter.

Zwar ging er in diesem Teil des Kantabrischen Meeres gemäß den gesetzlichen Auflagen vor, doch war ihm klar, dass Ölfirmen in der Öffentlichkeit ganz allgemein einen schlechten Ruf hatten. An vielen Orten, an denen die Texon Öl förderte, herrschte wegen der instabilen politischen Lage eine besondere Situation, so in Nigeria, Westafrika und Ecuador, aber auch in den ehemaligen Sowjetrepubliken Kasachstan und Usbekistan. Dort ließen sich mühelos Verträge mit einer Laufzeit bis zu fünfzig Jahren abschließen, in denen man den Ölfirmen als Gegenleistung für die Hunderte von Dollarmillionen kostenden Aufwendungen zur Errichtung der nötigen Anlagen eine beträchtliche Beteiligung an den vorhandenen Vorkommen zusagte. In jenen Ländern war den Menschen die Umwelt, mit Steiffels Lieblingsausdruck gesagt, »so wichtig wie ein Vogelschiss«.

Am besten gedieh das Geschäft in den armen Ländern, in denen die Korruption blühte. Leider wurden solche Gelegenheiten immer seltener, und der Kuchen musste zwischen immer mehr begehrlichen Wettbewerbern aufgeteilt werden.

In Spanien lagen die Dinge anders. Dort waren Investitionen mit hohem Risiko verbunden, auch wenn die Regierenden vor investitionsbereiten international tätigen Großunternehmen den roten Teppich ausrollten. Zwar waren die Möglichkeiten, einen fetten Happen zu erhaschen, sehr gering, dennoch versprachen die legalen Verträge große Vorteile. Man konnte die Hälfte des geförderten Öls für sich behalten und obendrein bis zu einem Viertel der getätigten Investitionen wieder hereinholen. Ein weiterer Vorteil von Spanien lag darin, dass es in den Augen von Steiffels Konkurrenten einfach nicht existierte, da es weder mit Algerien noch mit Indonesien oder Ägypten vergleichbar war.

Sie irrten, was aber nur er wusste, und dass er sich dort befand, verdankte er Robert Pulaskis Genie.

Selbstverständlich waren auch andere Ölgesellschaften im Kantabrischen Meer tätig, nämlich dort, wo es bestätigte Erdöl-Vorkommen gab. Steiffel war froh, dass diese Stellen weit von den Carrandi-Fanggründen entfernt lagen, in denen die *Merlin* bisher unbehelligt operiert hatte.

Ihren Namen verdankten diese Fanggründe den Fischern früherer Zeiten, die dort auf Walfang gegangen waren. Inzwischen gingen ihnen in diesem Gebiet hauptsächlich Thunfisch, Seehecht und Blauer Wittling ins Netz. Steiffel hatte bisher noch keine Schwierigkeiten mit Fischern gehabt, war sich allerdings bewusst, dass er mit größter Vorsicht vorgehen musste. Ihm war klar, welche Gefahr es bedeutete, dass sich die *Merlin* in der Nähe von Fischereigewässern aufhielt. Sofern es zu einer Umweltkatastrophe kam, würden ihm alle unterzeichneten Verträge nichts mehr nützen. Die durch eine Ölpest hervorgerufenen Verluste in der Fischerei konnten ohne weiteres in die Milliarden gehen, und die politischen Konsequenzen für die jeweilige Regierung wären unabsehbar. Daher musste jede Beschwerde von Umweltschützern äußerst ernst genommen werden, ganz gleich, wie nichtig sie sein mochte.

»Das mit den toten Tieren kann zu Unzuträglichkeiten führen, Wladimir. Versuch festzustellen, wer die Umweltschützer finanziert und wie man ihre Mittel durch spanische Stiftungen aufbessern könnte, auf die wir Einfluss haben.«

Er holte Luft und fügte mit ernster Stimme hinzu: »Wir müssen unbedingt dafür sorgen, dass die Ölförderung nicht beeinträchtigt wird. Ende des Jahres bekommen wir einen zeitlich befristeten Kontrakt dafür, dann können wir ganz offiziell so viel herausholen, wie wir für richtig halten. Wir müssen dafür sorgen, dass wir die Hände nicht allzu lange in den Schoß legen, und unbedingt feststellen, was da unten los ist. Es ist ein Wettlauf gegen die Zeit.«

»In Ordnung. Ich sorge dafür, dass die Frau mit ihrer Tochter frühmorgens bei euch eintrifft, und kümmere mich um die Umweltschützer. Vertraust du ihr eigentlich?«

»Sie ist eine Pulaski. Falls ihr Onkel stirbt, nützt sie uns möglicherweise nichts, aber wir brauchen ihr das ja nicht auf die Nase zu binden. Es bleibt uns wohl nichts anderes übrig, als das Risiko einzugehen.«

Damit war das Gespräch beendet, und Steiffel war in der undurchdringlichen Stille seiner Luxussuite wieder allein mit dem Bild der Löwin, die im Standbild nach wie vor zum Sprung geduckt war. Er drückte auf den Knopf der Fernbedienung, und sie wurde lebendig. Ein mächtiger Satz – doch die Krallen der Raubkatze verfehlten ihr Ziel um wenige Zentimeter, und die Gazelle entkam.

Er sah, wie sich die Rippen der Löwin unter ihrem Fell abzeichneten. Offensichtlich hatte sie schon lange hungern müssen. Da es ihr nicht gelungen war, sich hinreichend unsichtbar zu machen, war sie jetzt dem Tod geweiht. Eine weitere Möglichkeit würde es für sie nicht geben.

So konnte es auch ihm ergehen.

15

Echos

An Bord der Rainbow, nahe den Carrandi-Fanggründen nordöstlich von Gijón.
Anfang April 2005, siebter Tag der Expedition

Thomas Albee legte den Kopfhörer beiseite und kaute auf seinem Pfeifenstiel herum. Wie oft schon hatte er versucht, auf die Töne aus der dunklen Tiefe des Meeres zu lauschen, die aus dem Echolot links von ihm kamen! Mindestens ein Dutzend Mal bemühte er sich, die Pfeife in Gang zu bringen, aber entweder war der Tabak zu feucht, oder er war mit der Flamme nicht nahe genug herangegangen. Nacheinander sah er auf jeden der Bildschirme, die ihn im Halbkreis umgaben, und runzelte die Brauen.

Es war finstere Nacht. Die *Rainbow* fuhr auf dem ruhigen Wasser des Ozeans mit einer Geschwindigkeit von sechs Knoten den vorgegebenen Koordinaten entgegen. Es waren noch fünfzehn Seemeilen bis dorthin, wo Alastair Golombek die feinen Netze auswerfen lassen wollte, in denen sich im Wasser treibendes Phytoplankton verfangen sollte. Seiner Überzeugung nach diente es den Larven des Kalmars als Nahrung, die unter Umständen nahe der Wasseroberfläche überlebt hatten. Mit etwas Glück würde er einige davon unter dem Mikroskop entdecken und ihnen genetisches Material, also DNS, entnehmen können. Auf dem Schiff befanden sich bereits einige Spezialbehälter für diese Larven, doch hielt Golombek die Aussichten, einen Riesenkalmar in Gefangenschaft aufziehen zu können, für außerordentlich gering. Offenbar veranlasste irgendein bisher nicht bekannter Faktor in ihrer Physiologie diese Tiere dazu, sich so bald wie möglich in die schwarze Tiefe des Meeres zu flüchten, wo sie für den Menschen unerreichbar waren.

Die Stelle, an der sich die *Rainbow* jetzt befand, schien für die Erprobung der von Albee entwickelten Unterwasser-Kamera geeignet zu sein. Inzwischen war es ihnen gelungen, den als *Jeeves* bezeichneten autonomen Tauchroboter zu reparieren, der bei Kaikoura so kläglich versagt hatte, und er funktionierte zur größten Zufriedenheit. Außerdem wartete das Tauchboot *Atlantis*, das mit drei Personen an Bord eine Tiefe von viertausend Metern erreichen konnte, auf seinen ersten Einsatz und damit auf seine Bewährungsprobe.

Bedingt durch die Eile und die knappen Finanzmittel bestand die Besatzung des ozeanographischen Forschungsschiffes aus lediglich neun Personen. Neben dem Kapitän Jeffrey Fisk, der die *Rainbow* auch während der Unternehmung vor der Halbinsel Kaikoura geführt hatte, wie immer im olivgrünen Hemd und mit der unvermeidlichen Zigarette in der Hand, die er geziert zwischen Mittel- und Ringfinger zu halten pflegte, waren das zwei erste Offiziere, ein Oberingenieur, ein Bordmechaniker, ein Koch mit einem Gehilfen sowie zwei einfache Seeleute. Hinzu kamen zwei für die Instandhaltung und Wartung des Forschungs-Tauchboots angeheuerte Techniker. Für die ozeanographische Arbeit waren außer Golombek und Albee noch einige Studenten von der Georgetown-Universität an Bord, die sich eine so glänzende Gelegenheit, Material für ihre Abschlussarbeit zu sammeln, nicht entgehen lassen wollten. Obwohl das Schiff nur wenig Fahrt machte – sie hatten keine Eile und nutzten die Zeit, alle Geräte zu überprüfen und einsatzbereit zu machen –, würden sie das Zielgebiet schon in wenigen Stunden erreichen.

Juan Cepesma kam mit Kaffee in Plastikbechern herein, und Albee forderte ihn auf, sich zu setzen. Er hatte in den vergangenen Tagen die Gesellschaft dieses Mannes schätzen gelernt, der dem Ozean mit Leib und Seele verbunden war. Da er unausgesetzt von der Bugreling aus durch ein Fernglas auf das Meer hinausspähte, hatte er als Erster die unverkennbare Silhouette eines Pottwals entdeckt, der das Wasser mit seiner Fluke peitschte, bevor er untertauchte. Albees Überzeugung nach war der Mann ein Gewinn für ihr Unternehmen, und er war froh, dass sich Golombek an das mit ihm getroffene Abkommen gehalten hatte. Anfangs hatte er sich mit allen Kräften dagegen gesperrt, Cepesma einzubeziehen, doch nachdem er von ihm zahlreiche Berichte über Fischer gehört hatte, in deren Schleppnetzen sich Riesenkalmare gefangen hatten, war er Feuer und Flamme.

Den Ausschlag gegeben hatte eine Lagebesprechung. Die *Rainbow* hatte noch im Hafen gelegen. Beim gemeinsamen Kartenstudium mit dem Ozeanographen hatte Albee angeregt, Cepesma hinzuzuziehen, da ihnen dieser sicherlich zeigen könne, wo Riesenkalmare beobachtet worden waren. Mit bemerkenswerter Genauigkeit hatte ihnen Cepesma die Koordinaten von Stellen genannt, an denen es nach den Berichten von Fischern seit Jahren immer wieder zu solchen Begegnungen kam. Die meisten von ihnen, hatte er hinzugefügt, lägen in der Nähe von Fanggründen, die in keinem nautischen Handbuch verzeichnet seien. Gemeinsam hatten sich die drei Männer über die Karte gebeugt, um einem Ziel näherzukommen, das jedem von ihnen am Herzen lag. Zwar hatte keiner der Fischer je genau ein solches Tier beschrieben wie jenes, das in Luarca gestrandet war, aber irgendwo musste man schließlich anfangen.

Seither hatte Albee die Sache mit etwas mehr Nachdruck betrieben, indem er beispielsweise unauffällig ein Lob auf Cepesma hatte fallen lassen, wenn er abends mit Golombek bei einem Glas Porto vom Hafen aus den Blick auf das Wasser gerichtet hielt. Zwar weigerte sich Golombek nicht rundheraus, ihn mitzunehmen, doch zeigte er sich auch in keiner Weise begeistert. Entscheidend aber war das Ergebnis, und jetzt war Cepesma mit an Bord.

Die Aufgabe, der sie sich gegenübersahen, war gewaltig. Einige Albee bekannte Kameraleute der BBC, die auf Unterwasseraufnahmen spezialisiert waren, hatten die Ergebnisse von monatelanger Arbeit auf den Müll werfen müssen, bis sie endlich einige Minuten lang einen Blauwal so vor die Linse bekommen hatten, dass sich mit dem Material etwas anfangen ließ. So ungewöhnlich der Krake war, er war nicht annähernd so groß wie ein Wal und mithin auch weit schwieriger zu entdecken.

Bei der Begegnung mit dem ersten Pottwal setzte Albee seinen Plan ins Werk.

»Wir wollen uns doch einmal anhören, was da unten los ist. Haben Sie Lust?«, fragte er Cepesma.

Die Sache gestaltete sich überaus eindrucksvoll. Aus einem Schlauchboot ließen sie eine mit mehreren Mikrofonen besetzte Leine ins Wasser, die von einer Boje gehalten wurde. Anschließend verlegten sie nahe der Wasseroberfläche jeweils achtzig und hundert Meter vom Bug und Heck des Schiffes entfernt Horchleitungen. Mehrere Stunden lang nahmen sie vom Schlauchboot aus auf, was die an der Boje befestigten Tiefenmikrofone empfingen, während die automatischen Horchsysteme des Schiffes die Signale der übrigen Leitungen aufzeichneten. Als sie zwei weitere Pottwale ausmachen konnten, war der erste von ihnen kaum siebzig Meter entfernt.

Am nächsten Tag hörte sich Albee die in der Nacht gemachten Aufnahmen an und verglich sie mit Tönen aus dem Schallarchiv, die er auf seinen Festplatten gespeichert hatte. Er hatte nur eine kurze Pause gemacht, in der er zwar dankbar den von Cepesma gebrachten Kaffee entgegengenommen hatte, zugleich aber darauf hinwies, dass kein Licht gemacht werden durfte.

»Haben Sie was Interessantes entdeckt?«

»Möglich.«

Er strich sich über die Augen und gähnte herzhaft. Die Hände hinter dem Nacken verschränkt, legte er den Kopf nach hinten, wobei sein Sessel knarrte. Verwundert sah er auf seine Pfeife: Seit mehreren Stunden kaute er auf ihrem Stiel herum, ohne sie auch nur ein einziges Mal angezündet zu haben!

»Wissen Sie noch, was die jungen Leute gesagt und was Sie uns bestätigt haben? Dass man in jener Nacht in der Nähe des Leuchtturms aufsteigende Blasen hören konnte?«

»Ich kann das Geräusch nicht genau beschreiben, aber etwas in der Art muss es gewesen sein.«

Mit breitem Lächeln legte Albee die Pfeife neben einen der Bildschirme.

»Jetzt hören Sie sich das hier mal an. Im Dunkeln hört man es besonders deutlich.«

Während er über die Tastatur mehrere Befehle eingab, suchte Cepesma tastend eine freie Stelle für den Kaffeebecher.

Alle Bildschirme blieben dunkel. Aus den Lautsprechern drangen gleichförmige Hintergrundgeräusche. Dann hörte man einen tiefen Ton, der etwa wie »Blubb« klang, so, als hätte eine Kehle in der Tiefe eine große Menge Luft ausgestoßen. Es klang übermäßig laut – kein Wunder, dachte Cepesma, im Wasser breitet sich der Schall fünfmal schneller aus als in der Luft, womit das Meer sozusagen ein ungeheurer Resonanzkörper ist.

»Es klingt wie eine riesige Blase, die an die Oberfläche steigt«, sagte Cepesma.

»Das denke ich auch«, pflichtete ihm Albee bei und spielte die Aufnahme erneut ab.

»Haben Sie das letzte Nacht aufgenommen?«

Albees Augen leuchteten in der Dunkelheit. »Nein, das stammt aus dem Schallarchiv. Ein Schiff der britischen Marine hat diese Aufnahme bei Tiefenortungen im Nordatlantik gemacht. Die Leute konnten sich die Ursache des Geräuschs nicht erklären. Würden Sie sagen, dass es sich um das handelt, was Sie damals gehört haben?«

Cepesma schüttelte den Kopf. »Das ist schwer zu sagen. Möglicherweise ist es so ähnlich wie das, was wir beim Leuchtturm gehört zu haben glauben, aber sicher bin ich meiner Sache nicht.«

»Das Meer hält alle möglichen Überraschungen bereit. Ich habe für das Geräusch kein Spektrogramm, aber ich zeige Ihnen mal eins, das ich hier habe.«

Bevor er weitersprach, schaltete er die erste Reihe Bildschirme ein und machte Eingaben auf der Tastatur. »Zuerst greife ich in den Datenbanken auf das zu, was wir wissen. Geräusche sind sozusagen eine akustische Fährte, die ein Tier hinterlässt, und wenn wir wissen, um welches Tier es sich handelt, können wir es ihm zuordnen. Wir haben das alles digitalisiert. Das hier wurde bei einem Blauwal nahe der chilenischen Küste aufgenommen. Achten Sie einmal auf das Spektrogramm.«

Während ein durchdringender Klagelaut den Raum erfüllte, sah man auf dem Bildschirm eine steil ansteigende Kurve. Die darauffolgende Stille wurde durch ein Tal angezeigt. Die Geräusche wurden immer stärker, bis die Lautsprecher bei den letzten Tönen förmlich dröhnten.

Zwei orangefarbene Streifen unterbrachen das Blau des Bildschirms.

»Eindrucksvoll«, murmelte Cepesma.

»Nicht wahr? Der Schalldruck dieser Klagelaute ist ungeheuer. Man hat die Aufnahme so verändert, dass wir sie mit einer Frequenz zwischen null und sechzig Hertz hören können.«

Als Letztes spielte er die am Vortag von den Unterwasser-Mikrofonen aufgefangenen Töne ab.

»Und was kommt jetzt?«

»Das sage ich nicht. Ich würde gern Ihre Meinung dazu hören.«

Am oberen Rand des Bildschirms sah man einen blauen und am unteren Rand einen schmaleren orangefarbenen Streifen. Ein starkes Geräusch überlagerte das übliche Hintergrundrauschen. Cepesma schloss die Augen. Es klang wie ferner Donner am Horizont, in dem man die Schreie von Möwen und das laute Kreischen anderer Seevögel hören konnte, die dicht über den Schaumkronen der Wellen dahinflogen.

»Es hört sich so an, wie wenn man von der Küste aus mitbekommt, dass ein Unwetter heraufzieht.«

Albee lächelte.

»Der Vergleich gefällt mir. Wenn Sie die Augen zumachen, würden Sie schwören, dass es sich genau um das handelt. So klingen Unterwasser-Erdbeben. Das wurde im Pazifik aufgezeichnet, in der Nähe einer unterseeischen Vulkanformation südlich der japanischen Inseln.«

»Es dröhnt wie Donnerhall.«

»Jetzt zeige ich Ihnen mal das Spektrogramm der Geräusche der Druckluftkanonen, mit deren Hilfe man seismische Untersuchungen des Meeresbodens durchführt.«

Was sie hörten, klang wie eine Salve von Schüssen. Albee erklärte, dass die von größeren Schiffen erzeugten Töne dumpfer und die von kleineren Schiffen höher klingen: eins, zwei, eins, zwei … wie der Marschtritt von Soldaten.

Er schaltete die Lautsprecher aus, und im Labor trat wieder Stille ein.

»Jetzt sind Sie auf das eingestimmt, was ich Ihnen gleich vorführen werde. Ich hoffe, Sie fühlen sich durch diese Erklärungen nicht belästigt oder gekränkt. Ich war nur der Ansicht, dass ich erst einmal vorbereiten musste, was ich entdeckt habe. Was Sie gleich hören werden, habe ich vorgestern aufgenommen. Zuerst habe ich die Töne isoliert und so weit wie möglich von Hintergrundgeräuschen und anderen Störquellen befreit. Jetzt werde ich sie mit verschiedenen ›Schichten‹ vermischen und aneinanderhängen, damit Sie das Ganze als Endlosschleife hören können. Es klingt wie ein Lied, das man nicht loswird.«

»So wie ein Ohrwurm?«

»Ja, wie ein Ohrwurm. Hier also haben wir die erste Strophe, und Sie werden merken, dass Sie Recht hatten mit dem, was Sie gesagt haben. Die Geräusche, die unser achteres Hydrophon aufgefangen hat, sind Schallexplosionen, wie sie nur Menschen erzeugen können.«

Cepesma erkannte die Geräusche, die ihn an das Pulsen eines Herzens erinnerten, auch wenn sie etwas anders klangen. Eins, zwei, eins, zwei … Bumbum, bumbum.

Erstaunt fragte er mit leiser Stimme: »Erdölsuche?«

»Sie haben den Nagel auf den Kopf getroffen. Der Schalldruck erreicht zweihundertvierzig Dezibel. Das ist ein üblicher Wert, wenn Ölfirmen nach Lagerstätten suchen. Ich habe weitere Archivaufnahmen, die dem ähneln, was Sie da gerade gehört haben. Sie sind in ölreichen Gewässern wie denen vor der Küste Kanadas, Neuschottlands oder auch der Westküste Afrikas aufgenommen worden. Ich nehme die Lautstärke einmal etwas zurück. Jetzt können Sie unseren Ehrengast hören, den Pottwal, den wir kürzlich gesehen haben.«

Es ertönten Laute, die so ähnlich klangen wie »klick«, doch war es Cepesmas Eindruck nach keine regelmäßige Abfolge. Manche waren kräftiger, andere wieder schwächer.

»Kein Tier auf der Welt besitzt ein größeres lauterzeugendes Organ als der Pottwal«, sagte Albee mit Flüsterstimme. »Die Abfolge von Klicklauten, die Sie da hören und von denen jeweils fünf zu einer Gruppe zusammengefasst sind, deckt sich zeitlich mit dem Auftreten der anderen Pottwale, die wir kurz nach dem ersten gesehen haben. Man darf annehmen, dass die Tiere auf diese Weise Verbindung miteinander aufgenommen haben. Wirklich wichtig aber ist, was Sie gleich hören werden. Nach diesen mehr oder weniger intensiven Klicklauten beschleunigen sich die von unserem Pottwal ausgesandten Lautäußerungen.«

Aufmerksam lauschte Cepesma. Was er hörte, war überwältigend. Es handelte sich um mehr als einfache Geräusche, es war fast eine Art Symphonie. Das Tempo der Laute steigerte sich zu einer so irrwitzigen Geschwindigkeit, als bearbeitete ein Schlagzeuger virtuos eine winzige Blechtrommel immer schneller mit hölzernen Schlegeln.

Leise sagte Albee in das Dunkel hinein: »Diese rasch aufeinanderfolgenden Laute verraten uns, dass das Tier unter unserem Schiff auf der Jagd war. Sie wurden aufgenommen, kurz nachdem er wieder für längere Zeit untergetaucht war. Pottwale können den Atem eine Dreiviertelstunde lang anhalten.«

»Erstaunlich! Und was hat die Beschleunigung zu bedeuten?«

Albee drehte sich zu ihm um. »Sie dient der Echo-Ortung. Mittels der Schallfolge erkennen die Wale, wo sich die Beute befindet, die sie verfolgen. Sie machen sich damit sozusagen ein Bild von ihr. Nehmen wir an, die nächste Mahlzeit eines solchen Wals hält sich in einer Tiefe von zwei- oder dreihundert Metern auf. Er kann sie nicht sehen. Ähnlich wie wir in der Dunkelheit zwar nicht sehen, unsere Augen aber an schwaches Licht gewöhnen können, nimmt er einen undeutlichen Umriss wahr, obwohl seine Augen geschlossen sind. Mit Hilfe der sich beschleunigenden Laute erkennt er immer deutlicher, worum es sich dabei handelt, bis er merkt, ob es ein Beutetier ist oder nicht. Er erzeugt mit den Lauten sozusagen eine Art Abbild, das seinem Gehirn den bewussten Gegenstand immer deutlicher zeigt. Ich habe der Sequenz in Echtzeit die anderen von den Unterwasser-Mikrofonen aufgenommenen Geräusche beigemischt. Gleich werden Sie erleben, wie sich die Szene in Wirklichkeit angehört hat.«

Cepesma holte tief Luft, während Albee einen weiteren Knopf drückte.

Erst hörte er die Pottwale: eine immer raschere Abfolge der Klick-Laute in einem geradezu irrwitzigen Tempo. Danach kam eine laute und intensive Klage, die in immer tiefere Klangregionen sank, bis die Lautsprecher sie nicht mehr wiederzugeben vermochten, ständig begleitet von den Klick-Lauten. Darauf, gerade als die Klage am stärksten anschwoll, hörte man ein lautes Blubbern. Schlagartig hörten die Klick-Laute auf. Die Stille, die danach eintrat, wirkte äußerst eindrucksvoll.

Albee schaltete die Schreibtischleuchte neben den Rechnern ein, und Cepesma schloss die Augen, weil ihn das Licht blendete. Mit einem Mal fiel ihm auf, dass inzwischen leichter Seegang herrschte.

Albee nahm die Pfeife, stopfte sie gründlich und setzte den Tabak in Brand. Endlich zog sie.

»Und?«, fragte er, sich entspannt zurücklehnend.

»Ich würde sagen, dass der Pottwal bekommen hat, was er haben wollte«, gab Cepesma zurück.

Bedächtig nickte Albee, ohne die Pfeife aus dem Mund zu nehmen.

»Ja. Und zwar war es das, was das uns unbekannte Geräusch von sich gegeben hat. Es ähnelt keinem von all denen, die wir in unserem Schallarchiv haben, wenn man von dem sonderbaren

›Blubb‹ absieht, das die Leute von der britischen Marine aufgefangen haben.«

Wie immer, wenn er einen schwierigen Gedankengang verfolgte, krümmte Cepesma einen Finger und biss leicht hinein. Nach einer Weile sagte er zögernd: »Man hat das Geräusch der geheimnisvollen Blasen zweimal beobachtet: das eine Mal nahe den Carrandi-Fanggründen und das andere Mal weit davon entfernt im Atlantik. Was ist Ihre Ansicht dazu?«

Die *Rainbow* schwankte ein wenig.

»Natürlich habe ich die beiden Geräusche auf dem Oszilloskop miteinander verglichen. Ihre Frequenz ist so gut wie deckungsgleich. Das bedeutet, dass sie an beiden Stellen auf die gleiche Weise entstanden sind. Wenn ich das in Beziehung zu der einzigen Aufnahme setze, die *Jeeves* fast zu Anfang unserer Expedition gemacht hat, könnte das unser Krake sein.« Nach einer kurzen Pause fuhr er fort: »Immer vorausgesetzt, das, was Sie gehört haben, ist das, was ich meine.«

Jeeves in Aktion, zweiter Tag

Das vom Tauchroboter *Jeeves* aufgenommene Bild hatte sich, bald nachdem die *Rainbow* aus dem Hafen von Gijón ausgelaufen war, nachträglich als Erfolg herausgestellt.

Dieser Roboter war letztlich nichts anderes als ein mit einem Antriebsmotor, einer Kamera und einem Sonargerät ausgerüsteter Stahlzylinder. Zwar erweckte er nicht unbedingt den Eindruck herausragender Intelligenz, dennoch verfügte er über eine Art leistungsfähiges Gehirn, auch wenn es sich dabei nicht um einen programmierbaren Rechner handelte. Da er einem Druck von fünfhundert Bar standhielt, also ein Gewicht von fünfhundert Kilo auf jedem Quadratzentimeter seiner Außenhaut lasten konnte, ließ er sich bis zu einer Tauchtiefe von fünftausend Metern einsetzen. Er verfügte über zwei gelbe Auftriebskörper, die ungefähr so aussahen wie die lenkbaren Luftschiffe früherer Zeiten.

Albee pflegte im Scherz zu sagen, *Jeeves* sehe aus wie eine Kreuzung zwischen dem Raumschiff *Enterprise* aus der Fernsehserie *Star Trek* und dem 1937 bei Lakehurst einer Brandkatastrophe zum Opfer gefallenen Zeppelin *Hindenburg*.

Jeeves war unglaublich eigensinnig – er gehorchte ausschließlich seinem Programm.

»Da er nicht über ein Drahtseil mit dem Schiff verbunden ist, müssen wir uns ganz und gar auf ihn verlassen«, erklärte Albee dem außerordentlich schlecht gelaunten Golombek.

Vor der Halbinsel Kaikoura war der Roboter ohne die geringsten Schwierigkeiten in eine Tiefe von tausendfünfhundert Metern vorgedrungen und hatte dort eine Schicht von Ablagerungen nahe den steil abfallenden Hängen einer unterseeischen Schlucht erkundet. Dabei tastete er mit seiner Sonareinrichtung sozusagen den Meeresboden ab und orientierte sich an den zurückgeworfenen Schallwellen. Sobald die gewonnenen Angaben an den Rechner weitergeleitet waren, fertigte das integrierte Topographie-Programm eine Zeichnung des Bodenreliefs an. Je öfter man *Jeeves* an ein und derselben Stelle auf den Meeresboden hinabließ, desto genauer und besser wurden seine Zeichnungen, denn er fügte immer mehr Einzelheiten hinzu, ganz wie ein Künstler.

»Mein Tiefsee-Michelangelo«, nannte ihn Albee daher auch voll Vaterstolz.

Anfangs hatte sich Golombek nicht groß um den Roboter gekümmert, doch hatte sich das mit einem Schlag geändert, als er – man hatte ihn erstmals bis in eine Tiefe von zweitausend Metern geschickt – mit seiner Frontkamera die erste Aufnahme des Kraken gemacht hatte, auch wenn dieser darauf nur teilweise zu sehen war.

Jeeves zu Wasser zu lassen war fast wie eine Taufe, wobei Albee und Cepesma, mit Schwimmwesten angetan, wie Taufpaten zu beiden Seiten standen. Zwei der Studenten halfen, die dicken Drahtseile durch die Klampen zu führen. Dann schwenkte einer der Techniker den Roboter, der immerhin über dreihundert Kilo schwer war, mit dem Kran über die Reling und ließ ihn so weit wie möglich von der Bordwand entfernt zu Wasser. Obwohl die See vergleichsweise ruhig war, fürchtete Albee, der Seegang könne ihn gegen den Rumpf der *Rainbow* drücken. Es war seine Aufgabe, *Jeeves* für die jeweils vorgesehene Tauchtiefe so auszutarieren, dass er weder zu schwer noch zu leicht war.

»Dabei bin ich immer ganz nervös, obwohl ich das bestimmt schon hundert Mal gemacht habe«, sagte er, während er zusah, wie der Roboter in seinen Seilschlaufen langsam ins Wasser sank.

»Wieso geht das schwere Ding eigentlich nicht wie ein Stein unter?«, fragte Cepesma, während er sich über die Reling beugte. Beim Anblick der gelblich schimmernden Schwimmkörper musste er an tote Fische denken, die mit dem Bauch nach oben im Wasser treiben.

»Wir müssen den Auftrieb mit Ballast genau austarieren«, erklärte Albee. »Wenn ich ihm auch nur ein oder zwei Prozent zu viel davon auflade, können ihn seine Motoren nicht mehr nach oben bringen.«

Achtzehn Stunden später kehrte der Erkundungsroboter pünktlich zum Schiff zurück, nachdem er sein Programm abgearbeitet hatte.

Während der Wartezeit hatte sich Albee mit Golombek gestritten. Vor ihnen lag eine Karte ausgebreitet, die den Meeresboden so naturgetreu wie möglich darstellte. Sie hatten Cepesma mit in ihre Beratung einbezogen. Wie üblich machte Golombek ein finsteres Gesicht, fuhr sich mit den Fingern durch den Bart und runzelte die Brauen, während er die Zahlen auf der Karte betrachtete. Albee wies mit dem Finger auf eine bestimmte Stelle.

»Wir sind ungefähr hier, also rund achtunddreißig Seemeilen nordöstlich der Küste. In diesem Gebiet bricht der Kontinentalsockel ziemlich schroff ab. Ich nehme an, dass wir uns ziemlich genau über einer unterseeischen Schlucht befinden, deren Wände nahe diesem Abbruch verlaufen und sich auf dem Meeresboden wie eine Art tiefe Wunde bis etwa zehn Seemeilen vor der Küste ziehen.«

»Hier scheint sich die Schlucht zu erweitern«, sagte Golombek.

»Ich habe nicht alle Werte, aber die üblichen Seekarten lassen das vermuten«, sagte Albee und sah zu Cepesma hin. »In diesem Teil des Kantabrischen Meeres hat man bisher kaum Tiefenmessungen vorgenommen. Es ist sozusagen jungfräuliches Gebiet.«

»Wie tief reicht die Schlucht?«, wollte Golombek wissen.

Albee schüttelte den Kopf. »Schwer zu sagen. Mindestens bis in dreitausendfünfhundert Meter, vielleicht sind es sogar viertausend.«

Cepesma stieß einen Pfiff aus. »Das ist eine Menge Holz.«

»Sie liegt praktisch unmittelbar unter unseren Füßen«, erklärte Albee. »Da kann einem ganz schön schwindelig werden.«

»Ihre fast senkrecht abfallenden Wände dürften dafür sorgen, dass mehr Nährstoffe und kaltes Wasser nach unten transportiert werden als an anderen Stellen«, sagte Golombek nachdenklich. »Das kann für den Kraken wichtig sein. Von hier an gabelt sich die Schlucht und ist fünfzehn bis zwanzig Seemeilen weiter wahrscheinlich noch tiefer.«

»Aber der Boden ist nicht so eben wie ein Fußballplatz«, sagte Albee zu Cepesma gewandt und legte den Finger auf die Karte. »Hier gabelt sich die Schlucht in verschiedene Zweige, eine Art Labyrinth aus Engpässen und Steilabstürzen bis dorthin, wo im Osten und Westen zwei unterseeische Berge aufragen. Zweifellos lässt sich nur schwer feststellen, was zwischen denen liegt. Möglicherweise eine Ebene, vielleicht aber auch noch weitere tief eingeschnittene Täler.«

»Auf jeden Fall müssen wir uns überlegen, wo wir die Kamera einsetzen wollen«, sagte Golombek knapp. »Und ein paar Routen für die *Atlantis*. Was glaubst du, wie tief dein Erkundungskasten gerade operiert?«

Albee wusste, dass sich Golombek im Unterschied zu ihm nicht mit der Vorstellung anfreunden konnte, dass bei der Tiefsee-Erkundung eines Tages eine neue Art autonom operierendes Gerät den Menschen ersetzen und bessere Beobachtungen des Ozeans liefern könnte als dieser. Er hielt diese Einstellung für altmodisch.

»In etwa achthundert Metern«, sagte er mit dem Ausdruck der Befriedigung. »Ich habe ihn so programmiert, dass er in dieser Tiefe seine Arbeit aufnimmt und dann langsam aufsteigt. Meinen Berechnungen nach beginnen die Wände in zweitausend Metern Tiefe senkrecht abzufallen. Ich möchte nicht, dass *Jeeves* gegen eine davon prallt und auf diese Weise endet.«

Als der Roboter wieder oben war, entnahm Albee seinem Speicher die Bilder, die er aufgenommen hatte. *Jeeves* hatte fünfzehn Meter unter der Wasseroberfläche mit den Aufnahmen begonnen und während der folgenden achtzehn Stunden alle zehn Minuten fünf Minuten lang gefilmt.

Cepesma kam gemeinsam mit Albee in den Genuss der unbeschreiblichen Befriedigung, Dinge sehen zu dürfen, die noch keinem Menschen je vor Augen gekommen waren. Albee erklärte, dass die Aufnahmen mit einem sogenannten Fischaugen-Objektiv gemacht wurden, das eine Rundumsicht von 360 Grad gestattete. »Es ist für Fische von größter Wichtigkeit, alles um sich herum sehen zu können, damit sie die Möglichkeit haben, vor Räubern rechtzeitig die Flucht zu ergreifen.« Er öffnete einen Koffer, dem er einen Bildschirm und eine Tastatur entnahm, dann schloss er *Jeeves'* Kamera an, um die Daten zu übertragen.

»Diese Festplatte ist randvoll mit Aufnahmen. Mehr als sechs Stunden passen nicht darauf. Mit Hilfe eines vorgeschalteten Mikroskops kann der Roboter auch Bilder von Planktonmustern aufnehmen.«

Obwohl die Aufnahmen inzwischen digitalisiert waren, sah Albee sie sich gern Einzelbild für Einzelbild an. Das hatte er sich bei früheren Expeditionen angewöhnt, bei denen er begierig darauf gewartet hatte, dass die Filme entwickelt wurden. Er erklärte: »Noch vor zehn Jahren mussten wir mindestens drei Stunden warten, bis wir die Filme entwickelt hatten, das ist jetzt nicht mehr nötig. Auch wenn es nicht mehr annähernd so lange dauert, ist das Durchsehen aller Aufnahmen manchmal etwas langwierig.«

»Macht nichts«, gab Cepesma zurück. »Ich hol ein paar Dosen kühles Bier, dann vergeht die Zeit schneller. Sie trinken doch auch eins, oder?«

Allerdings brauchten sie keine zweite Bierdose zu öffnen: In den letzten vier Sekunden einer der fünf Minuten dauernden Aufnahmen tauchte ein Arm des Kraken auf.

Da die Kamera des Roboters in der dunklen Tiefe auf alles scharf gestellt war, das mehr als einen Meter entfernt war, sah man als Erstes irgendwelche Partikel im Wasser schweben. Dann erkannte Albee die gezähnten Saugnäpfe, die vom oberen Rand des Bildes langsam nach unten wanderten, bis sie die ganze Fläche einnahmen. Als sie sich an der Kunststoffabdeckung des Objektivs festsaugten, wurden die Aufnahmen unscharf. Nach einer Weile lösten sie sich und wurden wieder scharf, während sie sich von der Abdeckung entfernten. Dank dem Fischaugen-Objektiv wurde ein Teil dessen sichtbar, was vermutlich ein zurückgezogener Krakenarm war. Die Aufnahmen der beiden letzten Sekunden waren zweifellos die besten und schärfsten. Dann wurde es dunkel, und bei den Aufnahmen der folgenden fünf Minuten sah man nur noch uninteressante Bilder: Wasser mit darin schwebenden Teilchen.

Zehn Minuten nach dem ersten Einschalten der Kamera hatte *Jeeves* diese Aufnahme in dreißig Metern Tiefe gemacht. Albee und Cepesma beschlossen, den Erfolg mit einer weiteren Dose Bier zu feiern. Anschließend suchten sie mit betont ernsthaftem Gesichtsausdruck Golombek auf, und Albee teilte ihm mit, was sie gesehen hatten.

Die Reaktion des Ozeanographen verblüffte Cepesma. Nachdem er eine Weile lang kein Wort gesagt hatte, sah es so aus, als würde er im nächsten Augenblick ohnmächtig zu Boden sinken: Er verdrehte die Augen so, dass man nur noch das Weiße sah, und suchte zitternd nach Halt. Dann legte sich eine so tiefe Zufriedenheit auf seine Züge, dass man hätte glauben können, er wäre der glücklichste Mensch auf der Welt.

»Nur dreißig Meter!«, brachte er heraus. »Das entspricht ja gerade mal der halben Länge der *Rainbow*.«

Am folgenden Tag verbrachte Golombek nahezu den ganzen Vormittag damit, sich mit größter Aufmerksamkeit die Aufnahmen jener vier Sekunden anzusehen. Er wollte seiner Sache völlig sicher sein, doch sagte ihm sein Instinkt, dass die auf den Aufnahmen erkennbaren Saugnäpfe zu jener neuen Spezies gehörten, der er den Namen *Taningia golombiculae* gegeben hatte.

Er rief Albee und bat ihn, die Bilder im Videoraum neben dem Akustiklabor zu projizieren. Zwar war Platz auf dem Schiff knapp, doch zumindest im Videoraum gab es einige Sitzgelegenheiten und eine große weiße Projektionsfläche an einer der Wände.

Er konnte den Hochschullehrer nicht verleugnen: Mit einem Lichtzeiger machte er sich daran, Albee seine Schlussfolgerungen darzulegen. Cepesma nahm er nicht weiter zur Kenntnis.

»Sieh dir die beiden ersten Sekunden genau an. Zwar sind die Bilder nicht besonders scharf, aber man darf sie auf keinen Fall übergehen, denn sie enthalten eine wertvolle Information. Man sieht deutlich, dass das Tier überrascht wirkt und nach der Schutzhaube vor dem Kamera-Objektiv greift, die einen Durchmesser von einem Meter hat. Obwohl der Arm das Sichtfeld nahezu vollständig verdeckt, wird das Bild nicht gänzlich dunkel.«

»Richtig«, sagte Albee, »man könnte sagen, dass da irgendetwas schimmert … bläulich oder grünlich …« Mit einem Mal hielt er inne, weil er begriff, was er gesagt hatte.

»Das bestätigt, was ich bei der Untersuchung der Überreste in Luarca bereits vermutet hatte: Das Tier verfügt über Photophoren, also Lichtzellen, mit denen es Biolumineszenz erzeugen kann. Das ist unser Krake.«

Albee flüsterte Cepesma zu: »Er ist gut gelaunt. Er hat ›unser‹ und nicht ›mein‹ gesagt.«

»Die Kamera hat einen Stoß bekommen«, fuhr Golombek fort. »Einen kurzen, aber kräftigen Stoß. Trotzdem wird das Bild nicht vollständig dunkel. Vielleicht hat sich der Roboter gedreht. Es ist kaum eine Sekunde, und wir sehen, dass sich die Saugnäpfe von der Abdeckung vor der Kamera lösen. In diesem

Augenblick wird es wieder hell, und wir können alle Einzelheiten erkennen. *Jeeves* scheint das Gleichgewicht rasch wiedergefunden zu haben. Kannst du das Bild an dieser Stelle mal kurz anhalten, Thomas? Danke.«

Mit einem Mal überlief Cepesma ein kalter Schauer, und er empfand urplötzlich eine unerklärliche Angst. In seinem Gehirn meldeten sich Eindrücke, die er hatte vergessen wollen. Ein undeutliches Aufzucken von Licht in der Dunkelheit, das Ungeheuer, das die Arme bewegte, der Gischt auf den Wellen, die das Tier umspülten, die Taschenlampen der Polizeibeamten und der trockene Knall der Schüsse aus ihren Pistolen. Mit einem Mal trat all das wieder in sein Bewusstsein, und die Erklärungen des Ozeanographen, in denen es um gekrümmte Zähne und bestimmte Muskeln ging, traten immer mehr in den Hintergrund. Die Saugnäpfe an den Armen des Tieres bewegten sich, das war etwas ganz anderes als die an den Überresten im Gebäude der Fischer-Bruderschaft.

Dann hörte er Golombeks Worte wieder laut und deutlich, während die Erinnerung an den Hall der Schüsse und die Schreie dahinschwand.

»Die Saugnäpfe tragen mehrere Reihen zahnähnliche hakenförmige Fortsätze, jeweils etwa ein Dutzend pro Reihe. Das deckt sich mit dem, was wir bei der Untersuchung der Überreste gesehen haben.«

»Es sieht also ganz so aus, als wäre das der Krake«, sagte Albee. »Hier ist die Aufnahme zu Ende, weil die Kamera in den Ruhezustand umgeschaltet hat. Wäre sie weitergelaufen, könnten wir jetzt einen großen Teil des Tieres sehen, zumindest den Rest der Arme und möglicherweise sogar den Mantel. Großer Gott im Himmel, was für ein Pech! Wenn es uns möglich wäre, die Kamera von Bord aus zu steuern, hätten wir weiterfilmen können. Die Aufnahmen wären ein Vermögen wert!«

»Mich beunruhigt die Art, wie das Tier auf *Jeeves* reagiert hat«, sagte Albee. »Meiner Ansicht nach war das als Angriff gemeint. Sollte ich mit meiner Vermutung Recht haben, verstehe ich allerdings nicht, warum das Ganze nur vier Sekunden gedauert hat.

Die Kraft des Kraken hätte mühelos gereicht, den Roboter zu zerstören.«

»Er hat eben gemerkt, dass *Jeeves* als Nahrung nicht in Frage kommt«, gab Golombek zurück. »Immerhin ist sein Rumpf hart, Fische und Kalmare hingegen sind weich. Der Krake hat ihn betastet, begriffen, dass er nichts mit ihm anfangen kann, und sich deshalb nicht weiter darum gekümmert. Er ist sehr klug.«

»Ehrlich gesagt wäre ich nicht gern anstelle von dem Ding da unten gewesen«, sagte Cepesma. »Haben Sie beide jetzt etwa die Absicht, selbst da runterzutauchen, um sich die Sache näher anzusehen?«

Albee kratzte sich am Kopf. »Uns bleibt wohl nichts anderes übrig, mein Freund. Das Tier dürfte kaum den Wunsch haben, an die Oberfläche zu kommen, um uns einen Höflichkeitsbesuch abzustatten.«

16

Gefangen

An Bord der Merlin,
fünfzig Seemeilen nordöstlich von Gijón

Ganz allmählich begann es Tag zu werden, und als Nadja das Gesicht an das Kunststoff-Fenster des Hubschraubers drückte, zerriss der Dunstschleier mit einem Mal, und so sah sie das riesige Schiff vom Heck bis zum Bug genau unter sich. Sie saß neben ihrer Mutter mit dem Rücken zum Piloten. Den Platz ihnen gegenüber nahm der Mann namens Tschakenko ein. Die straff angezogenen Gurte schnitten ihr in Schulter und Brust. Während der Pilot tiefer ging, wurde der Blick noch freier, und man sah schwarze Streifen Wasser. Auf einem von ihnen lag das ungeheure Schiff mit einem Metallturm in der Mitte, an dessen Spitze eine furchterregende blutrote Flamme emporschlug, der eine sich hin und her windende kleine Rauchwolke entstieg.

»Wir sind da«, sagte Tschakenko.

Der Hubschrauber senkte sich auf eine grün und gelb gekennzeichnete sechseckige Landeplattform. Obwohl er sanft herunterging, drehte sich Nadja dennoch der Magen um. Sie hatte keinen anderen Wunsch, als die Kabine zu verlassen, und löste ihre Gurte, so schnell es ging. Durch das Fenster sah sie Männer in roten Overalls und grünen Helmen auf den Hubschrauber zulaufen. Sie schienen keine Angst vor den Rotorblättern zu haben, denn sie warteten deren Stillstand nicht ab. Der Pilot öffnete die Tür und gab einem der beiden ein Blatt Papier, während sich der andere, ohne stehen zu bleiben oder zu grüßen, daranmachte, das Fahrwerk des Fluggeräts auf dem Landedeck zu sichern.

Nadja hörte, wie jemand den Piloten auf Englisch fragte: »Wann kommt eigentlich der Hubschrauber mit den Ärzten?«

Die Antwort ging im Lärm der sich weiter drehenden Rotoren unter.

Calvin Steiffel befand sich in der Funkzentrale seines Schiffs, wo der für die Starts und Landungen von Hubschraubern verantwortliche Offizier seine Anweisungen durch ein Mikrofon erteilte. Statt die Ankunft seiner Gäste durch das Aussichtsfenster seiner Privatsuite zu beobachten, hielt er den Blick angespannt auf den Radarschirm gerichtet und sah zu, wie sich der als roter Punkt angezeigte Hubschrauber über dem grünlichen Umriss der *Merlin* der Landeplattform näherte.

Der rote Punkt kam inmitten des grünen Sechsecks zur Ruhe: Jetzt würde sich zeigen, ob er richtig entschieden hatte.

Steiffel empfing die Ankömmlinge im Sitzungsraum seiner Suite, in dem tiefe Sessel um einen ovalen Konferenztisch standen. Überrascht sah Nadja, dass der Mann keineswegs so kalt und unerbittlich aussah, wie sie ihn sich vorgestellt hatte. Sie fand ihn nicht unsympathisch. Er begrüßte seine Gäste, ohne ihnen die Hand zu schütteln, und schien ihr ein ganz besonderes Interesse entgegenzubringen.

»Willkommen an Bord der *Merlin*. Es ist mir eine Freude, Sie und Ihre Tochter auf unserem Schiff begrüßen zu dürfen, Doktor Pulaski.« Er breitete die Arme aus, wie um seine Worte zu bekräftigen, forderte seine Gäste aber nicht zum Sitzen auf. Kurz darauf traten zwei Männer und ein Frau ein, alle mit einem gelben Helm in der Hand. Steiffel begann sie vorzustellen: »Unser Leiter für Unterwasser-Operationen, Ingenieur Nestor Morales, einer unserer fähigsten Mitarbeiter. Er ist Absolvent des Massachusetts Institute of Technology und hat Ihnen eine Menge zu erklären.«

»Sprechen Sie Spanisch?«, fragte Nadja den ziemlich fettleibigen Mann, dessen rechter Unterarm tätowiert war: eine von Flammen umgebene Sonne, die allerdings der Hemdärmel zur Hälfte verdeckte.

»Selbstverständlich. Es ist meine Muttersprache. Ich bin in Mexiko zur Welt gekommen.«

In seiner Stimme erkannte sie den Akzent der Hispano-Amerikaner aus Neu-Mexiko, den sie in ihrer Schule in Pasadena so oft gehört hatte.

Ihr fiel auf, dass Steiffel die Vornamen seiner Leute verwendete, während er näher beschrieb, was sie taten.

»Nestor ist ein ausgezeichneter Ingenieur. Ich werde Ihnen noch erklären, warum die Konkurrenten uns um ihn beneiden.«

Dann wandte er sich der Frau zu: »Martha Márquez, ebenfalls Mexikanerin, ist unsere Spezialistin für Tauchroboter und eine erfahrene Tauchbootpilotin. Sie hält im Unternehmen den Tiefenrekord – immerhin ist sie mehrere Male bis in eine Tiefe von über dreitausendfünfhundert Metern vorgedrungen. Eigentlich hat sie sich damit einen Orden verdient. Als einzige Frau hat sie die *Alvin* gesteuert, das am häufigsten verwendete Forschungs-Tauchboot, und kann damit als Pionierin auf diesem Gebiet gelten. Ich bin aufrichtig froh, dass sie der Wissenschaft den Rücken gekehrt hat, um für uns tätig zu werden.«

Obwohl die Frau nichts sagte, machte sie auf Nadja einen deutlich positiveren Eindruck als Morales. Sie war etwas kleiner als Nora und hatte krauses Haar, das ihr bis zu den Schultern reichte. Ihre Nase war klein und leicht geschwungen, und zwischen ihren großen schwarzen Augen sah man oberhalb des Nasenrückens eine lange senkrechte Narbe. Ihre fleischigen Lippen wirkten sinnlich und das Kinn wie bei einem kleinen Mädchen. Auch wenn sie keine hinreißende Schönheit war, so lag doch auf ihren Zügen eine geheimnisvolle Harmonie, was sie anziehend erscheinen ließ. Sie beugte sich vor und begrüßte Nadja mit einer herzlichen Umarmung.

Zuletzt wurde Don Harris vorgestellt. Er überragte alle anderen und war Nadja vom ersten Augenblick an zuwider. Er hatte blonde Haare, aufgeworfene Lippen, einen Schmerbauch, der ihm über den Hosenbund quoll, und seine Hautfarbe war ebenso ungesund bleich wie die Steiffels.

»Don ist für die Öffentlichkeitsarbeit meines Unternehmens zuständig«, fuhr Steiffel mit demselben einstudierten Lächeln wie bisher fort. Dann wandte er sich an Nadja. »Er wird dir das ganze Schiff zeigen, damit du siehst, was für ein Wunderwerk das ist. Nur wenige Menschen hatten bisher das Glück, alle seine Einrichtungen kennenzulernen. Don begleitet dich gern, sobald du bereit bist.«

Der Mann hielt Nadja seine schlaffe Hand hin. Sie sah ihm in die Augen und stufte ihn sogleich als Dummkopf ein. Am liebsten wäre sie nach Hause zurückgekehrt, selbst um den Preis, dort die Gesellschaft des törichten Tom ertragen zu müssen.

Sie trat zu ihrer Mutter und flüsterte ihr zu: »Lass mich bloß nicht allein.«

Dem dicken Harris war das nicht entgangen, und er sagte: »Lassen Sie mich Ihnen versichern, dass sich Ihre Tochter bei mir in besten Händen befindet.« Bei diesen Worten entblößte er seine Mausezähnchen zu einem Lächeln. Wie konnten sich erwachsene Menschen nur so albern aufführen wie dieser Don Harris, der ihr wie ein Ebenbild von Ronald McDonald vorkam. Die Vorstellung, mit diesem Kerl zusammen sein zu müssen, verlockte sie in keiner Weise.

Zum Glück ergriff Steiffel wieder das Wort und erklärte: »Wir haben noch den ganzen Tag vor uns, um die einzelnen Arbeitsgruppen zusammenzustellen.« Damit schien die Vorstellungsrunde beendet zu sein. »Sie und ich«, sagte er an Nora gewandt, »sollten uns zusammensetzen, sobald Sie etwas geruht haben. Ich muss Sie so bald wie möglich ins Bild setzen.«

Es war nach zehn Uhr. Nadja hatte Mühe, den Schutzhelm ihrem Kopf anzupassen, wozu mehrere Gurtschnallen verstellt werden mussten. Auch den Reißverschluss ihres gelben Overalls zuzuziehen kostete sie Mühe. Hinzu kam die Rettungsweste mit all ihren Verschnürungen über der Brust. Der Aufenthalt an einem Ort, an dem die Bekleidung so lästig war, sagte ihr in keiner Weise zu. Sie sehnte sich nach ihrem Badeanzug, dessen Material sich ihrem Körper anschmiegte, sie wärmte und an dem das Wasser glatt entlangströmte, während sie schwamm. Ein Blick auf die Uhr zeigte ihr, dass sie sich bereits um eine volle Viertelstunde verspätet hatte. Ihr war bewusst, dass Harris vor der Tür wartete. Wenn schon. Als sie auf den Gang trat, lag auf Harris' Gesicht nicht mehr das törichte Lächeln wie bei der Begrüßung, sondern der Ausdruck von Unlust und Ergebung. Er nahm eine Art Mobiltelefon heraus, das nicht einmal seine Handfläche bedeckte, klappte es auf und stieß einige Worte hervor. Dank dem Lautsprecher des Sprechfunkgeräts, das an seinem Gürtel hing, bekam Nadja jedes Wort mit, das er sagte.

»Heute Nachmittag kann ich nicht, verdammt noch mal, ich muss einer Göre das Schiff zeigen.« Er warf einen Blick auf Nadja und sprach leise weiter. »Ja, den ganzen gottverdammten Nachmittag, Auftrag vom Chef. In Ordnung, wird gemacht.«

Jetzt freute sie sich geradezu, dass sie ihn hatte warten lassen.

Sie gingen eine stählerne Treppe hinauf zur Hubschrauber-Landeplattform. Der Wind wehte so heftig, dass er sie fast von den Füßen gerissen hätte, und die Kälte verursachte ihr eine Gänsehaut. Allerdings bot sich von der Spitze des Turms, der alles weit überragte, ein ungehinderter Blick auf das ganze Schiff mit seinen Ladebäumen, Pumpen, Rohrleitungen und an Deck aufgestapelten Metallfässern.

Nadja fühlte sich in dieser Hölle aus kaltem und feindseligem Metall beklommen.

Harris setzte seinen Gehörschutz auf, wies auf die Tasche, die er Nadja gegeben hatte, und forderte sie auf, es ihm gleichzutun. »An manchen Stellen ist das vorgeschrieben, weil der Lärm den Grenzwert überschreitet. Verstehst du?«

Durch den grauen Dunst, der das Schiff einzuhüllen begann, sah sie die Feuerzunge, die aus dem hohen Turm leckte, und hörte das Zischen, das sie begleitete. Sie öffnete den Mund, doch bevor sie ein Wort herausbringen konnte, sagte Harris: »Toll, was? Die Konstruktion da wiegt viertausend Tonnen und ist siebzig Meter hoch. Von da führt eine unmittelbare Verbindung zum Meeresboden. Dank seiner fünf starken Maschinen kann sich das Schiff kreisförmig um den Turm bewegen, ohne sich von der Stelle zu rühren. Das Gas, das mit dem Öl rauskommt, wird abgefackelt.«

»Abgefackelt?«

»Ja, verbrannt. Gas ist gefährlich, und deshalb muss es weg. Die Dummköpfe von Umweltschützern begreifen das nicht und meinen, man könnte es anders machen. Sicher verstehst du das auch nicht, oder?«

Da sie sich dort hoch über dem Meer befanden, hörte Nadja nichts als das Brüllen des Windes. Er trug den Geruch von Harris' Rasierwasser herüber, und ihr wurde übel. Die Wellen weit unter ihr schienen geräuschlos an den Rumpf zu schlagen. Der Dunst verdichtete sich, als wollte er das Meer ihren Blicken entziehen. Sie sehnte sich nach der Stille von Steiffels Suite zurück.

»So, hier fängt die Besichtigung an. Das Oberdeck unseres Schiffs entspricht einer Fläche von etwa drei Fußballplätzen. Damit ist die *Merlin* eins der größten Schiffe ihrer Art auf der Welt.«

Trotz der Wellen rührte sich der Boden unter ihren Füßen nicht, so dass es Nadja vorkam, als stünde sie auf der festen Erde, zumal sie so gut wie keine Schwingungen spürte. Der Wind zerrte einige

Haarsträhnen unter Harris' Helm hervor. Er bedeutete Nadja, ihm zu folgen, und stieg eine Metalltreppe hinab, die er als »Niedergang« bezeichnete.

»Jeder, den du auf dem Schiff siehst, schläft direkt unter unseren Füßen. Hier liegen die Kabinen, der Fernseh- und Videoraum, mehrere Cafeterien und dergleichen. Außerdem haben wir eine Sporthalle und ...« Mit einem Mal ertönte eine Stimme aus seinem Lautsprecher. Er meldete sich und sprach ziemlich lange. Wegen des Lärms um sie herum musste er die Stimme erheben.

»... Wann? Am Nachmittag? Weil schlechtes Wetter ist? Es eilt, zum Teufel! Wir müssen dringend ein paar Leute vom Schiff schaffen ... Ja, sofort ... Schön, ruf mich an, wenn du die Uhrzeit weißt ... Ich sag dem Chef Bescheid.«

Er hängte sich das Gerät wieder an den Gürtel.

»Wo waren wir stehengeblieben? Ach ja, die Freizeiträume. Außerdem befinden sich hier außer der Funkzentrale noch die Computerräume und natürlich die Kommandobrücke. Wenn der Sturm so richtig tobt, flüchten sich die Leute hierher. Natürlich ist das bei einem Schiff wie der *Merlin* noch nie passiert. Wir haben auch eine Bordbibliothek und einen Raum mit Videospielen. Magst du Videospiele?«

»Ein Hubschrauber mit Ärzten an Bord wird erwartet, nicht wahr?«

Harris fragte verblüfft: »Wer hat dir das gesagt?«

»Ich hab gehört, wie sich die Piloten darüber unterhalten haben, als wir gekommen sind. Ist jemand krank? Schlimm?«

Die Sachlichkeit, mit der sie sprach, erstaunte Harris angesichts ihrer Jugend. Er machte eine wegwerfende Handbewegung.

»Das hat damit nichts zu tun. Es geht um eine Materiallieferung. Wir haben genug medizinisches Personal an Bord, außerdem eine vollständig eingerichtete Krankenstation gleich neben den Kabinen. Aber in bestimmten Abständen müssen die Medikamente erneuert werden, und die werden auf dem Luftweg gebracht. Machen wir weiter?«

Nadja wies auf den Turm, aus dessen Spitze die hohe Flamme schlug.

»Gehen wir da auch hin?«

»Zum Turm? Kommt überhaupt nicht in Frage. Wir gehen jetzt zum Bug. Dort befinden sich die fünf Maschinen der *Merlin*. Ihre Energie würde genügen, eine Stadt von fünfzigtausend Einwohnern mit Strom zu versorgen ...«

Harris erklärte weiter, dass die *Merlin* ein Ölförderschiff war, erläuterte genau, auf welche Weise das Öl an Bord gelangte und was dort weiter mit ihm geschah ... Lauter Dinge, die Nadja zu Tode langweilten.

»Wir können bis zu hunderttausend Barrel an Bord nehmen«, fuhr er stolz fort. »Wir haben die Möglichkeit, das Gas in die Bohrlöcher zu pumpen und ...«

»Sind wir nicht bald fertig? Ich möchte gern wieder in meine Kabine«, unterbrach sie ihn mit kaum verhohlenem Gähnen.

Nach einem Augenblick der Sprachlosigkeit sagte er in scharfem Ton: »Das könnte dir so passen, du freches Gör. Der Chef hat mir aufgetragen, dir das Schiff zu zeigen, und das werde ich tun.«

Die *Merlin* war kein Kreuzfahrer, und so kostete es Mühe, sich an Deck zurechtzufinden und seinen Weg zu bahnen. Manche Gänge endeten wie eine Sackgasse in einem Lagerraum, an einem mannshohen Ölleitungsventil oder vor irgendwelchen Rohrleitungen mit einem Durchmesser von mehr als einem Meter. Man musste das Schiff schon recht gut kennen, um zu wissen, auf welchem Weg man das nächste Deck oder einen bestimmten anderen Ort erreichen konnte.

Rasch merkte Nadja, dass der Helm keineswegs als Zierde gedacht war, sondern dazu diente, ihren Kopf zu schützen. Es gab so viele metallene Vorsprünge, und davon abgesehen, dass es gar nicht einfach war, jedes Mal genau abzuschätzen, wie weit sie reichten, sah man auch nicht alle, und so hatte sie mehr als einmal allen Grund, dankbar zu sein, dass der Helm sie vor Verletzungen bewahrt hatte.

Dann begegneten sie Arbeitern. Alle trugen den unerlässlichen

Helm und den roten Overall mit dem Firmenemblem auf der linken Brust: in gelb der Umriss des amerikanischen Adlers über dem O des Wortes »Texon«. Nadja fand das Ganze ziemlich lächerlich.

Ihr fiel auf, dass niemand Harris grüßte und die Männer sie mit lüsternen und geradezu verzweifelten Blicken musterten. Manche nahmen die Schutzbrille ab, als sie vorüberkam, als trauten sie ihren Augen nicht. Sie musste daran denken, was ihr die Mutter nach der Unterzeichnung des scheußlichen Vertrags gesagt hatte: Eine Heranwachsende war an einem solchen Ort äußerst ungewöhnlich, an dem die Männer Wochen zubrachten, ohne ihre Angehörigen zu sehen. Sie konnten sich nicht einmal mit Alkohol trösten, denn verständlicherweise war dieser an einem Arbeitsplatz verboten, an dem jeder achtundzwanzig Tage hintereinander Schichten von vierzehn Stunden leisten musste.

Es war unübersehbar, dass Harris diese Leute verachtete. Er als Öffentlichkeitsarbeiter war ein Büromensch, und der Ort, an dem sie sich jetzt befanden, war ihm ebenso fremd wie die Männer, die dort arbeiteten. Er ging so rasch wie möglich weiter und sah immer wieder auf die Uhr. Unverkennbar sehnte auch er das Ende der Besichtigung herbei.

Es war Nadja klar, dass alles auf dem gewaltigen Schiff von der Arbeit der Männer abhing, denen sie begegneten.

Einer von ihnen ließ sie nicht aus den Augen. Er war außerordentlich kräftig gebaut, schlecht rasiert, und der Schweiß lief ihm in Strömen über die Stirn. Seine große Brille mußte ihm wohl ziemlich hinderlich sein. Als er ihr zulächelte, sah man unter seinem Schnurrbart den Mund kaum, und Nadja beschleunigte den Schritt, bis sie ihn hinter dem Gewirr von Rohrleitungen nicht mehr sehen konnte.

Am Ende eines finsteren Ganges verbot ein Schild den Zutritt zur nächsten Abteilung. Harris zuckte die Achseln. »Wahrscheinlich Reparaturarbeiten. Wir umgehen das an Steuerbord.«

Dazu mussten sie wieder ans Oberdeck. Dort spürte Nadja die Macht des Windes erneut. Sich an der Reling festklammernd, arbeitete sie sich mühsam voran. Laut hallten ihre Schritte auf dem stählernen Boden. Allmählich begann ihr schwindlig zu werden, und die Welt fing an, sich um sie zu drehen. Weit voraus sah sie die weißen Schaumköpfe von Wellen, die sich, für sie lautlos, in alle Richtungen erstreckten. Die große Höhe über dem Wasser trug zu ihrem Gefühl des Schwindels bei. Mit einem Mal merkte sie, dass sie keinen festen Boden unter den Füßen hatte. Das Schiff bewegte sich, sogar der riesige Turm, der das Gesichtsfeld beherrschte, sobald sie den Blick nach achtern richtete. So groß die *Merlin* sein mochte, schließlich und endlich trieb die See auch mit ihr nach Belieben ihr Spiel. Nadja merkte, wie sich der Bug steil hob und gleich wieder um mehrere Meter nach unten sackte.

»Die See scheint etwas rauer zu werden«, sagte Harris, »aber das Schiff liegt ziemlich ruhig. Der Unterschied in der Wasserlinie zwischen leeren und vollen Tanks beträgt übrigens sechs Meter. Zurzeit sind wir noch nicht ganz voll.«

Nadja würgte es, doch beherrschte sie sich und murmelte: »Ich hab Durst.«

Harris nahm den Gehörschutz ab und legte die Hand hinter ein Ohr. »Was?«

»Ich muss was trinken.«

»So so, die Göre muss was trinken. Wir sind aber mit unserem Programm noch nicht durch.«

Nadja legte die Hände an den Unterleib. »Mir ist übel«, stieß sie keuchend hervor.

Harris lachte laut heraus. »Ach, du bist seekrank! Na so was! Jetzt hab ich doch noch Glück gehabt. Na schön, gehen wir in die Cafeteria.«

Der Weg zurück war äußerst unangenehm. Das Schiff stampfte immer heftiger. Harris führte Nadja nicht über das Oberdeck, sondern an Backbord durch ein Labyrinth von Rohrleitungen und stählernen Schotts. Nadja bemühte sich, nicht über deren hohe Schwellen zu stolpern, und hielt sich überall fest, wo sie eine Möglichkeit dazu sah. Harris schien ihr Leiden zu genießen und teilte ihr mit, so laut er konnte: »Krabben wie dich hab ich noch nie leiden können.«

Sie erreichten die Landeplattform. Als Nadja sah, dass der Hubschrauber, der sie gebracht hatte, fort war, empfand sie ein tiefes Gefühl der Enttäuschung. Sie hatte gehofft, die Mutter dazu bringen zu können, das grässliche Schiff zu verlassen, und sie hätte sich gefreut, das Fluggerät mit seinen großen Rotorblättern zu sehen.

Jetzt waren sie inmitten des Ozeans gefangen.

Als sie die Cafeteria betraten, hüllte ein anderer Geruch Nadja ein, eine Mischung aus süßen Düften und Kampfer. Der Fußboden glänzte wie frisch gewischt. Die Asiaten in der Kombüse mit ihren weißen Kochmützen, die ihrer Arbeit ebenso in einem beliebigen Restaurant von Pasadena hätten nachgehen können, eilten hin und her, um Metalltabletts abzuräumen.

Irgendetwas schien nicht in Ordnung zu sein. Die Wanduhr zeigte Viertel nach zwölf. Essenszeit. Alle Tabletts waren voll, man sah aber kaum Menschen. Wo mochten die Leute sein?

Harris suchte die Toilette auf. Nadja erspähte einen Wasserspender, bei dem man auf ein Pedal treten musste, damit etwas herauskam. Dort wollte sie ihren Durst löschen, doch gerade, als sie das Pedal betätigen wollte, schob sich ihr ein Fuß in den Weg, weit größer als ihrer. Zwei kräftige Hände packten sie an der Schulter, so dass sie sich nicht über den Wasserstrahl beugen konnte, der herausschoss.

»Trink bloß das Wasser hier nicht. Woher kommst du überhaupt, Kleine?«

Sie sah sich dem Mann mit dem Schnurrbart und der sonderbaren Brille gegenüber, der so entsetzlich geschwitzt hatte.

Sie wollte etwas sagen, aber er gebot ihr mit vor die Lippen gehaltenem Zeigefinger Schweigen.

»Ich tu dir schon nichts. Hast du Durst? Liu! Bring uns ’ne Flasche Mineralwasser.«

Achselzuckend sagte der Küchengehilfe etwas in einer ihr unbekannten Sprache.

»Mir egal, ob du Flaschen hast oder nicht«, brüllte der Mann. Dann wandte er sich wieder Nadja zu. »Der Kerl hat kein Mineralwasser. Magst du Coca-Cola? Schon seit einem Monat sind hier keine Versorgungslieferungen angekommen.«

»Eine Cola wäre schön.«

Der Mann rieb sich die Hände, nahm die Brille ab und bestellte Coca-Cola. Begierig ergriff Nadja das Glas und trank.

»So, und jetzt erzähl mir was, Kleine. Bist du etwa allein gekommen?«

Dieser beunruhigende Fremde war ihr weniger unangenehm als Harris. Sie warf einen raschen Blick zu den Toiletten. Die Tür war nach wie vor geschlossen.

»Nein, mit meiner Mutter. Wir sind heute Morgen angekommen.«

»Schön. Ist deine Mutter Ärztin?«

»Nein.«

»Was denn?«

»Mikrobiologin.«

Die Augen des Mannes leuchteten auf. »Na bitte!«, rief er aus. »Endlich ist jemand gekommen, der uns hier rausholen kann! Das hat sicher mit den Medikamenten zu tun, stimmt's?«

»Ich verstehe nicht«, sagte Nadja. Dank dem Erfrischungsgetränk fühlte sie sich etwas besser.

Der Mann näherte sein Gesicht ihrem Ohr, um nicht laut sprechen zu müssen. Dabei roch sie seinen Whiskyatem. Sie kannte ihn von dem Dummkopf Tom, wenn er sich als »richtiger« Mann aufspielen wollte und dann wie gesengt durch die Gegend raste.

»Vor ein paar Wochen sind Leute hier krank geworden. Zuerst hat es nicht danach ausgesehen, als ob es was Besonderes wäre, doch dann konnten sie ihre Arbeit nicht mehr machen, und die Förderung musste eingestellt werden. Ich bin einer der Sprecher der Arbeiter hier und hab jedes Mal geglaubt, wenn ich nachts Hubschrauber gehört hab, endlich würde jemand kommen und die Leute abholen. Aber nein. Als man unsere Arbeitszeit Tag für Tag verlängert hat, haben wir uns zusammengeschlossen und auf unsere Rechte gepocht ... du weißt schon. Man hat aber nicht auf uns gehört. Verstehst du? Und jetzt wollen viele so schnell wie möglich hier weg. Alles steht still, man hat die Förderung vollständig eingestellt. Angefangen hat das alles, als ...«

»Schon wieder einen in der Krone, Donald? Ich werde Sie melden!«

Der Mann, den Harris als Donald angesprochen hatte, schob den Stuhl mit lautem Scharren zurück und stand auf. Er schien sehr unruhig, und ein leises Stöhnen kam aus seiner Kehle. Einen Augenblick lang glaubte Nadja, er werde sich auf Harris stürzen, aber in erster Linie schien ihn die Unterbrechung des Gesprächs mit Nadja zu ärgern. Er hob die Fäuste, ging dann aber, wobei er Verwünschungen ausstieß.

»Der verfluchte Schweinehund!«, stieß Harris hervor. »Kann man hier nicht mal in Ruhe pinkeln gehen? Was hat er dir gesagt?«

Statt zu antworten, sah sich Nadja in der Cafeteria um. Die wenigen Männer, die dort waren, aßen bedächtig und schienen den Blick abzuwenden, sobald sie zu ihnen hinsah.

Harris packte sie an den Schultern und schüttelte sie. »Was zum Teufel hat er dir gesagt?«

»Sie tun mir weh«, klagte Nadja.

Unvermittelt ertönte Tschakenkos ruhige Stimme. »Lass sie in Ruhe, Harris. Fass sie ja nicht an. Hast du verstanden? Du verdirbst alles. Man erwartet dich auf der Krankenstation.«

Zwei Männer, die mit Tschakenko gekommen waren, packten Harris wie eine Lumpenpuppe und brachten ihn fort. Der Russe bedachte Nadja mit dem eisigen Lächeln, das sie so sehr verabscheute.

»Es ist Zeit, dass du zu deiner Mutter zurückkehrst. Nimm es dem armen Harris nicht übel und zerbrich dir nicht den Kopf. Inzwischen weiß auch deine Mutter, dass wir auf dem Schiff Schwierigkeiten haben, die wir unbedingt lösen müssen. Es liegt in der Natur der Dinge, dass nichts vollkommen ist – das meinst du doch auch?«

17

Abiogenese

An Bord der Merlin

Als Nora in Steiffels Büro trat, lächelte er ihr zu und bedeutete ihr, ebenfalls Platz zu nehmen. Auf dem Schreibtisch vor ihm glänzte die versilberte Nachbildung eines Bohrturms. Außer ihr konnte man noch zwei Bilder an der Wand als Schmuckelemente in der ansonsten nüchtern ausgestatteten Suite des Multimillionärs ansehen: ein Ölgemälde, das Steiffels Urgroßvater zeigte, wie er erklärte, und ein abstraktes Bild eines Nora unbekannten Malers. Ein Samurai-Schwert an einer anderen Wand schien ihr irgendwie nicht so recht dorthin zu passen.

»Kaffee?«, unterbrach er ihre Gedanken. Sie sah, dass er mit seiner Pranke auf ein Service aus winzigen weißen Tassen wies, das am anderen Ende des Tisches stand.

Sie lehnte dankend ab. Dann fiel ihr Blick auf das Goldfischglas, in dem drei winzige orangefarbene Fische mit geöffnetem Maul zur Wasseroberfläche emporstrebten.

Steiffel legte seine Hände auf die Tischplatte und kam sofort zur Sache: »Lassen Sie mich gleich zu Anfang sagen, dass alles mit einem Brief angefangen hat, den mir Ihr Onkel vor vielen Jahren geschrieben hat. Darin hat er mir den sonderbarsten Vorschlag gemacht, den man sich denken kann. Wenn ich nicht darauf eingegangen wäre, würden wir beide jetzt nicht miteinander sprechen.«

»Sie haben meinen Onkel also durch einen Brief kennengelernt«, gab Nora zurück.

Mit dem breiten Lächeln dessen, der weiß, dass ihm der Sieg nicht zu nehmen ist, fuhr Steiffel fort: »In den achtziger Jahren war das wohl schon eine überholte Art, miteinander in Verbindung zu treten, nicht wahr? Ich weiß genau, was Sie denken. Mir als dem Präsidenten eines in vielen Ländern tätigen Unternehmens ist es unmöglich, alle Briefe zu lesen, die ich bekomme. Ich beschäftige ein ganzes Heer von Sekretärinnen und anderen Bürokräften ausschließlich dafür, sich Tag für Tag dieser Aufgabe zu widmen, versuche aber immer wieder, einen Blick auf das zu werfen, was mir der Mühe wert scheint. Mit der Erfahrung, die man im Laufe der Jahre gewinnt, lernt man, aus dem Meer des Belanglosen das wenige Wichtige herauszufiltern. Ich erinnere mich, dass ich den Brief Ihres Onkels sehr aufmerksam gelesen habe. Auch hier auf diesem Schiff denke ich gelegentlich noch an jenen Augenblick.«

»Wann war das?«

»Im März 1985. Der Brief enthielt eine Art Wette: Er forderte mich auf, an einem Ort namens Siljan in Schweden zu bohren, und er sei bereit, jeden Betrag darauf zu setzen, dass man an einer Stelle, an der es nichts als Granit gebe, auf Erdöl stoßen würde.«

»In Granit?«, fragte Nora verständnislos.

Steiffel stand auf und ging auf und ab, wobei er die Hände auf dem Rücken verschränkte, während sie sitzen blieb. Sie hatte den Eindruck, dass er vor ihr Theater spielte. Wortlos sah er eine Weile das Samurai-Schwert an und ließ es auch nicht aus den Augen, als er zu sprechen begann: »Jeder in der Erdölbranche tätige Geologe hätte sein Leben darauf verwettet, dass sich dort nicht ein Tropfen Öl finden lässt, und er hätte es für verrückt gehalten, für ein solches Vorhaben auch nur einen einzigen Dollar auszugeben. Was wissen Sie über Erdöl?«

»Nicht viel. Allerdings ist mir bekannt, dass Granit vulkanischen Ursprungs ist, erstarrtes Magma. Überreste von abgestorbenen Pflanzen oder Tieren kann aber ausschließlich Sedimentgestein aufnehmen.«

»Sie sagen es. Granit entsteht in der Tiefe der Erde bei Temperaturen, die jede Spur von Kohlenwasserstoff vernichten würden. Mithin kann Granit unmöglich Erdöl enthalten.«

»Und Sie haben die Herausforderung angenommen«, sagte Nora im Ton einer Feststellung.

Er wandte sich ihr zu: »Ich bin weder dumm noch vertrauensselig. Die Behauptung war derart widersinnig, dass ich Erkundigungen über den Verfasser des Briefes habe einziehen lassen. Was ich auf den Tisch bekam, war eine eindrucksvolle Bilanz: Nicht nur sei er einer der Väter des *Viking*-Projekts, der ersten Sonde, die den Mars erreicht hat, sondern er habe auch Ende der siebziger Jahre gemeinsam mit bedeutenden Geologen der Sowjetunion die Bodenschätze des Landes erkundet, ganz wie im 19. Jahrhundert der große Chemiker Dimitri Iwanowitsch Mendelejew, der das Periodensystem entwickelt hat.«

»Und daraufhin sind Sie auf die Sache eingegangen …«

Steiffel hob die Brauen.

»Ich liebe Herausforderungen, vorausgesetzt, sie kommen mich nicht zu teuer zu stehen. Meine Experten haben wissenschaftlich untermauerte Einwände erhoben und insgeheim die Hände über dem Kopf zusammengeschlagen, weil sie überzeugt waren, ich hätte den Verstand verloren. Ich habe dann eine Kostenschätzung für eine Probebohrung von der Art in Auftrag gegeben, wie sie Ihr Onkel vorgeschlagen hatte. Ja, und dann habe ich die Sache gemacht.«

»Erstaunlich«, sagte Nora anerkennend. »Sie als Verantwortlicher für die produktivste Ölgesellschaft auf der ganzen Welt. Gewöhnlich zögern gerade Unternehmen, die es sich am ehesten leisten könnten, am meisten, wenn es gilt, unerforschtes Neuland zu betreten.«

Steiffel nickte zustimmend.

»Da haben Sie Recht. Risiken kann man sich in diesem Geschäft nicht leisten, denn Irrtümer sind äußerst kostspielig. Nur eine konservative Haltung ermöglicht es uns zu überleben. Diesen ehernen Grundsatz befolgen nebenbei bemerkt alle Großunternehmen, nicht nur die in der Ölindustrie.«

»Und warum haben Sie dann den Brief nicht einfach in den Papierkorb geworfen?«

Steiffel ging zu seinem Schreibtisch, entnahm einer von dessen Schubladen eine Plastikmappe und gab sie ihr.

»Weil es bei dem einen nicht geblieben ist.«

Sie las die mit der Maschine geschriebenen Zeilen. Ihr Onkel hatte nie etwas für Computer übrig gehabt, nicht einmal dann, als die Landung der *Viking* von ihnen abhing.

Theorie über die abiogenetische Entstehung von Erdöl
von Dr. Robert Pulaski

»Ihr Onkel hat die geologischen Karten für das Gebiet beigefügt, in dem wir bohren sollten. Dabei handelte es sich um den sogenannten Siljan-Kreis in Schweden – weit und breit nichts als Granitgestein. Es gibt da übrigens auch einen See, den Siljan-See. Es sollte mich wundern, wenn die Geologen von Ölgesellschaften je etwas von Schweden gehört hätten – so uninteressant ist das Land für unsere Branche«, sagte er sarkastisch. »Wie es aussieht, ist in der fraglichen Gegend vor Millionen Jahren ein Meteorit niedergegangen und hat einen Krater von knapp fünfzig Kilometern Durchmesser hinterlassen. Das steht auf Seite dreiundzwanzig.«

»Eine recht vollständige Darstellung«, sagte Nora, während sie den Bericht durchblätterte. Das war typisch für ihren Onkel – nie hatte er sich mit halben Sachen abgegeben und keinen noch so unbedeutend scheinenden Punkt je außer Acht gelassen.

»Und äußerst vertraulich«, mahnte Steiffel. »Die beim Aufprall des Meteoriten erzeugte Hitze hat das Erdinnere freigelegt und zahlreiche Risse und Schrunden entstehen lassen. Der Erklärung Ihres Onkels zufolge eignete sich der Ort deshalb besonders gut dafür, die Richtigkeit seiner Theorie zu beweisen.«

»Abiogenetische Entstehung von Erdöl?«, fragte Nora.

»So ist es«, bestätigte Steiffel. Seine Augen glänzten. »Nichtbiologische Entstehung. Klingt doch gleich viel besser. Finden Sie nicht auch?«

Je mehr Nora die Denkschrift überflog, desto größer wurde ihr Unglaube, was Steiffel nicht entging.

»Eine Nichte, die an der Theorie des Onkels zweifelt. Er hat aus Ihnen eine gute Naturwissenschaftlerin gemacht.«

»Das … das ist geradezu abenteuerlich«, brachte sie heraus.

Er zuckte die Achseln. »Alle Welt hält es für eine sozusagen gottgegebene Tatsache, dass Erdöl entsteht, wenn sich abgestorbene tierische oder pflanzliche Substanz zersetzt, sobald der richtige Druck und die richtige Temperatur auf sie einwirken – nicht mehr und nicht weniger. Wie hätte man also unter dem Granitgestein Erdöl finden können? Trotzdem war Ihr Onkel seiner Sache sehr sicher.«

»Und wie ist die Sache ausgegangen?«, wollte sie wissen.

Als hätte er auf die Frage gewartet, sagte Steiffel sofort: »Wir haben sechsundfünfzig Tonnen raffinierbares Öl herausgeholt.«

Nora wusste nicht, welche Bedeutung sie dieser Mengenangabe beimessen sollte, doch musste das dem Gesichtsausdruck des Ölmagnaten nach zu urteilen wohl ein Erfolg gewesen sein. Er trat erneut an seinen Schreibtisch und griff nach dem versilberten Bohrturm. Auf die Tischkante gestützt, begann er ihn geradezu zärtlich zu streicheln.

»Unmittelbar aus einer Granitformation gewonnenes Erdöl. Da meine Leute das nicht glauben wollten, sind sie der Sache nachgegangen. Um zu sehen, ob dort Methangas, also Erdgas, austrat, haben sie einige der Risse im Boden mit großen Plastikplanen abgedichtet, sie an einigen Stellen durchlöchert und ein Feuerzeug daran gehalten. Das dort ausgetretene Erdgas hat mehrere Tage gebrannt – alles war bis aufs i-Tüpfelchen wie von Robert Pulaski vorausgesagt.«

Nach wie vor misstrauisch, schüttelte Nora den Kopf. Inzwischen dachte sie mehr über den Erfolg von Steiffels Unternehmen nach als über das, was der Auslöser für das Interesse ihres Onkels gewesen sein mochte. Seine überstürzte Flucht in die Sowjetunion im Jahre 1977, die Andeutungen aus Kreisen der NASA, denen zufolge man ihn verdächtigte, in eine Spionageaffäre verwickelt zu sein. Die alles entscheidende Frage dabei war: Was hätte ihr Onkel an die Sowjets verraten können?

»Dann ist es ihm gar nicht um den Mars gegangen«, sagte sie ihre Schlussfolgerung unwillkürlich laut vor sich hin, »sondern um Erdöl.«

Ihr fiel das letzte Gespräch mit ihrem Onkel ein, kurz bevor sich alles geändert hatte. Während eines Mittagessens in einem der besten Restaurants von Pasadena hatte er sie gefragt, ob sie seiner Theorie über den Mars zustimme. Sogar an den kräftigen Beerengeschmack des ausgezeichneten kalifornischen Zinfandels konnte sie sich noch erinnern, den er für diese Gelegenheit gewählt hatte. An einem beliebigen anderen Tag hätte er einen einfachen, billigen Rotwein genommen, doch das war kein beliebiger Tag gewesen. Er hatte alle Einzelheiten sorgfältig bedacht.

Jetzt fragte sich Nora, was geschehen wäre, wenn sie ihm Recht gegeben hätte, statt zu sagen, was sie dachte. Es wäre eine fromme Lüge gewesen. Ob er ihr dann gesagt hätte, was ihn wirklich interessierte? Vielleicht hätte er gelächelt, statt sie mit eiskalten Augen anzusehen, und gesagt: »Ich habe eine andere, noch bessere Theorie, die du mit Sicherheit für unglaubwürdig halten wirst.«

Sie war verwirrt. Erneut sah sie auf die Denkschrift. Sie enthielt eine ziemlich gute Skizze des Gebiets, in dem Steiffels Leute die Bohrung niedergebracht hatten. Auf ihr sah man den Krater als kreisförmige Vertiefung. Zwei Stellen inmitten eines Granit-Ozeans waren mit einem »X« versehen.

Die Bohrstellen.

Sie hörte, wie Steiffel sagte: »Vier Jahre lang haben wir dort unsere Versuche durchgeführt, bis Anfang der neunziger Jahre. Wir haben uns entschlossen, an einer Stelle, die ziemlich weit vom ersten Bohrloch entfernt lag, eine weitere Bohrung niederzubringen, weil wir wissen wollten, ob das Ergebnis der ersten nicht möglicherweise auf Zufall beruhte. Dort haben wir achtundzwanzig Tonnen Erdöl gefördert.«

Insgeheim verwünschte Nora ihre naturwissenschaftliche Unerbittlichkeit. Nie hätte sie gedacht, dass der Tag kommen könnte, an dem sie sich die Schuld am Verschwinden ihres Onkels geben würde. Nun, jetzt war es so weit. Trotzdem blieben ihre Zweifel.

Sie hob den Blick. Steiffel stand nach wie vor am Schreibtisch, den silbrig glänzenden Bohrturm in den Händen. Er lächelte wie ein Jäger beim Anblick seiner Beute.

»Vom Standpunkt des Ölgeschäfts aus gesehen, sind vierundachtzig Tonnen so gut wie nichts«, fuhr er fort. »Daher haben wir uns darauf geeinigt, die Ergebnisse nicht in wissenschaftlichen Zeitschriften zu veröffentlichen. Wir haben die Bohrungen mit Unterstützung des schwedischen Geologischen Instituts durchgeführt und mit den Leuten dort Stillschweigen vereinbart. Das war unser gutes Recht, da wir das ganze Unternehmen finanziert hatten. Ohnehin hätte den Schweden kein Mensch geglaubt, wenn sie das Ergebnis an die große Glocke gehängt hätten.«

In Noras Magen schien sich ein Eisklumpen zu bilden. Sie dachte an den Kaffee, den ihr Steiffel angeboten hatte. Nein, sicher wäre ein kräftiger Schluck Schnaps besser.

»Ich glaube, mir würde jetzt ein Schluck Gin guttun. Bitte mit Eis.«

»Gern.«

Er stellte den Miniatur-Bohrturm zurück auf den Tisch und drückte auf einen Knopf, woraufhin sich die Türen eines Barschranks öffneten. Er nahm eine schwere Kristallkaraffe heraus, goss ein und fügte Eis hinzu. Dann gab er Nora das Glas und setzte sich neben sie.

»Lesen Sie den Bericht in Ruhe. Es steht alles darin. Sie werden sehen, dass es nicht darum geht, Erdöl aus Granit zu gewinnen, sondern um eine weit bedeutendere Angelegenheit. Ihr Onkel hat angefangen, für uns zu arbeiten, und uns Bohrungen an anderen Stellen vorgeschlagen, deren geologische Bedingungen sich deutlich von denen im Siljan-Kreis unterschieden, unter anderem in Kasachstan. Auf jeden Fall haben die Erkenntnisse aus dem Experiment in Schweden die Reichweite unserer Erkundungskampagnen bedeutend ausgedehnt, so dass wir jetzt an Stellen suchen, wo noch niemand von der Konkurrenz war. Das ist auch der Grund dafür, dass wir jetzt hier im Kantabrischen Meer sind. Sie und ich.«

»Zwanzig Jahre später«, sagte Nora mit eigentümlicher Betonung. Inzwischen war ihr aufgegangen, dass ihr Onkel wohl als Bindeglied zwischen dieser US-amerikanischen Ölgesellschaft und Tschakenkos Firma in Russland gedient hatte – immer vorausgesetzt, dass die überhaupt noch unabhängig war. Der Mann, auf dessen Schiff – einem der größten, die sie je gesehen hatte – sie sich jetzt befand, schien einer von denen zu sein, die grundsätzlich erreichen, was sie sich vornehmen.

Dass Steiffel nicht als Tourist dorthin gekommen war, hatte sie sich von Anfang an gedacht.

Sie beschloss, zum Angriff überzugehen. »Sie sind wegen des Öls hier. Um zu dieser Schlussfolgerung zu kommen, brauche ich die Denkschrift meines Onkels nicht weiterzulesen.«

Der Präsident der Texon lehnte sich bequem in seinem Sessel zurück: »Genau wie all unsere Gegenspieler. Jeder weiß das. Sie können die spanischen Behörden fragen, welche Ölgesellschaften eine Erlaubnis besitzen, hier nach Öl zu suchen. Sie bekommen die Liste ohne Schwierigkeiten. Das gilt für jedes andere Meer auf der Welt.«

»Nur dass den Leuten nicht bekannt ist, was Sie wissen«, sagte sie und schob die Denkschrift über den Tisch. »Um wie viel geht es?«

Den Blick auf die Plastikmappe gerichtet, gab Steiffel zurück: »Um eine ganze Menge. Immerhin habe ich es mich eine halbe Million Dollar kosten lassen, Sie als Beraterin zu gewinnen.«

»Meine Vorstellungskraft reicht nicht so weit, wie man glauben könnte. Helfen Sie mir.«

Unablässig lächelnd sah Steiffel sie aufmerksam an, als suchte er nach einer verborgenen Absicht. Es kam Nora so vor, als tasteten seine großen schwarzen Augen sie durch die Brillengläser ab wie ein Scanner.

»In Ihrem Vertrag ist keine Verpflichtung vorgesehen, Ihnen die Zahlen zu nennen, um die Sie mich gerade gebeten haben«, sagte er langsam. »Aber ich verstehe Ihre Beweggründe. Schätzungen von Ölreserven sind zwangsläufig immer ungenau. Daher schlage ich Ihnen eine andere Lösung vor, die für Sie weit vorteilhafter ist: Ich versichere Ihnen, dass es sich um ein durchaus beträchtliches Vorkommen handelt, das unsere Gegenwart hier in jeder Hinsicht rechtfertigt. Sofern Sie sich mit meinem Wort begnügen, können Sie mich bitten, worum Sie wollen, immer vorausgesetzt, dass das nicht den Interessen des Unternehmens zuwiderläuft, dem ich verpflichtet bin.«

Nora nahm einen Schluck Gin. Es gelang ihr nicht, das Glas geräuschlos zurück auf den Tisch zu stellen.

»Einverstanden. Ich möchte wissen, ob mein Onkel noch lebt und wo er sich befindet.«

Steiffel legte die verschränkten Hände auf seinen gewaltigen Bauch.

»Er war bis Januar für uns tätig und hat dann offenbar beschlossen unterzutauchen. Seither haben wir nichts mehr von ihm gehört.«

»Was ist geschehen?«

»Darum haben wir uns nicht weiter gekümmert… jedenfalls bisher. Er hat gewisse Wahnvorstellungen entwickelt und das Institut verlassen, in dem er für uns gearbeitet hat. Wir haben ihn gesucht, bislang aber ergebnislos.«

»Und deshalb haben Sie mit mir Verbindung aufgenommen«, schloss Nora.

»Genau das ist der Grund. Sie dürfen mir glauben, es freut mich außerordentlich, dass Sie bereit sind, uns zu helfen.«

»Ich verstehe aber doch gar nichts von Dingen, die mit Erdöl zu tun haben«, sagte sie und hob die Schultern. »Was veranlasst Sie dann zu der Annahme, dass ich Ihnen nützlich sein könnte?«

Ganz davon abgesehen war sie alles andere als sicher, ob sie überhaupt bereit war, einem Menschen wie diesem Steiffel zu helfen. Noch konnte sie vom Vertrag zurücktreten und die Sache für beendet erklären. In einem schwachen Moment erwog sie, die halbe Million Dollar zurückzugeben, die bereits ihrem Konto bei einer Filiale der Rock Asia Capital Bank in der Nähe ihrer Wohnung in Pasadena gutgeschrieben war.

Mit diesem Geld konnte sie Nadja eine glänzende Zukunft als Schwimmerin finanzieren, sofern sich das Kind dazu entschloss, seine Träume umzusetzen.

Steiffel legte sich in seinem Sessel bequemer zurecht.

»Wir kämpfen seit einiger Zeit mit erheblichen technischen Komplikationen. Damit musste man natürlich rechnen – immerhin befindet sich die Lagerstätte viertausend Meter unter dem Meeresspiegel. Da bisher noch niemand in solchen Tiefen gebohrt hat, mussten wir mit unerprobten Lösungen arbeiten. Ich vertraue Ihnen entsprechend dem Schweigegebot unseres Vertrages an, dass sich unter diesem Schiff eine Unterwasser-Pumpstation befindet, in der jeweils drei oder vier Leute im Schichtbetrieb rund um die Uhr arbeiten. Die dort eingelagerten Vorräte an Lebensmitteln und Atemluft reichen für mehrere Monate. Die Männer, die Sie heute Morgen kennengelernt haben, werden Ihnen alle Schwierigkeiten schildern, mit denen wir gegenwärtig kämpfen.«

Eine Art U-Boot also. Ein Schauer überlief Nora. Bilder von technischen Anlagen traten ihr vor die Augen, Ventile, Fittings und Rohrleitungen, eine Welt, die ihr gänzlich fremd war und in der sie sich nicht zurechtfand. Sie begriff doch nicht einmal, was sich unter der Motorhaube ihres alten Ford abspielte!

Steiffels bewusst ungenaue Aussagen ärgerten sie.

»Technische Schwierigkeiten«, sagte sie nachdenklich. »Was haben sie mit mir zu tun?« Dann fiel ihr ein, dass er gesagt hatte, man habe damit rechnen müssen.

Der Ölmagnat schnippte mit den Fingern, als er sah, dass sie begriffen hatte.

»Für die technische Seite sind wir zuständig. Dafür haben wir die besten Leute herangezogen.«

»Aber das ist wohl nur ein Teil des Problems«, folgerte Nora, ohne zu wissen, worauf er hinauswollte.

»Sie haben es getroffen. Der andere, für den ich Ihre Unterstützung brauche, besteht darin, dass einige meiner Männer Wahnvorstellungen entwickelt haben. Ich muss wissen, woran das liegt.«

Sie riss verblüfft ihre grünen Augen auf. »Wahnvorstellungen!«

»Ja. Die Leute wissen nicht mehr, was sie tun, sind unbeherrscht, streiten sich herum. Noch ist das Problem nicht gravierend, denn bisher sind nur einige davon betroffen. Die Sache darf aber keine Kreise ziehen, denn das Letzte, was ich brauchen kann, ist eine medizinische Notfallsituation an Bord dieses Schiffes.«

»Ich bin keine Ärztin«, gab ihm Nora zu bedenken.

Mit einem Mal dachte sie an Nadja. Wie hatte sie so verrückt sein können, nicht zu merken, dass auf dem Schiff, auf das sie ihre Tochter mitgenommen hatte, eine Epidemie auszubrechen drohte?

»Sie sind Mikrobiologin«, fuhr Steiffel fort.

»Schon, aber Sie brauchen Ärzte, und zwar Epidemiologen. Ich bedaure, Ihnen sagen zu müssen, dass Sie sich, was mich betrifft, in jeder Hinsicht geirrt haben.«

Steiffel ließ sich nicht beirren. Mit einem Mal ging ihr etwas auf. Der Mann ihr gegenüber war so gerissen, dass sie lernen musste, bei seinen Äußerungen zwischen den Zeilen zu lesen.

»Haben Sie nicht gesagt, mein Onkel habe Wahnvorstellungen entwickelt?«, fragte sie.

»Richtig, und genau die gleichen Symptome weisen einige meiner Männer auf.«

»Sie sind also der Ansicht, dass da eine Beziehung besteht?«

Seine Pupillen weiteten sich, während er antwortete: »Das festzustellen ist Ihre Aufgabe. Ich verweise darauf, dass alles an Bord der *Merlin* einwandfrei ist. Meine Ärzte haben die Lebensmittel und das Trinkwasser analysiert und sind auf nichts Verdächtiges gestoßen. Ich selbst lebe schließlich auch schon seit über zwei Monaten hier! Sehen Sie mich an! Bin ich etwa krank? Ich habe mich nie besser gefühlt. Ich brauche einen unbeteiligten außenstehenden Beobachter. Sie haben Ihren Onkel bewundert und gehörten seiner Arbeitsgruppe an, obwohl Sie damals noch sehr jung waren. Sie wissen, wie er handelt und denkt. Daher sind Sie möglicherweise imstande, etwas aufzuspüren, was der Aufmerksamkeit anderer unter Umständen entgangen ist.«

Statt einer Antwort nahm sie die umfangreiche Denkschrift ihres Onkels an sich. Steiffel hinderte sie nicht daran.

»Vorher muss ich das hier gründlich durchlesen.«

»Heißt das, ich darf auf Sie zählen?«, fragte er mit einem kaum hörbaren Anflug von Besorgnis in der Stimme.

»Ich werde es mir überlegen«, gab sie zurück. »Sofern ich mich entscheide, das Schiff zusammen mit meiner Tochter zu verlassen und nicht in Ihre Dienste zu treten, werde ich Ihnen selbstverständlich das Geld bis auf den letzten Cent zurückzahlen. Dafür haben Sie mein Wort.«

Er stand auf, zum Zeichen, dass die Besprechung beendet war.

»Ich werde jetzt ein Bad nehmen. Gestatten Sie mir einen Rat. Meine Männer sind dazu da, Ihnen zu helfen und Ihre Fragen zu beantworten, aber je später Sie sich entscheiden, desto mehr werden Sie in diese Angelegenheit verwickelt sein. Zeit ist nämlich das Einzige, was ich Ihnen nicht zur Verfügung stellen kann.«

18

Albees Auge

An Bord der Rainbow

Alastair Golombek ortete den Kadaver rasch. Auf der Kommandobrücke der *Rainbow* an das achterne Geländer gelehnt, suchte er mit dem Fernglas den Horizont ab. Auch wenn er nicht mehr der Jüngste war, so waren seine Augen immer noch so scharf, dass er merkte, wenn es um etwas Besonderes ging, beispielsweise den Riesenkalmar.

Ein zufriedenes Lächeln trat auf seine Züge. Ein ganzer Schwarm Möwen kreiste über einer im Wasser treibenden Masse, von der er nicht erkennen konnte, was es war. Sie ließen sich kurze Zeit auf ihr nieder und begannen dann wieder ihr Kreisen.

Er fragte sich, warum ihm das nicht vorher schon aufgefallen war. Eigentlich hätte er es von Backbord aus sehen müssen. Einen Augenblick lang fühlte er sich benommen und hielt sich an einem der Antennenmasten für die Satelliten-Kommunikation fest. Er musste rasch handeln, wenn er dahinterkommen wollte, was sich da abspielte.

Obwohl die *Rainbow* die Fahrt bis auf fünf Knoten zurückgenommen hatte, entfernte ihr Kurs zum Zielgebiet sie von jener Stelle. Golombek nahm den Hörer eines Sprechgeräts ab und forderte Jeffrey Fisk, den tüchtigen und verschwiegenen Kapitän, auf, die Maschinen zu stoppen. »Mindestens zwei Seemeilen an Backbord ist achteraus was, das wir uns unbedingt ansehen müssen.«

»Verstanden«, ertönte die Stimme des Kapitäns, der es gewohnt war, die Wünsche des Ozeanographen nach Möglichkeit zu befolgen. Wenige Minuten später versammelten sich um Golombek einige Männer auf dem Achterdeck, unter ihnen seine Studenten. Auch Nathason war da, der bärtige Fotograf, der am Neuseeland-Abenteuer teilgenommen hatte. Er drehte an seinem Teleobjektiv und fotografierte, ohne dass Golombek – wie üblich – so recht wusste, was. Er hatte weder genug Zeit noch genug Geld gehabt, einen anderen Fotografen zu suchen, musste aber auch einräumen, dass Nathasons Aufnahmen der Pottwale vor dem Hintergrund des von grünen Wellen überspülten Strandes von Kaikoura außergewöhnlich waren.

Die *Rainbow* fuhr jetzt rückwärts auf die Stelle zu, an der er die im Wasser treibende Masse gesichtet hatte. Inzwischen waren auch Cepesma und Albee zu den anderen gestoßen. Die Möwen schrien betäubend und ließen sich nicht im Geringsten davon beeindrucken, dass sich das Schiff nur noch rund hundert Meter von der Gallertmasse entfernt befand. »Ratten der Lüfte.« Cepesma hasste die hirnlosen Vögel.

Der Kapitän stoppte die Maschine, und das Schiff schob sich kaum noch Fahrt machend durch das Wasser.

Golombek wollte keine übereilten Schlüsse ziehen, sah aber erwartungsvoll auf die Masse vor ihm. Von den Geräuschen um ihn herum bekam er nichts mehr mit.

Albee trat zu Cepesma und flüsterte ihm zu: »Sieht das so aus wie die treibende Masse, die Sie vor Luarca gesehen haben?«

»Ich glaube nicht. Allerdings war es dunkel, und das Ganze hat geschimmert. Es hat auch nicht so gestunken.«

»Das ist kein Kalmar«, sagte Golombek, nachdem er aufmerksam durch sein Fernglas geschaut hatte. »Das ist ein Pottwal. Er muss schon vor einigen Wochen verendet sein.«

Besonders stark machte sich der Gestank am Heck bemerkbar, wo sich der zweiarmige Kran befand, mit dem das von Albee als »*Jeeves'* großer Bruder« bezeichnete Tauchboot *Atlantis* zu Wasser gelassen und wieder eingeholt wurde. Eine der Studentinnen, die sich im Labor mit Plankton-Kulturen beschäftigte, war dem entsetzlichen Gestank sichtlich nicht gewachsen, denn sie erbrach sich an Deck und rannte davon.

»Jetzt geht es ans Sezieren«, sagte Golombek, den der Gestank nicht im Geringsten zu beeindrucken schien. »Das ist der mühseligste Schritt auf dem Weg zur Promotion in meinem Institut. Die da« – damit wies er auf die sich eilends entfernende junge Frau – »scheint das gerade gemerkt zu haben. Falls jemand sich ihr anschließen möchte, hat er meine Erlaubnis. Der Letzte säubert das Deck.«

»Raten Sie mal, wer heute Appetit auf das Abendessen hat«, sagte Albee breit lächelnd und zündete sich rasch die Pfeife an.

»Himmel, Arsch und Donnerwetter!«, stieß Cepesma hervor und hielt sich den Aufschlag seiner Öljacke vor den Mund. Zwar hatte er schon viele unangenehme Gerüche kennengelernt, aber keiner war so ekelhaft und durchdringend gewesen. »Jetzt verstehe ich, warum Sie Ihre verdammte Pfeife immer griffbereit haben.«

Erstaunlich flink für seine sechsundfünfzig Jahre eilte Golombek nach unten auf das Achterdeck. Cepesma und Albee folgten ihm gemächlicher. Sie hatten es nicht eilig, sich dem Gestank auszusetzen. Cepesma nahm ein Taschentuch heraus und hielt es sich vor Mund und Nase.

»Wie in Dreiteufelsnamen kann der Mann einen solchen Gestank aushalten? Der muss ja Beton in den Eingeweiden haben!«

»Haha«, quittierte Albee diesen Kommentar, während er dichte Rauchwolken von sich gab. »Der könnte ohne den Geruch gar nicht leben. Er hat sich schon in mehr Pottwal-Mägen herumgetrieben als irgendein anderer Mensch auf Gottes weiter Welt. Der reinste Jonas.«

Golombek verlangte nach einem langen Gegenstand, ein Besenstiel, ein Ruder, irgendetwas, womit er in der Masse herumstochern konnte. Inzwischen übergaben sich alle Studenten. Golombek lachte bei diesem Anblick und rief stolz aus: »Ich bin der König der Pottwale. Das hier ist Nummer achthundertvierundfünfzig, und ich werde es mir nicht nehmen lassen, in seinem Verdauungstrakt nach Kiefern meiner *Taningia* zu suchen.«

Jemand brachte ihm, schützend die Hand vor den Mund gelegt, einen langen Stock. Weder die Möwen noch andere Seevögel ließen sich von seinen Bemühungen stören, die im Wasser treibenden Reste einzusammeln.

Cepesma hätte das Ganze für irgendeine in Verwesung übergegangene Riesenqualle gehalten, doch als Stücke weißen Fleisches sichtbar wurden, merkte er, dass es etwas anderes sein musste. Hinter der durchscheinenden Masse kamen dunklere Teile zum Vorschein, die unter den Wellen wegtauchten, um wenige Meter weiter wieder hochzukommen.

Auch wenn das, was sie da vor sich sahen, ein ungeheuer großer Kadaver war, hatte es nach Cepesmas Ansicht nicht die geringste Ähnlichkeit mit einem Wal.

»Wieso sieht das bloß so sonderbar aus?«, wandte er sich an Albee.

Dieser nahm die Pfeife aus dem Mund. »Wahrscheinlich ist das Tier schon seit ein paar Wochen tot. In einem solchen Fall dringen Knochen und andere harte Organe durch das umgebende

Körperfett und sinken in Richtung auf den Meeresboden, was dazu führt, dass mitunter nur noch die leere Hülle im Wasser schwimmt. Riecht ziemlich streng, was?«

»Einfach ekelhaft. Ich glaube, ich muss mich auch gleich übergeben«, gestand Cepesma.

»Das gehört zu diesem Geschäft. So wie Gerichtsmediziner Menschen obduzieren, ist es unsere Aufgabe, Tierkadaver zu öffnen. Wer Jagd auf Kalmare machen will, muss sich an diesen Geruch gewöhnen. Ganz habe ich es allerdings auch noch nicht geschafft.« Er hob den Blick. Der Fotograf war nirgendwo zu sehen.

Anfangs war das Wetter recht beständig gewesen, doch in den letzten Tagen waren an die Stelle des gleichmäßig wehenden leichten Nordostwindes heftige Sturmböen getreten, und der Himmel hatte sich mit Wolken bezogen.

Albee trat zu Golombek, weil er annahm, er werde ihn auffordern, von einem Schlauchboot aus gemeinsam mit ihm die Reste zu begutachten und gegebenenfalls das eine oder andere Stück an Bord zu nehmen. Doch dieser hatte es sich offenbar anders überlegt.

»Die Verwesung ist schon zu weit fortgeschritten. Hier finden wir wohl nichts mehr«, sagte er. »Wir sollten unsere Fahrt fortsetzen.«

Es dauerte nicht lange, bis sie etwa zwei bis drei Seemeilen vom ersten entfernt den nächsten Pottwalkadaver entdeckten. Er sah ganz ähnlich aus wie jener: eine Hülle mit verwesten inneren Organen, Resten von Fleisch und einzelnen Skelettknochen.

Golombek wiegte bedenklich den Kopf, ohne den Blick von der weißlichen Masse und dem sie umgebenden Möwenschwarm zu nehmen.

»Das ist nicht normal«, sagte Albee, dem das Schweigen seines Meisters auffiel.

»Glauben Sie, dass jemand die Tiere umbringt?«, fragte Cepesma.

Inzwischen waren die drei Männer allein an Deck, denn alle

Studenten hatten sich in ihre Kajüten zurückgezogen, und auch Nathason war nirgendwo zu sehen. Dann rief der Kapitän sie auf die Kommandobrücke. Fisk war schlank und die Ruhe in Person. Wie sich das für einen alten Fahrensmann gehörte, trug er einen Bart, den graue Fäden durchzogen. Er wies stumm auf den Schirm des Radars, das die Meeresoberfläche im Umkreis absuchte und mit dessen Hilfe man die Anwesenheit von Schiffen auf eine Entfernung von drei bis vier Seemeilen erkennen konnte. Man sah einen gelben Umriss, der aussah wie eine Zigarre.

»Wir haben Gesellschaft«, sagte er schließlich. »Ein ziemlich dicker Pott, drei- bis viermal so groß wie wir.«

»Drei- bis viermal«, sagte Cepesma, ohne den Blick vom Radarschirm zu nehmen. »Also rund zweihundertvierzig Meter lang. Das klingt verdächtig nach Öltanker.«

»Der wird sich doch nicht verfahren haben?«, entfuhr es Albee, während sich Cepesma nachdenklich den Schnurrbart strich.

»Ist es denn ein Tanker?«, wollte Golombek wissen.

Der Kapitän sah ihn fragend an. »Das lässt sich von hier aus unmöglich genau sagen. Jedenfalls macht das Schiff keine Fahrt. Könnte vor Anker liegen.«

Eine Stunde später hörten sie das unverkennbare Geräusch von Rotoren und sahen schon bald darauf einen Hubschrauber, der die *Rainbow* überflog und dann wieder in den Wolken verschwand.

»Das ist bestimmt kein Kontrollflug der Küstenwacht, denn wir sind hier über fünfzig Seemeilen vom Festland entfernt.«

»Dann muss das Schiff, das wir auf dem Radarschirm gesehen haben, über eine Hubschrauber-Landeplattform verfügen.«

»Also vermutlich ein Bohrschiff. Die Leute fördern Öl«, sagte der Kapitän.

»Haben Sie an dem Hubschrauber irgendein Kennzeichen gesehen?«

»Nein. Könnte das Schiff Ihrer Ansicht nach etwas mit den toten Walen zu tun haben?«

»Natürlich nicht«, sagte Golombek. »Selbst wenn die Leute

hier seismische Erkundungen durchführen, sind die Schallwellen keinesfalls ursächlich für den Tod der Pottwale.«

»Aber ihr Orientierungssinn wird dadurch erheblich gestört«, wandte Cepesma ein.

»Das stimmt, und das gefällt mir nicht.« Golombek schien verwirrt. »Aber normalerweise stranden Wale, weil sie die Orientierung verloren haben, auf hoher See gehen sie gewöhnlich nicht ein. Es gibt auf den Weltmeeren keine Pottwal-Friedhöfe.«

Albee nahm die Pfeife aus dem Mund und erklärte: »Eine aberwitzige und zugleich faszinierende Vorstellung: eine Stelle im Ozean, die sie aufsuchen, um zu sterben. Eine Art ozeanischer Elefanten-Friedhof.«

Verärgert wandte sich Golombek an ihn. »Großer Gott, Thomas, das ist ja wohl nicht dein Ernst.«

»Natürlich nicht. Aber eine interessante Vorstellung.«

»Wenn zutrifft, was Sie sagen – wie erklären Sie sich dann den Tod der beiden Wale?«, meldete sich Cepesma zu Wort.

Albee zuckte die Achseln. »Es gibt viele Arten, im Meer zu sterben, sogar für ein Tier dieser Größe. Krankheit, ein Zusammenstoß mit dem Kiel eines großen Schiffes… Zwar verstehen Pottwale es meisterhaft, in der Tiefsee ihre Beute zu orten, aber die von Schiffen ausgehenden Geräusche hören sie nicht besonders gut. Wenn sie rasch auftauchen und ihnen dabei ein Schiff im Weg ist, kann ihnen dessen Rumpf ohne weiteres gefährlich werden.«

»So eins wie das da?«, wies Cepesma auf den Umriss, der nach wie vor auf dem Radarschirm zu sehen war.

Niemand antwortete.

Albee hatte einen Gedanken weiterverfolgt, der ihm beim Apfelwein in Luarca gekommen war. Damals hatte er sich gefragt, wer oder was dieser Mann sein mochte, mit dem er am Tisch gesessen hatte. Bei der Polizei war Cepesma nicht, und er bekleidete auch kein öffentliches oder politisches Amt. Jeder am Ort schien ihn zu schätzen und zu achten. Ein Bewahrer des Meeres, jemand, der sein Leben der See gewidmet hatte, deren Wellen an die Felsen seiner Heimatgemeinde schlugen. Ein Mann, der sich bemühte, Gelder aufzutreiben, um mit Unterstützung durch eine Gruppe Freiwilliger an den Strand gespülte Tiere aufzufinden und nach Möglichkeit zurück ins Meer zu befördern. Es war ihm gelungen, sogar die Fischer Luarcas so sehr für den Ozean zu sensibilisieren, von dem sie lebten, dass einige von deren Angehörigen ebenfalls als Strandwächter tätig waren.

Ob es möglich wäre, jemanden dazu zu bekommen, dass er auf dem Meeresboden Ausschau nach dem Kraken hielt?

Die Antwort auf diese Schlüsselfrage ergab sich rasch.

Alle drei Männer befanden sich jetzt in Golombeks Kabine. Bei ihnen war auch Nathason, der den Augenblick filmen wollte, in dem *Jeeves* mit Albees Kamera ins Meer tauchte – die erste Phase beim »Einfangen« des Tieres.

Mehrere auf Golombeks Schreibtisch verstreute Seekarten und Skizzen zeigten das Abbild des Meeresbodens unter dem Kiel der *Rainbow* in einem Umkreis von etwa zehn bis zwölf Seemeilen. Eine Reihe von Schluchten war darauf zu erkennen, die aus einer Tiefe von mehr als fünftausend Metern aufstiegen und deren immer enger werdende Verzweigungen in Richtung auf die Küste liefen.

»Obwohl es in fünfhundert Metern Tiefe stockdunkel ist, arbeitet dieses neue Objektiv im Unterschied zu *Jeeves'* Kamera, die auf die Unterstützung von Scheinwerfern angewiesen ist, ohne zusätzliche Lichtquelle«, erklärte Albee und zeigte mit der Pfeife auf eine Stelle auf einem der Pläne, an der sich die Tiefenlinien ablesen ließen.

»Hinzu kommt, dass das Wasser in diesem Gebiet besonders trübe ist«, merkte Cepesma an. »Das Kantabrische Meer ist ziemlich finster.«

»Unsere Scheinwerfer reichen in der Tiefe ohnehin nicht sehr weit – die stärksten vielleicht zehn bis zwanzig Meter. Daher bietet es sich an, uns des Lichts zu bedienen, das der Kalmar selbst aussendet.«

»Ich verstehe – der grünliche Schimmer, den wir bei Luarca gesehen haben«, sagte Cepesma und kratzte sich am Kinn.

»Biolumineszenz«, knurrte Golombek, dem eine laienhafte Ausdrucksweise zuwider war.

»Kann man denn in vollständiger Dunkelheit filmen?«

Albee war nur allzu gern bereit, die Frage zu beantworten. »Durchaus, wenn man sich eines kleinen Tricks bedient. Man verwendet Rotlicht, das ist der Teil des Spektrums, den das Wasser zusammen mit Infrarot- und Ultraviolettstrahlen in der Tiefe zuerst absorbiert – je tiefer wir kommen, desto mehr. Die Kamera ist mit einem starken Rotlicht-Scheinwerfer ausgestattet. Seine Restlichtverstärker aktivieren sich durch die Biolumineszenz des Tieres, der Scheinwerfer schaltet sich ein und umgibt den Kalmar mit einer rötlichen Aura, die er aber nicht wahrnimmt. Diese Strahlung durchdringt das Wasser so gut wie überhaupt nicht.«

»Sozusagen eine unsichtbare Kamera«, sagte Cepesma bewundernd.

»Nichts ist vollkommen«, fuhr Albee fort und unterstrich seine Worte mit erhobener Pfeife. »Wir steuern sie über ein Kabel, das die Bildsignale auf unsere Bildschirme überträgt. Wie aber bringen wir die Kamera genau dorthin, wo wir sie haben wollen? Wenn mehr Zeit gewesen wäre, hätte ich sie miniaturisiert und in die Spitze des Roboters gepackt. Allerdings wäre damit die Hauptschwierigkeit noch nicht ausgeräumt, nämlich die mangelnde Kommunikation mit *Jeeves*. Wenn das Vorhaben fehlschlägt, verlieren wir die Kamera, und unser Plan ist endgültig gescheitert. Also habe ich mich entschlossen, die beiden einzigen Methoden zu verknüpfen, die ich für einen gesteuerten Abstieg kenne, ohne die Kamera mit totem Ballast zu verbinden und ins Wasser zu werfen. Die automatischen Navigationsprogramme des Roboters und das Kabel ... zusammen. Das ist eine meiner Gelegenheitsarbeiten.«

»Genial«, lobte Golombek. »*Jeeves* wird so programmiert, dass er die Kamera an eine bestimmte Stelle bringt. Sie bleibt aber durch ein Kabel mit dem Schiff verbunden, und so können wir in Echtzeit sehen, was gefilmt wird.«

»Es gibt dabei durchaus ein gewisses Risiko«, gab Albee mit einem sonderbaren Zungenschnalzen zu bedenken, »denn wir müssen erreichen, dass sich *Jeeves* sehr langsam bewegt, damit das Kabel der Kamera während des Abstiegs nicht reißt. Am liebsten hätte ich mit einem über ein Kabel ferngesteuerten Roboter gearbeitet, aber wir hatten weder das nötige Geld noch genug Zeit, um *Jeeves* umzurüsten. Wirklich ärgerlich.«

Cepesma dachte an das Forschungs-Tauchboot.

»Und was ist mit der *Atlantis*? Könnten wir nicht damit nach unten?«

»Das bleibt uns immer noch als letzte Möglichkeit«, wies Golombek den Gedanken zurück.

»Zuerst wollen wir uns drei oder vier Tage lang auf die Kamera verlassen, während wir den Abstieg im Tauchboot vorbereiten«, sagte Albee. »Mit etwas Glück könnten wir schon vorher die ersten Panoramaaufnahmen im Kasten haben, wenn wir genau das Gebiet finden, in dem sich der Krake aufhält.«

Cepesma strich seinen Schnurrbart. »Eins versteh ich nicht. Wir wissen, dass das Tier, wie alle Tiefenbewohner, durch Licht erschreckt wird, aber Rot nicht wahrnimmt.«

»Richtig«, sagte Albee.

»Kann das Tauchboot eigentlich im Dunkeln ohne Scheinwerfer navigieren?«

Der Ozeanograph und sein Assistent tauschten Blicke.

»Auf keinen Fall. Das wäre viel zu gefährlich«, sagte Albee. »Dann würden also die während der Tauchfahrt eingeschalteten Lichter den Kalmar alarmieren, was die Erfolgsaussichten des Unternehmens stark verringern würde, nicht wahr? Wir hätten dann die Beute verjagt, statt sie zu überraschen.«

»Ja und nein«, sagte Albee.

Cepesma verstand nicht.

»Wir würden die Scheinwerfer ausschalten, sobald wir unsere Tauchtiefe erreicht haben«, erklärte Golombek, »und im Dunkeln warten. Thomas hat außen am Tauchboot eine Zwillingskamera angebracht, die sich von selbst auslöst, sobald sie die Gegenwart eines Kalmars bemerkt.«

»Das war kein Kunststück«, sagte Albee achselzuckend. »Ich musste dazu nur ein paar Restlichtverstärker einsetzen.«

»Wie lange können wir da unten warten?«, fragte Cepesma.

»Da unsere Luft für höchstens fünfzehn Stunden reicht, können wir, wenn nichts dazwischenkommt, nächste Woche Tauchfahrten von ungefähr acht Stunden machen. Wie sieht es mit Ihrer Blase aus?«

Verblüfft fragte Cepesma zurück: »Was hat die denn damit zu tun?«

In munterem Ton gab Albee zur Antwort: »Na ja, man kann in einem Tauchboot nicht austreten, weil es aus Platzgründen keinen Abort hat. Falls Sie mitkommen wollen, müssen Sie Ihren Harndrang acht Stunden lang bezähmen.«

19

Kreis Sieben

An Bord der Merlin

Calvin Steiffel merkte, dass ihm die Zeit davonlief. Der gute Ruf, den er sich mühevoll genug in neununddreißig Jahren an der Spitze der weltgrößten privaten Ölgesellschaft erarbeitet hatte, stand auf dem Spiel. Er drückte einen Knopf, und die Türen des Barschranks öffneten sich. Im Licht, das sich in der verspiegelten Rückwand brach, schimmerten die dickwandigen Kristallgläser.

In letzter Zeit trank er zu viel.

Der dreißig Jahre in Eiche gereifte Teaninich-Whisky aus dem schottischen Hochland schimmerte wie kostbarer Bernstein. Steiffel nahm die Karaffe heraus und goss sich etwas von dem

Single Malt ein, den er lieber trank als alles andere. Auf einen weiteren Tastendruck hin wurde der Plasma-Bildschirm hell.

Diesmal zeigte der Bildschirm keine ihrer Beute auflauernde Löwin, sondern eine farbige digitale Darstellung dessen, worum all seine Hoffnungen und Enttäuschungen kreisten. So großartig die *Merlin* war, sie war nichts als ein Floh an der Oberfläche des finsteren Universums, das unter ihrem Kiel lag.

Nur eins interessierte Steiffel: die Stelle, an der die kürzeste senkrechte Verbindung zum Meeresboden möglich war, den gewaltige Schluchten durchzogen. Dort, wo sich die *Merlin* zurzeit befand, war sie mehr oder weniger gleich weit von zwei unterseeischen Gebirgen entfernt. Im Nordwesten trennten sie rund fünfundzwanzig Seemeilen vom nächstgelegenen Unterwasser-Gipfel, der sich vom Meeresboden bis auf eine Höhe von zweitausendvierhundert Metern erhob, während im Nordosten eine weitere Gebirgskette in einer Entfernung von zwanzig Seemeilen dreitausend Meter hoch aufragte.

Unmittelbar oberhalb von Steiffels Suite befand sich die Antennenanlage des Schiffes, die von mehreren Satelliten GPS-Signale empfing. Nach unten orientierte sich das Schiff mittels einer ausgeklügelten Unterwasser-Ortungseinrichtung, deren Sender und Empfänger achtern unmittelbar vor dem Heck im Kiel angebracht waren.

Auf seinem Wunderschiff wusste man aber nicht nur jederzeit, wo es sich befand, es ließ sich auch ständig am selben Fleck halten, sofern das nötig oder wünschenswert war. Computer steuerten die fünf Dieselmotoren, und die Stabilisatoren sorgten dafür, dass es sogar bei mittelschwerem Seegang und nicht allzu heftigen Winden mit einer Toleranz von weniger als dreißig Zentimetern unverrückbar an der Stelle blieb. Ein solches Schiff gab es auf der ganzen Welt nicht noch einmal. Keiner seiner Konkurrenten konnte da mithalten. Die *Merlin* ermöglichte es ihm, eine Beute, die er einmal gepackt hatte, nie wieder loslassen zu müssen.

Bei dem, was er auf dem Bildschirm sah, lächelte er zufrieden.

Allem Anschein nach befand sich zwischen dem Schiffsboden und den Transpondern der nahe den Bohrlöchern am Meeresboden tätigen Roboter nichts als viertausend Meter Wasser. Es war eine Umgebung, in der eine undurchdringliche Finsternis und ein Druck von vierhundert Bar herrschte.

Nach einem neuen Tastendruck wurde eine riesige Tauchboje sichtbar, die sich zweihundert Meter unter der *Merlin* befand. Ihre Aufgabe bestand darin, das aus den verschiedenen Bohrlöchern zu ihr gepumpte Erdöl zu sammeln und in die Tanks des Schiffs zu leiten. Wegen seines Aussehens wurde dieser tausenddreihundert Tonnen schwere Sammler nur als »Spinne« bezeichnet. Seine riesigen »Beine« ragten in den schwarzen Abgrund hinab, wo die Firma Texon bildlich gesprochen ihre Flagge in den Boden gerammt hatte, ähnlich wie es der Astronaut Neil Armstrong auf dem Mond mit jener der Vereinigten Staaten getan hatte.

Die Roboter hatten in viertausend Metern Tiefe auf einem Boden, auf dem so gut wie keine organische Materie von oben landete und wohin nicht der winzigste Lichtstrahl drang, Bohrtürme errichtet, die wie ein künstlicher Wald aussahen. Die Anlage mit ihren Rohrleitungen und hydraulischen Pumpeinrichtungen sowie den zugehörigen Ventilen und Absperrschiebern war nahezu von der Größe einer Kleinstadt. Vorerst hatte Steiffel vier Bohrungen niederbringen lassen, doch ließe sich seiner Berechnung nach die Zahl der Bohrlöcher in den nächsten fünf Jahren ohne weiteres auf nahezu das Fünffache steigern.

Ein weiterer Tastendruck. Jetzt wurde die eigentliche Beute erkennbar, der Umriss von *Kreis Sieben*. In all den Jahren hatte er nichts Vergleichbares gesehen.

Nicht nur war die Texon in beträchtlichem Umfang an der Förderung der mächtigen Ölvorkommen beteiligt, die im Golf von Mexiko zweitausend Meter unter dem Meeresspiegel zwischen Salzschichten lagen, das Unternehmen betrieb auch Bohrlöcher vor der westafrikanischen Küste und sogar unter den Eismassen vor Grönland.

Kreis Sieben ließ sich mit keiner dieser Lagerstätten auch nur von ferne vergleichen. Das sich vermutlich über Hunderte von Kilometern erstreckende Muttergestein sah aus wie eine ungeheuer große unregelmäßige Mandel, die mit zahlreichen unterseeischen Klippen besetzt war.

Es war Steiffel bewusst, dass die Menschen gewöhnlich annahmen, Erdöl finde man unter der Erde in einer Art See oder einer mit Flüssigkeit angefüllten Höhle. Da es aber in Wahrheit in zahllosen Gesteinsporen sitzt, muss, wer es fördern will, dies Gestein mit möglichst hohem Wirkungsgrad auspressen, in etwa so, wie man einen Schwamm ausdrückt.

Kreis Sieben bildete mit seiner geradezu monumentalen Größe eine Art Universum unter dem Meeresboden, ein geheimnisvolles Reich unterhalb eines ebenso geheimnisvollen. Steiffel sah, dass seine Bohr-Roboter bis an die Ränder der Lagerstätte vorgedrungen waren. Dort hatten sie sich unverrückbar festgesetzt, wie Fangarme eines Tintenfisches, der seine Beute nicht loslässt, oder die Beine einer Zecke, die sich unablösbar in die Haut eines Elefanten gebohrt hat.

Nach vorläufigen zurückhaltenden Berechnungen durfte man dort mit einer anfänglichen Ausbeute von hundertdreißig Milliarden Barrel Erdöl rechnen: tausend Mal mehr als an jeder anderen wirtschaftlich erschließbaren Lagerstätte! Das entsprach den gesamten Reserven des Irak. In lediglich fünf Jahren würde Steiffel, sobald er alle erforderlichen Genehmigungen besaß, die Förderung hochfahren und über ein Dutzend weitere Bohrlöcher in Betrieb nehmen, um dieses gewaltige Vorkommen auszubeuten. Das aber war erst der Anfang; denn allein für die erste Milliarde Barrel müsste man zwanzig Jahre lang insgesamt fünfundzwanzig Bohrlöcher mit voller Leistung betreiben.

Er stellte sich vor, dass in ferner Zukunft, vielleicht in siebzig Jahren, Schiffe und Unterwasser-Maschinen in der Lage sein würden, die unterseeischen Gebirge abzutragen, um alles aus *Kreis Sieben* herauszuholen, was er an Öl enthielt. Er war überzeugt, am Anfang eines neuen Zeitalters zu stehen, ähnlich wie es zu Beginn des 20. Jahrhunderts den Großwildjägern in Afrika ergangen war, dem rätselhaften Schwarzen Kontinent, von dem es hieß, er sei von allerlei Tieren bewohnt, die sich niemand vorstellen konnte.

Nach der herrschenden Lehrmeinung hätte es *Kreis Sieben* gar nicht geben dürfen, aber Pulaski hatte Recht gehabt. Seine Theorie von der abiogenetischen Entstehung des Erdöls war keine bloße Hypothese geblieben, sondern hatte sich als zutreffend erwiesen.

Nie und nimmer konnten die dort lagernden Unmengen an Öl aus einer Ansammlung abgestorbener Tiere und Pflanzen entstanden sein, Überreste ausgestorbenen ozeanischen Lebens – dafür war es bei weitem zu viel. Die Biologie hatte nicht das Geringste mit seiner Entstehung zu tun. Auf der ganzen Welt konnte es zu keiner Zeit so viele Sümpfe und Torfmoore gegeben haben, dass sich als deren Ergebnis eine solche Menge Öl in einem Gebiet hätte ansammeln können, das verglichen mit den ausgedehnten Lagerstätten Saudi-Arabiens ausgesprochen klein war. Aber *Kreis Sieben* existierte.

Ihm fiel das Experiment mit dem Meteoritenkrater in Schweden ein. Erdöl aus Granit! Nach wie vor überraschte ihn diese Vorstellung immer wieder, wenn er nur daran dachte.

Alle Menschen besaßen eine ungefähre Vorstellung von Erdöl – etwas, das von vor langer Zeit verfaulten Pflanzen und verwesten Tieren übrig geblieben war und das man jetzt aus der Erde herausholen konnte. Auch Steiffels Geologen hatten diese Meinung vertreten und behauptet, es könne nur dort Erdöl geben, wo sich solche Ablagerungen befanden. Den Granit in Schweden aber hatte der Meteorit bei seinem Aufschlag aus den Tiefen der Erde herausgeschleudert, und er enthielt keine Reste einstigen Lebens.

Granit galt auch deshalb als denkbar ungeeignetes Gestein zum Auffinden von Erdöl, weil es für den Fall, dass das Öl *von unten kam*, eine undurchdringliche Schranke bildete.

Mit Bezug darauf vertrat Pulaski noch eine weitere Ansicht, die nicht das Geringste mit dem zu tun hatte, wovon die Mehrheit überzeugt war. Um das auf die ihm eigene glänzende Weise zu verdeutlichen, hatte er Steiffel gebeten, sich ein Hühnerei mit einer Schale aus Granit vorzustellen. Wie könnte man bei einem solchen Ei an den Dotter gelangen? Ganz einfach: Man bearbeitet die Schale, daraufhin bekommt sie Risse, und durch sie sickert der Dotter. Genauso, hatte er erklärt, breitete sich Erdöl im Granitgestein aus.

Die eigentliche Bedeutung von Pulaskis Entdeckung aber bestand darin, dass weder der Meteorit noch Granit zwingend notwendig waren. Um das Öl aus dem harten Granit zu gewinnen, wären die Kosten viel zu hoch gewesen. Man hätte eine Unzahl teurer Sprengungen vornehmen müssen, um Risse im harten Gestein zu erzeugen und an das begehrte Öl zu gelangen. Wohl aber trugen der Meteorit und der Granit dazu bei, das Phänomen besser zu verstehen, dessen Ergebnisse Steiffel jetzt auf dem Bildschirm vor sich sah. Sofern sich Erdöl sogar unter Granit finden ließ – was war dann mit anderem, weit weniger undurchlässigem Gestein? Entscheidend war, dass das Öl existierte, unabhängig davon, welche Art Schicht es bedeckte. Dort, wo er sich jetzt befand, hatten sich seit vielen Millionen Jahren die tiefen Schluchten unter den jetzigen Carrandi-Fanggründen in die Erdoberfläche eingeschnitten, bis das Wasser sie erneut bedeckt hatte. Ob eine Gebirgskette aus Granit oder anderem Gestein bestand, war ziemlich unerheblich. Aus irgendwelchen bisher nicht bekannten Gründen speicherten geologische Formationen Erdöl, *das aus tieferen Schichten der Erdrinde aufstieg*. So hatte Pulaski die Dinge gesehen. Die Folgerungen, die sich daraus ziehen ließen, lagen auf der Hand.

Steiffel malte sich aus, was es bedeuten würde, hundertdreißig Milliarden Barrel Öl auf den Markt zu bringen – natürlich nicht mit einem Schlag, sondern nach und nach. Die OPEC würde im Laufe der Zeit ihre Vorherrschaft einbüßen. Ihr gegenwärtiger Anteil von siebzig Prozent an der Welt-Ölförderung würde sich zugunsten der Öleinfuhrländer verringern. In diesem Fall wären das die Vereinigten Staaten, denn die Texon befand sich zu hundert Prozent in US-amerikanischem Besitz. Immerhin enthielt das

Firmenemblem das nationale Symbol, den amerikanischen Weißkopfadler, der seine Schwingen über dem »O« ausbreitete. Immer wieder hatte Steiffel bei seinen Vorträgen deutlich gemacht, dass eine Unabhängigkeit der USA auf dem Gebiet der Energieversorgung trotz aller regelmäßig vor Wahlen von Kongressabgeordneten vorgetragenen Forderungen, sie durchzusetzen, ein Trugbild sei. Sollten die Araber auf den Gedanken kommen, die Daumenschrauben anzuziehen, werde Amerika gar nichts anderes übrig bleiben, als sich das gefallen zu lassen, und wenn sie beschließen sollten, das Land nach ihrer Pfeife tanzen zu lassen, werde es das tun. So sah die harte Wirklichkeit aus.

Gewöhnlich gab Steiffel, wenn ihn jemand fragte, warum Benzin so teuer sei, zur Antwort: »Versuchen Sie doch mal, in einem Supermarkt eine billigere Flüssigkeit zu finden – Milch, Mineralwasser, ein beliebiges Erfrischungsgetränk. Sie schaffen es nicht!« Damit hatte er in der Tat Recht, und außerdem war Benzin ja scheinbar ganz einfach zu bekommen: Wer volltanken wollte, brauchte nur zu einer beliebigen Stunde des Tages oder der Nacht zur nächsten Tankstelle zu fahren und eine Handvoll Dollar auf den Tisch zu legen.

Den Menschen war nicht klar, welch ungeheure Anstrengungen die Ölförderung verlangte. Es war kaum möglich, dem gewöhnlichen Bürger zu vermitteln, dass jedes Barrel, das man der Tiefe des Meeres abrang, einen Sieg der Technik über die Natur darstellte. Vermutlich müsste man Führungen auf Bohrinseln im Meer veranstalten oder den Menschen zeigen, wie ein Schiff von der Art der *Merlin* funktionierte, ihnen erklären, welche Fülle technischer Einrichtungen sich in ihrem ungeheuren Bauch befanden, die neuartigen Werkstoffe, die Roboter, die Sensoren, die übrige Elektronik …

Unausweichlich würde der Ölpreis im Laufe der Zeit steigen und langsam, aber sicher eine Höhe erreichen, die Steiffel Albträume verursachte. Eine solche Zukunft war alles andere als wünschenswert.

Mit *Kreis Sieben* würde Steiffels Unternehmen zum zweitgrößten Erdölproduzenten der Welt aufsteigen, noch vor dem Irak. Lediglich Saudi-Arabien würde mehr auf den Weltmarkt bringen können als er. Aber der Löwenanteil an der Ölförderung würde nach und nach aus den Händen der Araber in die der Amerikaner übergehen.

Es war ohne weiteres möglich, dass man in späteren Jahren noch mehr Förderstellen wie *Kreis Sieben* fand. Das war das eigentlich Sensationelle an Robert Pulaskis Entdeckung.

Seine Theorie sagte die Existenz gewaltiger Lagerstätten in größerer Tiefe voraus, bis hin zu mehreren hundert Kilometern. Die Menschheit lebte in einer mit Ur-Kohlenwasserstoff-Verbindungen buchstäblich angefüllten Welt. Derjenige, dem es gelang, die nötigen technischen Verfahren zu entwickeln, würde zu guter Letzt die Araber vom Ölmarkt verdrängen.

Und er, Calvin Steiffel, würde als Vorreiter dieser Entwicklung in die Geschichte eingehen.

Doch nachdem es schließlich Ende 2004 gelungen war, das harte Gestein zu durchdringen, hatte sich das neue Jahr als verhängnisvoll erwiesen. Aus unerklärlichen Gründen waren die Unterwasser-Einrichtungen ausgefallen, undichte Rohrleitungen, versagende Absperrschieber und verstopfte Bohrlöcher hatten dazu gezwungen, die Förderung einzustellen.

Zu den technischen Störungen kamen jetzt noch geheimnisvolle Ausfälle beim Personal. Die Männer verloren die Nerven, verhielten sich anders als sonst. Das aber ließ sich, so Steiffels Vermutung, nicht auf die Belastungen durch die drei bis vier Wochen hintereinander zu leistenden Schichten zurückführen. So sah er sich auf Nora Pulaskis Hilfe angewiesen, auch wenn darin ein Hinweis auf eine Schwäche seinerseits liegen mochte, die in keiner Weise seinem Wesen entsprach.

Wladimir Tschakenko klopfte an und trat sogleich ein. Ohne abzuwarten, ob Steiffel ihm etwas anbot, ging er zum Barschrank, nahm eine Flasche Wodka heraus, füllte ein Glas mit Eiswürfeln und goss sich reichlich ein.

Nach einem kräftigen Schluck erklärte er: »Harris hat man auf die Krankenstation gebracht. Keine Sorge, ich glaube nicht, dass es was Schlimmes ist. Er ist nur ein bisschen überreizt, wie so viele hier, die ohne Ruhezeiten durcharbeiten müssen. Man hat ihm Beruhigungsmittel gegeben. Du solltest dich vielleicht mal etwas genauer auf deinem Schiff umsehen.«

»Und was ist mit der Kleinen?«, fragte Steiffel, das Whiskyglas in der Hand, ohne sich in seinem Sessel zu rühren. Seine gespielte Freundlichkeit war wie eine Maske von ihm abgefallen, doch schien Tschakenko daran gewöhnt zu sein.

»In ihrer Kabine, wie du es angeordnet hast. Meine Männer lassen sie nicht aus den Augen. Es geht ihr gut.«

Nadja gefiel ihm. Ein hübsches Mädchen, allerdings zu jung. Die von Steiffel angeordnete Isolierung hatte sie nicht verdient. Mit etwas Glück konnte er sie später als treue und fleißige Stewardess für eine der Fluglinien seines Vetters gewinnen, der Privatreisen ins Landesinnere organisierte. Die neureichen Kunden zahlten mehr als großzügig für Dienstleistungen, die über die bei Flügen üblichen hinausgingen.

Bei der Mutter allerdings lagen die Dinge anders. Sie war von herber Schönheit und gab sich unnahbar. Er hatte in Russland eine ganze Reihe solcher Frauen kennengelernt und konnte ihnen nichts abgewinnen.

»Was ist mit dem Hubschrauber?«, erkundigte sich der Ölmagnat.

Tschakenko sah unverwandt auf sein Wodkaglas.

»Ich habe dafür gesorgt, dass die Ankunft des medizinischen Materials nicht unbemerkt blieb, und den Piloten angewiesen, vor der Landung mehrere Runden über dem Schiff zu fliegen, damit jeder die Ankunft mitbekam.«

Steiffel schüttelte den Kopf. »Wir können die Geschichte nicht mehr lange durchhalten. Wir hätten die Besatzung und die Belegschaft schon vor über einem Monat ablösen müssen. Dass wir die Arbeiten auf ein Minimum heruntergefahren haben, nützt überhaupt nichts. Die Leute werden bald dahinterkommen, dass sie immer weniger werden.«

Tschakenko gab keine Antwort.

Zu den ersten ernsthaften Schwierigkeiten war es Mitte Januar gekommen. Da am Bohrloch eins ein Leck aufgetreten war, mussten die Ventile bis auf weiteres geschlossen bleiben. Etwa zwei Wochen später war aus unerfindlichen Gründen der Strom des Öls an Bohrloch zwei ausgeblieben. Irgendetwas verstopfte allem Anschein nach die Leitung.

Diese Vorfälle waren in Steiffels Gedächtnis eingegraben wie in eine Steintafel. Am schlimmsten war es am 23. Februar gewesen. Den Anfang hatte eine Explosion an Bord der Tauchfähre gemacht. So unglaublich das schien: Sämtliche Sicherheitseinrichtungen der *Merlin* hatten versagt. Gas hatte sich entzündet, und das Feuer hatte sich durch die Leitungen immer weiter nach oben gefressen. Die Gasleckage-Anzeige hatte viel zu spät reagiert. Zusammen mit den beiden amerikanischen Ingenieuren Dickinson und Towner hatte sich der spanische Decksoffizier Rodríguez gerade in dem Augenblick in der Steuerzentrale befunden, als es zu der Gasexplosion gekommen war.

Nach den Todesfällen war es dann bei den anderen Männern infolge von Überlastung zu Depressionen, krassen und unerklärbaren Verhaltensänderungen sowie Nervenzusammenbrüchen gekommen. An jenem schicksalsschweren 23. Februar hatte der Kapitän des Schiffes, H. O. Flogarthy, mit dickem schwarzen Filzstift die Namen Dickinson, Towner und Rodríguez auf die bis dahin leere weiße Wandtafel der Notfallstation geschrieben. Das aber war erst der Anfang eines Albtraums gewesen, der kein Ende zu nehmen schien.

Die beiden Kumpane leerten ihr Glas. Tschakenko goss sich noch einmal ein, während Steiffel sein Glas auf den Tisch stellte.

»Die automatischen Systeme halten die wichtigsten, auf dem Schiff auszuführenden Arbeiten in Gang«, sagte der Russe. »Und der größte Teil der Operation lässt sich hier vom Bug aus steuern.«

»Damit säßen die Leute sozusagen gefangen«, sagte Steiffel,

»und nur du und ich kennen die Hintergründe. Hier am Bug ist es sicher, am Heck nicht. Hast du genauere Erklärungen, Wladimir?«

»Noch nicht«, gab Tschakenko zurück. »Wir haben die Aufnahmekapazität der Krankenstation vergrößert, um mehr Leute behandeln zu können. Theoretisch gibt es an Bord Alkohol ebenso wenig wie pornographische Filme, aber ganz durchsetzen lässt sich so ein Verbot naturgemäß nie. Wir haben das Trinkwasser untersucht und nichts gefunden. Die Filteranlage arbeitet wieder einwandfrei, trotzdem trinkt keiner etwas anderes als Mineralwasser aus Flaschen … sofern welches da ist. Noch weiß ich nicht, ob sich hier die Vorfälle von Argalik wiederholen oder ob das Ganze eine Folgeerscheinung der übermäßigen Belastung der Männer ist. Wir hätten die Besatzung da unten längst ablösen müssen. Was meinst du, wann die Frau da runtergeht?«

»Übermorgen, noch zwei Tage«, gab Steiffel zurück und hob Zeige- und Mittelfinger, »Márquez und Morales werden gleich mit ihr über die Einzelheiten sprechen. Ich habe zuvor eine Erkundung mit Hilfe des Tauchroboters angeordnet. Morgen fangen sie an.«

»Noch zwei Tage«, wiederholte Tschakenko, nachdem er erneut einen Schluck genommen hatte. »Du scheinst es ja eilig zu haben. Dein Wodka ist übrigens gut.«

»Neben Frau Pulaski gehört er zu den wenigen Dingen, die an Bord noch gut sind«, gab Steiffel zurück.

Tschakenko verzog den Mund, als ob er zweifelte. Er wusste, dass Dickinson, Towner und Rodríguez die einzigen offiziellen »Verluste« waren. Die Namen der Übrigen tauchten auf der Wandtafel in der Notfallstation gar nicht erst auf.

»Noch wäre genug Zeit, sich an eins der vielen Unterwasser-Rettungsunternehmen deines Landes zu wenden«, gab Tschakenko zu bedenken. »Wir könnten auch die Italiener oder die Briten um Hilfe bitten.«

Steiffel aber wollte erst einmal in Ruhe abwägen, wie hoch das

Risiko war und wie sehr seine Einnahmen zurückgingen. Unter den gegebenen Bedingungen konnte die *Merlin* äußerstenfalls noch zwei Wochen ohne eine vollständige Ablösung der Leute durchhalten.

»Wir müssen die Leitungen von den Bohrlöchern zur Spinne wieder in Gang setzen«, sagte Steiffel. »Das Tauchboot könnte in drei Tagen bereit sein.«

Er ging die Möglichkeiten im Geiste durch. »Lass den Wodka und komm her, Wladimir. Sieh dir das mal an.«

Ein weiterer Tastendruck, und auf dem dunklen Meeresboden wurde es hell.

Obwohl Tschakenko genau wusste, was er zu sehen bekommen würde, konnte er nicht umhin, die großartige Technik zu bewundern, die da in zweitausend Metern Tiefe am Werk war.

Die aus einer Titanstahllegierung bestehende fünfundzwanzig Meter lange Tauchfähre *Ocean Shuttle* war das unterseeische Gegenstück zu einer Weltraumfähre. Sie sah aus wie ein ins Monumentale aufgeblähter flachgedrückter Rugbyball und lag auf halbem Weg zwischen der »Spinne« und den Bohrlöchern am Meeresboden, etwa fünfzig Meter vom Rand des Absturzes entfernt, von dem aus es steil in einen Graben hinabging, dessen Tiefe sich nur erahnen ließ.

Der rot dargestellte Ölstrom kam durch vier Rohrleitungen genau aus diesem gigantischen Riss in der Erdrinde. Nahe der Steilstufe leiteten Rohrbögen sie der auf dem Meeresboden verankerten Tauchfähre entgegen. Über Unterwassereinrichtungen in ihrer Nähe wurde das Öl zur »Spinne» und von dieser Zwischenstation aus weiter zum Schiff gepumpt. Vor allem aber hatte die *Ocean Shuttle* die Funktion, diese Einrichtungen zu überwachen und Meldungen über das Geschehen an den Bohrlöchern weiterzuleiten, nachdem man dort das Bohrgestänge herausgeholt und mit der Förderung begonnen hatte.

Da der Fluss des Öls zwischen ihnen und der Tauchfähre zurzeit unterbrochen war, lag sie still da, wie tot.

Bisher hatte keiner von denen, die sich mit einem der kleinen

Tauchboote dorthin begeben hatten, ein Lebenszeichen von sich gegeben – ebenso wenig wie die Leute, die sich bis zum Entweichen des Gases dort aufgehalten hatten.

»Das also ist der Stand der Dinge«, erklärte Steiffel. »Wir könnten uns von der ›Spinne‹ abkoppeln und in irgendeinem britischen Hafen vor Anker gehen. Dort hätten die Männer Gelegenheit abzumustern, wir könnten die Schäden in Ordnung bringen lassen und in fünf Monaten, wenn die Bedingungen in diesem Meer optimal sind, mit einer neuen Belegschaft hierher zurückkehren.«

»Ja, es wäre das Klügste, wenn wir uns absetzten«, stimmte ihm Tschakenko zu.

»Die Anlagen an den Bohrlöchern und die ›Spinne‹ brauchen keine Wartung, und da, wo die Tauchfähre liegt, gibt es kaum Strömungen. Damit ist sie am Rand des Absturzes sozusagen ein Bestandteil des Meeresbodens.«

»Und wenn kein Sauerstoff hingepumpt wird und niemand Strom verbraucht, fällt sie noch weniger auf als ohnehin schon«, fügte Tschakenko hinzu. »Bis wir das Ganze wieder in Gang bringen.«

»Vorausgesetzt, wir haben die dazu nötige Zeit, Wladimir«, sagte Steiffel und verzog den Mund. »Die zweite Möglichkeit besteht darin, offen um Hilfe zu bitten und zuzugeben, dass wir allein nicht mehr zurechtkommen. Wenn wir Glück haben, können wir uns danach trotzdem noch ein Stück vom Kuchen sichern.«

Es war Tschakenko klar, dass Steiffel mit diesem »Stück« in Wahrheit den Löwenanteil meinte. Die Texon war im Besitz von Genehmigungen, das gesamte Gebiet mit Probebohrungen zu erkunden, von denen drei bereits liefen und die vierte gerade niedergebracht wurde, weshalb die Anwesenheit der *Merlin* in diesen Gewässern mehr als plausibel war. Allerdings dürfte es den anderen Giganten der Ölbranche nicht schwerfallen, ähnliche Konditionen auszuhandeln und dann auf die gleiche heimliche Weise wie Steiffel vorzugehen.

Aber Probebohrungen und Ertragsschätzungen waren eine Sache, und die raue Wirklichkeit, mit der sie es viertausend Meter unter dem Meeresspiegel zu tun hatten, eine gänzlich andere. Wenn die Texon die Förderung erst einmal hochgefahren hatte, würden die Erträge von *Kreis Sieben* jedes Vorstellungsvermögen sprengen. Doch dazu mussten sie erst einmal ihre Schwierigkeiten in den Griff bekommen.

Vermutlich würde die Konkurrenz zunächst verächtlich abwinken, falls ihr jemand das Vorhaben erläuterte. Sobald sie allerdings von den Ergebnissen der ersten Bohrung und den Möglichkeiten erfuhr, die sich daraus ergaben, würde es einen Kampf auf Biegen und Brechen geben. Alle würden sich wie die Aasgeier auf die zu erwartende Beute stürzen.

»Das klingt verdächtig nach einer Niederlage«, sagte Tschakenko und verzog missbilligend das Gesicht. »Man müsste sich mit den anderen die Brosamen teilen, die übrig bleiben.«

»Ich verstehe einfach nicht, was hier los ist«, sagte Steiffel. »Aufbrechen oder um Hilfe bitten – mir sagt keine der beiden Lösungen zu. Damit sind wir bei der dritten Möglichkeit: Nora Pulaski. Da uns ihr Onkel nicht mehr zur Verfügung steht, muss sie herausbekommen, was an der Sache faul ist.«

Tschakenko hob die Brauen. »Ich warne dich, Calvin. Sobald eine Russin in das Alter kommt, in dem junge Mädchen ihre Unschuld verlieren, wird sie tückisch, und das wird umso schlimmer, je älter sie wird. Unterschätz die Frau auf keinen Fall. Sobald solche Weiber eine Gelegenheit wittern, nützen sie sie schamlos aus. Sie sind ungeheuer gerissen, denn sie haben ein hartes Leben hinter sich. Mit den Frauen deines Landes, die von klein auf alles haben und nichts zu tun brauchen, als zu bumsen und ihren Wanst zu mästen, kannst du sie nicht vergleichen. Die Pulaski hat nicht die Spur einer Ahnung von dem, was ihr Onkel wusste, und ist auch auf ihrem Fachgebiet in keiner besonderen Weise bewandert. Nimm es mir nicht übel, aber ich halte es für einen Fehler, dass du sie hergeholt hast.«

»Sie ist eine Pulaski und hat mit ihrem Onkel zusammengearbeitet. Ich bin sicher, dass sie dahinterkommt, was er entdeckt hatte, bevor er in seine Wahnvorstellungen verfallen ist.«

»Und was ist, wenn sie nicht mitmachen will?«, ließ Tschakenko sein nächstes Bedenken folgen. »Sicher, sie hat ein paar Papiere unterschrieben, aber du hast selbst gesagt, dass das nichts zu bedeuten hat.«

Gerade als Steiffel antworten wollte, klingelte sein Telefon. Er nahm ab, hörte einige Sekunden zu und legte wieder auf.

»Noch mehr Ärger.«

»Was ist es diesmal?« Tschakenko sah Besorgnis auf Steiffels Zügen.

»Das war Kapitän Flogarthy. Wir sind nicht mehr allein. Weniger als drei Seemeilen von hier befindet sich ein Schiff namens *Rainbow*.«

Tschakenko runzelte die Brauen. »Etwa die Leute von Greenpeace mit ihrer *Rainbow Warrior*? Ich dachte, die hätte jemand schon vor einer ganzen Weile versenkt.«

»Der Hubschrauberpilot war nicht sicher, aber es könnten natürlich die verdammten Regenbogen-Krieger sein.«

Tschakenko ergriff nervös sein Wodkaglas und leerte es bis auf den letzten Tropfen.

»Und was machen wir?«

Steiffel nahm die Brille ab, putzte sie mit einem seidenen Taschentuch und setzte sie wieder auf.

»Was schon? Wir werden sie begrüßen. Wir sind im Besitz aller erforderlichen Genehmigungen und haben das Recht, uns hier aufzuhalten. Welchen Grund hätten wir da, uns schlecht zu benehmen?«

20

Die »Höhle«

An Bord der Merlin. Virtueller Kontrollraum

Obwohl Nadja die Hörer ihres iPod aufgesetzt hatte, fuhr sie von ihrem Bett hoch, als es an die Kabinentür klopfte. Sie schaltete das Gerät ab, zögerte aber zu öffnen, weil ihr die beiden Männer einfielen, die Tschakenko als Wächter vor die Tür gestellt hatte. Mit großer Erleichterung sah sie, dass es ihre Mutter war. Schluchzend warf sie sich ihr in die Arme und bat: »Lass uns von hier fortgehen, Mama.«

Nora merkte, dass Nadja zitterte, und sah erschreckt, wie bleich und verwirrt sie aussah. Sie gab ihr ein Glas Wasser und wartete eine Weile, bis sich ihre Tochter beruhigt hatte. Dann berichtete Nadja in Einzelheiten, welche Eindrücke sie bei der Besichtigung des Schiffes und bei der Begegnung mit Harris gewonnen hatte.

Sogleich stürmte Nora wütend auf die Tür zu, entschlossen, Steiffel klarzumachen, dass er nicht mit ihr rechnen könne. Als sie sie öffnete, stieß sie auf die Mexikanerin Márquez, die Steiffel ihr bald nach ihrer Ankunft auf der *Merlin* in seiner Suite vorgestellt hatte.

»Fehlt Ihnen etwas, Señora? Sie sehen sehr bleich aus.«

Etwas in der Stimme der Mexikanerin und die Art, wie sie sie warmherzig in ihren Arm nahm, beruhigte sie. Nadja trat beiseite, während Márquez ihre Mutter an das Etagenbett führte. Sie sah aufmerksam zu Nadja hin, öffnete eins der Bullaugen und setzte sich dann neben Nora.

Nora spürte die Kälte, die mit den Windstößen durch das offene Bullauge hereinkam. Sie empfand die frische Luft, die hereinströmte, als angenehm, nahm den Geruch des Meeres wahr und fühlte sich deutlich besser. Sie atmete einige Male tief durch und öffnete schließlich die Augen. Márquez fragte: »Geht es Ihnen jetzt besser?«

Nora fuhr sich mit den Händen an die Kehle. Steiffels Gin hatte ihr nicht gutgetan.

»Ich glaube, ich sollte etwas essen.«

»Nestor«, rief die Mexikanerin. »Bring warme Tortillas und was zu trinken.« Sogleich machte sich Nestor Morales, der in der Tür gewartet hatte, daran, ihre Anweisungen zu befolgen.

Schon bald darauf verschlangen Mutter und Tochter, die nichts gegessen hatten, seit sie mitten in der Nacht aufgestanden waren, Maisfladen mit warmem Käse und Schinken, tranken dazu Zitronenlimonade und machten sich dann über das frische Obst her, das es als Nachtisch gab.

Nora fühlte sich nun schon deutlich besser, doch schien ihr das Schiff jetzt stärker zu schwanken als zuvor. Trotz seiner ungeheuren Größe neigte es sich träge von einer Seite zur anderen.

Sie sah, dass es draußen dunkel wurde.

Mit einem Mal erschien es ihr töricht, gleich am Tag ihrer Ankunft darauf zu bestehen, dass sie wieder abreisen wollte, und sie war dankbar, dass Nadjas Erregung ein wenig abgeklungen zu sein schien. Inzwischen glänzten ihre Augen wieder, und ihr bleiches Gesicht hatte erneut Farbe bekommen.

Jetzt nahm die Mexikanerin eine metallene Taschenflasche heraus und stellte zwei Gläser dazu.

»Ein Gemisch aus Tequila, Limettensaft und einem bisschen Zucker. Ich kann es Ihnen nur empfehlen. Sie werden sich danach sehr viel besser fühlen. Ich nehme es immer an den ersten Tagen auf See. Es macht Entenblut.«

»Entenblut?«, fragte Nadja lachend.

»Das sagen wir in Mexiko so. Kaltes Blut, innere Ruhe«, erklärte Márquez und hob mahnend den Zeigefinger. »Allerdings sollte man nicht zu viel davon trinken. Und für junge Mädchen wie dich ist es schon gar nichts.«

Nadja rümpfte die Nase; offensichtlich war sie nicht einverstanden.

»Ich dachte, Alkohol ist an Bord verboten, jedenfalls bei einem Schiff wie diesem«, äußerte Nora ihre Verwunderung.

»Kommt darauf an, wo. Probieren Sie. Sie werden sich wie neugeboren fühlen.«

Das Getränk glitt ihr angenehm durch die Kehle, nicht so kalt und scharf wie der Gin. Schon nach wenigen Minuten fühlte sich Nora in der Tat besser. Zögernd sagte sie: »Ich war vorhin bei Steiffel.«

Die Mexikanerin machte ein bedenkliches Gesicht und sah beiseite. »Vermutlich hat er Sie vom Stand der Dinge in Kenntnis gesetzt.«

»Ich habe das Gefühl, dass er das alles bewusst ziemlich unklar darstellt.«

»Ja, das ist so seine Art.«

»Schön, dass Sie das sagen. Sie sind in Ordnung. Ich werde mich jedenfalls weigern zu tun, was er von mir will.«

Die Mexikanerin stieß einen Seufzer aus und verdrehte die Augen.

»Steiffel auf diesem Schiff etwas abzuschlagen ist so, als wenn Sie Gott etwas abschlagen würden.«

»Was wollen Sie damit sagen?«

Die Frau hob resigniert die Arme. »Er hat hier das Sagen, und jeder tut, was er will.«

Diese unterwürfige Haltung schien Nora in keiner Weise zu der Frau zu passen, die sie gerade als klug und einfühlsam kennengelernt hatte.

»Entschuldigung, aber das verstehe ich nicht. Er hat mir von den Schwierigkeiten berichtet, die er mit den Leuten hat, und ich sehe einfach nicht, auf welche Weise ich ihm dabei nützlich sein könnte. Wenn es sich um einen medizinischen Notfall handelt, wäre es das Beste, mit den zuständigen Behörden in Verbindung zu treten. Wahrscheinlich gibt es doch ohnehin irgendwelche auf See gültigen Gesetze, die ihn dazu verpflichten.«

Um Nadja nicht zu erschrecken, verschwieg sie ihre Vermutung, dass es sich um eine ansteckende Krankheit handeln könnte.

»Doktor Pulaski, ich versichere Ihnen, es gibt nicht den geringsten Hinweis darauf, dass hier an Bord eine Epidemie ausgebrochen sein könnte, auch wenn wir in der Tat mit erheblichen Schwierigkeiten zu kämpfen haben. Ich kenne Ihren Werdegang und würde mich freuen, auf Ihre Unterstützung zählen zu dürfen. Bitte fällen Sie keine übereilte Entscheidung. Warten Sie doch bitte, bis man Ihnen die Situation genau geschildert hat.«

Das klang vernünftig.

»Wann wird das sein?«

»Gleich morgen früh. Zuerst müssen Sie und Ihre Tochter ausschlafen. Der heutige Tag dürfte für Sie sehr anstrengend gewesen sein.«

Nadja gähnte und bestätigte damit unwillentlich die Worte der Mexikanerin, die jetzt Nora die Hand hinhielt. »Abgemacht?«

Ihr Händedruck war kräftig. Die Frau war zwar nicht besonders groß, aber offenbar energisch.

»Wunderbar. Morgen werden Sie alles viel besser verstehen. Ich gebe Ihnen mein Wort darauf. Nestor ist zwar ein schlechter Koch, aber ein guter Ingenieur. Er trifft gerade alle Vorbereitungen, um Ihnen die Einzelheiten in der ›Höhle‹ vorzuführen.«

»Was für eine Höhle?«, fragte Nadja.

»So nennen wir den Raum, in dem sich Situationen virtuell simulieren lassen. Es wird dir dort gefallen.«

Die Frau verabschiedete sich, und Nora hörte ihre sich entfernenden Schritte. Angstvoll lauschte sie, ob jemand von außen einen Riegel vorschob. Das wäre die Bestätigung ihrer schlimmsten Befürchtungen. Um Mitternacht stand sie auf und drehte den Türknauf lautlos, um Nadja nicht zu wecken. Die Tür öffnete sich. Sie trat auf den Gang hinaus. Abgesehen von der Notbeleuchtung lag er vollständig im Dunkeln. Ein leichter Luftstrom strich ihr über das Gesicht.

Seit ihrer Flucht in die freie Welt hatte sie nie wieder einen Fuß auf ein Schiff gesetzt. Jetzt konnte sie sich des Eindrucks nicht erwehren, dass sie und Nadja gefangen waren.

Kein Schild zeigte an, worum es sich bei dem Raum handelte, vor dem sie standen. Márquez zog eine Magnetkarte durch einen Schlitz, gab mit flinken Fingern einen Code ein, und eine grüne Lampe signalisierte, dass der Zugang freigegeben war. Nora und Nadja betraten einen überraschend großen Raum, der anders war als alle, die sie bisher auf dem Schiff gesehen hatten.

In einer der Ecken standen vier Bildschirm-Arbeitsplätze mit je einem Sessel davor.

»Das sieht ja aus wie Videospielkonsolen«, sagte Nadja verblüfft.

»Nicht wahr? Mit den Einrichtungen, die du da siehst, steuern wir alles, was geschieht. Es ist fast genauso, wie wenn man beim Computerspiel Marsbewohner umbringt«, sagte die Mexikanerin.

Den größeren Teil des Raumes nahm eine Art Bühne ein, die wie ein offener Würfel vor ihnen stand. Die Wände krümmten sich, sodass es keine Ecken gab. Nora fielen Projektoren in der Decke und am Boden auf sowie beigefarbene Brillen mit Flüssigkristallanzeigen, die an Kabeln von einem Geländer herabhingen. Die Fernbedienungen sahen aus wie bei einem gewöhnlichen Fernseher.

Vermutlich ein Simulator, wie ihn Charlie benutzt hat, und die dazugehörigen Verbindungsleitungen. Das würde ihm gefallen, dachte Nora.

Nestor Morales, der sich schon in dem Raum befunden hatte, nahm die letzten Einstellungen vor. Sein Hemd, dasselbe wie am Vortag, hatte unübersehbare Schweißflecken unter den Achseln. Seine Gesichtshaut war olivfarben wie die von Márquez, und er hatte auch die gleichen schwarzen Augen wie sie, doch wirkten sie distanzierter und kühler. Im Unterschied zu ihr, die bereitwillig Spanisch mit Nora und ihrer Tochter gesprochen hatte, bediente er sich eines betont korrekten Englisch. Offenbar bemühte er sich, sein Mexikanertum nach Kräften zu verleugnen. Ob er sich seiner Muttersprache schämte?

Knapp begrüßte er die Eintretenden, indem er einen Finger an die Schläfe legte.

»Erklär ihnen, worum es bei der ›Höhle‹ geht, Nestor. Das ist ja schließlich eins deiner Lieblingsspielzeuge.«

»Hinter diesem würfelförmigen Raum steht ein parallel geschalteter Superrechner«, begann er seinen Vortrag. Sein äußerst spitz gestutzter Schnurrbart zitterte dabei erkennbar vor Stolz. »Es ist einer der schnellsten auf der Welt. Er liefert die bei den seismischen Erkundungen und über die Sonden gewonnenen Werte in Echtzeit und wandelt alle Informationen, die hier auf der *Merlin* einlaufen, in Bilder um. Mir ist nicht bekannt, dass es auf hoher See ein anderes Schiff mit einem so leistungsfähigen Rechnersystem gäbe.«

»Geht es um virtuelle Realität?«, fragte Nora.

»Um weit mehr als das. Die ›Höhle‹ verknüpft die durch die Tiefenerkundungen und die topographische Auswertung ermittelten Angaben mit einer Auflösung von wenigen Dutzend Metern und erzeugt mit ihrer Hilfe eine wirklichkeitsgetreue dreidimensionale Unterwasser-Landschaft, die in dem Würfel da abgebildet wird. Die Fernbedienungen und die Brillen, die jedem Auge achtundvierzig Bilder pro Sekunde liefern, geben uns die Möglichkeit, jede beliebige Stelle aufzusuchen und uns dort sozusagen frei zu bewegen.«

Nora trat näher, nahm eine der Brillen zur Hand und betrachtete sie prüfend. Sie waren einfacher als die bei Charlies Simulator benutzten und unvorstellbar leicht.

»Die beiden wollen gern die ›Höhle‹ kennenlernen«, sagte Márquez.

»Ja. Ich habe eine gewissen Schwäche für solche Systeme. Wie gehe ich vor, um etwas zu sehen?«

Nestor Morales rieb sich die Hände. »Fangen Sie einfach an.«

»Wozu dienen die Konsolen?«, wollte Nadja wissen und wies auf die Bildschirmplätze hinter den Sesseln. Sie verfügten über kleine Steuerknüppel, ganz wie die Geräte, mit denen Auto- und Motorradrennen simuliert wurden.

»Mit denen steuern wir unsere Bohrer und die verkabelten Roboter«, gab die Mexikanerin Auskunft. »Das gehört zu meinen Spezialitäten.«

Nadja war verblüfft. »Hier vom Schiff aus?«

Die Frau kniff verschwörerisch ein Auge zu. »Schwer zu glauben, was, Fräulein? Die Bohrlöcher liegen in rund viertausend Metern Tiefe. Von hier gehen die Signale an eine riesige Tauchboje, die mit einer in zweitausend Metern Tiefe verankerten Unterwasser-Station verbunden ist, die ihrerseits die Signale an die Bohrlöcher weiterleitet.«

»Von dieser Station hat Steiffel schon gesprochen«, sagte Nora. »Es scheint sich dabei um ein ziemlich großes U-Boot zu handeln.«

»Es ist weit mehr als das«, erklärte Morales. Dem Klang seiner Stimme nach schien er leicht gekränkt zu sein.

»Nestor hat die Tauchfähre konstruiert«, sagte Márquez. »Er mag es nicht, wenn man sie ›U-Boot‹ nennt«, fügte sie auf Spanisch hinzu.

Dann wiederholte sie das Gesagte auf Englisch und machte eine spöttische Verneigung: »Ich habe die Ehre und das Vergnügen, Ihnen den Ingenieur Nestor Morales vorzustellen, den geistigen Vater der *Ocean Shuttle*.«

»Schon besser«, sagte dieser.

Nadja wies auf die großen Kreolen an den Ohren der Mexikanerin. Sie schimmerten silbern und bildeten einen herrlichen Kontrast zu ihrem schwarzen gelockten Haar.

»Die gefallen mir.«

»Danke. Allerdings sind sie ziemlich unpraktisch, wenn man tauchen muss. Dann nehme ich sie ab.«

Als Nächstes fiel dem Mädchen eine silberne Kette auf, die Márquez um den Hals trug. Ein Schlüssel hing daran wie auch ein kleines Stück Metall, in das »M. Márquez« eingraviert war.

Auf ihren fragenden Blick hin sagte die Frau: »Die lege ich nie ab, das ist für … na ja, das erklär ich dir später mal. Es hat mit meiner Arbeit zu tun. An der Kette befindet sich ein Peilsender, damit man unter Wasser nicht verloren geht.«

Nora setzte sich probehalber die Datenbrille auf. Durch ihre Gläser wirkten die Farben verwaschen.

»Eine unterseeische Station.«

»Tauchfähre«, verbesserte Morales sie. Er schien Wert darauf zu legen, dass es sich zwar im Prinzip um ein U-Boot handelte, es sich aber zugleich über längere Zeiträume fest auf dem Meeresboden verankern ließ, so wie manche Leute ihren Wohnwagen monatelang auf einem Platz abstellen, was nichts daran ändert, dass er jederzeit zu einem Ortswechsel imstande ist.

Nora legte die Brille beiseite. »Schön. Womit fangen wir an?«

Márquez' Lächeln erstarb. »Am besten wohl mit den schlechten Nachrichten. Auf diesem Schiff sind mehrere Menschen ums Leben gekommen.«

Zwar hatte Nora etwas in der Art befürchtet, trotzdem traf sie diese Mitteilung schwer.

»Und das nennt Steiffel ›technische Probleme‹«, sagte sie mit einem Seufzer.

Die Mexikanerin und der Ingenieur sagten nichts darauf.

»Wie viele?«

Die beiden tauschten einen Blick und zögerten. Dann sagte Márquez: »Offiziell drei. Sie sind im Schiffsregister eingetragen.«

»Offiziell?«

Sie senkte den Blick. Nach einem tiefen Seufzer schüttelte sie leicht den Kopf, wobei sie die Kreolen festhielt. Sie stießen mit leisem Klirren gegen die Ringe an ihren Fingern.

»Ja. In Wirklichkeit sind seit Januar insgesamt zehn Besatzungsmitglieder gestorben oder vermisst. Das ist die reine Wahrheit.«

»Zehn«, wiederholte Nora. »Das ist weit schlimmer, als Steiffel gesagt hat. Das Beste wäre, die Behörden zu verständigen.«

»Auf keinen Fall«, stieß Morales trotzig hervor. »Das wäre ein Fehler. Sie müssen wissen, dass ein Förderschiff kein Erholungsheim ist. Es kann sich in eine riesige schwimmende Bombe verwandeln, und dazu braucht man weder Kriminelle noch Terroristen. Unfälle auf Bohrinseln und Schiffen dieser Art sind alles andere als selten. Genau genommen hatten wir einfach viel Pech.«

»Und zwar seit Anfang diesen Jahres. Der Februar war der schlimmste Monat, an den ich mich erinnern kann«, warf die Frau ein.

Nora sah die beiden unverwandt an. »Und was nennen Sie ›Pech‹?«

»Wir werden Ihnen alles von Anfang an erklären. Die Bohrlöcher sind Ende vorigen Jahres niedergebracht worden, was wegen des schlechten Wetters nicht ohne gewisse Schwierigkeiten ablief. Drei sind inzwischen betriebsbereit, und in jüngster Zeit ist ein viertes hinzugekommen. Doch Mitte Januar ist am Bohrloch eins ein Leck aufgetreten.«

»Ein Leck?«

»Öl und stark gashaltiger Schlamm sind ausgetreten.«

»War das Leck groß?«

Die Frau zuckte die Achseln. »Ich denke schon. Im Laufe einer Woche hat sich die ausgetretene Menge auf mindestens mehrere Dutzend Tonnen belaufen. Unserer Ansicht nach ist das Leck in etwa viertausend Metern Tiefe aufgetreten, also unmittelbar am Meeresboden. An der Oberfläche haben sich keine Ölflecken gezeigt, aber da Erdöl leichter ist als Wasser, wird es da irgendwann auftauchen, wenn auch nicht unbedingt genau senkrecht über der Austrittsstelle. Die Klumpen können durch Wasserströmungen verteilt werden.«

»Und ist es gelungen, diese Schwierigkeit zu beheben?«

»Wir haben Defekte an den Christbäumen entdeckt, dort, wo die Rohrleitung in den Boden eintritt«, gab Morales zur Antwort.

»Christbäume?«, fragte Nadja.

»So nennt der Fachmann spezielle Ventile, die man nach einer erfolgreichen Bohrung an der Bohrstelle aufsetzt, um den Druck des austretenden Öls zu regulieren. Wenn es nicht von Natur aus mit dem nötigen Druck an die Erdoberfläche respektive hier die Wasseroberfläche aufsteigen kann, stellt man anstelle eines Christbaums eine Ölpumpe auf.«

»Cool.«

»Eine Arbeitsgruppe ist zur Tauchfähre aufgebrochen, um von dort aus den Einsatz der Arbeitsroboter zu steuern«, fuhr Morales fort. »Sie ist dafür eingerichtet, dass sechs Personen es dort sechs Monate lang aushalten können. Von ihr aus hat man Zugang zu allen Anlagen oberhalb der Bohrlöcher, einschließlich der hydraulischen Einrichtungen. Sie enthält sogar ein Labor, das speziell für die Untersuchung der Bodenproben und der Eigenschaften des Erdöls eingerichtet ist. Dank der Tauchfähre können wir die Ölförderung selbst dann steuern, wenn sich niemand darin befindet... vorausgesetzt, alle Verbindungen funktionieren einwandfrei.«

»Jetzt aber ist etwas ausgefallen, und Sie wissen nicht, was«, folgerte Nora.

»Drei Männer sind Ende Januar nach unten gegangen und haben es auch geschafft, Bohrloch eins wieder abzudichten«, sagte Márquez. »Dazu waren mehrere Tauchfahrten nötig. Alle sind an Bord der *Merlin* zurückgekehrt, und die Produktion wurde wieder aufgenommen. Dann aber sind sonderbare Dinge geschehen. Einer von denen, die unten waren, hat seinen Kollegen an Deck mit einer Axt verfolgt, worauf dieser voll Angst Zuflucht hinter einem der Schotts auf dem vierten Deck gesucht hat. Der andere hat die Tür mit Axthieben eingeschlagen, man hat ihn aber an weiteren Untaten hindern können.«

»Ist so etwas auch früher schon passiert?«, erkundigte sich Nora.

»Das Leben auf einem Förderschiff und einer Bohrinsel ist hart. Die Leute müssen drei Wochen ohne einen einzigen Ruhetag arbeiten. Natürlich kommt so etwas vor«, sagte die Mexikanerin. »Jeder kann mal die Nerven verlieren. Ich hab von einem ähnlichen Fall auf einer Bohrinsel der Shell im Golf von Mexiko gehört. Bei einem Streit hat ein Koch einen Mechaniker, der in der

Kantine zu Mittag aß, angegriffen und mit einem Messer bedroht. Er hat drei Personen schwere Schnittwunden zugefügt, bis man ihn überwältigen konnte. Deswegen haben wir damals auch gedacht, ›Pech gehabt, diesmal hat es uns erwischt‹.«

»Aber das ist es nicht«, hakte Nora nach. »Oder?«

Die Frau schüttelte den Kopf. »Es hat weitere Angriffe gegeben«, räumte sie ein. »Anfangs nur gelegentlich. Ein Pilot, der in derselben Kajüte schläft wie einer der Techniker, der am Bohrloch Nummer eins gearbeitet hat, hat einen Arbeiter mit einem Engländer angegriffen.«

»Ein Engländer?«

»So nennt man einen verstellbaren Schraubenschlüssel.«

»Ach so.«

»Jedenfalls hat er ihn damit bewusstlos geschlagen. Ohne seinen Schutzhelm wäre der Mann tot gewesen. Auch ist es immer wieder zu Stürzen gekommen: von Arbeitsplattformen, von Niedergängen – so nennt man auf einem Schiff die Treppen …« Márquez zuckte die Achseln. »Wer nicht gut aufpasst, kann in einer Umgebung wie dieser hier leicht stürzen.«

»Könnte jemand die Leute gestoßen haben?«

Die Mexikanerin fuhr mit den Fingern über den Schlüssel, der von ihrer Halskette hing. »Ursprünglich haben wir so etwas nicht vermutet. Aber die Verletzten haben Stein und Bein geschworen, jemand habe sie angefasst. Man hat eine Untersuchung eingeleitet, aber keinen Täter gefunden. Nachdem an Bohrloch eins alles wieder in Ordnung war, haben wir angenommen, der Fehler sei behoben, doch dann hat Mitte Februar das Öl in Nummer zwei zu fließen aufgehört. Wir haben Spülschlamm in das Bohrloch gepumpt, aber die Leitungen waren und blieben verstopft. Es ist uns nicht mal gelungen, den Spülschlamm wieder herauszubekommen. Daraufhin haben sich eine Geologin und ein auf Reparaturen in großer Tiefe spezialisierter Taucher vor Ort begeben, ein Pole namens Agnieszka, der als einer der Besten auf seinem Gebiet galt. Die Aufgabe lautete, die Einrichtungen in der näheren Umgebung der Station zu überprüfen, die das aus den

Bohrlöchern dorthin gepumpte Öl aufnehmen und weiterleiten. Langweile ich Sie?«

Nora bat sie fortzufahren. »Nicht im Geringsten. Ich bin nur ein wenig erstaunt, dass in so großer Tiefe Menschen arbeiten.«

»Normalerweise nicht. Nur in besonderen Fällen, und dann natürlich mit spezieller Ausrüstung. Wegen des in dieser Tiefe herrschenden extremen Drucks von zweihundert Bar führen Roboter den Hauptteil der Arbeiten aus. Einer solchen Belastung ist nicht einmal jedes Tauchboot ohne weiteres gewachsen. Da der Druck noch weiter unten an den Bohrlöchern vierhundert Bar beträgt, werden dort ausschließlich Roboter eingesetzt.«

»Wirklich eine beachtliche technische Leistung«, räumte Nora ein.

Die Mexikanerin nahm einige Papiere von einem in der Nähe stehenden Tischchen und warf einen flüchtigen Blick darauf, während sie weitersprach: »Sie wollten eine Woche dort unten bleiben. Soweit ich weiß, ist es Agnieszka gelungen, die Station zwei oder drei Mal zu verlassen. Beim ersten Mal hat er einige Schweißstellen an einem Ventil verstärkt, ohne aber die Arbeit beenden zu können, weil er zurückkehren musste. Am fünften Tag, ja, genau, am 23. Februar, ist der schlimmste aller möglichen Fälle eingetreten, und zwar gerade während sich der Mann erneut an die Stelle begab. Ein Gasaustritt.«

»Gas?«

»Das ist eine teuflische Sache, Doktor Pulaski, wenn ich das so sagen darf«, mischte sich der Ingenieur ein. »Die Männer hier haben vor nichts Angst, weder vor Gewitter noch vor der langen Arbeitszeit. Aber das Gas ist tödlich. Es tritt mit rasender Schnelligkeit aus und schlägt zu wie der Satan. Oft riecht man es nicht einmal, und wenn man es merkt, ist es zu spät. Der kleinste Funke in der Umgebung genügt, und man geht binnen Sekunden in Flammen auf.«

»Genau das ist mit Bohrloch drei passiert«, fuhr die Mexikanerin fort, die nach wie vor die Papiere in der Hand hielt. »Hier auf dem Schiff ist ein Feuer ausgebrochen, und drei Arbeiter sind darin umgekommen. Man hat sie mit dem Hubschrauber an Land gebracht. Das Feuer hat beträchtliche Schäden an den Anlagen hervorgerufen.«

»Ein tragischer Zwischenfall, aber bedauerlicherweise durchaus im Rahmen des Üblichen«, fügte Morales hinzu. »Auf vielen Bohrinseln sind durch Gasaustritt Brände entstanden.«

»Die Arbeiter werden erstklassig bezahlt, außerdem werden für sie hohe Lebensversicherungen abgeschlossen, damit ihre Angehörigen im Fall eines Unglücks abgesichert sind«, erklärte die Frau. »Das gehört zum Beruf. Die Arbeit auf dem Schiff muss weitergehen. Erst seit wenigen Tagen fördert das Bohrloch wieder.«

»Wie Sie das sagen, klingt es, als sei das Ganze ziemlich unsicher«, sagte Nora.

»Und was ist mit denen, die runtergegangen sind?«, erkundigte sich Nadja, die bis dahin an dem Gespräch nicht beteiligt gewesen war.

Morales wiegte den Kopf. »Sie waren in der Tauchfähre, und wir hatten einige Tage lang Kontakt mit der Geologin. Dann ist da unten der Strom ausgefallen.«

Nora hob die Brauen. »Was bedeutet das?«

Morales gab ihr mit unsicherer Stimme Auskunft. »Das wissen wir selbst nicht genau. Auf irgendeine Weise muss sich der Gasaustritt auf die Energiesysteme ausgewirkt haben. Ich habe nicht die geringste Vorstellung von dem, was da geschehen ist. Jedenfalls sind die Verbindungen zwischen Schiff und Tauchfähre in Mitleidenschaft gezogen worden. Zwischendurch ist es uns immer mal wieder gelungen, die Stromversorgung in Gang zu setzen, aber ganz störungsfrei haben wir das nicht hinbekommen. Seit dem ersten Stromausfall Anfang März hat die Anlage rund sechzig Prozent ihrer elektrischen Leistung eingebüßt.«

»Warum haben die Leute die Station denn nicht verlassen, wenn es da Komplikationen gegeben hat?«, fragte Nora erstaunt. »Sie hätten doch sicher mit ihrem Tauchboot wieder zum Schiff zurückkehren können, wie die Wartungstechniker vor ihnen, oder nicht?«

Morales kratzte sich am Nasenflügel. »Das ist der springende Punkt. Sie hatten keins.«

Erstaunt öffnete Nora die Augen. »Wie ist das möglich?«

Morales verzog den Mund. »Das dürfte mit der Angst zu tun haben, die seit dem vorigen Zwischenfall herrschte, mit dem Gerede und den Gerüchten, die nach den ersten Unfällen und den ersten Fällen von Depression hier auf dem Schiff hin und her schwirrten. Die Leute haben gemunkelt, dass da unten was passiert, was jeden, der die Tauchfähre aufsucht, wahnsinnig werden lässt. Der Tauchboot-Pilot, der sie hingebracht hat, wollte keine Minute länger als unbedingt nötig unten bleiben und hat sich nach einer heftigen Auseinandersetzung entschlossen, die Leute sich selbst zu überlassen, bis sie ihre Aufgabe erledigt hatten.«

Nora fand die Vorstellung entsetzlich, in zweitausend Metern Tiefe eingesperrt zu sein, ohne eine Möglichkeit, von dort zu entkommen.

»Und hat Steiffel diese Entscheidung gebilligt?«

»Selbstverständlich. Da sich die Tauchfähre von hier aus in einer guten Stunde erreichen lässt, hat er erklärt, die Leute brauchten im Fall von Schwierigkeiten lediglich etwas mehr als sechzig Minuten bis zur Ankunft des rettenden Tauchboots zu warten, und so lange könnten sie es ohne weiteres aushalten.«

All das kam Nora ziemlich stümperhaft vor, doch hütete sie sich, das laut zu sagen.

»Was ist eigentlich mit dem Polen passiert?«, fragte Nadja.

Die Mexikanerin fuhr sich mit der Hand über das Haar. »Das ist einer von den Vermissten.«

»Und die Frau?«, fragte Nora.

»Wir haben den Kontakt zu ihr kurz vor dem Stromausfall verloren.«

»Unternehmen Sie in einem solchen Fall nichts?«

»Na hören Sie! Wir haben zwei Männer als Rettungstrupp dahin geschickt. Es ist ihnen gelungen, in die Tauchfähre zu gelangen, doch kurz nachdem sie die Verbindung wiederhergestellt haben, ist der Strom endgültig ausgefallen. Seither haben wir auch von ihnen nichts mehr gehört.«

»Das heißt, außer den drei offiziellen Toten haben Sie vier oder fünf Leute, die einfach verschwunden sind.«

Márquez biss sich auf die Lippe. Das Weitersprechen schien sie Mühe zu kosten.

»Kurz vor Ihrer Ankunft haben wir noch einmal zwei Leute nach unten geschickt, mit einem weiteren Tauchboot, das etwas kleiner war als das erste. Sie sollten die nähere Umgebung der Tauchfähre erkunden und sich möglichst mit eigenen Augen ein Bild von den Schäden machen. Schon nach weniger als einer Stunde ist der Kontakt zu ihnen abgerissen. Wir wissen nicht einmal, ob sie ihr Ziel erreicht haben.«

»Wie viele dieser Tauchboote stehen Ihnen denn hier zur Verfügung?«, fragte Nora überrascht.

»Drei. Zwei haben wir bereits verloren. Jetzt bleibt uns nur noch das größte, die *Beebe*. Wie gesagt – es ist das letzte«, fügte sie mit einem bedeutungsvollen Blick auf Nora hinzu.

»Es hat seinen Namen zur Erinnerung an den New Yorker Zoologen Charles William Beebe bekommen, der die als Bathysphäre bekannte Tauchkugel erfunden hat und damit vor den Bermudas bis in eine Tiefe von neunhundertdreiundzwanzig Metern vorgedrungen ist«, fügte Morales hinzu.

»Interessant«, sagte Nora knapp. »Zusammengefasst muss man sagen, dass Steiffels Unternehmen mittlerweise neun oder zehn Opfer zu beklagen hat.«

»Unfälle«, wiegelte der Ingenieur ab.

»Bei so vielen Toten«, beharrte Nora, »kann man nicht einfach zur Tagesordnung übergehen …«

Die Mexikanerin sah zu Morales hin, bevor sie Nora antwortete. »Sie müssen Nestor verstehen. Er ist in letzter Zeit sehr niedergeschlagen, weil die Tauchfähre seiner Ansicht nach unwiederbringlich verloren ist. Es gibt für uns gegenwärtig keine dringendere Aufgabe, als sie wieder funktionsfähig zu machen. Ohne sie können wir die Förderung nicht wieder in Gang bringen.«

»Sie müssten aber auch feststellen, was geschehen ist, und nach Möglichkeit die Leichen bergen«, fügte Nora hinzu.

»Es wäre sinnlos, dafür noch mehr Menschenleben zu riskieren«, hielt Morales dagegen. »Wir unterstehen hier dem Gesetz des Meeres. Was ihm gehört, kann man ihm nicht entreißen.«

»Und was gedenken Sie also zu tun? Noch einmal hinabtauchen und Ihr eigenes Leben aufs Spiel setzen?«, fragte Nora.

»Das täte ich, wenn ich könnte«, sagte er, »aber leider gibt es dafür keine Möglichkeit.«

»Aber Sie haben doch immer noch ein Tauchboot«, gab Nora zu bedenken.

»Damit kommen wir jetzt nicht mehr weiter. Die Tauchfähre verfügt lediglich über ein Ausstiegsluk, und zwar auf der Ebene null an Steuerbord, und das ist durch das dort angekoppelte Tauchboot der vorletzten Besatzung blockiert. Nein, sie ist unwiederbringlich verloren, es gibt keine Möglichkeit hineinzugelangen«, erläuterte Márquez.

Morales senkte den Kopf. »Es ist meine Schuld. Ein Konstruktionsfehler. Ich hätte ein zweites Ausstiegsluk für Notfälle vorsehen müssen.«

»Und Sie haben Steiffel nichts davon gesagt.«

»Ich war kurz nach der Explosion gerade erst auf die *Merlin* gekommen, und er war ganz begeistert von der Vorstellung, alles wieder in Gang zu bringen und die Tauchfähre erneut in Betrieb zu nehmen, womit alles wieder wie vorher gewesen wäre«, entschuldigte er sich kläglich.

»Und nachdem drei Leute dort hinabgetaucht und spurlos verschwunden sind, hatten Sie nicht den Mut, Steiffel klarzumachen, dass es keine Möglichkeit mehr gibt, in die Tauchfähre zu gelangen. Trotzdem haben Sie zugelassen, dass zwei weitere Männer hingeschickt wurden«, hielt ihm Nora vor.

»Hören Sie, da wussten wir noch nicht, was geschehen war. Wie auch? Sie hatten den Auftrag, sich die Sache kurz anzusehen und zurückzukommen.«

»Ich verstehe – Sie wollten Zeit gewinnen«, merkte Nora bitter an.

»Du hast dich auf meine Kosten bei Steiffel eingeschleimt.« Die Mexikanerin war sichtlich verärgert. »Du hättest auf mich hören sollen. Das war eine Aufgabe für die Roboter, und das hast du auch von Anfang an gewusst. Es war mehr als überflüssig, noch einmal Männer nach unten zu schicken.«

Morales wusste nicht, was er antworten sollte. Verwirrt biss er sich auf den Daumen.

In Noras Augen war das ein klarer Fall von Konkurrenzdenken. Wie immer in solchen Situationen ging es darum, sich gegenüber dem Vorgesetzten ins beste Licht zu rücken und die anderen möglichst in den Hintergrund zu drängen. Ob es ihr nicht ähnlich gegangen wäre? Gab nicht auch ihr das Bewusstsein einen Stich, dass der eitle Fatzke De Wicke alle Aufmerksamkeit auf sich lenken und allen Ruhm einheimsen würde, wenn die *Mars Eternity* in sechs Monaten ihre Mission erfolgreich durchführte – ohne dass er das im Geringsten verdient hatte? Schließlich war es von Anfang an ihr Projekt gewesen. Was das betraf, gab es zwischen der Texon und der NASA keinen großen Unterscheid. Haie lauerten überall.

Aber einige Punkte beunruhigten sie stark. Der ehrgeizige und opportunistische Morales sah Márquez auf eine ganz besondere Weise an. In seinen Augen leuchtete unübersehbar die Begierde. Offensichtlich fühlte er sich von der Frau angezogen, und selbstverständlich war ihr das auch bewusst. Auf der anderen Seite stand die in der ganzen Angelegenheit an den Tag gelegte Stümperei in krassem Gegensatz zu dem Bild, das ihr Steiffel bei ihrer Unterredung von seinem Unternehmen vermittelt hatte.

»Du hast Recht«, sagte er. »Das war voreilig von mir. Ich hätte Steiffel sagen müssen, dass wir zuerst die Roboter zur Erkundung ausschicken sollten.«

Wütend fuhr ihn Márquez an: »Nicht du – das wäre meine Aufgabe gewesen.«

»Aber Martha ...«

»Ich könnte mir die Situation besser vorstellen, wenn ich wüsste, worum es bei der ganzen Sache geht«, meldete sich Nora zu Wort.

Beide sahen sie überrascht an.

»Heißt das, Sie wollen uns helfen?«, fragte Morales.

»Ich kann keine Versprechungen machen.«

»He, Nestor. Warum erklärst du es nicht mit Hilfe der ›Höhle‹?«, regte die Mexikanerin begeistert an.

»Darf ich auch?«, fragte Nadja und griff bereits nach einer der Datenbrillen.

Die anderen taten es ihr nach.

Im Raum wurde es dunkel. Man sah lediglich die roten Umrisslinien des Würfels. Sie hörte Morales' Stimme durch einen der in die Brillenbügel eingearbeiteten Lautsprecher.

»Das Programm lädt jetzt. Subroutinen *Kreis Sieben* und *Ocean Shuttle*.«

In der Dunkelheit tat sich ein Fenster auf. Nora senkte den Blick und spürte, wie Schwindel sie erfasste: Sie spürte keinen Boden mehr unter sich. Allmählich kam Ordnung in das vielfarbige Durcheinander, und mit einem Mal fiel ihr Blick lotrecht auf den Meeresboden. Sie hatte das Bedürfnis, sich festzuhalten, um nicht hinabzufallen. Durch die Lautsprecher hörte sie die Ausrufe ihrer Tochter.

Sie fühlte sich wie auf einer Achterbahn; mit so rasender Geschwindigkeit sausten die virtuellen Steilhänge der Schlucht links und rechts an ihr vorüber, dass sie nicht auf Einzelheiten achten konnte. Sie hörte Morales' Stimme: »*Ocean Shuttle* auf neun Punkt sechs öffnen.«

Die Unterwasser-Station, die dicht an der Flanke einer leichten Erhebung lag, wurde immer größer. Ihre Gestalt war sonderbar: ein ovaler Ballon mit einer Art Schornstein darauf und zwei riesigen Antriebsschrauben am Heck. Die virtuellen Besucher näherten sich dem Bug von Backbord. Auf einen weiteren Befehl Morales' hin sah man das Innere der Tauchfähre in verschiedenen Farben. Es machte auf Nora einen tiefen Eindruck.

Die bewohnbaren Räume waren in zwei ineinanderliegenden Hufeisen angeordnet und miteinander verbunden.

»Die Aufenthaltsräume für die Besatzung sind nicht kugelförmig, wie man am Beispiel der *Alvin* oder der sowjetischen Raumstation *MIR* annehmen würde«, erläuterte Morales. »Stattdessen habe ich Module aus verstärkten Titanstahlröhren verwendet, die auf drei Ebenen miteinander verbunden sind. Dabei wurde versucht, den Druck möglichst gleichmäßig auf jeden Quadratzentimeter der Oberfläche zu verteilen. Die einzelnen Abteilungen sind über Ankerstreben mit der Außenhülle verbunden.«

»Die Fenster kommen mir sehr klein vor. Es gibt kaum Öffnungen in der Außenhülle.« Nora hörte ihre eigene Stimme wie ein fernes verzerrtes Echo.

»Ein großes Bullauge hätte überflüssige Probleme bedeutet, die zu lösen unnötig teuer gewesen wäre«, fuhr der Ingenieur fort. »Außerdem würde man ohnehin nur die Schwärze draußen sehen. Schon die Verglasung der kleinen Öffnungen besteht aus eineinhalb Meter starkem reinen Quarzglas. Die Hülle der Tauchfähre ist ein Doppelrumpf. Zwischen den Wandungen fängt ein Gemisch aus Wasser und Benzin den gewaltigen Druck auf, der da unten herrscht.«

Mit einem Mal leuchtete das Heck auf und wurde durchsichtig. Es war eine nicht ganz runde Kugel, die über eine lange Röhre mit den beiden Hufeisen in Verbindung stand.

»Dort sitzt die Energiezentrale für die Stromversorgung und den Antrieb«, erläuterte Morales. »Vereinfacht gesagt handelt es sich um einen vollständig rechnergesteuerten kleinen Kernreaktor in einem absolut dichten Behälter. Der Kernbrennstoff erhitzt das Wasser und erzeugt Elektrizität. Dank der niedrigen Temperaturen dort unten braucht das Wasser zur Kühlung keine von außen zugeführte Energie, so dass es in einem geschlossenen Kreislauf ins Innere des Reaktors zurückkehren kann.«

Die Besichtigung ging weiter. Vor Noras Augen drehte sich die Tauchfähre langsam um ihren abgerundeten Bug herum, bis man die Backbordseite sah. Die hell erleuchteten kleinen Fenster erinnerten sie an den Rumpf eines Jumbojets. Das Schwindelgefühl verstärkte sich, als die Dinge um sie herum rasch aufstiegen. Aus dem Inneren der Station tauchten vier von einem zitternden Rot erleuchtete Rohrleitungen auf. Lichtimpulse liefen hindurch und verloren sich in der Schwärze der Tiefe. Zwei blaue Leitungen verliefen nahe dem Heck an Steuerbord und an Backbord.

Morales fuhr mit seinen Erläuterungen fort: »Die *Ocean Shuttle* verfügt über eigene, auf die Tiefsee eingestellte autonome Roboter. Sie sind mit Echoloten ausgerüstet und können völlig auf sich selbst gestellt am Meeresboden operieren. Alles läuft vollständig automatisch ab. Der Kernreaktor liefert über einen Zeitraum von hundertsiebzig Tagen die für die Arbeiten nötige Energie, ohne dass der Mensch einzugreifen braucht.«

Die Meeresumgebung verschwand, und es wurde hell im Raum. Das kalte Licht zerriss den Zauber der Vorführung. Zwar fühlte sich Nora beeindruckt, doch zugleich empfand sie Beklemmung: In jener Tiefe würde alles Dunkelheit und Bedrückung sein. Trotz aller Begeisterung für die technische Leistung vermisste sie die fotografisch genaue Wirkung der Mars-Landschaften. Charlie hatte die wirklichen Werte in glänzender Weise mit der Auswertung durch die Rechner kombiniert.

Morales ergriff als Erster wieder das Wort. »Sie haben die Tauchfähre im Soll-Zustand gesehen. Da wir nicht wissen, welche Schäden aufgetreten sind, kennen wir den gegenwärtigen Ist-Zustand nicht.«

Nadja trug nach wie vor die Datenbrille, doch da Nora der Anblick nicht gefiel, nahm sie sie ihr ab. Dann wandte sie sich erneut Morales zu.

»Wir werden die Schäden mittels einer Roboter-Erkundung feststellen«, sagte der Mann.

»Was bedeuten diese blauen Linien?«

Ocean Shuttle

Längsschnitt durch die Tauchfähre/Innenansicht

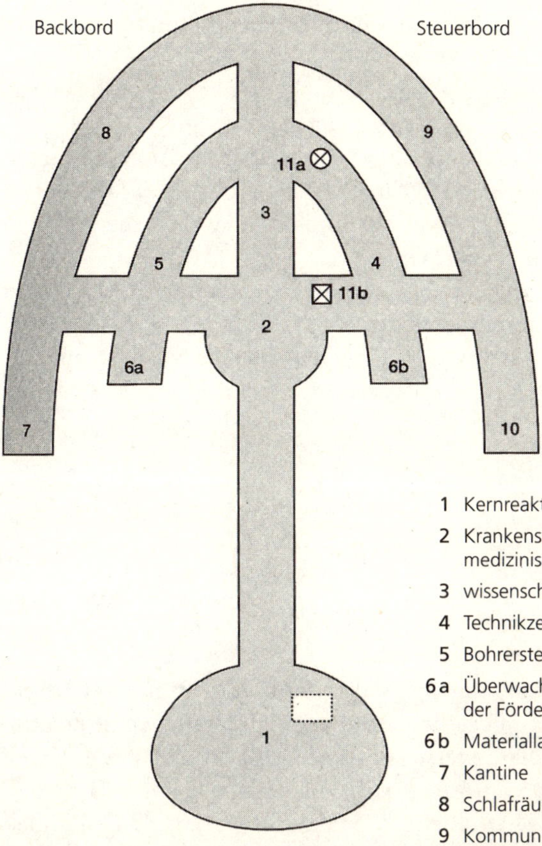

- 1 Kernreaktor AMPS
- 2 Krankenstation und medizinische Einrichtungen
- 3 wissenschaftliches Labor
- 4 Technikzentrale
- 5 Bohrersteuerung
- 6 a Überwachung und Steuerung der Fördereinrichtungen
- 6 b Materiallager
- 7 Kantine
- 8 Schlafräume
- 9 Kommunikationsanlagen und wissenschaftliche Geräte
- 10 Labor zur Analyse von Bodenproben
- ⊗ 11 a Not-Ausstiegluk
- ⊠ 11 b Verbindungsluk zum Tauchboot
- ⬚ Abluftöffnungen auf Ebene eins

Die Station besitzt drei Ebenen: Ebene null, Zwischenebene und Ebene eins

»Die *Merlin* pumpt Sauerstoff nach unten, und zwar durch Leitungen, mit denen es keinerlei Schwierigkeiten gegeben hat. Zusätzlich gibt es in der Tauchfähre Atemluftflaschen, deren Inhalt genügt, drei Personen vierundzwanzig Stunden lang zu versorgen.«

»Haben Sie nicht gesagt, der Kernreaktor gewährleistet ein Überleben von hundertsiebzig Tagen?«

Morales senkte den Blick. »Schon. Aber die Atemluft-Erzeuger waren noch nicht fertig. Wir wollten sie Ende des Jahres einbauen. So oder so bedeutet die Verbindung über die Sauerstoffleitung eine zusätzliche Sicherheit.«

Übereilung: die Ursache fast aller bekannten Schwierigkeiten, ging es Nora durch den Kopf.

»Na schön«, sagte sie. »Sehen wir uns die Sache einmal an.«

21

Exploration

An Bord der Rainbow

Während der vergangenen sechsunddreißig Stunden hatte es mit Unterbrechungen geregnet, und der Wind hatte weiße gelatineartige Gestalten herangetrieben, eine an Backbord und drei weitere wenige Meter vom Heck entfernt an Steuerbord. Der Anblick dieser im Wasser treibenden Massen ließ Alastair Golombek an Legenden denken, die ihn von klein auf gefesselt hatten. Zugleich fühlte er sich dadurch beunruhigt, denn für einen Zufall waren es zu viele Kadaver. Das konnte seiner Überzeugung nach nichts Gutes bedeuten. Es kam ihm vor, als wollte ihm das Meer damit irgendeine verschlüsselte Botschaft übermitteln.

Die Besatzungsmitglieder der *Rainbow* gingen ihren Aufgaben nach, die damit verbunden waren, dass *Jeeves* mitsamt Albees

Kamera zu Wasser gelassen wurde. Mittlerweile hatte die leichte Brise kräftig aufgefrischt, und der grau verhangene Himmel, aus dem es jetzt nieselte, ließ ein Unwetter befürchten. Alle bemühten sich, den Gedanken an die Möglichkeit eines heraufziehenden Sturms zu verdrängen.

Die Arbeit ging weiter. Die Studenten, deren Moral ziemlich am Boden war, taten, was sie konnten, um die verwesten Überreste an Bord zu hieven. Dabei suchte sie die Erinnerung an den üblen Gestank dessen heim, was von dem Pottwal geblieben war, obwohl sie nicht annähernd so ekelerregend rochen wie jener. Nach einigen Stunden bedeckten vier große weiße Hüllen das gesamte Achterdeck an Steuerbord nahe der Hauptwinsch der *Rainbow*. Auch wenn der Anblick Golombek vertraut war, schien ihm etwas daran anders zu sein als sonst.

Die bis zu zehn Meter langen Fangarme standen kurz vor der Auflösung. Während ihm der starke Ammoniak-Geruch in die Nase stieg und er zusah, wie sich große Stücke rötlicher Haut ablösten, stellte er sich die Tiere bei ihrem lautlosen Gleiten durch das Wasser vor.

»Es sind Riesenkalmare, möglicherweise sogar Exemplare von *Architeuthis dux*«, erklärte Albee zu Cepesma gewandt, während er an seiner unvermeidlichen Pfeife sog, die das Profil seines Gesichts bestimmte. Er sah den Studenten zu, die dabei waren, die Kadaver unter Golombeks Anleitung zu öffnen. Alle trugen einen Mundschutz.

Verwundert strich sich Cepesma den Schnurrbart. »Ich hatte immer gedacht, du nennst diese Tiere lieber Kraken.«

Er wusste nicht mehr, wann sie angefangen hatten, einander mit du anzureden. Sie verstanden sich gut, und so war es einfach dazu gekommen.

»Daran bist eigentlich du schuld«, sagte Albee und nahm lächelnd die Pfeife aus dem Mund. »Zwar sagt mir die wissenschaftliche Terminologie nicht unbedingt zu, aber wie ein Krake aussehen muss, weiß ich nicht. Das hier ist jedenfalls ein *Architeuthis*.«

Cepesma wies zu Golombek hinüber. »Und was meint er?«

»Ich denke, dass er vom Kraken genauso gefesselt ist wie ich, aber er würde das nie zugeben. Die Beschreibungen, die er von dem neuen Tier liefert, sind hervorragend. Er hat sie mir neulich zu lesen gegeben. Sicher wird die Veröffentlichung ein Bombenerfolg. Der Name *Taningia golombiculae* macht ihm allerdings ein wenig Sorgen, weil er noch nicht sicher ist, ob er das Tier richtig bestimmt hat.«

Beide mussten lachen.

Am Boden hockend leitete Golombek die Arbeit der Studenten. Er wirkte wie ein Schiedsrichter bei einer Simultanpartie Schach. Er gab hier eine Anweisung, zeigte dort, wo und wie geschnitten werden musste, und sprang flink von einer Gruppe zur anderen, um keine Sekunde lang den Überblick zu verlieren.

»Ich kenne keinen Besseren als ihn.« Albees Blick ruhte voll Stolz und Befriedigung auf seinem Lehrmeister. »Er hat schon Hunderte von Autopsien durchgeführt und ist bestens in Form.«

Die Studenten wuschen die Überreste in Wasserkübeln und verteilten die einzelnen Teile oder intakte Organe, die sie den Tieren entnehmen konnten, auf Kunststoffbehälter.

Cepesma beugte sich zu Albee hinüber.

»Und was haben wir davon?«, fragte er zweifelnd.

»Wenn wir Glück haben, Larven oder Eier. Wenn wir Pech haben, so gut wie nichts. Aber auf jeden Fall sind wir auf dem richtigen Weg.«

Als Hinweis darauf, dass die Autopsie zu Ende war, zog sich Golombek die Gummihandschuhe aus. Eine Studentin eilte herbei und nahm sie ihm ab. Er sah sich suchend um.

»Wo ist eigentlich Nathason?«, fragte er ärgerlich. »Der soll das doch alles filmen. Könntest du das übernehmen, Thomas?«

Es war kein Geheimnis, dass Nathason immer das Weite suchte, sobald es streng roch.

Während sich Albee aufmachte, um die Kamera zu holen, blieben Golombek und Cepesma an Deck stehen. Schweigend sahen sie einander an. Während der gesamten Expedition hatte sich der

Kontakt zwischen ihnen auf den Austausch einfacher Höflichkeiten beschränkt, die meist von Cepesma und nur selten von Golombek ausgegangen waren. Um alle wichtigen Angelegenheiten hatte sich Albee gekümmert. Golombek war von Natur aus autoritär und starr. Er verfolgte auf dem Meer ein ganz bestimmtes Ziel und ließ sich durch niemanden davon ablenken. Im Stillen fragte sich Cepesma, warum man ihn überhaupt mit an Bord genommen hatte.

Jetzt trat Golombek neben ihn und sagte, den Blick fest auf das Wasser gerichtet, um ihn nicht ansehen zu müssen: »Sie haben Recht.« Er blickte dorthin, wo die Überreste der Riesenkalmare aufgetaucht waren.

Verwirrt ob dieses Eingeständnisses hob Cepesma die Brauen. Er wollte schon etwas sagen, doch Golombek sprach weiter – zu den Wellen, wie es aussah, wobei er den Kopf leicht hob und senkte. Aus seinen Worten ging hervor, was ihm Sorge bereitete.

»Die Tiere sind buchstäblich geplatzt. Ihre Blutgefäße und Kapillaren sind stark aufgedehnt, und man findet sogar abgelöste Muskelgruppen des Mantels.«

Nach einer Weile brachte Cepesma heraus: »Und was bedeutet das?«

Golombek wandte sich ihm zu und breitete mit einer Geste des Nichtverstehens die Arme aus. Dabei sah Cepesma deutlich den verstümmelten Finger, der den Bewegungen der anderen folgen zu wollen schien.

»Was weiß ich. Detonationen. Seismische Exploration zur Erkundung von Lagerstätten. Ich habe schon früher gesehen, wie sich so etwas auf Kopffüßer auswirkt. Allerdings waren es bisher noch nie vier auf einmal.«

Dann hatte also Albee seinem Meister Cepesmas Theorie dafür vorgetragen, warum bei Luarca Jahr für Jahr mehr Kadaver von Riesenkalmaren angetrieben wurden: die Suche von Erkundungsschiffen nach Erdöllagerstätten. Das aber würde Golombek nicht eingestehen. Es bedeutete schon einen gewissen Triumph, dass er gesagt hatte, »Sie haben Recht«.

»Das Schiff, das wir auf unserem Radarschirm gesehen haben, ist so groß, dass es ohne weiteres ein Öltanker sein könnte. Ich verstehe nicht viel von der ganzen Geschichte, aber ich weiß, dass Tanker keine Explorationen durchführen. Dafür werden kleinere Schiffe verwendet. Was meinen Sie?«

Eine weitere unerwartete Würdigung.

Cepesma warf einen Blick auf die Überreste der Kalmare. Die Studenten hatten ein wahres Gemetzel veranstaltet. Die gallertartige Masse hatte fast alles an Flüssigkeit verloren und trocknete unter dem Einfluss des Windes rasch weiter aus.

»Ganz gleich, was die Schiffe tun, auf jeden Fall schaden sie der Umwelt.«

Golombek schien interessiert zu sein.

»Sind Sie noch im Besitz der Unterlagen, die Sie im Lauf der Jahre zusammengestellt haben? Ich würde sie mir gern einmal ansehen. Notizen, Berichte, auch Fotos, Sie wissen schon.«

Damit bezog er sich auf die Amateurstudien, die Cepesma so viel Mühe gekostet hatten.

»Selbstverständlich. Ich kann sie Ihnen nach unserer Rückkehr gern zeigen. Hier habe ich nichts.«

In diesem Augenblick kam Albee mit seiner Kamera und einigen Studenten, die er anwies, erneut an den Kadavern tätig zu werden.

Golombek verschränkte die großen, kräftigen Hände.

»Schluss mit der Autopsie. Jetzt kümmern wir uns um unsere *Taningia*.«

In Golombeks Kabine breitete Albee die Seekarte auf einem Tisch aus. Auch Jeffrey Fisk, der Kapitän, und einer der Decksoffiziere waren zugegen, als sie das weitere Vorgehen besprachen. Der Ozeanograph gab sich zuversichtlich, wies aber darauf hin, dass gewisse Gefahren bestanden. Cepesma hörte zu, ohne etwas zu sagen. Obwohl die Beratung in englischer Sprache stattfand, erriet er mehr oder weniger, worum es ging, vor allem anhand der Gesten Albees und Golombeks.

»Hier wollen wir die Kamera einsetzen«, erklärte Albee und wies auf der Karte auf eine Stelle des Meeresbodens, die sie mittels des Sonars ermittelt hatten. »Sie liegt ungefähr dreihundert Meter tief. Es handelt sich um eine größere Gesteinsschwelle, die Teil des unter uns liegenden Tales ist. Von da aus geht es bis zur ersten Steilklippe hinunter.«

»Hmm, dreihundert Meter Kabel sind nicht viel«, sagte Fisk.

»Wir halten die dreifache Länge in Reserve«, sagte Albee, »damit es sich auf keinen Fall strafft. Ich will unbedingt verhindern, dass es unter übermäßiger Anspannung reißt.«

Golombek wies mit einem Filzstift auf die bewusste Stelle und umgab sie mit einem dicken Kreis.

»Dort herrscht nur eine sehr schwache Strömung. Das kalte Wasser, das an der Flanke hinabsinkt, trägt vermutlich Nährstoffe für die Beutetiere des Kalmars mit sich.«

»Glauben Sie, dass *Jeeves* bis dahin kommen kann?«, fragte Fisk. »Die Wände der steil abfallenden Schlucht scheinen mir ziemlich eng beieinanderzuliegen.«

Albee wusste, worauf sich der Kapitän bezog: Wenn der Roboter seine einprogrammierte Geschwindigkeit nur geringfügig überschritt, würde er an der Felswand zerschellen.

»Mit etwas über fünfzig Kilo Zusatzballast schafft er das spielend, und das entspricht in etwa dem Gewicht der Kamera. Wenn er den Rand des Absturzes erreicht hat, geben wir ihr über die Fernsteuerung den Befehl, sich vom Roboter zu lösen. Wir können über das Kabel ausschließlich Befehle an die Kamera weiterleiten, nicht an *Jeeves*. Es genügt, sie auf der Kante des Steilabfalls abzusetzen.«

»Was ist, wenn dabei das Objektiv auf die Felswand zeigt statt in den freien Raum?«, fragte Fisk, wobei er auf die Karte wies. »Hier, wo sich die Schlucht nach Nordosten öffnet.«

Albee schnippte mit den Fingern. »Kein Problem. Sie ruht auf einem hydraulisch betätigten Stativ und lässt sich um dreihundertsechzig Grad drehen. Wir können sie also ganz nach Wunsch einstellen. Da sie über ein Objektiv mit variabler Brennweite verfügt, ich nenne das Gummilinse, können wir Totalen und Nahaufnahmen machen, das heißt Großaufnahmen und solche, die einen Gesamtüberblick ermöglichen.«

»Und wenn Ihr Roboter die Kamera zu früh ausklinkt?«, ließ Fisk nicht locker.

»Dann können wir sie mit Hilfe des Fernsteuerkabels zurückholen. Wir müssen nur darauf achten, beide so langsam wie möglich abzulassen. *Jeeves* ist darauf programmiert, selbsttätig zum Schiff zurückzukehren. Sorge macht mir nur die Möglichkeit, dass das Kabel zu straff gespannt ist. Die Sache mit der Geschwindigkeit von *Jeeves* halte ich nicht für besonders tragisch. Ich habe ihn trainiert, und er kann sich inzwischen bei Bedarf sehr langsam bewegen.«

Trotz dieser Versicherungen war der Kapitän besorgt. Als guter Seemann hatte er gelernt, misstrauisch zu sein. Das Kantabrische Meer war kein einfaches Gewässer, schon gar nicht, wenn es darum ging, einen Roboter von der Größe *Jeeves'* zu Wasser zu lassen. Bisher hatte es das Wetter gut mit ihnen gemeint, doch allmählich nahm der Seegang zu.

»Es dauert noch ein paar Stunden, bis wir die Stelle erreicht haben. Auf jeden Fall ist es den Versuch wert«, erklärte Albee.

»Dann sind wir uns also einig«, schloss Golombek und rieb sich die Hände. »Falls wir die Bilder bekommen, gehen wir in die Geschichte ein.«

Den Gedanken, einen Kalmar zu klonen, hatte er inzwischen aufgegeben, da er kein einziges Ei und erst recht keine Larve des Ungeheuers hatte entdecken können. Dass es so kommen würde, war ihm bereits bei seinem Gespräch mit Catherine Caitlin mehr oder weniger klar gewesen – der Hinweis auf das Klonen hatte in erster Linie dazu dienen sollen, der bisweilen unnachgiebigen Alten Geld zu entlocken.

Jetzt aber konnte er sich nicht beklagen. Sie besaßen inzwischen vier Filmsekunden, auf denen einer der Fangarme des Tieres zu sehen war, und er war sicher, dass sie schon sehr bald einen Film über die lebende Legende haben würden, wie ihn die Welt noch nie gesehen hatte. Die hochachtbare Catherine Caitlin würde begeistert sein.

Am frühen Abend fanden sie sich im Akustiklabor des Schiffes ein, von dem aus sie den Weg der Kamera verfolgen wollten. Einer der Offiziere achtete an Deck darauf, dass sich das lange Kabel gleichmäßig abwickelte. Jeder zu kräftige Ruck konnte das Unternehmen gefährden. Besorgt beäugte Kapitän Fisk den Seegang, der das Schiff zum Krängen brachte.

Albee saß vor mehreren Bildschirmen zwischen Golombek und Cepesma und hielt über ein Mikrofon Kontakt mit der Kommandobrücke. Von dort aus gab der Kapitän über Sprechfunk dem Offizier an Deck Albees Angaben weiter. Allerdings konnten die Männer nur wenig ausrichten, sie mussten sich in erster Linie auf das einwandfreie Funktionieren des Navigationsprogramms verlassen, das *Jeeves* an den Rand des Steilabsturzes führen sollte. Auf dem oberen Bildschirm zeigte eine Echosonde die Lage des Roboters und die Entfernung, die er bis zu seinem Ziel noch zurücklegen musste. Auf den darunter, und ihm galt die Aufmerksamkeit der drei Männer in erster Linie, übertrug Albees Kamera über eine Glasfaseroptik, was sie sah.

Schließlich glitt *Jeeves* mit seinem Ballast ins Wasser.

»Auf dem Meeresboden müssen Berge von abgeworfenem Ballast liegen«, spottete Albee im Versuch, seine Unruhe zu verbergen. »Beim Tauchboot *Alvin* mit seinen drei Tonnen Gewicht ist noch mehr Eisen nötig. Wer aus großer Tiefe aufsteigen will, hat eben keine andere Möglichkeit, als Ballast abzuwerfen.«

Der Bildschirm zeigte ein einheitliches Grau. Schon in zehn Metern Wassertiefe sahen sie so gut wie nichts mehr.

Golombek schüttelte den Kopf. »Das Gewässer hier ist unglaublich dunkel. So etwas habe ich in meinem Leben noch nicht gesehen.«

»Stockfinster.« Albee betätigte einen Schalter. Die Scheinwerfer der Kamera flammten auf. Ihr Licht brach sich in den Schwebeteilchen im Wasser. Man sah winzige Blasen aufsteigen.

»Albees Auge«, wie ihr Schöpfer die Kamera getauft hatte, war eine ziemlich einfache Konstruktion. In einem Stück Stahlrohr saß die Videokamera mitsamt den Sensoren, und ein wasserdichter Behälter enthielt den Rechner, der das Ganze steuerte. Zwei der vier starken Scheinwerfer arbeiteten mit sichtbarem Licht, die beiden anderen mit Infrarotlicht. Am unteren Ende der Röhre war ein Dreibein-Stativ angebracht, auf dem sich das Ganze frei drehen ließ.

»Eine Schönheitskonkurrenz kann man damit nicht gewinnen, aber ich denke, es wird funktionieren«, sagte Albee munter. Er wusste nicht, dass sich Golombek bei der Einwerbung der Mittel für diese Suche mit fremden Federn geschmückt und sich selbst als Konstrukteur der Vorrichtung ausgegeben hatte.

Jetzt kam alles auf *Jeeves* an, oder besser gesagt auf die seinem Speicher einprogrammierten Werte. Man konnte nur noch nach vorn blicken. Sobald das Programm angelaufen war, suchte sich der Roboter seinen Weg und kehrte erst nach Ablauf einer voreingestellten Zeit zurück. Die Menschen mussten sich darauf beschränken, den Ablauf auf einem Fernsehbildschirm zu verfolgen.

»Fünfundzwanzig Meter, und sinkend. Die Helligkeit hat um achtzig Prozent abgenommen. Ich könnte die Leistung der Scheinwerfer verstärken«, sagte Albee.

»Nein, wir sollten sie ausschalten«, gebot Golombek. »Das würde den Kalmar womöglich aufstören oder sogar vertreiben. Wir wollen uns mit dem natürlichen Licht begnügen, solange es geht.«

Albee stieß einen Pfiff aus. Es war seine Art, seine Nervenanspannung abzubauen. Er drückte auf einen Knopf. Das Grau auf dem Bildschirm wurde dunkler und unschärfer.

»Schön, bald wird es völlige Nacht sein, und wir tappen dann wie arme Blinde am Stock durch die Gegend. Wir müssen uns auf unser Gedächtnis verlassen und zusehen, dass wir nirgends anstoßen.«

Die Zeit verging quälend langsam.

In hundert Metern Tiefe herrschte völlige Finsternis. Albee schaltete das Hydrophon der Kamera ein.

»Wenn wir schon nichts sehen, wollen wir wenigstens hören, was uns das Meer zu sagen hat. Vorsicht, es kann laut werden!«

Ein eigentümliches Zischen erfüllte den Raum. Allmählich löste sich aus diesem Hintergrundgeräusch eine Art tiefer Klagelaut, der auf- und abschwoll, bis in die tiefsten Lagen.

»Was ist das?« Cepesma beugte sich zu Albee hinüber.

»Sieht ganz so aus, als ob da unten jemand ziemlich traurig wäre.«

Kopfschüttelnd presste Golombek die Lippen aufeinander und konzentrierte sich auf das, was er durch die Lautsprecher hörte. Er knurrte: »Ich weiß, was es nicht ist. Es passt zu keinem Tier und ist mit Sicherheit weder ein Cephalopode noch ein Pottwal.«

»Das Gemurmel des verlangsamten Abstiegs, etwas fällt«, versuchte Albee die Laute zu deuten, während er auf verschiedene Knöpfe drückte. Die Klagelaute hoben sich jetzt deutlicher vom allgemeinen Geräuschhintergrund ab und wirkten noch trübseliger als zuvor. »Irgendjemand da unten grübelt über den Tod nach.«

Mit einem Schlag hörte das Geräusch auf.

Die Kamera zeigte Schwärze. So ging es eine halbe Stunde, in der nichts geschah, das die Aufmerksamkeit der Beobachter auf sich gelenkt hätte. *Jeeves* sank langsam in die Schwärze hinab und erreichte hundertfünfzig Meter. Das Warten war tödlich langweilig. Golombeks Unruhe nahm immer mehr zu.

»Was das Geräusch nur verursachen mag? Hast du es aufgenommen?«

Albee suchte etwas, ohne den Blick vom Bildschirm zu nehmen, fand es aber nicht. Cepesma reichte ihm die Pfeife.

»Du hast sie oben an Deck liegen lassen. Sie ist ein bisschen feucht geworden.«

»Macht nichts«, sagte Albee. »Hier rauch ich sowieso nicht, aber ich muss mir unbedingt was in den Mund stecken. Ah, hier ist der Laut wieder.«

Er betätigte einen Schalter, und hinter Cepesmas Rücken setzte sich ein Tonbandgerät in Gang. Wegen der Lautstärke zuckten die Männer zuerst zusammen. Es war die Klagesymphonie eines Abstiegs in die Tiefe, eine Melodie, die auf der Tonleiter immer weiter nach unten ging, bis schließlich ein dumpfes Grollen daraus wurde.

»Gute Aufnahme. Vielleicht hat sich der Roboter über die schlechte Behandlung beklagt«, sagte Cepesma über Albees Schulter hinweg, im Versuch, die Spannung im Raum ein wenig abzubauen. Dann fügte er hinzu: »Oder kann es sein, dass du dein Haustier nicht besonders gut geschmiert hast?«

»Ach was, damit hat es nichts zu tun. Der Ursprung des Geräuschs ist unbekannt. Es kommt oft vor, dass man Geräusche nicht identifizieren kann, du weißt schon«, sagte Albee.

Golombek wandte sich ihm zu: »Gibt es hier in der Gegend eigentlich Vulkane oder Erdbeben?«

»Nicht dass ich wüsste. So, meine Herren, *Jeeves* hat die Zweihundert-Meter-Marke erreicht. Alle Systeme funktionieren einwandfrei. Wir bekommen nach wie vor Signale.«

»Und wie lange dauert es, bis er an dem Rand da ankommt?«

»Wenn alles gut geht, etwa zwanzig Minuten. Die können sich ziemlich in die Länge ziehen.«

»Gut, dann schalt mal das Licht ein, aber ganz schwach.«

Bald darauf tauchte auf dem Bildschirm ein Fisch mit einem orangefarbenen Leuchtpunkt auf dem Kopf links oben in *Jeeves'* Gesichtsfeld auf und schwamm vorüber.

»Das dürfte ein Laternenfisch gewesen sein«, kommentierte Golombek. »Sicher hat ihn das Licht angelockt. Hast du das aufgenommen, Thomas?«

Albee ließ nach wie vor den Blick zwischen den Bildschirmen hin und her wandern.

»Alles wird in Echtzeit aufgenommen, sowohl das, was wir hören, als auch das, was wir sehen.«

Er wirkte angespannt, obwohl sein »Auge« das erste Tier aufgenommen hatte, das Biolumineszenz-Signale aussandte. Erst später würden sie merken, ob dies organische Licht für Filmaufnahmen genügte. Er lächelte und biss etwas kräftiger auf seinen Pfeifenstiel.

Golombek hielt den Blick unverwandt auf den schwarzen Bildschirm gerichtet. »*Jeeves* hält sich wacker. Wie sieht es aus?«

»Gut. Es fehlen nur noch fünfzig Meter. Jetzt nimmt er die Geschwindigkeit zurück. Es dauert nicht mehr lange, bis wir die Gesteinsformation im Licht seiner Scheinwerfer sehen können.«

Ungeduldig trommelte Golombek mit den Fingern auf der Konsole herum.

»Dann fahr die Lichtstärke mal ganz allmählich ein bisschen höher. Wir müssen die Formation unbedingt sehen, bevor wir sie erreichen. Auf keinen Fall darf *Jeeves* da anstoßen.«

Albee regelte die Lichtstärke nach. Seiner Ansicht nach wäre das nicht nötig gewesen, denn wenn das Programm wie erhofft funktionierte, würde sich *Jeeves* ganz sanft auf der Kante des Steilabsturzes niederlassen, nachdem er seine Schrauben in einer bestimmten Höhe darüber abgeschaltet hatte. Nach einer Weile zeigte sich im Licht etwas, wenn auch nichts Besonderes. In zehn Metern Entfernung erkannte man eine graue felsige Kante. Eine trübselige, kalte und ungeheuer leere Welt, ging es Cepesma durch den Kopf… bis die Kamera Lebewesen einfing. Ein Seestern drückte sich an die Felswand, als ob er nicht in die Tiefe fallen wollte, und Seeanemonen streckten *Jeeves* ihre Arme entgegen.

Der Roboter näherte sich der Kante immer mehr an, bis im Hydrophon das leise Geräusch hörbar wurde, mit dem er den gezackten grauen Boden berührte. Die Stativbeine senkten sich, und das Objektiv richtete sich nach oben – besser konnte es nicht sein. Ein Glücksfall.

Noch war die Kamera mit dem Roboter verbunden, als aus der Finsternis ein buntes Kaleidoskop wechselnder Lichter auftauchte, und zwar so rasch, dass die drei Männer wie erstarrt auf den Bildschirm sahen. Nach wenigen Sekunden verwandelten sich die leuchtenden Gestalten in große Arme. Zwei Tentakel kamen aus einem Mantel hervor. Golombek spürte, wie sein Herz stockte. Irgendetwas sorgte dafür, dass sich das Gesichtsfeld der Kamera veränderte. Dann tauchte sie, wie von einem Wirbelwind gepackt, mit eingeschalteten Scheinwerfern in der Tiefe unter.

Golombek schrie als Erster auf. Er konnte nicht glauben, was er sah. »Die Kamera ist los! Die Kamera ist los!«

Sie hörten ein durch den Druckanstieg ausgelöstes Knirschen, dann erloschen die Scheinwerfer. Der Bildschirm lieferte nur noch Rauschen.

Sie sahen zum Bildschirm des Sonars hin, doch auch von *Jeeves* kam kein Signal. Stattdessen zeigten sich Wellen wie von einer unbestimmten Masse, die sich zerstreuten, bis von ihnen nichts mehr zu sehen war.

Im Inneren des Tauchboots herrschte eine betäubende Stille.

22

Der Schnüffler

An Bord der Merlin, *im Leitstand des virtuellen Kontrollraums*

Auf allen Bildschirmen im Kontrollraum der »Höhle« lag ein geisterhafter Glanz, der sich in den Gesichtern der Anwesenden spiegelte. Nora wirkte besorgt. Soweit sie wusste, ging trotz der beunruhigenden Beschreibung, die Nadja ihr vom Gemütszustand der Besatzungsmitglieder geliefert hatte, die Gefahr nicht von der *Merlin* aus. Möglicherweise war Steiffels Entscheidung, eine Mikrobiologin hinzuzuziehen, doch richtig gewesen. Es ist kennzeichnend für Epidemien, dass sie mehr oder weniger regelmäßigen Mustern folgen, je nachdem, um welchen Erreger es sich handelt. Alle davon Infizierten hatten etwas gemeinsam. Gerade jetzt versuchte Nora sich an den Namen einer Viruserkrankung zu erinnern, die vor kurzem Dutzende Ökotouristen in einem Gebiet der Vereinigten Staaten befallen hatte, das im Westen des Landes auf dem Colorado-Plateau lag und den Namen Four Corners trug. Das Muster hatte man rasch entdeckt: Kaum hatte ein Naturliebhaber die ihm zugewiesene Blockhütte aufgesucht und dort die Fenster geöffnet, um zu lüften, war er dem Erreger binnen weniger Stunden zum Opfer gefallen. Die Wissenschaftler hatten nicht lange gebraucht, um zu erkennen, dass die beim Öffnen der Fenster entstehende Luftströmung mikroskopisch kleine Teilchen der getrockneten Exkremente einer Feldmaus vom Fußboden aufgewirbelt hatte. Mit ihnen gelangte das Virus in die Atemwege des Opfers, griff die Lunge an und wirkte mit verblüffender Schnelligkeit tödlich. Aufgrund dieser Entdeckung hatte man die Nagetiere ausgemerzt und es damit geschafft, die Ausbreitung der tödlichen Epidemie einzudämmen.

Nur gab es auf der *Merlin* nichts, das einer Feldmaus auch nur von ferne ähnlich gesehen hätte. Nora hatte sich nicht nur die Personalakten aller in die Unfälle Verwickelten geben lassen, sondern auch alles Material über die Todesopfer und die Vermissten. Inzwischen fühlte sie sich bereits zu sehr in die Sache verwickelt, als dass sie sich hätte zurückziehen können. Aus der Personalakte der Betroffenen ging nichts hervor, das auf irgendwelche Gemeinsamkeiten hätte schließen lassen, mit Ausnahme ihrer Arbeit… und dass sie alle mehr oder weniger mit denen in Berührung gekommen waren, die unter Wasser Reparaturen ausgeführt hatten.

Nadja schien die technischen Einrichtungen um sich herum zu bewundern und sah unablässig zu Márquez hin, die in einem der Pilotensitze Platz genommen hatte, über den der Tauchroboter *Madre 5* gesteuert wurde – wie eine Raumfahrerin, die den Weltraum mit dem Ozean vertauscht hatte. Es sah hinreißend aus, wie ihr trotz des Kopfhörers die Locken auf die Schultern fielen. So sehr konzentrierte sie sich auf ihre Aufgabe, dass es den Anschein hatte, sie könne durch die Augen des Tauchroboters sehen.

Nora verstand nicht, warum dies Tauchboot, das so groß war wie ein Kleinwagen, zweieinhalb Stunden bis zu der Unterwasser-Station *Ocean Shuttle* brauchte, die Morales unbedingt als Tauchfähre bezeichnet wissen wollte. Immerhin lagen lediglich zweitausend Meter zwischen der *Merlin* und ihr. Márquez hatte den Neulingen erklärt, dass am Bug des Tauchroboters, der einem Druck von nahezu vierhundert Bar standhalten konnte, an einem rechteckigen Gestell starke Scheinwerfer angebracht waren und er außerdem über zwei bewegliche Greifarme, eine Videokamera und, in einer Art Garage, über einen *Schnüffler* genannten »Spion« verfüge. Damit meinte sie einen würfelförmigen winzigen Tauchroboter mit einer eingebauten Kamera, deren Aufnahmen mittels einer Glasfaserleitung an den großen Roboter weitergeleitet wurden.

Wenn man Morales glaubte, gab es keine bessere Unterwasser-Pilotin als Martha Márquez. Von sich selbst sagte sie, sie könne unmöglich einschlafen, solange sie am Steuerpult eines Unterwasser-Fahrzeugs sitze. Vor dem Abstieg, der Nora so unendlich lang vorgekommen war, hatte sie den *Schnüffler* über ein Kabel mit dem Tauchroboter verbunden. Bis dahin hatte man auf dem Bildschirm nur Schwärze gesehen. Als die bezeichnete Stelle erreicht war, setzte Márquez ihre Brille auf und sagte: »Jetzt wird es Zeit, dass der Mutterroboter den kleinen *Schnüffler* auf die Reise schickt.«

Auf den Bildschirmen bewegte sich etwas, und nach einer Weile sah man, wie der kleine Roboter mit seinen starken Scheinwerfern die Schwärze der Tiefseenacht zu durchdringen versuchte. Er war für *Madre 5* so etwas wie ein Auge, das unter Wasser auf Wanderschaft zog, bereit, sofort alles an Márquez' Brille weiterzuleiten, was es sah.

»Alle Systeme funktionieren bestens«, sagte sie, nachdem sie verschiedene Manöver durchgeführt hatte. »Jetzt überprüfen wir die Kamera mitsamt Autofokus und Zoom.«

Während Márquez den roten Knopf ihrer Fernsteuerung betätigte, begannen sich die Linsen im Tubus des Objektivs vor- und rückwärts zu drehen. Befriedigt lächelte sie, als sie sah, dass alles in Ordnung war.

»Ich habe das Navigationssystem ausprobiert. Möchtest du etwas Bestimmtes sehen, Nestor?«

»Probier es mal mit dem Oberteil von *Madre 5*«, sagte er.

»Wird gemacht, mein Freund.«

Der *Schnüffler* näherte sich dem Mutterroboter. Das Licht seiner Scheinwerfer glitt über die Außenhaut, und die Kamera holte sie möglichst nahe heran, um alles in Einzelheiten zu erkennen. Man sah Buchstaben, zuerst verschwommen, dann deutlicher: »*Madre 5*«.

»Der Autofokus ist sauber eingestellt«, bemerkte Márquez.

»Wer von euch ist eigentlich für die Namen zuständig?«, fragte Nora.

»Ich geb meinem Spielzeug gern Namen«, sagte die Frau. »Wollen wir weitermachen?«

»Wir müssen noch fünf- oder sechshundert Meter weiter runter«, sagte Morales. »Es wird Zeit, dass der *Schnüffler* in seinen Stall zurückkehrt.«

»Wenn du meinst«, gab Márquez zurück.

Auf dem Bildschirm sah Nora, wie sich der *Schnüffler* wieder in seine mechanische Mutter zurückzog. Die Lichter erloschen, und der Bildschirm wurde erneut schwarz.

Márquez nahm die Brille ab.

»Wir setzen den Abstieg fort. Noch achtzehn Minuten bis zur Station.«

Sie erklärten Nora, dass es die erste Tauchfahrt war, seit der Ingenieur McAllister und der Pilot Grudman kurz vor Noras Eintreffen spurlos verschwunden waren, nachdem sie mit ihrem ferngesteuerten Tauchboot die unmittelbare Umgebung der Station erreicht hatten.

»Wie hieß die Geologin noch mal?«, fragte Nora. »Ich hab den Namen in der Personalakte gesehen, kann mich aber nicht mehr darauf besinnen.«

»Battaglia. Kate Battaglia.«

»Ach ja, richtig. Haben Sie von ihr auch nichts mehr gehört?«

Morales zuckte stumm die Achseln.

»Könnte sie überlebt haben? Sie haben gesagt, dass die *Merlin* fortlaufend Sauerstoff in die Station pumpt.«

Morales kratzte sich an der Nase.

»Nein ... dazu kann ich nichts sagen. Woher sollten wir das auch wissen?«

»Und was sagt der Kapitän dazu?«

»Jeder, der bei der Texon angestellt ist, hat unterschrieben ...«

»Ich weiß, ich weiß. Der verdammte Vertraulichkeitspassus im Vertrag. Gehört dazu auch Stillschweigen bei unerklärlichen und befremdlichen Todesfällen?«

Nora sah sich einer undurchdringlichen Mauer gegenüber. Am liebsten hätte sie ihm ins Gesicht geschrien: »Mann, wachen Sie auf! Seien Sie nicht dumm! Verlangen Sie, dass Steiffel alle Hebel in Bewegung setzt und nicht nur an seinen Profit denkt!« Dann fiel ihr Blick auf Nadjas leuchtendes Gesicht. Das Mädchen saß neben der Mexikanerin und bewunderte sie offensichtlich rückhaltlos.

Morales wandte seine Aufmerksamkeit erneut dem Roboter zu.

»Und was soll ich jetzt tun?«, wollte Nora wissen.

»Sie könnten uns auf Dinge aufmerksam machen, die wir bisher nicht gesehen haben, obwohl sie vor unserer Nase liegen. Wir sind auf Ihre Hilfe angewiesen.«

Madre 5 konnte jeden Augenblick die Station erreichen, doch Nora sah auf dem Bildschirm nichts als finstere Nacht.

23

Die Atlantis

An Bord der Atlantis,
Forschungs-Tauchboot der Rainbow

Die starken Bugscheinwerfer der *Atlantis* überraschten in vierhundert Metern Tiefe einen Seeteufel. Albee hatte durch die mit Plexiglas überwölbte Kuppel auf einen undeutlichen Punkt gewiesen. Der Reflex von Biolumineszenz bewegte sich vor seinem Gesichtsfeld wie ein riesiger Leuchtkäfer.

Im Inneren des Tauchboots war es kalt. Cepesma spürte einen natürlichen Drang und überlegte, was er tun könne, da es keine Toilette gab.

Der Verlust der Kamera hatte alle Pläne über den Haufen geworfen. Sogleich hatten sie sich auf die Suche gemacht, um sie zu bergen.

»Was glaubst du, wie lange wir da unten sein werden?«, hatte Cepesma beim Start gefragt und zur Antwort bekommen: »Unsere Sauerstoffreserven reichen fünfunddreißig Stunden.«

Albee schien seine Gedanken zu erraten und wies auf eine der leeren Flaschen. »Nimm eine und bedien dich, wenn es nötig ist. Ich mach es genauso.«

»Und er?« Damit wies er auf Golombek.

Mit schallendem Lachen, das angesichts der Umstände unangebracht wirkte, gab Albee zurück: »Er behauptet, schon mehr als einen vollen Tag unter Wasser Kopffüßer beobachtet zu haben. Er ist älter als ich, aber ich habe nie gesehen, dass er in dieser Hinsicht Schwierigkeiten gehabt hätte. Er muss eine Blase aus Stahl haben.«

Nach längerem Aufenthalt im kalten Inneren der *Atlantis* war Albees Stimmung nahezu ebenso grimmig geworden wie die seines Meisters. Während Golombek auf das Sonar achtete, bemühte sich Albee, den Kontakt zu dem schwachen Signal des Kamera-Peilsenders nicht abreißen zu lassen.

Mit einem Mal tauchte ein Fisch auf, den die Scheinwerfer wohl aufgeschreckt hatten. Ihr Widerschein auf seinen Schuppen blendete die Insassen des Tauchboots förmlich.

»Unglaublich!«, stieß Cepesma beeindruckt hervor. »Was für ein Riesenvieh.«

Gelassen und ohne sich im Geringsten verschreckt zu zeigen, schwamm der Fisch weiter und änderte mit einigen trägen Schlägen der Heckflosse die Richtung.

»Er ist es nicht gewöhnt zu fliehen«, sagte Golombek. »Hier unten ist er der Jäger, nicht der Gejagte.«

Sie schätzten seine Länge auf etwa drei Meter. Über seinem Maul saß ein riesiger Höcker, und die Kiefer bildeten ein gewaltiges Dreieck. Das Ganze ähnelte weniger einem Fisch, wie man ihn üblicherweise kannte, als einem riesigen Maul mit einem kurzen Leib daran.

Cepesma fielen außer dem Schimmer, der von den Schuppen zu ihnen hereinstrahlte, die Augen auf, kleine weiße Kügelchen. Das Tier entschwand wieder in der Dunkelheit.

»Wir sind zu groß für ihn«, sagte Albee, steuerte aber das Boot doch so, dass es nicht zu einem Zusammenstoß kam.

Cepesma war da nicht so sicher.

»Eine interessante Spezies«, sagte Golombek zu Albee. Damit bezog er sich auf den Seeteufel, den sie soeben gesehen hatten. »Und das in lediglich vierhundert Metern Tiefe. Hast du ihn aufgenommen?«

»Vom ersten Augenblick an«, gab Albee zurück. »Aber jetzt hab ich keinen Kontakt mehr mit der Kamera.«

Golombek stieß wilde Verwünschungen aus.

Nach längerer Beratung waren sie zu dem Ergebnis gekommen, dass *Jeeves* von etwas angegriffen worden sein musste, unmittelbar bevor er die Kamera vollständig am Rand des Steilabfalls hatte absetzen können und sie Gelegenheit hatten, den Befehl zum Lösen zu schicken. Möglicherweise der Krake. Vermutlich war dabei das Kabel gerissen und die Kamera in die Schlucht gestürzt, die ohne weiteres viertausend Meter tief sein konnte.

Allerdings war »Albees Auge« äußerstenfalls für eine Tiefe von dreitausendfünfhundert Metern konstruiert. Ein stärkerer Wasserdruck als der vorgesehene würde nicht nur das Objektiv mitsamt seinem Tubus zerquetschen, sondern auch den Zylinder mit dem Rechner zerstören.

Glücklicherweise hatte Albee einen Funkpeilsender in seine Vorrichtung eingebaut, und so bestand die Möglichkeit, die Kamera wiederzufinden. Das schwache Signal, das jetzt wieder hörbar wurde, war die einzige Hoffnung, sie zu bergen.

Die Batterie des Peilsenders lieferte etwa vierundzwanzig Stunden lang Strom; sie mussten sich also beeilen. Eine Kamera mit einem Gewicht von mehreren Dutzend Kilo konnte wie ein Stein sinken und in weniger als einer Viertelstunde die tiefste Stelle des Meeresbodens erreichen.

»Das Signal ist ein gutes Zeichen«, erklärte Albee. »Offensichtlich ist die Kamera irgendwo in vergleichsweise geringer Tiefe hängen geblieben, sonst wäre sie längst zerstört, und wir würden nichts hören. Wir holen sie uns mit dem Gelenkarm der *Atlantis* zurück.«

Golombek, der sich schon auf die Aufnahmen gefreut hatte, geriet in Verzweiflung, als das Signal erneut auswanderte.

»Fünfhundert Meter und sinkend.«

Ein silbriger Schimmer hatte sie von Anfang an begleitet. Albee war zu sehr mit der Beobachtung der Instrumente und Geräte beschäftigt, aber Cepesma fiel dieser Glanz auf, und er fragte besorgt: »Ist das Licht da hinten eigentlich normal?«

»Ab einer Tiefe von zweihundert Metern ja«, sagte Golombek. »Verschiedene Arten kleiner Tintenfische senden Licht aus, aber auch Krustentiere und sogar Würmer.«

In etwa achthundert Metern Tiefe sahen sie, dass sich etwas aus der Ferne näherte.

»Kannst du kurz mal anhalten, Thomas, und das da filmen?«, bat Golombek.

»Selbstverständlich. Die Bordkamera soll ja nicht untätig bleiben«, gab Albee munter zurück. »Ich mach die Scheinwerfer aus.«

Später erinnerte sich Cepesma, etwas wie eine Vielzahl leuchtender Gazeschleier gesehen zu haben, auf denen glänzende Sterne tanzten. Grünlich schimmernde Fäden hingen davon herab, die sich langsam bewegten, als hätten sie ein Eigenleben. Mit einem Mal lag das Wesen um die *Atlantis* herum. Der organisch erzeugte Lichtschein war so stark, dass er nicht nur deren nähere Umgebung erhellte, sondern auch das Innere, wo man bisher ausschließlich die Leuchtskalen der Geräte und Instrumente gesehen hatte. Immer größer wurde die Zahl dieser Gazeschleier, die durch Fangarme und Photophoren miteinander verbunden zu sein schienen.

Der grünliche Lichtschein spiegelte sich in Golombeks Brille, was bewirkte, dass er selbst wie ein Gespenst aus der Tiefsee aussah. Cepesma überlegte, wie lang die Leuchtwesen wohl sein mochten. Auf jeden Fall sehr viel länger als die drei Meter der *Atlantis*. Möglicherweise erstreckten sie sich über Dutzende von Metern, wenn nicht gar über hundert oder zweihundert.

»Das ist… unglaublich, Thomas. So etwas hab ich noch nie gesehen. Hast du es gefilmt?«

Albee war damit beschäftigt, den Abstieg zu verlangsamen. Er versuchte, den Bug möglichst weich von dem Geschöpf fortzubewegen, während es an ihnen vorüberglitt und die Plexiglaskuppel streifte. Die drei Männer sahen unter anderem etwas, das wie pulsende Glocken aussah, die sich rhythmisch zusammenzogen und ausdehnten. Albee dachte nicht mehr an das schwache Ortungsgeräusch, das die weit unter ihnen befindliche Kamera aussandte, und konzentrierte sich darauf, das Wesen nicht aus den Augen zu verlieren. Der Fotograf in ihm war erwacht und hatte den Wissenschaftler verdrängt. Auf keinen Fall wollte er sich den Bildausschnitt verderben lassen. Zwei oder drei Minuten lang zogen die mit Fangarmen versehenen gazeähnlichen Wesen an ihren erstaunten Augen vorüber, bis sie sich mit äußerst langsamen, schwingenden Bewegungen ähnlich einem riesigen Schlangennest nach und nach in der Schwärze der Tiefsee verloren.

»Neunzig, wenn nicht hundert Meter lang«, sagte Albee.

»Hundertfünfzig«, setzte Golombek dagegen.

Cepesma stieß die Luft aus. Er hatte gar nicht gemerkt, dass er den Atem angehalten hatte.

»Was ist das eigentlich?«

»Ein Siphonophor«, sagte Golombek. »Vermutlich ein Riesenexemplar, das mit Sicherheit noch niemand katalogisiert hat. Natürlich unbekannt. Wir haben es für die Wissenschaft entdeckt.« An Cepesma gewandt fügte er hinzu: »Es ist kein einzelnes Tier, sondern eine Megakolonie, die aus Hunderten und auch Tausenden von Einzellebewesen bestehen kann. Sie fangen ihre Beute, indem sie aus den Fäden, die Sie gesehen haben, ein lähmendes Gift abschießen. Für eine Umgebung wie diese eignet sich diese Strategie glänzend: Man braucht nur das Maul aufzusperren und zu warten, bis die Mahlzeit hereinspaziert kommt.«

»Möglicherweise handelt es sich um den größten Organismus in diesem ganzen verdammten Ozean. Aber jetzt sind wir wohl am Ende«, sagte Albee aufgebracht. »Ich krieg das Signal nicht mehr.«

»Welche Tiefe?«

Ärgerlich schüttelte Albee den Kopf. »Tausendfündhundert. Sieht ganz so aus, als ob sich unsere Schlucht erweitert. Die Wände stehen nicht mehr so nah beieinander, und gerade jetzt befinden wir uns über einem Tal, in dessen Mitte eine Art Hochebene liegen könnte.«

Cepesma wandte sich ihm zu. »Eine Hochebene? Mitten in einem Tal?«

Achselzuckend erklärte Albee: »Wir sind hier in der Tiefsee. Das Sonar zeigt an, dass es an einzelnen Stellen Einschnitte gibt, die bis zu fünftausend Metern hinabreichen können. Stell dir einfach vor, wir landen in der fünfzehnten Etage eines Hochhauses, vor der eine Terrasse liegt. Weiter unten sind vierzehn weitere Stockwerke.«

Er lenkte leicht nach Steuerbord und merkte zu seiner Überraschung, dass das Signal ein wenig stärker wurde.

»Sonderbar. Man könnte annehmen, dass sich was zwischen uns und der Kamera befindet. Es sind kaum noch dreißig Meter bis ...«

»Augenblick«, fiel ihm Cepesma ins Wort. »Was ist denn das da?«

Die Männer sahen nach Steuerbord und erkannten im Licht der Scheinwerfer eine dunkle Wand.

Albee schaltete den Antrieb ab.

»Sieht ganz so aus, als ob wir hier in ein Sekundärtal einfahren.«

»Was willst du damit sagen, Thomas?«

Albee nahm die Geschwindigkeit noch weiter zurück und beobachtete angespannt das Sonar.

»Eine Art Mulde in der Hochebene. Ich nehme an, dass wir ein System von Tälern am Rand der Schlucht erreicht haben, die nordöstlich von uns steil hinabgeht. Jetzt krieg ich das Signal wieder.«

Das Tauchboot setzte seinen Abstieg bis in eine Tiefe von tausendachthundert Metern fort. Dort verharrte Albee etwa zwanzig Meter über dem Meeresboden. Im Licht der vier Scheinwerfer sah man etwas, das wie ein sanfter Hang aussah. Einige Dutzend Meter von ihnen entfernt stiegen aus der Schwärze kleinere Gesteinsformationen auf.

Auf einem der Bildschirme sah man das von der Bordkamera eingefangene Abbild der Umgebung. In Richtung Nordwesten wurde der Meeresboden immer felsiger.

»Ich will gegen keine von diesen Felsnadeln stoßen«, sagte Albee. Seiner Stimme war die erneute Anspannung anzuhören. »Die Ränder sehen ziemlich scharfkantig aus.«

»Kannst du noch mehr Geschwindigkeit wegnehmen?«, bat Golombek.

An manchen Stellen sah man deutlich, dass der Meeresboden äußerst unregelmäßig war. Es kam Cepesma so vor, als trieben sie über einer stark gezackten öden Fläche dahin. Das Wasser war erstaunlich durchsichtig, und so ließen sich, wenn man nahe genug herankam, auf dem Boden allerlei Spuren erkennen.

»Auf jeden Fall werde ich versuchen, jede Bodenberührung zu vermeiden.«

»Was für Spuren sind das da eigentlich?«, wollte Cepesma wissen.

»Die dürften von Seeigeln stammen«, beschied ihn Golombek.

Das Tauchboot stieg ein wenig auf, um über den Hang hinwegzugleiten, und entfernte sich vom Rand, an dem der grauweiße Boden in schwarzen Fels überging. Seelilien, die von einer unsichtbaren Strömung bewegt im Wasser hin und her schwankten, schimmerten im Licht der Scheinwerfer, die vor ihnen liegende Hindernisse höchstens auf eine Entfernung von sechs oder sieben Metern ausmachen konnten. Alles um sie herum wirkte wie erstarrt. Während Golombek ausführlich beschrieb, was sie sahen, achtete Albee aufmerksam auf die Töne des Peilsenders. Cepesma hörte sich geduldig alles an, fragte sich aber zugleich, was sich wohl weiter südwärts befinden mochte, wohin das Licht der *Atlantis* nicht drang. Albee hatte erklärt, dass sie sich am Ufer eines weit unter ihnen liegenden unterseeischen Flusses entlang bewegten.

Als Nächstes sahen sie auf dem Meeresboden die Verursacher der Spuren. Es waren Hunderte von Tieren, die aussahen wie rundum von Stacheln umgebene schwarze Kugeln. Vermutlich waren es mehr als tausend. Während die meisten reglos dasaßen, bewegten sich andere langsam voran, alle in dieselbe Richtung. Mit geringer Geschwindigkeit folgte die *Atlantis* dem Weg, den diese Tiere genommen zu haben schienen, immer vorsichtigen Abstand von den Gefahren des Meeresbodens haltend. Schließlich gelangten sie an etwas, das vollständig von Seeigeln bedeckt war. Irgendeine geheimnisvolle Kraft musste sie dort hingezogen haben.

Schweigend sahen die drei Männer auf das Bild, das sich ihnen bot. Albee verlangsamte die Fahrt noch mehr. Die Tiere türmten sich förmlich aufeinander im Versuch, in etwas hineinzugelangen, das wie eine Gesteinsformation aussah.

Ungläubig fragte Cepesma: »Könnte das ein Nest sein?«

»So etwas gibt es bei Seeigeln nicht«, fertigte ihn Golombek ab.

»Ich würde mir das gern mal ein bisschen näher ansehen«, sagte Albee. Während er vorsichtig näher steuerte, verstärkte sich das Kamerasignal so sehr, dass es in der Enge des Inneren förmlich hallte.

Die Scheinwerfer erfassten einen Teil der Formation, auf dem keine Seeigel saßen, und als sie nahe genug herangekommen waren, wussten die Männer, was sie da vor sich hatten.

Es war kein Fels.

»Heilige Mutter Gottes!«, entfuhr es Golombek.

Auf dem Plexiglas und der Quarzscheibe lagen kalte bläuliche Metallreflexe. Sie erkannten die beiden halb im Sand begrabenen Schrauben am Heck und entzifferten an Steuerbord einige große schwarze Buchstaben: *Bleo …* 2, was auch immer das heißen mochte. Der Rumpf war an der Seite aufgerissen, und auf der Greifzange eines der Gelenkarme schienen sich zahlreiche Seeanemonen angesiedelt zu haben. Sie leuchteten im Licht der Scheinwerfer auf und schwankten ein wenig hin und her. Cepesma hätte schwören können, dass in ihnen eine kalte und feindliche Intelligenz hauste.

Das tief im Sand versunkene stark beschädigte Tauchboot war etwas größer als die *Atlantis*. Cepesma richtete den Blick auf die aufgesprungene Steuerkanzel. Dort bildeten die Seeigel schwarze Klumpen, die immer größer wurden, bis sie schließlich unter der Wirkung der Schwerkraft ins Innere fielen.

Er wurde den Gedanken nicht los, dass sie dort nach Nahrung suchten.

24

Die Ocean Shuttle

An Bord der Merlin,
im Leitstand des virtuellen Kontrollraums

Es war, als hätte das Licht einen gestaltlosen Schatten in der Dunkelheit aufgedeckt. Die Tauchfähre lag auf einer Art Gesteinsschwelle. Vier Stahlseile, die von ihrem Rumpf ausgingen, verbanden sie mit Ankerpunkten am Meeresboden. Ein Rohr von großem Durchmesser lag dicht an einem Luk.

All diese Einzelheiten hätte man ohne die starken Scheinwerfer des Roboters nicht sehen können, deren Licht die wie auf Hochglanz polierte Titan-Außenhaut der Unterwasser-Station zurückwarf.

»Blickkontakt«, sagte Márquez.

Mit Daumen und Zeigefinger betätigte sie einen kleinen Hebel auf einem Steuertablett, das sie aus der Rückenlehne des Pilotensitzes herausgezogen und sich zwischen die Knie geklemmt hatte.

Zwei Lichtkreise strichen über die Metalloberfläche. Auf dem Bildschirm des Sonargeräts zeichneten die Echos lediglich einen orangefarbenen Zylinder. Márquez bewegte den Hebel auf eine virtuose Weise, die nur sie beherrschte. Erstaunt, aber nicht unangenehm berührt, spürte sie mit einem Mal Noras Hand auf der Schulter.

»Könnten Sie ein wenig weiter weggehen? Ich wüsste gern, wie es im Ganzen aussieht.«

»In Ordnung.«

Das Bild entfernte sich um einige Meter, während die beiden Kameras versuchten, den gesamten Raum zu erfassen, den die Tauchfähre einnahm.

Verblüfft sah Nora einen riesigen, vorn und hinten abgerundeten, annähernd zylinderförmigen Körper, der trotz der tiefen Dunkelheit noch eindrucksvoller wirkte als sein virtuelles Abbild. Das Quarzglas der Bullaugen leuchtete jedes Mal auf, wenn die Scheinwerfer darüber hinwegglitten. Auf der Oberseite erkannte man den schlanken Umriss der Antennen. Morales stand auf.

Deutlich sah man auf dem Bildschirm an Steuerbord ein Tauchboot, das am Meeresboden lag.

»Großer Gott, da ist es ja«, sagte der Ingenieur.

Márquez ging näher heran. Verglichen mit ihrem Roboter war es klein. Wie es da an der Tauchfähre angekoppelt war, sah es aus wie eine Wespe mit einem aufgeblähten durchsichtigen Kopf, die über eine Art Ring am Abdomen verbunden war. Die *Ocean Shuttle* lag leicht zur Seite geneigt, was Ankopplungsmanöver erleichterte. Nora fiel die große Entfernung von dort zum Meeresboden auf. Es vermittelte ihr die Vorstellung, dass es sich um eine Anlage von der Höhe eines dreistöckigen Hauses handeln musste.

»Geh noch näher ran«, sagte Morales.

Sie begannen die Flanke des Tauchboots genauer in Augenschein zu nehmen, und nach einer Weile erkannten sie die Beschädigungen. Ein Teil des Rumpfes war eingedrückt, doch konnte man nach wie vor die Aufschrift lesen.

»Es ist die *Bleobob 1*«, sagte Márquez.

Als das Licht der Scheinwerfer langsam bis zum Bug glitt, sahen sie die beiden gewaltigen Risse im Glas der Kanzel. Eine wahrscheinlich durch das Licht erschreckte große Garnele hob ihre Antennen und zog sich rasch in einen der Risse zurück.

»Zerbrochen. Voll Wasser gelaufen …«, sagte Morales atemlos.

Márquez fragte: »Meinst du, dass es bei der Station ebenso aussieht?«

»Es ist viel schlimmer, als ich mir vorgestellt hatte.«

Seine Mutlosigkeit steigerte sich, als die Kameras des Roboters den Bug der Tauchfähre zeigten. Das an Steuerbord auf der mittleren Ebene befindliche Luk gähnte weit offen.

Ungläubig schüttelte Morales den Kopf.

»Das Notluk … Offen!«

Márquez nahm die Brille ab.

»Notluk? Was für ein Notluk?«

Ohne ihr zu antworten, sah er unverwandt auf das scheußliche Loch.

»Nestor!«, rief sie. »Existiert das verdammte Luk nun oder nicht?«

Er schüttelte den Kopf, während er seufzend bestätigte: »Es existiert.«

»Warum hast du nichts davon gesagt?«

»Was ist ein Notluk?«, wollte Nora wissen.

»Eine Stelle, an der ein zweites Tauchboot ankoppeln kann«, erklärte Morales niedergeschlagen. »Im Unterschied zum Anlegeluk, das sich vom Rettungs-Tauchboot aus betätigen lässt, kann man es aber nur von innen öffnen.«

»Also ist es ohne weiteres möglich, dass das zweite Tauchboot mit McAllister und Grudman an Bord angelegt hat«, schloss Nora.

»Ja, die *Bleobob 2*«, sagte Márquez und warf dem Ingenieur wütende Blicke zu.

»Aber doch wohl nur, wenn in der Station noch jemand am Leben war«, merkte Nora an.

Alle sahen jetzt zu Morales hin.

»Diese Gewissheit hatten wir nicht, als wir die Leute losgeschickt haben«, sagte er mit leiser Stimme.

»Klar«, sagte Nora. »Sie interessiert nichts weiter, als Ihre gottverdammte Tauchfähre zurückzubekommen. Ob dabei Menschenleben auf dem Spiel stehen oder nicht, ist Ihnen egal.«

»Das stimmt nicht«, begehrte Morales auf.

»Von diesem Notluk habe ich nichts gewusst«, sagte Márquez verärgert. »Was hast du mir sonst noch verschwiegen, Nestor?«

Der Mann hob die Hände.

»Wir sollten uns nicht aufregen. Mich trifft keine Schuld an dem, was hier passiert ist. Niemand hat ein Recht, mich anzuklagen.«

Einen Augenblick lang herrschte eine angespannte Stimmung.

Nadja zeigte auf die schwarze Öffnung, die auf dem Bildschirm zu sehen war.

»Warum steht die Tür da offen?«

Márquez setzte die Brille wieder auf. »Eine äußerst berechtigte Frage, kleines Fräulein. Wir werden uns das mal ansehen.«

Das Luk lag nicht weit vom Bug entfernt. Als sich der Roboter ihm ein wenig näherte, sah Morales seine schlimmsten Befürchtungen bestätigt.

»Dein Geheimgang an Steuerbord ist abgesoffen«, teilte ihm Márquez mit.

Diese Erkenntnis drückte wie eine Zentnerlast auf die Stimmung des Ingenieurs. Ein solcher Wassereinbruch war die schlimmste aller denkbaren Katastrophen. Möglicherweise war seine Tauchfähre jetzt vollständig nutzlos, nichts als ein toter Haufen Metall, den Launen des Ozeans preisgegeben, ausgesetzt allem, was die Tiefsee damit zu tun beliebte – wie ein beliebiges auf den Meeresboden gesunkenes Wrack, das von allerlei Lebewesen bevölkert wurde.

Morales trat der Schweiß auf die Stirn. Er mahnte sich, keine voreiligen Schlüsse zu ziehen, und versuchte die Fassung zu wahren. Am besten veschaffte man sich erst einmal einen Überblick, bevor man daranging, die Schäden am Notluk genauer in Augenschein zu nehmen.

»Kannst du dir den Antrieb ansehen?«, fragte er.

»Natürlich«, sagte die Frau. »Ich weiß aber nicht, ob ich das möchte.«

»Bitte, Martha.«

Wortlos betätigte sie ihren Hebel, und das Tauchboot glitt rückwärts. Die Scheinwerfer beleuchteten die gewaltigen Schrauben, die völlig intakt waren und auf denen sich nichts abgelagert hatte.

»Wie hoch ist hier die Wassertemperatur?«, wollte Morales wissen.

»Zwei Komma acht Grad«, sagte die Frau erstaunt. Sie sah in der Frage keinen Sinn.

Morales schüttelte den Kopf. Er war nicht bereit, sich geschlagen zu geben.

»Fahr doch bitte einmal ganz rum und geh auf die Höhe von Ebene eins.«

Diese Ebene lag ein wenig höher als die Einfassung des Notluks. Márquez konnte sich nicht enthalten zu sagen: »Sie waren zu dritt.« Zu Nora gewandt fügte sie hinzu: »Lauter Männer.« Damit meinte sie die Besatzung von *Bleobob 1*.

»Nach ihnen sind McAllister und Grudman runtergegangen. Von beiden haben wir kurz vor Ihrer Ankunft nichts mehr gehört. Hoffentlich klebt uns das Pech nicht weiterhin an den Fersen.« Bei diesen Worten bewegte sie den Steuerhebel, um Morales' Bitte nachzukommen.

»Da machen Sie sich mal keine Sorgen – das ändert sich bestimmt«, sagte Nadja. »Egal, was Ihnen meine Mutter gesagt hat, sie hat im Leben immer Glück.«

Nora musste ihr insgeheim Recht geben. Dank ihrem Onkel war sie einer Kindheit entronnen, in der die Indoktrination das künftige Schicksal aller Neunjährigen bestimmt hatte. Viele ihrer Landsleute, die Ähnliches versucht hatten, waren umgekommen oder im Gefängnis verfault.

Und jetzt hatte sie sogar fünfhunderttausend Dollar, mit denen sie ihrer Tochter eine sorgenfreie Zukunft sichern konnte.

Vielleicht war es doch richtig gewesen, auf Steiffels Schiff zu gehen.

Auf dem Bildschirm sah man, dass der Roboter *Madre 5* weniger als drei Meter von den Schrauben der Station entfernt nach wie vor in der Dunkelheit schwebte.

»Bitte ...« sagte Morales. »Die Ebene eins.«

Márquez gab den Weg dorthin auf dem Bildschirm ein, und die Motoren des Roboters setzten sich in Gang. Im Scheinwerfer tauchte erneut das Notluk auf.

»Ich versteh das nicht. Wer hätte das öffnen können?«, fragte sich Morales laut.

»Vielleicht die Leute von *Bleobob 1*«, schlug Márquez vor.

Er schüttelte den Kopf. »Das ergibt keinen Sinn. Sie konnten sich doch mit ihrem Tauchboot retten.«

»Eins ist sicher«, sagte Nora. »Die Schäden, die wir gesehen haben, sind nach dem Ankoppelmanöver entstanden.«

Morales hob einen Finger. »Stimmt.« Er versuchte sich die Situation vorzustellen: das Wasser, das mit ungeheurer Geschwindigkeit und unvorstellbarer Wucht eindrang. Alle Abteilungen hätten ruckzuck überflutet sein können, es sei denn...

Er wies auf das Steuertablett, das Márquez zwischen den Knien hielt. Eine von all den vielen Möglichkeiten ließ einen Hoffnungsschimmer zu, und so fragte er: »Könnten wir mal einen Blick in die Station werfen?«

Márquez wusste, worauf er hinauswollte. Sie sah nachdenklich auf die Steuertafel und begann mit ihren schlanken Fingern die Hebel zu bewegen. Der Gedanke gefiel ihr nicht. Auch wenn sie den kleinen Roboter nicht selbst entworfen hatte, war er ihr doch sozusagen ans Herz gewachsen.

Sie entschied sich für den sichersten Weg. »Wir könnten den *Schnüffler* an die Bullaugen schicken.«

Morales kratzte sich am Kinn. »Schön, dann bitte ich dich, das zu tun.«

Alle vier setzten sich die Brillen auf, um mit den Augen des *Schnüfflers* sehen zu können.

Der kleine Spion kam aus seiner Behausung. Während er sich dem Rumpf der Station näherte, entrollte sich hinter ihm das dünne Glasfaserkabel, das ihn mit dem Mutter-Roboter verband. Márquez schaltete die Infrarotkamera ein, um die genaue Entfernung ermitteln zu können. Noch war auf dem Bildschirm nichts zu sehen.

Geh möglichst langsam ran. Du musst in deinen Fingerspitzen fühlen, was dir die Maschine zu sagen hat, mahnte sie sich. Glücklicherweise war die Strömung in dieser Tiefe sehr schwach, und so fiel es ihr nicht schwer, den *Schnüffler* mit viel Gefühl zu steuern.

»Zuerst Ebene eins«, sagte Morales. Sie lag oberhalb des Ankoppelluks.

Das Bild wurde deutlicher. Der *Schnüffler* näherte sich einem der Bullaugen der Ebene eins. Márquez drückte einen weiteren Knopf, und die starken Scheinwerfer leuchteten auf. Der *Schnüffler* verharrte unbeweglich vor einem der Bullaugen. Aus dem Augenwinkel achtete Márquez auf den Bildschirm, der ihr die Position des großen Roboters anzeigte. Sie holte Luft und stieß sie ganz langsam wieder aus.

»So. Ich halte jetzt mit der Kamera auf das Bullauge zu. Allerdings lassen sich Lichtreflexe nicht vermeiden. Vielleicht verderben die uns das Bild.«

Sie leuchtete ins Innere der Station. Überrascht sah Nora, dass alles in einwandfreiem Zustand zu sein schien.

Bedingt durch den geringen Durchmesser des Bullauges von lediglich fünfzehn Zentimetern war das Gesichtsfeld nicht besonders groß. Jetzt hatte der *Schnüffler* sein Objektiv dagegen gedrückt.

Im kalten Licht des Scheinwerfers sah man in die Wohnräume der Besatzung. Man erkannte die Instrumente an den Wänden und darunter einen Tisch, auf dem eine Zeitschrift und einige Papiere lagen. Ein Stück weiter links glänzten im Lichtschimmer Metallhülsen auf: Kugelschreiber, die in einem zylindrischen Behälter standen.

Sie hörte, wie Morales hinter ihr die Luft einsog. »Wie es aussieht, kein Wassereinbruch auf Ebene eins. Also weiter.«

Auf einem anderen Tisch stand eine Kaffeetasse. Nora konnte sogar die braunen Flecken an ihrem Rand erkennen. Es fiel ihr schwer zu glauben, dass jemand an einem solchen Ort in zweitausend Metern Tiefe im eiskalten Meer eine Tasse Kaffee trinken konnte, als wäre das nichts Besonderes.

Das nächste Bullauge zeigte einen hängenden Gegenstand.

Das Mikrofon eines Funksprechgeräts. Márquez vergrößerte das Bild mit Hilfe des Zooms.

Es war ein gewöhnliches Mikrofon, das an einem Spiralkabel hing. Unwillkürlich kam Nora das Seil eines Galgens in den Sinn.

»Im Fall von Komplikationen setzt sich die Besatzung der *Ocean Shuttle* über Funk mit der *Merlin* in Verbindung«, erklärte Morales, der nicht mehr ganz so niedergeschlagen wirkte.

»Sieht ganz so aus, als ob es jemand aus der Halterung genommen hätte, ohne es zurückzuhängen«, sagte Nora.

Der *Schnüffler* fuhr mit der Erkundung fort, indem er sein Objektiv dicht vor jedes der Bullaugen auf der Ebene eins hielt. Es war eine bemerkenswerte Geschicklichkeitsleistung der Pilotin.

»Hier haben wir einen Teil des Elektrolyse-Kreislaufs und den Raum, in dem das Abwasser wiederaufbereitet wird«, dozierte Morales. Er wurde umso lebhafter, je mehr Räume er intakt vorfand. »Was wir da sehen, ist ein Niedergang von der Ebene eins zur Zwischenebene. Dort befinden sich die elektrischen und die mechanischen Einrichtungen. Weiter hinten liegt die Krankenstation. Was wir hier sehen, müsste das Labor zur Analyse von Flüssigkeiten sein …«

»Augenblick mal!«, unterbrach ihn Nora. »Was war das da?«

Márquez hielt den *Schnüffler* an.

»Was war was?«, wollte Morales wissen.

»Da hat sich was bewegt.«

»Im Labor?«

Nora schüttelte den Kopf.

»Nein. Aber ich hätte schwören können, dass ich einen Schatten gesehen habe, bevor der Scheinwerfer zum nächsten Bullauge weitergewandert ist.«

»Spiegel«, sagte Morales. »Die Psychologen haben uns empfohlen, an einigen der Wände Spiegel anzubringen, weil das den Eindruck erweckt, als lebte man in einem freien Raum. Es ist eine preisgünstige Lösung. Allerdings haben wir nicht in allen Räumen welche angebracht.«

»Wenn das nicht einer Ihrer Männer war«, beharrte Nora und schwieg dann.

Die Vorstellung, dass in dieser in völliger Dunkelheit liegenden und teilweise unter Wasser stehenden Anlage jemand am Leben sein könnte, war einfach entsetzlich.

Márquez sah besorgt zu dem Ingenieur hin. »Sie könnte Recht haben. Zwar produziert die Station keinen Strom mehr, aber es steht nicht alles unter Wasser. Großer Gott, Nestor. Glaubst du etwa …«

Morales fuhr sich mit einem Finger über die Stirn. Unsicher und zögernd sagte er: »Woher soll ich das wissen? Die Tauchfähre liegt im Dunkeln. Die Anlage zur Erzeugung von Energie ist ausgefallen. Irgendetwas hat den Kernreaktor außer Betrieb gesetzt.«

»Und was ist mit Notaggregaten?«, erkundigte sich Márquez. »Jede dieser Einrichtungen soll so etwas haben.«

»Wir haben Reserveakkus, die sich über das Netz immer wieder neu aufladen und Strom für die wichtigsten Einrichtungen liefern: Lenzpumpen, Kommunikationseinrichtungen. Aber von alldem ist nichts benutzt worden.«

»Dann müsste der *Schnüffler* aber Leichen entdeckt haben«, wandte die Frau ein.

»Keine voreiligen Schlüsse.« Morales war sichtlich wieder unruhig und unsicher. »Noch haben wir die Erkundung nicht abgeschlossen.«

»Was befindet sich auf der Ebene null?«, fragte Nora.

»Die Krankenstation und ein Labor«, gab Morales zur Antwort. »Die technischen Anlagen sind teils da unten und teils auf der Ebene eins.«

Es dauerte weniger als drei Minuten, bis sich der *Schnüffler* den Bullaugen der Ebene null genähert hatte. Sie lagen unterhalb des Notluks wie auch des Luks, an dem die *Bleobob 1* angekoppelt war. Im Licht der Scheinwerfer sah man in der Krankenstation etwas schwerelos im Wasser treiben. Als das Bild schärfer wurde, erkannte man, dass es sich um ein Stück Karton von einer Medikamentenpackung handelte, das langsam einer schwachen Strömung folgte. Márquez schaltete die Scheinwerfer etwas heller.

»Ebene null steht unter Wasser«, sagte Morales mit erstickter Stimme. »Sie ist vollständig ausgefallen. Damit … damit hatte ich gerechnet.«

»Was bedeutet das genau?«, fragte Nora.

Er holte Luft und erklärte: »Ein Wassereinbruch aktiviert das doppelte Notfallsystem. Auf üblichen U-Booten schließt die Besatzung die Schotts zu den einzelnen Abteilungen von Hand oder über elektrische Schaltschütze, wobei der Zeitfaktor von Bedeutung ist. Bei Manövern zeigt sich, dass Panik die ohnehin schon sehr langsame Reaktion von Menschen meist noch verlangsamt. Daher habe ich ein ... automatisches System konstruiert. Bei einem Wassereinbruch erhöht sich das Gewicht der Tauchfähre binnen Sekunden spürbar. Sensoren melden diesen Gewichtsanstieg und aktivieren zwischen den Abteilungen nahezu augenblicklich stählerne Schotts. Auf diese Weise bleiben die anderen Abteilungen von dem Wassereinbruch verschont.«

»Auf Ebene eins scheint alles in Ordnung zu sein«, fügte Márquez hinzu.

»Was mir Sorgen macht, ist die Zwischenebene. Sie enthält den Leitstand für die Notstromversorgung und in einem druckfesten Abteil am Heck den Kernreaktor. Wenn da Wasser eingedrungen sein sollte ...«

»Auf jeden Fall kann man in die Tauchfähre nicht hinein«, bemerkte Nora.

Márquez seufzte: »Ja, wir kehren unverrichteter Dinge um. Ich werde Steiffel mit der Vorstellung vertraut machen müssen, dass die Station inzwischen ein paar Tonnen mehr wiegt, weil so viel Wasser eingedrungen ist.«

»Das ist das Ende«, sagte Morales und griff sich verzweifelt an den Kopf. »Ohne sie bekommen wir erst dann wieder Zugang zu den Bohrlöchern, wenn es uns gelingt, zwischen ihnen und der *Merlin* eine neue Verbindung herzustellen.«

»Diese Nachricht wird niemandem recht sein«, sagte Márquez.

»Ich möchte dich noch mal um einen Gefallen bitten«, wandte sich Morales an sie. »Dein kleiner *Schnüffler* hat doch sicher die Möglichkeit, in den überfluteten Teil vorzudringen. Alle Angaben, die er sammeln kann, sind wichtig, wenn nicht sogar von entscheidender Bedeutung. Würdest du das tun?«

Er wusste, dass sie diesen Winzling ins Herz geschlossen hatte, auch wenn er nicht verstand, warum. Schließlich war es nur eine blöde Maschine, die sich ohne weiteres durch eine andere ersetzen ließ. Die *Ocean Shuttle* hingegen war ein Meisterwerk der Ingenieurkunst. Sie so daliegen zu sehen, gleichsam dem Tode geweiht, zerriss ihm fast das Herz.

»Ich glaube nicht, dass Steiffel seine Freude an dem hätte, was wir da drin finden können. Den interessieren doch nur seine Bohrlöcher«, versuchte sie auszuweichen.

Verständnisvoll legte ihr Nora eine Hand auf die Schulter. »Diesmal würde es sich wohl doch lohnen, das Risiko einzugehen. Immerhin setzen wir damit kein Menschenleben aufs Spiel. Und wenn er mit dem Ergebnis nicht zufrieden ist, dann ist das sein Problem.«

25

Seeigel

An Bord des Tauchboots Atlantis

Die drei Männer konnten kaum glauben, was sie im bläulichen Licht der Scheinwerfer der *Atlantis* sahen. Sprachlos beobachteten sie, was ihnen wie ein Berg schwarzer Stachelkugeln erschien, die sich sonderbar koordiniert bewegten. Man hätte glauben können, es handelte sich um ein aus vielen, in geordneter Weise zusammenarbeitenden Organen bestehendes Tier, das alle Öffnungen im Wrack des Tauchboots am Grunde des Meeres erkundete.

Golombek brach als Erster das Schweigen. »Atemberaubend. Nimmst du das auf, Thomas?«

Die *Atlantis* befand sich schräg über dem Wrack des verunglückten Tauchboots. Das Geräusch des Peilsenders von Albees Kamera war so laut, dass Cepesma um sein Trommelfell fürchtete. Er verstand nicht, was den Ozeanographen so an dem Bild begeisterte, das sich ihren Augen bot.

»Ist das … normal?«, fragte er und wies auf die Seeigel, die sich dicht an dicht gedrängt ins Innere des Tauchboots fallen ließen.

Unter heftigem Kopfschütteln erklärte Golombek: »Das ist alles andere als normal. Deshalb finde ich die Sache ja so faszinierend.«

Albee versuchte das Signal zu orten. »Die Kamera muss hier ganz in der Nähe liegen. Ich probier mal, mich von Steuerbord anzunähern.«

Golombek schien taub für alles um ihn herum zu sein und hielt den Blick gebannt auf den Kugelhaufen gerichtet. Er suchte in seinem umfangreichen zoologischen Wissen nach einer Erklärung für das Verhalten der Tiere und verkündete schließlich: »Ich nehme an, es ist allgemein bekannt, dass Seeigel auf dem Meeresboden nach Essbarem suchen, das von oben runterfällt.«

»Dann dürften sie hier ja was gefunden haben, was ihnen zusagt …« Cepesma hätte es lieber nicht auf diese Weise ausgedrückt.

Während die *Atlantis* ihren Beobachterposten verließ, überlegten die Männer, dass sich in dem Tauchboot-Wrack, das mit aufgerissener Flanke auf der Seite lag, Menschen befunden hatten. Eine grauenvolle Vorstellung.

Zwar war das Signal des Peilsenders nach wie vor deutlich hörbar, dennoch sah man von der Kamera nicht das Geringste.

»Man muss bedenken, dass hier unten ein Druck von zweihundert Bar herrscht«, sagte Golombek. »Ein noch so kleiner Riss in der Außenhaut, und im nächsten Augenblick ist alles vorbei.« Bei diesen Worten wies er auf das Wrack. Der Zug der Seeigel, die sich am Rumpf des Tauchboots emporarbeiteten und sich dann ins Innere fallen ließen, schien kein Ende zu nehmen.

Albee sah nach wie vor zu dem Kugelhaufen hin, während er

auf der Suche nach der Stelle, von der das Signal kam, mit größter Vorsicht manövrierte.

Cepesma gingen die Tiere nicht aus dem Kopf. »Wie erklären Sie sich, dass es so viele sind? Und was ist mit den Seeanemonen auf ihren beweglichen Armen?«

»Die waren schon da, bevor das Tauchboot verunglückt und auf den Meeresboden gesunken ist«, fiel ihm Golombek ins Wort.

»Und wie lassen sich die eigentümlichen Spuren da auf dem Metall erklären?«, ließ Cepesma nicht locker und zeigte auf den ihnen zugewandten Teil des Tauchboots. »Von hier aus gesehen würde man sagen, dass es gewaltige Schrammen sind.«

In seiner Stimme lag unüberhörbare Besorgnis.

Golombek konnte nicht umhin, sich einzugestehen, dass die Beobachtung des Mannes zutreffend war.

»Die dürften von den scharfen Kanten der zahlreichen Gesteinsformationen herrühren, die sich hier finden. Vermutlich ist das Tauchboot mehrfach daran entlanggeschrammt, weil es nicht mehr schwimm- und manövrierfähig war.«

Die *Atlantis* umrundete das Wrack einige Male. Es lag an einem um dreißig bis vierzig Grad geneigten Felshang auf der Backbordseite. Nahe dem Heck, das teilweise von Sand bedeckt war, sahen sie eine Plastikflasche und nicht weit von einem der Felsen etwas, das im Scheinwerferlicht glitzerte.

»Was ist das da?«, wollte Golombek wissen.

»Ich hol uns das mal näher ran«, sagte Albee.

Auf dem Bildschirm sah man eine Armbanduhr, deren Aufzugskrone wie ein Stern schimmerte.

»Es ist eine Maurice Lacroix«, sagte Albee. »Man kann die Schrift auf dem Zifferblatt deutlich erkennen.«

Zwei Meter von der Uhr entfernt sahen sie den Rücken eines Menschen. Cepesma musste an Vogelscheuchen denken, die er als Kind gesehen hatte und durch deren Lumpen das Stroh hervorstand. Hier waren es statt des Strohs weiße Knorpel.

Es war ein Rücken, sonst nichts. In Hüfthöhe ragten Knochen daraus hervor. Auf der rechten Seite sah man ein Stück des Oberschenkelknochens und an der linken Schulter durch einen großen Spalt das Schulterblatt. Oberhalb des Halses waren Haare zu erkennen. Da die Gestalt auf dem Bauch lag, ließ sich nicht sagen, ob unter den Haaren noch Knochen waren oder einfach ein kopf- und gliederloser Rumpf auf einer sandbedeckten Felsformation ruhte. Etwas weiter erkannten sie einen Turnschuh mit einer Socke darin, in der noch ein Teil des Fußes steckte.

»Widerlich«, sagte Cepesma.

Ihm drängten sich viele Fragen auf, die wohl selbst für einen verbohrten Monomanen wie Golombek unbehaglich sein dürften. Dieser beschränkte sich auf den Kommentar: »Hier gibt es offenbar keine Aasfresser. Faszinierend.«

»Faszinierend nennen Sie das?«, fragte Cepesma verblüfft. »Wenn ich das sehe, läuft es mir eiskalt über den Rücken.«

»Zweifellos hat der auf den Rumpf einwirkende übermäßige Druck die bedauernswerten Insassen aus dem Boot geschleudert. Besonders auffällig scheint mir, dass sich noch keine Tiere über die Reste hergemacht haben. Ich zweifle aber nicht, dass bald welche auftauchen werden.«

»Das Signal wandert wieder ab«, meldete sich Albee. »Es scheint in unmittelbarer Umgebung des Tauchboots am stärksten zu sein.«

Endlich entdeckten sie, was sie suchten. Wenige Meter von den Schrauben entfernt ragte ein Stativbein und eine der Kanten des Behälters, in dem sich der Rechner befand, aus dem Sand. Wie es aussah, war mit der Kamera alles in Ordnung, doch verwirrt fragte sich Albee, wieso sie genau an dieselbe Stelle gelangt war wie das Tauchboot. Seiner Ansicht nach wäre es ein mehr als sonderbarer und geradezu unglaubwürdiger Zufall, dass in einem so ungeheuer großen Ozean diese beiden Erzeugnisse menschlichen Tuns so dicht beieinanderliegen sollten – ganz davon zu schweigen, dass die Leichen der Insassen dem Tauchboot buchstäblich entrissen worden zu sein schienen.

In geringer Entfernung öffnete sich eine weitere, noch tiefere Schlucht.

»Wir hatten unwahrscheinliches Glück«, sagte er staunend. »Wenn die Kamera da runtergefallen wäre, hätten wir sie nie wiedergefunden.«

»Wieso steckt die eigentlich so tief im Sand?«, wollte Cepesma wissen. »Man könnte glauben, dass eine Lawine über sie hinweggegangen ist.«

»Das muss wohl an der Wucht des Aufpralls liegen«, gab Albee zur Antwort.

Dann ging ihm auf, dass diese Schlussfolgerung nicht richtig sein konnte. Trotz der Geschwindigkeit des Falls konnte der Aufprall der Kamera nicht so heftig gewesen sein, dass sie sich so tief in den Boden eingrub. Immerhin sah man nur noch ein vergleichsweise kleines Stück des Stativs. Im Laufe mehrerer Jahre hätten Ablagerungen sie vermutlich teilweise bedecken können, aber keinesfalls in dieser kurzen Zeit.

Nachdenklich strich sich Albee über das Kinn. »Das dürfte schwierig werden. Wir haben so recht nichts, womit wir das Stativ greifen können. Möglicherweise müssen wir unser Boot auf Grund setzen.«

Cepesma hob die Brauen.

»Auf Grund setzen?«

»Ja. Ich such mir dazu eine geeignete Stelle und fahr dann den Roboterarm aus.«

»Wird das nicht gefährlich?«

»Nicht, wenn wir aufpassen.«

»Also vorwärts«, gebot Golombek.

Albee ließ die *Atlantis* mit erstaunlicher Geschicklichkeit auf den Meeresboden gleiten, wo sie nahezu erschütterungsfrei aufsetzte. Man hörte lediglich ein leichtes Scharren, als das Tauchboot den Boden streifte. Da es keine Möglichkeit gab, sich im Voraus über die Beschaffenheit des Bodens klar zu werden, bestand Albees Hauptsorge darin, dass unter dem Sand spitze Felsnadeln oder -grate verborgen sein konnten. Außerdem konnte er unter dem Gewicht der *Atlantis* nachgeben, so dass sie tief hätte einsinken können. Aber obwohl sich all diese

Bedenken als unbegründet erwiesen, geschah etwas Unerwartetes.

Als das Tauchboot den Meeresboden berührte, wirbelte es so viel Sand auf, dass eine milchig-undurchdringliche Wolke den Männern vollständig die Sicht nahm und das Licht der Scheinwerfer zurückwarf.

»Verdammt!«, rief Golombek aus. »Das hätte ich mir denken müssen.«

»Ja, wir sind zwar unten, aber zugleich auch blind«, sagte Albee.

»Wie lange kann es dauern, bis sich das wieder abgesetzt hat?«, wollte Cepesma wissen.

»Mindestens eine halbe Stunde«, gab ihm Albee Bescheid. »Vielleicht auch länger. Aber ich werde trotzdem versuchen, den Arm auszufahren.«

»Ohne zu wissen, wohin?«

»Ich orientiere mich am Sonar, auch wenn wir ganz nah dran sind«, gab Albee zurück. »Gibst du mir bitte die Pfeife?«

»Ist das nicht zu gefährlich?«

»Nur zu«, ermutigte ihn Golombek. »Wir müssen die Kamera unbedingt bergen.«

»Wir könnten warten«, regte Cepesma an.

Golombek wurde immer unruhiger. Es sah ganz so aus, als könnte er jeden Augenblick die Beherrschung verlieren. Das schien Cepesma trotz allem, was er mit ihm erlebt hatte, nicht zu diesem Mann zu passen. Er holte Albees Pfeife und gab sie ihm. »Hoffentlich hilft sie dir bei den richtigen Handgriffen.«

Albee begann heftig daran zu saugen, wie immer, wenn er sich auf eine Aufgabe konzentrierte. Er sah angespannt auf den Bildschirm des Sonars, der kein Signal anzeigte.

»Wir haben Glück«, sagte Golombek mit einem Mal und wies nach draußen. »Der Schleier lichtet sich.«

Tatsächlich begann die milchige Wolke um sie herum recht bald, durchsichtig zu werden, sodass sie einen Teil des havarierten Tauchboots erkennen konnten.

»Siehst du die Kamera?«, fragte Golombek und trat dicht an Albee heran.

Dieser nahm den Blick nicht von dem Bildschirm, der alles zeigte, was sich im Gesichtsfeld der Bug-Kamera der *Atlantis* befand.

»Ich glaube schon. Aber einfach wird das nicht.«

Albee fuhr die Greifzange des Arms bis zum Stativbein der Kamera aus. Vorsichtig prüfte er den Widerstand, den ihm das Gerät entgegensetzte, und versuchte dann, es herauszuziehen. Es entglitt ihm jedes Mal aufs Neue. Beim vierten Versuch sagte er ergeben: »Ich muss es auf andere Weise probieren.«

»Wenn du es schaffst, erlaube ich dir, an Bord zu rauchen«, versprach Golombek.

Albee lächelte. »Ich glaube, das wird nicht nötig sein.«

Er kaute kräftig auf dem Pfeifenstiel herum, während er seinen neuen Plan ins Werk setzte. Er ergriff erneut das Stativ mit der Zange. Das allein war, wie die vorigen Versuche gezeigt hatten, nicht weiter schwierig. Statt aber daran zu ziehen, beschloss er, die *Atlantis* leicht seitwärts zu neigen und die Kamera auf diese Weise aus dem Sand zu hebeln, der sie bedeckte. Tatsächlich begann er nachzugeben.

»Sie bewegt sich!«, rief Cepesma aus. »Wir schaffen es!«

»Ganz sachte … verdammter Mist!«

Albee stellte seine Bemühungen ein und wies auf den Rumpf ihres Bootes. Im oberen Teil sahen sie eine stachelige Kugel von der Größe eines Tennisballs, die wegen ihrer abwechselnd rot und weiß gestreiften biegsamen Stacheln dreimal größer zu sein schien, als sie war. Sie hatte nicht Hunderte, sondern Tausende solcher dünner Stacheln, von denen jeder einzelne sein eigenes Gelenk besaß, sodass sie sich unabhängig voneinander im Wasser bewegten, als wären sie fähig, Entscheidungen zu treffen.

Der farbige Seeigel hatte sich an die Plexiglaskuppel geheftet, bis er im neu aufgewirbelten Sand für sie unsichtbar wurde.

Kaum waren sie sich über die Situation klar geworden, als

sich zwei weitere Tiere an das eine geheftet hatten. Die Geschwindigkeit, mit der sie das taten, ließ sich nur dadurch erklären, dass sie über eine Möglichkeit verfügten, durch irgendeine Art körpereigenen chemischen Stoff miteinander Verbindung aufzunehmen.

Die *Atlantis* war bis zu einer Tiefe von rund dreitausendfünfhundert Metern druckfest und verfügte über ein deutlich größeres Gesichtsfeld als andere in den achtziger Jahren gebaute Forschungs-Tauchboote. Dennoch war es begrenzt, unter anderem dadurch, dass es nicht eine einzige große Sichtscheibe hatte, sondern drei kleine, die jede für sich in einem Rahmen aus Titanstahl saßen.

Zum ersten Mal fürchtete Albee, dass sie bersten könnten.

Wieder hörten sie einen dumpfen Laut, dann sahen sie eine weitere Kugel, größer als die früheren. Sie hatte schwarze Stacheln. Cepesma hörte, wie Golombek ausrief: »Großer Gott, die wollen hier rein!«

Weitere Seeigel begannen sich an den ersten zu heften.

Das Geräusch erinnerte Cepesma an Hagelkörner, die auf ein Autodach prallten, nur in größeren zeitlichen Abständen, und dann …

»Wir müssen von hier weg!«, stieß Albee hervor.

»Thomas, die Kamera! Lass sie nicht los.«

»Wir können uns auf keinen Fall länger hier aufhalten …«

»Die Kamera! Zieh den Arm nicht ein! Hol das Ding mit der Zange raus, dann können wir uns davonmachen!«, forderte Golombek.

Sie hörten das Geräusch der Hydraulik, und die *Atlantis* begann sich rascher zu bewegen. Erneut ertönte eine Art Kratzen zu ihren Füßen. Der Bauch der *Atlantis* schurrte über den Meeresboden.

Immer mehr Tiere hefteten sich aneinander, und das Gesichtsfeld verdunkelte sich weiter. Cepesma sah, dass Schweißtropfen auf Albees Schläfen traten. Das Geräusch, das der Roboterarm verursachte, klang gedämpft herein. Es kostete sie große Mühe, nicht an das Pochen gegen das Plexiglas zu denken, das jedes Mal zu hören war, wenn sich ein weiterer Seeigel zu seinen Artgenossen gesellte, und Cepesma bemühte sich, die Vorstellung zu verdrängen, dass die Tiere sozusagen keine Einzelwesen waren und sich auf Grund einer Art kollektiver Intelligenz bewegten. *Man könnte glauben, die haben ein Kommunikationssystem – fast wie die Insekten*, ging es ihm durch den Kopf.

Albee drückte weitere Knöpfe und holte Luft. »Gut festhalten! Ich geh auf volle Kraft.«

Die beiden Schrauben wirbelten Sand auf, und knirschend versuchte sich der Rumpf der *Atlantis* vom Boden zu lösen. Albee steigerte die Leistung der Maschinen, doch es nützte nichts. Die Seeigel ließen sich von dem Zittern, das durch den Rumpf ging, nicht beeindrucken und blieben, wo sie waren. Man hörte das Zischen der Hydraulikanlage und das Dröhnen der Motoren, die jetzt auf Volllast liefen. Schon wollte sich Albee geschlagen geben, als sich das Tauchboot endlich hob. Mit einem Mal wurden sie fest gegen ihre Sitzlehnen gepresst.

Das Tauchboot begann nahezu unbeherrschbar hin und her zu schwanken – offensichtlich hatte sich der Gelenkarm irgendwo verfangen. Weitere beunruhigende Geräusche ertönten. Voll Staunen sah Cepesma, dass die meisten Seeigel nach wie vor auf der Plexiglaskanzel saßen.

»Wir müssen rauf!«, schrie Golombek.

Albee reagierte sofort und warf sechzig Kilo Ballast ab.

Sie spürten, wie das Boot stieg, doch nach wenigen Sekunden hörte die Bewegung auf. Albee nahm den Blick nicht vom Sonar-Bildschirm.

Einige der Seeigel hatten sich gelöst, und die *Atlantis* schwebte mitten im Nirgendwo, schien aber nicht weiter zu steigen. Sie hatten die Orientierung verloren. Die Dunkelheit draußen war undurchdringlich. Ganz allmählich verließen immer mehr Tiere die Kanzel.

Albee wies auf den Tiefenmesser. »Wir sinken leicht«, sagte er erstaunt. »Aber die Kamera haben wir.«

»Wieso sinken wir? Das kann doch gar nicht sein!«, begehrte Golombek auf.

»Zweitausendfünfundfünfzig Meter!«, gab Albee knapp zurück. Er achtete weiterhin aufmerksam auf das Sonar. »Das Boot ist unbeschädigt, wir befinden uns jetzt über der Schlucht. Bis zu ihrem Boden sind es mindestens noch weitere zweitausend Meter.«

Cepesma schluckte. Was er empfand, war mehr als bloße Angst vor dem Unbekannten. Er wurde sich bewusst, dass ihn lediglich ein verstärkter Stahlrumpf vom Boden der Tiefsee trennte.

»Es ist das zusätzliche Gewicht der Kamera«, sagte Albee. »Die hat ihre sechzig oder siebzig Kilo. Das kann der Grund dafür sein, dass wir nicht steigen.«

»Dann wirf noch mehr Ballast ab«, forderte Golombek.

Am liebsten hätte Cepesma gesagt: »Wir sollten lieber die verdammte Kamera sausen lassen«, hielt sich aber im letzten Augenblick zurück.

Nach einer Weile spürte man eine leichte Aufwärtsbewegung, und die Nadel des Tiefenmessers pendelte sich auf zweitausend Meter ein.

»Ich möchte ganz allmählich steigen. Wir dürfen keine unnötigen Risiken eingehen, denn sonst könnten wir die Kamera wieder verlieren«, erklärte Albee.

Er biss so kräftig auf den Pfeifenstiel, dass sich Cepesma fragte, ob er nicht längst in Stücke gegangen war.

»Tausendneunhundertneunzig Meter und steigend.«

Die Scheinwerfer erfassten den Rand der Schlucht. Unregelmäßige dunkle Basaltmassen stachen vom weißen Sand ab, der den Meeresboden bedeckte. Albee stellte das Sonar empfindlicher und schaltete die Hydrophone ein.

»Tausendachthundert Meter und weiter steigend.«

In diesem Augenblick hörten sie sonderbare Geräusche. Es klang wie Hammerschläge, die in regelmäßigen Abständen stärker wurden.

Dieses so charakteristische Geräusch hatte Cepesma schon früher gehört. Gerade, als er etwas sagen wollte, riefen Albee und Golombek wie aus einem Munde: »Pottwale!«

Sie hörten die Klickgeräusche immer deutlicher und lauter. Unwillkürlich musste Cepesma an das Knarren eines riesigen Tores denken, dessen Angeln eingerostet waren.

Albee biss weiter auf seinem Pfeifenstiel herum und stieß zwischen den Zähnen hervor: »Wir haben Gesellschaft.«

26

Erkundung

An Bord der Merlin,
im Leitstand des virtuellen Kontrollraums

Márquez biss die Zähne aufeinander, während sie *Madre 5* dem Notluk entgegensteuerte. Die Scheinwerfer vermochten die Schwärze der Öffnung nicht zu durchdringen. Morales zufolge, der die Unterwasser-Station sozusagen auswendig kannte, führte hinter dem Luk ein drei Meter langer Zugang in die einzelnen Abteilungen der Ebene null. Sofern sie dort auf verschlossene Türen stießen, was ohne weiteres möglich war, wäre der Einsatz des *Schnüfflers* nutzlos.

»Bevor ich meinen Kleinen da reinlasse, brauche ich etwas, um unser Boot festzumachen«, sagte sie.

Bei diesen Worten drückte sie auf einen Knopf, und im Licht der Scheinwerfer sah man Aussparungen im Luk. Zwei Haken wurden ausgefahren und legten sich in diese Aussparungen. Man hörte, wie Metall auf Metall schlug, dann wurde der Bildschirm dunkel.

»*Madre 5* ist stabilisiert. Jetzt können wir den *Schnüffler* losschicken.«

Márquez richtete ihre schwarzen Augen auf den Bildschirm,

während sie vorsichtig den Steuerhebel betätigte. Ein leichter Druck nach vorn bewirkte das langsame Vordringen des *Schnüfflers* durch den Korridor. Sie betätigte einige weitere Tasten und schaltete die Scheinwerfer ein. Aus dem Schwarz wurde Grau, und die Einzelheiten des Zugangs zur Krankenstation begannen sich abzuzeichnen. Der Hintergrund blieb im Dunkeln und erhellte sich ein wenig, als die Scheinwerfer auf volle Leistung geschaltet wurden. »Na so was«, brachte Márquez heraus und nahm die Hand kurz vom Steuerhebel.

»Die Tür ist offen«, sagte Nora. »Wir können also rein.«

»Ja, aber dafür steht alles unter Wasser«, seufzte Morales und trommelte sich mit den Fingern gegen die Stirn. Der schrille Klang seiner Stimme lieferte einen Hinweis darauf, dass er kurz davor stand, die Nerven zu verlieren. Nach einer Minute, die ihnen sehr viel länger vorkam, warf etwas am Ende des Korridors das Scheinwerferlicht des *Schnüfflers* zurück. Morales sah zu Márquez hin. Er kannte sie seit kaum sechs Monaten und war geradezu berauscht von der Art, wie ihr die Locken auf die Schultern fielen. Sie hatte sich seinen Annäherungsversuchen stets entzogen.

»Eine Kreditkarte. Mastercard. Sie dürfte jemandem aus der Tasche gefallen sein. Kunststoff als Erdölderivat schwimmt auf dem Wasser«, sagte Nora.

»Kannst du noch weitermachen, Martha?«, fragte er.

»Du musst mir den Weg zeigen, damit wir den Kleinen nicht verlieren.« Sie sprach von dem kleinen Roboter, als wäre er ein Schoßhündchen. »Nur du kennst jeden Winkel dieser verdammten Station.«

Die Antriebsmotoren der Schrauben brummten, und langsam arbeitete sich der *Schnüffler* bis ans Ende des Ganges vor. Auf den beiden Bildschirmen, welche die von ihm ausgesandten Signale anzeigten, trat etwas auf, das sie bisher nicht gesehen hatten: elektronisches Rauschen. Die Bilder kamen und gingen.

»Interferenzen. Vielleicht ist Wasser in die Glasfaserleitung eingedrungen«, sagte Márquez. »Wir hatten so was schon mal, weil der hohe Druck die Verbindungen zusammenpresste. Damals haben wir den Druck durch Einbringen einer Flüssigkeit zu vermindern versucht. Auf diese Weise ist die Außenhülle der Glasfaserleitung … ah, da ist ja die Tür.«

Sie stand halb offen.

»Ich glaube, da passt er durch«, sagte Márquez.

Die Schrauben des *Schnüfflers* summten erneut, und er drang mühelos in die Schwärze ein.

»Es ist das Modul, das vor der Krankenstation liegt«, erklärte Morales.

Nora wusste nicht, was daran Besonderes sein sollte. Eine der Türen hatte dem Wasserdruck nachgegeben und stand jetzt offen.

Márquez steigerte die Geschwindigkeit des Roboters ein wenig.

»Was ich da sehe, gefällt mir überhaupt nicht«, sagte Nora mit einem Mal.

Die Kamera des *Schnüfflers*, der durch die Tür in die Krankenstation gelangt war, zeigte ein eindrucksvolles Durcheinander. Schränke waren zerschmettert, ein Bett war umgestürzt, und Laken, die im Wasser trieben, sahen aus wie im leeren Raum schwebende Gespenster. Hier und da erfasste der Scheinwerfer Medikamentenpackungen sowie kleine Medizinkapseln, die sich wie winzige Raumschiffe in einem düsteren Universum um sich selbst drehten. Wenn der Lichtstrahl sie erfasste, leuchteten sie hell auf. In gewissen Abständen zeigte sich auf dem Bildschirm wieder elektronisches Rauschen. Nora rieb sich die Augen bei diesem beunruhigenden Anblick: ein Albtraum, den der Tod hinterlassen hatte.

Man erkannte einige Tiere, die im Wasser schwebten. Sie bestanden aus einer gallertartigen Masse und sahen aus wie durchsichtige Insekten, nur dass ihre Füße in Gestalt von Krallen vor dem Kopf saßen.

»Das ist das Werk des Meeres«, sagte Morales tief erschüttert.

Im Licht der Scheinwerfer zeigte sich, dass das Wasser im Inneren der Tauchfähre von Schwebstoffen stark getrübt war.

»Meinst du, er schafft es bis zum wissenschaftlichen Labor?«, fragte Morales in bittendem Ton.

Das war Márquez ganz offensichtlich nicht recht. »Lass mich sehen. Die Tür da ist schon mal zu.«

»Wissenschaftliches Labor?«, wollte Nora wissen.

Morales gab brummig zurück: »Ja, so sagen wir. Es ist ein Raum mit ein paar Mikroskopen darin. Das eigentliche Analysenlabor für die Bodenproben befindet sich auf der Ebene eins, und darauf kommt es uns an. Das hier ist sozusagen eine ... eine kleine Aufmerksamkeit des Unternehmens. Wir hatten die Zusammenarbeit mit ozeanographischen Instituten erwogen, deren Mitarbeiter das Wasser, das Plankton und dergleichen analysieren sollten.«

»Der Zugang ist versperrt«, sagte Márquez. »Und die Kunststoffwand da drüben zwischen dem Labor und der Krankenstation ist zerstört.« Sie wölbte sich in eine Richtung und wies einen annähernd dreieckigen Durchbruch mit scharfkantigen Zacken auf.

Morales stieß einen Pfiff aus. »Sieh mal das Loch da! Könntest du deinen *Schnüffler* da nicht durchschicken?«

»Ich denke nicht daran. Die scharfen Kanten könnten das Glasfaserkabel zerschneiden.«

Das Bild wurde verschwommen und dann wieder scharf.

Nora mischte sich ein. »Wir sollten unsere Zeit nicht sinnlos vertrödeln. Warum versuchen wir es nicht einfach? Was haben wir zu verlieren?«

Der *Schnüffler* hatte sich inzwischen von dem Durchbruch entfernt. Nora gestand sich beim Blick auf den Bildschirm ein, dass die Öffnung möglicherweise nicht groß genug war, um den würfelförmigen Roboter durchzulassen.

»Ich mag den kleinen Kerl nun mal«, sagte Márquez störrisch. »Da stecken zweihunderttausend Dollar und viel Liebe drin.«

Morales hatte sich an der Diskussion nicht weiter beteiligt

und biss sich auf die Finger. Márquez, zu deren Merkmalen auch Beharrlichkeit gehörte, fuhr fort: »Ich glaube nicht, dass sich das lohnt. Die Station ist ohnehin verloren und muss aufgegeben werden. Warum sollten wir dann den Roboter aufs Spiel setzen?«

»Da haben Sie Recht«, sagte Nora. »Die Öffnung kommt auch mir sehr eng vor. Es wäre ein Wunder, wenn er da durchschlüpfen könnte.«

Márquez wandte sich zu ihr um. »Sie meinen, ich schaffe das nicht?«

»Ja, das nehme ich an. Es dürfte das Klügste sein, den Rückzug anzutreten.«

Statt einer Antwort drückte Márquez auf einige Knöpfe. Der Roboter hob sich, drehte sich ein wenig nach links und glitt mühelos durch die Öffnung.

Erstaunt sah Nora, dass das Labor nicht so klein war, wie sie angenommen hatte. Sie schätzte den Raum auf etwa drei mal drei oder vier Meter. Die Schränke und die oberen Reihen der Regale, auf denen allerlei Laborgerät stand, schienen mehr oder weniger intakt zu sein. Zwei Bullaugen spiegelten das Licht der Scheinwerfer.

An einem der Regale stand unmittelbar oberhalb eines weißlichen Kunststoffgehäuses etwas über. Es sah aus wie ein Büschel Kräuter, durch das der Wind fuhr, nur dass es dort Wasser und keine Luft gab. Erneut verschwand das Bild, und der Bildschirm füllte sich mit bläulichem Rauschen.

Nora merkte, wie sich ihr Herzschlag beschleunigte. Je näher der Roboter dem Gehäuse kam, desto deutlicher wurden die »Kräuter« erkennbar, und man sah, welche Bewandtnis es damit hatte.

Es war von einer Handvoll schwarzer Haare umgebene menschliche Haut. Sie schimmerte in der Dunkelheit des Ozeans wie ein Gazevorhang, als sie angestrahlt wurde. Noch nie hatte Nora dergleichen gesehen. Beim Anblick der Knochen um die Augenhöhlen kam es ihr vor, als sähe sie jemand an und als begehrte der offene Mund auf, auch wenn sich keine Lippen mehr daran befanden. Er war nichts als ein Loch mit zerfressenen Rändern. So langsam, als zögerten sie, schwangen die Haare im Wasser hin und her. Etwas bewegte sich in dem Gesicht ohne erkennbare Züge: Eine weißliche Schere sah an der Stelle hervor, wo um die beiden Nasenlöcher herum bleiche Fleischreste lagen. Das rechte Ohr hingegen, in dem noch ein metallener Ring hing, war vollständig erhalten.

Mit verblüffender Geschwindigkeit kam der Krebs heraus, eilte über das hinweg, was einst das Gesicht eines Menschen gewesen war, und verschwand dann durch eine Augenhöhle. Dort hatte er wohl sein Versteck. Morales blies die Backen auf. »Verflucht und zugenäht!«

Márquez nahm die Brille ab, und Nora sah, dass ihre Augen feucht schimmerten.

Nadja ließ das Bild mit offenem Mund auf sich wirken. Im Stillen verwünschte Nora ihre Torheit: Wie hatte sie das Kind dorthin mitnehmen können, das im Unterschied zu ihr noch nie eine Leiche gesehen hatte! Das war ganz klar eines der Opfer von Steiffels Liste. Vielleicht war es ihnen möglich festzustellen, um wen es sich handelte.

Die Arme des Toten hingen herab. Das Scheinwerferlicht erfasste die Beine nicht, genauer gesagt, das, was von ihnen übrig war. Der Mann trug die Montur des Unternehmens, deren Reißverschluss bis in Brusthöhe geöffnet war. Als Márquez das Bild ein wenig vergrößerte, traten erneut Interferenzen auf, und es verschwand. Als man wieder etwas sehen konnte, kam es Nora so vor, als wäre der Tote deutlicher zu erkennen als beim vorigen Mal. Man hätte glauben können, er wolle ins Leben zurückkehren.

»Kennst du ihn, Nestor?«, fragte Márquez.

»Ich glaube ja. Es könnte Torcelli sein, einer von den Italienern. Der hat immer einen Ohrring getragen.«

Márquez schloss die Augen. Sie hatte wunderschöne Wimpern, und ihre Brauen waren scharf umrissen. Sie biss sich auf die Unterlippe, und ihre Finger, die um den Steuerhebel lagen, zitterten leicht.

Nora trat zu ihr und legte ihr beruhigend die Hände auf die Schultern.

»Nehmen Sie es sich nicht zu Herzen. Sie machen Ihre Sache wunderbar. Wollen wir den *Schnüffler* nicht wieder in seine Garage zurückbugsieren?«

Die Schultern der Frau zitterten leicht, doch schon bald beruhigte sie sich. Sie zog sacht am Steuerhebel, und der Kleinroboter verließ das Labor. Das Bild des Raumes schrumpfte, und damit wurden auch Kopf und Oberkörper des Toten immer kleiner.

Allen ging es deutlich besser, als der *Schnüffler* den Raum verlassen und seine Behausung im Roboter-Tauchboot wieder aufgesucht hatte. Noch eine ganze Weile nachdem sie die Brillen abgenommen hatten, fühlten sich alle verstört. Morales setzte sich, die Brust gegen die Lehne gedrückt, verkehrt herum auf seinen Stuhl und verschränkte die Hände.

»Eins haben wir an der Leiche … Torcellis erkannt: Die Titanlegierung der Tauchfähre hat dem immer mehr zunehmenden Druck standgehalten. Andernfalls wäre die Ebene null vollständig zerstört, und wir hätten keinerlei menschliche Überreste gefunden. Schlagartig eingedrungenes Wasser hat die Module überschwemmt … den Leuten ist keine Zeit zur Flucht geblieben. Auch ein winziges Leck vergrößert sich da unten wegen des hohen Drucks rasend schnell. Ich frage mich, wie es auf der Zwischenebene aussehen mag, wo sich die Technikzentrale mit dem Leitstand für die Energieversorgung befindet. Wir haben keine Möglichkeit festzustellen, ob sie überschwemmt ist oder nicht. In einem Punkt haben wir jedenfalls Glück gehabt: Die Ebene eins ist verschont geblieben.«

»Glück nennst du das?«, fragte Márquez ungläubig. »Das da unten ist eine absolute Katastrophe, Nestor.«

Er strich sich die Haare zurück. »Wir sollten nicht alles so schwarz sehen, Martha. Die Station ist nicht vollständig zerstört.«

»Aber da unten sind noch mehr Tote«, gab sie zurück. »Wir haben erst einen von fünf gesehen. Was für Beweise brauchst du noch? Die Sache hat sich von vorn bis hinten als Fehlschlag erwiesen. Wir haben keine Möglichkeit, da hinunterzukommen. Mehr, als uns zu zeigen, wie es da aussieht, können die Roboter nicht leisten.«

Morales biss die Zähne zusammen. »Ich bin nicht bereit, mich geschlagen zu geben. Ich habe nun mal meinen Dickkopf, und das weißt du auch.«

»Sie hat Recht«, warf Nora ein.

»Davon verstehen Sie nichts«, gab er zurück. »Ohne die Tauchfähre sind uns die Hände gebunden, gibt es keine Möglichkeit, die Förderung an den Bohrlöchern zu steuern. Damit tritt völliger Stillstand ein.«

»Na hör mal, Nestor, die Leitungen lassen sich doch wieder in Gang setzen«, sagte Márquez. »Das ist einfach eine Frage der Zeit. Wir sollten Steiffel sagen, was wir festgestellt haben, dann kann er entscheiden. Soweit es mich betrifft, ist die Sache für uns erledigt.«

»Ja, für dich sieht das alles ganz einfach aus«, klagte er. »Aber mich wird man entlassen, und was ist dann mit meiner Zukunft?«

»Was war das da?«, fragte Nadja.

Sie wandten sich dem Mädchen zu. Während die drei Erwachsenen sich unterhielten, hatte sie gelangweilt auf die Bildschirme der Roboterkamera gesehen und wies auf einen davon.

»Was ist?«, fragte Nora.

»Ich hab was gesehen. So 'ne Art grünes Leuchten.«

»Das ist die Kamera von *Madre 5*«, erklärte Márquez.

Der Tauchroboter hatte sich inzwischen von dem Luk entfernt, und Márquez hatte ihn in einem Abstand von wenigen Metern neben der Station so auf dem Meeresboden abgesetzt, dass er im linken Teil des Gesichtsfeldes zu sehen war, ein Schatten, der sich schwach vom dunklen Hintergrund abhob.

»Das sind wieder Interferenzen, elektrostatische Störungen«, erklärte Márquez. »Wasser dringt in die Glasfaseroptik des Kabels ein.«

»Nein«, sagte das Mädchen gekränkt. »Es war ein grünliches Licht.«

Kaum hatte sie das gesagt, als alle es sahen. Einige Augenblicke lang wurde ein runder Umriss sichtbar, vielleicht ein Hügel oder ein sanfter Hang in gewisser Entfernung von der Station. Dahinter flackerte das Licht, was Nora unpassenderweise auf den Gedanken brachte, jemand führe unweit von dort Schweißarbeiten durch.

Dann fiel Márquez auf, dass sich die intensive Lichterscheinung in gewissen Abständen wiederholte.

»Sieht ganz aus wie organisches Leuchten, Biolumineszenz«, sagte sie. »Ich hab so was bei Tauchgängen auf der *Alvin* gesehen, wenn auch nicht so intensiv wie hier.«

»Ich wüsste nicht, was uns das jetzt nützen soll«, sagte Morales.

Nora wandte sich an Márquez: »Wie lange können Ihre Roboter unter Wasser bleiben?«

»Grundsätzlich so lange wir wollen, vorausgesetzt, die Versorgungskabel reißen nicht. Die Hauptbeschränkung kommt von der Länge des Kabels. Uns bleiben noch etwa drei Kilometer.«

»Warum sehen wir uns das nicht näher an?«, fragte Nadja.

Das Leuchten wurde auf dem Bildschirm von *Madre 5* sichtbar und hörte dann wieder auf.

Morales erhob Einwände. »Das ist doch Zeitverschwendung. Wir sollten lieber zurückkehren und Steiffel einen Plan vorlegen, wie wir die Verbindung von den Bohrlöchern zum Schiff wiederherstellen können.«

»Wie lange würde das dauern?«, fragte Nora.

»Drei bis vier Wochen«, gab er zurück.

Sie wies auf den Bildschirm. »Ich meinte, wie lange es dauern würde, bis wir mit dem Roboter die Quelle dieses Leuchtens erreicht haben.«

Márquez zuckte die Achseln. »Genau lässt sich das nicht sagen.

Es kommt ganz darauf an, wie weit es von uns entfernt ist. Wir müssen pro Kilometer etwa eine Stunde rechnen.«

»Das ist doch Unsinn«, begehrte der Ingenieur auf.

»Drei Stunden gegen drei Wochen? Das kann ich nicht glauben«, sagte Nora.

»Steiffel wird das nicht recht sein«, stieß er trotzig hervor.

»Dann teilen Sie ihm eben als Ergebnis unserer Erkundung der Station mit, dass sie vollständig zerstört und unbrauchbar ist«, sagte Nora in einem Ton, der deutlich machte, dass sie die Konfrontation nicht scheute.

»Damit wird er sich nicht abfinden. Sie sind nicht hier, um das Geld des Unternehmens für Hirngespinste zum Fenster hinauszuwerfen.«

»Wenn ich mich recht entsinne, bin ich hier, weil man bisher keine Lösung für Ihre Schwierigkeiten gefunden hat, oder nicht? Wenn ich Ihnen nun sage, dass wir nichts aufs Spiel setzen, indem wir uns die Lichterscheinung da ein wenig näher ansehen? Sie ist etwas ganz Eigenartiges und könnte durchaus mit dem zusammenhängen, was in der Station geschehen ist.«

Márquez mischte sich ein: »Sie hat Recht, Nestor. Es kostet uns nichts.«

Morales hob ergeben die Hände. »Von mir aus. Ich übernehme aber keine Verantwortung. Wenn die Sache das Unternehmen unnötig Geld kostet, müssen Sie dafür geradestehen.«

Er drehte sich um und verließ die »Höhle«, während Márquez die Hände an die Schläfen hob, die Locken schüttelte und deutlich lauter als zuvor sagte: »Kannst du nicht ein einziges Mal die verdammte Firma vergessen? Es ist bei dir immer dieselbe Leier!«

»Was wollte er eigentlich?«, fragte Nadja.

»Es hat ihn wohl ziemlich mitgenommen«, erklärte ihre Mutter. »Es ist nicht einfach, alles zu verlieren, wofür man gekämpft hat. Immerhin hat er die Station konstruiert, weißt du?«

»Bis zur letzten Schraube«, bestätigte Márquez. »Keine Sorge, wenn sein Rochus vorbei ist, kann man wieder normal mit ihm reden.«

»Sein Rochus?«, fragte das Mädchen.

Lachend setzte sich Márquez die Brille wieder auf. Die beiden taten es ihr nach. »Sein Wutanfall. Das legt sich aber wieder. Ich bin selbst neugierig zu sehen, was hinter dem Lichtschein steckt.«

27

Jagdrevier

An Bord des Tauchboots Atlantis

Laut hallte das Hämmern im Inneren der *Atlantis*. Cepesma versuchte, einen Vergleich zu finden. »Wie das langgezogene Trommelsolo eines erstklassigen Schlagzeugvirtuosen.« Albee wies auf den Bildschirm des Sonars, auf dem ein orangefarbener Fleck sichtbar wurde, der sich schnell näherte. Sein Versuch, die Geschwindigkeit der *Atlantis* zu steigern, kam zu spät. Cepesma sah, wie an Backbord eine graue Masse auftauchte, die das Scheinwerferlicht des Tauchboots zurückwarf. Schon bevor die halb geöffneten Kiefer sichtbar wurden, hatte er sich eine ungefähre Vorstellung von ihrer ungeheuren Größe gemacht. Golombek, dem es so vorkam, als dehnten sich die Sekunden zu Minuten, hatte mehr als genug Zeit, die Augen des Pottwals zu beobachten. Der Wasserdruck hatte das Maul des Tieres so flach gedrückt, dass es wie ein riesiger Entenschnabel aussah, allerdings mit den Zähnen eines Raubtiers im Unterkiefer.

Etwa zehn Sekunden lang befand sich der stählerne Bug der *Atlantis* zwischen den mächtigen Kiefern. Zwei Reihen Zähne von jeweils fünfundzwanzig Zentimetern Länge versuchten ihn zu zerquetschen. Die Männer schrien sich die Seele aus dem Leib, überzeugt, ihr Tauchboot werde dem ungeheuren Druck nicht standhalten. Wie ein Kreisel drehte es sich in der Dunkelheit ungesteuert um die eigene Achse.

»Gott sei Dank, er hat uns losgelassen«, stammelte Cepesma schließlich, dessen Kehle vom Schreien schmerzte.

Doch trotz aller Bemühungen Albees, erneut die Herrschaft über das Boot zu erlangen, stürzte es jetzt, mit dem Bug voraus, unaufhaltsam dem Abgrund entgegen, ein stählerner Fisch, mit dem es demnächst zu Ende sein würde.

Die drei Männer sahen ihre letzte Stunde gekommen. Die Leuchtdioden der Geräte malten zitternde wilde Muster, die auf der Netzhaut haften blieben. So rasend schnell waren die Bewegungen, dass es den Augen nicht gelang, die verschwommenen Umrisse der Gegenstände klar zu erkennen.

»Wirf alle Ballasttanks ab, Thomas.«

»Das habe ich bereits getan. Wir sinken trotzdem weiter.«

Das Boot stabilisierte sich ein wenig, sank allerdings trotz Albees verzweifelter Bemühungen mit gleichbleibender Geschwindigkeit weiter.

»Die Motoren sind ausgefallen. Wir sind praktisch ohne Antriebsenergie!«

Die Instrumente und Geräte hingegen funktionierten nach wie vor. Das Hydrophon hämmerte in den Ohren, das Sonar bildete auf dem Bildschirm einen Fleck ab, doch die Augen aller drei hingen am Tiefenmesser. Zwischen den einzelnen Stößen las Albee die Werte ab: »Tausendachthundert Meter, tausendachthundertfünfzig …«

Golombek wusste, dass die *Atlantis* äußerstenfalls bis in eine Tiefe von dreitausendfünfhundert Metern druckfest war.

»Wir sind jetzt auf zweitausend und sinken weiter«, sagte Albee. Seine Stimme klang ein wenig gefasster, weil die Sinkgeschwindigkeit allmählich abnahm.

Beim Versuch, die Scheinwerfer einzuschalten, merkte er, dass zwei der am Heck befindlichen noch funktionierten.

»Das Sonar funktioniert noch«, sagte Cepesma. »Lässt sich das Boot stabilisieren?«

Nach wie vor sanken sie, inzwischen mit dem Heck voraus.

»Zweitausendzweihundert. Wir sinken weiter, wenn auch nicht mehr so schnell«, sagte Albee mit einem tiefen Seufzer. »Es ist kein ...«

Ein heftiger Ruck schleuderte die drei Männer gegen die Instrumententafel. Durch den Stoß war das Tauchboot in die Horizontale zurückgekehrt, dann neigte es sich in die andere Richtung, und sie sanken wieder mit dem Bug voraus.

»War das etwa der Meeresgrund?«, rief Golombek aus. Schweiß bedeckte seine Brillengläser.

»Nein, wohl nicht«, sagte Albee matt. »Aber was es war, weiß ich nicht – eine Felsnase, irgendein Vorsprung.« Die Pfeife war ihm aus dem Mund gefallen. »Zweitausendvierhundert, wir sinken weiter.«

Erneut prallte das Tauchboot heftig gegen etwas. Dann erloschen die Lichter, und ein gewaltiges metallisches Knirschen, das den ganzen Rumpf erschütterte, war zu hören.

Nichts bewegte sich mehr; sie saßen fest. Doch gerade, als Cepesma etwas dazu sagen wollte, schwand die Täuschung dahin. Mit einem erneuten Ruck legte sich das Boot auf die Seite und glitt dann einen Hang hinab, wobei es Unmengen von Schlick aufwirbelte. Während es von unsichtbaren Kräften über den Boden geschleift wurde und von einer Seite zur anderen schwankte, hörten sie ein unbeschreibliches Knacken.

Ein weiteres Zittern schien das bevorstehende Aufbrechen des Tauchboots anzukündigen, dann aber trat mit einem Mal tödliche Stille ein.

Alle drei drängten sich um die Plexiglaskanzel, um einen Blick auf die milchig-trübe Leere um sie herum zu werfen. Rötlich schimmerte das Sonar, und auch die anderen Bildschirme leuchteten in der Dunkelheit, aber ohne ein erkennbares Bild zu zeigen. Golombek nahm an, dass die Außenbordkameras zerstört oder zumindest unbrauchbar waren.

Albees zitternde Stimme ließ sich vernehmen: »Vermutlich ist beim Zusammenstoß mit dem Pottwal ... einer der Gelenkarme verloren gegangen. Jedenfalls ist die Verbindung zur Kamera abgerissen. Wir haben kein Signal … nichts.«

»Und wie geht es dir?«, sagte Cepesma.

Albee betastete wortlos seine Schläfen. Dann versuchte er sich an den Bedienungsknöpfen des Sonars. Das Geräusch kam und ging. Das Gerät zumindest schien nicht beschädigt zu sein. Hierauf wandte er sich dem Steuerpult zu, von dem aus er die drei Motoren der *Atlantis* sowie die Seitwärts- und Aufwärtsbewegung beeinflussen konnte. Es bedeckte nahezu die ganze Wand. Nachdem er mehrere Knöpfe und Hebel betätigt hatte, musste er feststellen, dass sie unbrauchbar waren. Wütend hämmerte er mit den Fäusten auf die Tafel. Schweigend sahen seine beiden Gefährten diesem ohnmächtigen Ausbruch zu. Albee schluchzte.

Schließlich bekam er sich wieder ein wenig in den Griff.

»Die Elektromagneten sind beschädigt. Wir haben ein paar Kilo Eisen zu viel an Bord, die wir aber nicht loswerden können, weil der Mechanismus für das Abwerfen von Ballast zerstört oder zumindest blockiert ist.«

»Nichts zu machen also«, sagte Golombek lakonisch. Seinem Ton war anzuhören, dass ihm nichts mehr wichtig war.

Albee nickte schweigend.

»Gibt es denn keine andere Möglichkeit aufzusteigen?«, fragte Cepesma.

Golombek nahm die Brille ab, die wie durch ein Wunder heil geblieben war, und suchte nach einem Tuch, um die Gläser zu putzen. Weil er keins fand, benutzte er einen Hemdärmel. In seiner Stimme lag eine beklemmend wirkende Gelassenheit, während er spöttisch und grausam sagte: »Wenn Sie versuchen wollen, draußen den Ballast mit einem Haken herunterzuzerren, dürfen Sie sich gern freiwillig melden. Dazu müssen wir nur das Luk öffnen, verhindern, dass das Boot implodiert, und einen Druck von zweihundertfünfzig Bar aushalten. Man sieht sofort: Sie sind ein Neuling und haben nicht begriffen, welches Risiko es bedeutet hat, sich uns anzuschließen.«

Albee sah auf das Anzeigeinstrument für die Luftqualität im

Inneren der *Atlantis* und überprüfte die Halterungen der Sauerstoffflaschen. Offenkundig hatten sie allen Belastungen widerstanden.

»Wie lange reicht die Luft noch, Thomas?«, fragte Golombek.

»Etwa sechs Stunden, wenn wir uns nicht bewegen. Wir haben viel verbraucht. Wenn wir auch die beiden Reserveflaschen einsetzen, gibt uns das etwa zwei weitere Stunden.«

»Wir haben keine Bilder und keine Luft. Einfach umwerfend. Findest du nicht auch, Thomas?«, sagte Golombek in spöttischem Ton. »Hoffentlich findet man uns nie. ›Verschollen im Meer‹ – das wäre kein schlechter Spruch auf unserem Grabstein.«

»Wenn wir schlafen, ist es einfacher«, sagte Albee.

»Seid ihr beiden eigentlich verrückt geworden?«

Cepesma dachte nicht daran, kampflos aufzugeben, und es wollte ihm nicht in den Kopf, dass die beiden Wissenschaftler, wie es schien, die Dinge so gelassen sahen. Das beunruhigte ihn mehr, als wenn sie sich gestritten hätten.

Schließlich schnitt Albee den entscheidenden Punkt an. Er suchte in den Karten, die noch brauchbar waren, warf einen Blick auf das Sonar und bemühte sich, etwas zu finden, womit sich die Position der *Atlantis* zumindest annähernd bestimmen ließ. Nach einer Weile fand er einen Filzstift. Er holte tief Luft, umgab einen unregelmäßig gezackten Bereich mit einem Kreis und setzte ein X hinein.

»Was man hier in Richtung Westen sieht, ist … eine Erhebung von rund viertausend Metern Höhe«, sagte er mit unsicherer Stimme. »Im Osten liegt ein System von Tälern, die im Bett eines, ja, eines großen hierhin und dorthin mäandernden Flusses münden. Ich würde sagen, wir befinden uns …« Er schwieg einen Augenblick, um sich mit dem Hemdärmel über die blutende Nase zu wischen, »… also, der Sturz hat uns auf eine von zwei Sekundärterrassen befördert.«

»Du meinst die Attacke des Pottwals«, korrigierte ihn Cepesma und sah ihn ärgerlich an.

Golombek fuhr wütend zu ihm herum: »Unsinn! Solche Tiere greifen Tauchboote nie an.«

»Sind Sie eigentlich blind oder was?«, entfuhr es Cepesma. »Ich hab doch seine Zähne gesehen!«

»Auf der Jagd nach Riesenkalmaren tauchen diese Wale außerordentlich tief«, sagte Golombek betont ruhig. »Es sieht ganz so aus, als hätte er die *Atlantis* mit einem Kalmar verwechselt.«

Cepesma wies auf den Lautsprecher des Hydrophons. »Ist das Gejaule da möglicherweise das Vorspiel zu einem neuen Angriff? Wenn sich eins von diesen Viechern einmal geirrt hat, könnte das doch einem seiner Artgenossen jederzeit wieder passieren!«

Gespannt sah Albee zum Lautsprecher des Hydrophons hin.

Schließlich rückte er mit der Erklärung für ihre eigentliche und unlösbare Schwierigkeit heraus: Nicht nur hatten sie keinen Auftrieb, weil sich der Ballast nicht abwerfen ließ, auch der Notsender war ausgefallen, der ihre Position automatisch an einen Empfänger an Bord der *Rainbow* meldete.

»Das Einzige, was die Leute da oben wissen, ist, dass wir verschwunden sind, und zwar, was sie betrifft, spurlos. Einfach so: wusch«, sagte Albee, öffnete eine Hand und fuhr damit durch die Luft. »Vermutlich machen die sich Sorgen, können aber nichts unternehmen.«

»Eine gute Nachricht jagt die andere«, brummte Cepesma.

»Falls es euch trösten kann: Es würde uns auch nichts nützen, wenn sie wüssten, wo wir sind. Da das Schiff, wie wir wissen, über kein zweites Tauchboot verfügt, würde die Zeit auf keinen Fall reichen, uns zu Hilfe zu kommen. Man müsste schließlich erst irgendwo eins auftreiben. Meines Wissens gibt es hier in der Gegend aber weit und breit nicht eines, das imstande wäre, eine Tiefe von zweitausendfünfhundert Metern zu erreichen.«

»Das stimmt leider«, sagte Cepesma niedergeschlagen. »Sie müssten die Franzosen um Hilfe bitten, und bis die kommen können, würde es … im günstigsten Fall mehr als zwei Tage dauern.«

Inzwischen hatten sich alle drei gesetzt. Trübselig ließ Cepesma den Oberkörper nach vorn sinken und vergrub das Gesicht zwischen den Knien. Allmählich begann sich die Kälte deutlich bemerkbar zu machen, und die Männer rieben sich die Hände warm.

»Wenn ich richtig verstanden habe, sind wir für die da oben also schon tot«, seufzte Cepesma. »Aber so schnell gebe ich nicht auf. Hast du eine Taschenlampe?«

»Neben dem Sonar müsste eine an der Wand hängen. Aber wahrscheinlich hat die sich selbstständig gemacht«, gab Albee zurück. »Ah, da ist sie ja.«

Cepesma griff danach und schaltete sie ein. Ein bläulicher Lichtschein erhellte sein Gesicht. Selbst die kaum spürbare Wärme, die sie abstrahlte, tat ihm wohl, und so schaltete er sie wie im Spiel mehrfach ein und aus.

»Der Schalter geht ganz leicht.«

»Ohne den Schnurrbart würdest du aussehen wie ein Zombie, wenn du dein Kinn so anleuchtest«, sagte Albee mit schwacher Stimme. »Warum sieht man im Kino eigentlich nie Zombies mit Schnurrbart?«

Cepesma setzte sich auf und richtete das Licht der Lampe gegen die Plexiglaskuppel. Die undurchdringliche schwarze Wassermauer dahinter schluckte es vollständig. Es blieb nichts als der trübselige Abglanz auf dem Kunststoff.

»Als wenn das Meer das Licht in sich aufsaugen würde«, sagte er.

»Du scheinst das Morsealphabet zu kennen. Jedenfalls sah das, was du gerade geblinkt hast, so aus.«

Cepesma setzte sich neben ihn, ohne den Blick von der Schwärze über der Kuppel zu wenden.

»Ach, meinst du das?« Er schaltete die Taschenlampe wiederholt an und aus.

»Ja, drei rasch aufeinanderfolgende Lichtsignale, dann drei in größeren Abständen und schließlich wieder dieselben drei kurzen wie am Anfang«, sagte Albee. »Das bedeutet doch SOS. Der gute alte Samuel Morse.«

Während Cepesma weiter mit der Taschenlampe herumspielte,

sagte er: »Ich mach so lange weiter, bis die Batterien leer sind. Ich könnte Sätze bilden. Zum Beispiel: ›Ich werde als Junggeselle sterben, wie dumm von mir.‹ Aber wenn ich es recht überlege, bin ich jetzt richtig froh, dass ich keine Kinder hab.«

»In dieser Dunkelheit hier unten würde nicht mal ein Laserstrahl weiter als ein paar Dutzend Meter kommen«, seufzte Albee.

Mit einem Mal richtete sich Golombek auf. »Was zum Teufel ist das da?« Er wies hinaus. Tatsächlich schimmerte hinter der Plexiglaskuppel bläulich-grünlich eine Ansammlung unregelmäßiger fadenförmiger Gebilde. Das Ganze sah aus wie Klumpen eines fluoreszierenden Schleims, die sich zusammenschlossen und auseinanderstrebten, wobei sie Wirbel erzeugten. Das Licht, das sie aussandten, war erstaunlich hell, es hüllte das Tauchboot ein und erleuchtete seine Umgebung. Nach einer Weile dann ließ die Helligkeit wieder nach.

Cepesma stand auf, umklammerte die Taschenlampe und sah fasziniert zu. Das passte zu etwas, was sich seit dem Unwetter tief in seine Erinnerung eingegraben hatte: Haargenau so einen gespenstischen Schimmer hatte er an dem Strand in der Nähe der Riffs gesehen, während er mit dem Polizeichef Julio sprach; und er war Zeuge geworden, wie sich dieser Schimmer auf den Körper eines jungen Mannes übertragen hatte, der wie gehetzt durch Luarcas Straßen gelaufen war und dessen Knochen inzwischen verfaulten.

Erneut hüllte die Dunkelheit alles ein, bis das Leuchten weiterer Schleimklumpen die Schwärze durchdrang. Golombek wies auf eine neue Ansammlung, die sich in einiger Entfernung von der ersten zu bilden begann; ganze Ströme einer fluoreszierenden Masse bildeten deutliche Umrisse, aber ohne erkennbares Muster. Nichts daran ließ annehmen, dass der Entstehung dieser Ansammlung irgendeine Art von Intelligenz zugrunde liegen könnte.

Von einem Augenblick auf den anderen sah man kugelförmige Umrisse, die sich in die Länge zogen, unsichtbar wurden und neu auftraten. Hinter ihnen tauchte in der Schwärze des Wassers eine Unzahl glänzender Punkte auf, ähnlich denen bei einem großen Sternbild an einem nächtlichen Himmel, nur dass sie zu Lebewesen gehörten. Golombek wusste augenblicklich, dass sie es waren, die den leuchtenden Schleim absonderten. Sie hatten zehn Arme, die sich auf der Suche nach Nahrung durch das kalte Wasser schlängelten, und jeder von ihnen schien sein eigenes Leben zu führen. Die an ihnen sitzenden Saugnäpfe leuchteten, als bezögen sie die Energie dafür von einer elektrischen Batterie. Jeden Saugnapf umgaben Flagellen, die dafür sorgten, dass die kreisförmige Lichtbewegung von einem zum anderen zu springen schien. Auf diese Weise sah man bei diesem Tier abwechselnd orangefarbene, grüne, blaue und rote Kreise aufblitzen, von denen eine geradezu hypnotische Wirkung ausging. Zwei große ovale Augen sendeten grüne Blitze aus, und der riesige Mantel dahinter verlieh dem Wesen ein majestätisches Aussehen.

Golombek war tief beeindruckt. Auf einmal verdoppelte sich das unerwartete Schauspiel. Nicht mehr ein einziger gewaltiger Kopffüßer erhellte mit einer unvorstellbaren Lichtfülle seine Umgebung, ein zweiter war hinzugekommen, und sie ergossen in einem Bereich von mehreren Dutzend Metern um sich herum ihre leuchtende Flüssigkeit ins Meer. Noch nie hatte er so etwas gesehen. Im tiefsten Inneren war er überzeugt, dass er und seine beiden Gefährten die ersten Menschen waren, die das finstere Reich des Kraken entweiht hatten, jenes geheimnisvollen Lebewesens, das alles weit übertraf, was Seeleute je darüber berichtet hatten. Das war ihm an den ersten Exemplaren von *Architeuthis* klar geworden, die sich in Fischernetzen verfangen hatten oder am Strand angetrieben waren. Schließlich bereitete das Hydrophon dem eindrucksvollen lautlosen Schauspiel ein Ende. Als sich die wie Hammerschläge und Trommelwirbel aufeinanderfolgenden Laute der Pottwale erneut meldeten und näher kamen, kehrten die Kalmare schlagartig in die Unsichtbarkeit zurück. Als einziger Hinweis auf ihre Anwesenheit trieben die von ihnen abgesonderten Schleimklumpen im Wasser.

Ohne den Blick von ihnen zu nehmen, rief Albee aus: »Da kommt er wieder!«

Eine ungeheuer große dunkle Masse glitt über die *Atlantis* hinweg. Sie lag leicht nach Backbord geneigt, und zwar so ungünstig, dass sie jeden Augenblick den Hang noch weiter hinunterstürzen konnte. Die Unterseite des Tauchboots klebte förmlich am Boden, und die Plexiglaskanzel war in ihrem unteren Teil von Ablagerungen bedeckt. Als das Tier mit seiner Fluke nach Steuerbord ausschlug, traf es die *Atlantis* so heftig, dass die Männer zu Boden stürzten.

Dann glitt der Schatten des Pottwals auf den Bereich der Biolumineszenz zu. Er öffnete das Maul weit im Versuch, eine Beute aufzunehmen, die er nicht sehen konnte. Er wandte sich hierhin und dorthin, bis er gegen etwas stieß, worauf er mit heftigen Flossenschlägen kehrtmachte und aufzusteigen versuchte.

Wie Schatten zeichneten sich die Umrisse der Kalmare auf dem Rumpf des Meeressäugers ab. Die langen Arme umschlangen ihn am Hinterleib, unmittelbar vor der Fluke, und die kräftigen Mäntel legten sich wie Kletten dicht an seinen Rumpf.

Mit starken Bewegungen versuchte der Wal, die Kopffüßer abzuschütteln. Sie leuchteten hell auf, und der grünliche Glanz wurde zu einer Abfolge von Blitzen, die so rasch aufhörten, wie sie begonnen hatten.

Es kam Cepesma so vor, als wären die Blitze synchronisiert. Die kugeligen Schleimklumpen lösten sich auf, und die Kalmare verbargen sich erneut in der Schwärze, worauf von einem Augenblick zum nächsten alles wieder im Dunkeln lag. Gleich darauf traten weitere grünblaue Formationen auf, ohne dass man sie hätte orten können. Wieder riss der Wal das Maul weit auf, um die Beute zu fassen.

Erneut gewannen die Ungeheuer Gestalt, und die Schatten verwandelten sich in Körper, die sich weit hinten an seinen Leib drängten, dorthin, wo die mächtigen Kiefer sie nicht erreichen konnten. Die Lichtpunkte leuchteten so stark, dass sich sogar die gezackten Schatten der Gesteinsbrocken erkennen ließen, die aus dem in die Tiefe der Schlucht abfallenden Boden ragten.

Golombek erkannte, welche Strategie die Kalmare verfolgten, und ihm war bewusst, wie ungleich der Kampf war: ein Säuger, dessen Extremitäten sich im Laufe der Evolution in Flossen verwandelt hatten, gegen zwei wirbellose Kopffüßer, deren Arme, die er nicht Tentakel zu nennen bereit war, den Jäger umschlangen, im Versuch, ihn am Aufsteigen an die Oberfläche zu hindern, wo er die zum Leben unerlässliche Luft schöpfen musste. Er stellte sich vor, mit welcher Kraft sich die Saugnäpfe auf der ledrigen Haut des Wales festsetzten, während sich andere Arme an Felsen verankerten, stellte sich die zunehmende Erschöpfung des Wals vor, die sich an dessen gelegentlichem Zittern erahnen ließ.

Die Bewegungen des Wals waren weder besonders rasch noch besonders kraftvoll. Der Jäger, der seinem Instinkt gefolgt war, wurde von seiner Beute festgehalten. Die Fangarme taten ihr Werk, entwickelten Kräfte, die man sich kaum vorstellen konnte, um den gewaltigen Fleischberg festzuhalten. Noch einmal versuchte sich der Wal loszureißen, um aufzutauchen, doch er kam nicht von der Stelle, so machtvoll er auch mit der Fluke schlug. Dann sperrte er das Maul weit auf, wobei große leuchtende Klumpen in sein Inneres strömten. Seine Zuckungen rissen Golombek aus seiner Versunkenheit, und voll Entsetzen rief er aus: »Er hat keine Luft mehr!«

So sah es in der Tat aus. Immer heftiger zitterte das Tier in seinem Todeskampf. Weitere Leuchtarme versuchten es bis auf den Meeresboden hinabzuziehen, wo es schließlich mit gewaltigem Getöse aufschlug, das durch das Hydrophon des Tauchboots zu hören war. Der Riese war gefallen. Noch einige Male zuckte die Fluke. Hätte einer dieser Schläge der Heckflosse die *Atlantis* getroffen, hätte er sie zerstört. Das tonnenschwere Tier kämpfte mit letzter Kraft um eine Möglichkeit, an die rettende Meeresoberfläche zu gelangen. Noch nie in all den Jahren seiner Tätigkeit als Ozeanwissenschaftler hatte sich Golombek ein solches Bild geboten.

Aus ihrem Tauchboot, das hart am Rande einer der unterseeischen Terrassen lag, beobachteten die drei Männer weiter den Todeskampf des Pottwals. Das von den Kalmaren ausgehende grünliche Leuchten verstärkte sich in dem Maße, in dem es mit ihrem Opfer zu Ende ging.

»Er erstickt!«, erklärte Golombek entsetzt und begeistert zugleich. »Auf keinen Fall hält er es länger als siebzig Minuten unter Wasser aus, dann muss er unbedingt nach oben, um Luft zu holen – wenn es ein ausgewachsener Bulle ist. Bei Walkühen und Jungtieren ist diese Zeit kürzer.«

Nach einem letzten Zucken lag der Wal still. Da ließen die Kalmare von ihm ab, und es wurde erneut dunkel. Die drei Männer brauchten eine ganze Weile, bis sie sich wieder an die schwache Innenbeleuchtung gewöhnt hatten. Das Geschehen, dessen Zeugen sie geworden waren, hatte sie überwältigt. Golombek strich sich den grauen Spitzbart.

»Hast du das aufgenommen, Thomas?«, fragte er.

Er hörte ein schwaches Murmeln. »Selbstverständlich.«

Ungläubig riss Golombek die Augen auf. Es kam Cepesma vor, als würde der Mann im nächsten Augenblick platzen.

»Sag das noch mal, Thomas.«

Aus der Dunkelheit kam Albees Stimme kaum vernehmbar: »Ich glaube schon. Ich hab aus reiner Gewohnheit versucht, die Frontkamera in Betrieb zu nehmen, und dabei gemerkt, dass die Fokuseinstellung reagierte. Es hat mich richtig überrascht, als ich gesehen hab, dass das rote Licht aufgeleuchtet ist … Falls die Festplatte nichts abbekommen hat, haben wir die Aufnahmen im Kasten.«

Golombek reckte die Knollennase in die Luft und sagte mit triumphierender Stimme: »Der Teufel und seine Großmutter seien gepriesen – ich habe dich besiegt, du abscheuliche Ausgeburt der Tiefe! Dank mir ist dein Geheimnis gelüftet!«

»Besiegt?«, fragte Cepesma sarkastisch. »Sie sind ja nicht bei Trost! Wir kommen hier doch nie wieder raus!«

Golombek achtete nicht auf ihn. Seine Begeisterung riss ihn

mit. Er wollte unbedingt die ganze Welt seinen Triumph wissen lassen.

»Jetzt ziehen sie sich zurück, und ihre Beute liegt da am Boden«, erklärte er, als er sah, dass der letzte Lichtschein in der Dunkelheit erlosch. Dann hielt er inne, wandte sich dorthin, wo Albee auf dem Pilotensitz saß, der einzigen Sitzgelegenheit, die den Sturz heil überstanden hatte. Er ging leicht in die Knie und legte die Arme um seinen Schüler: »Thomas, du musst uns hier rausbringen! Jetzt dürfen wir weder schlafen noch uns für besiegt erklären. Wir haben die Aufnahmen! Tu was!«

Albee sah ihn mit glasigen Augen an und versuchte zu lächeln. Im nächsten Augenblick wurde es wieder hell in der Kabine, und verblüfft wandte sich Golombek um. Wenige Meter vor der Plexiglaskanzel bildeten sich im Wasser leuchtende Wirbel. Aus den glänzenden Punkten schälte sich eine riesige hohe Gestalt mit zwei leuchtenden Ovalen heraus, von denen ein gelblich-grünliches Licht ausging.

Das Tier befand sich unmittelbar vor ihnen. Ein Meister der Tarnung, der sich aus der Dunkelheit gelöst hatte. Das Wesen breitete seine schimmernden Arme aus und schien sich über das Tauchboot zu beugen, wobei sein Mantel nahezu senkrecht stand. Es kam so nahe heran, dass man Einzelheiten der Augen erkennen konnte. Im rhythmischen Wechsel von Aufleuchten und Verdunkeln wirkte es wie das Lichtsignal eines Leuchtturms, das den Schiffen den Weg weist. Golombek war fasziniert. »Wie meisterhaft es seine Photophoren steuern kann!«, rief er hingerissen. »Unglaublich. Nimmst du das auf, Thomas?«

Albee gab keine Antwort.

Vor Golombeks staunenden Augen verwandelte sich das Leuchten der beiden Augenovale in einen rötlichen Schimmer. Als das Tier herankam, trat er unwillkürlich einige Schritte zurück und stieß dabei gegen Cepesma. Er sah, dass dieser die eingeschaltete Taschenlampe in der Hand hielt, und gab ihm empört einen Stoß.

»Was zum Teufel treiben Sie da? Sie können dem Tier Angst einjagen.«

Die Lampe fiel zu Boden und erlosch.

Der Kalmar streckte die Arme weit nach vorn aus und kam noch näher. Es wirkte äußerst bedrohlich. Doch da erschien plötzlich etwas Sonderbares zwischen den Armen mit ihren Saugnäpfen. Das Tier hielt inne, als besäße es die Fähigkeit, sich überrascht zu zeigen.

Ein stählerner Würfel mit drei starken bläulichen Scheinwerfern, der an einem dünnen Faden zu hängen schien, verharrte dicht vor dem Ungeheuer. Dann wandte er sich langsam um und zog sich ins Nirgendwo zurück. Gleich darauf sahen die drei Eingeschlossenen voll Staunen, wie aus der Schwärze etwas Automatenhaftes auftauchte und dem Gesicht des Kalmars zwei große mechanische Arme entgegenstreckte, deren stählerne Zangen sich öffneten.

Schlagartig verschwand das Tier in der Dunkelheit.

28

Begegnung

An Bord der Merlin,
im Leitstand des virtuellen Kontrollraums

Staunend sah Nora Pulaski auf den Kadaver. Nadja, die neben ihr stand, verzog angewidert das Gesicht.

Die Kamera des Tauchroboters *Madre 5* erfasste ein trübseliges Gerippe, das sich auf dem Plasmabildschirm abzeichnete. Weiß schimmerten im vorderen Teil des Knochenhaufens die stark gebogenen Kiefer. Sie waren halb geöffnet. Oberhalb weißlicher Reste von Fleisch, die noch auf den Knochen saßen, schwammen Fische, deren Augen nicht größer waren als Stecknadelköpfe. Das kreisrunde Maul der Fische saß voller scharfer Zähne, mit denen sie sich im Fleisch festbissen und in ihrem Bemühen, einen Nahrungsbrocken herauszureißen, so heftig daran zerrten, dass ihre Leiber S-förmig zuckten. Damit erinnerten sie unwillkürlich an die Schlangen, die Nora mit Nadja häufig in den Felsen des Arroyo Seco in den Bergen von San Gabriel gesehen hatte.

»Wie ekelhaft!«, rief Nadja aus.

Es musste sich um die Überreste eines riesigen Wals handeln. Schon bald nachdem *Madre 5* in Richtung auf den sonderbaren grünlichen Lichtschein aufgebrochen war, waren sie auf vier solche Gerippe gestoßen. Da die Scheinwerfer die Finsternis nicht besonders weit zu durchdringen vermochten, war es wegen des gewellten Bodens schwer, Erhebungen rechtzeitig auszuweichen. Immer wieder zeigten sich Unebenheiten, tauchten neue Terrassen auf, die in Sekundartäler führten, reckten sich hohe Wände aus den Schluchten empor und bildeten enge Klüfte, durch die sich *Madre 5* dank Márquez' ungewöhnlicher Geschicklichkeit voranarbeitete. Es sah aus, als hätten Stürme, wie sie unter Wasser nicht existieren konnten, diese Schluchten erodiert. So jedenfalls stellte sich das Ganze Noras Augen dar, auch wenn es keinen Grund gab anzunehmen, ausschließlich vom Wind getriebener Sand sei imstande, solche Formen aus dem Gestein herauszuholen.

Der Tauchroboter ging noch tiefer als die zweitausenddreihundert Meter, in denen die *Ocean Shuttle* am Meeresgrund lag. Die Schlucht weitete sich und machte einer unregelmäßig gewellten Hochebene Platz. Nora konnte sich die Formationen mehr oder weniger vorstellen, nachdem die Scheinwerfer einen Teil davon erhellt hatten. Einzelne kreisförmige Vertiefungen sahen aus wie Aufschlagkrater, dabei wusste sie genau, dass so etwas äußerst unwahrscheinlich war. Der Roboter glitt durch einige Spalten in ein Gelände mit einer watteartig wirkenden Oberfläche, in der sich Öffnungen ähnlich der Mündung alter Flussbetten zeigten, deren Gestalt der tiefe Ozean bewahrt hatte.

Am Rande einer der Vertiefungen stießen sie erneut auf ein Skelett. Bedingt durch die geringe Reichweite der Scheinwerfer sah Nora nicht besonders viel, und vor ihr inneres Auge traten Bilder, die sie vom Mars kannte: die Bereiche der Terra Cimmeria oder das System der Kasei-Täler, die einen Teil der Nordhalbkugel jenes Planeten beherrschten. Die tiefen Täler und engen Schluchten, die in die unergründliche schwarze Tiefe hinabreichten, verglich sie mit einigen der verworren aussehenden Regionen des Noctis-Labyrinths auf dem Mars und der näheren Umgebung des Vallis Marineris mit ihren kilometertiefen Einschnitten.

Das größtenteils von einer Art grünlichem Moos bedeckte bleiche Skelett, von dem jeder Knochen noch an seinem Platz war, sah aus, als hätte es jemand vollständig von Fleischresten befreit und mit großer Sorgfalt präpariert – das Werk der Aasfresser. Zwischen den Rippen schlängelten sich Fische auf der Suche nach Nahrung; möglicherweise ließen sich doch noch hier und da Überreste des Meeresriesen finden.

»Schon wieder einer«, sagte Morales bekümmert.

Nicht nur war er fest überzeugt, dass sie mit diesem Umweg ihre Zeit vergeudeten, er musste außerdem daran denken, wie sehr es dem Ruf der Texon schaden würde, wenn man das Unternehmen mit so vielen verendeten Walen in Verbindung brachte. Die Vorstellung, dass die Texon auf dem Meeresboden inmitten eines Walfriedhofs nach Erdöl suchte, würde in der Öffentlichkeit für alles andere als angenehme Gedankenverbindungen sorgen. Sicher würden die ihm aus tiefster Seele verhassten Umweltschützer, die seiner felsenfesten Überzeugung nach kein anderes Ziel kannten, als nach Mitteln und Wegen zu suchen, wie sie der Texon am Zeug flicken konnten, eine Beziehung zwischen den toten Walen und dem Ölgeschäft konstruieren und dann dem Unternehmen die Schuld am Tod der Tiere in die Schuhe schieben.

»Sieht aus wie ein Walfriedhof. Wer hätte das gedacht«, sagte Márquez.

Sie hatte ihre Brille mit den Quarzgläsern wieder aufgesetzt.

»Ich mag Wale«, sagte Nadja mit einer abwehrenden Geste. »Ich wusste gar nicht, dass die eigene Friedhöfe haben.«

»Ich auch nicht«, erklärte Nora.

In einem Gebiet, das ihrer Schätzung nach höchstens fünf Quadratkilometer umfasste, lagen Überreste dieser Tiere jeweils in einer kreisförmigen Mulde.

Mit einem Mal zeigte sich die Lichterscheinung erneut. Auf dem Bildschirm mit seiner beschränkten Auflösung sah man Wolken von elektronischem Rauschen. Da das Leuchten hinter der Kante eines steil in die Tiefe gehenden Hanges seinen Ursprung hatte, musste etwas zwischen ihm und dem Tauchroboter liegen. Nora vermutete, dass es sich dabei um eine Erhebung östlich der Stelle handelte, an der sie die letzten Walüberreste entdeckt hatten. Das Licht war so stark, dass es das bleiche Skelett ein wenig aus der Schwärze hervortreten ließ.

Nora sah zu Márquez hinüber, die wortlos die Drehzahl der Motoren steigerte und *Madre 5* dorthin lenkte, woher die Lichterscheinung kam. Lag in diesem rätselhaften Aufzucken irgendeine Regelmäßigkeit? Sie hörten die Geräusche der Hydraulikanlage, als sich die Außenkamera über die höchste Stelle der Erhebung hinweg auf die Erscheinung richtete. Dann wurde es so hell auf dem Bildschirm, dass die Instrumentenbeleuchtung daneben verblasste.

Während sich Noras Augen vor Staunen weiteten, begann sie rasch zu analysieren, was sie da sah. Sie spürte Nadjas Atem hinter sich und hörte, wie Morales etwas sagte, ohne dass dessen Bedeutung aber zu ihr durchdrang. Márquez, die sich nicht aus der Ruhe bringen ließ, hielt den Tauchroboter an, um die Situation mit dessen Kameraauge zu erfassen.

Am unteren Rand des Bildes sah man eine scharfe Kante, von der es steil in eine unergründliche Tiefe ging. Dicht am Rand dieses Steilhangs lag ein Tauchboot auf der Backbordseite. Das ein wenig überstehende Ausstiegsluk wirkte wie der Stumpf eines abgebrochenen Mastes. Teilweise war das Boot von Schlick bedeckt, doch sah man durch die Kuppel sich bewegende dunkle Umrisse. Als Nora begriff, dass es sich um Menschen handelte, krampfte sich ihr Innerstes zusammen. Nie und nimmer konnten sie wissen, wie besorgniserregend die Lage ihres Bootes war – nur wenige Meter weiter, und es würde unrettbar in den Abgrund stürzen.

Das Sonderbarste aber waren die beiden Ungeheuer, die in der Schwärze des kleinen Zwischenraums zwischen dem Tauchboot und dem Abgrund schwammen. Zwar sahen sie aus wie Tintenfische, doch war Nora überzeugt, dass es keine waren. Von ihnen ging ein unvorstellbar starkes Leuchten aus, und ihr Mantel zog sich rhythmisch zusammen, öffnete und schloss sich, immer wieder. Das mit glänzenden Geißeln besetzte Äußere gab ständig wechselnde Lichtreflexe von sich, was eine geradezu hypnotische Wirkung erzeugte. Zwei große grünliche Augen saßen links und rechts eines langgezogenen schmalen »Gesichts«, dem zehn kräftige Arme entwuchsen. Mit einem Mal legte eins der Tiere seine Arme um das Tauchboot, wobei es den Kopf so nach hinten warf, dass Nora seine großen, wie ein Schnabel aussehenden Kiefer sehen konnte, hinter denen sich der tiefe Schlund öffnete.

Offenkundig hatte das Tier die Absicht, das Boot anzugreifen.

Sie brauchte kein Wort zu sagen, sich nicht einmal zu Márquez umzudrehen, um auszudrücken, was sie empfand. Mit einer flinken Bewegung des Steuerhebels entließ die Mexikanerin ihren *Schnüffler* aus seiner Behausung, worauf er sich sogleich zwischen die Kiefer und das am Meeresboden liegende Tauchboot schob. *Madre 5* näherte sich der Stelle, wo sich der kleine Roboter befand, holte Zug um Zug die Glasfaseroptik ein, und der *Schnüffler* kehrte in den bergenden Schoß seines Mutterroboters zurück.

Dann wendete Márquez und nahm sich das Ungeheuer vor, das mindestens dreimal so groß war wie der Tauchroboter. Sie fuhr die beiden mechanischen Arme aus, öffnete und schloss deren Zangen vor den Augen des Kopffüßers in rhythmischer Folge.

Der ungleiche Kampf, den Nora befürchtete, blieb aus. Das Tier ließ die Arme sinken, richtete sich auf und zog sich in die Dunkelheit zurück. Als wäre das ein Signal, machte sich der andere Kalmar praktisch im selben Augenblick ebenfalls unsichtbar. Als Márquez die Finsternis mit den Scheinwerfern absuchte, war nichts zu sehen.

Sie wechselte einen Blick mit Nora, wendete den Roboter um hundertachtzig Grad und leuchtete das Innere des Tauchboots mit höchster Leistung der Scheinwerfer aus.

Die lichtempfindlichen Dioden der Kamera zeichneten die Gesichter Thomas Albees, Juan Cepesmas und Alastair Golombeks getreulich nach, die alle drei die Augen schlossen, als das grelle Licht sie traf. In gewissen Abständen, die Nora äußerst vertraut waren, flammte im Inneren des Tauchboots ein Lichtpunkt auf und erlosch wieder.

»Sie brauchen Hilfe!«, rief sie aus.

Márquez nickte, drückte zwei Knöpfe, und das Bild wurde schärfer.

Hinter sich hörte Nora den enttäuschten Ausruf: »Das sind nicht unsere Leute! Wahrscheinlich Umweltschützer. Vor ein paar Tagen hat der Kapitän gesagt, dass sich ein anderes Schiff in der Nähe der *Merlin* herumtreibt.«

Márquez rümpfte die Nase, nahm die Brille ab und sah aufmerksam auf ihren Bildschirm.

»Das Tauchboot ist ziemlich beschädigt. Es grenzt an ein Wunder, dass die da drin noch leben.«

»Sie senden SOS«, sagte Nora.

Einer der drei Insassen hob einen Arm und drehte die Handfläche nach außen. Diese Geste wiederholte er mehrere Male und ging dann in die Hocke.

»Wir sollen warten«, sagte Nora. »Was er wohl will?«

Nach einer Weile drückte der Mann ein Stück Papier gegen das Plexiglas. »Er hat etwas geschrieben.«

Da sich das Licht der Scheinwerfer des Tauchroboters im Plexiglas brach, konnten sie das Geschriebene anfänglich nicht lesen. Erst als Márquez die Lichtstärke zurücknahm und mit der Kamera so nah an das Tauchboot heranfuhr, dass sie es fast berührte, ließ sich die Mitteilung entziffern.

SOCORRO … AYUDA. SEIS HORAS DE AIRE

»Es scheinen Spanier zu sein«, sagte Morales. »Sie brauchen Hilfe, und ihr Luftvorrat reicht nur noch für sechs Stunden.«

Der Mann, der das Papier von innen gegen das Glas der Kanzel drückte, wirkte ziemlich erschöpft. Der Tauchroboter zog sich rasch ein Stück zurück und hob dann beide Metallarme zum Zeichen, dass die Botschaft verstanden worden war.

»Wir könnten ihnen doch mit den Scheinwerfern signalisieren, dass wir ihre Notsituation erfasst haben.«

»Guter Gedanke«, pflichtete ihr Márquez bei.

»Ich bin dagegen«, meldete sich Morales. »Die Männer sind zum Tode verurteilt, so oder so. Es wäre unnötig grausam, in ihnen falsche Hoffnungen zu wecken.«

»Diesmal bin ich nicht bereit, auf dich zu hören«, gab Márquez zurück.

»Wie könnte das Signal aussehen?«, fragte Nora.

»Wir wäre es mit ›okay‹?«

»Ja, gut. Also vorwärts.«

»Das wird Steiffel auf gar keinen Fall recht sein«, gab der Ingenieur zu bedenken.

»OK. Drei Mal lang, dann lang, kurz, lang. Wir senden es drei Mal.«

Zwei Minuten später wurde das Signal aus dem Inneren des Tauchboots mit dem Aufblinken einer Taschenlampe wiederholt.

»Die scheinen das verstanden zu haben«, sagte Nora befriedigt.

»Ihr begeht da einen schweren Fehler«, ließ Morales nicht locker. »Wir können nicht das Geringste für die Leute tun.«

Nora betrachtete auf dem Bildschirm der Kamera angespannt den Mann, der die Botschaft geschrieben hatte. In seinem Blick lagen Angst und Sorge. Er hatte angenehme Züge; das Gesicht wurde von einem schwarzen Schnurrbart beherrscht. Sie empfand das unabweisbare Bedürfnis, ihm zu helfen.

»Wir müssen die da rausholen«, sagte sie zu Morales.

»Das ist ganz und gar unmöglich. Wir hätten gar nicht genug Zeit für eine Rettungsexpedition.«

Sein kalter und teilnahmsloser Gesichtsausdruck entsetzte sie.

»Unsinn, Nestor«, meldete sich Márquez zu Wort. »Die Zeit reicht durchaus.« Sie hatte den Tauchroboter unmittelbar vor dem havarierten Tauchboot in eine Warteposition gebracht und ließ die Steuerhebel einen Augenblick lang los. Ihre schwarzen Augen glühten vor Feindseligkeit und Abscheu. Nadja sagte nichts. Sie konnte sich nach wie vor nicht von dem Eindruck lösen, den der Anblick der beiden riesigen leuchtenden Kopffüßer bei ihr hinterlassen hatte.

Márquez rümpfte erneut die Nase. »Du weißt genau, dass es eine Möglichkeit gibt, sie zu retten. Wir müssen eben selbst da runtertauchen. *Madre 5* kann zwar festgegangene Ventile und verkantete Schrauben lösen und dergleichen, aber das Tauchboot können wir mit ihr unmöglich nach oben bringen.«

»Es befindet sich in einer äußerst kippligen Lage«, gab Morales zu bedenken, offenkundig bemüht, die Situation in den schwärzesten Farben auszumalen. »Wenn wir versuchen sollten, uns da anzukoppeln, kann es in die Spalte stürzen, und dann reißt es uns unweigerlich mit.«

»Sollen wir die Leute einfach umkommen lassen?«, meldete sich schließlich Nadja zu Wort. »Sie bitten uns um Hilfe, da müssen wir auch etwas tun.«

Morales' Erregung steigerte sich, was am Zittern seines Schnurrbarts deutlich zu erkennen war. Er fuhr sich durch die Haare, sah kurz zu Boden und schüttelte dann energisch den Kopf.

»Das kommt überhaupt nicht infrage. Nein, nein und abermals nein.«

»Großer Gott, es geht um Menschenleben«, fuhr ihn Nora an. Sie bebte vor Wut.

»Wie Sie meinen!«, sagte der Ingenieur herausfordernd. »Dann sagen Sie mir doch, wie wir das anstellen sollen. Runtertauchen und die Leute raufholen? So einfach ist das nicht.«

»Du lügst, Nestor. Du drückst dich, feiger Hund!«, schrie ihn die Mexikanerin an. »Du weißt genau, dass das Tauchboot, das wir noch haben, zu Rettungseinsätzen auf dem Meeresboden fähig und auch dafür ausgerüstet ist«, sagte sie. »Die *Beebe* verfügt nämlich über einen Rettungstunnel«, erklärte sie zu Nora gewandt.

»Einen Rettungstunnel?«

»Ja. Er hat ihn selbst konstruiert. Mit seiner Hilfe kann man Menschen bei sehr hohem Umgebungsdruck aus einem Unterwasser-Fahrzeug bergen und in ein anderes bringen«, erläuterte Márquez. »Und das verschweigt der Angsthase!«

Morales verschränkte die Hände und knetete seine Knöchel. Dann hob er den Kopf und sah Nora und ihre Tochter an.

»Bei einem solchen Versuch würden wir das Leben weiterer Menschen gefährden, nur um ein paar zu retten, die so gut wie tot sind. Einem solchen Vorhaben wird Steiffel nie und nimmer zustimmen.«

»In dem Fall werde ich ihn öffentlich anprangern«, sagte Nora. »Ich gebe die ganze Geschichte an die Presse und werde ihm zur Last legen, dass er nichts zur Rettung dieser Menschen unternommen hat.«

»Aber Sie arbeiten doch für die Firma ...«

»Auf die Firma ist geschissen! Ich sage Ihnen, was wir tun: Wir versuchen die Unglückseligen zu retten.«

Morales kniff die Lippen zusammen, wobei sich hässliche Falten um sein Kinn herum bildeten.

»Da ist noch was ... Ich weiß nicht, ob Sie daran gedacht haben. Kurz vor Ihrem Eintreffen hier sind zwei unserer besten Männer, McAllister und Grudman, getaucht. McAllister hat nie auch nur einen Tropfen getrunken, obwohl er Schotte war, und Grudman war ein glänzender Tauchbootpilot ...«

Er hielt inne und zögerte, als hätte er bereits zu viel gesagt.

»Was soll das denn jetzt wieder, Nestor?«, fragte Márquez.

»... bevor die Verbindung abgerissen ist, haben wir von ihnen eine Mitteilung bekommen, in der von Leuchterscheinungen und seltsamen Lichtphänomenen die Rede war. Ich vermute, dass sich das auf diese Tiere bezogen hat.«

»Und weiter?«, fragte Márquez.

»Die Sache ist in hohem Maße gefährlich«, schloss der Ingenieur. »Wir könnten alle dabei umkommen.«

»Ich melde mich freiwillig«, sagte Márquez. »Ich könnte die *Beebe* mit verbundenen Augen steuern. Sie ist jederzeit einsatzbereit und lässt sich binnen einer halben Stunde zu Wasser bringen. Auch die Akkus sind voll geladen. In zwei Stunden sind wir wieder zurück. Noch ist Zeit.«

»Das schaffst du unmöglich allein, und ich wette, dass du auf dem Schiff keinen findest, der bereit wäre, dich zu begleiten«, sagte Morales herausfordernd. »Das ist dir ja wohl klar. Was willst du also tun? Alle auf der *Merlin* haben die Hosen voll. Da es zu allem Überfluss um die verdammten Umweltschützer geht, wird es den Leuten mehr als recht sein, wenn die umkommen. Sie würden sich sogar darüber freuen.«

»Ich fahre mit ihr«, erklärte Nora.

Überrascht hob er die Brauen. »Sie? Sie haben doch bei diesen Dingen nicht die geringste Erfahrung.«

»Ich denke nicht im Traum daran, die Hände in den Schoß zu legen, solange es eine Möglichkeit gibt, die Männer zu retten. Wenn es auf dem Schiff nur Feiglinge gibt, ist das Ihre Sache.«

29

Mit dem letzten Atemzug

An Bord des Tauchboots Atlantis

Ungläubig riss Cepesma die Augen auf, als er sah, dass der Tauchroboter das Signal, das er mit seiner Taschenlampe gemacht hatte, durch Einschalten seiner Scheinwerfer beantwortete. Die Hoffnung, die in ihm aufgekeimt war, schwand aber sogleich wieder, denn er entfernte sich und war schon bald in der Dunkelheit nicht mehr zu sehen. Er schien dahinzugleiten wie auf Schienen, was wohl damit zusammenhing, dass ihn ein Kabel fortzog. Albees und Golombeks Stimmung besserte sich nicht. Nach einer Weile flackerte die Instrumentenbeleuchtung und erlosch dann. Nunmehr umgab sie völlige Dunkelheit; sie konnten buchstäblich nicht die Hand vor Augen sehen.

»Unsere Stromreserven sind erschöpft. Wir haben keine Möglichkeit mehr, Licht zu machen.« Albee sagte das mit einer Stimme, die sonderbar fern klang und der nicht die Spur seines üblichen Temperaments anzuhören war. Durch einen sonderbaren Halleffekt ließ sie sich nicht orten; sie schien aus einer unbestimmbaren Richtung zu kommen.

»Wir sind jetzt wie Blinde«, murmelte Cepesma.

Dann sprach Golombek. Obwohl die Belastung auch an ihm nicht spurlos vorübergegangen war, verhielt er sich wie immer herrisch, uneinsichtig und halsstarrig.

»Ich habe gesiegt ... endlich!«, rief er aus. »Ich bin sicher, dass sie kommen, um uns hier rauszuholen. Bei der Gelegenheit müssen sie unbedingt auch die Kamera draußen bergen. Hörst du mich, Thomas?«

Albee flüsterte Cepesma zu: »Ich habe ihm gesagt, dass wir den Kraken gefilmt haben, aber das stimmt nicht ... Es wäre völlig unmöglich gewesen, denn bestimmt ist die druckfeste Kamera am Bug bei dem Sturz in tausend Stücke gegangen ... und die andere, die wir geborgen hatten ... liegt bestimmt schon seit Stunden zerschmettert irgendwo unten in der Schlucht ...«

»Warum hast du ihn denn belogen?«, fragte Cepesma so leise, dass er es selbst kaum hören konnte.

»Er ist bewundernswert, auch wenn man das nicht gleich merkt ... Du hättest ihn all die Jahre hindurch erleben sollen. Natürlich ist er streng, aber Verdienste erkennt er durchaus an. Er ist gebildet, einfühlsam und sensibel, und dass er nie aufgibt, solltest du auf keinen Fall mit Sturheit verwechseln ... Trotz vieler Misserfolge hat er sich nie geschlagen gegeben ... Er hat es nicht verdient, auf diese Weise zu scheitern.«

Cepesma sagte nichts. Er fror und rieb sich wieder die Hände, um sich zu wärmen. Albee hatte ihm mit seinen Worten durch die Blume zu verstehen gegeben, dass sie unrettbar verloren waren. *Vielleicht ist es Zeit, sich darüber klar zu werden*, ging es ihm durch den Kopf. Er drückte den Rücken gegen das kalte Metall. Das Tauchboot war ein Gefängnis in einem tiefen, dunklen Schacht.

So war das Meer nun einmal: finster, kalt und dem Menschen feindlich gesonnen. Er nahm die Taschenlampe und schaltete sie ein. Das Licht flackerte unruhig. Noch hörten sie das Geräusch ihres Atems, doch bald würde der Augenblick kommen, an dem nichts als Stille herrschte. *So muss es sein, wenn man tot ist*, überlegte er. *Nichts als Stille und Schwärze*.

Doch trotz der aussichtslosen Situation fragte er sich, was ein Tauchroboter wie jener, der sich vor einer Weile wieder davongemacht hatte, hier unten suchen mochte. Er hatte ähnliche U-Boote auf Fotos gesehen, und sie hatten entweder mit der Erdölindustrie oder mit der Tiefseerettung zu tun gehabt. Ihm fiel ein, was ihm Albee über Fisks Vermutungen mit Bezug auf das große Schiff gesagt hatte, das auf dem Radarschirm der *Rainbow* aufgetaucht war: ein Öltanker oder dergleichen. Seismische Erkundung von Lagerstätten, und jetzt Tauchroboter, die für Arbeiten in großer Tiefe ausgerüstet waren. Aus der Vermutung, die er damals in Luarca gehabt hatte, wurde Gewissheit – leider zu spät.

»Glaubst du, die kommen, um uns zu retten?«

Albee, der jetzt in der Dunkelheit deutlicher als zuvor spürte, dass ihm Blut über eine Schläfe lief, hörte die Frage. Aber es fiel ihm schwer, sich zu konzentrieren. Vielleicht war er durch den Schlag auf den Kopf betäubt, oder er hatte mehr Blut verloren, als er angenommen hatte. Vor seinen Augen tanzten verschwommene Bilder: riesige leuchtende Kopffüßer töteten den Wal bei einer Jagd, bei der sie sozusagen Hand in Hand zusammenarbeiteten. Er und seine beiden Gefährten waren als Erste in das uneinnehmbare Reich des Kraken eingedrungen. Er sah in die Richtung, in der er das Steuerpult vermutete. Es war so dunkel, dass er nicht mehr wusste, ob es sich wirklich dort befand. Wenn doch wenigstens noch irgendetwas funktionierte. Mit einem Rest von Motorenleistung wäre es ihnen vielleicht doch gelungen, genug Ballast abzuwerfen … Aber sogleich verwarf er den Gedanken wieder. Sinnlos, sich das Hirn zu zermartern. Es gab keinen Ausweg.

»Ohne Strom sind wir … erledigt und so gut wie tot. Der Atemluft-Kreislauf funktioniert nicht mehr. Die Filter können das von uns ausgeatmete Kohlendioxid nicht mehr absorbieren, sodass es sich nach und nach im Inneren des U-Boots anreichern wird. Obwohl sich die Sauerstoffreserve nicht vermindert hat, halbiert sich dadurch der Zeitraum, in dem wir noch Atemluft haben.«

Er stellte sich Cepesmas enttäuschtes Gesicht vor, und seine schwarzseherische Äußerung tat ihm leid.

»Uns bleiben also weniger als sechs Stunden?«

»In etwa drei Stunden wird es uns schwerfallen zu atmen, und wir werden anfangen zu husten … An Sauerstoffmangel zu sterben würde mir nichts ausmachen. Leute, die in dieser Situation sozusagen mit dem letzten Atemzug gerettet wurden, haben sogar von gewissen Lustempfindungen berichtet. Aber wenn du dein eigenes Kohlendioxid einatmest, würgt es dich im Hals, und zwar so entsetzlich, dass du spürst – du bekommst keine Luft mehr.«

Sonderbarerweise fühlte er sich trotz seiner großen Schwäche ein wenig besser als zuvor, und die Bedrückung, die er empfand, verminderte sich dadurch, dass er über seinen eigenen Tod sprach.

Auf einmal waren tiefe Atemzüge zu vernehmen.

»Er ist eingeschlafen«, sagte Albee.

Damit meinte er seinen Mentor. Er benutzte dessen Namen so gut wie nie. »Weil er zufrieden ist, im Bewusstsein, dass er gewonnen hat.«

»Ist ihm denn nicht klar, dass er sterben wird? Hast du ihm die Sache mit dem Sauerstoff nicht erklärt?«

»Das weiß er selbst. Aber darauf kommt es ihm jetzt nicht mehr so sehr an.«

»Ich wollte schon immer wissen, was mit seinem kleinen Finger passiert ist«, sagte Cepesma. »Du weißt schon, der an der rechten Hand.«

»Kannst du mir einen Schluck Wasser geben? Meine Kehle ist wie ausgedörrt.«

Ein leichtes Knirschen, das durch das ganze U-Boot zu gehen schien, unterbrach die Stille. Vermutlich hatte der Druck irgendeine schwache Stelle gefunden. Albee beschloss, nicht weiter darauf zu achten. Er empfand eine sonderbare Gelassenheit, die ihn selbst überraschte.

Er nahm zwei Schlucke aus der Feldflasche, die ihm Cepesma reichte, und fühlte sich sehr viel besser.

»Was ist das?«, fragte er erstaunt. Der Geschmack kam ihm bekannt vor.

»Mein ganz besonderer Sorgenbrecher«, teilte ihm Cepesma mit. »Du hast ihn in Luarca probiert, nur haben wir hier niemanden, der ihn einschenkt.«

»Apfelwein! Was für eine Überraschung! Da nehm ich doch gleich noch mal einen ordentlichen Schluck.«

An die Stelle des bedrohlichen Knirschens war Golombeks Schnarchen getreten.

Durch den Apfelwein erfrischt, spürte Albee, wie er seine Gedanken besser ordnen konnte.

»Das ist in einer Vollmondnacht wenige Kilometer von Santa Rosalia vor der mexikanischen Küste passiert. Santa Rosalia ist ein entzückender Ort mit weiß gestrichenen Häusern und Palmen, und in der Luft liegt der Geruch des Meeres. Man hatte uns dort von Kalmaren berichtet, die fast zwei Meter lang werden. Die Fischer dort nennen sie Teufels- oder Humboldt-Kalmare. Sie fahren nachts in alten Booten hinaus und locken die Tiere, indem sie mit Scheinwerfern ins Wasser leuchten, denn sie verdienen auch am Verkauf dieser Kalmare. Er hat sich mit einem der Fischer angefreundet, damit uns der in seinem Boot mit hinausnahm. Wir waren etwa zwei Seemeilen von der Küste entfernt. Du hättest uns sehen sollen! Ich hatte mir eine Unterwasser-Fotoausrüstung umgehängt, mit Scheinwerfern und allem, was dazugehört. Als mich der Fischer gesehen hat, hat er sich bekreuzigt und erklärt, er würde uns auf keinen Fall dahin bringen, wo er die Kalmare gesehen hatte, denn bei meinem Anblick würden die sicher wild, und er wollte sich und seine Familie nicht ins Unglück stürzen.«

Nach einer kleinen Pause fragte Cepesma mit vor Ungeduld zitternder Stimme: »Was hat er mit ›die würden wild‹ gemeint?«

»Ja, die Leute glauben, dass sich die Tiere an Vorgänge und sogar an das Aussehen der Boote unter der Wasserlinie erinnern können. Ihrer festen Überzeugung nach greifen die Kalmare mehr oder weniger aufgrund einer rationalen Entscheidung an, weshalb man sie auf keinen Fall reizen oder unnötig wütend machen darf.«

»Das klingt mir ganz vernünftig.«

Cepesma fühlte sich an eine Geschichte erinnert, die ihm Chaco erzählt hatte. Er wusste, dass die Kalmare mit ihrem ungeheuer scharfen Schnabel beißen können und Angreifer sozusagen bespucken. Dass sie aber wirklich gefährlich sein konnten, war ihm bis dahin nicht klar gewesen. Chaco hatte über sie gesagt: »Das sind unglaublich gemeine Viecher.« Dabei hatte er natürlich nie erlebt, was Cepesma gerade zweitausendfünfhundert Meter unter dem Meeresspiegel hatte mit ansehen müssen.

Albee fuhr fort: »Wir haben den Fischer schließlich mit Hilfe von fünfhundert Dollar überredet. In der Annahme, dass dreißig Meter Wassertiefe genügen würden, habe ich meinen Fotoapparat und die Filmkamera fertig gemacht und beides an meinem Geschirr angebracht. Dann haben wir die Atemluftflaschen angelegt. Golombek war noch nie bis in diese Tiefe getaucht, wollte aber seinen Untersuchungsgegenstand unbedingt von Angesicht zu Angesicht sehen. Ich habe ihm klarzumachen versucht, dass das möglicherweise kein besonders guter Gedanke sei, denn ich komme eigentlich ganz gut allein zurecht. Er hat sich aber nicht von seinem Vorhaben abbringen lassen. Könnte ich wohl noch einen Schluck von deinem Apfelwein haben?«

Cepesma reichte ihm die Feldflasche. Unwillkürlich musste Albee lächeln. Alles, was sie taten, stand im krassen Gegensatz zur Notwendigkeit, sparsam mit der Atemluft umzugehen, um das unausweichliche Ende hinauszuzögern. Er nahm einen kräftigen Schluck und fühlte sich sonderbar beschwingt.

»Nun, wir sind also zu zweit getaucht, haben uns ganz langsam und vorsichtig bewegt, um nicht aufzufallen. Wir konnten einander nicht sehen und uns auch nicht verständigen. Tropische Gewässer sind tagsüber kristallklar, aber in der Nacht finster wie das Grab. Ich hab die Scheinwerfer eingeschaltet und ihm durch Zeichen bedeutet, dass er sich hinter mir halten sollte. Das Licht hat eine ganze Menge Fische angelockt, die ganz dicht an uns vorbeigeschwommen sind. Auf andere Lichterscheinungen haben wir nicht weiter geachtet.«

»Du meinst Biolumineszenz«, sagte Cepesma. »Da bin ich jetzt fast schon ein Fachmann.«

Erneut lief ein Knirschen durch das U-Boot. Golombek schlief weiter.

»Zuerst siehst du bei diesen Tieren nur den Lichtreflex auf dem weißen Bauch«, fuhr Albee fort. »Sie schwimmen mit dem Rücken nach hinten und strecken die Arme nach vorne aus. Es heißt, dass die Teufelskalmare rot sind, aber sie haben im Licht unserer Scheinwerfer krankhaft weiß ausgesehen, wie Gespenster, verlorene Seelen in der Schwärze des Meeres. Sie tauchen aus dem Nichts auf und verschwinden wie mit einem Zauberschlag wieder im Nichts. Erst siehst du sie vor dir, dann sind sie mit einem Mal hinter dir. Sie können vollständig aufrecht aus der Tiefe aufsteigen, und mit einem Mal spürst du die Berührung ihrer Fangarme an der Wade. Das ist so, als ob dir jemand mit Schmirgelpapier darüberstreift. In diesem Augenblick merkst du nicht nur, dass sie viel intelligenter und gerissener sind, als du geglaubt hättest, sondern vor allem, dass du dich in ihrem Reich befindest, ein Eindringling und Friedensstörer bist, mit allen Nachteilen, die das bedeutet. Sie spielen mit dir.«

»Bis die Sache kein Spiel mehr ist.«

Albee wollte noch einen Schluck nehmen. Aber er merkte, dass die Feldflasche leer war, und warf sie achtlos beiseite.

»Wir wussten, worauf wir uns eingelassen hatten. Uns war bekannt, dass Humboldt-Kalmare äußerst aggressiv reagieren können, wenn sie am Angelhaken hängen. Trotzdem kam der Angriff für uns beide überraschend. Kaum hatte ich etwas hinter mir gespürt, als mir schon die Luft aus der Lunge gepresst wurde. Stell dir einfach vor, jemand packt dich um die Hüfte und drückt mit unvorstellbarer Kraft zu. Es hat eine ganze Weile gedauert, bis mir klar war, dass mir eins der Tiere – es hatte sich auf meinem Rücken festgeklammert – die Tauchmaske runterreißen wollte. Nie werde ich die Berührung dieses nassen und entsetzlich kalten Körpers vergessen, der mir jede Wärme zu entziehen schien ...«

Erneut ließ Albee eine lange Pause eintreten. Das Knirschen wurde allmählich stärker. Metall rieb auf Metall. Vermutlich, ging es Cepesma durch den Kopf, würde das verdammte Geräusch sie sogar dann weiter verfolgen, wenn sie die Möglichkeit hätten, sich sinnlos zu betrinken.

»Als er das sah, hat er sein Tauchermesser gezogen und sich dem Kalmar zum Kampf gestellt. Ich hatte Angst zu ertrinken und habe das Bewusstsein verloren. Ich kann mich nur noch erinnern, dass etwas an mir zog und wir allmählich auftauchten. Im Boot wäre ich fast in Ohnmacht gefallen, aber der frische Nachtwind hat dafür gesorgt, dass ich rasch wieder zu mir kam. Überall war Blut, doch es stammte nicht von mir. Er hielt einen Kiefer in der rechten Hand, so groß wie ein Handball, du kennst das ja, diese dunklen Papageienschnäbel, die hart wie Stein sind. Seine Hand war verbunden, aber das Blut sickerte durch die schmutzigen Lappen. Das Tier hatte ihm ein Fingerglied abgebissen, während er es zu töten versuchte ... Nanu, was ist denn da los? Ich sehe Licht.«

Diese Worte hörte Cepesma wie aus weiter Ferne. Er merkte zwar, dass er wieder sehen konnte, musste sich aber wegen der plötzlichen Übelkeit, die ihn ergriffen hatte, abwenden. Er übergab sich.

»Merkwürdig. Sieht ganz so aus, als hätten wir wieder Strom. Mit einem Mal kann ich wieder sehen«, hörte er Albees Stimme. Sie klang verzerrt.

Er rang nach Luft und versuchte verzweifelt, Sauerstoff in die Lunge zu bekommen. Die Übelkeit ließ nicht nach, sondern wurde immer schlimmer. Es gelang ihm, einen Blick um sich zu werfen. Tatsächlich leuchtete etwas, ein Schatten, dessen Umriss durch viele bunte Flecken erkennbar und größer war als das U-Boot. Er kam näher.

»Er ist wiedergekommen … um uns zu erledigen«, stammelte Albee. »Er will den Rumpf mit seinem widerlichen Papageienschnabel knacken.«

Dann hörten sie den Anprall, ein dumpfes Geräusch, das im ganzen U-Boot widerhallte. Ihm folgten weitere, weniger heftige Schläge. Das Metall sirrte auf eine ganz entsetzliche Weise. Cepesma, der jeden Augenblick das Bewusstsein zu verlieren drohte, hätte schwören können, dass die Geräusche vom Hauptluk kamen. Der Gedanke, dass der Kalmar im Begriff stand, einen seiner Arme in die Zugangsöffnung zur *Atlantis* zu zwängen, war ebenso schauerlich wie unvorstellbar. Der Aufschrei seines Gefährten bestätigte seine Befürchtung.

»Er hat uns!«, rief Albee. »Er will hier rein.«

Unterdessen schlief Golombek ruhig weiter. *Der Sauerstoffmangel hat bei ihm zuerst gewirkt*, ging es Cepesma nicht ohne Neid durch den Kopf. *Er ist bewusstlos*. Erneut suchten ihn die unangenehmen Empfindungen heim, die er bereits kannte: Kälteschauer, Übelkeit, kalter Schweiß und der Drang, sich zu übergeben.

Dann hörte das Geräusch unvermittelt auf.

Der Lichtschimmer drang nach wie vor ins Innere der *Atlantis*. In der tödlichen Stille sah Cepesma Albees schlaffe Gestalt. Das U-Boot knirschte jetzt ständig. Offenbar war der Rumpf an die Grenze seiner Festigkeit gelangt. Die Minuten dehnten sich endlos, dann hallten erneut metallische Schläge, die in seinem Kopf ihr Echo fanden und ihn in Stücke zu reißen schienen.

Das ganze U-Boot begann zu zittern, und er hörte, wie es über den Meeresboden knirschte.

Im selben Augenblick wurde ihm klar, dass die *Atlantis* dem Abgrund entgegenglitt.

30

Tauchen

An Bord der Merlin

Calvin Steiffel beobachtete die Vorbereitungen durch die riesigen getönten Scheiben seiner Suite auf dem dritten Deck am Bug der *Merlin*. Zum dritten Mal arbeiteten die Leute gegen die Uhr, im Versuch, den Wettlauf gegen den Ozean zu gewinnen. Er fürchtete noch mehr als sie selbst, dass sie ihn verlieren würden. Wieder eine Tauchfahrt, die scheitern konnte, genau wie die vorigen.

Er sah die Männer mit ihren Helmen und leuchtend roten Overalls, die taten, was sie auch bei den vorigen Malen getan hatten. Was für eine ärgerliche Farbe! Sobald er wieder an Land war, und dazu hatte er die größte Lust, würde er den Hornochsen zum Teufel schicken, der diese Arbeitskleidung entworfen hatte. Einige der Arbeiter liefen über den Rumpf der *Beebe*, als wären sie Fliegen, um die üblichen Kontrollen durchzuführen, während der Arm des Y-förmigen Krans das U-Boot an den Haken nahm. Einer der Männer an Deck gab dem Kranführer Zeichen.

Schließlich hob sich das silbrig glänzende U-Boot und wurde längsseits geschwenkt. Eine Barkasse mit drei Männern in blauen Schwimmwesten war ebenso in Bereitschaft wie ein mit zwei Tauchern besetztes Schlauchboot, das wie ein Ball auf den Wellen hüpfte. Steiffel fürchtete, dass alles vergeblich sein würde. Womöglich behielt der Dummkopf von Flogarthy Recht. Das Wetter war in den vergangenen Stunden immer schlechter geworden.

Die Wellen nahmen an Wucht und Größe zu, was sogar die *Merlin* schon seit einer ganzen Weile zu spüren bekam.

So sacht es ging, wurde die *Beebe* zu Wasser gelassen, dann ließ der Kranführer das straffe Drahtseil locker. Ein Arbeiter am Deck der *Beebe* glitt beim ersten Versuch, den Kranhaken zu lösen, auf der Titan-Außenhaut aus und verschwand im Wasser.

Eine steile Zornesfalte grub sich über Steiffels Nasenwurzel ein. Auf keinen Fall konnte er es sich leisten, schon wieder einen Mann zu verlieren. Erleichtert sah er, dass der Arbeiter nach einer Weile aus den Wellen auftauchte und sich am Sicherungsseil festhielt, das ihn mit dem Schlauchboot verband. Obwohl er noch zwei Mal ausglitt, trotzte er mit beachtlicher Zähigkeit der immer kabbeliger werdenden See, und schließlich gelang es ihm, nahe dem Einstiegsluk festen Fuß zu fassen. Als er den Kranhaken löste, schlug dieser an seinem Drahtseil wild in alle Richtungen. Mit großem Geschick wich er ihm aus, sprang ins Wasser und erreichte schwimmend die Barkasse, deren Besatzung ihn an Bord zog. Endlich konnte die *Beebe* ihre Tauchfahrt beginnen.

Der Anflug eines Lächelns legte sich auf Steiffels Züge. Er zog sich von dem großen getönten Panoramafenster zurück und richtete den Blick auf das Goldfischglas.

Schon seit drei Tagen hatte er das Wasser darin nicht erneuert. Sauerstoff und Futter – das brauchten die drei Fische. Mit nach oben gerichteten Mäulern schnappten sie danach. Womöglich konnten sie es eine Woche so aushalten, unter Umständen auch zehn Tage. Dann aber würden sie mit Sicherheit anfangen, übereinander herzufallen. Zwei von ihnen waren gleich groß, der dritte deutlich kleiner, allerdings flinker als die anderen.

Steiffel richtete seine Aufmerksamkeit auf den kleinen Fisch. Ob er das erste Opfer wäre? Es war denkbar, dass er einen stärkeren Überlebensinstinkt besaß und es ihm gelang, sich den Nachstellungen der anderen zu entziehen.

Es gab immer solche, die überleben würden, und solche, die zum Tode verurteilt waren.

Das faltige Gesicht von Kapitän Flogarthy war bleicher als sonst. Wie ein Lauffeuer hatte sich unter der ermatteten Besatzung der *Merlin* die Nachricht herumgesprochen, dass man die angeblichen Umweltschützer retten wollte. Dem Kapitän gefiel das Vorhaben ganz und gar nicht. Fast alle auf dem Schiff waren unruhig und nervös, und mehrere Arbeiter hatten bereits ihre Kündigung einreichen wollen. Immer häufiger ließen sich Männer auf der Krankenstation Beruhigungsmittel geben. Der Ölnachschub von den Bohrlöchern stockte, und die Hubschrauber-Landeplattform blieb leer. Was wollten sie überhaupt noch dort? Verdrossen gingen die meisten ihrer Arbeit nach. Flogarthy war bewusst, dass es nicht mehr lange dauern konnte, bis die Situation unhaltbar wurde. Und jetzt noch dieses so gut wie aussichtslose Rettungsunternehmen – als hätten sie nicht schon genug Sorgen!

Aber Steiffel hatte sich nicht davon abbringen lassen, die Sache zu unterstützen. Das beunruhigte Flogarthy am meisten. Er kannte den Ruf seines Arbeitgebers und verstand nicht, warum er auf einmal so selbstlos handelte.

Längst schon hätten sie Kurs auf die Küste nehmen müssen. Alles konnte nur noch schlimmer werden.

31

Die Beebe

An Bord der Beebe, *Tauchboot der* Merlin

Zwar bot das Innere der *Beebe* nicht übermäßig viel Platz, aber doch deutlich mehr, als Nora angenommen hatte. Ihre Befürchtung, sie müssten sich in einem engen Schlauch aneinander vorbeizwängen, hatte sich zum Glück nicht bestätigt. Allerdings roch es überall durchdringend nach Maschinenöl.

Das Innere verfügte über fünf Bullaugen mit einem Durchmesser von jeweils mehr als dreißig Zentimetern, und am Heck befand sich ein durch eine Art Zwischenwand abgetrennter Lagerraum für die Sauerstoffreserve, Ersatzteile und Lebensmittelvorräte. Morales saß an einem Steuerpult mit zwei kreisrunden Bedienungselementen für den Rettungstunnel, durch den Menschen aus einem druckfesten Boot in ein anderes gebracht werden konnten. Sonderbar gezackte Schatten liefen über seine Hände.

Nora setzte sich an das Bullauge, das am weitesten von seinem Arbeitsplatz entfernt war.

Márquez saß zwischen ihr und dem Ingenieur.

In der Kabine auf der *Merlin* hatte sich Nadja mit einem Kuss von ihr verabschiedet. Es war ihr nicht entgangen, dass das Kind die ganze Nacht geweint hatte.

Sie versuchte, diese Erinnerung von sich zu schieben.

»Wir haben da draußen in einem druckfesten Behälter eine Videokamera«, sagte Márquez. »Gewöhnlich sehe ich mir alle Aufnahmen an, die sie macht. Wie fühlen Sie sich hier? Die *Beebe* ist das Beste, was wir haben.«

»Das reinste Luxushotel«, sagte Nora mit einem Lächeln.

Flink und geschickt eilten die Finger der Pilotin über die Knöpfe und Schalter an der Decke. Sie trug einen blauen Neoprenanzug, der ihren jungen Körper eng umschloss; den Reißverschluss hatte sie gerade so weit geöffnet, dass er einen schicklichen Ausschnitt freiließ.

Noras Augen brauchten eine Weile, um sich an das Dämmerlicht der Bildschirme zu gewöhnen, von denen aus Kabel wie leblose Schlangen in der Dunkelheit zwischen den Atemluftflaschen verschwanden. Grünlich und rötlich schimmerten Zahlen auf, und ihr unverständliche senkrechte Balken hoben und senkten sich auf den Bildschirmen. Morales legte einen Schalter um. Man hörte ein leises Knistern, und draußen vor dem Bullauge wurde es hell.

»Dreihundert Meter, keine besonderen Vorkommnisse«, sagte Márquez.

Auch wenn die Insassen dank ihrem Neoprenanzug nichts davon merkten, befanden sie sich in einer Art Kühlschrank. Nora sah das an der Art, wie sich die von ihr ausgeatmete Luft in ein kleines Wölkchen verwandelte. Alles, was sie berührte, war klamm, weil die Luftfeuchtigkeit sofort kondensierte. Auch von dem dicken Quarzglas der Bullaugen lief Kondenswasser herab.

»Alles verläuft nach Plan«, erklärte Márquez. »Die Lüftungsanlage arbeitet einwandfrei, und wir werden in etwa einer Viertelstunde eine Tauchtiefe von tausend Metern erreicht haben.«

Es gab nichts, womit man sich hätte ablenken können. Die Sicht nach draußen reichte nur etwa drei Meter weit. Man hörte keinerlei Geräusche. Sie waren in eine Welt der immerwährenden Stille eingetaucht. Man spürte nicht einmal das Sinken. Von der Anzeige des Tiefenmessers abgesehen bildete die immer stärkere Kondenswasserbildung den einzigen Hinweis darauf.

Überrascht merkte Nora, dass sie ihr Zeitgefühl zu verlieren begann.

»Wir befinden uns etwa fünfzehn Meter über dem ersten Abhang«, teilte Márquez mit.

Durch das Mikrofon klang ihre Stimme metallisch. Dann meldete sich Kapitän Flogarthys Stimme im Lautsprecher. »Verstanden. Ihr könnt wie geplant fortfahren. Gebt eure Position durch. Ende.«

Márquez betätigte einige weitere Schalter, und jetzt hörte Nora das Aufheulen der Motoren. Ein kurzer Ruck ging durch das Boot. Dann hörte Nora eine weitere Stimme, bei deren Klang sie unwillkürlich zusammenzuckte. Sie schien nicht aus dem Lautsprecher zu kommen, nicht von der *Merlin*, sondern von irgendwo hinten im Boot.

»Ich bin hier, Mama.«

Zuerst nahm sie an, sie sei einer Sinnestäuschung erlegen, die auf ihre übergroße Anspannung zurückging – oder war es ein Anfall von Schizophrenie?

Sie öffnete die Augen und sah ihre Tochter vor sich, die sich hinter der Trennwand hervorzwängte und mit größter Selbstverständlichkeit vor sie hintrat, wie ein zusätzliches Gepäckstück, das im Flughafen zufällig zu den anderen auf das Förderband geraten war. Ihre großen grünen Augen suchten das Einverständnis der Mutter. Wie immer hing ihr der weiße MP3-Spieler um den Hals. Die Haare hatte sie zu einem Knoten zusammengefasst. Auch sie war in einen blauen Neoprenanzug gekleidet, der ihr blendend stand und wie bei allen anderen das Firmenzeichen der Texon trug. Woher sie ihn haben mochte?

Márquez ließ sich nicht von ihrer Aufgabe ablenken. Sie hatte genug damit zu tun, das Tauchboot auf Kurs zu halten und durch die Bugkamera darauf zu achten, dass sie dem sandigen Boden, der sich in die Tiefe neigte, nicht zu nahe kamen.

Nora musste daran denken, wie sehr ihre Tochter diese Frau bewunderte. Nadja, die ihre Gedanken zu erraten schien, sagte: »Sie kann nichts dafür, Mama. Ich will mich nicht von dir trennen. Um nichts auf der Welt wäre ich ohne dich auf dem Schiff geblieben. Bitte, Mama!«

Dieses »bitte, Mama« hatte Nora bestimmt schon eine Million Mal gehört. Sie fasste das Mädchen sanft an den Schultern und versuchte, jede Schärfe aus ihrer Stimme herauszuhalten.

»Wie konntest du nur …? Die Sache ist äußerst gefährlich. Ist dir nicht klar, dass es sich hier nicht um ein Spiel handelt?«

»Tut mir wirklich leid, Mama, aber ich will unbedingt bei dir sein.«

Eins war Nora klar: Sie mussten umkehren.

Sie trat zwischen die beiden Mexikaner und forderte: »Wir müssen sofort wieder nach oben. Das hier ist nichts für eine Vierzehnjährige.«

»Wir sind auf tausendsiebenhundert Meter, und alles läuft bestens«, sagte Márquez. »Bis zu den Leuten da unten sind es nur noch zwanzig Minuten. Wollen Sie die etwa einfach ihrem Schicksal überlassen?«

»Wir müssen zurück«, beharrte Nora. »Sie kommt nicht mit runter. Haben Sie mich verstanden?«

»Bitte, Mama.«

Morales hob die Hände. »Beruhigen Sie sich. Falls es wirklich gefährlich werden sollte, tauchen wir auf.«

Nora merkte, dass sie im Begriff stand, die Beherrschung zu verlieren. Ein Schwindel erfasste sie, und es kam ihr so vor, als rückten die Wände des Tauchboots näher aneinander, erst langsam, dann immer schneller. Mit einem Mal wurden ihr die Knie weich, und sie musste sich setzen.

Nadja trat einige Schritte beiseite. Sie erlebte eine solche Krise bei ihrer Mutter nicht zum ersten Mal mit und wusste, dass man ihr in solchen Augenblicken nicht zu nahe kommen durfte und ihr Zeit lassen musste. Schon bald erholte sich Nora. Nachdem sie einige Minuten mit geschlossenen Augen sitzen geblieben war, gewann sie die Fassung zurück, und ihr Gesicht bekam wieder etwas Farbe. Sie streckte die Hand aus, schlang ihre Finger um die ihrer Tochter und küsste jeden einzelnen.

Sie hatte sich mit der Situation abgefunden.

»Möchten Sie etwas trinken?«, fragte Márquez fürsorglich.

Nora schüttelte den Kopf und stützte das Kinn auf die zusammengelegten Fingerspitzen.

»Es war ganz allein meine Entscheidung, Mama. Das musst du mir glauben.«

»Wie viel Zeit bleibt noch?«, erkundigte sich Nora.

»Ganz wenig. Ich weiß nicht, ob wir es rechtzeitig schaffen können«, gab Márquez zurück.

Sie sah nach wie vor konzentriert auf ihre Instrumente. Jetzt waren sie ganz nahe am Abhang. Obwohl alle drei starken Scheinwerfer den Boden absuchten, blieben in Vertiefungen immer wieder Schatten. Nadja beobachtete einen schlanken Fisch, dessen Farbe zwischen Orange und Braun spielte und der langsam vorüberzog, bis er aus ihrem Blickfeld verschwand.

Sie hat nicht mal auf die Uhr gesehen, ging es Nora durch den Kopf. *Ein schlechtes Zeichen.*

»Wir sind fast zweitausend Meter tief, aber ich krieg kein Signal von den Transpondern. Ich regel mal die Empfindlichkeit des Sonars hoch.«

»Was sind Transponder?«, wollte Nadja wissen.

»Am besten stellst du dir das als eine Art kleine Leuchttürme vor, von denen wir in einem ziemlich großen Umkreis und in einer Höhe von etwa hundert Metern über dem Meeresboden ein paar Dutzend an Bojen verankert haben, damit wir uns nicht am Meeresboden selbst orientieren müssen«, sagte die Frau. »Sie schicken das Signal unseres Sonars zurück, und so erfahren wir, wo wir sind und in welche Richtung wir uns bewegen müssen.«

Sie runzelte die Stirn. »Wirklich sonderbar. Wir müssten längst in ihrer Reichweite sein. Ich stell jetzt den Höchstwert ein. Ich muss genau wissen, wie es hier unten aussieht.«

Auf dem Bildschirm des Sonars mit seinen roten konzentrischen Kreisen lief eine leuchtende Linie um, die Nora an einen Scheibenwischer denken ließ. An gelbliche Zonen stießen auf der einen Seite grüne und auf der anderen solche von einem tiefdunkel leuchtenden Blau.

»Auflösung fünfhundert Meter voraus und zunehmend«, sagte Márquez.

»Sieht ziemlich glatt aus«, sagte Nora.

Márquez wies auf den Bildschirm. »Wir nähern uns dem Rand eines tiefen Grabens unmittelbar am Rand der grünen Zone, da, wo die Farbe nach rötlich wechselt. Allem Anschein nach ragt hier nichts höher als drei Meter über den Boden hinaus. Zweitausendzweihundert Meter.«

Morales hob den Kopf und wies triumphierend auf den Bildschirm. »Da ist es doch!«

»Meinen Sie das rosa Ding da?«, fragte Nadja.

Ein neuer Umlauf des Zeigers, und »das rosa Ding da«, von dem Nadja gesprochen hatte, zeigte sich. Es war ein unregelmäßiger kegelförmiger Körper, der sich rosafarben vom Bildschirm abhob. Allerdings lag er praktisch am Rand der Schwärze, die dessen oberen Teil beherrschte.

»Das Tauchboot«, sagte Márquez. »Wir sind gleich da. Alles läuft bestens. Ich denke, wir kriegen das wunderbar hin.«

Angespannt sahen sie zu den Bullaugen hinaus. Der Meeresboden wurde im Licht der Scheinwerfer sichtbar. Márquez dirigierte die Scheinwerfer, verstärkte die Helligkeit, und schon bald wurde der Rand des tiefen Grabens sichtbar. Von einem Augenblick auf den anderen verschwand der Meeresboden unter ihren Augen in der unermesslichen Tiefe einer Schlucht. Nora musste an den Schwindel denken, der sie beim Überfliegen der ungeheuren Amazonia Planitia erfasst hatte, der ausgedehnten Hochebene im Norden des Mars. Sie hatte eine tiefe Liebe zur Geologie entwickelt, weil es sich dabei um die den Gesteinsformationen eingeschriebene wunderbare Geschichte der Erde handelte, die sich über Tausende von Jahrmillionen in die Vergangenheit erstreckte und nicht nur von Katastrophen unvorstellbaren Ausmaßes berichtete, sondern auch meisterliche Skulpturen zeigte, wie sie lediglich das Zusammenwirken von Erosion und dem Ablauf der Zeit hervorzubringen vermag. Dieses Verständnis für die Äußerungsformen der gestalteten Erde verdankte sie ausschließlich ihrem Onkel.

In beinahe kränkender Weise unterbrach Flogarthys Stimme, die blechern aus dem Lautsprecher hallte, die Stille. »*Beebe*, gebt bitte eure Position bekannt.«

Morales griff nach einem Mikrofon und antwortete: »Wir folgen der Küstenlinie in südöstlicher Richtung. Position ist vierundvierzig Grad Breite und etwa sechs Grad Länge.«

»In dem Gebiet gibt es keine Transponder«, sagte der Kapitän der *Merlin*.

»Hier *Beebe*. Das ist uns schon aufgefallen. Aber unser Ziel liegt weniger als sechshundert Meter vor uns.«

Nach kurzem Schweigen kam die leicht verrauschte Antwort: »Verstanden. Gebt eure Position durch, wenn ihr da seid. Ende.«

Nora fiel an Morales eine gewisse Unruhe auf.

»Wann sind wir da?«, wollte Nadja wissen.

»Bald, mein Schatz«, sagte Márquez und zwinkerte ihr zu. »In weniger als fünf Minuten.«

Nora wandte sich zu Morales um. Das Mikrofon stand gleich

neben seiner linken Hand. Offenkundig wollte er sich nicht von ihm entfernen. Als er ihren Blick spürte, wandte er sich erneut seinen kreisrunden Bedienungselementen zu. Auf seiner Stirn standen kleine Tropfen. Nora war fest überzeugt, dass es sich dabei nicht um Kondenswasser handelte.

Sie fragte: »Und damit steuern Sie den Rettungstunnel?«

Eifrig erläuterte er: »Ja. Er besteht aus einer Titanstahl-Legierung und lässt sich mit Hilfe von Elektromagneten zusammenschieben und auseinanderziehen, ungefähr so wie der Faltenbalg eines Akkordeons. Ich überprüfe gerade den Flüssigkeitsstand in den Akkumulatoren.«

»Liefern die denn genug Strom?«

»Mehr als genug. Die sind so groß wie die Starterbatterie eines Sattelschleppers.«

»Und das funktioniert Ihrer Ansicht nach?«

Zwar rümpfte Morales die Nase, dennoch schien er besorgt zu sein. Mit leichtem Achselzucken sagte er: »Ich habe das im Labor erprobt. Ich wüsste keinen Grund, warum es nicht funktionieren sollte.« Es klang, wie sie fand, nicht besonders überzeugt oder überzeugend.

»Da ist es!«, rief Nadja aus. »Ich kann es sehen.«

»Ich fahre auf die andere Seite in Richtung auf den Graben«, sagte Márquez. »Ui, das sieht aber gar nicht gut aus. Kannst du gleich mal das Hilfslicht einschalten, Nestor? Ich muss mir das etwas genauer ansehen.«

»Ach je«, flüsterte Morales. »Sicher sind wir zu spät gekommen.«

Das Licht fiel auf die *Atlantis* und brach sich schimmernd an ihrem Bug und auf dem Plexiglas der Kanzel. Ein Blick genügte, um zu sehen, dass die Lage höchst bedenklich war.

Das Tauchboot lag auf der Backbordseite dort, wo es am Rand des Grabens zu einer weiteren Steilstufe hinabging, der letzten vor dem endgültigen senkrechten Absturz in die Tiefe. Der Bug sah sonderbar aus: drei Bullaugen in einer Titanstahlumrandung, die vermutlich eine gute Sicht boten. So, wie das Boot dalag, hatten sich die Insassen angesichts der herrschenden völligen Dunkelheit unmöglich ein Bild davon machen können, wie prekär ihre Lage war. Das Heck ragte mit etwa einem Drittel der Gesamtlänge des Tauchboots bereits ins Leere. Es war nahezu ein Wunder, dass es noch nicht in die Tiefe gestürzt war. Beim Näherkommen zeigten ihnen die Scheinwerfer der *Beebe*, woran das lag: Ein sich an der Kante leicht aufwölbender Rand aus Gestein, vermutlich Überreste einer zusammengebrochenen Sekundärterrasse, hielt es dort in einem bedenklich instabilen Gleichgewicht. Es war nicht sicher, ob noch jemand darin am Leben war. Und noch etwas zeigten die Scheinwerfer.

»Was sind die dunklen Kugeln da?« fragte Morales. »Die sitzen ja überall.«

Nadja fuhr aus ihrem Sitz hoch. »Seeigel«, sagte sie. »Das sind Seeigel.«

32

Rettung

An Bord der Beebe,
in zweitausend Metern Tiefe

Während die *Beebe* lautlos in der Dunkelheit schwebte, sandte sie drei mächtige Lichtkegel in Richtung auf die *Atlantis*. Einige der dunklen Kugeln, die sich scharf von dem hellen Meeresboden abhoben, hatten sich bereits auf dem Rumpf des Tauchboots festgesetzt, während die meisten es noch an Back- und Steuerbord umschwammen. Nora sah, dass die Tiere in einer geordneten Reihe von weit jenseits der Reichweite der Scheinwerfer kamen. Sie schienen eine Art Marschkolonne zu bilden, aus der sie erst ausscherten, wenn sie das Tauchboot erreicht hatten.

Márquez ließ ihr Boot bewegungslos etwa fünf Meter über der

Atlantis schweben. Nadja staunte, als sie durch ihr Bullauge sah, wie sich aus dem Rumpf der *Beebe* eine Art Nabelschnur entrollte, so, als drückte eine riesige Spinne mit genauer Berechnung einen Seidenfaden aus ihrer Brustdrüse. Am anderen Ende des Kabels befand sich ein Zwillingsbruder des *Schnüfflers*, der jetzt seine kleinen, aber starken Scheinwerfer einschaltete und sich dem aus drei Sektionen bestehenden Beobachtungsfenster am Bug der *Atlantis* näherte.

Alle drei verließen ihren Posten am Bullauge und sammelten sich um Márquez.

Auf dem Bildschirm sah man die drei Männer, von denen zwei zusammengesunken am Boden lagen. Der dritte, dem es wohl am schlechtesten ging, hatte schwarze Flecken auf den Schläfen – verkrustetes Blut. Eiskalt lief es Nora über den Rücken.

»Wir sind zu spät gekommen«, sagte Márquez. »Von denen lebt keiner mehr.«

Als wollte er dagegen aufbegehren, drehte einer der drei den Kopf und bewegte schwach einen Arm. Man konnte sehen, dass sich seine Brust kaum wahrnehmbar hob und senkte.

»Doch!«, rief Nadja aus.

»Sie sind kurz vor dem Ersticken!«, sagte Márquez. Sie sah zu Morales hin. »Nestor?«

Der Ingenieur kratzte sich am Hinterkopf. »Ich weiß nicht recht … Wir können es probieren.«

»Wie lange hält der Tunnel dem Druck hier unten stand?«, erkundigte sich Nora.

»Das kommt auf die mechanischen Belastungen, die Stromspannung und die Leistungsfähigkeit der Elektromagneten an. Fünf oder zehn Minuten, wenn die Lenzpumpen mit voller Kraft arbeiten.«

»Wie können wir die Männer ins Bewusstsein zurückrufen?«

Morales biss sich auf die Unterlippe. »Wenn ich das wüsste! Sie müssen unser Signal hören und ihr Luk öffnen, sobald der Druckausgleich hergestellt ist. Ich sehe nicht, wie das gehen soll, es sei denn …«

»Einer von uns geht da rein«, beendete Nadja seinen Satz. »Martha muss sich um das Boot kümmern. Niemand außer ihr kann es auf Position halten. Ich werde hier für die Steuerung des Rettungstunnels gebraucht – die Stromspannung muss überwacht werden, die Magnetfelder und so weiter.«

»Ich gehe«, sagte Nadja zu ihrer Mutter gewandt.

Noras Gesicht war abweisend. »Das kommt überhaupt nicht in Frage. Du bleibst hier. Keine Diskussion.«

Der Mexikaner sah auf die Uhr. »Wir müssen zu einer Entscheidung kommen. Wir hatten gehofft, dass die Leute aus eigener Kraft zu uns kommen könnten, und haben uns getäuscht.«

Er fuhr sich durch die Haare. Erneut war ihm Schweiß auf die Stirn getreten. »Wir müssen uns entscheiden.«

»Und der Tunnel hält ganz bestimmt?«, fragte Nora.

»Ich gehe«, erklärte Márquez. »Du kannst dich um das Boot kümmern.«

»Auf keinen Fall!«, rief Morales aus. »Dazu bist nur du imstande. Ohne dich geht es nicht.«

Nora sah ihn fest an. »Ich will die Wahrheit wissen.«

»Garantieren kann ich für nichts. Falls er nicht standhält, kann unser Boot durch den Überdruck platzen wie ein Ei im Mikrowellenherd.«

»Das Luk da drüben«, damit wies Márquez auf die *Atlantis*, »lässt sich nicht von außen öffnen.«

Wortlos sah sich Nora nach einem schweren Gegenstand um, ging dann zum Heck und kam mit dem größten Schraubenschlüssel zurück, den sie hatte finden können.

»Ich geh rüber und schlag damit fest drauf, bis mich einer hört und aufmacht.«

Nadja trat zu Márquez, deren Hände auf den Steuerhebeln ruhten. Sie fasste sie bei den Handgelenken. »Bitte … sagen Sie meiner Mutter, dass sie nicht gehen soll«, flehte sie mit einem Blick zu Morales hinüber. »Ich kann es doch versuchen.«

»Nein, mein Schatz, das geht nicht«, sagte Nora, ohne den Ingenieur aus den Augen zu lassen. Sie war wütend auf ihn.

»Ich gehe, Schluss der Debatte«, beharrte Nora.

Morales gab ihr eine kleine Funksprechgarnitur. »Na schön. Setzen Sie sich das hier auf. Der Tunnel lässt sich bis zu einer Länge von drei Metern ausfahren. Wenn etwas schiefgeht, befolgen Sie meine Anweisungen ohne Widerrede. Ist das klar?«

»Klar wie Kloßbrühe«, gab Nora zurück und zog den Reißverschluss ihres Neoprenanzugs hoch.

Zehn Minuten später begann die Rettungsaktion.

Márquez fuhr so dicht wie möglich an die *Atlantis* heran und suchte nach der günstigsten Position für eine Verbindung zwischen dem Seitenluk der *Beebe* und dem Hauptausstiegsluk des Havaristen. Am liebsten hätte sie ihr Boot auf den Meeresboden gesetzt, entschied sich aber dagegen, als sie ihn sich genauer angesehen hatte. Risse durchliefen den Rand des Grabens, der bei einer zusätzlichen Belastung jederzeit wegbrechen konnte. Zum Glück herrschte nicht die geringste Strömung. Sofern die Leistung der Akkumulatoren nicht einbrach, konnte sie das Boot lange genug auf der Stelle halten, etwa so, wie ein Falke förmlich in der Luft stehen bleibt, bevor er sich auf seine Beute stürzt.

Morales begann den Tunnel auszufahren. Mit einem dumpfen Anprall, der im ganzen Boot widerhallte und die *Beebe* leicht zittern ließ, stieß dessen Ende an das Luk der *Atlantis*. Konzentriert achtete Morales auf die Anzeige, der er entnehmen konnte, ob die Elektromagneten für festen Kontakt der Randflächen zum Rumpf sorgten, damit ein wasserdichter Abschluss gewährleistet war. Als Nächstes betätigte er zwei weitere Schalter, und die Hydraulikanlage begann den Tunnel leerzupumpen.

Fünf Minuten später war der Druckausgleich zwischen dem Inneren der *Beebe* und dem Tunnel hergestellt. Morales machte Nora ein Zeichen, dass sie das Seitenluk öffnen könne.

»Bleiben Sie nicht länger als unbedingt nötig da drin. Vergessen Sie nicht – es ist nur eine Behelfsverbindung, die nicht lange hält. Es kann sein, dass Ihnen weniger als eine Minute zur Verfügung steht, bis sie sich löst. Und eine Minute ist nicht lang.«

Sie gab ihm zu verstehen, dass sie begriffen hatte, nahm den schweren Schraubenschlüssel fest in die Hand und verschwand im Tunnel. *Es sind nur drei Meter*, sagte sie sich.

Es war stockfinster, und sie fühlte sich von der Enge bedrängt. Während sie sich vorantastete, sog sie die Luft in vollen Zügen ein. Ihr war bewusst, dass es sich um eine geliehene Atmosphäre handelte, die von der *Beebe* stammte. Das Metall strömte eine entsetzliche Kälte aus. Behutsam setzte sie einen kleinen Schritt vor den anderen, wobei sie die Hände vor sich ausgestreckt hielt, um nicht anzustoßen. Sie erstarrten förmlich vor Kälte. Wie dumm von ihr, keine Handschuhe angezogen zu haben. Mit größter Vorsicht tastete sie sich weiter. Während sie ihr keuchendes Atmen hörte, kam es ihr so vor, als atmete da ein anderer. Der schwache Lichtschein der Taschenlampe in ihrer rechten Hand vermochte sie nicht zu beruhigen.

Wenn sie diese Probe bestand, sagte sie sich, hätte sie die Klaustrophobie ein für alle Mal besiegt, unter der sie seit Kindertagen litt. Damit könnte sie einen Triumph feiern, der es verdient hätte, in die Annalen der Psychiatrie einzugehen. Sie würde über alle lachen.

Endlich stieß sie gegen das Luk der *Atlantis*. Ihre Finger glitten auf einer Art Schleim ab, und ihr stieg ein so übler Geruch, eine Mischung aus Salzwasser und Fäulnis, in die Nase, dass sie fürchtete, sich übergeben zu müssen.

Woher dieser Schleim kommen mochte? Die Stimme des Ingenieurs, ihre einzige Verbindung mit der bekannten Welt, dröhnte in ihrem Kopfhörer.

»Doktor Pulaski? Melden Sie sich bitte.«

»Ich bin angekommen«, sagte sie fast im Flüsterton.

Aus irgendeinem ihr unbekannten Grund brachte sie es nicht fertig, lauter zu sprechen. Sie erkannte ihre eigene Stimme nicht mehr.

»Endlich! Ich habe schon mehrfach versucht, mit Ihnen Verbindung aufzunehmen.«

Stimmte das, oder war das wieder eine Lüge dieses Burschen?

»Beeilen Sie sich! Noch hält der Tunnel, ich kann Ihnen aber nicht sagen, wie lange das gut geht.«

Sie hob den Schraubenschlüssel und ließ ihn mit aller Kraft auf das Luk niedersausen. Er prallte vom Metall zurück und wäre ihren Händen beinahe entglitten. Etwas achtsamer versuchte sie es erneut. Sie spürte, wie ihre Finger immer kälter wurden. Noch einmal ließ sie den Schraubenschlüssel niedersausen. Nichts.

Dann fiel ihr das SOS-Signal ein: drei rasche Schläge hintereinander, drei mit größeren Abständen, dann wieder drei rasche.

Als sie kurz davor stand, ihre Bemühungen einzustellen, kam eine Antwort, wenn auch so schwach, dass ihre Atemzüge sie fast übertönten.

Es waren kaum wahrnehmbare Klopfgeräusche, die aber demselben Muster folgten: drei kurz, drei lang, drei kurz …

Nadja sah die Erscheinung als Erste. Sprachlos nahm sie winzige Lichtblitze um einen durchscheinenden Schatten herum wahr, der zehn mit Saugnäpfen besetzte leuchtende Arme vor sich ausstreckte. Die großen ovalen Augen glühten in einem wilden Rot. Als sie den Mund öffnete, um die anderen darauf hinzuweisen, sah sie einen weiteren Schatten in der Nähe des ersten auftauchen, dicht neben dem havarierten Tauchboot.

Sie schrie auf, als einer der beiden Schatten angriff.

33

Auferstehung

Argalik, Kasachstan, April 2005

Zu den Dingen, die Sergej Posochow am meisten ärgerten, gehörte der Mangel an Abwechslung. Nur zweimal in den letzten fünf Jahren war es ihm möglich gewesen, aus dem widerlichen

Loch mitten in der eiskalten Tundra, um das sich niemand kümmerte und in dem zu arbeiten er gezwungen war, nach Moskau zu fahren. Weder beim ersten noch beim zweiten Besuch dort hatte er eine vernünftige Brille gefunden. Er war die Gläser leid, die er auf der Nase trug und die nichts anderes waren als zwei in einer Hornfassung sitzende viereckige Fernseher. Aber der Optiker hatte ihn jedes Mal mit derselben alten Leier abgespeist: Bei seiner starken Kurzsichtigkeit brauche er dicke Gläser, und die ließen sich nun einmal nicht in ein modisches Gestell einpassen. So war Posochow jedes Mal mit leeren Händen und seiner uralten Brille mit den viereckigen Gläsern zurückgekehrt, die immer wieder gegen das Kunststoffvisier seines blauen Schutzanzugs stieß und nach wie vor schmerzende Male in seinem vorzeitig gealterten Gesicht hinterließ. Er hatte die Arbeit satt, die man hier von ihm erwartete, und sehnte sich nach der Pensionierung, auf die er allerdings noch lange nicht hoffen durfte. Das russische Militär war in solchen Fällen sparsam, erst recht, wenn es um einen promovierten Mikrobiologen der Universität Moskau ging. Aber auch früher war es ihm nicht besonders gut gegangen. Er war so erschöpft, dass ihn mittlerweile alles kaltließ.

An jenem Vormittag kehrte er ins Labor zurück, wo die gleichen Aufgaben wie immer auf ihn warteten. Da in den letzten Wochen nichts vorangegangen war, hatte man seinen Mitarbeiter abgezogen, weshalb Posochow jetzt übelster Laune war. Der Raureif der Nacht lag nach wie vor auf den Militärlastwagen, die neben den großen Betonklötzen und Benzinfässern am Eingang des Bunkers standen. Vor dem Aussteigen setzte sich Posochow die Atemschutzmaske auf, ohne die niemand den durch eine verrostete Umzäunung aus spanischen Reitern gekennzeichneten Bereich betreten durfte. Als er den Fuß auf den Boden setzte, sah er am Himmel etwas, das ihn zutiefst überraschte. Mit dem Instinkt des alten Fuchses, der er war, erkannte er darin eine Vorbedeutung. Dieser Tag würde nicht wie alle anderen sein. Starr und ausdruckslos standen zwei Soldaten, denen die Kälte nichts auszumachen schien, am Eingang Posten. Auch sie trugen Atemschutzmasken unter ihren Uniformmützen und machten eine Ehrenbezeigung, als er näher kam.

Was die Aufmerksamkeit des alten Professors bei seiner Rückkehr aus Moskau fesselte, war ein Schwarm rosa Flamingos, die sich deutlich am Himmel abzeichneten. Er war an einer Stelle aufgestiegen, von wo eigentlich nichts aufsteigen konnte.

In der Unendlichkeit der Tundra bot ausschließlich das trübe Wasser des von einem Wäldchen aus rachitischen Pappeln und darin verstreuten einzelnen Tannen umgebenen Sumpfgebiets Zugvögeln auf ihrem Weg nach Süden eine Zuflucht und ein wenig Schutz. Jedenfalls war das vor dem Unfall so gewesen.

Tief in Gedanken versunken sah Sergej Posochow dem sich entfernenden Schwarm nach und entschied sich dann zu einer überraschenden Handlungsweise: Er nahm die Atemschutzmaske ab. Dann warf er einen herausfordernden Blick auf einen der Posten, der sich das mit ansah, als wäre es das Natürlichste von der Welt. Neben diesem hochgewachsenen und stämmigen jungen Mann mit Bürstenhaarschnitt wirkte der Wissenschaftler wie ein gebrechlicher Tattergreis.

»Was sehen Sie am Himmel? Antworten Sie!«, gebot er.

Der junge Mann straffte sich, warf einen raschen Blick nach oben, ohne zu wissen, worauf sein Vorgesetzter hinauswollte. Posochow stieg ein kräftiger Pferdegeruch in die Nase. Die Wachposten hatten so gut wie keine Gelegenheit zur Körperpflege, denn die Duschen in dem Komplex, den sie bewachten, waren den Ärzten und Wissenschaftlern vorbehalten, die im Inneren der Gebäude arbeiteten.

Zwar konnte der Soldat durch die Atemschutzmaske hören, aber nicht deutlich sprechen. Posochow hätte geschworen, dass seine Lippen zitterten. Mit einer für einen vergleichsweise kleinen und schwächlichen Menschen verblüffenden Selbstherrlichkeit riss er dem Mann die Maske herunter und sah sich einem Kindergesicht gegenüber. Mit offenem Mund stand der Soldat da und wusste ganz offensichtlich nicht, was er sagen sollte.

Nach einer Weile brachte er mit Mühe eine Antwort heraus: »Ya ne ponimayu.«

Die Wangen des Wissenschaftlers färbten sich puterrot.

»Was soll das heißen, Sie wissen nicht, wovon ich rede? Holt sich das Militär seine Leute eigentlich vom Schulhof?«

Der Soldat wagte nicht zu antworten.

Vermutlich nehmen sie die längsten Kerle mit dem kleinsten Gehirn. Posochow verwünschte sein Pech, denn er hatte keine Möglichkeit, auch nur einige Tage lang zu verschwinden. Falls seine Vorgesetzten dahinterkamen, konnte ihn das seine Pension kosten. Andererseits hatte er lange nichts von ihnen gehört und hoffte insgeheim, man habe das Ganze »weiter oben« einfach vergessen, sodass irgendwann das Unkraut die Benzinfässer überwuchern würde.

»Von Ihnen wird erwartet, dass Sie die Augen offen halten und sofort melden, wenn Sie etwas Auffälliges sehen. Oder haben Sie etwa nicht begriffen, was ich gesagt habe?«

Der Mann sah nach wie vor starr gerade vor sich hin und vermied es, den aufgebrachten Posochow anzusehen. Schweiß war ihm auf die Stirn getreten. Posochow streckte die Hand aus, als wollte er ihn schlagen, wies auf die sich entfernenden Flamingos, die kaum noch zu sehen waren, und überschüttete ihn mit einer Flut von Worten. »Wieso haben Sie mir das nicht gemeldet? Ich hatte klar und deutlich gesagt: Jedes Tier wird gemeldet, und wenn es noch so klein ist! Da lassen Sie sich diese Riesenvögel an der Nase vorbeifliegen und sagen keinen Ton! Wann sind die oder andere zum ersten Mal aufgetaucht?«

Stumm und zitternd stand der Soldat da und wusste nicht, was er sagen sollte. Posochow wollte ihn schon nach Namen und Dienstgrad fragen, überlegte es sich dann aber anders. Er sah sich erneut nach dem Flamingoschwarm um, der nur noch ein winziger grauer Fleck am Himmel war. Das war ein überdeutliches Zeichen. Ohne die Atemschutzmaske wieder aufzusetzen, ließ er sich von einem anderen Posten die Türen öffnen und begab sich an den Ort, den er verabscheute wie keinen zweiten auf der Welt.

Während er durch die Korridore ging, nahmen die Soldaten, die alle Atemschutzmasken trugen, Haltung vor ihm an. Schließlich trat er in sein fünfeckiges Labor, legte den Mantel ab und zog den Laborkittel an. Wie bei den vorigen Malen befand sich niemand in vieren der an jede der Wände anstoßenden kleinen Gelasse, die er »Gummizellen« nannte. Dort war auch seit Monaten kein Licht gemacht worden, nur eine war Tag und Nacht hell erleuchtet. Er nahm einen ABC-Schutzanzug von der Wand. Zwar war er entsetzlich schwer, aber es war besser, ihn vorsichtshalber anzuziehen. Da ihm niemand helfen konnte, die Anschlüsse zur Reinraum-Luftversorgung des Labors anzuschließen, prüfte er den Inhalt der zugehörigen Atemluftflasche – damit würde es auch gehen. Wenn er das Gelass betrat, würde der darin herrschende Unterdruck dafür sorgen, dass von dort keine Luft ins Labor entweichen konnte. Die Vorschrift verlangte von jedem, im Labor eine Atemschutzmaske zu tragen, bis das Luftreinigungssystem anzeigte, dass keine Verseuchung vorlag. Da er aber allein war, spielte das seiner Ansicht nach keine Rolle, und in der »Gummizelle« konnte er sich auf den ABC-Schutzanzug verlassen.

Er schloss die Labortür, legte den Schutzanzug an, hängte sich die Atemluftflasche um und verband sie mit der Atemschutzmaske. Danach schaltete er das Luftreinigungs-System ein und betrat das einzige Gelass, in dem Licht brannte.

Er sah Robert Pulaski nicht sogleich, weil die Haube des Schutzanzugs sein Gesichtsfeld einengte, doch fiel ihm auf, dass das Innere des Raumes ungewöhnlich sauber war. Im Unterschied zu früheren Gelegenheiten gab es keinerlei Exkremente aufzusammeln, und obwohl er keine Möglichkeit hatte, die Luft um ihn herum zu riechen, ließen ihn die sauberen Wände, die nicht wie sonst von gelben Flecken übersät waren, vermuten, dass der übliche Uringestank nicht mehr im Raum hing. Auch Speisereste sah er keine. Teller und sonstiges Geschirr waren peinlich sauber gewaschen und ordentlich gestapelt. Auch fiel ihm auf, dass das Bett leer war, in dem der Patient monatelang in seiner weißen Anstaltskleidung gehockt hatte.

»Du hast schon richtig gesehen, Sergej. Du brauchst das Zeug nicht mehr rauszuschaffen«, sagte eine tiefe und feste Stimme hinter ihm.

Wie vom Blitz getroffen, wandte sich Posochow um, was ihm nicht leichtfiel, weil ihn der Schutzanzug in seiner Bewegungsfreiheit behinderte und die schwere Atemluftflasche gegen seine Wirbelsäule drückte. Verblüfft riss er die Augen auf und holte unwillkürlich so tief Luft, dass ihm von dem vielen Sauerstoff fast schwindelig geworden wäre.

Robert Pulaski stand in seiner vollen Größe von fast zwei Metern mit verschränkten Armen an die Wand gelehnt da. Das Kinn hatte er auf die rechte Hand gestützt. In seinen Augen, die in den letzten Monaten stets nur ausdruckslos ins Leere gestarrt hatten, lag der Ausdruck wacher Intelligenz. In sein Gesicht mit dem von grauen Fäden durchzogenen Bart war sogar etwas Farbe zurückgekehrt.

Posochow brachte vor Staunen kein Wort heraus. Mit beinahe heiterem Ausdruck fragte ihn Pulaski: »Wie war es in Moskau? Ich hätte nicht übel Lust, auch wieder dahin zurückzukehren.«

Posochow brachte heraus: »Du lebst ja!«, womit er zu verstehen gab, dass er Pulaski wieder als menschliches Wesen betrachtete. Das wäre in den vergangenen Monaten beim besten Willen nicht möglich gewesen. Allerdings wagte er nicht, so weit zu gehen, dass er die Haube seines Schutzanzugs abgenommen hätte, jedenfalls einstweilen nicht.

Langsam trat Pulaski auf ihn zu. Beunruhigt spannte sich Posochow unwillkürlich an. Wenn das nun ein übler Trick war und der Mann die Absicht hatte, ihn anzugreifen? Er legte die Hände hinter den Rücken und sah sich suchend nach einer Ecke um. Dort wäre er sicherer.

»Die Geräuschdämmung hier funktioniert nicht hundertprozentig. Wer wochenlang alleine hier drin ist, bekommt, wenn er die Ohren genügend spitzt, dies und jenes Geräusch aus der Außenwelt mit. In der Woche, in der du nicht da warst, habe ich von ferne Flamingos schreien hören statt der sonstigen tödlichen

Stille. Frag nicht, wieso, ich weiß es nicht. Diese Vögel hab ich immer schon gern gehabt. Ist dir klar, was es bedeutet, dass man sie hier wieder hört?«

Posochow reagierte nicht sofort, war aber beruhigt. Solange Pulaski sprach, war alles in Ordnung. Mit einem Mal fand er den ihm ohnehin lästigen Schutzanzug überflüssig, und er nahm die Haube ab. Allein die Vorstellung wäre ihm, eine Minute bevor er das Labor betreten hatte, vollkommen aberwitzig erschienen. Zwar roch die Luft nach Chlor und Desinfektionsmittel, doch fand er das weniger unangenehm als den reinen Sauerstoff.

»Es bedeutet, dass sich der Kreis geschlossen hat«, fuhr Pulaski fort. »Das Leben kehrt hierher zurück. Die Gefahr ist vorüber, Sergej.«

Eine Weile sah Posochow auf den Boden. Dann sagte er: »Außer dir sind alle tot.«

Pulaski rümpfte die Nase. »Aber wieso nur? Es ist mir nicht gelungen, den Grund herauszubekommen. Ehrlich gesagt beschäftigt mich diese Frage im Augenblick am meisten. Ich war für die Sache verantwortlich und hatte von vornherein das Gefühl, dass so etwas passieren könnte.«

»Du hattest Wahnvorstellungen«, fuhr Posochow fort.

Pulaski wandte sich ihm zu. »Die anderen auch. Bei mir hat sich die Krankheit langsamer und Schritt für Schritt bemerkbar gemacht. Ich hab versucht, die Bürohengste zu warnen, aber sie haben nicht auf mich gehört. Verdammte Dummköpfe.«

»Wir haben dich gefunden. In einer Moskauer Diskothek. Das hat die größte Mühe gekostet, und schließlich hat man dich hergebracht. Du hättest dich selbst sehen sollen.«

Im Versuch, sich zu erinnern, schloss Pulaski die Augen und klopfte sich leicht mit den Fingern an die Stirn.

»Richardson. An den erinnere ich mich. Ich hatte eine Gesteinsprobe vorbereitet, um sie ihm zu schicken, und ihm einen Brief dazu geschrieben. Er war immer sehr klug. Einer der wenigen intelligenten Amerikaner, die noch in den Vereinigten Staaten arbeiten. Sogar ein verdammt intelligenter Amerikaner.«

»Er lebt nicht mehr. Und ihm hast du also eine Gesteinsprobe geschickt?«

Pulaski hob die Brauen und nickte. Seine Überraschung dauerte nur wenige Sekunden, dann setzte sein logisches Denken wieder ein.

»Ich hatte angenommen, dass er Vorsichtsmaßnahmen treffen würde. Er arbeitet sehr gewissenhaft und überlässt nichts dem Zufall. Früher hätte er mir leid getan.«

Mit einem Mal überfiel Pulaski ein lähmender Gedanke. Er sah zu Posochow hin. In seinen Augen lag Verzweiflung, die aber nichts mit seinem früheren Wahnsinn zu tun hatte.

»Nora! Meine Nichte Nora! Sie war mein Motiv! Ich wollte sie durch Richardsons Vermittlung warnen. Ich fürchtete eine Zurückweisung. So viele Jahre sind dahingegangen.«

Er hätte das nicht zu sagen brauchen. In den vergangenen schrecklichen Monaten hatte sich Posochow nur mit größtem Widerwillen um das Wesen gekümmert, das aus dem einstigen Pulaski geworden war. Als er ihn jetzt vor sich sah, überfielen ihn Gewissensbisse.

»Sie arbeitet inzwischen mit den Leuten zusammen. Deshalb war Tschakenko vor ein paar Wochen hier. Er wollte wissen, ob ich eine Möglichkeit sah, dass du wieder zu Verstand kommen könntest.«

Es kam Pulaski vor, als hätte man ihm einen Tiefschlag versetzt. Posochow begann zu fürchten, dass der unvermeidliche Rückfall in die Krankheit eingetreten war, mahnte sich aber nach einer Weile zur Vernunft und beschloss, Pulaski weiterhin wie jemanden zu behandeln, der bei klarem Verstand war.

»Sie ist mit denen zusammen, hast du gesagt? Tschakenko!«

»Ich glaube, es geht immer noch um die Bohrungen. Er hat mir nichts davon gesagt, aber ich konnte das zwischen den Zeilen lesen. Er hat mich immer im Unklaren gelassen. Ich schwöre dir, dass ich nicht weiß, worum es geht, aber gelegentlich hab ich dies und jenes gehört, wenn er jemanden angerufen hat. Für den Fall, dass du dich erholst, soll ich ihm Meldung machen.«

»Und die haben sich also an meine Nichte rangemacht. Genau das hatte ich verhindern wollen. Der verfluchte habgierige Schweinehund von Steiffel …«

Posochow sah sich um. »Ist das der Mann, der für all das hier aufkommt? Sogar das Militär haben sie gekauft. Es fällt schwer, das zu glauben. Sag schon.«

Der bittere Ausdruck auf Pulaskis Zügen verwandelte sich in ein rachsüchtiges Lächeln. Er hatte die Situation vollständig erfasst, davon war Posochow überzeugt. Im Augenblick wusste außer ihm niemand etwas von Pulaskis Genesung.

»Selbstverständlich, Sergej. Das wird das Erste sein, was ich tue. Die Leute haben dich benutzt. Die würden sich in den Hintern beißen, wenn sie sehen könnten, dass ich wieder an Deck bin. Sie wollten um jeden Preis unterbinden, dass ich mit jemandem spreche. Aber sie wissen nicht, was los ist. Ich sag dir alles, danach kannst du Tschakenko anrufen. Tu alles, was er sagt.«

»Tschakenko?« Posochow zeigte sich überrascht. »Du willst, dass ich ihn anrufe?«

»Ich möchte wissen, was mit meiner Nichte ist. Es gibt für mich im Augenblick nichts Wichtigeres, und es ist das Einzige, worauf es mir wirklich ankommt. Was Tschakenko betrifft, kann ich dir schon jetzt sagen, dass es nicht gut um ihn steht. Meinst du, du kannst erreichen, dass einer von den Orang Utans da draußen eine Videokamera besorgt?«

Posochows Züge zeigten, dass er nicht begriff, worauf Pulaski hinauswollte.

»Was willst du denn damit? Ich glaube schon. Und was soll ich Tschakenko sagen?«

Unverändert lächelnd erklärte Pulaski: »Sag ihm einfach, dass ich wieder da bin.«

34

Kontakt

An Bord des Tauchboots Atlantis

Juan Cepesma spürte, wie etwas Kaltes an seinem Hals entlanglief, und glaubte am Rande der Bewusstlosigkeit regelmäßige Schläge zu hören, die durch das Tauchboot hallten. Etwa so, wie das allabendliche Glockengeläut in Luarca noch zwischen den Grabreihen des Friedhofs am Meer zu hören war. Er öffnete die Augen, schüttelte den Kopf und begriff, dass er nicht halluzinierte. Er versuchte, tiefer zu atmen. Übelkeit überkam ihn, und er merkte, dass er nicht genug Kraft in den Knien hatte, um aufzustehen.

Es war dunkel, und er lebte noch. Drei rasche Schläge, drei mit einem größeren Abstand dazwischen, wieder drei rasche… Wie ein glühendes Eisen durchfuhr ihn die Erkenntnis, dass das ein Mensch sein musste. Es kostete ihn größte Anstrengung, seine Beine zu bewegen, doch schlimmer als alles andere war der Schmerz, der in seiner Lunge brannte. Er musste husten, ohne dass ihm das die geringste Erleichterung verschafft hätte. Kalter Schweiß bedeckte seinen ganzen Körper, und er fing an zu zittern. Er hob den Kopf in die Dunkelheit, kam aber nach wie vor nicht auf die Beine. Als er doch versuchte, sich dorthin zu begeben, wo die Schläge von oben zu hören waren, schwankte er kraftlos hin und her.

Dann hörten sie auf.

Das Ausstiegsluk, ging es ihm durch den Kopf. Er richtete den Blick dorthin, wo er Albee und Golombek vermutete, sah aber in der vollständigen Dunkelheit nichts. Er lauschte, ob er andere Atemgeräusche als seine eigenen hören konnte. Ein stechender Schmerz fuhr ihm durch die Brust, eine beklemmende Angst, deren Ursache der Sauerstoffmangel war. *Auf keinen Fall darf ich wieder das Bewusstsein verlieren*, nahm er sich vor, während er mit einer Hand unbeholfen nach der untersten Stufe der stählernen Leiter zum Ausstiegsluk tastete. *Ich muss mich beeilen und darf nicht auf den Schmerz achten.*

Mit lautem Knirschen glitt das Tauchboot ein Stück weiter. Fast wäre er dabei von der ersten Stufe der Ausstiegsleiter gefallen. Unwillkürlich wollte er aufschreien, aber seine Kehle brannte so sehr, dass er keinen Laut herausbrachte.

Am Luk blieb es still. Er hatte sich das Ganze wohl doch nur eingebildet. Gerade, als er aufgeben wollte, hörte er die Schläge wieder, diesmal deutlicher.

Drei kurze, drei lange, drei kurze … Es waren nur vier oder fünf Stufen, doch als er die erste bewältigt hatte, kam er sich vor, als stünde er im Begriff, den Mount Everest zu ersteigen. Er kämpfte gegen die drohende Bewusstlosigkeit. Mit der linken Hand stieß er gegen etwas – eine Atemluftflasche, die neben der Leiter festgeschnallt war. Mit unsicheren Fingern drehte er sie auf und hörte, wie es zischte. Die Wirkung stellte sich augenblicklich ein: Das Husten und die Schwäche waren wie fortgeblasen. Gleich hielt er das Gesicht in die Richtung der Flasche, damit sich seine Lunge mit dem Leben spendenden Gas füllen konnte. Die Schläge hatten erneut aufgehört. Er war außerstande zu rufen.

Langsam begann sich das Boot zu neigen. Wieder ertönte das metallische Knirschen. Es war betäubend laut. Endlich fanden seine Hände den Hebel, mit dem man das Luk öffnen konnte. Normalerweise gingen solche Luks nach außen auf – hoffentlich verhielt es sich hier ebenso.

Im Augenblick lag die *Atlantis* ruhig da. Allerdings würde das wohl nicht von langer Dauer sein.

Er zögerte kurz. Woher mochten die Schläge gekommen sein? Taucher konnten das nicht sein, denn in zweitausend Metern Tiefe lastete auf jedem Quadratzentimeter ein Druck von zweihundert Kilo. Das würde niemand auch nur eine Minute lang überleben. Trotzdem schien da draußen jemand zu sein. Wie er nur dahingekommen sein mochte?

Als Nächstes musste er daran denken, dass er nie im Leben fähig sein würde, das Luk zu öffnen, wenn Wasser von außen dagegen drückte. Er bewegte den Hebel, drückte, spürte einen gewissen Widerstand, merkte aber zu seiner Überraschung, dass das Luk nachgab.

Auch dahinter war es dunkel, aber eine Stimme ertönte. Ein Wunder wie vom Himmel. Eine Frauenstimme. Sie sprach Spanisch, wenn auch mit deutlich amerikanischem Akzent.

»Ist da jemand?«

Seine Finger trafen durch das Luk auf eine Hand, und er spürte, dass durch die Öffnung atembare Luft eindrang. Die Hand war kalt, aber die eines Menschen.

Wieder rutschte die *Atlantis* ein Stück weiter, und zwar mit einem so kräftigen Ruck, dass er sich an der stählernen Leiter festhalten musste, um nicht herunterzufallen. Um nichts auf der Welt würde er sie loslassen. Er wusste selbst nicht, woher er die Kraft genommen hatte, bis ganz oben zu gelangen.

Er hörte die Frau rufen und zugleich das entsetzliche Knirschen von Metall.

»Wie geht es Ihnen?« Die Frauenstimme drang jetzt stärker an seine Ohren, schien ihm wirklicher und vertrieb die Besorgnis, es könnte sich um eine Sinnestäuschung handeln. »Rasch, wir haben keine Zeit! Können Sie herauskommen? Ist noch jemand bei Ihnen?«

Cepesma versuchte, Atem zu schöpfen. Das waren zu viele Fragen auf einmal.

»Noch zwei.«

»Leben sie?«

»Ich weiß nicht. Ich weiß nur ... das Boot ist ... verunglückt ... und ich habe das Bewusstsein verloren. Wieso ist hier ... alles ... so dunkel? Gibt es kein Licht?«

Die Antwort kam nicht sogleich.

»Können Sie den beiden Bescheid sagen? Wir haben keine Zeit.«

Dann hörte er eine weitere gedämpfte Stimme, wie aus einem

fernen Lautsprecher, und die Frau antwortete in einer Sprache, die er nicht verstand.

»*Tschto proischodit?*«

Er stieg wieder nach unten und ertastete Albee. Im Halbdämmer sah er, dass sich in Albees Gesicht nichts regte und ihm das Kinn auf der Brust lag. Die Zunge hing ihm seitlich aus dem Mund, und die Augen blickten starr. Er tastete nach den Händen; sie waren wie gefrorenes Wachs. Wieso konnte er jetzt Umrisse erkennen, wo es doch dunkel war? Er merkte, dass durch die Plexiglaskanzel schwaches Licht hereinfiel. Während er sich durch die Pfützen auf dem Boden vorantastete, stieg die Angst, die er zurückgedrängt hatte, abermals in ihm auf: Biolumineszenz.

Sie sind wiedergekommen, sagte er sich.

Das Licht wurde heller, und er merkte, dass er mitten in einer schwarzen klebrigen Pfütze stand.

Wieder durchfuhr ein Ruck die *Atlantis*. Diesmal war er so heftig, dass Cepesma rücklings zu Boden stürzte und mit dem Kopf hart aufschlug. Erneut hörte er die entsetzlichen Geräusche. Das gequälte Metall kreischte, dass es ihm in den Ohren gellte.

Noch einmal kämpfte er sich bis zur Leiter vor. Mit jeder Stufe, die er höher stieg, spürte er, dass das Boot weiter über den Meeresboden rutschte. Das ohnehin schwache Licht nahm ab, weil vom Boden aufsteigender Schlick die Scheiben verdunkelte. Er fürchtete, dass die Finsternis wiederkehren würde. Wenn er schon sterben musste, dann im hellen Licht. Noch ein Ruck. Er hielt sich an der Leiter fest und nahm sich vor, die *Atlantis* so rasch es ihm möglich war zu verlassen.

In dem Augenblick hörte er hinter sich ein Stöhnen. Das musste Golombek sein. Vermutlich hatte der Sauerstoff seine Lebensgeister wieder geweckt. Cepesmas Mund brannte, und er sehnte sich nach einem Schluck Wasser.

»Einer lebt noch«, teilte er der Frau mit.

»Los, Beeilung!«, rief sie.

Als gäbe es keine drängenderen Sorgen, fragte er: »Woher wissen Sie eigentlich … dass ich Spanier bin? Sie sprechen … meine Sprache.« Das zu sagen kostete ihn große Mühe.

»Ich habe Ihren Hilferuf gelesen. Aber wir müssen uns wirklich beeilen! Das geht nicht mehr lange gut!«

Der Gedanke, noch einmal nach unten steigen zu müssen, war ihm zuwider. Er bemühte sich, nicht zu straucheln, orientierte sich an Golombeks Atemgeräuschen, hob ihn an und schob ihn auf den Schultern bis zur Leiter. Er fühlte sich nach wie vor schwach, aber die Luft war weit besser als vorher. Inzwischen war ihm aufgegangen, dass es zwischen den beiden Tauchbooten irgendeine Art vorläufiger Verbindung geben musste, einen Weg, auf dem sie zu ihren Rettern gelangen konnten.

»Rasch! Bitte!«, flehte die Stimme von oben. »Sonst muss ich Sie Ihrem Schicksal überlassen.«

Ein erneutes Krachen, dem ein Zittern des ganzen Bootes folgte.

Golombek erlangte das Bewusstsein wieder. Benommen begann er Schritt für Schritt die Leiter zu erklimmen. Dann blieb er unvermittelt stehen.

»Nein!«, rief er. »Wir müssen die Kamera holen. Ohne die geht es nicht.«

Cepesma riss die Augen weit auf. Das Zittern des Rumpfes wurde stärker. Mittlerweile glitten alle losen Gegenstände in der *Atlantis* bugwärts über den Boden.

»Die Kamera!«, rief Golombek und ließ die Leiter los.

»Wir haben keine Kamera!«, hielt ihm Cepesma entgegen und hob die Stimme, um den Lärm zu übertönen.

»Lügner!«, fuhr ihn Golombek an.

»Albee hat Sie getäuscht. Es gibt keine Aufnahmen!«

»Beiseite! Mir aus dem Weg.«

Mit unsicheren Schritten ging Golombek zu Albee hinüber, während alles um ihn herum in Bewegung geriet. Sein Schüler lag mit der Brust auf dem Steuerpult. Er packte ihn an den Schultern, hob ihn auf und schüttelte ihn mit aller Kraft, wobei Albees Kopf von einer Seite zur anderen ruckte, als wäre sein Hals aus Gummi. Dann versetzte er ihm links und rechts einige Ohrfeigen, um ihn zu sich zu bringen.

»Wach auf, Thomas! Das ist nicht der richtige Zeitpunkt zu schlafen! Die Kamera! Sag mir sofort, was du mit ihr gemacht hast. Los, Thomas, vorwärts!«

In diesem Augenblick schien die *Atlantis* gegen ein Hindernis auf dem Meeresboden gestoßen zu sein. Der Ruck ließ beide Männer stürzen, wobei sie sich den Kopf anschlugen. Während Albee in sonderbar verzerrter Haltung liegen blieb, stieß Golombek einen entsetzlichen Schrei aus. Irgendetwas war ihm ins linke Auge gedrungen. Blut lief ihm über das Gesicht.

Fast hätte der Ruck Nora durch das Luk ins Innere der *Atlantis* und gegen den halb bewusstlosen Golombek geschleudert. Jemand stieß sie an.

Sie drehte sich um und sah, dass eiskaltes Wasser in dünnen Rinnsalen in den Tunnel lief.

»Aufmachen!«, schrie sie ins Mikrofon.

Sie packte Golombek und schob ihn vor sich her. Am Ende des Tunnels schimmerte ein bläuliches Licht. Sie blickte sich um, und mit einem Mal kam es ihr so vor, als befände sie sich in der Luftröhre eines ungeheuer großen lebenden Organismus. Sie merkte, dass sie zu wenig Luft bekam, und fürchtete, die Besinnung zu verlieren.

Wie gehetzt drangen die Worte Nestor Morales' durch den Kopfhörer zu ihr durch, während sie das Bewusstsein verlor.

»Kommen Sie sofort zurück! Es ist ein Notfall eingetreten! Ich muss die Verbindung trennen!«

An Bord der Beebe

Die leuchtenden Schatten verdichteten sich und waren nicht mehr durchsichtig. Entsetzt sah Nadja die langen Arme, die sich wenige Meter vor dem Bullauge durch das Wasser schlängelten. Sie schrie auf. Die beiden Tiere spreizten ihre Tentakel fächerförmig, während sie immer näher kamen. Aufgeschreckt wandten sich Morales und Márquez zu dem Mädchen um und sahen das ungewöhnliche Bild, das sich ihnen bot.

Die *Beebe* war nach wie vor an Steuerbord mit der *Atlantis* verbunden. Da diese auf der Backbordseite am Meeresboden lag, hatte sich Márquez genötigt gesehen, den Bug der *Beebe* parallel zu dem der *Atlantis* auszurichten, damit über den Fluchttunnel eine Verbindung zum Hauptluk der *Atlantis* geschaffen werden konnte. Dafür war es erforderlich, die *Beebe* so dicht wie möglich über dem Meeresboden zu halten; das aber war Márquez alles andere als recht.

Der Graben lag in ihrem Rücken. Die Kopffüßer tauchten in wenigen Metern Entfernung vom Bug her mit leicht aufgerichteten Körpern auf. Sie peitschten das Wasser mit ihren ungeheuer langen Armen in einem großen Bogen. Erstaunlich helle grünlichbläuliche Lichtblitze zuckten in regelmäßigen Abständen zwischen Armen und Mantel auf. Die Tiere schienen geradezu elektrisch aufgeladen zu sein. Ganze Ströme von Biolumineszenz liefen über sie hinweg. Man konnte ihre Saugnäpfe aus mehreren Metern Entfernung sehen, so kräftig leuchteten diese tanzenden Lichtkreise. Eins der beiden Tiere war besonders groß, und Márquez kam der beklemmende Gedanke, dass es wohl imstande sei, den Rumpf der *Beebe* vollständig zu umschlingen, wenn ihm der Sinn danach stand. Die Art und Weise, wie sich die Kalmare mit ihren forschend vorgestreckten Fangarmen auf das Tauchboot zubewegten, behagte ihr in keiner Weise. Dort, wo sie mit ihren gezähnten Saugnäpfen das Plexiglas berührten, entstand ein Vakuum. Sie hörte das beunruhigende Geräusch, mit dem sie sich lösten und an einer anderen Stelle wieder festsetzten.

Alles geschah wie in Zeitlupe. Einer der beiden Kalmare faltete seinen Mantel zusammen und verbarg sich darin. Dann kehrte er ihnen den Rücken zu, streckte seine mächtigen Arme aus und schwamm rückwärts auf den Bug der *Atlantis* zu. Sein Aufprall auf das Tauchboot übertrug sich auf die *Beebe*, und er war so stark, dass sowohl Márquez als auch Nadja und Morales das

Gleichgewicht verloren. Wolken von Sediment und Schlick stiegen auf. Alles bebte, und Nadja hörte Márquez' laute Stimme: »Wir stürzen! Die *Atlantis* reißt uns mit sich!«

»Ich löse den Tunnel«, rief Morales.

»Nein, nein, nein. Meine Mutter ist noch da drin.«

Als er seinem Pilotensitz zustrebte, stolperte er und fiel erneut zu Boden. Die *Beebe* bewegte sich langsam, doch das Zittern nahm zu. Schließlich griff er zum Mikrofon der Funksprechanlage.

»Kommen Sie sofort zurück! Es ist ein Notfall eingetreten!«

»Wir müssen sofort hier weg!«, rief Márquez aus.

Von ihrem Platz aus konnte sie nichts sehen, spürte aber unter ihren Füßen, wie die tonnenschwere *Beebe* unerbittlich mitgeschleppt wurde. Ein Reflex hinderte sie, sogleich die Steuerhebel zu betätigen und eine Gegenbewegung einzuleiten. Inzwischen hatte die *Atlantis* den Rand des Grabens erreicht, war darüber hinweggeglitten und wurde jetzt durch ihr Eigengewicht in die Tiefe gezogen, nachdem ihr Bug in der Schwärze einen Bogen beschrieben hatte. Sie drohte die *Beebe* mit sich zu reißen. So heftig war der Ruck nach hinten, dass sich Márquez fast den Halswirbel gebrochen hätte. Im selben Augenblick stieß das Heck der *Atlantis* gegen den Hang unmittelbar unter der Absturzkante. Das musste das Ende bedeuten, denn dieser Belastung dürfte der Tunnel unmöglich gewachsen sein. Morales fiel erneut zu Boden, während sich Nadja an einer der Atemluftflaschen festzuhalten versuchte, die sich aus ihrer Halterung löste, laut polternd umfiel und mit entsetzlichem Lärm über den stählernen Boden rollte. In diesem Augenblick hörte die Bewegung der *Atlantis* auf, doch war es Márquez klar, dass die Sache damit nicht ausgestanden war. Offenbar hatte etwas den unausweichlichen Absturz einstweilen verhindert – vermutlich die Stufe unterhalb der Kante.

Es war die letzte vor dem freien Fall.

Zahllose Möglichkeiten jagten sich in ihrem Kopf, eine schlimmer als die andere. Ihre verkrampfte Hand verharrte wenige Zentimeter über dem Steuerhebel; sie wagte nicht, ihn zu berühren. Ihr war klar, dass sie bisher richtig gehandelt hatte. Die *Beebe* lag auf derselben Stufe wie die *Atlantis*, etwas anderes konnten die Schwingungen nicht bedeuten, die das Tauchboot durchlaufen hatten. Das aber bedeutete, dass es nicht mehr frei im Wasser schwebte. Sich mitreißen zu lassen war in dieser Situation die einzig richtige Lösung gewesen, und sie beglückwünschte sich im Stillen, dass sie ihrem Instinkt gefolgt war.

Falls jedoch durch den Aufprall Risse im Rumpf der *Atlantis* entstanden waren, die zur Zerstörung des Hecks führten, würde das Boot implodieren. Die dabei auftretenden Erschütterungen würden sich auf die *Beebe* übertragen und sie gleichfalls zerstören. Außerdem konnte der Verbindungstunnel das Gewicht der *Atlantis* bei einem weiteren Sturz keinesfalls halten, so dass der hohe Außendruck durch ihn schlagartig in die *Beebe* gelangen würde. Es war buchstäblich ein Wunder, dass der Tunnel noch nicht nachgegeben hatte.

Sie hätten alle längst tot sein können.

Die folgenden Sekunden dehnten sich zur Ewigkeit. Es war Márquez klar, dass die Lage ihres Bootes alles andere als stabil war. Immerhin schien es unbeschädigt geblieben zu sein, als es gemeinsam mit der *Atlantis* auf die darunter liegende Stufe hinabgezogen worden war. Beide lagen jetzt mit derselben Neigung von fünfundvierzig Grad nebeneinander. Es konnte sich nur um Minuten handeln, bis die *Atlantis* mit dem Bug voraus in die endlose Tiefe hinabstürzte – und mit ihr die *Beebe*, sofern die Verbindung nicht vorher gelöst wurde.

Das fortwährende Knirschen zeigte an, dass die *Atlantis* keineswegs ruhig lag, sondern sich in Zeitlupe weiter dem Abgrund entgegenbewegte.

Márqez wandte sich an den Ingenieur. »Nestor! Schließ das Schott und kopple den Tunnel ab.«

Benommen stürzte er zum Schott, doch vertrat ihm Nadja den Weg. Er wollte sie beiseiteschieben, als er eine fremde Stimme hörte. Beide eilten zum Heck, wo der Verbindungsgang hinter der halb offenen Trennwand begann, die Nadja während der ersten Minuten der Tauchfahrt als Versteck gedient hatte.

Jemand bat um Hilfe.

Eine Hand ragte aus der Öffnung, und Morales zog, bis er sich einem älteren bärtigen Mann gegenübersah, der sich eine Hand vor das linke Auge hielt. Er merkte, dass Blut zwischen den Fingern hervordrang. Der Mann war sehr bleich und ausgesprochen schwach. Aus seinem grauen Bart lief Wasser.

Er sagte mit kaum vernehmbarer Stimme: »… Menschen. Da unten … da unten sind noch Menschen.«

Nadja stürzte durch die Öffnung und rief: »Mama! Ich hol dich.«

Morales legte ihr die Hand um die Hüften und hielt sie zurück. Wieder ertönte ein entsetzliches metallisches Knirschen und erschütterte das ganze Tauchboot. »Es hilft nichts, ich muss das Luk schließen!«, rief Morales, während er das Mädchen beiseiteschob.

Voll Entsetzen sah Nadja, dass er auf einen Knopf drückte, und sie hörte das Surren, mit dem sich das Schott zum Tunnel zu schließen begann.

Im Verbindungstunnel zwischen Beebe *und* Atlantis

Mit zusammengebissenen Zähnen quälte sich Cepesma erneut die Leiter zum Luk hinauf. Es fiel ihm schwer, das Gleichgewicht zu halten, doch erreichte er schließlich vor Kälte starr den Verbindungstunnel. Beim Versuch, sich voranzutasten, stolperte er über Nora, die am Boden lag. Wenn jetzt das Wasser eindrang, was jeden Augenblick geschehen konnte, wäre alles vorbei. Dennoch widerstand er der Versuchung, so schnell es ging die wenigen Schritte in das andere Tauchboot zu tun. Auf gar keinen Fall durfte er die Frau, die ihm das Leben gerettet hatte, einfach liegen lassen. Er bezwang seine Angst und legte sich mit übermenschlicher Anstrengung einen Arm Noras um den Hals; dann beugte er sich so weit vor, wie er konnte, um sie durch den engen Tunnel mitzuschleppen. Seine Knie schmerzten. Die Frau war entsetzlich schwer. Er biss sich auf die tauben Finger, hob den Kopf im Versuch, etwas zu sehen, und erkannte vor sich schwachen Lichtschein, der immer mehr abnahm. Ihm ging auf, dass man im Begriff stand, den Zugang zu schließen.

Wieder spürte er ein Beben unter seinen Füßen, und der Boden stieg mit einem Mal steil an. Eine gewaltige Kraft riss ihn nach hinten. Er streckte den Arm aus und fand Halt. Das Metall knirschte so laut, dass er glaubte, sein Trommelfell werde platzen.

Dann hörte er Stimmen. Menschen.

Er senkte die Lider, biss die Zähne zusammen und setzte den qualvollen Anstieg fort, wobei er mit allen Kräften den Drang, sich zu übergeben, unterdrückte.

Nadja öffnete die Augen. Sie wusste nicht, was sie tun sollte. Als sie zufällig zu Boden blickte, sah sie die hin und her rollende Atemluftflasche. Sie bückte sich, ergriff sie und nahm alle Kraft zusammen, um sie aufzuheben. Sie war viel schwerer, als Nadja vermutet hatte. Als sich die *Beebe* plötzlich nach Backbord neigte, wäre das Mädchen fast gestürzt. Sie tauchte unter Morales' Armen durch und schob den Zylinder rasch zwischen die beiden sich senkrecht aufeinanderzubewegenden Teile des Schotts. Mit lautem Schlag trafen die Titantafeln auf die Wandung der stählernen Flasche. Nadja sah Funken stieben und nahm einen scharfen Geruch wahr. Eine weitere heftige Bewegung des Tauchboots riss sie von der Öffnung fort. Sie hörte Morales verzweifelt schreien und sah, dass der Ingenieur verblüfft auf das Hindernis im Schott starrte.

Cepesmas Hände griffen durch den Spalt links und rechts der Atemluftflasche. Nadja hörte Schreie, die sich näherten, und sah Finger, die die Flasche entfernen wollten. Sie packte Morales am Kragen und stieß ihn von sich, so weit sie konnte. Die Flasche fiel mit einem dumpfen Schlag zu Boden.

Der Zugang zum Tunnel war versperrt.

Hilfesuchend sah sie sich um, als ihr Blick auf das kleine viereckige Bedienpult neben dem Schott fiel. Es enthielt eine verwirrende Anzahl von Knöpfen und blinkenden Lichtern.

Einer von ihnen musste das Schott öffnen – nur, welcher?

»Bitte helfen Sie doch!«, rief sie und wandte sich flehend zu Márquez um. »Sie sind hier. Ich hab ihre Hände gesehen.«

Márquez spürte, dass sie die Herrschaft über die *Beebe* zu verlieren begann. Das Zittern nahm immer mehr zu. Schneller und schneller glitt die *Atlantis*. Noch lag sie zum Teil auf der Stufe, doch sie neigte sich immer mehr zur Seite. Nadjas Bitte griff der Frau ans Herz, und so ließ sie die Steuereinrichtungen einen Augenblick lang aus den Augen und wandte sich zu Nadja um.

Sie sah, dass das Mädchen weinend auf den geschlossenen Notausstieg wies, den sie selbst vom Heck aus nicht sehen konnte. Sie löste den Gurt, der sie auf dem Pilotensitz hielt, und eilte auf Nadja zu. Sie drückte auf einige Knöpfe, und mit lautem Kreischen wichen die beiden Titantafeln auseinander. Auf der anderen Seite saß jemand mit geschlossenen Augen am Boden, den Kopf zur Seite geneigt. Zwei Paar Hände tauchten in der Öffnung auf. Zuerst zog sie Nora herein, half dann dem Mann, schloss das Schott und löste schließlich die Elektromagneten, die den Tunnel am Rumpf der *Atlantis* hielten. Damit war die *Beebe* wieder frei, und das Zittern hörte auf.

Doch die Erleichterung währte nicht lange. Unvermittelt senkte sich der Boden. Hellwach wandte sich Márquez dem Heck zu. Sie begriff sofort, was geschah: Die *Beebe* stürzte in den Abgrund, und sie saß nicht an den Steuerhebeln.

35
Notfall

An Bord der Beebe

Anfangs hatte Márquez angenommen, dass sich das Boot mit seinen über zwanzig Tonnen im freien Fall befand, nachdem es über den Rand der Stufe gekippt war, die in die Tiefe führte.

Mit einem Mal spürte sie an Backbord einen heftigen Aufprall. Sie versuchte, ihren Sitz am Steuerpult zu erreichen, doch der Stoß schleuderte sie gegen die Steuerbordwand. Sie spürte, wie etwas mit Macht gegen ihren Rücken drückte. Um sie herum schrien Menschen. Immer steiler neigte sich der Boden, dann stürzte sie und wurde haltlos hin und her geschleudert. Inzwischen waren alle Lichter erloschen. Ein weiterer heftiger Schlag ließ sie vermuten, dass das Boot zerbrochen war. Endlich ertastete sie den Lederbezug der Sitzlehne. Sie versuchte, sich daran aufzurichten.

Langsam, aber unaufhaltsam drehte sich das Boot im Kreis und sank dabei wie in einer Spirale immer tiefer.

Nachdem es ihr gelungen war, sich in den Sitz zu zwängen, suchte sie im Dunkeln nach dem Sicherheitsgurt und den Steuerhebeln. Dreierlei war jetzt nötig: Ballast abwerfen, das Boot hochziehen und die Schrauben für den Auftrieb in Gang setzen. Rauf, rauf, rauf!

Am oberen Rand des Steuerpults ertastete sie die Lichtschalter. Sie betätigte sie mit zitternden Fingern. Alles blieb dunkel.

Sie wandte sich halb nach rechts zu den Bildschirmen, die ihr die wichtigsten Kenndaten zeigten sowie alles, was die Außenbordkamera sah. Sie wusste: Die roten Ziffern zeigten den Druck in den hydraulischen Leitungen, die Tauchtiefe und den Luftdruck im Inneren des Bootes an.

Links leuchtete keine einzige Ziffer auf der Tafel.

Ich brauche Strom.

Um Gottes willen, Strom.

Die Anzeigen blieben dunkel.

Strom. Notaggregat. Alle Schalter auf »Ein«. Zuerst den Hauptschalter oben links, los. Jetzt ja nicht klein beigeben.

Sie tastete im Dunkeln das Steuerpult ab, fand den Hauptschalter und betätigte ihn. Die *Beebe* stürzte weiter wirbelnd dem Abgrund entgegen.

Nora drückte Nadjas Kopf an ihre Brust und spürte den beschleunigten Herzschlag des Mädchens. Sie flüsterte ihr Trostworte ins Ohr, wie einst, als sie noch ein kleines Kind war. Nora war stolz auf ihre Tochter. Sie hatte der Mutter das Leben gerettet. Nach wie vor ging es unaufhaltsam kreisend abwärts, Schwindel erfasste sie, und es dröhnte ihr in den Ohren.

Trotz der völligen Dunkelheit um sie herum schloss Nora die Augen, um sich besser in die Vergangenheit zurückziehen zu können. Sie glaubte den Chlorgeruch des Beckens zu riechen, in dem Nadja erst schwimmen gelernt und später auch trainiert hatte. Die Erinnerung an sein Kunststoffdach, das die ganze Intensität der brennenden Sonne Pasadenas hindurchließ, rief in ihrem Kopf trostreiche Bilder hervor.

Sie biss die Zähne aufeinander und gab sich selbst das Versprechen, dafür zu sorgen, dass sie und ihre Tochter dieser eisig kalten Umgebung entkommen würden, in der sich die Luft immer schwerer atmen ließ.

Alastair Golombek fühlte sich völlig zerschlagen. Als ihn die mit Sauerstoff angereicherte Luft wieder ein wenig belebt hatte, merkte er, dass er auf dem linken Auge nichts mehr sehen konnte. Das Bewusstsein, dass er in Sicherheit war, wurde schon bald durch Schmerz und Wut verdrängt. Diese Empfindungen verstärkten sich noch, als die *Beebe* abglitt und in die Tiefe stürzte. Den Tod fürchtete er mit seinen sechsundfünfzig Jahren nicht, wohl aber die Möglichkeit einer Niederlage. Sofern er nicht mit leeren Händen und einer weiteren Enttäuschung auf das Festland zurückkehren wollte, war es unerlässlich, die Kamera der *Atlantis* zu retten. Wenn er keine Beweise dafür vorlegen konnte, dass er die Riesenkalmare in ihrem Habitat beobachtet hatte, konnte er darauf verzichten, jemals wieder die Strahlen der Sonne auf seinem Gesicht zu spüren. Ihm war nur allzu bewusst, was Catherine Caitlin gesagt hatte: Falls er die in ihn gesetzten Erwartungen nicht erfüllte, wären ihm künftig die Türen des Smithsonian verschlossen. Das aber wäre erst der Anfang. Er wusste sehr wohl, dass die Alte ihren ganzen Einfluss aufbieten würde, um dafür zu sorgen, dass man ihn künftig wie einen Aussätzigen behandelte. Damit wäre er in der Welt der Naturwissenschaftler ein Niemand, der von Glück reden durfte, wenn man ihm gestattete, sich in den Ruhestand zurückzuziehen. Er wäre nichts weiter als einer aus der Heerschar gescheiterter akademischer Lehrer, die vergeblich Trost darin suchten, leeres Wissen an Studenten weiterzugeben, mit denen sich zu beschäftigen im Grunde nicht der Mühe wert war.

Was für Menschen waren das überhaupt, die ihn da umgaben? Seenotretter waren sie nicht, auch wenn sie bis in jene Tiefe vorgedrungen waren und ihn aus der *Atlantis* befreit hatten. Ein sonderbar zusammengewürfelter Haufen! Sogar eine Halbwüchsige war dabei; allein das war mehr als ungewöhnlich. Dann begriff er schlagartig: Irgendjemand musste seine Pläne kennen. Sie hatten dasselbe Ziel wie er! Das Tauchboot war mindestens doppelt so groß wie die *Atlantis*. Bei Gott, das Letzte, womit er gerechnet hatte, war, in über zweitausend Metern Tiefe auf Konkurrenten zu stoßen. Diesem Gedanken folgte sogleich der nächste: Weit schlimmer noch, sie hatten ihm seine Aufnahmen gestohlen.

Nachdenklich fuhr er sich durch den blutverkrusteten Bart. Sofern er mit seiner Vermutung Recht hatte, würde er zum Teufel in der Hölle darum beten, dass das verdammte Tauchboot unterging und das Ende möglichst schnell kam.

Die Schalter für die Notstromversorgung. Los, zeig, dass du eine gute Pilotin bist. Rauf mit den verdammten Schaltern. Eins, zwei, drei, vier.

Als die roten Zahlen in der Dunkelheit aufleuchteten, wusste Márquez, dass die Sache noch nicht ganz aussichtslos war. Dreitausendzweihundert Meter Tiefe. Wasserdruck: dreihundertzwanzig Bar. Wassertemperatur: drei Grad. Druck der Hydraulikanlage: tausendneunhundert Bar.

Sie fühlte sich versucht, sogleich die Scheinwerfer einzuschalten, dann aber zögerten ihre Finger. Wichtiger, als draußen etwas zu sehen, war es, Höhe zu gewinnen. Die Tafel mit den Elementen für die Notsteuerung befand sich über ihrem Kopf. *Vor allem die Ballasttanks*. Als sie den Schalter betätigte, leuchteten die Anzeigen für die Tanks A, B, C und D blau auf. Sie musste dafür sorgen, dass aus Blau Rot wurde. Vier rasche Handbewegungen, und statt Blau leuchtete Rot auf. *Na bitte*. Das Boot vibrierte, und das Sinken verlangsamte sich.

Obwohl sie das Boot von allem Ballast befreit hatte, gab es keinen Auftrieb. Schlimmer noch: Es sank weiter.

Das kann doch gar nicht sein! Ganz ruhig jetzt. Der Steuerstand. Wie viel Antriebsleistung stand ihr zur Verfügung? Die Akkumulatoren für den Notbetrieb fielen ihr ein. Waren die einsatzbereit? Die *Beebe* besaß vier davon, jeder so groß wie der Kofferraum eines Kleinwagens. Den Kontrollleuchten nach müssten sie Strom liefern. Trotzdem ging es weiter abwärts. Sie sah sich um. Rechts von ihr lag der Steuerstand. Er schien sie zu verspotten, stumm und gleichgültig. Sie schaltete den Hauptmotor für senkrechten Aufstieg ein. Die Kontrollleuchte ging auf Rot. Jetzt den Zusatzantrieb. Die *Beebe* zitterte in allen Fugen, stieg aber nicht auf, blieb nicht einmal auf der Stelle. Inzwischen zeigte der Tiefenmesser dreitausendfünfhundert Meter.

So geht das nicht weiter. Die verdammten Reserven sind ausgefallen. Drehten sich die Antriebsschrauben überhaupt? Irgendetwas stimmte mit dem Boot nicht. Sie schaltete die Innenbeleuchtung ein, woraufhin an der Decke ein mäßig heller Lichtteppich sichtbar wurde. Aber sie musste sparsam mit dem Strom umgehen. *Auf keinen Fall die Scheinwerfer einschalten!* Die Instrumententafel zeigte den Ladezustand der Akkumulatoren. Bei sechs von ihnen stand die Anzeige auf null. Null Volt! Von den vier Reserve-Akkumulatoren waren lediglich zwei geladen.

Ich hab nur noch zwei Akkus.

Als Nestor Morales zu ihr trat, wies sie auf die Anzeigeinstrumente. Bloß noch hundertzehn Volt.

»Bei neunzig Volt fällt der Antrieb vollständig aus«, sagte sie. »Ich will kein unnötiges Risiko eingehen. Wir steigen aus.«

»Augenblick mal!«, rief Morales aus. »Damit würden wir das Boot aufgeben.«

Sie wies auf die Notschalttafel an der Decke. Inzwischen schien ein gewisser Abstand zwischen der *Beebe* und den Felswänden zu bestehen, an die sie gestoßen war, doch stürzte das Boot nach wie vor in die Tiefe, wenn auch leicht gebremst.

»Sieh doch – ich hab alles an Ballast abgeworfen, was wir haben, aber irgendwas funktioniert nicht. Entweder sind wir zu schwer, oder der Ladestromkreis ist unterbrochen. Ich fürchte, dass irgendwo Wasser eingedrungen ist.«

In fast beschwörendem Ton fragte Morales: »Was willst du damit sagen?«

»Unsere Energievorräte reichen nicht, um die Oberfläche zu erreichen. Ich habe keine Ahnung, was los ist. Das gefällt mir überhaupt nicht, und deshalb sollten wir aussteigen. Sag den Leuten, dass sie sich bereit machen und die Gurte anlegen.«

Morales sah aus, als würde er jeden Augenblick in Tränen ausbrechen.

»Wir sind dreitausendachthundert Meter tief! Großer Gott, Martha, es muss doch eine Lösung geben! Wenn wir das Boot aufgeben, ist auch die Tauchfähre auf immer verloren.«

Das also war es. Endlich hatte er gesagt, worum es ihm in Wahrheit ging.

»Bist du eigentlich verrückt geworden? Kannst du mal eine Sekunde lang deine verdammte Unterwasser-Station vergessen?

Ich muss es dir wohl vorbuchstabieren, dass wir erledigt sind, wenn wir nicht aussteigen.«

Erschöpft strich sie sich über die Stirn. Sie fror. Auch wenn sich das Sinken verlangsamt hatte, waren sie inzwischen in einer Tiefe von nahezu viertausend Metern angekommen.

Noch achthundert Meter, dann würde der Rumpf knirschend dem Druck nachgeben und durch alle Ritzen das Wasser eindringen. Unter Umständen würde das mit so großer Wucht und Schnelligkeit geschehen, dass es die Insassen einfach zerfetzte.

»Noch sind die Akkus geladen, die uns bleiben. Höchstwahrscheinlich haben kleine Lecks Kurzschlüsse ausgelöst. Sieh doch mal nach, ob das Sonar noch funktioniert.«

Bevor Morales ihrer Bitte folgen konnte, leuchteten die Lichter auf, die Márquez auf keinen Fall sehen wollte.

Drei kleine rote Leuchten auf dem Steuerpult zur Rechten. Sie zeigten elektrische Leitungsverluste an.

Ein viertes rotes Licht, ein fünftes und ein sechstes.

Verdammter Mist.

»Offenbar ist Wasser eingedrungen und hat zu Kurzschlüssen in den Akkus geführt. Wir steigen aus.«

»Nicht so hastig. Könntest du nicht erst mal abwerfen, was du nicht mehr brauchst? Damit würden wir doch leichter.«

Sie blitzte ihn an. »Versuchen kann ich das gern, aber das Ergebnis wird nicht anders aussehen als vorhin beim Ballast«, sagte sie und betätigte einige Auslösehebel. »Wenn es nicht funktioniert, steigen wir aus, ob dir das passt oder nicht.«

Der »Ausstieg« war das letzte Mittel, das ihnen blieb. Im Rumpf der *Beebe* saßen vier druckfeste Kugeln, je zwei in Bugnähe und am Heck. Ähnlich wie sich ein Düsenjägerpilot mit dem Schleudersitz vor dem drohenden Absturz rettet, konnte sich im schlimmsten aller Fälle die Besatzung in diese Kugeln zurückziehen und sie durch einen Ausstoßmechanismus vom Tauchboot lösen. Dank ihrem Auftrieb würden sie von selbst an die Wasseroberfläche gelangen.

Beide unbrauchbar gewordenen Akkumulatoren mit einem Gewicht von jeweils hundertachtzig Kilo wurden in die schwarze Tiefe geschickt.

Die roten Zahlen wanderten weiter.

Márquez machte sich bereit, die links neben ihr befindliche kleine gefalzte Blechtafel für das Ausstoßen der Kugeln zu betätigen. Sie hatte diesen Sicherheitsschalter, der nacheinander in zwei verschiedene Richtungen bewegt werden musste, noch nie benutzt.

»Die Greifarme wiegen über hundert Kilo pro Stück«, sagte Morales, bemüht, sie daran zu hindern. »Bitte.«

Márquez wandte sich erst einmal von dem Falzblech ab und drückte einige Knöpfe.

Die Gelenkarme lösten sich. Die metallenen Krallen aufwärts gerichtet, verschwanden sie gleich den Akkumulatoren in der Schwärze.

Viertausendzweihundert Meter.

Zwar wanderten die Zahlen langsamer, dennoch sank das Boot weiter.

Doch Morales gab nicht auf.

»Der *Schnüffler*. Du weißt, dass er um die hundert Kilo wiegt. Vielleicht genügt das. Wir verlieren nichts, wenn wir ihn aufgeben.«

Dreißig Sekunden später löste sich der kleine Kubus aus seinem Gehäuse und sank kraftlos in die Tiefe.

Viertausendzweihundertdreißig Meter.

Eine endlose Minute verging. Der Ingenieur und die Pilotin hatten nur noch Augen für die Leuchtanzeige des Tiefenmessers.

Das Sinken hatte aufgehört.

Nestor Morales stieß einen gedehnten, befriedigten Seufzer aus.

Zur Linken hörten sie Rauschen aus dem Lautsprecher des Hydrophons. Márquez wies auf die Spannungsanzeige der verfügbaren Akkumulatoren: jeweils nur noch hundert Volt.

Sie beschloss, alle Notschalter zu betätigen.

»Wir können äußerstenfalls zweitausend Meter steigen. Bis

oben kriegen wir das Boot auf keinen Fall, dazu reichen unsere Stromreserven nicht aus. Ganz offensichtlich ist Salzwasser in die Schaltkreise eingedrungen. Verdammter Bockmist! Hätte ich doch nur nicht auf dich gehört. Wir steigen jetzt sofort aus, auch wenn dir das nicht passt.«

Sie stand im Begriff zu tun, was Morales befürchtet hatte.

Sie nahm die Kette vom Hals, an der ein Schlüssel hing, der ganz normal aussah, öffnete eine graue Kunststoffabdeckung, steckte den Schlüssel ins Schloss und drehte ihn um neunzig Grad nach links. In dieser Stellung blieb er stehen.

Dann zog sie am daneben befindlichen Falzblech, drückte es nach oben und betätigte mehrere Knöpfe. Entgegen ihrer Erwartung blieben alle Kontrollleuchten dunkel, als wollten sie sie verspotten.

Verblüfft riss sie ihre schwarzen Augen auf und bemühte sich, die Fassung zu bewahren. Sie biss die Zähne aufeinander und sah Morales wütend an. Die *Beebe* weigerte sich, ihre Insassen freizugeben.

»Wir kommen nicht raus!«, rief sie ungläubig aus.

»Was soll das heißen? Bist du sicher?«

Nein, sicher war sie nicht. Sie spürte, wie sich ihr Magen zusammenkrampfte.

»Die Akkus haben zwar kaum noch Strom, aber zum Ausstoßen der Kapseln müsste er genügen. Unter Umständen klemmt der Auslösemechanismus, oder eingedrungenes Wasser hat auch den Schaltkreis des Magnetschalters außer Gefecht gesetzt... Ich hab keine Ahnung, was es sein könnte.«

»Viertausendzweihundertdreißig Meter. Kommen wir noch höher?«

Márquez schaltete die Motoren für den vertikalen und den horizontalen Antrieb ein. Die *Beebe* zitterte leicht, begann sich dann vorwärts zu bewegen und eine Aufwärtsbewegung anzudeuten.

»Schalt das Sonar ein. Ich will möglichst viel Strom sparen und fahre deshalb ohne Scheinwerfer.«

»Und wie willst du navigieren?«

»Tu, was ich dir sage.«

»Wie hoch kommen wir?«

Sie gab keine Antwort und schüttelte lediglich den Kopf. Erneut legte sie die Schalter für das Ausstoßen der Kugeln um und wartete darauf, das erlösende Geräusch zu hören. Nichts. Im Kopf überschlug sie, mit welcher Geschwindigkeit sie stiegen. Ein Viertelknoten, keine fünfhundert Meter pro Stunde. Das konnte man nicht unbedingt rasches Aufsteigen nennen. Es ging schräg nach oben, ganz offensichtlich machten die zwanzig Tonnen der *Beebe* den Motoren zu schaffen.

Jeder gute Tauchbootfahrer kann die wichtigsten Daten im Kopf berechnen und weiß, er darf nur so tief tauchen, dass ihm genug Energiereserven für den Wiederaufstieg bleiben. Wenn der Strom nicht reicht, darf nicht getaucht werden. Wer sich verrechnet und zu tief taucht, kommt nicht wieder nach oben, so einfach ist das.

Sie waren zu tief getaucht.

Márquez konzentrierte sich auf ihre Berechnung.

»Wir schaffen es auf keinen Fall bis nach oben – es sei denn, der Ausstoßmechanismus funktioniert doch noch. So, wie es jetzt aussieht, können wir höchstens rund tausendachthundert Meter steigen, je nachdem, wie weit der Strom in den beiden Akkus reicht, die uns geblieben sind.«

»Tausendachthundert Meter! Kannst du denn gar nichts machen?«, jammerte Morales.

»Nein.«

»Was bedeutet das?«, fragte Nora, die sich wieder etwas gefasst zu haben schien.

»Ich will Ihnen reinen Wein einschenken: Wir haben alles an Ballast abzuwerfen versucht, was entbehrlich war, mussten aber feststellen, dass wohl mehrere elektrische Schaltkreise ausgefallen sind. Daher ist ein Teil dieser Gewichte nicht freigegeben worden. Ich habe keine Möglichkeit festzustellen, worin der Fehler besteht. Auf jeden Fall ist irgendwo Wasser eingedrungen und hat das Gewicht des Tauchboots erhöht. Hinzu kommt, dass der für einen Notausstieg erforderliche Rettungsmechanismus nicht funktioniert. Die *Alvin* hatte ein mechanisch wirkendes System, damit wäre die Sache einfacher gewesen. In diesen modernen Tauchbooten hängt alles von der verfluchten Elektrik ab, und leider haben wir wohl einen Kurzschluss, der eine ganze Reihe von Systemen erfasst zu haben scheint.«

»So wie bei einem Stromausfall zuhause?«, fragte Nadja.

»Ich fürchte ja, Schätzchen.«

»Aber das Boot reagiert doch noch«, wandte Nora ein. »Die Antriebsmotoren ...«

»Zwei Akkus liefern noch Strom«, unterbrach Márquez sie. »Da sie die Motoren für die Schrauben versorgen, haben wir einen gewissen Auftrieb. Nur genügt der nicht, um uns bis nach oben zu bringen. Wir werden vermutlich auf halbem Weg steckenbleiben.«

»Was bedeutet das genau?«, erkundigte sich Nora.

»Wir können bis auf ungefähr zweitausendzweihundert Meter kommen und mit etwas Glück vielleicht auch die zweitausend erreichen.«

»Und dann?«

Márquez zuckte die Achseln.

»Sobald die Akkus erschöpft sind, kehrt sich die Bewegung um. Keine Sorge, das Sinken geht ganz gemächlich, allerdings auch unaufhaltsam.«

»Es muss doch eine Lösung geben«, begehrte Nora auf.

»Unglücklicherweise nein. Ich fürchte, wir sind ... na ja, sagen wir, wir stecken in einer Sackgasse, aus der es keinen Ausweg gibt«, sagte Márquez und senkte den Blick.

Inzwischen hatte sich die *Beebe* stabilisiert. Alles lag im Dunkeln. Cepesma erholte sich allmählich, doch suchten ihn von Zeit zu Zeit immer wieder Schwindelanfälle heim. Golombek hielt sich nach wie vor benommen die Hand vor das linke Auge.

»Der Mann blutet ja«, sagte Nadja.

»Kümmere dich um ihn, hol den Verbandkasten«, forderte

Márquez, die wie selbstverständlich das Kommando übernommen hatte, den Ingenieur auf. »Nadja, du könntest ihm helfen.«

Nora trat zu ihrer Tochter und strich ihr liebevoll über die Schulter.

»Kennen Sie unsere Position?«, fragte Nora.

»Nein, aber es müssen Transponder in der Nähe sein«, sagte Márquez, nachdem sie das Sonar etwas empfindlicher eingestellt hatte.

»Ich versuche in jedem Fall, möglichst gleichmäßig aufzusteigen«, erklärte Márquez. »Sie sollten sich inzwischen ein wenig ausruhen.«

Während Nora zu Nadja hinüberging, überlegte Márquez bereits, welche Möglichkeiten ihr blieben. Sie konnte das Boot, das kaum noch über Energiereserven verfügte, auf eine Stufe der vielen unterseeischen Terrassen lenken. Die Sprechverbindung zur *Merlin* funktionierte nicht, und es bestand auch keine Aussicht, sie wiederherzustellen. Ohnehin käme ein Rettungs-Tauchboot, wenn es jetzt aufbräche, zu spät. Auch der Sauerstoffvorrat würde bald zur Neige gehen, und dann würden sich die Insassen der *Beebe* mit dem von ihnen ausgeatmeten Kohlendioxid vergiften, da es nicht mehr durch die Aufbereitungsanlage geleitet wurde.

Die andere Möglichkeit schien ihr weit besser, doch wollte sie darüber nicht sprechen. Sie bestünde darin, das Tauchboot über eine der vielen Schluchten zu führen, vielleicht sogar dorthin, wo in mehr als fünftausend Metern Tiefe die Bohrlöcher der Texon lagen, und es dort sinken zu lassen. Der Druck da unten würde das Boot in kürzester Zeit zermalmen, alles wäre in weniger als einer Sekunde vorüber.

Ja, das dürfte das Beste sein. Mit etwas Glück würden sie dicht an den »Christbäumen« auf den Meeresboden prallen und dabei einen Teil der Anlage zerstören. Kein schlechter Gedanke, das Ekelpaket Steiffel dafür büßen zu lassen, dass sie alle umkommen mussten.

Beim Versuch, die Koordinaten der Station zu finden, bekam sie eine Reaktion von den Transpondern. Sie konzentrierte sich auf den Sonar-Bildschirm. Mit einem Mal glitt die Scan-Linie über eine orangefarbene Fläche und zeigte ein deutlich umrissenes, riesiges, an den Enden spitz zulaufendes zylinderförmiges Gebilde.

Das konnte nichts anderes sein als die *Ocean Shuttle*, die Unterwasser-Station.

Márquez achtete auf die am unteren Rand auftauchenden Zahlen.

Morales trat zu ihr.

»Zwei Seemeilen nordwestlich von hier. Vielleicht etwas weniger«, sagte sie.

Dem Ingenieur entging nicht, dass sie den Kurs bereits geändert hatte.

»Wir schaffen einen Viertelknoten in einer halben Stunde«, rechnete ihr Morales vor. »Ich an deiner Stelle würde allmählich die Scheinwerfer einschalten.«

»Ich denke nicht daran. Verstehst du das nicht?«

»Soll das Boot etwa zerschellen?«

»Das wäre das Schlechteste nicht«, gab sie zurück. Dabei achtete sie weiter auf das Sonar und betätigte die Steuerelemente. Die Geschwindigkeit war äußerst gering, aber sie näherten sich nordwestwärts dem Zielgebiet.

»Die beiden Männer ruhen jetzt. Ich denke, sie kommen wieder auf die Beine«, sagte Nora. »Wie sieht es hier aus?«

»Ich habe die Motoren auf volle Kraft geschaltet«, sagte die Frau.

»Und wie steht es mit dem Sauerstoff?«

»Im Augenblick noch gut. Irgendwann wird sich aber bemerkbar machen, dass wir nicht mehr zu viert sind, sondern zu sechst.«

Morales zog auf einmal eine Papierrolle hervor, trat zwischen die beiden Frauen und entrollte sie so, dass Márquez darauf sehen konnte, ohne das Sonar und die Steuerhebel aus dem Blickfeld zu verlieren.

Es war ein Plan mit handschriftlichen Eintragungen des Mexikaners. Nora erkannte sogleich, dass es um die *Ocean Shuttle* ging. Sie hatte die Konstruktion, die wie ein flachgedrückter Rugbyball aussah, auf dem Simulator gesehen. Morales wies auf den Plan und erklärte: »Wir wissen, dass die Ebene null unter Wasser steht. Wie es mit der Zwischenebene aussieht, wissen wir nicht. In die Ebene eins ist kein Wasser eingedrungen, und sie wird über die Verbindungsleitung zur *Merlin* nach wie vor mit Sauerstoff versorgt.«

»Und was soll uns deine geliebte Unterwasser-Station nützen?«, fragte Márquez, ohne den Blick vom Sonar zu nehmen. »Wir kommen da ja nicht rein.«

»Vielleicht doch«, sagte Morales mit einem Lächeln, das Nora abstieß.

»Durch die Kanäle der Belüftungsanlage müsste es gehen«, erläuterte er und wies auf eine Stelle des Plans. »Hier, unmittelbar über der Ebene eins, liegen in der Nähe des AMPS-Komplexes hermetisch schließende doppelte Sicherheitsventile. Dort gibt es in der äußeren Hülle eine Öffnung, die sich unter Umständen von außen öffnen lässt.«

»Und was für Umstände wären das?«, fragte die Mexikanerin.

»Wir müssten vorher eine Verbindung herstellen. Das dafür nötige Werkzeug haben wir an Bord.«

»Falls wir uns auf diese Weise an die Station ankoppeln könnten, wäre das eine Möglichkeit, genug Atemluft zu bekommen«, sagte Nora nachdenklich.

»Wir wissen aber nicht, wie lange das gut gehen würde«, sagte Márquez. »Sofern wir keine Möglichkeit haben, mit der *Merlin* Verbindung aufzunehmen, könnten die da oben die Leitung zur Station kappen.«

»Etwas Besseres haben wir nicht«, gab Nora zu bedenken.

»Es ist die einzige Möglichkeit, die Station wieder nutzbar zu machen«, hob Morales hervor.

Die beiden Frauen sahen ihn an. Alles an diesem Mann war Nora zuwider: seine schrille Stimme, sein Geruch und auch seine Gewohnheit, ostentativ zu schweigen, wenn er gekränkt war.

»Wir müssen uns darüber klar sein, dass unsere Lage alles andere als rosig ist. Höchstwahrscheinlich würde so, wie die Dinge liegen, keiner von uns überleben. Wenn es uns aber gelingt, eine Verbindung mit der Station herzustellen, gibt uns das eine Möglichkeit, den Antrieb der *Beebe* wieder in Ordnung zu bringen.«

»Warum willst du eigentlich unbedingt da rein?«, fragte Márquez misstrauisch. »Du bist ein ausgemachter Schwindler. Wieso kommst du jetzt auf einmal damit?«

»Es gibt unversehrte Teile der Tauchfähre, die nicht unter Wasser stehen. Sollten wir es schaffen, durch die Öffnung da ins Zwischengeschoss zu gelangen, hätten wir die Möglichkeit, die Not-Energiesysteme wieder in Gang zu setzen. Und falls wir genug Wasser auspumpen können, wären wir sogar imstande, am Notaussteig der Ebene null anzukoppeln, der im Augenblick unter Wasser steht. In der Tauchfähre ist genug Platz für uns alle. Die *Merlin* versorgt sie fortwährend mit Sauerstoff, und es gibt dort reichlich Vorräte an Lebensmitteln und Trinkwasser.«

»Hindernis etwa zehn Meter voraus an Backbord«, sagte Márquez mit einem Mal. »Haltet euch gut fest.«

Ein von lautem Knirschen begleitetes Zittern durchlief den Rumpf der *Beebe*. Márquez betätigte einige Schalter und setzte die Schrauben für den Vorwärtsantrieb in Gang. Das Zittern nahm ab und verschwand schließlich, doch der Lärm hallte nach.

Die Echos des Sonars vermengten sich mit dem Rauschen aus dem Lautsprecher der völlig unbrauchbar gewordenen Sprechanlage zur Verbindung mit der *Merlin*.

Nadja rieb Cepesma die kalten Finger. Er empfand die Wärme als angenehm. Denn alles fühlte sich klamm und kalt an. Zwar war er noch schwach, atmete aber wieder gleichmäßig. Er versuchte sich aufzurichten.

»Sie dürfen sich nicht anstrengen.«

»Von wegen! Ich muss doch zu Kräften kommen. Außerdem wüsste ich gern, wer mir das Leben gerettet hat. Wie heißt du eigentlich?«

Nadja nannte ihren Namen und stellte auch die anderen vor, wobei sie jeweils auf den Betreffenden wies.

»Du sprichst ziemlich gut Spanisch. Vor allem hast du eine sehr gute Aussprache. Wo hast du das gelernt?«

»Meine Mutter hat ein paar Jahre lang ihre Sommerferien in Spanien verbracht, als sie so alt war wie ich.«

Er nickte, machte dann eine Bewegung, und Nadja reichte ihm ein Glas Wasser.

»Du merkst aber auch alles.«

»Was haben Sie da unten am Meeresboden gesucht?«

Er nahm einen kleinen Schluck und befeuchtete sich die Lippen. Dann zeigte er auf Golombek, der zu schlafen schien. »Wie geht es ihm?«

»Er ist sehr schwach. Er hat immer wieder sonderbare Dinge vor sich hin gesagt. Ich hab ihm vor ein paar Minuten eine Schmerztablette gegeben.«

»Wir waren hinter einem Ungeheuer her. Ich will dich nicht mit Räuberpistolen und Schauermärchen erschrecken, aber ich fürchte, wir haben es gefunden.«

Sie sah rasch zu den Bullaugen hinüber.

»Sicher meinen Sie den Tintenfisch mit den langen Armen, der so stark geleuchtet hat? Er hat uns angegriffen. Das war wirklich ganz entsetzlich.«

»Herrlich war es.«

Golombek hatte offenkundig das Bewusstsein wiedererlangt. Sein Bart war nach wie vor von Blut verkrustet, und ein mit Heftpflaster befestigter Verband bedeckte sein linkes Auge. Er lag mehr, als er saß, doch seine Stimme klang fest und sicher.

»Lange hatte ich angenommen, dass alles, was ich über den Kraken gelesen hatte, auf reiner Erfindung beruhte, Produkte der Phantasie unwissender Menschen. Jetzt aber … habe ich ihn endlich gesehen! Allmächtiger Gott! … Und er gehört mir!«

Cepesma hob die Brauen. »Was soll daran herrlich sein? Immerhin war das verdammte Mistvieh drauf und dran, uns umzubringen.«

Golombek legte den Kopf an die kalte Metallwand und hob den Blick zur Decke. Bei jedem Atemzug stieg vor seinem Mund eine kleine Dampfwolke auf. Aus seinen Worten ging hervor, dass er Cepesma nicht zugehört hatte.

»Solche Geschichten werden seit Urzeiten von Generation zu Generation weitererzählt… und mit einem Mal ist das Ganze Wirklichkeit! Ich habe in den Archiven des Smithsonian einen Bericht von Soldaten gefunden, die im Zweiten Weltkrieg im Atlantik einen Schiffbruch überlebt hatten. Was da stand, schien geradewegs aus der Vorstellungswelt Herman Melvilles und seines *Moby Dick* zu stammen. Nur hatten diese Männer nicht die Wasserfontäne des weißen Wals gesehen, von dem wir inzwischen wissen, dass es in Wahrheit ein Pottwal war – nein, diese Unglückseligen hatten es mit einem weit schlimmeren Untier zu tun. Ihr wisst schon, was? Es ging um den Jäger des weißen Wals, den Kraken! Und ich habe ihn entdeckt! So ist es doch, Thomas? Haben wir nicht Aufnahmen gemacht, wie die Welt sie noch nie gesehen hat und auf denen sich das Verhalten des Tieres genau beobachten lässt?«

Er wandte sich dorthin, wo Cepesma und Nadja saßen. Sein rechtes Auge blitzte herausfordernd. Er hob die Hand mit dem verstümmelten Finger und krempelte sich den Ärmel bis zum Ellbogen auf. Auf dem Unterarm sah man leicht gekrümmte Narben.

»Habt ihr schon mal den Saugnapf eines Kalmars auf der Haut gespürt? Diese Saugnäpfe sind mit harten Zähnen besetzt, die starke Schmerzen hervorrufen. Die zwölf Überlebenden, von denen ich gerade gesprochen habe, mussten mehrere Tage auf einem Floß ausharren, das für nur vier Personen vorgesehen war. Verständlicherweise hatten sie Angst vor Haien, aber ein ganz anderer Räuber wartete auf sie. Eines Nachts hörte einer von ihnen plötzlich ein Blubbern im Wasser. Später hat er geschworen, ein Arm, ich sage bewusst nicht Fangarm, sei herausgekommen, habe sich um den Leib eines seiner Gefährten gelegt und ihn so mühelos ins Wasser gezogen, als wäre es ein Kleiderbündel gewesen.

Dem Unglücklichen sei kaum genug Zeit geblieben, einen Schrei auszustoßen. Nacht für Nacht sei das geheimnisvolle Tier erneut gekommen und habe sich ein weiteres Opfer geholt. Zum Schluss seien nur noch zwei Männer übrig gewesen, die die Geschichte erzählen konnten. Bestimmt wussten sie, wie es ist, wenn einen die Saugnäpfe berühren, auch ich habe sie auf meiner Haut gespürt.«

»Glauben Sie nur nicht, dass Sie mir einen Schreck einjagen können«, sagte Nadja.

In beinahe spöttischem Ton und mit schiefem Lächeln fuhr Golombek fort: »Ihr wisst wohl immer noch nicht, womit wir es zu tun haben? Allem Anschein nach habt ihr keine Ahnung. Zwischen den Haien und den großen Kopffüßern besteht ein gewaltiger Unterschied. Haie sind entsetzliche Fressmaschinen, von der Natur bestens dafür ausgerüstet, ihre Opfer zu töten. Letzten Endes hirnlos und dumm. Sie müssen buchstäblich pausenlos schwimmen und gehorchen einem blinden Instinkt, alles zu fressen, was ihnen vor das Maul kommt. Was uns aber da draußen erwartet ...« Er wies auf die Bullaugen, hinter denen die Schwärze der Tiefsee lag, »... ich wage nicht, diese Wesen ›Ungeheuer‹ zu nennen, denn sie verfügen über das am höchsten entwickelte Gehirn aller wirbellosen Tiere. Sie besitzen eine außergewöhnliche Intelligenz, und überdies stehen ihnen Kräfte zu Gebote, die unser Verständnis weit übersteigen. Bei allen Heiligen! Sie gedeihen in der Finsternis. Sie haben, wie wir gesehen haben, nicht nur die Fähigkeit, nach Belieben zu erscheinen und zu verschwinden, sie können auch ihr Vorgehen planen und koordinieren. Es ist einfach großartig. Sie sind wahre Außerirdische! Gott, habe ich einen Durst.«

»Gib ihm zu trinken, Nadja. Ich glaube, er hat den Verstand verloren«, sagte Cepesma unbehaglich. »Sieht ganz so aus, als ob es sich unser zweifelsüchtiger Wissenschaftler anders überlegt hätte. Wenn Sie sich schon zum Verteidiger dieser Mistviecher aufschwingen, können Sie doch sicher auch sagen, warum die uns angegriffen haben.«

Golombek leerte die Flasche, die ihm Nadja gegeben hatte, hustete und räusperte sich.

»Ich hätte das nicht geglaubt, nicht einmal, als wir im Schlund meiner *Taningia golombiculae* einen goldenen Ring gefunden haben.«

Cepesma sah ihn verblüfft an. »Was für einen Ring?«

Eine Pause trat ein. Golombek suchte in seinen Taschen und nahm dann ein Notizbuch heraus. Da es sehr dunkel war, ging er dorthin, wo der Bildschirm ein wenig Licht spendete, und erklärte: »Einen Trauring. Thomas hat ihn aufgehoben. Wo ist Thomas eigentlich? Sicher fragen Sie sich, woher ich wissen will, dass es sich um einen Trauring handelt. Hier, sehen Sie, da steht der Name. Ich habe ihn mir notiert.«

Wortlos hielt er ihnen das aufgeschlagene Notizbuch hin.

Der um ? Uhr aufgefundene Trauring trägt die Gravur:
Lucía, 16. 11. 1976

Cepesma sank förmlich in sich zusammen. Verzweifelt suchte sein Blick Halt. »Großer Gott im Himmel … Das hat mir Albee die ganze Zeit verschwiegen.«

»Was?«, fragte Nadja.

»Luis García. Es ist der Trauring eines guten Bekannten. Die Lucía, deren Namen darin eingraviert ist, ist seine Frau.«

Golombek steckte das Notizbuch wieder ein.

»Selbstverständlich habe ich Thomas' Befürchtungen zurückgewiesen. Immerhin gab es andere Erklärungen: Ein Trauring unter den Überresten eines so ungewöhnlichen Kalmars konnte ohne weiteres auch etwas anderes bedeuten, als dass wir es mit einem Menschenfresser zu tun hatten. Jedes beliebige Beutetier des Kalmars konnte einen solchen Ring verschluckt haben. Jetzt muss ich einräumen, dass ich mich getäuscht habe.«

Nadja hob die Brauen. »Was ist mit diesem Luis García?«

Cepesma schüttelte ungläubig den Kopf. »Er ist mit seinen Söhnen zum Fischen hinausgefahren, kurz bevor eins der entsetzlichsten Unwetter meine Heimatstadt Luarca heimgesucht hat, die ich je erlebt habe. Seitdem waren die Männer verschwunden. Man hat nicht einmal ihre Leichen gefunden, lediglich einige Reste ihres Bootes. Genau genommen, nur ein Stück einer Schwimmweste. Das war damals, als … das Untier aufgetaucht ist. Oh Gott! Sicher wäre es für ihn tausendmal besser gewesen zu ertrinken, als von dieser Bestie verschlungen zu werden.«

Nadja bemühte sich zu verstehen, worum es ging. Sie streckte die Hand aus und legte sie Cepesma beruhigend auf die Schulter.

Nach wie vor hörte man die Echos des Sonars.

»Wir sind da«, sagte Márquez, »und wir haben sogar noch ein bisschen Strom. Wir sollten Licht machen. Die Luft hier drin wird immer schlechter.«

Nora trat an eins der Bullaugen. Im Licht der Frontscheinwerfer sah man den Umriss der *Ocean Shuttle*.

Das Voltmeter für die Akkumulatorenspannung näherte sich dem Wert neunzig. Morales entrollte erneut den Plan, legte ihn sich auf die Knie und nahm einen Filzstift zur Hand.

»Die Luftkanäle liegen etwa fünf Meter oberhalb des Kernreaktors am Heck. Die Zugänge befinden sich an Steuerbord, und zwar hier und hier.« Er umgab die Stellen mit einem Kreis. »Wir müssen uns der Tauchfähre von Backbord annähern und dann um sie herumfahren.«

»Wird gemacht«, sagte Márquez.

Die *Beebe* umrundete das Heck der Tauchfähre und legte bald darauf an der Steuerbordseite an.

»Hier ist es richtig«, sagte Morales.

Das Licht der Scheinwerfer glitt über die quadratische Zugangsöffnung zu den Luftkanälen, deren Kantenlänge sechzig oder siebzig Zentimeter betragen mochte. Morales machte sich hinter der Trennwand zu schaffen und kehrte gleich darauf mit einem dunklen Neoprenanzug sowie einer Anzahl Magnesiumfackeln zurück, die an einem Band befestigt waren. Beides legte er vor Nora auf den Boden, außerdem eine Werkzeugtasche, eine kleine Atemluftflasche, ein Paar Gummihandschuhe, eine Sprechgarnitur, eine lange Taschenlampe und etwas, das wie eine Glühlampe in einer Fassung aussah. »Ich versuch jetzt mal, näher an den Luftkanal ranzufahren. Fertig, Nestor?«

Morales stand dicht am Ausstiegsluk. Er betätigte einige Knöpfe, um festzustellen, ob noch genug Leistung für ein Ankoppelmanöver zur Verfügung stand. Das war zum Glück der Fall.

»Du musst es beim ersten Versuch hinkriegen«, rief er Márquez zu.

»Da das Ausstiegsluk des Tauchboots Normmaße hat, passt es zum Süll des Luks an der Station«, hatte ihnen Morales anhand des Planes erläutert und gleich hinzugefügt: »Ein Süll ist so viel wie ein Rahmen oder eine Einfassung.« Die für die Wartung der Luftkanäle vorgesehene Einstiegsöffnung hingegen war deutlich enger, da diese Arbeit von Maschinen oder Robotern ausgeführt wurde, sodass keine Menschen dort hineinmussten.

Jedenfalls war das bis jetzt so gewesen.

Der Anschlussflansch der *Beebe* stieß an das Süll des Luks, und Morales drückte einige Knöpfe. Diesmal fuhr nicht der Verbindungstunnel aus; stattdessen griffen einige speziell geformte Bleche in Vertiefungen an der Tauchfähre und stellten eine formschlüssige Verbindung in der Art einer Bajonetthalterung her. Knackgeräusche zeigten an, dass die Teile ineinandergriffen und eingerastet waren. Wie zur Bestätigung dessen lag die *Beebe* mit einem Mal völlig ruhig. Sie waren an der Station angekoppelt.

»Jetzt können wir nur noch beten.«

Morales drückte einen weiteren Knopf. Ein grünes Licht leuchtete auf, blinkte einige Male und erlosch dann wieder. Mit einem gequälten Geräusch liefen die Hydraulikpumpen an, wurden aber bald deutlich langsamer. Unwillkürlich fühlte sich Morales an seinen Elektrorasierer erinnert, der ähnlich klang, wenn sich die Ladung dem Ende zuneigte.

Möglicherweise brauchte ja nicht besonders viel Wasser ausgepumpt zu werden; andere Probleme bereiteten ihm weit größere Kopfschmerzen.

Als er an das Steuerpult zurückkehrte, sah er sich im Mittelpunkt der Aufmerksamkeit aller. Golombek und Cepesma bedachte er mit einem abschätzigen Blick. Umweltschützer, die reinste Pest. Für ihn als Ingenieur gab es keine widerlicheren Typen. Sie trieben sich mit ihren lächerlichen Beobachtungsschiffen auf allen Weltmeeren herum und kannten kein anderes Ziel, als Menschen, die sich die Lösung der eigentlichen Probleme der Welt zur Aufgabe gemacht hatten und Erdöl förderten, das Leben möglichst schwer zu machen. Diese Burschen jammerten über alles und jedes, behaupteten, der Bohrschlamm verschmutze die Umwelt, die bei der seismischen Erkundung auftretenden Schallwellen brächten die Wale von ihren Wanderrouten ab, und zu allem Überfluss beschimpften sie Ingenieure wie ihn als skrupellose Gesellen, die ihre Menschenwürde an die Industrie verkauft hatten.

Nein, für diese Ganoven hatte er nicht das Geringste übrig. Ganz davon abgesehen, komplizierten sie die Situation.

»Ich mach jetzt den Zugang auf. Wie sieht es mit den Akkus aus, Martha?«

»Mehr oder weniger normal. Beide sind zur Hälfte geladen.«

Cepesma trat vor. »Und wenn Sie sich irren? Wenn sich herausstellt, dass da drin alles unter Wasser steht?«

Morales war empört. Für wen hielt sich der Kerl eigentlich? Vor allem aber, wer hatte ihm gesagt, was er plante? Er sah, dass Nadja neben ihm stand. Dann hatte er es wohl von ihr gehört.

Er gab sich nicht die geringste Mühe, seine Abneigung zu verbergen, und erklärte mit finsterer Miene: »Das wird sich zeigen, wenn wir das Luk öffnen. Sollten die Luftkanäle unter Wasser stehen, würde die *Beebe* volllaufen. Ich glaube aber nicht, dass das der Fall ist.«

»Wozu brauchen Sie all das?«, fragte Nora und wies auf die Ausrüstung, die vor ihr am Boden lag.

»Die Atemluftflasche nehm ich vorsichtshalber mit. Die Magnesiumfackeln leuchten sehr hell und geben mir die Möglichkeit, mich in der Station zu orientieren und genauer umzusehen, jedenfalls eine Weile. Über Sprechfunk kann ich mit Martha Verbindung halten.«

»Du willst also tatsächlich immer noch da rein!«, rief Márquez aus.

»Du sagst es. Wir haben so gut wie keinen Strom mehr, und viel Luft bleibt uns auch nicht.«

Nora wusste, was er meinte: Da inzwischen sechs statt wie vorgesehen drei Personen die Atemluft verbrauchten, erreichte das ausgeatmete Kohlendioxid allmählich eine gefährliche Konzentration. Es würde nicht mehr lange dauern, bis sie alle an Schwindelanfällen und Bewusstseinstrübungen litten.

»In erster Linie brauchen wir Strom«, fuhr er fort, »und die Tauchfähre verfügt nun mal über die nötigen Generatoren. Einer von uns sieht zu, dass er bis zur Technikzentrale vordringt und die Notstromaggregate in Gang setzt. Dann können wir auch die Lenzpumpen in Betrieb nehmen. Das ist alles ganz einfach. Es genügt, ein paar Schalter umzulegen. Danach pumpen wir so viel Wasser wie möglich aus und koppeln die *Beebe* am einzigen Zugangsluk fest an, das uns geblieben ist, nämlich auf Deck A.«

»Und was ist, wenn wir den Deckel von dem Luftkanal nicht aufbekommen?«, wollte Cepesma wissen.

Herablassend teilte ihm der Ingenieur mit: »Dann dürfen Sie sich darauf einstellen zu ersticken. Die Filterpatronen der Atemschutzmasken hier an Bord sind demnächst voll Kohlendioxid, ganz davon abgesehen haben wir nicht mal für jeden eine.«

»Wie lange brauchen Sie, um die Abdeckung des Luftkanals zu öffnen?«, wollte Nora wissen.

»Zehn Minuten oder eine Viertelstunde, wenn keine größeren Schwierigkeiten auftreten.«

Morales setzte einen passenden Bohrer ein und hielt die Maschine einige Sekunden lang senkrecht in die Luft, um zu sehen, ob er sauber und schlagfrei lief. In Nadjas Ohren klang das sehr viel beruhigender als alles, was sie seit dem Abstieg in die Tiefe gehört hatte. Zumindest war es ein Geräusch, das von Menschen verursacht wurde. Fünf Minuten später gab der Verschluss einer der Inspektionsöffnungen der Luftkanäle der *Ocean Shuttle* nach. Der kalte Luftstrom, der aus der Station ins Boot drang, roch nach feuchtem Metall. Die Lenzpumpen hatten ihre Arbeit getan.

Außer Golombek, der mit seinem gesunden Auge in die Finsternis des Meeres hinausstarrte und vielleicht auf ein Signal wartete, das nur er kannte, drängten sich alle um Morales. Er leuchtete mit der Taschenlampe in den engen Gang, der einen halben Meter breit und vielleicht vierzig Zentimeter hoch war.

Mutlosigkeit machte sich unter den Anwesenden breit.

»Glaubst du allen Ernstes, dass da jemand durchkann?«, rief Márquez aus. »Unmöglich! So dürr ist keiner von uns!«

»Es handelt sich um eine Fläche von rund tausendzweihundert Quadratzentimetern«, gab der Ingenieur zurück. »Menschen, die aus einem Gefängnis ausbrechen wollen, kommen durch so was spielend durch.«

Nora beugte sich hinein. Sie spürte eine entsetzliche Kälte, und Salzgeruch stieg ihr in die Nase. *Als wenn man sich durch einen engen Gang in einem Eisblock schlängeln müsste.*

»Na schön«, sagte Márquez zu Morales. »Dann sieh mal zu, dass du da durchkommst. Wir warten hier so lange.«

»Damit bin ich sehr einverstanden«, meldete sich Cepesma zu Wort. »Sie sind für das Boot verantwortlich und können deswegen nicht weg. Da bleibt nur er oder ich.«

»Er ist zu dick«, sagte Márquez und wies auf Morales, »und bleibt garantiert stecken. Verdient hätte er es ja.«

Prüfend blickte Cepesma in den Luftkanal. »Ich hätte nie gedacht, dass ich es eines Tages bedauern würde, Bier getrunken zu haben, aber Sie haben Recht... ich würde da auch nicht durchkommen.«

»Ich schon«, sagte Nadja.

Blitzartig fuhr Nora herum. »Das kommt überhaupt nicht in Frage. Kein Wort mehr darüber.«

»Aber Mama...«

»Ich habe Nein gesagt. Damit ist die Sache erledigt. Wie viel Sauerstoff können wir durch diese Leitung bekommen?«, fragte sie mit einem wütenden Blick auf Morales.

»Das kann ich Ihnen nicht sagen.«

»Dann bleiben wir so lange hier, bis uns was Besseres einfällt.«

Morales hob die Brauen. »Was Besseres? Wir haben keine Möglichkeit, mit der *Merlin* Verbindung aufzunehmen. Die werden da oben denken, dass es uns genauso gegangen ist wie den anderen, und uns aufgeben. Dann wird die Luftzufuhr zur Station abgestellt, mit dem Ergebnis, dass der Zugang durch den Luftkanal hier unser Leiden nur ein wenig in die Länge ziehen würde. So sieht es aus.«

»Steiffel würde das hier nie im Leben aufgeben«, erklärte Nora, auch wenn sie nicht im Geringsten davon überzeugt war. »Die Anlage ist ihm viel zu wertvoll, als dass er sie einfach im Stich lassen würde.«

»Da stimme ich Ihnen zu«, sagte Márquez. »Er geht nicht eher hier weg, bis er den letzten Tropfen Erdöl herausgequetscht hat. Das bedeutet aber nicht, dass wir ihm wichtig wären. Bis er mit weiteren Tauchbooten zurückkehrt, sind wir alle längst tot.«

Nora versuchte, klare Gedanken zu fassen. Das Ganze war ein Albtraum.

»Sie hat tatsächlich Aussicht durchzukommen, sehen Sie es doch mal so.« Bei diesen Worten wies der Ingenieur auf Nadja. »Die Luftkanäle liegen oberhalb der Ebene eins, sind also mit Sicherheit nicht überflutet, und die Station wird vom Schiff aus mit Sauerstoff versorgt. Ich kann sie über Funk dirigieren, und sie hat die Möglichkeit, uns alle zu retten.«

»Die Spannung der Akkus nimmt ab«, meldete Márquez.

»Falls es uns gelingt, das Wasser aus der Station zu pumpen, können wir versuchen, von Hand eine Verbindung zum Notluk herzustellen«, ließ Morales nicht locker. »Es ist die einzige Möglichkeit, wie wir alle über das A-Deck in die Station gelangen können.«

»Lassen Sie mir etwas Zeit«, bat Nora.

»Mama, ich tu es. Es gibt keine andere Möglichkeit.«

»Der Neoprenanzug schützt dich vor der Kälte. Zieh aber Handschuhe an und pass gut auf das Funkgerät auf«, mahnte Morales. »Ich dirigier dich über Sprechfunk. Wir halten die Leitung ständig offen, so dass du jederzeit zurückkehren kannst, falls du wider Erwarten auf Schwierigkeiten stoßen solltest.«

Fünf Minuten später verabschiedete sich Nadja mit einer festen Umarmung von ihrer Mutter. Nora war wie gelähmt und hatte kaum die Kraft, sie auf die Stirn zu küssen. Als sie wieder zu sich gekommen war, war das Mädchen bereits in der Schwärze des Luftkanals verschwunden.

36

Steifer Nordwest

Luarca, April 2005

Als Chaco den Nebelstreifen am oberen Rand der Klippe sah, überfielen ihn Erinnerungen an die entsetzliche Unwetternacht.

Den ganzen Tag über hatte eine drückende Hitze geherrscht, und die allgegenwärtigen Fliegen waren lästiger denn je gewesen. Trübsinnig war der Alte durch Luarcas enge Gassen gezogen und hatte versucht, seinen Durst und seine Einsamkeit mit Kartenspiel und viel Bier zu bekämpfen. Es war schon fast fünf Uhr, trotzdem ließ die Hitze sonderbarerweise nicht nach.

Seine Schritte hatten ihn zum Strand geführt, von wo man stets einen wunderbaren Ausblick hatte. Seit jenem Februartag war er nicht dort gewesen. Jetzt aber wollte er den Atem des Meeres spüren. Er hatte gelernt, es zu respektieren, denn er wusste, dass der Mensch reichlich Grund hatte, es zu fürchten.

Eine Fliege setzte sich ihm auf die Stirn, dann noch eine. Vergeblich versuchte er, sie zu verscheuchen. Was mochte nur in diese Tiere gefahren sein?

Der Nebelstreifen über dem Friedhof konnte nichts Gutes bedeuten. Er sah aus wie ein grotesker weißer Hut über der feuchten Erde, unter der die Toten ruhten. Chaco begriff – das Wetter sandte ein deutliches Signal.

Wie um seine Befürchtungen zu bestätigen, erhob sich ein ungewöhnlich kräftiger Wind aus Nordwesten. Die Böen begannen das dunkle Wasser zu peitschen, bis es voll weißer Schaumkronen war. Von diesem plötzlichen Umschwung erschreckt, beschleunigte Chaco den Schritt. Während der Wind weiter über das Meer hinwegjagte, bemühte sich der Alte, so rasch wie möglich in die Sicherheit des Ortes zurückzukehren. Auf dem Weg dorthin murmelte er ein Gebet für seinen Freund Cepesma.

Klippen von Bray, Südirland

Eine Kaltfront bildete sich in viertausend Metern Höhe und zog langsam nach Süden. Sie wartete auf eine Gelegenheit niederzustoßen, doch die Luftschicht unter ihr war ebenfalls kalt. Dann aber änderte sich die Lage, und zwar an einem Ort weit von Irlands grünen Tälern und rund hundert Kilometer von dem Gebiet entfernt, in dem sich die *Merlin* und die *Rainbow* befanden.

Dort nahmen aus Süden gekommene trockene und äußerst warme Luftströmungen eine große Menge Feuchtigkeit wie mit einem Staubsauger in sich auf. Ungeheure Mengen eiskalter Luft, die nur auf eine Möglichkeit gewartet hatten, sich herabzustürzen, füllten die Lücke, die beim Aufsteigen der warmen Strömungen entstand.

Ein ganzes Stück weiter südlich trieb der heiße Wind an der kantabrischen Küste Sandkörner bis weit aufs Meer hinaus, sodass sich der Horizont gelblich verfärbte und die Luft undurchsichtig wurde. An jenem Nachmittag litten die Bewohner Luarcas unter einer äußerst unangenehmen klebrigen Hitze. Die heißen

Luftmassen trafen auf den kalten Wind aus Nordwesten, kühlten sich beim Aufsteigen ab und bildeten in einer Höhe von fünf- bis neunhundert Metern nahe der Küste eine Wolkenfront. Die kalte Luft, die über ihr dahintrieb, verhinderte eine weitere Ausdehnung und drückte die Wolken so weit nach unten, dass sie fast den Rand der Klippen berührten.

Sechzig Seemeilen von der *Merlin* und der *Rainbow* entfernt drückte die schwerere kalte Luft mit Macht nach unten. Der dabei entstandene Sturm fuhr wütend über das Meer dahin und türmte Wellen von mehr als zwanzig Metern Höhe auf.

Es sollte nur wenige Stunden dauern, bis er beide Schiffe erfasste.

37
Fisk

An Bord der Rainbow

Wie üblich eine Zigarette in der Hand, beobachtete Jeffrey Fisk vom Deck der *Rainbow* aus die Entwicklung des Wetters. Der Wind schien sich gelegt zu haben, zumindest hatten die Sturmböen aufgehört. Am Vormittag hatte es ganz nach einem Unwetter ausgesehen, und die kabbelige See hatte für die Tauchfahrt der *Atlantis* nichts Gutes versprochen. Als Kapitän eines ozeanographischen Forschungsschiffs wusste Fisk, dass schon drei- bis vierhundert Meter unter dem Wasserspiegel nicht nur gänzlich andere Verhältnisse herrschen als an der Meeresoberfläche, sondern dass man dort auch von allem, was sich oben abspielt, abgeschnitten ist.

Die letzte Mitteilung der *Atlantis* war schon bald nach ihrem Eintauchen gekommen. Was ihm Albee über ihre Entdeckung berichtet hatte, erschien ihm alles andere als beruhigend. Ein zerstörtes Tauchboot, einige unklare Angaben über eine Ansammlung von Seeigeln, und dann Albees Bestätigung, dass sie die Kamera geborgen hatten, womit das eigentliche Ziel des Unternehmens erreicht war.

Danach war völlige Stille eingetreten.

Golombek war Fisks Ansicht nach bei dieser Unternehmung übereilt vorgegangen. Sie besaßen so gut wie keine Kenntnisse über die Gestalt des Meeresbodens in dieser Gegend und hatten kaum Tiefenmessungen vorgenommen. Davon abgesehen war er seinem Assistenten Albee gegenüber viel zu vertrauensselig gewesen. Je mehr Fisk darüber nachdachte, desto weniger gefiel ihm die Sache. Sein Instinkt sagte ihm, dass Gefahr drohte.

Er trat in die Funkbude, wo Donald Hickley Dienst tat, ein Mann von etwa vierzig Jahren. Der Mann schwitzte aus allen Poren; es war in der Tat in den letzten Stunden entsetzlich schwül gewesen. Bevor Fisk das Wort an ihn richtete, warf er erneut einen Blick auf das Meer hinaus. Es hatte sich auf so sonderbare Weise beruhigt, dass es nichts Gutes bedeuten konnte.

Unruhig trommelte Hickley auf die Tischplatte. Sein Gesichtsausdruck zeigte dem Kapitän, dass keine Meldung eingegangen war. Unter den gegebenen Umständen war völlige Funkstille die denkbar schlimmste Nachricht.

»Das Wetter behagt mir überhaupt nicht«, klagte der Mann.

»Ich hab da auch so meine Bedenken«, gab ihm Fisk Recht. »Was ist mit dem Sonar?«

Hickley verzog das Gesicht. Es hatte ebenfalls nichts aufgefangen. Die *Atlantis* schickte alle halbe Stunde ein automatisches Ortungssignal aus. Zehn Stunden waren seit ihrem Aufbruch vergangen und sieben seit Eingang der letzten Positionsmeldung. Das war entschieden zu lang.

Fisk warf seinen Zigarettenstummel zu Boden und zertrat ihn mit möglicherweise mehr Kraftaufwand, als nötig gewesen wäre. Es war Zeit, eine Entscheidung zu treffen.

»Schön, geben Sie der Hafenbehörde Bescheid, dass ein Notfall vorliegt. Wir haben ein bemanntes Tauchboot verloren und brauchen Hilfe. Könnten Sie außerdem Kontakt mit dem Öltanker aufnehmen?«

»Ich denke schon«, gab Hickley zurück. »Er liegt rund zwei bis drei Seemeilen von uns entfernt.«

»Gut. Sobald Sie die Verbindung haben, geben Sie mir Bescheid. Vielleicht haben die eine Möglichkeit, uns zu helfen. Ich werde sowieso den Verdacht nicht los, dass die da irgendwie mit drinhängen könnten.«

38

Onkel Bob

An Bord der Merlin

Calvin Steiffel überlegte seine nächsten Schritte. Seit die *Beebe* mit Nora Pulaski an Bord auf Tauchfahrt gegangen war, hatte er von dem Boot nichts mehr gehört. Unter Umständen waren alle tot. Die Unterwasser-Station musste unbedingt so bald wie möglich wieder in Betrieb genommen werden. Die Zeit drängte.

Die Gegensprechanlage auf seinem Schreibtisch summte. Kapitän Flogarthy meldete sich. In seiner Stimme schwang leiser Zweifel. »Ich hoffe, dass ich Sie nicht belästige. Ich habe einen Funkspruch vom Kapitän eines amerikanischen Forschungsschiffs namens *Rainbow* bekommen, ein gewisser Fisk. Er teilt mir mit, dass sie Schwierigkeiten haben.«

»Worum geht es da?«

»Sie sind seit mehreren Stunden ohne Nachricht von einem Tauchboot, das sie gut zwei Seemeilen südlich unserer Position zu Wasser gelassen haben. Die Leute wollten Unterwasser-Aufnahmen machen.«

»Haben sie schon bei den amtlichen Stellen um Unterstützung gebeten?«

»Ja. Trotzdem wollten sie mit uns Verbindung aufnehmen, um festzustellen, ob wir vielleicht ›etwas Ungewöhnliches bemerkt‹ haben. So hat sich Kapitän Fisk wörtlich ausgedrückt.«

»Und was haben Sie ihm gesagt?«

»Die Wahrheit. Uns ist nichts aufgefallen, ganz wie Sie es angeordnet haben: Offiziell wissen wir von nichts.«

»Hat er noch mehr gesagt?«

»Nein. Übrigens hat er nebenbei fallenlassen, ihm sei nicht bekannt gewesen, dass es sich hier um einen Bereich handelt, in dem Probebohrungen vorgenommen werden. Ich habe ihm gesagt, wir würden ihn sofort informieren, wenn wir irgendein Signal von ihrem Tauchboot entdeckten. Für den Fall, dass die Situation es verlangte, hat er gesagt, werde er mich möglicherweise um die Erlaubnis bitten, an Bord zu kommen.«

»Er will zu uns an Bord kommen?«

»Ja. Ich habe ihm mitgeteilt, dass wir uns selbst in einer gewissen Zwangslage befinden, die unsere gesamte Aufmerksamkeit erfordert, ihm aber helfen würden, soweit es in unseren Kräften steht. Das ist ein Gebot der Solidarität auf See. Man kann ein solches Ersuchen nicht rundheraus ablehnen.«

»Schön, Flogarthy. Sagen Sie mir, sobald sich etwas ergibt, und treffen Sie keine Entscheidungen, ohne mich zu fragen. Habe ich mich deutlich genug ausgedrückt?«

»Selbstverständlich.«

Nachdem Steiffel die Verbindung beendet hatte, versuchte er die Lage zu analysieren.

Dieser Fisk konnte sich als Problem erweisen. Es wäre äußerst ärgerlich, wenn der Kapitän eines anderen Schiffes den Fuß auf das Deck der *Merlin* setzte. So etwas konnte dazu führen, dass die Behörden auf ihn aufmerksam wurden, wenn nicht gar Presse und Fernsehen – die üblichen Aasgeier.

Höchste Zeit, etwas zu unternehmen.

Niemand außer Wladimir Tschakenko wagte es, Steiffels Suite zu betreten, ohne anzuklopfen. Das tat er, wann immer er etwas zu berichten hatte. Diesmal trug er eine bläuliche Krawatte und ein elegant geschnittenes dunkles Jackett.

Widerwillig musste sich Steiffel eingestehen, dass der Mann nicht nur Geschmack hatte, sondern außerdem eine gute Figur machte, auch wenn er es seiner Meinung nach in dieser Hinsicht übertrieb.

Tschakenko gehörte zu den höchsten Repräsentanten einer neuen gesellschaftlichen Klasse seines Heimatlandes, die an die Stelle der einstigen Nomenklatura getreten war, wie sie seit Stalins Zeiten geherrscht hatte. Ein ungezügelter Kapitalismus hatte jenes System verdrängt, das einst die belohnt hatte, die ihm treu dienten und nützlich waren, ob Arbeiter, Funktionär oder hoher Politiker. Die Männer an der Spitze der früheren Staatsbetriebe, die sich in der Zeit des Übergangs von einem System zum anderen maßlos bereichert hatten, spielten sich jetzt als Industriemagnaten auf und taten so, als beherrschten sie alle geschäftlichen Kniffe aus dem Effeff. So, wie dieser Tschakenko mit seinem einstudierten Lächeln, seiner makellosen Frisur und dem Geruch nach teurem westlichen Herrenparfüm in Steiffels Suite trat, verkörperte er in dessen Augen alles, was er verabscheute.

Steiffel sah hinaus. Die See fing erneut an, kabbelig zu werden. Den Blick auf die Schaumkronen der Wellen gerichtet, wartete Steiffel, dass ihm sein ungehobelter Besucher mitteilte, was er zu sagen hatte.

»Auf dem Schiff scheinen die Dinge wieder einigermaßen im Lot zu sein. Harris allerdings geht es nicht besser, er kapselt sich nach wie vor ab. Weitere Fälle von Wahnvorstellungen sind zum Glück nicht aufgetreten. Einige der Techniker leiden an vorübergehenden Anfällen von Orientierungslosigkeit und Verlust des Kurzzeitgedächtnisses. Zwar gibt es den einen oder anderen Rückfall, doch messen die Ärzte dem keine große Bedeutung bei. Trotzdem kann es so nicht weitergehen. Wir müssen die Leute so schnell wie irgend möglich ablösen.«

»Ist das alles?«, fragte er, Tschakenko nach wie vor den Rücken zukehrend. »Ich hatte mehr erwartet, beispielsweise, dass du herausbekommen hättest, was zum Teufel mit meinen Männern und den Leuten passiert ist, die auf Tauchfahrt gegangen sind.«

Tschakenko zeigte sich bekümmert. »Es ist schlimm, dass wir nichts von ihnen gehört haben. Tauchboote waren mir noch nie geheuer. Wenn die erst mal unter Wasser sind, hat man keine Möglichkeit mehr, sie zu beeinflussen.«

Steiffel wiegte seinen großen Schädel und stieß finstere Verwünschungen gegen die Wellen aus, die er vor sich sah.

»Eine tote Nora Pulaski nützt mir überhaupt nichts.«

»Meinst du nicht, dass es besser gewesen wäre, die Leute ihrem Schicksal zu überlassen? Manchmal kommst du mir reichlich zartbesaitet vor.«

Mit »die Leute« meinte er die Insassen des havarierten Tauchboots. Man hätte annehmen sollen, dass es für Steiffel nach der jüngsten Explosion auf der *Merlin* keine ungünstigere Mitteilung geben konnte, als dass man in ihrer Nähe ein nicht zur Firmengruppe gehörendes Tauchboot entdeckt hatte.

Nach wie vor den Blick auf das Meer gerichtet, gab er zurück: »Du solltest die Umweltschützer nicht überschätzen. Vermutlich haben die da unten einfach Fische beobachtet. Damit fügen sie uns keinen Schaden zu. Im Augenblick halte ich es für das Beste, Stillschweigen zu bewahren. Sofern es uns gelingt, sie zu retten, bringen wir sie zu ihrem Schiff, falls aber nicht, sollen sie von mir aus verfaulen. Jedenfalls brauchen wir uns dann keine Vorwürfe zu machen. Ich denke, dass uns Nora Pulaskis Vorhaben in diesem Zusammenhang nützt. Das war auch der Grund, warum ich die Rettungsaktion gebilligt habe.«

»Und wenn es keine Umweltschützer sind?«

Steiffel trat an das Goldfischglas und sah hinein. Die drei Fische ruhten auf dem Boden, dicht neben ihren Ausscheidungen, die sich dort angesammelt hatten.

»Denk doch einmal an die positive Seite, Wladimir. Falls du Recht hast, würdest du dir die Leute anschließend vornehmen.

Dabei würden wir erfahren, wie weit unsere Pläne Dritten bekannt sind, und das würde uns einen Vorteil verschaffen. Wie die Dinge liegen, hoffe ich aber, dass es sich tatsächlich um Wal- und Delphinfreunde handelt, nichts weiter.«

»Da fällt mir was Wichtiges ein: Meine Männer haben herausbekommen, wer die Männer waren, die Nora Pulaski und ihre Tochter am Moskauer Flughafen ›abholen‹ wollten. Es wird dir nicht gefallen.«

»Schieß los.«

»Sie gehören weder dem ehemaligen KGB an, noch haben sie mit der Staatssicherheit oder dem Militär zu tun. Sie arbeiten für Arkos Siffnet.«

Die Erwähnung dieses Namens störte Steiffel zwar ein wenig aus seiner Selbstsicherheit auf, trotzdem hob er den Blick nicht von den am Boden des Glases ruhenden Fischen. Arkos Siffnet war eins der russischen Erdölunternehmen, die sich um die Förderrechte eines großen Teils der auf mindestens zwanzig Milliarden Barrel geschätzten Reserven von Tengiz im westlichen Kasachstan bemühten, einer der Perlen des Kaspischen Meeres. Dieses Öl konnte in zwei Richtungen fließen: entweder nach Noworossisk am Schwarzen Meer oder durch die im Bau befindliche lange Pipeline vom Kaspischen Meer nach China. Dieser in raschem Wachstum begriffene Wirtschaftsriese, der die Ideale des Kommunismus aus ökonomischen Gründen de facto aufgegeben hatte, war von einem unersättlichen Energiehunger. Das eine wie das andere würde Russlands wirtschaftlichen Aufschwung zu einer bedeutenden europäischen Macht in den nächsten Jahrzehnten stärken. Als dritte Möglichkeit bot sich an, das Öl durch Turkmenistan und den Iran zu transportieren, was Steiffel für die Zukunft am aussichtsreichsten zu sein schien, auch wenn man noch darauf warten musste, dass sich der Iran nach Westen orientierte.

Auch Tschakenkos Unternehmen, die TakOil LEM Resources, in Wahrheit eine Tarnfirma der Texon, die in der ehemaligen Sowjetunion als Versuchsballon diente, war an dieser Schachpartie beteiligt, bei der andere Große, die nahezu Steiffels Format hatten, ebenfalls die Hände im Spiel hatten: Chevron, Texaco, ExxonMobil. Hinzu kamen noch die Franzosen mit Totalfina und die Holländer mit Shell. Auch diese Ölriesen verfügten jeweils über einen russischen oder kasachischen Ableger, denn alle wollten ein Stück von dem riesigen Kuchen, der da zu verteilen war.

Schon möglich, dass die Spürhunde von Arkos Siffnet seine Fährte aufgenommen hatten – vielleicht aber lagen die Dinge auch ganz anders.

»Über den Vorfall, bei dem man Nora Pulaski am Flughafen von Houston Richardsons Analyse entwendet hat, habe ich noch nichts herausbekommen. Ehrlich gesagt würde es mich nicht wundern, wenn dieselben Leute dahintersteckten.«

Steiffel begnügte sich damit, seiner immer mehr zunehmenden Wut in Form ironischer Kommentare ein Sicherheitsventil zu verschaffen. »Ich verstehe. Und was ist mit dem Affentheater, das du in dem Institut mit dem bombastischen russischen Namen inszeniert hast? Wie hieß es noch ... Ach ja, das Smolensko, wo Pulaski gearbeitet hat? Haben das nicht mit ABC-Schutzanzügen ausgerüstete Soldaten ausgeplündert, nachdem sie alles kurz und klein geschlagen und die Zivilisten auf Krankentragen rausgeschleppt haben?«

»Ich habe mir große Mühe gegeben, bei dieser Gelegenheit unauffällig vorzugehen.«

»Von dem, was ›unauffällig‹ bedeutet, scheinst du andere Vorstellungen zu haben als die Kiosk-Betreiberin, mit der Nora Pulaski gesprochen hat.«

Tschakenko hob eine seiner sorgfältig gestutzten Brauen.

»Warum bist du so gereizt, Calvin? Uns ist nichts anderes übrig geblieben. Pulaskis Mitarbeiter waren wahnsinnig, und wir mussten jeden einzelnen von ihnen sozusagen mit dem Lasso einfangen. Denk doch nur daran, was in Argalik passiert ist, dann kann dich das nicht wundern. Natürlich muss ich zugeben, dass dabei unwiederbringliches Fachwissen vernichtet worden ist.«

»Nun, wenn du schon hier bist und auf meinen Whisky spekulierst, hast du mir sicher noch mehr Neuigkeiten zu berichten«, sagte Steiffel mit unüberhörbar spöttischem Unterton.

Wieder trat das zynische Lächeln auf Tschakenkos Züge.

»Wir haben Pulaski wieder – den echten.«

39

Im Grab

In der Ocean Shuttle

Dunkelheit, Stille und Eiseskälte.

Im Licht ihrer Stirnlampe, das etwa drei Meter weit reichte, sah Nadja, wie ihr Atem in kleinen Wölkchen aufstieg. Es tröstete sie über die Dunkelheit um sie herum hinweg. Hoffentlich ging die Lampe nicht aus. Sie versuchte, nicht an die Finsternis hinter ihr zu denken, und richtete das Augenmerk darauf, sich über den Metallboden des Luftkanals voranzuarbeiten. Am Anfang war es besonders schlimm gewesen. Zwar boten die vierzig Zentimeter Breite ihrem Kopf reichlich Platz, doch drückten die kalten Metallwände heftig auf ihre vom Schwimmtraining ziemlich breiten Schultern. Als sie einige Sekunden lang nicht weiterkam, fürchtete sie, stecken zu bleiben. Dann aber konnte sie sich befreien, schüttelte das Gefühl der Panik ab und schlängelte sich durch die enge Röhre, indem sie abwechselnd die linke und die rechte Schulter vorschob.

Nach einer Weile kam ihr der Luftkanal weniger eng und beklemmend vor. Rasch hatte sie gelernt, dass sie besser vorankam, wenn sie die Arme weit vor sich ausstreckte. Durch das Rauschen im Kopfhörer drang Morales' Stimme zu ihr. Sie hielt einen Augenblick inne, um zu hören, was er zu sagen hatte. Auch wenn sie ihn nicht ausstehen konnte, war sie froh, dass er sich meldete.

»Nadja, ich bin es, Nestor. Hörst du mich?«

»Ja.«

»Wie kommst du voran?« Seine Stimme hallte im Kopfhörer.

»Gut. Warum habt ihr mich nicht schon früher gerufen?«

»Wir hatten in den ersten Minuten Schwierigkeiten mit einer der Batterien.« Nur die nackten Fakten, kein Wort des Zuspruchs oder der Entschuldigung. Morales hatte ihr erklärt, bis zur ersten Abzweigung seien es fünfzehn oder zwanzig Meter, und sie hatte sich einfach vorangearbeitet, ohne über ihr Tun nachzudenken.

Sie atmete tief ein. Um sie herum roch es nach Fett, Feuchtigkeit und Metall. Außerdem war die Luft so kalt, dass ihre Lunge schmerzte. Von alldem hatte sie vorher nichts gemerkt.

Dann hörte sie die Stimme ihrer Mutter, verzerrt, aber tröstreich.

»Wie geht es dir, Liebling?«

»Es ist sehr kalt, aber ich bekomme Luft, und es geht mir gut«, versuchte Nora sie zu beruhigen.

Da ertönte erneut Morales' Stimme.

»Schön. Für den Fall, dass dir schwindlig werden sollte, setz die Atemmaske auf. Der Sauerstoff in der Flasche reicht für mindestens eine Viertelstunde. Jetzt sag mir, was du siehst.«

Die kleine Metallflasche an ihrer linken Seite hatte sie bisher mehr behindert als beruhigt. Genau genommen war sie ihr sogar eher lästig.

Sie wartete einige Sekunden, bevor sie antwortete: »Hier gibt es nichts Besonderes. Der Boden ist kalt, und es riecht ganz sonderbar. Es ist ein Geruch, der kommt und geht.«

»Bist du schon auf irgendetwas gestoßen, eine Kreuzung oder eine Abzweigung? Denk bitte gut nach.«

»Ich glaube nicht.«

»Gut. Dann bist du auf dem richtigen Weg. Nimm dir Zeit. Es kann nicht mehr lange dauern, bis du auf eine Abzweigung triffst. Ein Luftkanal geht nach oben und einer nach unten. Du musst unbedingt den nehmen, der nach oben führt. Also immer aufwärts. Falls du durch den falschen kriechst, kommst du wieder ans Heck und damit in den überfluteten Bereich. Hast du mich richtig verstanden?«

»Ich glaube schon.«

»Gut. Melde dich, wenn du an die Abzweigung kommst.«

Wenige Minuten später sah sie eine Metallfläche, die den Lichtschein zurückwarf, sodass ihre Augen schmerzten. Der Weg war versperrt. Auf keinen Fall würde der Platz reichen, sich umzudrehen, um zurückzukehren.

»Hallo, falls mich jemand hört, hier ist Schluss. Ist da jemand?«

Ein kurzes Rauschen. Dann ertönte Morales' Stimme, wenn auch nicht besonders deutlich. Die Verständigung war schlechter geworden. »Du musst die Stufen vor dir emporsteigen. Hast du verstanden?«

Ein Kälteschauer lief ihr über den Rücken. Sie versuchte sich vorsichtig aufzurichten, ohne mit der Stirnlampe anzustoßen. Nach einer Weile fiel der Lichtschein in die Schwärze eines anderen Luftkanals.

Von dieser Stelle an ging es senkrecht nach oben. Sie sah nur die untersten Metallstufen vor sich. Irgendetwas tropfte von ihnen herunter. Es sah aus wie eine Art Schleim. Sie senkte den Blick. In der anderen Richtung ging es steil in die Tiefe.

Da sich der Luftkanal an der Abzweigung ein wenig erweiterte, konnte sie sich hinknien und halb aufrichten. Sie brauchte mehr Licht. Sie nahm die Taschenlampe heraus und versuchte, sie einzuschalten. Wegen der starren Handschuhe waren ihre Finger ziemlich unbeweglich, und sie glitt immer wieder von dem Schalter ab. Nach einer Weile konnte sie die Lampe nicht mehr halten, sie entfiel ihr und landete mit einem lauten »Plopp« fünfzehn Meter weiter unten im Wasser. Das gleiche Schicksal erwartete sie, falls sie ausglitt. Sie schob den Gedanken beiseite, hielt sich mit aller Kraft an der Stufe vor ihr fest und zog sich hoch, sobald sie sicher war, dass ihre Kraft dafür ausreichte. Stufe um Stufe stieg sie empor, bis am Ende der Leiter aus der Senkrechten eine Schräge wurde, die allmählich in die Waagerecht überging. Zurück oder vorwärts? Sie entschied sich für Letzteres, schob sich einige Meter vor und teilte dann der kleinen schwarzen Kugel vor ihrem Mund mit, wie sie vorangekommen war. Ihre Lippen zitterten, als sie ins Mikrofon sprach.

»Du musst noch ein Stück weiter«, sagte Morales, der vor dem Hintergrundrauschen kaum zu verstehen war. »Du bist jetzt auf der Ebene eins. Nimm die erste Abzweigung nach rechts. In Ordnung? Dann kommst du in ein Modul unmittelbar neben der Technikzentrale. Es liegt gleich unterhalb des Luftkanals. Dort stößt du auf ein Gitter. Um den Luftkanal zu verlassen, musst du es abschrauben. Wenn du dort bist, sage ich dir, wie. Das dafür nötige Werkzeug hast du.«

Sie merkte, dass ihr das Atmen schwerer fiel als zuvor. Da sie ihre Finger nicht mehr spürte, zog sie die Handschuhe aus und steckte die Finger in den Mund, um sie zu wärmen. Nach einer Weile kribbelte es darin, ein gutes Zeichen. Sie versuchte, die Handschuhe wieder anzuziehen. Sie waren eiskalt, und so warf sie sie beiseite.

Dieser Luftkanal war etwas enger als der vorige, und sie spürte, wie sich Erschöpfung ihrer bemächtigte. Inzwischen fürchtete sie die körperliche Belastung mehr als die Dunkelheit, dachte aber nicht im Traum daran umzukehren. Sie hielt eine Weile inne, schloss die Augen, holte tief Luft und zählte innerlich langsam bis zehn. Dann streckte sie sich, erst das linke Bein, dann das rechte.

Der Boden unter ihr wurde rauer. Als sie den Blick senkte, sah sie, dass sie sich fast genau über dem quadratischen Gitter befand. Der Luftschacht unterhalb von dessen Stäben schien ihr zu eng, als dass sie sich hätte hindurchzwängen können, doch erfüllte die Gewissheit, dass sich darunter ein sozusagen endlos großer Raum befand, sie mit froher Erwartung. Auf keinen Fall durfte sie sich übereilen. Sie blies abwechselnd auf die Finger beider Hände, um sie so weit zu wärmen, dass sie das Werkzeug handhaben konnte, das sie vor den Leib geschnallt trug: ein Messer und einen kleinen Akkuschrauber, dazu eine Handvoll Magnesiumfackeln. Aufmerksam betrachtete sie die Köpfe der sechs großen Schrauben. Langsam zog sie den Akkuschrauber heraus. Auf keinen Fall durfte sie etwas falsch machen. Wenn er ihr durch das Gitter fiel, würde mit ihm auch ihr Leben dahingehen.

Sie setzte den Schrauber an. Er passte genau. Als sie ihn einschaltete, hörte sie, wie sich der winzige Elektromotor bemühte, den Widerstand zu überwinden, den die vermutlich festgerostete Schraube bot. Schon nach wenigen Sekunden drehte sich die erste heraus, fiel durch das Gitter und schlug gleich darauf hart am Boden auf. Keine Spur von Wasser.

Jetzt durfte sie keinesfalls nachlassen. Jede Schraube, die sie löste, war ein bedeutender Schritt voran, ein Raumgewinn und ein Beweis dafür, dass sie sich nicht der Angst auslieferte, sondern weiter um ihr Leben und das ihrer Mutter kämpfte. Schließlich fiel die letzte Schraube. Sie ruckte am Gitter, doch es rührte sich nicht. Sie gab nicht auf, beschloss, noch ein Stück weiter zu kriechen, bis sie das Gitter ganz hinter sich hatte. Dann drehte sie sich um, wofür sie geradezu unwahrscheinliche Verrenkungen machen musste, bis sie auf dem Rücken lag. Die Decke des Luftkanals lag weniger als eine Handbreit von ihrer Nasenspitze entfernt. Sie legte den Kopf zur Seite, um einem Panikanfall vorzubeugen, setzte die Absätze zwischen die Gitterstäbe und drückte mit aller Kraft, immer wieder. Beim vierten Versuch waren die dünnen Stäbe so weit durchgebogen, dass sie sich aus der Halterung lösten und laut klirrend herabfielen. Es war das herrlichste Geräusch, das sie je gehört hatte, weit besser als jedes Lied von Bruce Springsteen.

In ihrer unbequemen Haltung nahm sie eine Magnesiumfackel heraus, entzündete sie und warf sie zwischen den Beinen hindurch nach unten. In ihrem bleichen bläulichen Licht wurde die Welt um sie herum mit einem Mal wieder dreidimensional. Sie ließ sich durch die quadratische Öffnung nach unten gleiten. Ihre Befürchtung, beim Verlassen des Luftkanals von den scharfen Metallkanten förmlich gehäutet zu werden, war gegenstandslos, denn der dicke Neoprenanzug schützte sie vorzüglich. Eine Weile hielt sie sich am Rand fest und sah an ihren baumelnden Füßen vorbei auf den leuchtenden Magnesiumstab. Bis zum Boden war es nicht besonders weit, kaum zwei Meter.

Sie ließ los und sprang in die Freiheit.

Den Aufprall federte sie mit den Füßen ab, was ihr dank des beständigen Trainings im Schwimmbad von Rose Bowl mühelos gelang. Der Raum, in dem sie sich befand, war annähernd kreisrund.

Als sie den Blick über die Wand gleiten ließ, sah sie eine Gestalt mit einer Stirnlampe, die sie anstarrte. Sie fuhr zusammen, und in ihrem Unterleib bildete sich vor Schreck ein Knoten.

Ach so! Spiegel! Nach der Enge der Luftkanäle kam sie sich vor wie auf einem Baseball-Feld. Sie sah ihren Schatten, den das bläulich flackernde Licht der Magnesiumfackel an die Wand warf. Auf anderen Wandflächen sah man Aufzugskronen von Uhren, die nicht gingen, und Kabel, die sich wie Würmer wanden. Im Lichtschein entdeckte sie noch mehr: zwei Meter links von sich ein kleines Bullauge, das mit kräftigen Bolzen ringsum befestigt war, einen Stuhl an einem Tisch, auf dem Papiere und ein Kugelschreiber lagen. Daneben stand eine Kaffeetasse. Sie trat näher, behielt aber ihr Spiegelbild aus dem Augenwinkel immer im Blick. Den Rand der Kaffeetasse umgaben braune Flecken. Sie nahm die Tasse und sah auf ihrem Boden eine verfestigte Masse. Neben dem Kugelschreiber lag Fettpapier mit dem Rest eines belegten Brotes darauf. Die Abdrücke von Zähnen, die hineingebissen hatten, waren deutlich zu erkennen. Das Brot sah so frisch aus, dass sie sich versucht fühlte, selbst davon zu essen.

Sie blieb stehen und sah sich weiter aufmerksam um. In der Luft lag die bedrohliche Gewissheit, dass etwas Fremdes gegenwärtig war, das sich nicht näher beschreiben ließ. Erneut wurde sie von Unruhe erfasst. Sie richtete den Lichtschein auf die runde Tür, durch die man diesen sonderbaren Raum verlassen konnte. Da sie halb offen stand, erkannte sie, dass dahinter eine Stufe lag, nicht ganz eine Handbreit hoch. Eine Stolperfalle. Als sie gegen die Tür drückte, rührte sie sich nicht. Dann verstärkte sie den Druck, und das Aufkreischen von Angeln zerriss die Stille. Die Fackel erlosch, und der Mantel der Dunkelheit legte sich erneut um sie. Ihre Bewegungsfreiheit war jetzt wieder auf den kleinen Lichtkreis ihrer Stirnlampe begrenzt. Sie beschloss, sie ihren »Schutzengel« zu nennen.

Dann erinnerte sie sich an das Mikrofon, und sie begann zu sprechen. Ihr fiel auf, dass das Rauschen aufgehört hatte, seit sie sich nicht mehr in dem Luftkanal befand. Sie versuchte es erneut.

»Was ist da draußen los? Hört ihr mich nicht?«

Stille.

Als sie den Kopf wendete, erfasste der Lichtschein Gläser und Flaschen auf einem Regal. Der nächste Raum hatte keine Bullaugen, und im Schein ihres »Schutzengels« erkannte sie Pipetten, Reagenzgläser, Petrischalen und ähnliches Laborzubehör. Zwei große Mikroskope, eins davon unter einer Schutzhülle. Spiegel zeigten ihr eine andere Nadja, die all das angstvoll in Augenschein nahm. Dann erkannte sie das Profil einer Gestalt, die auf einem Drehstuhl zusammengesunken vor dem Mikroskop saß. Der Kopf hing so tief auf der Brust, dass das Kinn sie fast berührte. Die Gestalt schien sich in einem instabilen Gleichgewicht zu befinden, denn die Arme mit den reglosen Händen hingen seitlich herab, die Fingerspitzen wiesen zu Boden, die Handflächen waren nach hinten gedreht. Am Handgelenk blitzte etwas auf.

Vergeblich bemühte sich Nadja, den Schrei zu ersticken, der ihr beim Anblick der Toten unwillkürlich entfuhr.

40

Gegenangriff

An Bord der an die Ocean Shuttle *angekoppelten* Beebe

Wenige Minuten nachdem Nadja im Luftkanal verschwunden war, durch dessen Außenöffnung die *Beebe* mit der Station verbunden war, erhellte grünlicher Lichtschein ihr Inneres. Golombek fiel es als Erstem auf, dass eine schwache phosphoreszierende Strahlung durch die Bullaugen am Bug hereindrang. Mit sonderbarer Gelassenheit sagte er vier Worte, die allen einen Schauer über den Rücken jagten: »Sie sind wieder da.«

Morales stürmte an ein freies Bullauge. Cepesma trat an die Backbordseite und reckte den Hals auf der Suche nach der Quelle des Lichts. Golombek, der vor ihm stand, klopfte auf das Quarzglas, als wollte er den Schimmer mit den Händen berühren. Márquez eilte rasch zum Pilotensitz, die Hände über die Steuerelemente des Tauchboots gelegt. Auf Golombeks Lippen, die jetzt grünlich schimmerten, trat ein befriedigtes Lächeln.

Das Tier, *sein* Tier, war wieder da. Der von Legenden umwobene Mollusk, der seinen Namen trug.

Als Einzige sah Nora nicht hin. Sie konnte den Blick nicht von der Öffnung abwenden, durch die sich ihr Kind vor kurzem gezwängt hatte. Als sie den Kopf hineinhielt, kam ihr ein kalter Luftstrom entgegen. Sie streckte den Arm aus, so weit sie konnte, und merkte, dass sich sofort eine Gänsehaut darauf bildete.

Sie rief den Namen ihrer Tochter, doch keine Antwort kam.

Sie sah das Funkgerät am Boden, dort, wo Morales es hatte liegen lassen. Wut erfasste sie. Sie nahm es auf und rief erneut den Namen ihrer Tochter.

Nichts.

Währenddessen beobachtete Golombek wie berauscht die beiden Wesen, die sich vom Bug her an Steuerbord näherten, der

Seite, mit der die *Beebe* zum offenen Meer hin lag. Der Schimmer, den die Saugnäpfe aussandten, schien das Wasser um sie herum aufzuwühlen. Eine sonderbar ölige Strömung umgab die beiden Kopffüßer. Sie näherten sich mit einer raschen gleitenden Bewegung, die sie mit mächtigen Wasserstrahlen aus ihren Siphons steuerten. Was jedem normalen Menschen als Ungeheuer erschienen wäre, das eine bedrohliche Dunkelheit auf geheimnisvolle Weise erhellte, war für Golombek ein Zusammenklang von Farbe und Vollkommenheit. In jeder Regung dieser Tiere, die etwa so groß waren wie ein Lieferwagen, sah er vollkommene Eleganz. Er kam zu dem Ergebnis, dass das größere der beiden, dessen ausgestreckte Arme auf das Boot und seine Insassen wiesen, ein weibliches Tier sein musste.

Er nahm sein Notizbuch und ein Stück Zeichenkohle zur Hand. Weil er sie bei sich hatte, wo er ging und stand, war das Innere seiner Hosentaschen davon schwarz gefärbt. Er machte sich daran, auf das Papier zu übertragen, was er mit seinem einen Auge sah; er zeichnete die dunklen Schnäbel, dahinter den ringförmigen Schlund; die Saugnäpfe auf den Tentakeln skizzierte er als sonderbare geometrische Formen, die das Tier noch schreckerregender aussehen ließen, sofern das überhaupt möglich war. Vergeblich bemühte er sich, das Schimmern auf den riesigen Gliedmaßen um die runden Saugnäpfe herum einzufangen. Zum Schluss hielt er die beiden Augen fest, die nicht nur von beachtlicher Größe waren, sondern auch eine ungewöhnliche Wildheit ausstrahlten und aussahen wie die einer ins Riesenhafte vergrößerten Motte. Der Unterschied bestand darin, dass die Intelligenz, die diese Tiere leitete, nicht die eines Insekts war, sondern die eines diesem unvorstellbar überlegenen Lebewesens.

Die beiden Ungeheuer waren jetzt an der Backbordseite bis dicht vor den Bug gelangt. Dort sah Cepesma drei lange Fangarme zwischen der *Beebe* und der Station hinabgleiten. Man hörte, wie es hallte, als sich die Saugnäpfe auf das Metall der Außenhaut legten. Gleich darauf wurde der phosphoreszierende Schimmer deutlich stärker, und das größere Tier drückte seine

Kiefer wenige Zentimeter vor Golombeks Gesicht gegen das Bullauge des Tauchboots. Fast im Zustand der Verzückung brachte er rasch noch die deutlich zu erkennenden Zähne zu Papier; durch das Fenster konnte er die gewaltigen Muskeln erkennen, die sie bewegten.

Von Entsetzen gelähmt, musste Cepesma mit ansehen, wie die über das Glas gleitenden Saugnäpfe ganz offensichtlich nach einer schwachen Stelle, irgendeinem noch so kleinen Spalt im Rumpf suchten, wo sie ansetzen konnten. Das ganze Tauchboot zitterte leicht. Nora gab ihre Bemühungen auf, Nadja über das Funkgerät zu erreichen. Das Knirschen des Rumpfes und der Scheiben, das auf den gewaltigen Druck zurückging, erschreckte sie. Sie fürchtete, das Material könne jeden Augenblick nachgeben wie ein trockenes Stück Holz, das man über dem Knie zerbricht.

»Sie versuchen, das Boot zu zerquetschen«, rief Cepesma aus.

»Diese Vermutung liegt nahe«, gab ihm Golombek Recht, mehr von Bewunderung und Spannung als von Schrecken erfüllt. Eifrig füllte er weiter Blatt um Blatt mit seinen Zeichnungen. »Zweifellos halten sie es für einen Pottwal und versuchen es auf den Meeresboden hinabzuziehen. Großer Gott, was für unglaubliche Kräfte.«

Das Knirschen wurde stärker. Nora sah, dass sich einige der Drahtseile bewegten, mit denen die Station am Meeresboden verankert war. Ein heftigerer Stoß als zuvor erschütterte die *Beebe*. Morales eilte zur Verbindungsstelle, wo sich Bleche zu verbiegen schienen.

»Viel länger halten wir nicht durch! Wir müssen uns abkoppeln!«, rief er Márquez zu.

Nora sprang zwischen ihn und die Öffnung.

»Nein! Wir können das Kind nicht allein lassen.«

Márquez rief aus: »Wir haben kaum noch Strom.«

»Wenn die Verbindung reißt, sind wir verloren! Es gibt keine andere Möglichkeit.«

Cepesma packte Morales an den Schultern und hielt ihm die Sprechgarnitur vor das Gesicht.

»Wenn wir uns abkoppeln, sind wir verloren, dann reißen uns die Bestien mit sich. Rufen Sie das Mädchen. Noch haben wir eine Möglichkeit. Nehmen Sie das Funkgerät, helfen Sie ihr.«

Mit verzerrten Zügen sah Morales auf die Sprechgarnitur, nahm sie schließlich und rief Nadja, die nach längerer Zeit auch antwortete. Es dauerte einige Minuten, bis der Ingenieur, dem es nur mit Mühe gelang, seine Angst zu beherrschen, Nadja weitere Anweisungen gab. Die Saugnäpfe saßen nach wie vor fest auf dem Rumpf, und die Kiefer kratzten mit ihren Hornschnäbeln am Plexiglas. Mit einem Mal verschwanden die Tiere schlagartig in der Dunkelheit, und das Knirschen hörte auf.

»Sie hat das Trenngitter erreicht, es abgeschraubt und befindet sich jetzt, wie es aussieht, im Raum neben der Technikzentrale. Allerdings bekomme ich im Augenblick keine Verbindung mit ihr. Ich denke aber, dass es ihr gut geht«, erklärte Morales. »Zum Glück hat die Verbindung zur Station dem ersten Angriff standgehalten. Allerdings weiß ich nicht, wie lange das noch gut geht.«

»Die werden uns in die Hölle runterreißen, da können Sie Gift drauf nehmen«, sagte Cepesma und wies dorthin, wo man wenige Sekunde zuvor noch die Saugnäpfe gesehen hatte. »Das Spiel können die noch stundenlang mit uns treiben. Sie haben uns als Beute ausgemacht und werden nicht aufgeben. Fragen Sie mich nur nicht, warum.«

»Ich denke, dass ich das erklären kann«, sagte Golombek und klappte sein Notizbuch zu. »Immerhin bin ich der Entdecker dieser neuen Art.«

»Wunderbar, dann wissen Sie sicher auch, wie man die Biester umbringt«, fuhr ihn Nora an.

Ungläubig öffnete er das ihm verbliebene Auge und fuhr sich mit den Fingern durch den aschgrauen Bart.

»Sind Sie noch bei Trost? Sie wagen zu sagen, dass man diese Tiere töten soll! Der einzige Grund für unseren Aufenthalt hier ist deren Studium, und wenn wir Glück haben, gelingt es uns, eins davon zu fangen und die Welt in Staunen zu versetzen.«

»Ich glaube, wir haben eine Möglichkeit, etwas gegen sie zu unternehmen«, ließ sich Cepesma vernehmen.

Er sah Nora an und sagte: »Mit Licht. Wenn wir es schaffen, selbst Licht zu erzeugen, deuten sie das möglicherweise als Botschaft und lassen sich dadurch unter Umständen sogar verscheuchen. Damit würden wir Zeit gewinnen. Ich glaube, sie kommunizieren über Lichtimpulse miteinander. Mir ist aufgefallen, dass das Auftreten von Biolumineszenz bei einem dieser Tiere eine entsprechende Reaktion bei einem anderen hervorruft. Das kann nur bedeuten, dass das eine Art Sprache ist, mit der sie sich verständigen.«

»Diese Vorstellung ist ganz und gar abwegig«, schnaubte Golombek. »Sprache! Für wen halten Sie sich eigentlich, dass Sie es wagen, so etwas Hanebüchenes von sich zu geben? Sie Amateur! Es dürfte ja wohl auf der Hand liegen, dass die Biolumineszenz diesen Tieren in der Dunkelheit der Tiefsee als Waffe bei der Jagd auf ihre Beute dient!«

»Wir haben ohnehin keine Möglichkeit, Licht zu erzeugen«, erklärte Márquez, die noch einmal einen prüfenden Blick auf alle Anzeigeinstrumente geworfen hatte. »Unsere Akkus sind so gut wie entladen. Was meinst du, Nestor?«

»Was uns an Elektrizität bleibt, brauchen wir zum Anlegen am Notluk«, sagte dieser atemlos, wobei seine Stimme unüberhörbar zitterte. »Das kann ohnehin nur funktionieren, wenn die Kleine die Systeme in der Station in Gang setzt und das Schott öffnet. Vorher muss allerdings noch das Wasser ausgepumpt werden.«

Alle sahen ihn an.

»Richtig. Du hast ja gesagt, dass sich das Luk nur von innen öffnen lässt«, bestätigte Márquez.

Nora sah Cepesma an und erkannte in seinen Augen ein gewisses Einverständnis. »Wir können kein Licht erzeugen. Aber verfügt nicht die Station über äußerst lichtstarke Außenscheinwerfer… wie ein Tauchboot?«, fragte sie. »Das hatten Sie doch gesagt, nicht wahr?«

»Gib mir mal die Pläne, Nestor«, bat Márquez.

Während sie sich darüberbeugte, nahm Nora das Funkgerät zur Hand und rief Nadja. Ohne Ergebnis. Sie versuchte es erneut. Morales trat zwischen die beiden Frauen.

»Ebene eins besteht aus fünfeckigen Modulen, die über konzentrische Ringe mit der Zwischenebene verbunden sind«, sagte er. »In der Technikzentrale befinden sich die automatischen Steuereinrichtungen des Kernreaktors und die Schaltschütze für die Notstromgeneratoren.«

Márquez klopfte mit dem Finger auf die angegebene Stelle im Plan.

Sie hörten ein lautes Knirschen über sich und hoben den Blick, sahen aber nichts als Schwärze, keine Spur von phosphoreszierendem Licht.

»Einer von denen fuhrwerkt da oben herum«, mutmaßte Cepesma. »Unglaublich kluge Viecher. Ich vermute, dass die sich zusammengetan haben und das Boot mit einer Art Hebelwirkung loszureißen versuchen.«

»Es kann natürlich auch sein, dass sie nicht zurückgekommen sind und die Verbindung zur *Ocean Shuttle* von sich aus nachgegeben hat«, sagte Márquez nachdenklich. »Vielleicht sind sie es aber doch. Ich wüsste wirklich nicht, was schlimmer wäre.«

»Die Notstromgeneratoren«, mahnte Morales. »In der Technikzentrale. Man muss da nur ein paar Hebel am Leitstand umlegen, an die alles angeschlossen ist. Dann haben wir Strom, können Licht machen und die Lenzpumpen in Gang setzen. So war das ja auch ursprünglich vorgesehen.«

»Nehmen Sie doch um Gottes willen Verbindung mit dem Mädchen auf.« Cepesma löste den Blick nicht von der Decke, an der die beunruhigenden Laute immer rascher aufeinanderfolgten. »Erklären Sie es ihr. Und beeilen Sie sich.«

Morales versuchte sichtlich, seine Angst zu besiegen, unternahm aber nichts.

»Da die Technikzentrale auf der Zwischenebene liegt, wird sie teilweise unter Wasser stehen. Das ist aber nicht weiter schlimm, denn die Anlagen funktionieren auf jeden Fall. Der Maschinenraum steht mit Sicherheit unter Wasser …«

»Geben Sie mir das Funkgerät«, bat Nora. »Ich spreche mit ihr. Sagen Sie mir einfach, wo der verdammte Leitstand liegt.«

Während sie erneut ihre Tochter zu erreichen versuchte, bebte die *Beebe* unter dem Ansturm der Tiere so entsetzlich, dass alle fürchteten, sie werde im nächsten Moment fortgerissen.

Nach wie vor kam von Nadja keine Antwort.

41

In der Technikzentrale

Im Licht ihrer Stirnlampe betrachtete Nadja die Tropfen auf der hellen Haut der Toten, die zusammengesunken auf dem Stuhl saß. Ihre Haare waren mit einem weißen Haargummi zu einem Pferdeschwanz zusammengefasst, die glatten, runden Schultern hingen kraftlos herab.

Um sich zu beruhigen, versuchte Nadja, sich auf die Anweisungen zu konzentrieren, die ihr Morales gegeben hatte. Dazu stellte sie sich den Plan der Anlage vor, den er ihr gezeigt hatte, bevor sie aufgebrochen war. Das Rauschen im Kopfhörer ihrer Sprechgarnitur war ihr lästig. Sie sprach ins Mikrofon, bekam aber keine Antwort. Sie beschloss, das Gerät auszuschalten, um sich ungestört von dem Rauschen ihrer Aufgabe zuwenden zu können.

Der Trakt, in dem sie sich befand, lag auf der Ebene unmittelbar über der Technikzentrale. Also musste sie sich in Richtung auf den Bug voranarbeiten. Auf dem Weg dorthin kam sie durch zwei weitere Räume mit Wänden voller Geräte, die ebenso tot aussahen wie die Unglückliche im Labor: Keine einzige Lampe oder Anzeigendiode leuchtete. Mit dem bläulich schimmernden Licht ihres »Schutzengels« auf der Stirn durchstreifte sie die

Schwärze und stieß dabei auf einen verblüffend großen Raum, in dem sie hinter Wänden voller Bildschirme und Anzeigeinstrumenten zu beiden Seiten Niedergänge erkannte. An manchen Stellen spürte sie unter ihren Füßen Gitterroste statt des festen Bodens. Wenn sie darüberging, hallten ihre Schritte von den darunterliegenden Rohrleitungen zurück. Die mächtigen Türen zwischen den einzelnen Trakten standen halb offen und knirschten in den Angeln, als sie sie aufstieß.

Überall schlug ihr die gleiche Kälte wie im Luftkanal entgegen. Sie durchquerte zwei weitere Module, ohne etwas Bemerkenswertes zu sehen. Alles vermittelte ihr den Eindruck völliger Leere, bis sie schließlich an einen Niedergang zur unmittelbar darunterliegenden Ebene gelangte. Sie zögerte. Für welche Möglichkeit sollte sie sich entscheiden – die Stufen zur Linken hinabgehen oder den Weg durch die endlose Abfolge von Räumen vor sich fortsetzen?

Mit geschlossenen Augen versuchte sie, sich den Lageplan der einzelnen Module und Trakte der Unterwasser-Station in Erinnerung zu rufen. Was war jetzt wichtig? Unmöglich hatte sie sich die Lage eines jeden der Module einprägen können, trotzdem musste es irgendeine Möglichkeit geben, sich in diesem Irrgarten aus Titanstahlwänden zurechtzufinden.

Hufeisenförmig angeordnete konzentrische Bögen.

Die Technikzentrale lag im inneren, dem kleineren der beiden Hufeisen. Rechts von sich sah sie mehrere Bullaugen, also befand sie sich noch im äußeren Hufeisen. Der Niedergang führte zu einer Art Korridor, der sich von Steuerbord entfernte, wo vermutlich die *Beebe* angekoppelt lag.

Vorsichtig in der Schwärze Stufe auf Stufe ertastend, stieg sie langsam den metallenen Niedergang hinab. Ein Spiegel wenige Meter von ihr entfernt warf das Licht ihrer Stirnlampe zurück, und sie sah sich darin in einem bläulichen Lichtkreis, der nicht stillhielt, obwohl sie sich nicht rührte. Wasser. Es musste ihrer Schätzung nach über zwei Meter tief sein.

Sie ließ den Lichtstrahl an einer der Wände emporwandern.

Dort verkündete ein Schild: *Engineering Section*. Sie war also im richtigen Trakt, in der Technikzentrale.

Der ganze Raum war überflutet, doch reichte das Wasser bei weitem nicht bis zur Decke. Es stand so reglos darin, dass es eine feste, glänzende Oberfläche zu bilden schien. Dann begann ein Zittern, woraufhin eine leichte Wellenbewegung einsetzte, die nach und nach die gesamte Wassermasse erfasste.

Diese Bewegung konnte nicht von selbst entstanden sein. Sie musste überlegen. Vor allem aber brauchte sie neue Anweisungen.

Wo waren die anderen? Etwas stimmte nicht. Ihr fiel ein, dass sie das Funksprechgerät ausgeschaltet hatte, und sie nahm es wieder in Betrieb.

42
Vorahnung

An Bord der Rainbow

Kapitän Fisk hatte von Steuerbord aus lange das Meer beobachtet. Im tiefsten Inneren war er überzeugt, dass er den schwarzen Umriss der *Atlantis* nie mehr zwischen den Wellen auftauchen sehen würde. Was der sonderbare Mensch mit dem schottischen Namen, den er sich nie merken konnte, dazu sagte, erschien ihm allerdings übertrieben und behagte ihm in keiner Weise. Inzwischen hatte er Kurs auf den Öltanker nehmen lassen. Er musste von Mann zu Mann mit dessen Kapitän sprechen. Außerdem hatte er den Funkmaat angewiesen, Verbindung zu den spanischen Behörden aufzunehmen.

Er glaubte zwar eigentlich nicht, dass man ihnen würde helfen können, doch welche Möglichkeit blieb ihnen sonst noch? Soweit er wusste, verfügte die spanische Marine über kein für solche Einsätze taugliches Tauch- oder U-Boot. Anschließend hatte er Hickley beauftragt, außerdem mit den zuständigen französischen und britischen Stellen in Verbindung zu treten, ihnen die Situation zu erläutern und die genaue Position der Stelle anzugeben, an der die *Atlantis* ihre Tauchfahrt begonnen hatte. Überdies hatte er ihm ein Schreiben diktiert, das er an die Leitung des Smithsonian faxen sollte. Die Leiterin der Einrichtung Catherine Caitlin hatte einen Anspruch darauf, von dem tragischen Schicksal der *Atlantis* und ihrer Besatzung zu erfahren. Immerhin kam das Smithsonian für alle Kosten von Dr. Alastair Golombeks Expedition auf.

Jetzt aber galt Fisks ganze Aufmerksamkeit dem Wind. Während ihn anfangs heftige Böen aus Ostrichtung beunruhigt hatten, war der Wind inzwischen nicht nur nach Norden umgesprungen, er hatte auch so sehr an Stärke zugenommen, dass die See gischtig und grau und an der Kimm die Trennlinie zwischen Wasser und Himmel nicht mehr auszumachen war.

Er beschloss, durch Hickley einen Befehl geben zu lassen, den er selbst nicht geben wollte: Sämtliche Studenten und Helfer Golombeks sollten ihre Kabinen aufsuchen und dort bleiben, bis man ihnen ausdrücklich erlaubte, wieder an Deck zu kommen.

43

Das Luk

An Bord der an die Ocean Shuttle *angekoppelten* Beebe

Die Geräusche steigerten sich zu einem unerträglichen Lärm. Das Metall begann nachzugeben, und Nora sah, dass sich der gespenstische grüne Schimmer erneut den Bullaugen näherte.

»Wir müssen uns abkoppeln!«, rief Márquez. »Wenn die Verbindung nicht hält, ist es mit uns allen aus.«

Erneut wandte sich Nora an den Ingenieur. Sie packte ihn an den Schultern und fragte immer wieder: »Was gibt nach? Was gibt nach? So antworten Sie schon!«

Cepesma sah etwas, das sein Blut gefrieren ließ. Um die Verbindung zwischen der *Beebe* und der Station herum breitete sich ein gewaltiger Lichtschein aus.

Endlich sagte Morales mit schriller Stimme: »Es ist doch nur eine vorläufige Maßnahme!«

»Nestor! Was ist mit dem Notluk?«, fragte Márquez, während sie gleichzeitig nach dem Steuerhebel griff.

»Ohne die Stromversorgung der Station sind wir erledigt!«, stieß er hervor und wurde dann ohnmächtig.

Nora trat beiseite und versuchte erneut, Verbindung mit Nadja aufzunehmen. Endlich hörte sie über dem immer lauter werdenden Knirschen von Metall ihre Stimme.

»Wo hast du nur gesteckt?«, rief Nora.

Nach einem erneuten besorgten Blick auf die Anzeige des Ladezustands der Akkumulatoren sah sich Márquez um. Mit Gesten gab ihr Nora zu verstehen, dass Nadja die Technikzentrale erreicht hatte.

»Sagen Sie ihr, dass sie nach einer Schalttafel mit drei Hebeln suchen soll, in der ein Schlüssel steckt«, rief Márquez ihr zu. »Sie muss den Schlüssel drehen und dann die Schalthebel von unten nach oben umlegen.«

Nora bemühte sich, die Anweisungen weiterzugeben.

Cepesma trat an Golombek heran, der zusammengesunken an der Wand nahe einem der Fenster lehnte. Er hob zwei Stücke Zeichenkohle vom Boden auf und nahm Golombek ein weiteres aus der Hand, zusammen mit den Zeichnungen, die er angefertigt hatte. Auf den ersten Blick sah man, dass sie erstklassig waren. Die Tentakel wie auch die ovalen Augen der Ungeheuer schienen auf dem Papier geradezu Leben zu gewinnen. Mit einem Mal musste Cepesma husten, und alles verschwamm ihm vor den Augen.

»Was ist los?«, stieß Nora hervor.

Márquez hielt weiterhin aufmerksam den Blick auf die Anzeigeinstrumente gerichtet und legte erneut den Sicherheitsgurt an, der sie auf dem Pilotensitz hielt. Wieder ging ein Ruck durch das Boot, der sie fast aus dem Gleichgewicht gebracht hätte.

»Zu viel Kohlendioxid in der Atemluft. Irgendetwas stimmt mit der Filteranlage nicht. Wir müssen uns abkoppeln. Geben Sie Strom auf die Schott-Betätigung, sobald ich es Ihnen sage.«

»Die reißen uns auf den Meeresboden runter«, rief Nora aus.

Wortlos schüttelte Márquez den Kopf und hob den Arm. Sie hatte begriffen, dass die Lage so gut wie aussichtslos war. Es blieb nur die Hoffnung auf zwei Umstände, die alles andere als sicher waren: zum einen, dass sich die Akkumulatoren hinreichend regeneriert hatten, um wenigstens eine Minute lang, mit etwas Glück vielleicht sogar zwei, die Schraube mit voller Kraft anzutreiben, und dass darüber hinaus noch genug Strom zur Verfügung stand, um die Bugscheinwerfer einschalten und ihren Weg erkennen zu können. Möglich, dass es ihnen auf diese Weise gelang, den bedrohlichen Tentakeln zu entkommen. Danach mussten sie versuchen, am Notluk der Station anzulegen, womit sie die Möglichkeit hätten, das Boot zu verlassen. Für dieses Manöver brauchten die Generatoren der Tauchfähre keinen Strom zu liefern, weil es sich von Hand durchführen ließ. Sofern ihnen das gelang, bestünde eine deutlich festere und dauerhaftere Verbindung zwischen dem Boot und der Station als gegenwärtig.

Márquez senkte den Arm, und Nora drückte die Knöpfe, die sie ihr bezeichnet hatte.

Die Hydraulik schloss das Schott und gab den Bajonettverschluss frei, woraufhin die *Beebe* sofort erkennbar sank. Zum Glück hatte sich Nora instinktiv an einem der Griffe nahe dem Ausstieg festgehalten. Cepesma und Golombek rollten über den Boden. Es war Márquez klar, dass das Gewicht der Ungeheuer das Boot nach unten drückte, womit es sich vom Steuerbordluk entfernte.

Mit einem Mal riss eine unvorstellbare Kraft das Boot überraschend hoch. Márquez merkte, dass es sich wieder steuern ließ. Die Geräusche und das Zittern des Rumpfes hörten auf. Durch das Backbord-Bullauge erkannte sie den schwarzen Kreis des Notausstiegs. Sie stellte die Schrauben des Vorwärtsantriebs ab und glitt mit kleinster Fahrt an das Luk heran.

Beim vierten Versuch hatte das Anlegemanöver Erfolg. Die *Beebe* wurde zum Bestandteil der auf dem Ozeanboden verankerten Tauchfähre. Márquez war in Schweiß gebadet. Sie sah, dass sich Nora setzte, ihr Gesicht war bleich. Beide kostete das Atmen Mühe, und sie spürten, wie sie von Schwindel erfasst wurden.

Die drei Männer lagen bewusstlos am Boden.

»Mit den Kerlen ist überhaupt nichts anzufangen«, sagte Márquez erschöpft.

»Können wir nicht in die Station hinein?«, fragte Nora.

Sie sah, dass es in der *Ocean Shuttle* nach wie vor dunkel war. Die Innenbeleuchtung der *Beebe* ging abwechselnd an und aus, so dass Márquez' Gesicht in Abständen vor ihr aufzuckte und im Dunkeln verschwand.

»Der Ausstieg lässt sich nur von innen öffnen«, stieß Márquez keuchend hervor. »Dazu muss aber vorher das Wasser ausgepumpt worden sein, das im Zugang steht. Sie sollten mit Ihrer Tochter reden.«

Das Licht wurde immer schwächer, bis es schließlich ganz erlosch.

Als Nora das Mikrofon an den Mund hob, konnte sie nicht einmal ihre eigenen Hände sehen. Sie hörte, wie Márquez stoßweise atmete.

Während sie mit einem Schwächeanfall kämpfte, rief sie Nadja erneut, doch obwohl das Funkgerät einwandfrei zu arbeiten schien, hörte sie nichts als Rauschen.

In der Ocean Shuttle

Nadja versuchte sich ein Bild von ihrer Lage zu machen. Sie holte tief Luft und legte das Funkgerät neben sich auf die Metallstufe, auf der sie stand.

Ihre Aufgabe bestand jetzt darin, von der Treppe ins Wasser zu springen, um schwimmend das andere Ende des Raumes zu erreichen, wo sich hinter einer Trennwand aus Kunststoff eine Schalttafel befand. Dort musste sie den Schlüssel finden, ihn umdrehen und die drei Schalter umlegen.

Zum Glück verfügte Nadja noch über sieben Magnesiumfackeln. Sie nahm eine heraus, entzündete sie und warf sie auf die Wasserfläche. Sogleich wurde es um sie herum taghell. Einige Sekunden später warf sie zwei weitere Fackeln. Sie nahm die Stirnlampe ab und hängte sie sorgfältig an das Geländer des Niedergangs. Nachdem sie tief Luft geholt hatte, sprang sie schließlich ins Wasser. Es war eisig kalt. Es kam ihr vor, als wären ihre Arme und Beine aus Blei.

Sie konzentrierte sich auf das, was sie im Training gelernt hatte, wobei sie vor allem darauf achtete, gleichmäßig zu atmen. Immer wieder sagte sie sich, dass das Wasser nicht anders war als sonst, nur sehr viel kälter. Vier kräftige Schwimmstöße brachten sie dicht an ihr Ziel heran. Nachdem sie noch einmal tief Luft geholt hatte, tauchte sie unter. Schon bald sah sie vor sich eine Kunststoffwand, an der irgendetwas metallisch glitzerte. Als sie auftauchte, um Luft zu schöpfen, sah sie, dass die Magnesiumfackeln schwächer leuchteten. Nur noch ihr »Schutzengel« warf einen Lichtkreis auf die Wand vor ihr. Sie drehte den Schlüssel und versuchte, die Kunststoffwand zu öffnen. Unwillkürlich trat ein Lächeln auf ihre Züge, als sie drei Schalter sah, die größer waren als die übrigen. Sie spürte ein Stechen in ihrer Brust, und als sie den ersten Hebel hochdrücken wollte, kitzelte sie etwas im Nacken. Sie wandte sich um und sah sich einem verzerrten Gesicht gegenüber, weiß und augenlos. Ein goldener Ring hing an einem Ohrläppchen. Schwarze Haare bewegten sich im Wasser, als lebten sie.

Ihr stockte der Atem, und entsetzt merkte sie, dass ihr der Schlüssel entfallen war, den sie in der linken Hand gehalten hatte. Instinktiv entfernte sie sich von dem Gesicht und stieß mit einem Fuß gegen die Trennwand. Halb bewusst nahm sie trotz des Entsetzens, das sie erfasst hatte, das Geräusch wahr, mit dem sich die

Tür wieder schloss. Sie glaubte zu ersticken, als sie wieder nach oben kam; sie hatte ziemlich viel Salzwasser geschluckt. Es war etwas dunkler als zuvor, doch sie kannte nur einen Gedanken: tauchen und den Schlüssel wiederfinden.

Etwas bewegte sich hinter den Resten des Gesichts, Würmer, die sich aus den Augen- und Nasenhöhlen wanden.

Sie hielt sich die Nase zu und trat mit aller Kraft gegen die Schultern des Toten. Er trieb davon. Der Lichtschein wurde immer schwächer, die Schatten um sie herum nahmen zu und wurden dichter. Ihr einziger Trost war, dass die Leiche in dieser Dunkelheit verschwinden würde.

Sie holte tief Luft, tauchte mit dem Kopf voran ins Wasser und trieb sich mit den Füßen dem Boden entgegen, wobei sie suchend den Kopf von einer Seite zur anderen drehte.

Ein schwacher Funke im Halbdämmer.

Entschlossen griff sie danach. Als sie wieder auftauchte, erlosch das Licht der Magnesiumfackel. Sie ertastete das Schloss und öffnete die Kunststoffwand. Ihre Hände berührten die Hebel, und sie riss jeden einzelnen mit aller Kraft nach oben. Sie ließ sich fast bis zum Boden sinken und durchschwamm dann rasch die tintige Schwärze. Als sie auftauchte, sah sie, dass das Licht ihres »Schutzengels« nach wie vor schwach leuchtete. Von ihm geleitet, schwamm sie mit kräftigen Stößen auf den Niedergang zu. Dort angekommen, zog sie sich an der ersten Stufe, die über dem Wasserspiegel lag, heraus.

Sie hielt sich am Geländer fest und holte tief Luft. Außer ihren Atemzügen hörte sie nichts. Sie warf einen raschen Blick um sich und stellte fest, dass der ganze Trakt nach wie vor im Dunkeln lag. Nirgendwo die kleinste Spur von Licht …

Nichts war geschehen. Alles war wie zuvor, ihr Versuch war fehlgeschlagen. Unvermittelt zerriss eine Stimme aus dem Funkgerät die Stille. Es war ihre Mutter, die verzweifelt nach ihr rief. Sie zögerte, die Sprechgarnitur anzulegen, wagte nicht zu reden, von ihrem Fehlschlag zu berichten. Bevor sie den Mund auftun konnte, sank sie bewusstlos auf die Stufen.

44

Eine Unterhaltung

An Bord der Merlin

So wie die Welt um ihn herum, seine Welt, die bisher fest auf dem Meeresboden verankert gewesen war, schwankte auch Calvin Steiffel. Seine Suite neigte sich von einer Seite zur anderen, während die Macht der Wellen die *Merlin* abwechselnd emporriss und in die Tiefe sausen ließ. Schwere Regentropfen prallten gegen die Scheiben. Trotz der weitgehenden Schalldämmung konnte er die drohenden Begleittöne des Unwetters hören. Das Wasser des grau schäumenden Meeres schien ein Eigenleben gewonnen zu haben und Verwünschungen gegen Steiffels Reich zu schleudern, die ihn befürchten ließen, dass seine geheimsten Ängste Wirklichkeit werden könnten.

Kurz bevor die Winde zu toben begannen, hatte ihm Kapitän Flogarthy erkennbar beunruhigt die Situation geschildert. »Sollten sich die Bedingungen verschlechtern, fürchte ich, dass unsere fünf Maschinen nicht ausreichen werden, die Spinne zu halten. Daher empfehle ich, die Verbindungen sogleich zu kappen.«

Das vom Kapitän angeregte Vorgehen entsprach den Vorschriften. Da die Bugsensoren eine deutliche Überschreitung der zulässigen Belastungswerte angezeigt hatten, war er verpflichtet gewesen, das seinem Arbeitgeber mitzuteilen. Inzwischen krängte und stampfte die *Merlin* so stark, dass man sich Sorgen um die Sicherheit des Schiffs und seiner Besatzung machen musste. Als Folge des unmäßig hohen Seegangs war zu befürchten, dass die spinnenförmige Bojenanlage, die einige Dutzend Meter unter der Meeresoberfläche die Versorgungsleitungen vom Schiff zu der *Ocean Shuttle* in der Schwebe hielt, beschädigt wurde, wenn die Belastung der Stahlseile noch mehr zunahm. Der Notfallplan sah vor, die Leitungen in einem solchen Fall zu kappen, doch obwohl

Steiffel keine rechtliche Handhabe besaß, Anweisungen des Kapitäns außer Kraft zu setzen, war er de facto ohne weiteres in der Lage, sich gegen ihn durchzusetzen. Dass das allen Regeln der Schifffahrt widersprach, interessierte Steiffel nicht, denn er folgte seinen eigenen.

Daher hatte er Flogarthy gegenüber noch vor einer Viertelstunde erklärt, er wolle nichts von einem Kappen der Verbindungen zur Station und damit zu den Bohrtürmen von *Kreis Sieben* hören, solange er nicht selbst den Befehl dazu gab. Doch daran dachte er nicht im Traum – eher hätte er sich die Zähne mit einer rotglühenden Zange herausreißen lassen. Jetzt gab er sich bitteren Gedanken über seine allem Anschein nach unausweichliche Niederlage hin, ohne dabei den Blick von den beiden Bildschirmen zu nehmen, welche die Förderleistung an den Bohrlöchern anzeigten: nichts als rote Zahlen, denn die Ölförderung ruhte schon seit Wochen. Nur eine einzige Reihe grüner Ziffern sah er: Sie bezogen sich auf die Leitung, durch die Sauerstoff vom Schiff zur *Ocean Shuttle* gepumpt wurde. Zu ärgerlich, dass sich dort noch kein Atemluftgenerator befand, denn mit der Zahl der Verbindungsleitungen zum Mutterschiff stieg die der möglichen Schwierigkeiten.

Wenn das Unwetter vorüber war, würde er sich in Ruhe hinsetzen und über all diese Fehlschläge nachdenken müssen.

Wladimir Tschakenko trat ein und schwenkte sein Mobiltelefon. Sein modischer Astrachanmantel war auf dem Rücken völlig durchnässt – nicht einmal der Regenumhang, den er darüber trug, hatte ihn vor dem Wasser schützen können, das die *Merlin* übernahm. In der anderen Hand hielt er eine lange schwarze Röhre. »Ich hab Pulaski dran.«

Während er das Telefon in eine Halterung auf Steiffels Schreibtisch steckte, die mit einer Lautsprechanlage verbunden war, legte sich ein befriedigtes Lächeln auf dessen Züge.

Robert Pulaskis Stimme klang wie aus weiter Ferne, war aber deutlich zu verstehen. Zumindest die Satellitenverbindung der *Merlin* schien trotz des Unwetters einwandfrei zu funktionieren.

»Steiffel, du bist ein gottverdammter Schweinehund«, tönte es aus dem Lautsprecher.

Unbeeindruckt von dieser Eröffnung entblößte der Ölmagnat die Zähne. »Da haben wir doch tatsächlich den guten alten Bob wieder aufgespürt. Das finden wir alle großartig. Wie geht es dir?«

Ohne das geringste Zögern kam die Antwort: »Sehr viel besser als meinen sämtlichen Kollegen. Wo hast du die verscharrt, Calvin? Man hat mir gesagt, dass du ein Vermögen dafür ausgegeben hast, ihre Leichen in den Schmelzöfen von Pavdolar verbrennen zu lassen, viele hundert Kilometer von Argalik entfernt.«

Steiffel hob kaum wahrnehmbar die Brauen. »Bedauerlicherweise sind sie umgekommen, bevor wir etwas für sie tun konnten. Alle außer dir sind tot, Robert. Was hätten wir nach den Vorfällen vom Januar deiner Ansicht nach noch tun können? Es war eine wirkliche Tragödie.«

»Du hättest uns beispielsweise mehr Zeit lassen können, die Sache zu analysieren, statt mich erst als Versuchskaninchen zu missbrauchen und dann die Früchte meiner Arbeit im Institut zu zerstören.«

Steiffel hob theatralisch die Pranken und warf einen kurzen Blick zur Decke, bevor er antwortete. Tschakenko wusste nicht, ob sein Erstaunen aufrichtig gemeint oder das Ergebnis vollendeter Schauspielkunst war.

»Großer Gott, Robert. Du warst doch halb verrückt. Du bist einfach ohne die geringste Erklärung verschwunden – nachdem du mich angebrüllt und mir gesagt hast, wir müssten aus dem Projekt aussteigen – nach so vielen Jahren. Und dabei hatte ich immer gedacht, dass du unter all den Trotteln noch der einzige vernünftige Mensch bist.«

»Die anderen haben sich als Erste angesteckt, und ihr hattet nichts Besseres zu tun, als sie in den Bunker zu schaffen und ihnen da den Gnadenstoß zu versetzen«, hielt ihm Pulaski vor.

»Nun ja.« Der Ton, in dem Steiffel das sagte, klang, als wollte er die Berechtigung des Vorwurfs zugeben. »Aber offen gestanden sind wir heilfroh, dass du lebst, Robert. Es ist wirklich eine äußerst erfreuliche Nachricht, auch für das Unternehmen. Wir brauchen dich.«

»Vermutlich steht im Arbeitsvertrag eine Klausel, die besagt, dass ein Angestellter von seinen Pflichten entbunden ist, wenn das Unternehmen versucht hat, ihn umzubringen. Daran hast du doch sicher auch gedacht, Calvin?«

»Hör mal, Robert, so kommen wir nicht weiter. Willst du wirklich deine und meine kostbare Zeit damit vergeuden, dass du mir ans Bein pinkelst? Lass uns doch versuchen, die Sache etwas konstruktiver anzugehen. Zum Beispiel könntest du erklären, worauf deine wunderbare Genesung zurückzuführen ist.«

»Das hat mit Wundern nicht das Geringste zu tun, Calvin. Tut mir leid, wenn ich dir damit das Konzept verderbe. Immer, wenn du dich freust, kann man hundert zu eins wetten, dass du eine Möglichkeit witterst, Geld zu verdienen. Stimmt doch, oder? Jetzt solltest du mir aber eine Frage beantworten. Was witterst du im Augenblick? Lass mich raten. Bestimmt siehst du dich einem Haufen Schwierigkeiten an Bord deines Lieblingsspielzeugs gegenüber.«

Lautstark sog Steiffel die Luft durch seine gewaltigen Nasenlöcher. Eine Bö hämmerte Regentropfen so heftig gegen das Fenster, dass es wie eine Maschinengewehrsalve klang. Ihm war unbehaglich zumute. Er sah in Pulaskis Spott ein schlechtes Vorzeichen.

In diesem Augenblick blinkte die Gegensprechanlage auf. Die Abfolge grün-gelb zeigte, dass Flogarthy am Apparat war. Steiffel nahm das Mobiltelefon, hielt eine Hand darüber und bedeutete Tschakenko mit Zeichen, sich um den neuen Anruf zu kümmern oder, besser noch, auf die Brücke zu gehen und den Kapitän vorerst von Steiffel abzulenken.

Die Dinge entwickelten sich immer schlechter, aber noch war nicht der Augenblick gekommen aufzugeben. Noch nicht. Tschakenko verließ die Suite.

»Worüber sollen wir zuerst reden, Robert?«, fragte Steiffel in gelangweiltem Ton. Ihm war bewusst, dass ihm Pulaskis Anwesenheit unter den gegenwärtigen Umständen nur wenig nützen würde, und er verschwendete nicht gern seine Zeit.

»Über meine Nichte Nora.«

»Das hatte ich mir gedacht.«

»Schwör mir, dass du sie nicht in die Sache mit hineinziehst, Calvin. Nur in dem Fall würde ich darauf verzichten, der Konkurrenz alles weiterzugeben, was ich weiß. Das ist mein voller Ernst.«

»Zu spät. Sie steckt schon drin. Und damit du es nur weißt: Sie hat es freiwillig getan. Sie hat einen Vertrag mit dem Unternehmen unterschrieben.«

Steiffel hatte damit gerechnet, dass auf diese Mitteilung hin Schweigen eintreten würde. Er lächelte. Sogar am Telefon war es ihm wichtig zu gewinnen.

»Sie ist bei dir? Dann möchte ich mit ihr sprechen.«

Steiffel sah erst auf die Uhr und gleich danach auf den Bildschirm, der die Daten von den Bohrlöchern übertrug. Die verdammten roten Zahlen, die sich nicht vom Fleck rührten. Immer stärkere Wogen prallten gegen das Schiff. Die Suite neigte sich bedenklich, und an der Gegensprechanlage leuchteten erneut die Lichter auf, die ihm anzeigten, dass ihn der Kapitän sprechen wollte. Wenn der verdammte Russe es nicht schaffte, ihm den Kerl vom Hals zu halten, würde er ihn umbringen und anschließend überlegen, ob er den Kapitän über Bord werfen sollte.

Als er bei diesem Gedanken angekommen war, trat Tschakenko ein. Er legte Daumen und Zeigefinger zusammen zum Zeichen, dass alles in Ordnung war. Die Lichter an der Gegensprechanlage waren erloschen. Endlich hatte Flogarthy begriffen, dass Steiffel das Wort »kappen« nicht hören wollte.

Er hatte ein wenig Zeit gewonnen, und nur darauf kam es ihm an.

»Ich fürchte, das geht nicht. Sie und ihre Tochter sind zurzeit beschäftigt. Du bist zu weit entfernt, als dass ich dir das in Einzelheiten erklären könnte.«

Wieder trat Schweigen ein, länger als beim vorigen Mal. Überrascht fragte Robert Pulaski schließlich: »Ihre Tochter? Hast du gesagt, dass meine Nichte eine Tochter hat?«

»Sie ist eine ausgesprochen intelligente Frau. Du kannst stolz auf sie sein. Ich denke, dass du dir dank ihrer Mitwirkung all deine Träume erfüllen kannst.«

Diesmal glaubte Steiffel aus Pulaskis Mund ein »Nein!« zu hören, doch hätte er nicht sagen können, ob es sich dabei wirklich um die Äußerung eines erstickten Wutanfalls oder eine auf das Unwetter zurückzuführende Störung in der Leitung handelte.

Mit einem Mal klang Pulaskis Stimme aus dem Lautsprecher völlig verzerrt. Das Satellitensignal wurde immer schwächer, und die Worte klangen abgehackt, als kämen sie gleichzeitig mit den Windstößen von draußen herein.

»Hör mal, Calvin ... du musst ... Sache ... keine Vorstellung ... wiederaufnehmen ... umpen. Verstehst du? ... ohrlöcher ... dauerhaft ... alles ... Schuld daran ... Bohrlöcher und ... erdammte Habgier ...«

Dann trat Stille ein. Steiffel hatte sich die Mühe sparen können, das Gespräch selbst zu beenden. An die Stelle seines Lächelns trat ein kalter verächtlicher Ausdruck.

»Der Bursche nützt uns überhaupt nichts mehr. Was er wohl mit seinem Hinweis auf seine Genesung sagen wollte?«

Tschakenko, der seinen Regenumhang inzwischen abgelegt hatte, hob zynisch lächelnd die Achseln.

»Lass gut sein – er ist ein nutzloser alter Schwachkopf. Er könnte uns keinen größeren Gefallen tun, als abzukratzen.«

Steiffel wies mit dem Finger auf ihn. »Mach du lieber den Affenzirkus dicht, den du da in der Steppe aufgezogen hast. Am besten legst du die ganze Anlage in Schutt und Asche. Da gibt es nichts mehr zu tun. Die Gegend wird dasselbe Schicksal erleiden wie all die anderen verseuchten Gebiete, die eure Leute hinterlassen haben und die dein schönes Heimatland nach wie vor zieren. Von Pulaski aber lass die Finger. Schon möglich, dass er ein Ausgestoßener ist, aber falls er umkommt, stehe ich nicht für die Folgen ein.«

»Ich habe schon Anweisungen gegeben«, sagte der Russe,

setzte sich und schob seinen tropfnassen schwarzen Hut beiseite, den er achtlos auf den Schreibtisch geworfen hatte. »Was ist mit seiner Nichte? Hast du von ihr was gehört?«

Durch zusammengepresste Lippen sagte Steiffel: »Nein.«

»Und von den Umweltschützern, die sie retten wollte?«

»In der letzten Mitteilung der *Beebe* hat es geheißen, dass sie das Tauchboot gefunden haben. Danach nichts mehr, als hätte der verdammte Ozean sie alle miteinander verschluckt.«

Tschakenko schüttelte den Kopf.

»Glaubst du, dass das Rettungsunternehmen eine gute Idee war? Ich meine die verdammten Umweltschützer. Manchmal verstehe ich deine Humanitätsduselei nicht.«

Der Ölmagnat stand auf. »Nichts verstehst du, Wladimir. Trotz deiner teuren Anzüge denkst du immer noch wie ein Kommunist. Diese Sache wäre eine glänzende Gelegenheit gewesen, uns von unserer besten Seite zu zeigen. Womit könnte sich ein Ölmulti in den Augen der Öffentlichkeit positiver darstellen als damit, dass er Schiffbrüchigen zu Hilfe eilt, die irgendwelche wissenschaftlichen Forschungen durchführen wollten? Wenn wir sie gerettet hätten, wäre das für uns eine unbezahlbare Werbung gewesen, die uns noch dazu so gut wie nichts gekostet hätte. Mit einem Schlag hätten wir vor der ganzen Welt als Helden dagestanden. Ich sehe schon die Schlagzeile: ›Die Ölindustrie leistet der Wissenschaft einen wertvollen Dienst.‹ Und wenn es nicht geklappt hat, verfaulen sie eben.«

Tschakenko drehte sein Handgelenk so, dass die goldene Rolex leuchtete, als hätte sie ein Eigenleben.

»Die hätten schon seit Stunden wieder hier sein müssen.«

»Ja. Wir müssen leider annehmen, dass sie tot sind.«

Tschakenko runzelte die Brauen. »Ich werde den Verdacht nicht los, dass du noch was in der Hinterhand hast, ohne mir was davon zu sagen. Warum sind wir eigentlich noch hier? Welchen Sinn hat es zu warten? Soweit ich weiß, ist die Station nicht in Betrieb und die ganze Angelegenheit buchstäblich ein Schlag ins Wasser.«

Er sah, wie es in Steiffels Gesicht zuckte und sich ein geradezu unvorstellbares Lächeln darauf legte. Er sagte kein einziges Wort, doch sein Schweigen sprach für sich.

»Jetzt verstehe ich«, sagte Tschakenko. »Du denkst überhaupt nicht daran, von hier abzuhauen. Alter Fuchs! Das Rettungsunternehmen war nichts als Tarnung.«

»Aber unglücklicherweise kann es danebengegangen sein«, erinnerte ihn Steiffel und wies auf die roten Zahlen auf seinem Bildschirm. »In dem Fall müssten wir tatsächlich abhauen, wie du so treffend gesagt hast.«

»Was für Möglichkeiten haben wir? Können wir die Station wieder in Betrieb nehmen? Alle, die das versucht haben, sind umgekommen.«

Steiffel stieß mit einem Finger nach dem Russen. »Ich habe volles Vertrauen zu Nora Pulaski. Ich bin überzeugt, dass sie die Sache zum guten Ende bringt.«

Tschakenko wiegte bedenklich den Kopf. Er war offensichtlich nicht überzeugt.

»Du glaubst also, dass die noch leben! Aber die Behörden ... und die Meldung unseres Kapitäns ... in der es heißt, dass das Boot verlorengegangen ist?«

»Wir tun hier nichts Verbotenes, Wladimir, vergiss das nicht. Die Bohrgenehmigungen geben uns das Recht, alles zu behalten, was wir finden. Das gilt auch für Zufallsfunde: zum Beispiel ein Tauchboot auf dem Meeresgrund mit Toten darin.«

»Wie lange willst du noch warten? Ich glaube nicht, dass sich das Wetter bessert. Flogarthy fürchtet, dass sich in den nächsten zehn oder zwölf Stunden schwere Schäden nicht vermeiden lassen.«

»Wir bleiben so lange hier, wie ich das für richtig halte. Ich weiß, was geschehen wird, und das bald.«

Mit einer Geste der Ungläubigkeit fragte Tschakenko spöttisch: »Erwartest du etwa einen Anruf aus der Tiefe? Wenn wir hierbleiben, müssen wir damit rechnen, dass alles zum Teufel geht.«

Mit leicht erhobener Stimme erklärte Steiffel: »Wir rühren uns keinen Millimeter von der Stelle. Halt den Hubschrauber für den Fall bereit, dass wir früher wegmüssen, als wir jetzt annehmen.«

Tschakenko sah nach draußen, wo das Meer wütete und die Wellen, die sich immer höher türmten, weißen Gischt über das Deck des Schiffes warfen. Er hatte längst dafür gesorgt, dass der Hubschrauber bereitstand. Nicht nur bewachten ihn zwei seiner Männer, sie waren auch, obwohl Waffen an Bord eigentlich nicht zugelassen waren, bei Bedarf durchaus imstande, ihn zu verteidigen. Mehrfach hatten Besatzungsmitglieder versucht, ihn in ihren Besitz zu bringen, um damit zu fliehen, damals, als das Feuer ausgebrochen war und alle unglaublich überlastet waren. Seit jenem Höhepunkt der Krise hatte sich die Lage ein wenig beruhigt, dennoch versetzte der bloße Gedanke, allein über das Schiff zu gehen, Tschakenko in Angst und Schrecken. Sollte Steiffel tatsächlich darauf beharren, ungebührlich lange dort zu bleiben, würde er sich allein mit dem Hubschrauber absetzen und den Mann seinem Geschick überlassen. Er nahm die schwarze Röhre zur Hand und holte eine aufgerollte Zeichnung heraus.

»Wird gemacht. Jetzt ist es an der Zeit, dir meinen neuen Plan zu erklären, die endgültige Lösung für die nächsten zehn Jahre. Meiner Ansicht nach hast du für die Ölförderung zu sehr auf das Ding da unten gesetzt. Wenn man es recht bedenkt, kann das nichts taugen, weil es ein Mexikaner entworfen hat. Hier, wirf mal einen Blick in die Zukunft.«

45

Bruce Springsteen

Auf der Ocean Shuttle

Ein Trommeln, das so klingt, als bearbeitete jemand den Deckel einer Mülltonne mit Holzknüppeln. Menschen um Nadja herum. Sie hört bewunderndes Murmeln und ferne Echos, hebt den Blick und sieht, wie aus einem Kanaldeckel in ihrer Nähe weißer Rauch aufsteigt. Es ist ein ungewöhnlich heißer Tag. Der Himmel über Philadelphia ist eine schmutzig-graue Decke und hüllt die Wolkenkratzer der Stadt ein. Trotzdem kann Nadja sie sehen, sie weiß selbst nicht, wie, während sich in dem Elendsviertel, in dem sie sich befindet, der Trommelwirbel beschleunigt. Der unverwechselbare Geruch nach gebratenem Fleisch steigt ihr in die Nase. Auf der Theke des Verkaufsstandes liegen Paprikaschoten, die wie das Grün einer Verkehrsampel glänzen. Sie begreift, dass die Sonne an jenem Tag nicht scheinen wird.

Sie tritt näher und sieht die jungen Schwarzen. Ein weinender kleiner Junge hat sich mit erhobenen Armen unter den Wasserstrahl eines Springbrunnens gestellt, nicht weit von dort, woher der Trommelwirbel dröhnt. Sein Hemd ist vollständig durchnässt. Aufmerksam sieht sie den Kleinen an, der unter dem Wasserstrahl Zuflucht vor der Hitze gesucht hat, doch der scheint sie nicht zu bemerken. Er weint unaufhörlich.

Andere Kinder tanzen in weißen Turnschuhen zu den Klängen des improvisierten Schlagzeugs. Jemand tut so, als spielte er Saxophon, und einige Weiße sind neugierig näher getreten. Ein Mädchen hämmert auf den Deckel eines Mülleimers. Nadja geht an ihnen allen vorüber. Auf dem Boden liegen weitere Metalldeckel und Reste von Pappkartons. Trotz der Schwüle kommt es ihr so vor, als ob kalte Windstöße die Pappreste vor sich her trieben. Sie folgt ihnen mit den Blicken, wie sie durch die Luft wirbeln, sieht verrostete Balkongitter und leere Fensterhöhlen mit zersplitterten Scheiben. Mitten durch ein zweistöckiges Haus läuft ein großer Riss, man sieht Balkenenden und auf den Wänden große dunkle Flecken, dort, wo die Möbel gestanden haben. Die Stufen der Treppe vom ersten zum zweiten Stock haben sich auf der tristen Zementmauer abgezeichnet. Eine Frau beugt sich über eins der Balkongitter im erhalten gebliebenen Teil des Hauses, öffnet das Fenster mit den zerbrochenen Scheiben leicht, sieht zum Himmel und verschwindet wieder im Inneren, weil sie vermutet, dass es regnen wird.

Nadja lässt das sonderbare Gebäude hinter sich. Links und

rechts erheben sich Häuser mit Wänden voller Graffiti. In einer Gasse sieht sie seilhüpfende Mädchen, keine zehn Jahre alt, schwarz, mit Pferdeschwänzen, die hinter ihrem Nacken schwingen. Unweit von ihnen leuchtet etwas orangefarben, am anderen Ende der Gasse, wo die Gebäude zurückweichen und Dorngebüsch auf Müllhalden wächst. Sie hört das Pfeifen einer Lokomotive und weiß, dass der Schienenstrang ganz in der Nähe verläuft und das Rattern des Zuges den Pesthauch von den Wassern des Delaware näher bringt.

Der Lichtschein stammt von den Funken eines Feuers, das in einer metallenen Mülltonne brennt. Sie sieht, wie sich ein Bettler die Hände über dem Feuer reibt. Die hellen Augen in seinem schrundigen schwarzen Gesicht leuchten auf, als er Nadja sieht. Der kurze Blick, den er ihr zuwirft, genügt, dass sie den Schritt beschleunigt. Inmitten ausgebrannter Autos sieht sie eine wartende Schlange von Bettlern genau vor dem Haus, das sie hinter sich gelassen zu haben glaubte, dem ausgebeinten Gebäude, dem eine Hälfte fehlt. Sie warten schweigend wie Standbilder, lösen sich von Zeit zu Zeit aus ihrer Starre und treten einen Schritt vor. Jeder von ihnen hat ein metallenes Gefäß in der Hand, und einer hebt und senkt eine Tasse in Richtung auf Nadja als Zeichen, dass sie näher treten soll.

»Im Keller«, sagt er mit finsterer Miene.

Ein weiteres Geräusch lenkt ihre Aufmerksamkeit auf sich: Gummi, der hart vom Asphalt zurückprallt. Sie hört Töne, ermunternde und beleidigende Zurufe der jungen Schwarzen, das Schaben der Sohlen von Turnschuhen, heftiges Atmen, Aufregung, und sie riecht Schweiß. Sie spielen Basketball. Manche haben sich ein weißes Band um die Stirn geschlungen, andere tragen eine rote Mütze oder ein schwarzes Jersey mit den Namen ihrer Lieblingsmannschaften darauf, doch kennt sie keine von ihnen.

Sie spielen auf einem umzäunten Platz. Die Körbe sind mit grellbunten Motiven verziert, die sie nicht versteht, und gerade das fällt ihr auf. Sie hält sich an den Gitterstäben des Zauns fest, und die jungen Leute hören auf zu spielen. Einer von ihnen wirft den Ball so, dass das Gitter wenige Zentimeter von ihr ins Zittern gerät. Sie tritt einen Schritt zurück, gleichzeitig nähert sich einer der jungen Männer: »Was willst du hier, bleiche Möse? Verzieh dich, ab in den Keller!«

Sie fährt sich mit der Hand über die Haare. Die Schwarzen werfen einander den Ball zu oder lassen ihn aufspringen. Dann tritt ein anderer auf sie zu. Während er die Gitterstäbe mit seinen Pranken ergreift und sich dagegenlehnt, entschließt sich Nadja, am Zaun entlangzugehen, statt endgültig den Rückzug anzutreten.

Nach einer Weile rüttelt der Schwarze daran, um ihre Aufmerksamkeit auf sich zu lenken, und schreit: »He, du! Wohin willst du?«

Weiter hinten steht ein Gebäude aus rötlichen Ziegeln. Ihr kommt der Gedanke, es könne das einzige Überbleibsel der einstigen Pracht von Germantown sein. Anstelle der von Ulmen gesäumten Alleen mit ihren herrlichen Vorgärten sieht man nichts als Unkraut und Abfall. Sie merkt, dass sie sich tatsächlich in Germantown befindet.

Der Junge, der ihr zugerufen hat, läuft auf der anderen Seite des Zaunes entlang, und sie bleibt stehen.

»Wohin willst du?«, fragt er erneut.

Diesmal klingt es neugierig und nicht gehässig.

Sie hält den Blick starr vor sich gerichtet. Sie sieht weitere Skelette ausgebrannter Autos und von Unkraut überwucherte eingeschossige Häuschen. Im Osten endet diese wilde Landschaft an den Ufern des stinkenden Flusses. Sie merkt, dass sie kein bestimmtes Ziel hat, und bleibt stehen.

Der Junge krallt sich an den Gitterstäben fest, und Nadja sieht die helle Innenhaut seiner Finger.

»Du musst mit den anderen nach unten. Hast du verstanden? Nach unten!« Dann hört sie etwas, der Junge wiederholt den Satz noch einmal, aber diesmal spricht nicht er. Jemand anders sagt ihn an seiner Stelle: »Nadja, du musst nach unten.«

Es ist die Stimme ihrer Mutter.

Nadja schlug die Augen auf.

Sie hörte Bruce Springsteen; seine Stimme kam aus dem rechten Kopfhörer, den sie in der Hand hielt. Sie spürte die metallene Kälte des Gitters. Zum Greifen nahe hing dicht vor ihrem Gesicht die Stirnlampe, die nach wie vor ihren bläulichen Schimmer aussandte.

Das Licht war so schwach, dass sie den Boden der unter ihr liegenden Ebene null nicht sehen konnte. Kopfschüttelnd schaute sie von links nach rechts. Sie fuhr mit den Fingern über die Glühlampe und hätte sich fast verbrannt. Sie spürte, dass sie Kopfschmerzen hatte, als sie sich die Lampe wieder aufsetzte. Irgendetwas Salziges, Warmes lag auf ihrer Unterlippe. Sie leckte darüber und erkannte den Geschmack von Blut.

Bruce Springsteen sang weiter, und Nadja setzte sich den Kopfhörer der Sprechgarnitur auf. Sie wusste genau, dass sie die Stimme ihrer Mutter gehört hatte. Woher kam die Musik? Dann merkte sie, dass es ihre eigene war. Ein Schauer überlief sie. Sie stellte sich hin und rückte die Stirnlampe zurecht. Mit einem Mal fiel ihr auf, dass sie ihre Umgebung sehen konnte, ohne den Kopf zu drehen.

Schwache Lichter schimmerten an der Decke. Manche leuchteten ständig, andere zuckten auf und gingen wieder aus. Sie hörte Geräusche. Seitdem sie die Station betreten hatte, war es dort still wie in einer Grabkammer gewesen, jetzt hingegen waren die Geräusche deutlich zu hören. Metall, das auf Metall rieb, vielleicht Zahnräder, ein Knirschen … Sie warf einen Blick in die Technikzentrale: Das Wasser war in Bewegung geraten – und es entfernte sich allmählich von ihr. Sie konnte die schwarze Flüssigkeit sehen und dies und jenes erkennen, das darin trieb.

Dann stellte sie fest, dass sie festen Boden vor den Füßen hatte, und beschloss, einige Schritte über den Gitterrost zu gehen, der an einer der Wände entlanglief, hin zu einem der Schotts, das etwa zwei Meter über dem gegenwärtigen Wasserspiegel lag, zuvor aber mit Sicherheit überflutet gewesen war. Das Wasser bewegte sich nach wie vor, sank offenbar. Bruce Springsteen … Das konnte nur eines bedeuten. Sie versuchte, Verbindung mit der *Beebe* aufzunehmen, während Bruce Springsteen unermüdlich weitersang.

Ich bin auf derselben Seite, an der die Beebe *angekoppelt ist.* Soweit sie wusste, lag die Technikzentrale auf der Zwischenebene. Dann aber konnte das Tauchboot nicht weit sein, ein wenig unterhalb der Ebene, auf der sie sich befand … Vielleicht führte ja dieser Weg zu ihm. Sie durchquerte das offenstehende Schott, und ihr »Schutzengel« beleuchtete den Notausstieg. Mit den Füßen stand sie im Wasser, doch es war nur wenige Zentimeter tief, reichte ihr gerade bis zu den Knöcheln. Sie gelangte an eine weitere Tür mit einem Bullauge darin, größer als die, die sie bisher gesehen hatte. Sie versuchte hinauszusehen. Es war dunkel. Das Licht fiel auf reglose Körper im Inneren der *Beebe*. Einige der Menschen trugen weiße Atemmasken über Mund und Nase.

Aufmerksam sah sie sich die Bedienungsknöpfe an und betätigte sie. Ein Quietschen. Etwas im Luk hatte begonnen, sich zu bewegen. Als Nächstes musste sie ein Handrad drehen. Ihre Hände glitten von dem Metall ab. Endlich drückte sie mit aller Kraft, die ihr geblieben war, gegen den Verschluss, bis er nach außen aufschwang.

46

Die Beichte

Argalik, Kasachstan

Robert Pulaski sah den Flamingoschwärmen nach, wie sie über der trostlosen Landschaft zwischen den Wolken verschwanden, hoch über dem wenige Kilometer vom Bunker entfernten trüben Sumpfgebiet, das Optimisten vermutlich als Teichlandschaft bezeichnet hätten. Vielleicht waren die eleganten Vögel, die sich dank ihrer intensiven Rosafärbung vom ewig grauen Wolkenhimmel abzeichneten, ja vom zweihundert Kilometer weiter westlich gelegenen Tengiz-See herübergekommen. Posochow hatte ihm berichtet, die Soldaten hätten sie an den fauligen Wassern beobachtet. Jedenfalls hatte Posochow darin Anlass zur Hoffnung gesehen. In den Monaten der Untätigkeit war Pulaski zwar dürr geworden, aber der Glanz in seinen Augen war nicht erloschen. Nach wie vor überliefen ihn Fieberschauer, deren Schrecken ihm nur allzu vertraut waren. Als er an die frische Luft hinausgetreten war, fiel ihm auf, dass keine Lastwagen dort standen und sich nur wenige Männer auf dem Gelände aufhielten. Posochow hatte ihn mit vollen Backen kauend ins Bild gesetzt, und so wusste er, dass der als »Bunker« bezeichnete Gebäudekomplex binnen vierzehn Tagen geräumt sein würde. Man würde sich nicht einmal die Mühe machen, ihn abzureißen, und so würde er künftig gleich den Startrampen von Baikonur ein Bestandteil der Landschaft sein, der niemanden mehr interessierte.

Während sich die Schreie der Vögel in der Ferne verloren, spürte Pulaski, wie ihn die gewohnten üblen Empfindungen heimsuchten. Er wies auf die Flamingos und bat Posochow, ihm eine Decke zu bringen.

»Mir ist hundeelend«, murmelte er.

»Ist es so schlimm?«, fragte Posochow, während er die Decke um ihn legte.

»Ja. Bald ist es so weit, Sergej. Tut mir leid, dir in all den Monaten so viel Mühe gemacht zu haben. Kannst du mir ein Glas Wasser bringen?«

Posochow begriff, dass Pulaski zusammen mit dem Wasser die Schachtel mit den rosa Neuroleptika brauchte. Sie enthielt nur noch zwei Tabletten, und als Pulaski sie nahm, musste er an seine geliebte Paulowa denken, die kurz nach der Katastrophe gekommen war, um der ihm unterstellten Gruppe von Wissenschaftlern zu helfen. Posochow war der Gefahr dadurch entgangen, dass er sich geweigert hatte, an der ersten Expedition dorthin teilzunehmen, wo eine große Feuerkugel einen tiefen Krater in den Boden der Tundra gerissen hatte.

Pulaski wusste, dass das seine letzten Tabletten waren und keine Möglichkeit bestand, Paulowa um neue zu bitten, denn sie war tot, wie alle anderen.

Die Feuerkugel hatte zwei Bauern überrascht, die den Sumpf als Tränke für ihr klägliches Weidevieh nutzten. Allerdings wusste Posochow nicht mit letzter Sicherheit, wie der Vorfall abgelaufen war. Dem zufolge, was Pulaski gesagt hatte, bevor er in der schwarzen Nacht versunken war, in die ihn der Verlust seines Verstandes getaucht hatte, war er nicht mit dem von Tunguska zu vergleichen gewesen, auch wenn die Männer am Himmel eine Art flammenden Boliden gesehen hatten, der die mondlose Nacht mehrere Sekunden lang taghell erleuchtete, bevor er in unmittelbarer Umgebung des Sumpfgebiets einschlug. Davon abgesehen aber hatte es diesmal nichts von alldem gegeben, was die Menschen damals im Umkreis von achthundert Kilometern in Angst und Schrecken versetzt hatte – weder hatte es eine Explosion in der Luft gegeben noch ein Erdbeben und auch keine orkanartigen Hitzestürme, die in einem Gebiet von zweitausend Quadratkilometern Bäume geknickt und umgeworfen hatten. Der Komet der Tunguska war in der Luft zerplatzt, ohne je den Boden zu berühren, und hatte in einem Radius von dreißig Kilometern um die Explosionsstelle eine Wüstenlandschaft hinterlassen, in der während der folgenden Jahrzehnte nicht das Geringste gewachsen war. Die Feuerkugel hier dagegen war deutlich kleiner gewesen und hatte dicht an dem Sumpfgebiet und nahe den hölzernen Gebäuden der Gehöfte, vor denen sich einige Kühe ihre magere Weide suchten, einen winzigen Krater von lediglich rund vier oder fünf Metern Durchmesser hinterlassen.

Es war das Ergebnis des letzten Rechenfehlers in einer Kette von Fehleinschätzungen gewesen. Vermutlich wussten die Soldaten nichts von dem, was 1908 in Sibirien geschehen war. Sogar sie, die zu stumpf waren, als dass sie sich für die Geschichte ihres

Landes interessierten, hatten sich entsetzt von dem gezeigt, was dort geschehen war. Es gab keine sichtbaren Schäden – nirgends lagen entwurzelte Bäume am Boden –, wohl aber Dinge, die sich jedem Verständnis entzogen. Sie waren zu spät gekommen, wie auch Pulaskis Arbeitsgruppe und die mit ABC-Schutzanzügen ausgerüsteten Einsatztrupps. Sie hatten lediglich Feuer an die Häuser legen können und sie mitsamt allem verbrennen, was darin war, die Leichen bergen und an einem anderen Ort ebenfalls verbrennen. Nichts als Schlacke und Asche, die der Wind davontrug, war übrig geblieben.

»Eins tröstet mich bei dieser ganzen Geschichte«, sagte Pulaski, nachdem er das Glas geleert hatte. »Sie wird dahinterkommen, was passiert ist.«

Posochow runzelte die Brauen. »Ich nehme an, du sprichst von … deiner Nichte.«

Pulaski setzte sich in der Nähe der Benzinfässer nieder. Allmählich drang die Sonne durch die Wolken.

»Ja. Ich könnte wetten, dass sie sich in dieser verdammten Unterwasser-Station befindet, auch wenn der krumme Hund von Steiffel das vor mir geheim halten wollte. So was rieche ich.«

Posochow setzte sich neben ihn. Er winkte einen der Soldaten herbei und gab ihm den Auftrag, für sie beide Kaffee zu bringen.

Schon bald kam er mit einer dampfenden Kanne und zwei Tassen zurück. Posochow wusste nicht, ob der Mann vor Angst oder wegen der Morgenkälte zitterte. Er stellte die Kanne auf eins der Fässer, doch bevor er ihnen eingießen konnte, wedelte ihn der Professor unfreundlich davon.

Nachdem er Pulaski eine Tasse Kaffee gegeben hatte, sah er dem Soldaten nach, der wieder seinen Posten am Eingang zum Gelände aufsuchte, wo es außer Unkraut nichts zu bewachen gab.

»Hirnlose Schwachköpfe«, flüsterte Posochow. »Du ahnst nicht, wie froh ich bin, dass die Sache für mich bald vorbei ist.«

Pulaski schüttelte den Kopf.

»Da irrst du dich, Sergej. Das wird nicht mal dann vorbei sein, wenn ich tot bin.«

Posochow stieß einen langen, missbilligenden Seufzer aus.

»Was glaubst du, was die mit mir machen werden?«

Pulaski nahm einen kleinen Schluck.

»Wirklich gut, der Kaffee.«

Mit einem Lächeln sah Posochow erneut zu dem Soldaten hinüber.

»Ich muss zugeben, es ist das einzig wirklich Gute, was es hier im Umkreis von Hunderten von Kilometern gibt. Der da hinten, der wie ein Pferd stinkt, macht ihn, und manchmal glaube ich, dass es die einzige Begabung ist, die er mit auf die Welt gebracht hat.«

Pulaski schloss kurz die Augen und hielt das Kinn in die ersten wärmenden Sonnenstrahlen.

»Nichts.«

Posochow wandte sich wieder ihm zu. »Wovon sprichst du?«

»Man wird dich in Ruhe lassen, wenn du dich aus allem raushältst und lauthals verkündest, dass dir deine Medizinstudenten fehlen und du gerne wieder unterrichten möchtest.«

Posochow senkte den Blick erneut auf seine Tasse. »Ich sehne mich nach dem Institut und sogar nach dem vertrauten Knacken der Fußbodendielen dort. Ich würde gern wieder bei Bratäpfeln und einem guten Wodka mit den Kollegen über die Ereignisse des Tages plaudern. Auch mit denen, die viel zu lange in fernen Ländern unter dem Einfluss dekadenter Kräfte so absurde Dinge getan haben wie totes Gestein untersuchen. Ich fürchte aber, dass diese Zeiten nie wiederkehren werden.«

Der Kaffee tat Pulaski gut. Er spürte, dass die Schauer aufhörten, doch war ihm klar, dass sie wiederkehren würden.

»Warum glaubst du, dass die da unten ist?«

Pulaski stellte seine Tasse aufs Fass.

»Ich weiß es einfach. Nora war immer schon beharrlich. Sie ist eine wahre Überlebenskünstlerin, Sergej. Davon, wie man überlebt, versteht sie weit mehr als ich, das kannst du mir glauben.«

»Falls du Recht hast und sie tatsächlich da unten ist, schwebt sie in höchster Gefahr. Sieh dich nur um: Alles ist zerstört. Die Bauern sind tot, und auch ihre Kühe. Niemand hätte deine Nichte warnen können.«

Pulaski strich sich über das Kinn. Auch wenn ihm bewusst war, dass alle Schuld auf seinen schwachen Schultern ruhte, war er dem Arzt für die wohlwollende Formulierung dankbar.

»Vielleicht hat sie eine Chance, wo mir keine geblieben ist, Sergej. Es gibt Dinge, die wir nicht verstehen, trotz allem, was ich herausbekommen habe.«

Posochow legte ihm freundschaftlich eine Hand auf die Schulter. Er musste sich dazu ein wenig recken, weil Pulaski so viel größer war als er.

»Du liebst sie, nicht wahr? Deswegen hast du ihr den Brief geschrieben.«

Das Kinn auf den Handrücken gestützt, sagte Pulaski: »Ich weiß nicht, was ich geschrieben habe, und es gibt für mich auch keine Möglichkeit, das festzustellen, wohl aber weiß ich, was ich gern geschrieben hätte. Ich habe Richardson gebeten, alles zu vernichten, was in meinem Namen an ihn gesandt worden ist, nur nicht diesen Brief – und dass er meine Nichte informieren soll.«

»Du hast versucht, beide zu retten.«

»Und bin damit gescheitert. Aber was meine Nichte angeht, habe ich die Hoffnung noch nicht verloren. Der hinterhältige Kerl hat mir übrigens gesagt, dass sie eine Tochter hat.«

»Ich kann dich nach Moskau mitnehmen«, sagte Posochow.

Pulaski kräuselte die Lippen. Wo in den Wochen und Monaten zuvor um sie herum tödliche Stille geherrscht hatte, ertönte jetzt aus der Nachbarschaft des Wäldchens mit den Krüppelkiefern der Schrei eines Raubvogels.

»Ich würde da nicht lebend ankommen, Sergej. Außerdem müsstest du der Polizei viel zu viel erklären – die Burschen sind fast genauso dumm wie unsere Soldaten.«

Posochow klemmte sich die Tasse zwischen die Knie. Das Metall begann sich abzukühlen.

»Warum glaubst du eigentlich, dass sie eine Chance haben könnte, wenn du sie nicht warnen kannst?«

Pulaski wandte sich ihm zu. »Sieh dich doch um. Hier war alles tot, genauso wie ich, und jetzt kehrt das Leben zurück. Dieser Planet ist einzigartig, Sergej. Das Leben ist unbesiegbar. Diese Welt ist imstande, sich gegen alles zu wehren, was von oben kommt. Sie ist buchstäblich mit Leben infiziert, dem machtvollsten Keim von allen. Darin liegt der Unterschied, und ich bin überzeugt, dass meine Nichte ihn entdecken wird.«

Posochow überlegte, ob er seine Tasse nachfüllen sollte, sah aber, dass die Kanne nicht mehr dampfte. »Bist du tatsächlich entschlossen, es zu tun? Vielleicht finden wir noch Medikamente und können den Zeitpunkt ein bisschen hinausschieben, bis ...«

»Da müsstest du mich vorher in eine Zwangsjacke stecken«, fiel ihm Pulaski ins Wort.

»Das wird nicht nötig sein. Du warst nie gewalttätig und hattest lediglich die Grundlagen der Hygiene verlernt.«

»Hast du die Videokamera? Heute hab ich vielleicht die nötige Kraft.«

Posochow nickte. »Wir können anfangen, sobald du willst. Die Lampen im Bunker sind auf jeden Fall hell genug.«

»Nein, hier draußen. Gleich an dieser Mauer. Ich brauche einen Tisch und einen Stuhl.«

Pulaski warf einen Blick zu dem Soldaten hinüber und machte ihm ein Zeichen. Zwei andere sahen den Vorgängen aus dem Inneren des Gebäudes zu.

»Um die brauchst du dir keine Gedanken zu machen, die sind blind, taub und stockdumm«, sagte Posochow. »Die würden es nicht mal dann verstehen, wenn du es ihnen hunderttausend Mal erklärtest.«

»Ich fürchte, sie wird mir nicht vergeben. Für das, was ich getan habe, gibt es keine Verzeihung, aber zumindest wird sie alles aus meinem Mund erfahren. Verstehst du das, Sergej?«

Posochow schleuderte die Blechtasse zu Boden. Er wollte so

bald wie möglich mit der Aufnahme beginnen, um den verfluchten Ort hinter sich lassen zu können.

»Keine Sorge, ich kümmere mich persönlich darum, dass sie es erfährt.«

47

Vier Bohrlöcher

In der Ocean Shuttle

Nora versuchte sich zu entspannen und darüber nachzudenken, was als Nächstes zu tun war. Nadja schlief, erschöpft, die weißen Stöpsel des Kopfhörers noch in den Ohren. Sowohl die feuchte Luft wie auch die Möglichkeit, den Sauerstoff »aus der Konserve« atmen zu dürfen, war eine Wohltat. Sie hatten in der *Beebe* kurz vor dem Erstickungstod gestanden. Jetzt befanden sie sich in einem der Schlafräume der Ebene eins. Das waren nichts weiter als kleine Gelasse, die Pritschen und eine an der Wand angebrachte Stahlkonsole enthielten, auf die man sich setzen konnte, trotzdem kam Nora sich vor wie in einem Luxushotel. An der Decke blinkten zwei Lampen, auf deren Glas »*Notbeleuchtung*« stand, doch war selbst dieses schwache Licht unendlich viel besser als die völlige Finsternis in der *Beebe*, in der man seinen eigenen Atem umso lauter gehört hatte.

Sie hörte eine Stimme hinter sich. Márquez brachte ein Tablett mit Schokoriegeln und einer dunklen heißen Flüssigkeit in Plastikbechern. Sie stellte es auf ein Tischchen und sah zu Nadja hin.

»Wie geht es ihr?«

»Sie ruht sich von ihren Strapazen aus. Vermutlich geht es ihr trotzdem besser als uns«, sagte Nora mit einem verstohlenen Blick auf einen der Becher. »Wo haben Sie das aufgetrieben?«

Márquez zuckte die Achseln. »Es ist Kakao. Ich habe den

Mann, der nur Spanisch spricht, allen Proviant von der *Beebe* herüberschaffen lassen. Die Mikrowelle hier in der Station funktioniert noch.«

»Köstlich«, sagte Nora nach dem ersten kleinen Schluck.

»Es war ein toller Einfall von Ihnen«, bemerkte Márquez und sah erneut zu Nadja hin, die sich gerade unter ihrer Decke auf die andere Seite drehte. »Ich meine das mit der Musik, um Ihre Tochter zu wecken. Wenn Sie den nicht gehabt hätten, wären wir jetzt alle tot.«

»Sie trennt sich nie von dem iPod mit ihren Liedern. Manchmal ärgert mich das richtig, und ihrer Schwimmtrainerin will es nicht in den Kopf, dass sie das Ding erst zur Seite legt, wenn sie ins Wasser springt. Sie ist unverbesserlich. Auf Springsteen fährt sie total ab.«

Márquez machte das Siegeszeichen. »Dann hat auch Springsteen uns das Leben gerettet. Ihre Tochter hat das schon zweimal geschafft.«

In einer Ecke des Raumes lagen zwei weitere Gestalten, von denen sich eine aus ihren Decken herauszuschälen begann. »Mir ist auch kalt. Ein Schluck von dem Kakao würde mir guttun.«

Da Cepesma vor Kälte zitterte, hielten seine Hände den Becher so unsicher, dass man fürchten musste, er werde zu Boden fallen. Er leerte ihn mit einem Zug.

»Alles wird gut«, sagte Márquez. »Hier in der Station sind wir in Sicherheit. Dadurch, dass Ihre Tochter die Notschalter betätigt hat, ist das Wasser zum größten Teil hinausgepumpt worden. Es gibt nur noch hier und da einige überflutete Stellen.«

»Aber es ist verteufelt kalt.« Cepesma rieb sich die Finger. »Gibt es hier eigentlich keine Heizung? Und wann kommt jemand, um uns hier herauszuholen?«

Márquez zögerte ein wenig. »Vermutlich … bald. Leider sind die beiden hier befindlichen Tauchboote *Beebe* und *Bleobob 1* nicht mehr einsatzfähig, sonst könnten wir uns aus eigener Kraft retten, und eine Stelle, an der sich ein drittes Boot ankoppeln könnte, gibt es nicht.«

Sogleich trat ein unbehagliches Schweigen ein. Jetzt bedauerte sie ihre Worte. Alle Notausstiege waren blockiert. Selbst wenn ein weiteres Tauchboot käme, könnte dessen Besatzung nicht zu ihnen vordringen.

»Können wir denn nicht mit dieser Fähre an die Oberfläche zurückkehren?«, fragte Cepesma ungläubig. Er war sicher gewesen, dass der schwierigste Teil der Unternehmung hinter ihnen lag.

»Ich weiß nicht recht«, sagte Márquez.

»Wo ist eigentlich Ihr Kollege?«

»Er wollte in den Raum, von dem aus die Ölförderung an den Bohrtürmen gesteuert wird.«

»Wissen Sie, ob er schon Verbindung zum Schiff bekommen hat?«, erkundigte sich Nora, der es immer unbehaglicher wurde. »Die müssen doch erfahren, dass wir noch leben.«

»Finde ich auch«, stimmte ihr Cepesma zu. »Das ist im Augenblick das Vordringlichste. Ach, bei diesem ganzen Durcheinander bin ich noch gar nicht dazu gekommen, Ihnen beiden dafür zu danken, dass Sie mir unter großen Gefahren das Leben gerettet haben.«

Von dort, wo Golombek lag, ertönte ein Gemurmel.

»Wie geht es ihm?«, fragte Nora.

»Ich fürchte, schlecht«, gab Cepesma zurück. »Seine Stirn ist ganz heiß, und er stöhnt unaufhörlich.«

»Haben wir irgendwelche Medikamente für ihn?«

Márquez schüttelte den Kopf. »Die Krankenstation steht so gut wie vollständig unter Wasser. Ich werde mal nachsehen, ob ich Nestor finde.«

»Verdursten jedenfalls werden wir nicht«, sagte Cepesma mit einem erleichterten Seufzer.

»Wir werden überhaupt nicht sterben«, versicherte ihm Nora.

Sie merkte, dass sich ihre Stimmung im Laufe der Unterhaltung deutlich gebessert hatte. Worte als Therapie. Sie musste an Charlies Programm denken. Der Avatar, die Turing-Probe. Gespräche führen zu Ergebnissen. Wörtern wohnt ein Zauber inne.

»Woher kommen Sie?«, fragte sie Cepesma.

»Aus Asturien. Das liegt in Nordspanien.«

»Ich weiß. Es gibt da viele Stellen, an denen man wenige Schritte vom Meer entfernt Versteinerungen von Dinosaurier-Eiern und versteinerte Fußspuren finden kann.«

Überrascht hob er die Brauen: »Tatsächlich? Das ist mir völlig neu. Woher wissen Sie das überhaupt? Sie sind doch gar keine Spanierin.«

»Geboren bin ich in Moskau, ich besitze aber die amerikanische Staatsbürgerschaft.«

»Aha.«

»Mit elf Jahren bin ich zum ersten Mal nach Spanien gekommen. Für meinen Onkel war das eine Station auf seinem Weg der Auswanderung nach Amerika. Da hat es ihm so gefallen, dass er beschlossen hat, die Sommer der nächsten fünf Jahre dort zu verbringen. Weil die Lebensbedingungen in Spanien, wie er gesagt hat, sehr viel besser waren, als er sie aus Moskau kannte, hat er mich längere Zeit in der Obhut einer Familie gelassen, mit der er sich angefreundet hatte. Bei seinen Besuchen hat er des Öfteren mit mir Ausflüge an schwer zugängliche Stellen der Steilküste unternommen, wo er Gesteinsschichten studieren wollte. Ich weiß nicht mehr, wo das genau war, aber jedenfalls sind wir bei einem dieser Ausflüge auf versteinerte Dinosaurier-Eier gestoßen.«

»Ich sehne mich nach meiner Heimat«, sagte Cepesma mit einem tiefen Seufzer. »Es kommt mir so vor, als hätte ich sie in einem anderen Abschnitt meines Lebens zurückgelassen. Welche Erinnerungen haben Sie an Asturien?«

Nora schloss die Augen. »Mir kommt das Smaragdgrün der Farne in den Sinn, das sich im Grau der Felsen verlor. Dann die Gerüche, die feuchte Erde, das Salzwasser, das meine Füße umspült hat. Noch heute überwältigt es mich, wenn ich an die Raubvögel denke, die ich dort gesehen habe, an das Knattern ihres Gefieders und den Staub, den sie aufgewirbelt haben. Ich entsinne mich noch daran, wie ich einmal eine Stelle aufgesucht habe, wohin ich nicht hätte gehen sollen. Da ging es an einigen Felszacken steil zum Meer hinab. Zwischen ihnen lag eine Art enge Höhle, in der es nach Vogelkot roch. Im Sand lagen Federn. Ich habe nur das Rauschen der Wellen gehört und mich heiser geschrien, weil ich Angst hatte, mein Onkel würde mich nicht wiederfinden. Aber er kam schon gerannt.«

Sie hörten ein fernes Brummen, das an den Wänden der gesamten Anlage entlangzulaufen schien. In einigen Modulen waren wohl die Lenzpumpen angelaufen.

»Arbeiten Sie mit den Leuten hier zusammen? Ich meine, mit denen vom Tanker?«

»Sie sind ziemlich scharfsinnig.«

Cepesma zitterte nicht mehr, doch weil er immer noch fror, legte er sich eine Decke um. »Die haben hier weiß Gott ein ziemliches Durcheinander angerichtet.«

»Immerhin haben sie Ihnen das Leben gerettet«, erinnerte ihn Nora.

»Lassen Sie mich Ihnen versichern, dass ich ihnen dafür auch dankbar bin. Trotzdem geben Sie mir Rätsel auf.«

»Wieso das?«

Er kniff ein Auge zu. »Ehrlich gesagt glaube ich nicht, dass Sie für diese Firma arbeiten. Die Leute sind Bösewichte, das wissen Sie bestimmt. Außerdem haben Sie eine wunderbare Tochter. Sie hat uns alle gerettet.«

Auf eine ganze Reihe von Fragen hätte Nora keine Antwort geben können – zum Beispiel auf die, was Nadja an einem solchen Ort verloren hatte.

»An mir gibt es nichts Geheimnisvolles.« Sie merkte, dass sie sich in die Defensive hatte drängen lassen. »Ich hatte nicht geplant, mit nach hier unten zu kommen, das hat ... sich alles ... so ergeben.«

»Tatsächlich? Wie Sie das sagen, klingt das nicht besonders überzeugend.«

»Sofern Sie die Art und Weise meinen, wie wir Sie aufgefunden haben, kann ich Ihnen versichern, dass wir nicht die geringste

Ahnung davon hatten, dass da jemand war. Wir haben durch die Kamera des Tauchroboters Licht gesehen. Das Ganze war reiner Zufall.«

Cepesma nahm eine Taschenlampe zur Hand und schaltete sie einige Male an und aus. Die Batterien schienen sich ein wenig erholt zu haben.

»Eine willkommene Begegnung, das will ich meinen. Haben Sie etwa das da gesehen?«

Die Abfolge der Lichtsignale kam ihr bekannt vor: drei kurz, drei lang…

Sie musste an den grünlichen Schimmer vor den Fenstern denken.

»Ich glaube ja. Hinter einer Erhebung zuckte etwas auf wie ein Blitz. Da wir nicht wussten, was es war, haben wir nachgesehen.«

»Unmöglich. Diese Taschenlampe reicht keine drei Meter weit, nicht mal dann, wenn es völlig dunkel ist… außer natürlich… Großer Gott, das ist aber doch unmöglich!«

»Was?«

»Der Krake.«

»Der Krake? Meinen Sie damit einen von den leuchtenden Tintenfischen, die uns angegriffen haben?«

»So in etwa.« Er verzog den Mundwinkel. »Eigentlich ist der Krake ein Ungeheuer aus der skandinavischen Sagenwelt, das Lord Tennyson in seiner Dichtung unsterblich gemacht hat. Es lebt in der Tiefe, schläft nie und wird mehrere tausend Jahre alt… in dieser Zeit wartet der Krake auf den richtigen Augenblick, um an die Oberfläche emporzusteigen. Lesen Sie gern?«

»Von Tennyson habe ich bisher nichts gelesen«, sagte sie.

Mit schalkhaftem Lächeln gab er zu: »Ich auch nicht… Bis auf dieses eine Gedicht, sozusagen aus beruflichem Interesse. Der Krake! Seit wir ihn gesehen haben, zweifle ich nicht mehr an seiner Existenz. Es sind unvorstellbar intelligente Tiere, die durch Beobachtung lernen können, Verhaltensweisen nachzuahmen… warum dann nicht auch das Muster von Lichterscheinungen?«

»Was für Lichterscheinungen könnten das sein?«

»Ein Hilferuf in Buchstaben des Morse-Alphabets. Kennen Sie es?«

Nora konnte nicht recht glauben, was sie da hörte. Sie strich sich über die Wangen und spürte, wie kalt ihre Finger waren.

»Diese Ungeheuer sollen intelligent sein?«

Cepesma senkte den Blick und warf die Decke von sich.

»Es gibt keine ander Erklärung. Die Tiere müssen das Notsignal, das ich mit meiner Taschenlampe gesendet habe, wiederholt haben. Nur deshalb haben Sie uns finden können ... Es ist einfach unglaublich. Wenn diese Viecher nicht gekommen wären, hätten Sie uns nie entdeckt ...«

Beide schwiegen. Was Cepesma da gesagt hatte, war einfach unvorstellbar.

Sie hörten Golombeks Stöhnen und das Geräusch, das er machte, als er sich unter den Decken auf die andere Seite wälzte. Nora sah zu Nadja hin, die tief zu schlafen schien.

»Sie glauben also, dass diese Tiere ... intelligent sind und bestimmte Dinge absichtlich tun? Warum haben sie uns dann angegriffen?«

»Die Vorstellung, dass die denken können, behagt mir ebenso wenig wie Ihnen«, gab er zurück. »Sofern sie tatsächlich intelligent sind, ist die Vorstellung äußerst beunruhigend, dass sie entschlossen zu sein scheinen, uns zu verschlingen. Da ist mir ein dummes Raubtier tausendmal lieber.«

»Sie und Ihre Begleiter sind aber doch auf der Suche nach diesen Tieren hergekommen.«

»Und Sie auf der Suche nach Erdöl«, gab er zurück.

»Was mich betrifft, irren Sie sich.«

»Arbeiten Sie etwa nicht für die Leute?«

»Doch, das kann ich nicht leugnen. Ich habe mich von ihnen bezahlen lassen.«

»Für sich genommen liegt darin nicht unbedingt etwas Schlechtes. Haha. Andererseits würde ich nicht mal für viel Geld an einen solchen Ort tauchen. Ich habe übrigens die anderen sagen hören, dass Sie Doktor sind – was für einer denn?«

»In Mikrobiologie.«

Cepesma schien überrascht. »Meines Wissens sind im Ölgeschäft Ingenieure, Chemiker und Geologen gefragt, aber keine Mikrobiologen.«

»Mein Onkel war Geologe.«

»Ach so. Ihre Anwesenheit hier hängt mit ihm zusammen, nicht wahr?«

»Dieser Teil der Geschichte lässt sich am einfachsten erklären. Für den Rest würde ich möglicherweise Tage brauchen.«

Er nahm ihre Hände und drückte sie leicht. Nora empfand das als sympathische Geste.

»Hören Sie, bestimmt haben wir genug Zeit, dass Sie mir alles erklären, aber eins möchte ich Ihnen sagen: Ich stehe auf Ihrer Seite. Sie und Ihre Tochter haben mir das Leben gerettet. Mir ist völlig egal, ob diese Halunken, die auf der Suche nach ihrem über alles geliebten Erdöl die Weltmeere verschmutzen, Sie bezahlt haben. Da oben sind wir beide möglicherweise unterschiedlicher Ansicht, aber hier unten müssen wir uns einig sein.«

Sie erwiderte seinen Händedruck.

»Und jetzt sollten wir uns eine Möglichkeit überlegen, wie wir hier rauskommen.«

Erneut hörten sie Golombek stöhnen. Er schien zu frieren, denn er zog sich so weit unter seine Decke zurück, dass man nicht einmal mehr sein Gesicht sah. Cepesma trat zu ihm und fasste nach seiner Stirn.

»Unverändert.«

»Vielleicht sollten wir versuchen, ihm etwas zu trinken einzuflößen«, sagte Nora und öffnete eine Plastikflasche. »Wecken Sie ihn.«

Die Flasche war sehr kalt. Anfangs öffnete Golombek die ausgedörrten Lippen nicht, doch nach und nach trank er und kam allmählich wieder zu sich. Vermutlich hatte er gar nicht das Bewusstsein verloren, sondern hielt sich in einem Niemandsland auf, was Cepesma eher noch beunruhigender fand. Mit der

Decke über dem Kopf und dem Verband über dem linken Auge, in dessen Mitte ein hässlicher dunkler Fleck zu sehen war, bot er einen befremdlichen Anblick. Zumindest hatte die Wunde aufgehört zu bluten. Er sah aus wie ein erschreckter und ängstlicher Mönch, der Zuflucht unter der Kapuze seiner Kutte sucht.

Mit ängstlicher Stimme fragte er: »Bist du das, Thomas?«

Cepesma sah hilflos zu Nora hin.

»Thomas! Bist du da?«

Erneut kreuzten sich die Blicke der beiden.

»Ja, ich bin's«, sagte Cepesma.

Golombek versuchte sich aufzurichten, wurde aber durch einen Hustenanfall daran gehindert. Cepesma half ihm, sich wieder hinzulegen, nachdem Golombek die Flasche geleert hatte.

»Hast du ihn gefilmt, Thomas? Haben wir die Aufnahmen?«

Cepesma zögerte. Nora machte ermunternde Handbewegungen. »Ja, wir haben die Kamera«, sagte er, ohne Nora aus den Augen zu lassen.

Ein Lächeln trat auf das verzerrte Gesicht des Ozeanographen.

»Endlich habe ich es geschafft! Gute Arbeit, Thomas! Wir müssen jetzt mit den Aufnahmen ans Smithsonian zurückkehren, und zwar so bald wie möglich.«

»Unbedingt, aber zuvor müssen Sie sich ausruhen.« Cepesma fühlte sich unbehaglich und war nicht sicher, ob er sich richtig verhalten hatte.

»Nein, Thomas, jetzt, wo wir es geschafft haben, muss ich es dir unbedingt erzählen.«

»Das hat später noch Zeit…«

Golombek fasste mit erstaunlich festem Griff nach seinem Handgelenk. Seine Stimme klang deutlicher als zuvor.

»Nein, ich muss dir jetzt alles erzählen.«

»Was?«

»Meinen Traum. Viel zu lange schon quält mich ein Traum… immer wieder. Er kommt fast täglich, wenn ich mich zum Schlafen hingelegt habe…«

Golombek musste husten.

»... ich bin an einem Sandstrand, der fast so weiß ist wie mein Laborkittel. Ich stehe allein da und richte den Blick auf das ruhig vor mir liegende tropische Meer, dessen Wasser von herrlichem Grün ist ... Erinnerst du dich, Thomas? Damals in Neu-Kaledonien, *Bèlep*? Wie du gestaunt hast, als du die Seesterne in nur drei oder vier Metern Entfernung in Formation hast vorüberschwimmen sehen, wie große dunkle Spinnen ... und ich habe dir gesagt, dass sie aussähen wie Berge ... weißt du noch?«

Cepesma drückte seine Hände.

»... nun, und dann das grüne Licht im Wasser ... der weiße Strand verdunkelt sich, und ich sehe, dass der weiße Himmel grau geworden ist, das grüne Wasser verliert seine Farbe und wird schwarz wie Tinte. Wie Tinte! Es ist Kalmar-Tinte, ein ganzer See, der sich ins Meer ergießt, *Bèlep* wird schwarz, und wie ich das sehe, merke ich, dass ich noch mehr allein bin als zuvor ... denn du bist nicht mehr da, Thomas.«

Golombek verstummte. Cepesma sah, dass er sich die Lippen leckte. Das Licht war so schwach, dass sein Gesicht zur Hälfte im Schatten lag. Der Verband war ein grauer Fleck über dem linken Auge. Vergeblich versuchte er zu schlucken. Dann begann er wieder zu sprechen: »... es fängt an zu regnen. Das Meer tobt, und die Wellen türmen sich zu Mauern ... ja, Thomas, zu Mauern! Die verteufelten Mauern von Jericho! ... Sie schleudern mir ihren Gischt entgegen, der auf meinen Schultern tanzt und meinen nackten Rücken peitscht. Dann sehe ich die Tentakel ... ich müsste sie Arme nennen, aber in meinem Traum sind es Tentakel ... gewaltige weiße Tentakel, die mit ihren großen Saugnäpfen aus diesem tintenschwarzen Ozean aufsteigen.«

Golombek klammerte sich an Cepesmas Ärmel. »... dann erhebt sich das Tier über die Wogen und beginnt zu schweben. Es ist in der Luft, die keine Luft ist, eher eine Mischung aus Wasser, Schlick und Staub ... es schwebt ... und kommt dorthin, wo ich bin ... dorthin, wo ich bin, und ich kann keinen Muskel rühren, nicht einen einzigen! Es nähert sich durch die Luft, und ich spüre das Ende einer dieser Tentakel nur wenige Zentimeter vor meinem Gesicht. Der Himmel brüllt, das Tier zieht sich zurück in sein tintenschwarzes Reich, geschmeidig wie ein Stück schwebender Seide, taucht ins Wasser und entschwindet. Und im selben Augenblick hört auch das Unwetter auf ...«

Mit vor das Gesicht gelegten Händen fuhr Golombek fort: »Jetzt aber haben wir es, Thomas. Wir haben es geschafft!«

Dann schlief er wieder ein.

»Wir sind zweitausend Meter unter der Wasseroberfläche«, stieß Cepesma hervor, bemüht, die Fassung zu bewahren. »Ich nehme an, dass die Leute, die das Ding hier gebaut haben, auch eine Möglichkeit kennen, wie man da rauskommen kann.«

Er sah Nora fragend an. Offensichtlich erwartete er eine Antwort von ihr. Es war unübersehbar, dass er sich fürchtete.

Nach einer Weile erwachte Nadja. Sie umarmte ihre Mutter, die neben ihr saß, dann griff sie nach einer Flasche Wasser und trank sie vollständig leer. Sie stand auf, ging zu einem der kleinen Bullaugen, um hinauszuschauen, sah aber nichts. Das Licht war so schwach, dass es Mühe kostete, die Gesichter der Anwesenden zu erkennen.

Nora hörte deutlich ihre Stimme. »Ich habe hier in der Station Tote gesehen, Mama.«

Niemand ging sogleich darauf ein.

»Da draußen gibt es was, das mir einen Schauer über den Rücken jagt«, sagte Cepesma zu Nora, während er erneut nach Golombeks Stirn fasste und merkte, dass sie nicht mehr ganz so heiß war. »Aber hier drin ist es mir auch unheimlich.«

Nora zögerte. Einerseits hatte sie das Bedürfnis, diesen Ort gemeinsam mit Nadja so rasch wie möglich hinter sich zu lassen, um wieder frische Luft atmen zu können, doch zugleich wehrte sich irgendetwas in ihr dagegen. Ihr wissenschaftlicher Geist trieb sie, zu bleiben und zu erkunden, was da geschehen war. Sie musste es einfach herausbekommen.

Nestor Morales keuchte. Schon seit Jahren hatte er sich nicht körperlich betätigt, sondern immer nur am Schreibtisch gesessen. Sogar die wenigen Besuche auf den Werften, bei denen es darum gegangen war, die Verwirklichung seiner Entwürfe zu begutachten, waren ihm mehr als lästig gewesen. Immerhin war er durch den Sauerstoff wieder so weit auf die Beine gekommen, dass er sein Vorhaben zu Ende führen konnte. Keuchend drückte er auf die Knöpfe, die ihm Zutritt zu dem Raum verschaffen sollten, von dem aus die Ölförderung an den Bohrlöchern gesteuert wurde. Obwohl die Notstromversorgung funktionierte, gab es mehr als genug Probleme zu lösen. Er als Ingenieur hatte die Aufgabe zu verstehen, was geschehen war, er musste feststellen, wo Schäden aufgetreten waren, und dann die Tauchfähre wieder betriebsfähig machen. Aber die vier Bohrlöcher hatten Vorrang.

Ein grünes Licht leuchtete auf, und die Tür öffnete sich. Der kleine fünfeckige Raum war während der Katastrophe von allen anderen abgeschottet geblieben. Befriedigt lächelnd sah Morales, dass kein Wasser eingedrungen war. Trotzdem roch die Luft feucht. Er fuhr mit der Hand über die eiskalten Bildschirme der Rechner, die in einem Dreiviertelkreis um einen schwarzen Sessel herum angeordnet waren. Alles schien in einwandfreiem Zustand zu sein. Er nahm Platz, holte tief Luft und rieb sich die Hände, wobei ihm Dampfwölkchen aus dem Mund stiegen. Bevor er die Schalter betätigte, genoss er eine Weile die Vorstellung, dass er sich in seinem eigenen Werk befand, in seiner Tauchfähre, einer Art unterseeischem Autobus, der auf dem Meeresgrund ruhte.

Ein kanadischer Kommilitone hatte Morales, damals vielversprechender Student der Ingenieurs- und Ozeanwissenschaft am Massachusetts Institute of Technology, Anfang der achtziger Jahre von einem Projekt berichtet, bei dem es darum ging, ein U-Boot zu konstruieren, das ein ganzes Jahr lang in einer Tiefe bis zu viertausend Metern operieren konnte.

Diese Tauchfähre, für die der Name *Ocean Shuttle* vorgesehen war, sollte nicht nur der ozeanographischen Forschung dienen, sondern auch ein Stützpunkt für längere Aufenthalte in der Tiefe des Meeres sein, von dem aus sich Bohrgerät, Gammastrahlen-Messeinrichtungen und für die Förderung von Erdöl unerlässliche Anlagen auf den Meeresboden schaffen ließen.

Dieser Bericht des Kanadiers hatte Morales förmlich hingerissen, und da er unmittelbar vor dem Studienabschluss stand, hatte er sich angeboten, gleich nach dem Examen am Projekt *Ocean Shuttle* mitzuarbeiten. Inzwischen aber war das kanadische Unternehmen, das die Ozeanfähre bauen sollte, in Konkurs gegangen, weil sich nicht genug interessierte Geldgeber gefunden hatten. Das Projekt verschwand in der Schublade, doch Morales war entschlossen, es eines Tages zu verwirklichen, koste es, was es wolle. Dabei hatte er als Auftraggeber von Anfang an die allmächtige Ölindustrie im Auge gehabt, denn für nichts begeisterte er sich so sehr wie für die Erdölförderung.

Schon von klein auf hatten ihn in seiner mexikanischen Heimatstadt Lerma die riesigen Erdöl- und Gastanks wie auch das Gewirr weißer Rohrleitungen tief beeindruckt. Wenige Kilometer von der Golfküste entfernt hatten die Ölgiganten aus den Vereinigten Staaten ihre gewaltigen Bohrinseln ins Meer gestellt, um die kostbaren Rohstoffvorräte auszubeuten. Während die Garnelenfischer insgeheim die *gringos* verfluchten, war Morales stundenlang mit dem Blick auf die ungeheuren Flammen, die beim Abfackeln des Erdgases aus den gigantischen Türmen schlugen, über die herrlichen Sandstrände der Playa Bonita gestreift.

Während der Arbeit in seinem Gelobten Land, den Vereinigten Staaten, hatte er den Traum von der *Ocean Shuttle* nie aus den Augen verloren. Er wusste genau, wie die Tauchfähre auszusehen hatte: Sie sollte Arbeits- und Wohnräume auf mehreren Ebenen enthalten und musste aus einem ebenso leichten wie widerstandsfähigen Werkstoff gefertigt werden, damit sie trotz des hohen Gewichts genug Auftrieb hatte.

Als Energiequelle für diesen Unterwasser-Giganten kam ausschließlich die Kernkraft infrage. Die einzelnen Räume sollten als druckfeste Module ausgeführt werden. Zwischen ihnen und der Außenhaut sollte eine Flüssigkeit zirkulieren, deren Aufgabe es war, den Außendruck des Wassers auszugleichen.

Es war Morales durchaus bewusst, dass man sich mit einer solchen Konstruktion auf völliges Neuland begab und die meisten – wenn nicht alle – Ölfirmen für ein so waghalsiges Vorhaben keinen roten Heller herausrücken würden. Zudem war man allgemein überzeugt, dass sich Erdölvorkommen in einer Tiefe von mehr als dreihundert Metern unter dem Meeresspiegel nie und nimmer wirtschaftlich würden ausbeuten lassen. Niemand sah technische Verfahren am Horizont, mit deren Hilfe das auf eine gewinnbringende und zugleich sichere Weise möglich gewesen wäre.

Doch im Laufe der Zeit hatte sein Traum nach und nach unerwartet Gestalt gewonnen. Inzwischen hatte man die Technik der seismischen Erkundung so weit vorangetrieben, dass sich die Erdölfirmen mit der Vorstellung vertraut machten, unter dem Meeresboden der Tiefsee könne es weit ergiebigere Ölfelder geben als in fünfzig oder hundert Metern Tiefe.

So hatte man im Golf von Mexiko begonnen, in über fünfhundert Metern Tiefe Öl zu fördern, und war vor Brasilien und der afrikanischen Westküste sogar schon bis in eine Tiefe von tausend Metern vorgedrungen.

Bei der Vorstellung seines Projekts *Ocean Shuttle* hatten die Fachleute Morales ausgelacht, obwohl die Kombination von U-Boot und Unterwasserlabor gegenüber Schiffen eine ganze Reihe von Vorteilen bot. Sobald die Fähre fest verankert auf dem Meeresboden lag, war sie vor Unwettern und Orkanen sicher, in einem Reich der Stille und der Finsternis, in dem die Meeresströmungen deutlich schwächer waren als weiter oben. Selbst die fest am Meeresboden verankerten Bohrinseln waren der Gewalt der Wellen ausgesetzt, weil sie bis zur Wasseroberfläche aufragten, und sie konnten sich in extremen Fällen losreißen, was auch bereits mehrfach geschehen war. Unfälle dieser Art aber schadeten dem Ansehen der Erdölfirmen in der Öffentlichkeit beträchtlich.

Das Schicksal von P-36, der größten Öl-Bohrinsel der Welt, die von der Firma Petrobras betrieben wurde und hundertzwanzig Kilometer von der Küste Brasiliens entfernt vor Río de Janeiro untergegangen war, sprach Bände.

Das Unterwasserlabor eignete sich dagegen ideal für alles, was mit der Förderung von Erdöl zusammenhing, und sein Bau erforderte nicht annähernd so hohe Mittel wie der einer Bohrinsel.

Trotzdem hatte Morales befürchtet, dass seine Vision im Papierkorb landen würde, bis Calvin Steiffel Kenntnis davon bekam. Wie mit einem Zauberschlag hatte sich plötzlich eine Möglichkeit eröffnet, seine phantastischen Vorstellungen Wirklichkeit werden zu lassen. Die *Ocean Shuttle* passte auf geradezu ideale Weise zu einem Projekt, mit dem sich Steiffels Texon Mitte der achtziger Jahre beschäftigte, und so war es gekommen, dass Morales in gänzlich unverhoffter Weise die nötigen Geldmittel zur Verfügung gestellt worden waren.

Sein Traum war Wirklichkeit geworden, und jetzt befand er sich, umgeben von dunklen Bildschirmen, in seiner *Ocean Shuttle*.

Was mochte da nur geschehen sein? Hatte er nach all dieser Mühe doch versagt?

Um seine Finger geschmeidig zu machen, bewegte er sie einige Male rasch hin und her, dann schaltete er die Rechner ein. Erleichtert hörte er das vertraute Summen der hochlaufenden Festplatten. Noch verfügte die Station über genug Elektrizität, um ihm einige Antworten auf seine Fragen zu liefern. Nicht nur sein Leben hing davon ab, auch seine berufliche Zukunft stand auf dem Spiel. Er traute weder den Technikern noch den Tauchbootpiloten, die dort gewesen waren. In seinen Augen waren das Nichtsnutze, die im Begriff gestanden hatten, sein Lebenswerk zu zerstören. Ihm war klar, dass er, ohne von dieser Pulaski und vor allem Martha dazu angetrieben worden zu sein, nie und nimmer den Mut zu einer solchen Unternehmung aufgebracht hätte. Martha … Diese wagemutige Frau machte ihn verrückt vor Begierde. Wie gern hätte er ihren wohlgestalteten Leib liebkost, die schwarzen Locken durch seine Finger gleiten lassen, den Geschmack ihres Mundes gespürt … wie tüchtig sie war, wie tatkräftig … das genaue Gegenteil von ihm, der immer nur über seinen Plänen gehockt hatte und dessen Lebensmaxime die ängstliche Vorsicht gewesen war.

Der Steuerraum konnte ihm die Informationen liefern, die von den Fühlern an den Bohrlöchern übertragen wurden, und von hier aus konnte er auch die Ventile regeln, wenn das wohl auch alles andere als einfach sein würde. Auf keinen Fall würde die Notstromversorgung ausreichen, die Motoren der Fähre mit Antriebsenergie zu versorgen. Da sich in der Fähre selbst keine Atemluft erzeugen ließ, blieben sie ohnehin auf die *Merlin* angewiesen, selbst wenn es ihm gelingen sollte, den Kernreaktor wieder in Gang zu setzen.

Am wichtigsten war ihm jedoch zunächst Steiffels Anweisung, um jeden Preis die vier Bohrlöcher wieder in Betrieb zu nehmen.

Jetzt war es wichtig, das Öl wieder durch die Leitungen zu schicken.

Er drückte verschiedene Knöpfe, versuchte, alle Untersysteme wieder zu aktivieren. Links von ihm standen drei große Mikrofone, über die er mit der Außenwelt Verbindung aufnehmen konnte, doch das würde er erst tun, wenn er wusste, woran er war.

Auf dem Bildschirm flackerten die ersten Werte auf.

Bohrloch eins. Verschlossen
Bohrloch zwei. Fördert nicht
Bohrloch drei. Fördert nicht/verstopft
Bohrloch vier. Fördert nicht/verstopft

Morales machte sich an die Arbeit. Er öffnete die Ventile an den Bohrlöchern zwei und drei. Er stellte fest, dass der Druck ausreichte, das Öl durch die Hauptleitung zu pumpen. Er schaltete die Saugpumpen ein, um die Leistung zu verstärken.

Nichts geschah.

Er suchte auf dem Bildschirm die Stelle, wo Öl aus der Leitung zwei austrat, und beschloss, alle Ventile mit Ausnahme derer am Bohrloch eins zu öffnen. Sofern Schwierigkeiten auftraten, konnte man sie später immer noch schließen.

Der fiebrige Glanz in seinen Augen nahm zu.

Bohrloch eins. Verschlossen
Bohrloch zwei. In Betrieb/Druckabfall am zweiten Absperrschieber
Bohrloch drei. In Betrieb/Druckabfall am zweiten Absperrschieber
Bohrloch vier. Fördert nicht/verstopft

Das Leck musste sich rund fünfzig Meter von der Fähre entfernt befinden, dort, wo sich die Rohrleitungen an einem Sammler verzweigten. An dieser kritischen Stelle machten sie einen Knick nach unten in die Tiefe der unzugänglichen unterseeischen Schluchten. Im günstigsten Fall handelte es sich um einen sekundären Absperrschieber, der sich nicht geöffnet hatte, im ungünstigsten Fall waren zwei solcher Schieber beschädigt.

Das dürfte die Lösung sein. Doch musste es noch eine weitere Blockade geben, und zwar eine ziemlich beträchtliche, denn das Öl floss nicht durch die Rohrleitungen, sondern am Rand der Steilstufe entlang, womit an der Fähre kein einziger Tropfen eintraf.

Das sieht übel aus.

Die Vorstellung, zwei neue Bohrungen niederbringen zu müssen, würde Steiffel in keiner Weise gefallen. Morales wandte sich erneut dem Bohrloch zwei zu und fragte weitere Angaben vom Rechner ab – er wollte versuchen, an der Bohrstelle selbst Daten zu gewinnen. Die Zahlen zeigten, dass der Pumpendruck ausreichte, um die viertausend Meter Höhendifferenz zu überwinden. Das Öl kam also ohne Schwierigkeiten aus der Tiefe, verschwand aber irgendwo in der Nähe der Fähre im Sammler auf Höhe des Meeresbodens, sozusagen unmittelbar vor seiner Nase. Zwei Lecks, und die auf der *Merlin* installierten Kontrollsysteme hatten sie nicht entdeckt. Die von den Fühlern ausgesandten elektronischen Impulse mussten irgendwo im Bereich der Fähre hängengeblieben sein. Doch warum?

Dann kam ihm die Erleuchtung. Wenn auf der Zwischenstufe, und nichts anderes war die *Ocean Shuttle*, eine Beschädigung eintrat, konnte dadurch das ganze System lahmgelegt werden. Keinesfalls durfte Steiffel je etwas von diesem Schnitzer erfahren, den sich sein Chefingenieur da bei der Konstruktion geleistet hatte.

In Gedanken ging er noch einmal durch, was er jetzt wusste. Dann drückte er einen weiteren Knopf, der es ihm gestatten würde, mit Steiffel zu sprechen.

Er dachte an die Versprechungen, die ihm Steiffel gemacht hatte. Dabei ging es nicht mehr nur um sein Gehalt, er sollte auch Aktionär des Unternehmens werden. Damit wäre er ein reicher Mann, sobald er wieder an die Meeresoberfläche gelangte.

Immer vorausgesetzt, sie fanden eine Lösung, auf welche Weise sie die Tauchfähre verlassen konnten. Darüber würde er sich Gedanken machen müssen. Bei der bloßen Vorstellung knotete sich in seinem Unterleib etwas zusammen.

Um innerlich zur Ruhe kommen, zählte er langsam bis zehn und sprach dann in das große Mikrofon, das links von ihm an einem schwarzen Schwanenhals saß und das er sich unmittelbar vor den Mund holte.

»Hier spricht Nestor Morales. Ich hoffe, dass der Empfang gut ist.«

Er hörte Steiffels Stimme: »Das wurde höchste Zeit! Ich hatte dich schon für tot gehalten! Was ist denn da unten bloß los?«

Es war Morales klar, dass sich Steiffel mit dieser Frage auf die vier Bohrlöcher bezog. Alles andere interessierte den Mann vermutlich nicht. Er schluckte seinen Speichel herunter.

»Die Ventile an den Bohrlöchern waren geschlossen. Ich habe sie gerade wieder geöffnet. Die Pumpen liefern genug Druck, aber wir haben zwei große Lecks.«

»Das muss Sabotage sein«, sagte Steiffel nach einer längeren Pause. »Wie es aussieht, gibt es in der Firma Abtrünnige, Verräter, Judasse, Überläufer. So etwas hatte ich mir gleich gedacht.«

»Das glaube ich ehrlich gesagt nicht. Das Sicherheitssystem funktioniert automatisch. Bei einem überraschend eintretenden Zwischenfall schließen sich die Ventile sofort. Die Sache hat einwandfrei geklappt.«

»Wenn dein System so vollkommen ist, erklär mir doch mal, warum hier oben kein Tropfen Öl ankommt und sämtliche Bildschirmanzeigen auf Rot stehen.«

Damit betrat Steiffel einen für Morales gefährlichen Boden.

»An der Fähre liegt es nicht. Auch hier ist nichts angekommen. Es ist mir aber gelungen, den Fehler einzukreisen. In den Leitungen zwei und drei gibt es irgendwo ein Leck. Vermutlich an den Absperrschiebern etwa fünfzig Meter von hier entfernt. An den Bohrlöchern selbst scheint alles in Ordnung zu sein.«

Nach kurzem Zögern kam die Frage: »Kannst du das in Ordnung bringen?«

Morales hörte die Besorgnis, die in der Frage mitschwang. Steiffel schien unruhig zu sein, was bei ihm nur sehr selten der Fall war. Das erstaunte ihn.

»Das weiß ich noch nicht. Die Fähre ist schwer beschädigt. Im Augenblick arbeiten wir mit der Notstromversorgung. Ich habe noch nicht alles in Augenschein nehmen können.«

»Na schön. Auf jeden Fall muss die Förderung wieder anlaufen. Was wirst du tun?«

Wieder dieser bei Steiffel nicht gewohnte unsichere Klang. Ob er auf eine Störung in der Leitung zurückging?

»Das Vernünftigste wäre eine Sichtprüfung mit einem SAM, du weißt schon, einem atmosphärischen Tauchanzug. Das wäre eine Aufgabe für Martha.«

»Wie lange würden die Vorbereitungen dafür dauern?«

Auf diese Frage war Morales nicht vorbereitet. »Sofern die SAM in gutem Zustand sind, sechs, möglicherweise auch sieben Stunden. Aber erst muss ich feststellen …«

Kalt und schneidend kam Steiffels Stimme. »Kümmere dich sofort darum.«

Morales runzelte die Stirn und hielt unwillkürlich dagegen.

»Die Fähre ist wirklich schwer beschädigt. Der Kernreaktor hat sich abgeschaltet. Wir müssen vieles in Ordnung bringen … Auch die *Beebe* hat starke Schäden davongetragen. Ich glaube nicht, dass wir die Fähre ohne Hilfe von außen verlassen können.«

»Wir schicken dir ein Taxi, sobald es geht. Aber kümmere dich um die Sache mit den Absperrschiebern. Die Förderung muss unbedingt wieder anlaufen. Verstanden?«

Mit »Taxi« war eine Rettungsmission gemeint, doch wusste Morales, dass die *Merlin* über keine weiteren Tauchboote verfügte. Steiffel konnte mit den Briten Verbindung aufnehmen, die ein Tauchboot vom Typ LR5 zur Verfügung hatten, oder vielleicht auch mit den Russen. Ja, vermutlich waren die Russen die bessere Lösung.

»Beide Ausstiegsluks sind blockiert, deswegen müsste man als Erstes …«

Erneut unterbrach ihn Steiffel. »Darüber reden wir später. Beeil dich und sieh zu, dass du mir beim nächsten Mal günstigere Nachrichten mitteilen kannst.«

Dann trat im Steuerraum eine kalte, unbehagliche Stille ein.

Morales fuhr sich mit der Hand über die Haare. Der Knoten in seinem Unterleib stieg langsam zur Kehle empor.

Die Lichter flackerten und gingen kurz aus, dann war die Unterbrechung vorüber.

Die Sache sah nicht gut aus.

Eine halbe Stunde später kamen sie in dem Modul zusammen, das der Besatzung als Kantine oder Speiseraum diente. Nadja warf einen Blick auf die bereiften Wände und rieb sich die Schultern. Auf den Gesichtern der Erwachsenen lag der Ausdruck von Sorge, Unsicherheit und Angst. Als Einziger schien sich der alte Ozeanograph, der in einer Ecke schlummerte, nichts aus all den Widrigkeiten zu machen. Morales hielt die Pläne der *Ocean Shuttle* in den Händen. Nadja hatte das bedrückende Gefühl, dass die Station jeden Augenblick in sich zusammensinken konnte.

Der Ingenieur ergriff das Wort. Das Leben aller hing von dem ab, was er zu sagen hatte. »Ich habe der *Merlin* unsere Situation gemeldet, und man hat zugesagt, dass man etwas zu unserer Rettung unternehmen wird. Bald ist all das hier nichts als ein schlimmer Traum.«

»Wie lange kann das dauern?«, erkundigte sich Cepesma.

»Mindestens zehn bis fünfzehn Stunden.«

»Fünfzehn Stunden!«

Morales hob leicht die Schultern. »Das Schiff verfügt über kein weiteres Rettungs-Tauchboot. Für Fälle wie diesen war die *Beebe* vorgesehen.«

Niedergeschlagen setzte sich Cepesma. Er ließ den Kopf so tief hängen, dass sein Kinn fast die Brust berührte. Die Hände seitwärts an den Kopf gelegt, brummelte er vor sich hin: »Ein Rettungs-Tauchboot, um die Retter zu retten. Wenn das nicht paradox ist.«

Nora erkundigte sich: »Und auf welche Weise will man uns hier rausholen? Beide Ausstiegsluks sind doch blockiert?«

»Stimmt«, räumte Morales ein. »Darüber ... habe ich noch nicht nachgedacht. Ich fürchte, wenn es so weit ist, werden wir eins der Tauchboote abkoppeln müssen, um einen Zugang freizubekommen. Der Gang zum ersten Luk ist voll Wasser gelaufen. Damit scheidet es aus. Also müssen wir zusehen, dass wir die *Beebe* abkoppeln.«

Cepesma hob angespannt den Kopf. »Dann sollten wir das auch tun.«

»Vorher haben wir noch etwas anderes zu erledigen«, gab Morales zurück.

»Und zwar? Was könnte wichtiger sein als unsere Rettung?«

Nora sah, dass Márquez und Morales einen Blick wechselten – offensichtlich hatten sich die beiden abgesprochen.

»Wir müssen draußen ein paar Absperrschieber reparieren, an denen Erdöl austritt. Das können wir erledigen, während wir auf das Rettungs-Tauchboot warten. Es genügt, wenn wir die *Beebe* in fünf bis sechs Stunden abkoppeln, um Platz für das Anlegemanöver des Tauchboots zu schaffen.«

»Erdöl!«, entfuhr es Cepesma. »Wir sitzen hier in der Falle, und Sie denken an nichts anderes als an den Vorteil dieses Profithais.«

»Ich darf Sie daran erinnern, dass wir unsere Haut riskiert haben, um Sie und Ihren Gefährten zu retten«, gab Morales knapp zurück.

»Wir können doch wirklich die Wartezeit nutzen«, sagte Márquez besänftigend und zwinkerte Nadja zu. »Wie wäre es, wenn wir etwas Ordnung in das Chaos hier bringen? Vielleicht gibt es ja dafür sogar eine Art Dank, wenn wir wieder oben sind. Ich habe gehört, dass Steiffel in seinem Büro eine Schachtel Pralinen hat, aus der er Leute belohnt, die sich besonders um ihn verdient gemacht haben.«

Morales bewunderte die Art, wie Márquez im Unterschied zu ihm nie den Humor verlor. Während alle Angst hatten, er nicht ausgenommen, machte sie Witze. Was für ein Prachtweib! Wenn sie sich doch nur ein ganz klein wenig für ihn interessieren könnte!

Nora sah zu einem der Bullaugen hinaus. »Wollen Sie tatsächlich da raus? Wie denn?«

Morales gestattete sich den Luxus eines Lächelns. »Dank unserer atmosphärischen Tauchanzüge. Am besten gehen wir ins Taucher-Modul, da erkläre ich Ihnen gern alles ganz genau.«

Die wenigen, die Gelegenheit gehabt hatten, die *Ocean Shuttle* näher kennenzulernen, waren höchst erstaunt gewesen zu sehen, dass die Fähre über ein Modul verfügte, aus dem heraus Taucher sie verlassen konnten, um am Meeresboden Arbeiten auszuführen, und das Staunen hatte sich zur Ungläubigkeit gesteigert, wenn man ihnen erklärt hatte, dass es sich dabei um Arbeiten in einer Tiefe von mehr als zweitausend Metern handelte.

Morales selbst war ursprünglich überzeugt gewesen, dass die Mitwirkung von Menschen in solchen Tiefen nicht mehr nötig sein werde, weil ferngesteuerte oder autonome Roboter an ihre Stelle treten würden. In gewissem Sinne war die um die Mitte der neunziger Jahre aufgekommene Streitfrage, ob die Ozeanerkundung tatsächlich allein mittels Maschinen statt durch den Menschen möglich sei, deutlich zugunsten der Lösung entschieden worden, dass sich Tauchroboter für diese Aufgabe glänzend eigneten. Morales hatte Steiffel sogar insgeheim für rückständig gehalten, als ihm dieser erklärt hatte, er werde auf keinen Fall ausschließlich Maschinen vertrauen, und mit großer Verblüffung dessen Forderung zur Kenntnis genommen, seine Tauchfähre mit einem Modul für den Einsatz von Froschmännern auszurüsten. Rein äußerlich ähnelten die als SAM bezeichneten grell orangefarbenen atmosphärischen Tauchanzüge den Raumanzügen der NASA-Astronauten, waren aber viel komplizierter, kostspieliger und erforderten eine im Vergleich dazu weit fortgeschrittene Technik.

Steiffel hatte großen Wert darauf gelegt, diese Technik voranzutreiben, denn die äußerste Grenze der Tauchtiefe für Menschen hatte bis dahin bei etwa siebenhundert bis höchstens achthundert Metern gelegen. Im Laufe der Zeit musste sich Morales eingestehen, dass seine Techniker Erfolge erzielt hatten, die bis dahin als undenkbar galten.

Vor dem Modul blieben alle stehen. Durch eine Plexiglasscheibe konnte man hineinsehen. Im Inneren des Raumes war alles voller Erdölflecken.

»Wenn man den Tauchanzug SAM X aufrecht hinstellt, überragt er einen durchschnittlich großen Erwachsenen um etwa vier Köpfe«, erklärte Morales und nahm selbstgefällig zur Kenntnis, dass er damit die Aufmerksamkeit Noras und ihrer Tochter erregt hatte. Vor allem Nadja riss die Augen beim Anblick des Anzugs weit auf.

Lieber wäre ihm allerdings Marthas Aufmerksamkeit gewesen, doch die Frau, die er begehrte, konnte er nicht beeindrucken. Sie als erfahrene Taucherin kannte sich mit alldem weit besser aus als er selbst.

»Hier in der Station haben wir Prototypen, die Stück für Stück eine Million Dollar kosten. In diesem Betrag sind die Kosten für den Spinnenroboter namens *Spider* noch nicht mal enthalten«, fuhr der Ingenieur fort.

»Spinnenroboter?«

»Das sind die bisher kompliziertesten Tauchroboter. Richtig ausprobiert haben wir die noch nicht. Ein *Spider* ist kein Tauchanzug wie der SAM, sondern eine Art motorisiertes Außenskelett, das man für die Erkundung des Meeresbodens konstruiert hat. Der *Spider* befindet sich in einem Raum neben diesem hier, den wir *Tailor Shop* nennen, also Schneiderwerkstatt.«

»Können wir die Station nicht mit diesen Anzügen verlassen?«, wollte Cepesma wissen.

Die Frage kam Morales ungelegen, weil sie die Aufmerksamkeit von der für ihn selbst wichtigsten aller Aufgaben, nämlich die Ölförderung wieder anlaufen zu lassen, auf ein anderes Thema lenkte.

»Keinesfalls. Dafür sind sie erstens zu schwer, und zweitens gibt es keinen Ballast, den man abwerfen könnte. Mithin hätten sie bei weitem nicht genug Auftrieb. Sie sind eben für die Arbeit in genau dieser Tiefe gedacht.«

Nadja trat näher an die Scheibe, um die SAMs genauer in Augenschein zu nehmen. Mit den stark gewölbten Gliedmaßen und den nach hinten gezogenen Ellbogen wirkten sie grotesk und zugleich bedrohlich, wie Lebewesen aus einer anderen Welt, schwerfällig, mit zwei furchteinflößenden, um dreihundertsechzig Grad drehbaren Scheren dort, wo beim Menschen die Hände sitzen.

Morales erklärte, dass ein Taucher nicht etwa seine Hände in diese überaus eindrucksvollen Arme steckte, sondern sie über eine auf Bauchhöhe befindliche Steuerkonsole betätigte.

»Wer die Station mit dem SAM verlassen will, braucht unbedingt einen Helfer, denn diese Anzüge sind so kompliziert, dass niemand sie allein anlegen kann. Man steigt in die untere Hälfte und bekommt die obere übergestülpt. Beim *Spider* sieht das natürlich etwas anders aus.«

Der Ingenieur freute sich zu sehen, dass ihm Nadja wie gebannt zuhörte.

»Wie ich schon gesagt habe, hat man die Sache noch nicht ernsthaft ausprobiert, aber mit Sicherheit gehört dieser Lösung die Zukunft. Martha hat angeboten, sich mit einem SAM draußen mal umzusehen und die Lage zu erkunden«, fuhr Morales fort. »Ein SAM verfügt über eine Videokamera und ist über Funk mit der Station verbunden. Es wird etwa eine halbe Stunde dauern, bis wir wissen, ob der Tauchanzug einwandfrei funktioniert und alles für den Ausstieg vorbereitet ist.«

»Das scheint mir aber außerordentlich gefährlich zu sein«, sagte Nora zu Márquez gewandt.

»Das Risiko nehme ich auf mich«, versicherte ihr diese.

»Warum?«, wollte Cepesma wissen.

»Es gehört zu meiner Arbeit, für die ich bezahlt werde.«

»Wir wissen aber doch noch gar nicht, was den anderen zugestoßen ist«, gab Nora zu bedenken. »Wäre es da nicht besser, sich erst einmal genauer in der Station umzusehen? Wenn wir wissen, was hier geschehen ist, könnte uns das von großem Nutzen sein.«

»Das finde ich auch«, pflichtete ihr Cepesma bei.

»Schön, wenn Sie es für richtig halten, tun Sie das«, fügte sich Morales mürrisch. »Martha und ich gehen in das Modul fünf, den Steuerraum für die Bohrer. Von da aus können wir durch die Kameraaugen des SAM sehen.«

»Ich möchte mit den Leuten auf Ihrem Schiff sprechen«, bat Cepesma. »Die Besatzung der *Rainbow* muss wissen, was vorgefallen ist.«

Morales kratzte sich am Kopf. Der Mann ging ihm entsetzlich auf die Nerven.

»Ich fürchte, das wird nicht möglich sein. Die Leitung ist stark gestört. Es hat mich viel Mühe gekostet, überhaupt mit der *Merlin* in Verbindung zu treten.«

»Das glaube ich Ihnen nicht«, sagte Cepesma herausfordernd.

»Wollen Sie damit behaupten, dass ich lüge?«

Márquez legte sich ins Mittel. »Aggressivität führt zu nichts. Ich bin alt genug zu entscheiden, was ich tue, und damit ist der

Fall erledigt. Ich kann mir nicht vorstellen, dass ihr beide euch in dieser Situation streiten wollt. Gott im Himmel! Hört schon auf, wir haben nicht unendlich viel Zeit.«

Mit einem Mal hörten sie einen Jammerlaut und einen unterdrückten Schrei aus den über ihnen liegenden Modulen.

Cepesma und Nora sahen einander an. »Golombek!«

Sie eilten zur Kantine, wo sie den Ozeanographen auf dem Boden liegend fanden. Nadja sah, dass die Wasserflaschen neben ihm noch nicht geöffnet waren.

Cepesma trat zu ihm und fasste nach seiner Stirn. Sogleich zog er die Hand zurück, als hätte er sich verbrannt, obwohl er Kälte und nicht Wärme gespürt hatte. Dann hielt er die flache Hand dicht über die Knollennase und die aufgesprungenen Lippen des Mannes, dessen aschgraue Barthaare im schwachen Licht sonderbar starr abstanden. »Er atmet nicht mehr«, sagte er zu den Übrigen gewandt. »Ich glaube, er ist tot.«

48

Selbstmord

In der Ocean Shuttle

»Ich bin doch nicht verrückt. Ich schwöre, dass ich hier drin eine tote Frau gesehen habe. Sie hat vor einem der Mikroskope gesessen.«

Sie befanden sich in einem Labormodul, in dem zwei Mikroskope standen. Es fiel Nadja auf, dass auch die Speisereste, die sie zu sehen geglaubt hatte, nicht mehr dort waren. An die Zahnabdrücke in einem Stück Brot erinnerte sie sich so deutlich, als hätte man sie ihr ins Gedächtnis gebrannt. Nora warf erneut einen verwirrten Blick auf den Plan und bat Cepesma, ihr mit seiner Taschenlampe zu leuchten.

»Es gibt hier in der Station mehrere Labors. Wahrscheinlich liegt dieses hier an Steuerbord. Es ist fast so groß wie zwei Module.«

Sie legte die Papierrolle auf den Tisch und sah sich um: wissenschaftliche Instrumente, ein Funkgerät und andere Kommunikationseinrichtungen.

Dann fiel ihr eine größere Anzahl von Messgeräten auf.

»Ich habe wirklich eine Leiche gesehen«, sagte Nadja.

»Bist du sicher, dass es eine Frau war?«

Das Mädchen nickte. Sie zitterte, es wurde immer kälter.

»Wir müssen eine Möglichkeit finden, uns zu wärmen«, knurrte Cepesma. »Und dabei hatte ich schon in der sogenannten Kantine gedacht, wir müssten erfrieren.«

»Wahrscheinlich handelt es sich um die Geologin Kate Battaglia«, sagte Nora, nahm erneut Cepesmas Taschenlampe und studierte aufmerksam den Plan.

»Haben Sie die etwa gekannt?«

Nora zögerte kurz mit der Antwort. »Nein, ich weiß ihren Namen aus einer Akte. Aber ich habe ein Foto von ihr gesehen. Da ich ein gutes visuelles Gedächtnis habe, würde ich sie wohl wiedererkennen, falls wir sie finden.«

»In der Technikzentrale ist übrigens auch noch eine Leiche«, meldete sich Nadja zu Wort. »Ich hab sie gesehen, wie ich da zu der Schalttafel getaucht bin. Sie hatte lange schwarze Haare und einen Ring im Rest von einem Ohr.«

Nora ließ den Strahl der Taschenlampe über einige der auf dem Plan eingezeichneten Abteilungen gleiten und wandte sich dann Cepesma zu.

»Das Modul da hinter dem Zugang zum Luk, an dem die *Beebe* angekoppelt liegt, ist die Krankenstation.«

»Ach ja, richtig.«

»Dieser Raum war überflutet, bevor wir gekommen sind. Dem Plan zufolge ist er durch den Gang hier unmittelbar mit der Technikzentrale verbunden.«

»So ist es. Ich weiß aber nicht, worauf Sie hinauswollen.«

»Nun, es geht um die Leiche, die meine Tochter gesehen hat.«

»Wie hieß der Mann noch …?«, fragte er.

»Wie die anderen gesagt haben, Torcelli. Italiener oder so«, sagte Nadja.

»Die Leiche dieses Torcelli hat im Wasser gelegen. Er war einer der drei Letzten, die vor uns die Fähre betreten haben«, sagte Nora.

»Und er ist umgekommen. Falls Ihre Tochter Recht hat.«

»Ich hab ihn da unten gesehen«, wiederholte Nadja. »Er war tot. Aber hier drin hab ich eine Frau gesehen.«

Sie sah ihre Mutter fast flehend an. Es war Nora klar, dass sie die Wahrheit sagte. Nur musste es in einem anderen Raum gewesen sein.

Erneut betrachtete Nora prüfend den Plan der Anlage.

»Wir müssen uns nahe dem Bug befinden. Dieser Gang dürfte ins Labor für die Analyse von Bodenproben führen. Das ist die Nummer zehn an Steuerbord.«

Sie gelangten in ein etwas größeres Modul, in dem große Unordnung herrschte. Stühle waren umgestürzt, und ein Tisch lag auf der Seite. Von einer der Wände hing ein metallenes Bücherregal lose herunter. In einem Kühlschrank entdeckten sie wahre Schätze: Schokolade, Dörrobst und Packungen mit Keksen. Mehrere weitere Kühlschränke enthielten Plastikflaschen mit Mineralwasser und eingeschweißte Würste.

Während Cepesma sehnsüchtig zu den Würsten hinsah, rieb er sich die Schultern, um sich zu wärmen. »Hm, hier riecht es gut. Wir müssen essen und Kräfte sammeln. Was würde ich nicht für eine Flasche Schnaps geben!«

»Fassen Sie nichts an«, sagte Nora mit Nachdruck. »Wir müssen erst wissen, was hier vorgefallen ist. Es ist besser, nichts von diesen Sachen zu essen und zu trinken. Nur, was wir von der *Beebe* mitgebracht haben. Haben Sie das verstanden?«

Sie zog sich einen Stuhl heran und sah ihn an. »Sie sind anders als Ihr Begleiter.«

»Meinen Sie Golombek?«

Sie nickte wortlos.

»Mit seinem letzten Gedanke war der bestimmt bei den Kraken.«

Die Erinnerung an das, was er durch das Fenster der *Atlantis* gesehen hatte, jagte ihm einen Schauer über den Rücken.

»Ja. Trotz allem hatte er einen friedlichen Tod. Er hat sein Leben der Erkundung dieser Tiere gewidmet.«

»Und Sie?«

Cepesma schüttelte sich. »Seit ich das Ding gesehen hab, ist meine Angst zu sterben weiß Gott noch größer geworden.«

»Sie haben sich aber an der Expedition beteiligt.«

»Schon von klein auf war ich von den Tieren des Meeres fasziniert. Kein Wunder, wenn man in Luarca aufwächst. Ich habe immer den Anblick der Klippen und Felsen an der Küste genossen und davon geträumt, eines Tages einer Expedition anzugehören, die sich auf die Suche nach dem Riesenkalmar macht. Ich wollte den Fachleuten nahe sein, die sich mit Ozeanographie beschäftigen, teure Roboter und komplizierte Geräte bedienen. Aber dann ist eins dieser Ungeheuer bei uns aufgetaucht, mit dem Ergebnis, dass sich ein junger Mann umgebracht und ein junges Mädchen den Verstand verloren hat. Außerdem trägt das Ungeheuer die Schuld daran, dass es in einer Familie, die ich kenne, Witwen und Waisen gibt.«

Überrascht fragte Nora: »Soll das heißen, Sie sind gekommen, … um Rache zu üben?«

Er runzelte die Stirn.

»Rache … ja, jetzt, wo Sie das so sagen … ich glaube schon. Bisher hat sich meine Organisation immer um Lebewesen gekümmert, die an unserer Küste angetrieben wurden. Wir haben Dutzenden von Delphinen und Schwertwalen das Leben gerettet. Ich war immer fest überzeugt, dass Eingriffe des Menschen in den Haushalt der Natur die Ursache dafür sind, dass solche Tiere verenden. Aber die beiden jungen Leute, von denen ich gerade gesprochen habe … Ich glaube, sie sind auf irgendeine Weise mit einem dieser Ungeheuer in Berührung gekommen, und das war die unmittelbare Ursache dafür, dass der eine gestorben und die andere verrückt geworden ist.«

Bei diesen Worten sah er Nora unverwandt an. »Ich hatte schon lange den Verdacht, dass Ihre Leute damit zu tun haben.«

Mit fragendem Blick gab Nora zurück: »Wen meinen Sie mit ›Ihre Leute‹?«

Cepesma bemühte sich, die Anspannung abzuschütteln, die ihn erfasst hatte, und hob den Blick zur Decke, um innerlich zur Ruhe zu kommen.

»Es geht doch um Erdöl, oder etwa nicht? Sie sind wegen des verfluchten Erdöls hier, einer wie der andere. Kurz bevor der Riesenkalmar gestrandet ist, mussten wir den Fischfang einstellen, weil Öl auf die Küste zugetrieben kam und den ganzen Strand verseucht hat. Es war kein großer Ölteppich und auch keine wirkliche Ölpest, trotzdem mussten die Kutter im Hafen bleiben. Das Öl ist sehr fest, beinahe wie Teer. In der näheren Umgebung gibt es weder Tanker- noch Frachterrouten. Also vermutete ich, dass jemand verbotenerweise auf hoher See Bilgenöl abgelassen hatte – bis wir auf Ihre Leute gestoßen sind.«

»Augenblick mal«, unterbrach ihn Nora. »Vertreten Sie etwa die Ansicht, dass die Tiere da draußen mit dem Erdöl gekommen sind?«

»Das ist meine felsenfeste Überzeugung, ja.«

»Die Ölflecken haben sie angelockt? Das Öl, das hier gefördert wird?«

»Höchstwahrscheinlich. Ja, wenn ich es recht bedenke, klingt das ganz vernünftig.«

Nora stieß einen langen Seufzer aus und sagte dann: »Sie könnten Recht haben.«

Überrascht fragte Cepesma: »Tatsächlich? Es schmeichelt mir, dass Sie meine Ansicht ernst nehmen.«

»Leider ist das nicht der richtige Zeitpunkt für Komplimente«, sagte sie knapp, wies dann auf das nächste Modul auf dem Plan und sagte: »Analyse von Bodenproben.«

Vorsichtig durchquerten sie Gänge, von deren Wänden Wasser tropfte. Links und rechts verliefen angerostete graue Rohrleitungen, wodurch die Umgebung noch trostloser erschien. Die Notbeleuchtung warf zitternde Schatten auf die Titanwände. Am Bug angekommen, gingen sie auf die Steuerbordseite. Die schweren doppelten Schotts zwischen den einzelnen Modulen standen teilweise offen, trotzdem kostete es große Mühe, sie zu betätigen, und das Knirschen ihrer Angeln klang alles andere als beruhigend. Je weiter sie kamen, desto mehr nahm die Unordnung zu. Gegenstände lagen auf dem Boden verstreut: Reste von Papier- und Kartonverpackungen, Glasscherben, die unter ihren Füßen knirschten. Mehreren Uhren fehlte die Aufzugskrone.

In den Schlafräumen am Gang, der zum Heck führte, wurde das Chaos immer schlimmer. Betten waren umgestürzt, Laken und Kissen zerfetzt, weiße Daunen bedeckten den Boden wie Schnee. Überall zeigte der Strahl der Lampe, die Nora in Händen hielt, Beschädigungen. Schließlich richtete sie ihn auf ein Regal voller Bücher.

»Geologie«, sagte Cepesma. »Dicke Wälzer. Das dürfte wohl das Zimmer unserer Freundin gewesen sein.«

»Was ist denn das da?«, wollte Nadja wissen.

Sie wies auf eine braune Mappe. Nora öffnete sie und sah sich einige der beschriebenen losen Blätter darin an.

»Eine Frauenhandschrift«, sagte sie leise. »Das muss von ihr sein.«

»Woher wollen Sie das wissen? Ich sehe nirgendwo den Namen von … wie hieß sie noch?«

»Battaglia. Kate Battaglia. Ich sagte ja, ich habe ihre Akte gesehen. Das muss von ihr sein. Weder die Art, sich auszudrücken, noch die Schreibweise ist die eines Mannes.«

Cepesma zupfte sich am Schnurrbart.

»Schön. Und was machen wir jetzt?«

»Lesen.«

Da es keine Sitzgelegenheiten gab, nahmen Cepesma und Nadja links und rechts von Nora Platz, die eine Wolldecke so auf den

Boden gelegt hatte, dass sie sich setzen und am Bett anlehnen konnten. Im Schein der Taschenlampe las Nora vor:

»›Erste Ergebnisse der Untersuchung am Bohrloch zwei, um 19.30 Uhr am 20. Februar, fünf Tage nachdem der Rohrverschluss festgestellt wurde.

Die Steuerung der Ventile funktioniert einwandfrei, trotzdem kommt hier in der Station kein Tropfen Öl an. Unverständlich, da es auch keine Störung in der elektrischen Anlage gibt. Als ich heute Agnieszka nach den Druck- und Temperaturwerten gefragt habe, hat er mir den Stinkefinger gezeigt! Ein sonderbarer Kauz. Ehe ich es vergesse: Irgendwo muss ich HELIUM im Zusammenhang mit Erdöl aufschreiben. Die Station hier ist einfach unglaublich. Wir haben alles entsprechend den Anweisungen von der *Merlin* kontrolliert, die Pumpen funktionieren, trotzdem besteht die Blockade weiter. Wir haben die ersten Spülproben bekommen, von denen ein Teil für die Ebene null abgezweigt worden ist …‹«

Nora hörte auf zu lesen und richtete den Strahl der Taschenlampe auf Cepesmas Gesicht.

»Wenn ganz spezielle technische Passagen kommen, überspringe ich die. Sind Sie damit einverstanden?«

»Gern.«

»Schön. Dann les ich das hier also nicht alles vor: ›… abgezweigt zur Technikzentrale. Probenentnahme um 4.00 …‹ Warten Sie bitte einen Augenblick. Hier ist etwas.«

Nora las den folgenden Absatz still für sich. Als Cepesma etwas sagen wollte, hob sie die Hand und las:

»›… eine breiige schwarze Substanz von hoher Konzentration entdeckt. Ursprung unbekannt. Ich finde sie ziemlich ekelhaft …‹«

»Eine breiige, schwarze, ekelhafte Substanz«, sagte Cepesma nachdenklich und kratzte sich im Nacken. »Man könnte glauben, dass die Frau Erdöl entdeckt hat.«

»Wenn Sie sich da mal nicht irren«, gab Nora zurück. »Hören Sie nur:

›Bei der Substanz handelt es sich nicht um eine Kohlenwasserstoff-Verbindung, doch enthält sie einen geringen Anteil Erdöl. Sie riecht verfault. Ich habe zu Agnieszka darüber gesprochen, und … er hat wieder gelacht und … mir wieder den Stinkefinger gezeigt.

Diese Angaben werde ich in den Bericht aufnehmen, der für die Techniker oben bestimmt ist (natürlich nicht die Sache mit Agnieszka).‹«

»Wer ist eigentlich dieser Agnieszka?«, fragte Cepesma.

»Agnieszka war der Tauchbootpilot, der Battaglia hergebracht hat«, sagte Nora. »Das habe ich ebenfalls in der Akte gelesen.«

Nora las weiter:

»22. Februar, 13.17 Uhr

›Die Pumpen funktionieren wieder, allerdings nur mühsam. Der Spülschlamm scheint Wirkung zu zeigen. Um 14.25 Uhr tritt erneut eine Überlastung auf, und die Pumpen bleiben stehen. Auf der Ebene null sind die Leitungen mit der beim vorigen Mal beschriebenen Substanz verstopft. Es ist wirklich sonderbar. Bericht geht nach oben. Von dort bestätigt man mir die Verstopfung der von der Station ausgehenden *riders*.‹

›18.54 Uhr. Wieder Förderstillstand. Anweisung, die Ventile zu schließen! Die Druckwerte sind einwandfrei. Ich sage denen oben, dass etwas die Leitungen verstopft, aber die Dummköpfe glauben mir nicht.‹«

»Immer dasselbe«, seufzte Nora. »Frauen traut man nichts zu.«

»›Vorläufig nenne ich die Substanz ›X‹, solange ich nicht genau weiß, worum es sich handelt. Ich warte weiter auf Anweisungen.‹

›Gegen 20.00 Uhr. Agnieszka hat den Auftrag bekommen, die Station in einem SAM zu verlassen, um die Absperrschieber zu kontrollieren. Ich habe denen oben erklärt, dass wir hier unten zu wenige sind und sie uns noch mehr Leute schicken müssen. Pfuscharbeit ist mir zuwider, aber genau das wird hier zur Gewohnheit.‹

›Kurz nach 22.08 Uhr hat Agnieszka die Station durch das kleine Luk verlassen. Über Funk habe ich mich erkundigt, wie es ihm geht, und er hat laut gelacht. So, als hätte er mir wieder den Finger gezeigt. Es hat mich richtig erschreckt.‹

›Agnieszka ist um sechs Uhr zurückgekehrt und hat berichtet, was er gesehen hat: Lecks an den Absperrschiebern. Der SAM ist von oben bis unten mit Erdöl bedeckt. Agnieszka wirkt erschöpft und möchte eine Weile ruhen. Er braucht Ersatzteile. Man hat ihm aufgetragen, um 8.00 Uhr noch einmal hinauszugehen.‹

23. Februar

›Agnieszka ist seit einigen Stunden draußen. Ich habe ihn mehrfach angefunkt, und er hat gesagt, er könne nicht reden, weil er sich auf die Arbeit konzentrieren muss. Und das mir! Der krumme polnische Hund!‹«

»Da war aber jemand nicht besonders gut gelaunt«, kommentierte Cepesma.

Nora fuhr fort:

»›Agnieszka ist um vier Uhr zurückgekommen. Er konnte durch das Helmvisier nichts mehr sehen, so sehr war der SAM mit Öl eingedreckt. Wir mussten den Anzug von oben bis unten säubern. Er ist ausgesprochen übel gelaunt. Die Sache ist fast wieder in Ordnung, aber er muss noch einmal hinaus, um ein letztes Teil anzubringen. Als ich ihn frage, ob ich das nach oben melden soll, sagt er, ich soll erst einmal nichts sagen und warten, bis er fertig ist. ›Man soll sich von Vorgesetzten nie in die Karten sehen lassen. Die müssen ihre Haut nicht zu Markte tragen und haben keine Ahnung, wie die Arbeit hier unten am Meeresboden ist.‹ Ich folge seinem Rat und halte den Mund.‹

›0.35 Uhr. Zweieinhalb Stunden nach seiner Rückkehr ist alles zusammengebrochen. Agnieszka ist mehr als erschöpft – völlig erledigt und halb tot. Ich musste ihn zu seinem Schlafraum bringen. Jetzt ruht er. Immerhin haben wir die Notbeleuchtung.‹«

»Von was für einem Zusammenbruch spricht die Frau?«, wollte Cepesma wissen.

»Wahrscheinlich bezieht sie sich auf die Explosion«, gab Nora zur Antwort. »Am 23. Februar hat es auf der *Merlin* einen Zwischenfall gegeben, eine Gasblase, die aus der Tiefe emporgestiegen ist. Soweit man mir berichtet hat, ist dabei Verschiedenes in Brand geraten … Mal sehen:

›Es hat fürchterlich gekracht. Eine Explosion? Ich wage es nicht einmal zu denken. Ein starkes Zittern, etwa aus Richtung der Technikzentrale, nehme ich an. Die Verbindung nach oben ist unterbrochen … ich bin zutiefst beunruhigt.‹«

Nora runzelte die Brauen, während sie weiterblätterte.

»Die nächsten Notizen sind undatiert und bestehen meist aus einzelnen Sätzen. Ich will Ihnen ein paar vorlesen:

»›… schlecht geschlafen … beim Aufwachen Lärm. Ohne Nachrichten von der *Merlin* … und allein. Großer Gott, zweitausend Meter tief … es ist entsetzlich kalt …‹«

»Damit hören die Eintragungen auf«, sagte sie.

Cepesma schüttelte den Kopf. Er versuchte, die trübe Stimmung abzuschütteln, die erneut von ihm Besitz ergriffen hatte.

»Keine schöne Geschichte. Wie es aussieht, werden alle, die hier herkommen, verrückt oder sterben.«

»Wie auch immer, auf jeden Fall sollten wir jetzt weitergehen«, sagte Nora.

Die hochgewachsene Gestalt saß genauso da, wie Nadja sie in Erinnerung hatte. Die reglosen Arme und die weißen Hände glänzten im Licht der Lampe, die Nora darauf richtete. Die starren Finger mit den schwarzlackierten Nägeln sahen aus wie gefroren. Um die schmale Nase herum sah man zahlreiche Sommersprossen. Man hätte nicht sagen können, ob die Haare rot oder blond waren, aber die Pferdeschwanzfrisur war unverkennbar.

»Kommen Sie bloß nicht auf den Gedanken, sie anzufassen«, sagte Nora unnötig laut.

Ein Erlenmeyerkolben warf bläuliche Lichtblitze zurück. Eine braune Nadel steckte in der Ellbogenbeuge des rechten Arms. Nadja erkannte die Essensreste auf dem Tisch: ein Stück Weißbrot mit deutlich erkennbaren Zahnabdrücken an einer Stelle. Zwei Mikroskope standen auf dem Tisch, eins davon mit einer Schutzhaube darüber.

Als Nora näher trat, gab der Boden unter ihrem Gewicht leicht nach, und der Stuhl drehte sich knarrend so, dass die Leiche ihr das Gesicht zuwandte. Eine Frau, die Selbstmord begangen hatte. Die braune Nadel war deutlich zu sehen. Die Spritze war leer. Eine Alkoholinjektion oder vielleicht eine todbringende Luftblase, die sie auf den Weg durch die Venen geschickt hatte.

Nora richtete das Licht auf die Regale hinter dem Tisch mit den beiden Mikroskopen. Auf die Etiketten mehrerer Reagenzgläser, die dort standen, war ein großes X geschrieben, darunter stand ein Datum. Allerdings waren die Zahlen auf den meisten Etiketten verwischt. Über die Verschlüsse war Isolierband gespannt.

Cepesma sagte laut, was er dachte. »Das ist wohl die Substanz X aus ihren Notizen.«

Nora bedeutete ihm mit einer Handbewegung, sich von den

Reagenzgläsern fernzuhalten. Von dort, wo sie stand, betrachtete sie aufmerksam eins davon. Der Lichtstrahl vermochte seinen Inhalt, eine dichte dunkle Masse, nicht zu durchdringen.

Sie fühlte sich versucht, es in die Hand zu nehmen und zu öffnen, aber ihr Instinkt riet ihr davon ab. Sie hatte weder Handschuhe noch eine Schutzbrille oder eine Atemmaske zur Verfügung. Am besten erst einmal alles so lassen, wie es war.

»Ist das für uns gefährlich, Mama?«, wollte Nadja wissen.

»Ich weiß nicht. Irgendwas ist jedenfalls mit diesen Leuten passiert.«

»Eine Krankheit?«, fragte Cepesma.

»Eine Verhaltensänderung«, erklärte Nora. »Nach den ersten Notizen der jungen Frau zu urteilen, wäre sie wohl nicht im Traum auf den Gedanken gekommen, sich so ohne Weiteres das Leben zu nehmen.«

»Kommt darauf an«, erwiderte Cepesma. »Wenn ich sicher wäre, dass ich den Rest meines Lebens hier in der Dunkelheit und Kälte zubringen muss, würde ich es wohl genauso machen wie die da.«

»Ihre Handlungsweise hätte jedenfalls keinen Sinn gehabt, wenn sie gewusst hätte, dass man kommen würde, um sie herauszuholen«, gab Nora zurück. »Die Tauchfahrt von der *Merlin* bis hierher dauert knapp zwei Stunden.«

»Meinen Sie das Tauchboot, von dem Sie schon gesprochen haben?«, sagte Cepesma. »Das man kurz nach dem Unfall geschickt hat?«

Nora nickte. »Unsere Erkundung mit Hilfe der Roboter hat gezeigt, dass sein Rumpf einen Riss aufwies. Dazu aber kann es erst gekommen sein, nachdem sie hier an diesem verfluchten Ort angelegt hatten.«

»Die sind also auf der Suche nach der Frau hergekommen, und dann ist auch mit ihnen was passiert«, murmelte Cepesma.

Nora runzelte die Brauen. »Offensichtlich. Aber wir müssen versuchen herauszubekommen, was genau es war.«

49

Erste Tauchfahrt

Ausstiegsluk der Ocean Shuttle

Die Tür zum Abteil mit den atmosphärischen Tauchanzügen öffnete sich automatisch, und mit großer Erleichterung sah Morales, dass nichts beschädigt und kein Wasser eingedrungen war. Er und Márquez lösten das Oberteil eines der Anzüge ab, kontrollierten die Anschlüsse, die Videokamera und die Scheinwerfer, die sich in jede gewünschte Richtung drehen ließen. Anschließend hielt Morales die untere Hälfte des SAM, und nachdem Márquez flink hineingestiegen war, ließ er das schwere Oberteil langsam über sie gleiten, bis ihr Gesicht im Helmvisier sichtbar wurde. Jetzt mussten die beiden Hälften nur noch wasserdicht miteinander verbunden werden.

Da der Anzug vollständig schalldicht war, konnte Márquez nicht mehr hören, was Morales sagte, und so mussten sie sich mit Zeichen verständigen. Mit einem Finger wies sie auf ihre Kehle und hob dann den Daumen, um anzuzeigen, dass sie Sauerstoff bekam. Nacheinander drückte sie probehalber die verschiedenen Knöpfe auf der Konsole vor ihrer Brust. Die mechanischen Arme bewegten sich, dann drehten sich die Zangen. Als Nächstes schaltete sie die drei Halogenlampen oberhalb des Helmvisiers ein. Offenbar funktionierte alles einwandfrei.

Morales verließ den SAM-Raum und kehrte zum Steuerstand zurück, von dem aus sich die Bohrlöcher überwachen ließen. Die fest eingebauten Kameras gestatteten ihm einen Überblick über den ganzen Raum. Auf einem der Bildschirme sah er Márquez in ihrem Anzug von oben, während zwei weitere Seitenansichten lieferten. Mit einem Druck auf einen weiteren Kopf schaltete er das Funkgerät ein.

»Alles in Ordnung?«

»Der Empfang ist einwandfrei. Hast du auch das Bild?«

Er schaltete einen weiteren Kontrollbildschirm ein. Die an der rechten Schulter des Anzugs angebrachte Kamera, die es gestattete, bei der Arbeit draußen alles in Echtzeit aufzunehmen, zeigte den Eingang zu dem Raum, in dem sich Márquez befand. Zuerst war das Bild verschwommen, doch dann stellte sich der Autofokus scharf.

»Alles bestens. Versuch jetzt mal die Handschuhe.«

Dabei handelte es sich um eine Art Stulpen, in die man die Hände steckte, um über Steuerelemente die verschiedenen Funktionen der mechanischen Arme des SAM zu bedienen.

Sie funktionierten ebenfalls störungsfrei.

»Ich habe nur für etwa sieben Stunden Sauerstoff«, sagte sie, »weil die Leute die Flaschen nicht ausgetauscht haben. Wie viel Zeit haben wir?«

Morales sah auf seine Uhr. »Nicht viel. Versuche auf jeden Fall, den Schaden zu ermitteln und festzustellen, ob er reparierbar ist. Bist du so weit?«

»Jederzeit.«

»Hoffentlich lässt sich der Ausstieg öffnen.«

Auf einen Knopfdruck hin wich unter den Füßen des SAM, der nach wie vor fest an seinem Gestell hing, eine Platte beiseite. Nach dem Druck auf einen weiteren Knopf glitt Márquez sacht in die Tauchschleuse unterhalb des Raumes.

Für sie nicht hörbar schloss sich die Bodenplatte über ihr wieder. Im Licht ihrer Helmscheinwerfer sah sie, wie sich das Luk öffnete. In weniger als einer Sekunde war die Schleuse voll Wasser gelaufen, und sie spürte, wie sie frei darin schwebte. Hier entsprachen die fünfhundert Kilo des SAM nur einem Gewicht von vier Kilo auf der Erde. Sie schaltete den Schraubenantrieb ein, der an einer Art Rucksack befestigt war, und ließ sich langsam in die kalte Dunkelheit des Meeres treiben. Sie fühlte sich versucht, über den Meeresboden zu gehen, ähnlich wie die Astronauten den staubigen Boden des Mondes betreten hatten, aber dafür hätte sie den Auftrieb neu regulieren müssen. Ohnehin wollte sie möglichst keine Ablagerungen vom Boden aufwirbeln, denn das Letzte, was sie brauchen konnte, war ein eingeschränktes Sichtfeld.

»Wie sieht es da draußen aus?« Morales' schrille Stimme klang ungeduldig durch den Lautsprecher in ihrem Helm.

»Gewöhnliche Anzüge sind mir lieber«, sagte sie.

Sie hatte schon früher Tauchgänge mit einem solchen atmosphärischen Tauchanzug unternommen, sah sich aber in erster Linie als Tauchbootpilotin und nicht als »Ozeanautin«.

»Behalt die Richtung bei. Die Ventile und Sammler sind höchstens siebzig Meter von dir entfernt.«

»Geh mir nicht auf die Nerven. Immer mit der Ruhe.«

Nach einigen Minuten spürte sie, wie etwas den Ellbogen des druckfesten Anzugs streifte. Es kam ihr vor wie eine feste, aber zugleich weiche Masse, die durch die aus Aluminium und Titan bestehende Konstruktion Schwingungen auf ihren Körper übertrug.

Sie wandte den Kopf, konnte aber nicht sogleich etwas sehen, weil das Helmvisier ihre Sicht zur Seite stark behinderte. Dennoch erkannte sie am Rand des Lichtkegels etwas, das wie eine schwarze Schlange aussah, die sich hin und her wand. Sie hatte sich um den Ellbogen des Anzugs gelegt und löste sich jetzt wieder ab.

Während sie weiterglitt, warf die Masse einen Teil des Lichts vom Helmscheinwerfer zurück, und so merkte Márquez, dass es sich dabei nicht um ein Lebewesen handelte, wie sie einen Augenblick lang angenommen hatte.

Erdöl. Unter einem Druck von über zweihundert Bar nahm es eher die Konsistenz von Schwer- oder Teeröl an.

»Ich hab den Schaden erkannt«, sagte sie.

»Ich sehe, was du meinst«, gab Morales zurück.

Verzweifelt biss er sich auf die Nägel. Steiffels Öl lief auf den Meeresboden statt durch die Leitungen.

»Hast du eine Vorstellung vom Ausmaß der Leckage?«

»Nein«, sagte sie. »Hier sieht man die Hand vor Augen nicht.«

Die Zahl der schlangenähnlichen Gebilde nahm immer mehr

zu, je näher sie der Austrittsstelle kam. Sie wanden sich in sonderbaren Girlanden, die sich in alle Richtungen auf- und wieder entrollten, Krümmungen und Schleifen bildeten, über ihr emporstiegen und aus ihrem Gesichtsfeld verschwanden.

Dort also begann das Erdöl seinen langsamen, aber unaufhaltsamen Aufstieg zur Wasseroberfläche.

Morales achtete auf das, was ihm ein weiterer Bildschirm zeigte. Die Werte für die vier Bohrlöcher blieben unverändert.

»Am Signal der Funkbake deines Helms sehe ich, dass du fast an Ort und Stelle bist. Hörst du mich, Martha?«

»Einwandfrei. Ich möchte mir aber vorher noch einen Überblick verschaffen.«

»Was hast du vor?«

Ohne ihm zu antworten, stellte sie den Schraubenantrieb auf Fahrgeschwindigkeit, sodass sie ganz langsam zwei Meter über dem Meeresboden dahinschwebte. Im Licht der Helmscheinwerfer erahnte sie eine Art Nebelschleier. Dann drehte sie sich um hundertachtzig Grad und staunte über die rätselhafte dunkle Landschaft, die sich überall dort, wohin das Licht des SAM fiel, unter ihr ausbreitete.

Sie hatte den Rand des Absturzes erreicht, von wo es zur ersten Terrasse hinabging. Die weit in die Tiefe reichende Schlucht lag vor ihr, wenige Meter von den metallenen Strukturen entfernt, denen die schwarzen schlangenähnlichen Gebilde entwuchsen. Drei Sammler standen hintereinander auf ihren Fundamenten im Meeresboden, um sie herum lag eine kaum durchschaubare Wirrnis von Rohrleitungen und Ventilen. Sie gab etwas mehr Schub auf die Schrauben, immer in der Sorge, die klebrigen Gebilde könnten sich auf ihr Helmvisier legen, und näherte sich der Anlage mit größter Vorsicht.

»So, ich glaube, dass ich jetzt da bin. Sieht ganz so aus, als ob wir mit leeren Händen abziehen müssten.«

»Das Bild deiner Kamera ist unscharf. Ich seh auf dem Bildschirm nicht besonders viel«, sagte Morales besorgt. »Ist es die zwei oder die drei?«

Der Sammler Nummer zwei sah völlig zerstört aus. Das Öl entstieg einer großen Zahl undichter Stellen in den Rohrleitungen. Als sie die Scheinwerfer darauf richtete, erkannte sie sprachlos, wie groß das Ausmaß der Zerstörung war. Am unteren Ende der Anlage wuchsen korallenähnliche Strukturen, und Dinge, die wie stachelige Kugeln aussahen, lagen um die Leitungen herum. Als sie mit einer der Zangen ein wenig am Stahl der Ventile kratzte, löste sich gelblicher Staub, den sie für Rost hielt.

Sie erkannte weitere sich windende Gebilde nahe den Leitungen, die zum Sammler Nummer drei führten.

»An beiden tritt Öl aus, und zwar ziemlich viel. Besonders schlimm ist es bei Nummer zwei.«

»Kannst du ein bisschen näher rangehen?«

»Ich denke nicht daran. Ich beherrsche den Anzug nicht besonders gut und möchte nicht, dass mein ganzes Gesichtsfeld mit Öl verkleistert wird.«

Sie sah, dass der Fraß schon ziemlich weit fortgeschritten war. Als Tauchbootpilotin war sie sich bewusst, dass es in zweitausend Metern Wassertiefe nur äußerst wenig Sauerstoff gibt, dennoch schien diese geringe Menge genügt zu haben, den Stahl zu zersetzen.

Dabei hatte man die Leitungen mit allem, was dazugehörte, erst vor gut drei Monaten verlegt.

»Bitte, Martha«, kam Morales' flehende Stimme.

»Na schön, von mir aus. Ich werde dir sagen, was es gibt.«

Sie schaltete den Vorwärtsantrieb ein und sah sich die Sammler eins und vier an. Auch wenn dort kein Öl austrat, war deren Zustand ebenfalls besorgniserregend. Die Lichtstrahlen fielen auf eine schleimige Masse, die Hebel und Handräder bedeckte. Außerdem saßen überall Seeigel. Sie wendete und stellte die Kamera auf den Sammler zwei ein. Aus dieser vollständig korrodierten Vorrichtung drangen die schlangenförmigen Öl-Gebilde so zahlreich wie die Köpfe der Hydra. Damit Morales Gelegenheit hatte, die Dinge möglichst deutlich auf dem Bildschirm zu erkennen, ging sie so nah heran, dass sie die Füße auf die Grundplatte des Sammlers stellen konnte.

»Gut gemacht. Jetzt seh ich mehr«, hörte sie seine Stimme. Sie klang ihr unangenehm in den Ohren.

Die Kamera zeigte fünf Steuerventile und die zugehörigen Rohrleitungen. Morales überlegte angespannt, auf welche Weise es zum Austritt des Öls gekommen sein mochte. Die automatischen Systeme funktionierten einwandfrei. Die an die Absperrschieber und die »Christbäume« um die Bohrlöcher herum gesendeten Befehle, den weiteren Zufluss zu unterbrechen, hatten Wirkung gezeigt. Aber die Schäden an den Sekundärventilen hatte die Anlage nicht gemeldet. Er konnte sich nicht erinnern, Berichte über diese Art von Leckage gesehen zu haben. Wie es aussah, hatten sich die Wartungstrupps ausschließlich unten in viertausend Metern Tiefe auf die Arbeit mit den Robotern bei den Bohrlöchern konzentriert, es aber nicht für nötig gehalten, die Ventile an den Sammlern in der Nähe der Tauchfähre zu kontrollieren.

»Ich sag dir, was wir tun«, sagte Morales etwas munterer. »Wir versuchen, die Sache in Ordnung zu bringen.«

»Du hast sie wohl nicht mehr alle? Du weißt genau, dass ich keine Mechanikerin bin.«

»Das ist ganz einfach«, erwiderte Morales. »Es genügt, fünf Innensechskantschrauben nachzuziehen. Vielleicht haben die sich bloß gelockert.«

»Du hast ja selber 'ne Schraube locker«, sagte sie verärgert. »Meinst du etwa, die Leute, die vor mir hier waren, waren alle miteinander Dummköpfe?«

Fast hätte er sie angeschrien, nahm sich aber im letzten Augenblick zusammen.

»Hör mal, Martha, wir sollten es versuchen. Nimm doch den Schraubenschlüssel und probier's.«

Sie setzte das Werkzeug in die Aussparung des ersten Bolzens und drückte auf den Betätigungsknopf des Hydraulikmotors. Sie spürte die Schwingungen durch den Anzug.

Ein Blick auf den Bildschirm zeigte Morales, dass sich die Anzeige für ein Ventil änderte und die Durchflussanzeige von null auf einen geringen Wert anstieg.

Offensichtlich begann Öl in Richtung auf die Tauchfähre zu fließen.

»Großartig! Mach weiter, Martha! Zieh auch die anderen an.«

Als sie den letzten Bolzen festgezogen hatte, stellte sie fest, dass aus dem Sammler Nummer zwei keine schwarzen Schlangen mehr drangen.

Morales war begeistert. Bohrloch zwei pumpte endlich wieder Öl. Das wäre erledigt. Es war einfach wie bei einem tropfenden Wasserhahn gewesen – Dichtungen, die ihre Aufgabe nicht mehr erfüllten. Man brauchte nur die Bolzen an den Ventilen um einige Grad zu drehen, schon stimmte der Druck im Inneren des Sammlers wieder. Mit zufriedenem Lächeln sah der Ingenieur zu, wie die Zahlen über den Bildschirm wanderten. Durch die beiden als »verstopft« gemeldeten Leitungen floss wieder das Öl aus zwei Bohrlöchern. Er rieb sich voll Freude die Hände, während er daran dachte, dass er sich damit Steiffel gegenüber in eine äußerst günstige Position gebracht hatte.

Márquez richtete das Licht ihres Scheinwerfers hierhin und dorthin, um nach weiteren undichten Stellen zu suchen. Trotz ihrer eingeschränkten Sicht gewann sie die Überzeugung, dass alles in Ordnung war. Morales schrie vor Begeisterung ins Mikrofon, dass es ihr in den Ohren hallte. Offensichtlich war der für ihren Geschmack übermäßig amerikanisierte Mexikaner mit ihrer Arbeit zufrieden.

Sie spürte, wie ihre Anspannung nachließ. Sie hatten es geschafft! Jetzt so rasch wie möglich in die Tauchfähre zurück, um dort auf die Rettung zu warten! Sie dachte an die Sonderzahlung, die sie bekommen würde, an den wohlverdienten Urlaub und daran, was sie mit all der freien Zeit tun könnte. Eine Fülle von Vorstellungen drängte sich in ihrem Kopf. So sehr gab sie sich ihrer Traumwelt hin, dass sie nicht sogleich mitbekam, dass es um sie herum plötzlich heller wurde, so hell, dass die Spalten im zerklüfteten Meeresboden in einem kränklich-grünlichen Schimmer sichtbar wurden. Woher dieser leuchtende Nebel nur kommen mochte, fragte sie sich, als sie es merkte.

Der Fangarm tauchte aus dem Nebel auf und legte sich unglaublich schnell um das Exoskelett aus Titan, das ihr rechtes Bein umgab.

Sie kam nicht dazu, mehr als einen einzigen Schrei auszustoßen.

Sie spürte, wie sie davongezerrt wurde, ohne sich irgendwie dagegen wehren zu können. Alles um sie herum begann sich zu drehen. Das metallische Knirschen, das der Anzug unter dem immer stärker werdenden Druck von sich gab, gelangte in Gestalt rasch aufeinanderfolgender trockener Explosionslaute an ihre Ohren. Es klang ungefähr so wie das Knistern eines brennenden Holzscheits. Das Tier machte sich daran, sie mitsamt ihrem Tauchanzug in sich hineinzuziehen. Sie sah die erschreckenden Kiefer, hinter denen sich ein tiefer Schlund aus flüssigem Licht öffnete. Die Kiefer zermalmten die Titanhülle des SAM mit unvorstellbarer Kraft, und das Meer erledigte den Rest. Die Implosion entließ Márquez' Bewusstsein in unendliche Schwärze, doch indem die Atemluftflaschen unter dem ungeheuren Druck platzten, zerstörten sie auch das Zentralnervensystem des Kalmars und rissen dessen Gehirn entzwei.

Wie die Stücke eines in der Luft explodierten Flugzeugs trudelten die Überreste des Ungeheuers gemeinsam mit den Metallteilen des SAM abwärts, der Tiefe einer der finsteren unterseeischen Schluchten entgegen, in welche die vier zum Herzen von *Kreis Sieben* führenden Ölleitungen hinabtauchten.

Márquez‹ gellender Schrei war an Morales' Ohren gedrungen, während er selbstgefällig die erfreuliche Entwicklung der Förderleistung auf den Bildschirmen verfolgte. Als er sich umdrehte, sah er die bunt durcheinanderwirbelnden Aufnahmen der Kamera an der Schulter des Tauchanzugs.

Er brachte kein Wort heraus. Offensichtlich wurde seine Kollegin von etwas herumgeschleift, das er nicht sehen konnte. Zu wiederholten Malen schlug die Kamera auf dem Meeresboden auf, wobei so laute metallische Geräusche übertragen wurden, dass die Lautsprecher an ihre Belastungsgrenze gerieten. Dann verdrehte sich das Objektiv und erfasste das von Panik verzerrte Gesicht der Frau, die er begehrte.

Er sah, wie sie den Mund weit öffnete und im nächsten Augenblick im Helmvisier gespiegelt ein schwarzes Loch, in dem sich zwei schnabelförmige elastische Kiefer öffneten und schlossen. Er bedeckte die Ohren mit den Händen, bis das unerträgliche Geräusch aufhörte.

Dann verschwand alles, Márquez wie auch die Kiefer, und auf dem Bildschirm sah man nur noch Bildrauschen; die Lautsprecher waren stumm.

Im nächsten Augenblick hörte Morales hinter sich Nadja aufschreien. Er hatte nicht gemerkt, dass sie hereingekommen war und die letzten von der Kamera übertragenen Bilder mit angesehen und begriffen hatte, was sich dort abspielte. Jetzt trat sie an den inzwischen leeren Bildschirm heran, legte ihre Finger darauf und begann zu weinen.

Er war zu keiner Reaktion fähig, hatte nicht die Kraft, sich von seinem Sitz zu erheben, und hielt nach wie vor die Augen auf den leeren Bildschirm gerichtet.

Er merkte nicht einmal, dass Nora und Cepesma, die inzwischen hereingekommen waren, leise miteinander redeten. Offensichtlich hatten sie die Situation noch nicht erfasst. Lediglich das Schluchzen des Mädchens hörte er, nahm es aber nur am Rande seines Bewusstseins wahr, über einen Abgrund hinweg, eine Tiefe, die sich von dem Bildschirm vor ihm in die Unendlichkeit erstreckte.

Die Notbeleuchtung erlosch, alles lag im Dunkeln. Dann wurde es wieder hell, doch die Lampen leuchteten nicht gleichmäßig, sondern blinkten rot, sodass ein rötlicher Lichtschein alle Gesichter übergoss.

»Was bedeutet das Geräusch da?«, fragte Cepesma beunruhigt. »Es klingt wie das Nebelhorn eines Schiffes.«

»Nadja! Was ist mit dir?«, wandte sich Nora an ihre Tochter.

Nichts von alldem hörte Morales, lediglich das Schluchzen des Mädchens drang an seine Ohren. Auch als ihn Cepesma an beiden Schultern packte und schüttelte, merkte er nichts davon.

Da ließ sich Nadjas zitternde Stimme vernehmen: »Sie … ist tot. Ich hab es auf dem Bildschirm gesehen.«

»Heilige Mutter Gottes!«, rief Cepesma aus. »Was ist denn passiert?«

»Ich … ich weiß nicht«, brachte Morales mühsam hervor.

Nadja ließ den Bildschirm los und wandte sich um. »Die Ungeheuer haben sie umgebracht.«

Hasserfüllt blickte sie Morales an.

»Großer Gott«, stieß Morales durch die zusammengebissenen Zähne hervor.

»Was bedeutet das Geräusch? Sagen Sie schon!«, schrie ihn Nora an.

»Man dreht uns den Hahn zu«, sagte Morales mit stockender Stimme.

50

Orkan

An Bord der Rainbow

Der Sturm forderte seine Beute. Das war Jeffrey Fisk nur allzu bewusst, als er zur Kommandobrücke eilte, wo ihn Hickley Kaugummi kauend erwartete, während er mit finsterer Miene zusah, wie immer wieder Wasserfontänen gegen die Scheiben peitschten. In den Händen hielt er ein Blatt Thermopapier aus dem Drucker, der fortlaufend die meteorologischen Daten ausspie. Fisk riss das nächste Blatt heraus, warf einen flüchtigen Blick darauf und rechnete im Kopf die Zahlen in Windrichtung und -geschwindigkeit um.

Er sah Hickley an. Was er in dessen hellen Augen sah, gefiel ihm überhaupt nicht.

»Was bedeutet das hier? Windstärke neun bis zehn aus Nordost?«

Hickley wusste nicht, was er darauf sagen sollte, und gab schließlich zurück: »Na ja, Nordostwind kommt auf.«

Fisk bemühte sich, die Ruhe zu bewahren. Ihm war klar, dass der Mann nichts dafür konnte, trotzdem fragte er wütend: »Ausgerechnet jetzt? In den letzten zehn Minuten? Verdammt noch mal, Donald, wir sitzen tief in der Tinte! Hier steht, dass der Wind achtzig Knoten erreichen soll.«

»Ja, das sind die Werte, die uns der Wettersatellit geliefert hat«, gab Hickley achselzuckend zurück. »Sieht ganz so aus, als hätten wir es mit einer der berüchtigten kantabrischen Galernas zu tun – Sie wissen schon, der Wind springt von Nordost auf Nordwest um. So eine Galerna tritt in diesen Gewässern häufig auf.«

In diesem Augenblick tauchte der Bug der *Rainbow* so tief ein, dass er für einen Moment vollständig unter Wasser verschwand. Flüchtig dachte Fisk an die sicherlich völlig verängstigten Studenten in ihren Kajüten.

»Ich möchte Oberlander und Fornari hier auf der Brücke haben. Unter keinen Umständen darf sich jemand an Deck aufhalten. Geben Sie der Küstenwache unsere Position durch. Und sagen Sie denen, dass wir um ein Tauchboot gebeten haben, jetzt aber selbst in Seenot sind.«

»Kursänderung?«, fragte Hickley.

Der Kapitän wog die Möglichkeiten ab. Das Unwetter hatte seine Absicht vereitelt, an den Öltanker heranzufahren, eine Barkasse auszusetzen und zu seinem Kollegen an Bord zu gehen. Der Sturm tobte aus Nordost heran, und er müsste Nordkurs steuern, um das andere Schiff zu erreichen. Damit aber würde er dem Wind die Backbordseite der *Rainbow* in voller Breite darbieten.

Er zündete sich eine Zigarette an und merkte, dass seine Hände zitterten.

»Nein. Nehmen Sie über Funk Kontakt zu dem Tanker auf, und teilen sie den Leuten mit, dass wir in Seenot sind. Wir drehen auf Südwest, dann haben wir den Wind von achtern.«

Immer stärker hämmerten Wind und Brecher gegen das Schiff. Fisk versuchte, seine Gedanken der *Atlantis* zuzuwenden, die irgendwo da unten sein musste. Schon wenige Meter unter der Wasseroberfläche hörte jede Wellenbewegung auf, war alles still. Er vermutete, dass die Männer tot waren, inmitten einer völlig reglosen Welt, die im krassen Gegensatz zu der Heftigkeit des Unwetters stand, das die *Rainbow* jetzt heimsuchte.

Er war so tief in Gedanken, dass er gar nicht merkte, wie die beiden Ingenieure auf die Kommandobrücke kamen. Doch dann riss der Sturm eine der gelben Bojen los und schleuderte sie mit solcher Wucht durch das Fenster, dass sie dem Funkmaat das Rückgrat brach. In diesem Augenblick begriff Kapitän Fisk seinen Fehler. Er hatte versäumt, alles, was sich an Deck befand, belegen und festzurren zu lassen.

Dann aber sah er etwas, das ihm wie ein Bild aus einer anderen Welt erschien. Eine Wasserwand, verglichen mit der das Schiff wie ein Spielzeug aussah, hob sich wenige Meter vor dem Bug, brach über der *Rainbow* zusammen und riss sie in die schwarze Tiefe.

51

Unterwasserförderung

An Bord der Merlin

Schwerfällig hob und senkte sich die Merlin mit den Wellenbergen und -tälern. Während der Sturm an Heftigkeit zunahm, sah Steiffel endlich, worauf er schon viel zu lange gewartet hatte: Die roten Zahlen auf seinem Bildschirm, die stets unverändert geblieben waren, wurden grün, und ihre Werte begannen zu steigen.

Bohrloch eins. Verschlossen
Bohrloch zwei. Aktiv / einwandfreier Durchsatz
Bohrloch drei. Aktiv / einwandfreier Durchsatz
Bohrloch vier. Verstopft

Durch zwei der vier Leitungen floss endlich wieder Öl.

Er drückte den Knopf der Sprechanlage, die ihn mit dem Kapitän auf der Kommandobrücke verband.

»Hören Sie gut zu, Flogarthy. Ich habe alles für das Kappen der Leitung zur Tauchboje Nötige vorbereitet, möchte aber zuvor noch über die Sekundärleitungen Öl von dort in die Lagertanks pumpen. Haben Sie mich verstanden? Die ›Spinne‹ soll so programmiert werden, dass in einer Notsituation nach 1.7 des Handbuchs eine Überbrückung erfolgt. Die Ventile werden nicht geschlossen.«

»Das wird aber einige Minuten dauern«, gab der Kapitän zurück. »Mir macht die Zeit Sorge, die wir für das Kappen brauchen. Dafür muss man mindestens fünfzehn Minuten vorsehen, und vielleicht ist die Verankerung schon so stark in Mitleidenschaft gezogen, dass ...«

»Tun Sie, was ich Ihnen gesagt habe«, fuhr ihn Steiffel an und wandte sich erneut seinen Bildschirmen zu, wo sich ein weiteres Fenster geöffnet hatte, durch das Zahlen liefen. Mit großer Freude sah er, dass die Zahlenwerte in Leitung zwei und drei weiter stiegen. Der Tanz der Zahlen ließ ihn zufrieden lächeln. Das Öl wurde an einen anderen Ort umgepumpt, der Dutzende von Kilometern von der *Merlin* entfernt lag. Das war wirkliche Kunst, das Ergebnis einer zukunftsträchtigen Technik, die in der Ölindustrie zweifellos Maßstäbe setzen würde.

Einen Augenblick lang hielt er inne und warf einen Blick auf die Pläne, die Tschakenko auf dem Tisch hatte liegen lassen. Ein von sowjetischen Ingenieuren für die Arbeit in den Tiefen der

Arktis entworfenes vollständiges System zur Förderung von Kohlenwasserstoff-Verbindungen unter dem Meer. Das Ganze ließ sich in wenigen Worten zusammenfassen: vollständige Unabhängigkeit von allem an der Wasseroberfläche und damit von allen Widrigkeiten, die dort eintreten konnten. Die Sowjetrussen hatten das Problem gelöst, das darin bestand, dass sich riesige Eismassen in Gestalt von Eisbergen ablösten und mit der Meeresströmung davontrieben. Von ihnen ging eine beständige Gefahr für fest vor Anker liegende Schiffe aus, und seien sie auch so ungeheuer groß wie die *Merlin* – von Bohrinseln ganz zu schweigen. Bedingt durch die Erderwärmung (für die Steiffels Unternehmen zum Teil mit verantwortlich war), würde die Menge dieser Art von Treibeismassen immer mehr zunehmen, weshalb sich die Einrichtung vollständig unter Wasser befindlicher Förderanlagen empfahl.

Ein Unterwasser-Kernreaktor würde alle wesentlichen Bestandteile der Anlage mit Energie versorgen. Zu ihnen gehörte Bohrgerät, das mehrere Kilometer tief in den Meeresboden eindringen konnte, ebenso wie Leitungen, durch die Gas und Öl in eine auf dem Meeresgrund befindliche automatische Raffinerie geleitet würden. Lagertanks für beide Produkte lägen um den ganzen Komplex herum, und riesige Unterseeboote der Klasse *Taifun* würden die Ausbeute abtransportieren. Tschakenko hatte ihm mitgeteilt, solche Boote hätten unter dem Eis der Arktis bereits jeweils bis zu zehntausend Tonnen über festgelegte, sichere Unterwasser-Routen befördert.

Die Anlagen waren erweiterbar und konnten sich über viele Kilometer erstrecken. Als ROV bezeichnete Tauchroboter und kleinere Versorgungs-Tauchboote würden gemeinsam mit herkömmlichen Schiffen und entsprechenden an der Küste liegenden Infrastruktur-Einrichtungen die Verbindung zwischen ihnen gewährleisten. Sozusagen das Nervenzentrum, von dem aus alle Teile der Anlage automatisch gesteuert wurden, war die eigentliche Kernkraftzentrale mit einer Belegschaft von bis zu fünfzehn Fachleuten. Dank der bei der *Ocean Shuttle* gewonnenen Erkenntnisse, hatte der Russe erklärt, ließen sich solche Anlagen mit einer Druckfestigkeit von über zweihundert Bar bauen.

Steiffels fester Überzeugung nach würden es ihm die mit *Kreis Sieben* im Laufe der kommenden Jahrzehnte erwirtschafteten Gewinne ermöglichen, eine ganze Reihe dieser Fördersysteme in allen Weltmeeren einzurichten.

Er drückte auf den Knopf der Gegensprechanlage, um Verbindung mit Tschakenko aufzunehmen. »Lass den Hubschrauber startbereit machen, Wladimir. Wir setzen uns ab.«

An die Stelle der grünen Ziffern, die anzeigten, dass Sauerstoff in die Tauchfähre gepumpt wurde, traten jetzt rote; zehn Sekunden darauf verschwanden sie ganz von den Bildschirmen. Die *Merlin* hatte sich endgültig von der *Ocean Shuttle* getrennt – etwa so, wie man einen Vogel aus seinem goldenen Käfig fliegen lässt.

Das Erdöl aber würde weiter in die riesigen Auffangbehälter der spinnenförmigen Tauchboje fließen und von dort zu den Bojen, die als Lagertanks dienten.

Er hatte die Lage wieder im Griff. Doch die Zeit war gekommen, einstweilen den Rückzug anzutreten.

Mit leisem Bedauern dachte er an die Verluste. In erster Linie würde ihm Nora Pulaski fehlen. Ohne dieses entsetzliche Unwetter hätte er ein Rettungsunternehmen gestartet. Einen besseren Vorwand konnte es nicht geben: Die Wut der Elemente hatte ihn daran gehindert, zu tun, was für das Überleben der in der Station Eingeschlossenen nötig gewesen wäre. Welche Wahl wäre ihm geblieben? Zuerst kam das Geschäft. Sicherlich würde er Möglichkeiten finden, etwas für die Besatzung des Schiffs zu tun, deren Mitglieder an Depressionen und gelegentlichen Wahnvorstellungen litten. Dafür würde er die besten Spezialisten hinzuziehen. Es würde ihm auch zum Vorteil gereichen, dass er sich um Nora Pulaskis Zukunft gekümmert hatte. Die *Mars Eternity*, die mit einer Geschwindigkeit von vielen tausend Kilometern in der Stunde weiterhin ihrem Weg zum Roten Planeten folgen würde, befand sich bereits in seiner Hand. Im Lauf des kommenden Jahrzehnts, in dem es seine Aufgabe sein würde, die unendlichen Vorräte von *Kreis Sieben* auszubeuten, würde er der NASA anbieten, ein Museum zu stiften, das ihren Namen tragen sollte.

Die *Merlin* stampfte heftig. Als Tschakenko eintrat, kam zusammen mit ihm ein scharfer Windstoß und ein Schwall Wasser herein. Er war von Kopf bis Fuß durchnässt.

»Wir haben Probleme. Irgendwo im Rumpf muss ein Leck sein, und zwar ein ziemlich großes, wie Flogarthy sagt. Daher hat er angeordnet, dass die Besatzung von Bord gehen soll.«

Steiffel nahm die Brille ab: »Besteht die Gefahr, dass wir sinken könnten?«

Auf diese Frage wusste Tschakenko keine Antwort.

»Der starke Seegang soll Versorgungsleitungen beschädigt haben«, brachte er heraus. In seiner Stimme lag eine Besorgnis, die Steiffel bei ihm noch nie gehört hatte. »Möglicherweise hat eine von ihnen den Rumpf irgendwo aufgerissen. Das lässt sich im Augenblick unmöglich feststellen.«

Steiffel sog die frische Luft ein, die mit Tschakenko hereingekommen war.

»Schön, Wladimir, ich denke, es ist Zeit, dass wir uns absetzen.«

»Genau da liegt der Hund begraben, Calvin. Eine überkommende See hat einen Rotorflügel des Hubschraubers abgerissen. Wir sitzen in der Falle. Wir hätten früher abhauen sollen.«

Ein erneuter Wogenanprall hätte Steiffel fast von den Füßen gerissen. Während er nach der Brille suchte, die ihm entfallen war, als er sich instinktiv festhielt, begriff er, dass es keinen Sinn hatte, die Besatzung von Bord gehen zu lassen – wohin denn auch? Er fand die Brille, setzte sie auf und sah hinaus.

Was er sah, jagte ihm einen Schauer über den Rücken. Die riesige Fläche des Decks, größer als drei Fußballplätze, hob und senkte sich, als tanzte das gewaltige Schiff wie ein Kork auf dem Wasser. Immer wieder tauchte es bis über die Aufbauten vollständig ins Wasser ein. Dann öffnete sich das Meer vor seinen Augen und türmte Wellen von bedrohlicher Höhe auf. Der Bug der *Merlin* machte geradezu verrückte Bewegungen. Er spürte die Schwingungen des Schiffskörpers unter seinen Füßen und hörte das Dröhnen, mit dem die Brecher gegen die Aufbauten schlugen. Bei seinem Zurückweichen ließ das Wasser an Deck sonderbar verzogene und verdrehte Metallteile zurück.

Wenige Sekunden später schlug etwas gegen seine mehrfach verstärkte Panoramascheibe. Er hatte es kommen sehen und war daher Zeuge geworden, wie sie dem Aufprall zwar mehr oder weniger standhielt, aber an einigen Stellen in Stücke zersprang. Während er sich am Tisch festklammerte, hörte er hinter sich einen erstickten Schrei.

Ein großer Kunststoffsplitter war Tschakenko in den Hals gedrungen. Blutend lag der Russe mit weit aufgerissenen Augen am Boden. Wie betäubt und unfähig, sich zu regen, sah Steiffel Luftblasen, die zusammen mit dem Blut austraten, während der Russe wie ein Fisch nach Luft schnappte.

Durch das Loch in der Scheibe kam immer wieder Wasser herein. Jetzt hörte Steiffel in der einst schalldichten Suite den mit unverminderter Stärke tobenden Sturm. Kurz darauf schwebte vor seinen entsetzten Augen ein riesiger Schatten auf einen der Steuerbordtanks zu und prallte dagegen. Er sah die Funken, auf die sogleich eine Explosion folgte. Die nächste Woge, die das Deck überrollte, löschte den Brand, kaum dass er ausgebrochen war, und riss mit sich ins Meer, was an Resten vom Aufprall des Hubschraubers übrig geblieben war.

Bald darauf trat Kapitän Flogarthy ein, von Kopf bis Fuß in Ölzeug. Nie im Leben hätte Steiffel geglaubt, dass ihn der Anblick dieses Mannes einmal freuen würde. Nach einem kurzen entsetzten Blick auf den toten Tschakenko gab er Steiffel eine Schwimmweste mit den Worten: »Ziehen Sie das an und kommen Sie mit.«

Schweigend und so rasch er konnte, legte Steiffel, der von niemandem mehr Anweisungen bekommen hatte, seit er als Jugendlicher für seinen Vater, den großen Melvin Steiffel, gearbeitet hatte, die Schwimmweste an.

»Alle haben durch den Nottunnel den Schutzbereich aufgesucht. Ein Rettungsboot ist bereits über Stag gegangen, aber wir haben noch zwei am Bug«, sagte Flogarthy. »Sie bieten hundertsechzig Personen Platz. Beeilen Sie sich.«

Als sie in die Hölle aus Regen und Sturm hinaustraten, warf Steiffel einen letzten Blick auf seine Suite, die das Unwetter in einem unbeschreiblichen Zustand hinterlassen hatte. Das Samurai-Schwert hing nicht mehr an der Wand, und die Bilder seiner Vorfahren trieben in Stücke geschlagen im Wasser. Da die Scheibe dem Anprall endgültig nachgegeben hatte, stand der Raum bereits zur Hälfte unter Wasser. Die Wellen, welche die Bildschirme heruntergerissen hatten, liefen über Tschakenkos von Blut bedeckten Leichnam. Nur das Goldfischglas trotzte dem Chaos, und die drei Fische schwammen mit geradezu kränkender Gelassenheit darin umher.

52

Ertappt

In der Ocean Shuttle

Dem leeren Bildschirm war die Mitteilung zu entnehmen, mit der sich abzufinden Morales nicht bereit war: Martha lebte nicht mehr. Auf den Gesichtern der Menschen um ihn herum, die er im rot aufblinkenden Schimmer der Notbeleuchtung sah, lag der Vorwurf, dass er die Schuld daran trug. Immer wieder wanderte sein Blick zum Bildschirm hin. Die Frau, die er begehrt hatte, war tot, das Bildrauschen zeigte ihm, dass sie in der Tiefsee ihr Grab gefunden hatte und die Tiere, die dort lebten, sich von ihren Überresten ernähren würden.

»Was meinen Sie damit, dass man uns den Hahn zudreht?«

Die Stimme, die diese törichte Frage gestellt hatte, schien ihn zu verspotten. Er versuchte sich ihr zu entziehen, stieß sich mit seinem Drehstuhl ab und rollte zu einem anderen Bildschirm, der ihm zeigte, dass weiterhin Öl aus der Tiefe gepumpt wurde.

Was für ein hoher Preis dafür, dass die Förderung an den beiden Bohrlöchern weiterging!

Steiffel weiß Bescheid. Jetzt pumpt die Merlin *keinen Sauerstoff mehr in die Tauchfähre.*

Wieder hörte er die Frage: »Was meinen Sie damit, dass man uns den Hahn zudreht?«

Die Umwelt kehrte in sein Bewusstsein zurück. Er sah in die erwartungsvollen und furchtsamen Gesichter der Menschen, die eine Antwort von ihm erwarteten. Er spürte, wie ihn Schwindel erfasste.

»Die *Merlin*...«, brachte er heraus, nachdem er Atem geholt hatte. Es kostete ihn Überwindung, den Namen auszusprechen, aber es verschaffte ihm auch eine gewisse Erleichterung, einen Sündenbock für die Last gefunden zu haben, die er auf seiner Seele spürte. »... hat aufgehört, Sauerstoff in die Station zu pumpen.«

»Dann rufen Sie da an und machen denen klar, dass das nicht geht«, verlangte Cepesma.

Morales drückte die Knöpfe der großen Mikrofone und sagte laut Steiffels Namen. Als einzige Antwort kam eine Art elektronisches Rauschen. Ganz offensichtlich war Steiffel nicht am anderen Ende der Leitung.

»Wie es aussieht, haben sie auch die Kommunikationsleitungen gekappt. Wir haben keine Verbindung mehr zum Schiff.«

»Heißt das, wir sind jetzt vollständig auf uns allein angewiesen?«, wollte Nora wissen.

Cepesma setzte sich auf den Boden und fuhr sich verzweifelt durch die Haare.

»Ja. Jetzt sind wir... auf uns allein gestellt«, gab Morales knapp zurück. »Steiffel hat uns im Stich gelassen.«

»Jetzt verstehe ich«, sagte Nora und hob die Brauen. »Er hatte... von Anfang an einen Plan.«

Morales schürzte die Lippen. Fast hätte er gesagt, »natürlich, was glauben Sie denn?«, schluckte es aber herunter.

Cepesma warf einen ungläubigen Blick auf Nora. Als seine Augen zu Morales wanderten, änderte sich ihr Ausdruck, und er fragte wütend: »Und wie soll das Ihrer Ansicht nach hier weitergehen?«

Der Ingenieur erklärte: »In spätestens fünf Stunden werden wir merken, dass uns das Atmen immer schwerer fällt.«

»Und was ist mit den Sauerstoffreserven?«, fragte Cepesma und sah sich suchend um. »An solchen Orten gibt es sicher Flaschen mit Atemluft.«

»Da haben Sie Recht. Die liefern uns noch mal zwei Stunden lang Luft, vielleicht drei. Ich glaube nicht, dass es genug davon gibt. Wir können von Glück sagen, wenn wir ... einen Nachmittag lang durchhalten.«

»Das kann doch gar nicht sein!«, entfuhr es Cepesma, und er schüttelte den Kopf. »Es muss eine andere Möglichkeit geben.«

Nora hatte Nadja eine Hand auf die Schulter gelegt. Das Mädchen stand immer noch reglos vor dem Bildschirm und starrte wie gebannt auf das Rauschen.

Nora setzte sich neben Cepesma und erklärte: »Das war von Anfang an deren Absicht, nachdem wir euer Tauchboot entdeckt hatten, Juan.«

Es war das erste Mal, dass sie ihn mit Vornamen anredete. Es gefiel ihm.

»Vielleicht bin ich ja blöd, aber ich verstehe immer noch nicht.«

Sie stand auf und sah auf die Bildschirme. »Als wir die Station mit Hilfe der Roboter erkundet haben, hat sich gezeigt, dass sie mehr oder weniger überflutet war und es keine Möglichkeit gab, hier hineinzugelangen. Für Steiffel dürfte es ein schwerer Schlag gewesen sein, zwei Tauchboote vergeblich nach unten geschickt zu haben. Dann sind wir zufällig auf euer Tauchboot gestoßen und haben gesehen, dass darin noch jemand am Leben war, nämlich du.«

»Wir«, verbesserte er sie. Das Bewusstsein, inzwischen der einzige Überlebende der Expedition der *Atlantis* zu sein, bereitete ihm Unbehagen.

Nora schnippte mit den Fingern. »Genau. Damals hatte Steiffel noch ein Tauchboot besessen, mit dem man Leben retten konnte. Das Vorhaben bot ihm nicht nur einen guten Anlass für eine dritte Unternehmung, sondern auch die einzige Möglichkeit, mich in die Sache einzubeziehen. Das Auffinden deines Tauchboots war ein Glücksfall für ihn.«

Morales war nach wie vor tief in seinem Sessel versunken. »Anders gesagt«, fuhr sie fort, »Steiffel wollte die Station sich selbst überlassen und später vielleicht nach einer Möglichkeit suchen, sie wieder in Betrieb nehmen zu können.«

Cepesma stand auf, streckte die Beine aus und sah sich um. »Überleg doch nur, was das hier gekostet haben muss! Sicher Hunderte von Millionen Dollar! Warum sollte er das alles im Stich lassen?«

Nora wies auf Morales. »Er hat Steiffel davon überzeugt, dass sie sich wieder in Betrieb nehmen lässt. Davon hing seine private und berufliche Zukunft ab. Glaub mir, bei all dem steht weit mehr auf dem Spiel als eine kostspielige Tauchfähre.«

Morales schüttelte den Kopf und sah dann Cepesma kalt an: »Ja, die Rettungsaktion war als Tarnmantel gedacht … jedenfalls anfangs. Immerhin haben wir Sie gefunden und Sie gerettet. Und das ist jetzt der Dank!«

Nora stellte sich vor den leeren rauschenden Bildschirm und klopfte darauf.

»Sie irren sich. Unser Leben verdanken wir Marthas Umsicht und Erfahrung. Sie haben sich doch die größte Mühe gegeben zu verhindern, dass wir das andere Tauchboot erreichten, Sie wollten um jeden Preis hierher zur Station. Da Sie sich nicht darauf verlassen wollten, dass wir unser Vorhaben nach Beginn der Tauchfahrt aufgaben, haben Sie sich einen noch teuflischeren Plan ausgedacht: Sie haben die *Beebe* sabotiert und, schlimmer noch, mit dem Leben meiner Tochter gespielt.«

Morales versuchte zu lächeln. »Ich bitte Sie! Glauben Sie wirklich, dass ich mein eigenes Leben in Gefahr bringen würde? Was Sie da sagen, ist völlig … haltlos.«

»Ist es nicht. Sie haben mir gesagt, dass in der *Beebe* Platz ist«, meldete sich Nadja zu Wort, »und dass ich bei meiner Mutter bleiben kann, wenn ich keinem was davon sag.«

»Ach, jetzt soll ich wohl als Sündenbock für alles herhalten?« Morales bemühte sich um einen spöttischen Ton. »Vielleicht auch noch dafür, dass uns die Ungeheuer angegriffen haben?«

Cepesma reckte sich und trat drohend auf ihn zu. »Ihr glaube ich, Ihnen nicht.«

»Ich weiß noch nicht, wie er das angestellt hat, aber die nötigen Kenntnisse besitzt er«, sagte Nora. »Er konnte dafür sorgen, dass der Stromvorrat der *Beebe* knapp ausreichte. Vor jeder Tauchfahrt muss man sich vergewissern, dass genug Reserven da sind, um im Fall von Schwierigkeiten wieder auftauchen zu können, und er hat die Risiken bewusst schlecht kalkuliert. Er hat nicht damit gerechnet, dass wir euer Tauchboot heil erreichen, und musste dann gegen seinen Willen bei der Rettung mitwirken. Danach haben die Komplikationen begonnen: der Ausfall der Antriebsenergie, die entladenen Akkus. Mit dem Angriff der Tiere war schließlich alles aus.«

»Das heißt, dieser Krake, der uns fast alle umgebracht hätte, hat sich als sein Verbündeter erwiesen«, schloss Cepesma. »Eine hübsche Mischung aus Zufällen und absichtlich herbeigeführten technischen Pannen.«

»Ich habe im guten Glauben gehandelt«, begehrte Morales auf.

»Das können Sie Ihrer Großmutter erzählen!«, hielt Nora dagegen. »Sie haben von Anfang an gewusst, dass der Zugang zur Station ausschließlich durch die Luftkanäle möglich war und außer einem Kind niemand die Möglichkeit hätte, da hindurchzukriechen! Ausschließlich deshalb sind Sie darauf verfallen, meine Tochter an Bord der *Beebe* zu schmuggeln.«

Morales hob die Hände vor das Gesicht. Trotz der Kälte begann er zu schwitzen.

Cepesma näherte sich Morales mit drohend erhobener Faust. Der Ingenieur traf keine Anstalten, sich zu schützen, doch Nora hinderte Cepesma an seinem Vorhaben.

»Ihr versteht alle nicht!«, schrie der Ingenieur und brach in Tränen aus. »Keiner! Martha und ich haben alles für die Firma getan! Ich hatte alles genauestens geplant, bis mir die da draußen einen Strich durch die Rechnung gemacht haben.«

»Ja, Sie wollten erreichen, dass weiterhin Öl gefördert werden kann«, sagte Nora und sah ihn an. »Ihre Kollegin war in Ihre Pläne nicht eingeweiht, und Sie konnten sich wohl nicht vorstellen, dass Steiffel Sie auf diese Weise kaltstellen würde.«

»Das alles spielt im Augenblick keine Rolle«, murmelte Cepesma, der sich schwer auf einen Tisch stützte. »Wir sitzen in der Falle.«

»Nein, noch gibt es eine Möglichkeit«, sagte Nora, ohne den Blick von Morales zu wenden, der das Gesicht in den Händen verborgen hatte und laut seufzte. »Ich bin sicher, dass er in seinem Plan auch das Entkommen vorgesehen hat. Nur auf welche Weise?«

Der Ingenieur nahm die Hände von seinem Gesicht und rief aus: »Der Schlüssel!«

»Was für ein Schlüssel?«

»Der Schlüssel um ihren Hals … Wie dumm von mir! Ich habe ihr nicht gesagt, dass sie ihn hierlassen soll.«

Nora begriff.

»Der Schlüssel für den Ausstoßungsmechanismus der *Beebe*! Martha hatte ihn immer bei sich.«

»Aber er hat doch nicht funktioniert«, wandte Nadja ein. »Ich war ja neben ihr, als sie versucht hat, ihn zu benutzen. Ich weiß es noch ganz genau.«

Morales biss sich auf die Unterlippe. »Ich hab … die Batterie abgeklemmt, die den Stromkreis speist, um das Aussteigen zu verhindern, falls sich Martha dazu entschließen sollte.«

Bemüht, sich zu konzentrieren, hielt er den Blick auf seine von Schweiß bedeckten Hände gerichtet. Er spürte den Geschmack seines Blutes im Mund. Er hatte zu fest auf seine Lippe gebissen.

»Hier in der Tauchfähre haben wir einen Satz Reserve-Akkus. Sobald bei den Bohrlöchern alles in Ordnung gewesen wäre …«

»… hätten Sie uns mit einem weiteren Ihrer genialen Einfälle verblüfft und uns hier rausgebracht«, fuhr Cepesma wütend fort. »Allerdings glaube ich eher, dass Sie sich alleine aus dem Staub machen wollten.«

Erneut richtete Morales den Blick abwesend auf den flimmernden Bildschirm.

»Nein, so etwas dürfen Sie mir nicht unterstellen … wir alle hätten uns retten können. Aber Sie haben gesehen, was mit Martha geschehen ist.«

»Können Sie nicht auf irgendeine Weise dafür sorgen, dass wir hier rauskommen?«, fragte Nora.

Der Ingenieur schüttelte den Kopf.

»Das wäre viel zu kompliziert, und die Zeit würde keinesfalls reichen. Der Schlüssel aktiviert das System. Es ist wie beim Abschießen einer Rakete mit atomarem Sprengkopf … ohne den Schlüssel geht es nicht.«

»Bei allen Heiligen!«, rief Cepesma mit zum Himmel gereckten Armen aus. »Wir hätten die Möglichkeit gehabt, uns ohne Schwierigkeiten zu retten, und Sie haben das gewusst.«

Morales wies hilflos auf den Bildschirm. »… der Schlüssel ist da draußen … bei Martha. Er ist unsere einzige Rettung.«

»Sie sind ja verrückt!«

Unsicher erhob sich der Ingenieur von seinem Sitz und ging schwerfällig zum anderen Rechner. Nachdem er mit zitternden Fingern einige Tasten betätigt hatte, zeigte sich ein Gitternetz aus leuchtenden Linien auf schwarzem Hintergrund. Aus den Lautsprechern drang ein krächzendes Geräusch, und ein weißer Lichtpunkt blinkte auf einem der Quadrate im Netz.

»Da … ist … Marthas Schlüssel. An der Kette hängt außer ihm ein Peilsender, der sich nach zwanzig Minuten selbsttätig einschaltet – ein Sicherheitssystem für den Fall, dass er verloren geht. Jetzt muss nur jemand raus und ihn bergen.«

Nachdem er das gesagt hatte, sah er Nora fest an.

53

SOS

An Bord der Rainbow

Als Kapitän Fisk zu sich kam und die Augen öffnete, spürte er einen scheußlichen Juckreiz im Gesicht. Salz brannte in seinen Wunden. Der Sturm tobte nach wie vor, der Boden unter ihm schwankte hin und her, und auf dem Steuerdeck lagen Leichen, die bei jeder Bewegung des Schiffes träge über den Boden glitten. Vermutlich hatte der Anprall des Wassers sie gegen eine Wand des Ruderhauses geschleudert. Drei seiner sechs Offiziere waren tot, unter ihnen Hickley. Er lag rücklings mit völlig verrenkten Gliedmaßen da. Seine blauen Augen sahen starr nach oben, und auf dem Kopf, der fast vollständig vom Hals getrennt war, saß noch die Sprechgarnitur.

Nur mit Mühe gelang es Fist, sich aufzurichten. Ihm war entsetzlich übel. Der Macht der Wellen preisgegeben, trieb die *Rainbow* steuerlos dahin. Im Inneren des Ruderhauses rutschte die Rettungsboje, die die Scheiben durchschlagen hatte, immer wieder von Backbord nach Steuerbord und zurück.

Nach wie vor hämmerten die Wogen erbarmungslos gegen den Rumpf des Schiffes. Er stellte sich ans Steuer und versuchte, es in den Wind zu drehen, doch die Übelkeit war so stark, dass er sich kaum auf den Beinen halten konnte. Dann fiel ihm der Autopilot ein, der die Möglichkeit bot, das Schiff auf hoher See durch ein GPS-Signal auf einem festgelegten Kurs zu halten. Er sah, dass er ausgeschaltet war.

Hickley hatte die Gewohnheit gehabt, stets den Kurs einzuprogrammieren, obwohl das eigentlich nicht zu seinen Aufgaben gehörte. Zwar wusste Fisk, dass ein guter Seemann gern selbst spürt, wie das Schiff auf seine Befehle reagiert, doch war das, außer in Küstennähe, wo man besser von Hand steuerte, reine Tradition. Er drückte einige Knöpfe, wobei er aufmerksam auf die Bildschirme und das Sonar achtete. Erleichtert stellte er fest, dass fast alles zu funktionieren schien. Nach einer Weile drehte sich der Bug der *Rainbow* allmählich nach Südosten. Er durfte sich darauf verlassen, dass das Schiff gehorsam dem programmierten Kurs folgen würde. Jetzt, da es vor dem Wind lief, krängte es zwar nicht mehr wie zuvor, dafür aber hob und senkte sich der Bug wie eine Kinderschaukel. Er stellte die Maschinen auf volle Kraft voraus und schleppte sich ans Funkgerät.

Mit letzter Kraft nahm er, bevor ihm schwarz vor Augen wurde, das Mikrofon zur Hand, um einen Hilferuf abzusetzen.

Dann verlor er erneut das Bewusstsein.

54

Zweite Tauchfahrt

Ausstiegsöffnung der Ocean Shuttle

Stille. Dunkelheit. Vor einer Minute hat Nora die *Ocean Shuttle* über die Ausstiegsöffnung verlassen, doch sie hat keine Eile, und sie achtet auch kaum auf die Stimmen, die sie hört. Auf der Konsole vor der Brust sieht sie die Zahlen, die ihr auf ein Gramm genau vorrechnen, wie viel Sauerstoff sie verbraucht. Dort sind auch die Schalter: für die Steuerung der Bewegung nach oben, unten, links und rechts, für die Helmscheinwerfer wie auch für die Videokamera, deren Objektiv sich zoomen und drehen lässt. Nora geht in die Hocke; die leicht gebeugten Knie ruhen auf einer Art Kissen.

Der zylinderförmige *Spider* ist fast so groß wie ein Stadtauto und besitzt Gelenkarme, die wie ein V aussehen. Hinten sitzen die Antriebsschrauben und die Sauerstoffflaschen. Noras Arme stecken in einer weichen Hülle, sie übt, die Hände rasch hineinzustecken und wieder herauszuziehen, um alle Steuerhebel betätigen zu können, seien es die vor ihrer Brust, seien es die für die Betätigung der Werkzeuge an den »Händen« der Gelenkarme. Als sie sich mit den auf Höhe der Handgelenke befindlichen Hebeln dafür vertraut macht, hat sie eine unerwartete Empfindung. Ihre Finger haben sich in zwei stählerne Zangen verwandelt, die sich vollständig um ihre eigene Achse drehen und mit unvorstellbarer Kraft zupacken können. Der *Spider* hat sie aus einem Menschen in ein halbes Maschinenwesen verwandelt. In gewisser Weise kommt sie sich wie ein ungebetener Eindringling in einer Welt außerirdischer Wesen vor.

Während sie nachzuvollziehen versucht, warum sie sich im Inneren dieses Roboters befindet, steht ihr das letzte Bild vor Augen, das sie von Morales gesehen hat: das von Schmerz gequälte Gesicht, das so bleich ist wie nie zuvor. Weder er noch Cepesma besaß die geringste Erfahrung als Taucher. Sie konnte immerhin auf die geringen Kenntnisse zurückgreifen, die sie gewonnen hatte, als ihr Onkel sich ihrer als Versuchskaninchen bedient hatte und sie für ihn in einem Schwimmbecken die Auswirkungen der Schwerelosigkeit erkunden sollte.

Nutze die Angst, die du empfindest.

Eine Welt erwartete sie, die ebenso fremd und geheimnisvoll war wie der Mars.

Sie trieb leicht über den dunklen Schlickboden dahin. Die Versorgungsleitung, die sie mit der Station verband, war nur dreihundertfünfzig Meter lang und übermittelte ihre jeweilige Position an den Bildschirm, der zugleich das Peilsignal des Schlüssels empfing. Dass sie über diese Leitung mit Cepesma in Verbindung stand, war von entscheidender Bedeutung, denn er sollte sie zum Ziel führen.

Ihre Hände waren eiskalt.

Beim Versuch, das Signal zu orten, waren sie gemeinsam mit Morales zu dem Ergebnis gekommen, dass sich der Schlüssel unweit der Stelle befand, wo das Tier Martha angefallen hatte, ganz in der Nähe der Ventile. Sie lagen am Rande einer Terrasse, die sich in mehreren Stufen senkte, bis es steil abwärts in die Tiefe ging. Das Signal schien von einer Stelle am hinteren Ende der ersten Stufe zu kommen, in einem Gelände, das den topographischen Karten der Ölfirma zufolge voller Hindernisse war.

Im Licht ihrer starken Scheinwerfer sah sie feingekörnten Quarzsand am Boden. Hier und da erhoben sich kleine Hügelchen um graubraune Strukturen herum. Sie hörte Cepesmas Stimme aus dem Lautsprecher: »Wie sieht es da draußen aus? Zumindest hast du ja genug Luft.«

Sie sah um sich und fuhr zusammen, als sie eine grünlich schimmernde Kugel sah, die soeben in ihr Gesichtsfeld gekommen war. Unmittelbar vor ihrem Visier schwamm ein winziger Hai, knapp zehn Zentimeter lang. In seinen übertrieben großen Augen spiegelte sich das Licht der Scheinwerfer.

Nach einem Blick auf das metallene Ungeheuer schwamm der Fisch weiter und verschwand in der Dunkelheit.

»Ich wäre lieber bei euch. Wie geht es Nadja?«

»Sie ist bei mir. Es geht ihr viel besser als unserem Verräter. Der hat sich abgemeldet. Angeblich will er sich mal in der Technikzentrale umsehen. Ich nehme an, dass er sich übergeben muss. Was ich hier auf dem Bildschirm sehe, verstehe ich nicht. Ich fürchte, ich werde dir keine große Hilfe sein.«

»Das wird schon. Hör jetzt gut zu. Ich habe den Eindruck, dass mit Morales etwas nicht in Ordnung ist, aber ich kann dir noch nicht sagen, was. Sieh auf jeden Fall zu, dass du ihn nicht anfasst und nichts trinkst, wovon er trinkt. Vor allem halt ihn von dem Kind fern.«

Ein leises Räuspern. Oder war es das Geräusch von Händen, die aneinanderrieben?

»Wie die Leprakranken in früheren Zeiten. Damals hätte ich den, ohne zu zögern, in irgendeine Schlucht geschleudert. Weg mit

Schaden! Ich konnte den Burschen von Anfang an nicht verknusen und freu mich schon auf den Augenblick, wenn wir ihn los sind. Er hat mir versprochen, dass wir hier rauskommen. Es läuft mir kalt über den Rücken, wenn ich bloß daran denke. Er behauptet, dass er in der Technikzentrale die Schäden begutachten und dann nach den Akkus suchen will, damit er sie auf die *Beebe* schaffen kann. Er sagt, die müssten im Materiallager sein, hier ganz in der Nähe. Bestimmt wiegen die so viel wie er selbst. Ich hab ihm aber schon gesagt, dass ich ihm frühestens dann helfe, die zu schleppen, wenn du heil und gesund wieder an Bord bist. Das Einzige, was ich im Augenblick von dir sehe, ist … eine verschwommene weiße Fläche.«

Sacht glitt sie in der Stille und Schwärze dahin.

»Und was siehst du noch?«

Sie war froh, dass er ihr Gesicht nicht erkennen konnte.

»Einen Lichtpunkt in einer Ecke des Bildschirms, der unausgesetzt blinkt. Der Schlüssel zu unserem Heil und unserer Rettung. Soweit ich das überblicke, bist du genau in der gegenüberliegenden Ecke. Ich kann mir vorstellen, dass dir diese Art von Unternehmung nicht besonders liegt. Für meinen Geschmack dauert das alles zu lange.«

»Noch was?«

»Ja. Du kommst ein bisschen von der Richtung ab, musst mehr nach Backbord drehen. Wann willst du die Außenkamera einschalten?«

Nora betätigte die Steuerhebel, um ihren Kurs zu korrigieren. Als sie einen weiteren Knopf drückte, geschah nichts.

»Ich glaube, da ist was nicht in Ordnung«, sagte sie.

»Versuch mal, kräftig auf die Knöpfe zu schlagen. Manchmal hilft das.«

Einige Sekunden später öffnete sich auf dem Bildschirm ein Fenster. Im Licht der Helmscheinwerfer wurden Schwebeteilchen und Luftblasen sichtbar, die nach oben stiegen.

»Man sieht alles ganz scharf«, sagte Cepesma. »Wie oft hast du das schon gemacht?«

»Das ist mein dreihundertster Ausflug. Ich hab schon überlegt, ob ich nicht eine Firma gründen und Touristenführungen auf dem Meeresboden veranstalten soll. Was hältst du davon?«

»Auf mich brauchst du dabei nicht zu zählen.«

Die muntere Unterhaltung mit ihm wirkte auf sie fast wie eine Medizin. Sie bemühte sich, ihre Ängste zu verdrängen, zu denen die Erinnerung daran gehörte, wie damals ihre Zehen wegen einer undichten Stelle in einem der Stiefel des alten Raumanzugs, den sie zum Tauchen angezogen hatte, taub geworden waren. Nach und nach war das Wasser immer höher gestiegen, bis es schließlich ihre Oberschenkel erreicht hatte. Wegen des zusätzlichen Gewichts hatte sie zum Schluss keinerlei Auftrieb mehr gehabt. Zum Glück plauderte Cepesma weiter und erfüllte damit ihre unausgesprochenen Wünsche. Das, woran sie selbst dachte, öffnete Türen zu Erinnerungen, die sie so weit wie möglich von sich fernhalten wollte.

»Ich bin überzeugt, dass du eine phantastische Geschäftsführerin wärest. Noch eine gute Nachricht: Morales ist nach wie vor nicht hier. Möchtest du mit deiner Tochter reden? Noch ein paar Meter, und du bist bei den ... Ventilen oder was das da ist. Alles in Ordnung?«

»Meinst du, es ist ein guter Gedanke, mit Nadja zu reden?«

»Bestimmt. Ihr tut das auf jeden Fall gut. Sie hat fast genauso viel Angst wie ich. Hier ist sie. Wenn ich richtig deute, was ich hier auf dem Bildschirm sehe, bist du in ein paar Minuten da, wo die Dinger auf dem Boden verankert sind. Eine langweilige Reise, oder etwa nicht?«

Als Nadja sprach, klang ihre Stimme nicht wie die einer Vierzehnjährigen.

»Wie sieht es da draußen aus?«

»Gut. Weißt du noch, wie ich unter Charlies Anleitung im Simulator geflogen bin? So ähnlich ist das hier auch. In ein paar Minuten bin ich wieder da.«

Gleich darauf meldete sich Cepesma. »Sag mir, was du jetzt siehst.«

»Nichts Besonderes, scheint alles ganz friedlich zu sein.«

»Tatsächlich? Dann ist es ja bestens. Allerdings muss ich sagen, dass deine Tochter nicht annähernd so nervös ist wie ich. Warum machst du jetzt nicht langsamer?«

Nora nahm etwas Fahrt zurück und stieg auf eine Höhe von zwei bis drei Metern, um auf keinen Fall die Sedimente am Meeresboden aufzurühren. Sie hatte keine Möglichkeit, den Lichtkegel auf den Boden zu richten. Als sie versehentlich den Hebel für den Auftrieb ein wenig zu stark bewegte, fand sie sich mit einem Mal in Rückenlage im Dunkeln wieder.

So musste sich ein Astronaut fühlen, der durch die Schwärze des Weltraums treibt, ohne seine Richtung beeinflussen zu können. Sie war trunken von Freiheitsgefühl und wurde zugleich von einem unbeschreiblichen Schwindel erfasst. Das Alleinsein, das sie empfand, ließ sich wohl nur mit der Einsamkeit eines Menschen vergleichen, der wusste, dass er in seinen Tod dahinsank.

Mit einem Mal wurde ihr Gesichtsfeld wolkig. Sie drückte weitere Knöpfe, woraufhin sich der *Spider* mehrere Male um die eigene Achse drehte. Nach einer Weile spürte sie einen Druck auf der Brust und hörte, dass sie keuchend atmete. In ihr tobte es wie in einem Vulkan, der im nächsten Augenblick ausbrechen wird.

Dann hörte sie, wie Cepesma ihren Namen rief. Er wiederholte ihn mehrfach. In seiner Stimme schwang Furcht.

Nutze die Angst, die du empfindest.

Die kreisende Bewegung hörte nicht auf. Mitsamt dem Roboter wurde sie in einen unberechenbaren Wirbel gezogen. Sie hatte jeden Richtungssinn verloren und wusste nicht, ob es aufwärts oder abwärts ging. Das Einzige, was sie spürte, war, dass die Schwärze hereinkam und sie einhüllte. Dann verlor sie das Bewusstsein.

Da der Raum nicht vollständig leergepumpt war, reichte das Wasser Morales bis zur Hüfte. Ihm war klar, dass es unmöglich sein würde, die ganze Zwischenebene leerzupumpen. Nur mühevoll kam er Schritt für Schritt voran. Um ihn herum trieben Papiere, Einrichtungsgegenstände und anderes, und an der Decke sammelte sich Schaum. Jemand hatte die elektrischen Leitungen herausgerissen, die hinter der Wand am Leitstand für den Kernreaktor hervorkamen. Sie verliefen entlang einer der Wände und verschwanden in Richtung auf das im Heck liegende druckfeste Abteil mit dem eigentlichen Herzen der *Ocean Shuttle*, das zu schlagen aufgehört hatte. Die wirr herabhängenden Leitungsenden boten einen trostlosen Anblick.

Die Technikzentrale befand sich in einem katastrophalen Zustand. Ihm war klar, dass es keinesfalls möglich sein würde, alle Leitungen wieder anzuschließen und den Kernreaktor erneut in Gang zu setzen. Glücklicherweise war die Steuertafel für die Notstromversorgung funktionsfähig. Die grünen Leuchtdioden zeigten an, dass die Stromkreise einwandfrei arbeiteten. Das Salzwasser schien nichts von dem angefressen zu haben, was sich in den hermetisch abgeschlossenen Abteilungen befand, und die automatischen Lenzsysteme hatten Schlimmeres verhindert.

Seine Tauchfähre hatte standgehalten, aber das genügte leider nicht.

Überall war der widerliche Warnton zu hören. Zu schade, dass die Akkumulatoren und die Elektrolyse-Anlage weder Sauerstoff noch genug Wärme liefern konnten. Vermutlich waren die Filter ausgefallen, die das Kohlendioxid aus der Atemluft aufnehmen und binden sollten. Alle Insassen der Tauchfähre würden im Laufe der Zeit ersticken.

Er fuhr mit den Fingern über die Leitungen. Es war offensichtlich, dass jemand sie in voller Absicht durchtrennt hatte. Dann fielen ihm einige braune Flecken neben der Stelle auf, wo die Leitungen ansetzten.

Er wusste nicht, was es war, und dachte an Blut. Eine neue Welle von Kälteschauern überlief ihn. Ein plötzlich einsetzendes Fieber schien ihn erfasst zu haben. Medikamente gab es keine. Das Wasser hatte sie unbrauchbar gemacht, als die Krankenstation überflutet worden war.

Die Kunststoffverkleidung des Leitstands für den Kernreaktor war zerstört. Man sah, dass irgendein scharfer Gegenstand heftig darauf geprallt war. Als er mit dem Finger über eine der Spalten im Material fuhr, spürte er einen scharfen Stich. Er hob den Finger an den Mund und schmeckte sein Blut.

Fast wäre er ohnmächtig umgesunken, und als seine Knie unter ihm nachgaben, stützte er sich auf dem Boden ab. Dabei geriet er mit einer Hand zufällig an den Stiel einer Brandaxt, länger als sein Unterarm. Die Krümmung der im Licht aufblitzenden Schneide schien genau zu den Kerben im Kunststoff und den Schnitten in den Kabeln zu passen. Dann fiel ihm ein schwarz behaarter Arm ins Auge, der hinter der Verkleidung herausragte. Trotz des beständigen roten Blinkens der Notbeleuchtung sah er deutlich, wie bleich die Haut war.

Mit einem Mal trieb der Arm auf ihn zu. Morales stand wie gelähmt.

Es war nur ein Arm.

Als er instinktiv einen Schritt zurücktrat, glitt er aus und fiel rücklings hin. Die Axt entfiel seiner Hand, beschrieb einen Bogen durch die Luft und kam dicht neben seinem Hals wieder herunter. Er schluckte Wasser und spürte eine Art Lähmung im Rücken, doch gelang es ihm, sich aufzuraffen und einige Schritte nach hinten zu tun, ohne die offene Hand aus dem Auge zu lassen, die im Wasser näher trieb. Da den Fingern die Nägel fehlten, sahen sie aus wie aufgequollene Würstchen.

Erschrocken stieß er gegen eine der metallenen Stufen, die zur Ebene eins führten. Einen Moment lang konnte er sich nicht rühren. Er spürte einen stechenden Schmerz. Der Arm im Wasser war zwischen Schulter und Ellbogen abgetrennt worden. Der leicht angewinkelte Unterarm war dicht behaart. Er nahm sich vor, diesen Raum nie wieder aufzusuchen, um sich diesem Anblick nicht noch einmal stellen zu müssen. Doch als er sich daranmachte, die Stufen zu ersteigen, um ihn möglichst schnell hinter sich zu lassen, vermochte er den Blick nicht davon abzuwenden.

Oberhalb der Wasserlinie setzte er sich auf eine der Stufen. Fieberschauer peinigten ihn erbarmungslos. Er legte sich die Hände auf die Schultern und drückte fest zu, um dem Zittern Einhalt zu gebieten. Es kam ihm vor, als tobte in seinem Inneren ein Erdbeben, dessen Ziel es war, Knochen und Muskeln voneinander zu lösen. Er schrie auf, ohne es selbst zu merken.

Wenige Minuten später hörte er, dass das rhythmische Signal der Notsirene immer schwächer wurde. Er zitterte nicht mehr, doch fiel es ihm schwer zu schlucken. Sein Speichel schmeckte bitter. Trotz der Fülle an Empfindungen und Gedanken, die ihm durch den Kopf wirbelten, fand er, was er suchte: das Materiallager.

Dort mussten sich die Reserveakkumulatoren befinden, die für die Energieversorgung der *Beebe* unerlässlich waren, wenn er sie an die Oberfläche zurückbringen wollte. Ihm war bewusst, dass er sie wegen ihres Gewichts nicht würde allein transportieren können.

Er machte sich daran, die Stufen zu ersteigen, um aus der Technikzentrale in den Raum der Bildschirmüberwachung zurückzukehren. Das fiel ihm schwerer, als er angenommen hatte. Wenn er entkommen wollte, musste er die Akkumulatoren so schnell wie möglich in die *Beebe* schaffen.

Auf dem Meeresboden

»Nimm das Seil, Nora. Nimm es im Namen der Heiligen Jungfrau.«

Sie öffnete die Augen und sah in der Schwärze lediglich die rötlich und bläulich schimmernden Lichter der Steuerkonsole als verschwommene Schatten. Es war ihr einziger Bezugspunkt in dem Wirbel, der sie erfasst hatte.

»Nimm das Seil.«

Die dreihundertfünfzig Meter lange »Nabelschnur« aus druckfestem Rayon und Polyester spannte sich, sodass Nora mit dem Kopf gegen den Metallrumpf ihres Tauchanzugs prallte; der Schmerz rief sie vollständig ins Bewusstsein zurück. Wieder hallte Cepesmas verzweifelter Ausruf aus den Lautsprechern. »Nimm doch um Gottes willen das Seil.«

Sie steckte die Hände in die Stulpen, mit deren Hilfe sich die mechanischen Arme betätigen ließen. Ihre Finger fanden die Steuerhebel für die Zangen, öffneten und schlossen sie versuchsweise. Dann drückte sie ein wenig kräftiger, bis sie sich in die Dunkelheit vor ihr ausstreckten. Sie nahm die Hände wieder heraus und schaltete den Antrieb ab. Inzwischen drehte sich der *Spider* langsamer um die eigene Achse und sank nur noch ganz allmählich. Noch einmal steckte sie die Hände in die Steuerstulpen, und als sie bei einer der Umdrehungen spürte, wie der ausgestreckte Metallarm das Seil berührte, öffnete sie die Zangen und ergriff es damit.

Sie spürte, dass sich der *Spider* allmählich fing. Als Nächstes fuhr sie den linken Metallarm ein Stück aus und ergriff das Seil an einer anderen Stelle. Die Bewegungen wurden immer ruhiger, während Nora versuchte, sich Stück für Stück an dem aufs Äußerste gestrafften Seil entlangzuhangeln, indem sie die mechanischen Arme abwechselnd löste und erneut danach griff.

Wenige Sekunden später prallte sie auf dem Meeresboden auf. In ihrem Gesichtsfeld schimmerte es weißlich, doch konnte sie den Boden nicht sehen, weil er sich in ihrem Rücken befand. Sie spürte einen schmerzhaften Schlag gegen die Schulterblätter. Dann begann der *Spider* unaufhaltsam die Länge eines Abhangs hinabzurollen. Zum Glück wickelte sich das Seil um eine Gesteinsformation und bremste auf diese Weise die Abwärtsbewegung unmittelbar vor dem Rand einer der steilen Terrassen. Jetzt lag der *Spider* in einer milchigen Wolke aus aufgewirbelter Materie. Wieder befand sich Nora mit dem Rücken zum Boden.

Sie sah Blutflecken auf dem Kunststoff des Visiers. Sie hatte nichts, um sich abzustützen, und bei jeder Bewegung schwankte der zylinderförmige Roboter-Tauchanzug gefährlich. Doch das Seil hielt, und aus den Flaschen hinter ihrem Rücken strömte nach wie vor der Sauerstoff. Ohne auf Cepesmas verzweifelte Rufe zu achten, begann sie, die Schäden abzuschätzen. Die Außenkamera war zerstört wie auch der mittlere der drei Helmscheinwerfer. Die in unmittelbarer Nachbarschaft der mechanischen Arme angebrachten Lampen hingegen funktionierten noch.

Sie betätigte die Steuerhebel für Vor- und Auftrieb und vergewisserte sich, dass die Schrauben arbeiteten. Auch die mechanischen Arme führten jede gewünschte Bewegung aus. Offensichtlich war der *Spider* noch einmal glimpflich davongekommen.

Allerdings änderte das nichts daran, dass sie gefangen war; denn um sie herum lag die Nabelschnur. Nach wie vor schluckte der milchige Nebel vor dem Visier alles Licht der Scheinwerfer.

»Mama, gib doch bitte Antwort.«

»Es geht mir … gut«, brachte sie heraus und wunderte sich selbst über die Gelassenheit, mit der sie das sagte. »Alles funktioniert, aber ich kann mich nicht rühren.«

»Mama, gib doch bitte Antwort.«

Fragend hob Nora die Brauen. »Nadja?«

»Mama, bist du da? Geht es dir gut?«

»Hörst du mich, Nadja? Ja, es geht mir gut.«

»Mama, gib doch bitte Antwort.«

Jetzt meldete sich Cepesma. »Hörst du mich? Man sieht dich auf dem Bildschirm, wir haben deine genaue Position.«

Sie begriff, dass die Signalübermittlung beeinträchtigt war. Sie konnte hören, was man ihr sagte, doch in der Gegenrichtung kam nichts an.

»Nora, du bist ganz dicht an dem Schlüssel dran. Er liegt etwa zehn oder fünfzehn Meter links von dir. Die Signale sind jetzt deutlicher und stärker. Hörst du mich? Links von dir, ungefähr fünfzehn Meter. Ich kann es auf dem Bildschirm sehen.«

»Mama, kommt bitte zurück.«

Nach längerem Schweigen meldete sich das Mädchen erneut. Ihre Stimme klang etwas ruhiger: »Ich mach dir keine Vorwürfe, wirklich nicht. Ich bin froh, mitgekommen zu sein. Du darfst kein schlechtes Gewissen haben. Wach auf, Mama. Weißt du was? Bis jetzt hab ich dir nichts davon gesagt, aber dieser Tom ist ein Schwachkopf. Er interessiert mich nicht die Spur. Außerdem hab ich in diesem Jahr meinen eigenen Rekord über hundert Meter Schmetterling verbessert. Ich hab die Strecke in einer Minute fünfzehn geschafft, und ich denke, ich kann das auf eine Minute zehn drücken. Verstehst du? Es hat sich gelohnt, dass ich mich all die Jahre angestrengt habe …«

Der Nebel begann sich zu lichten. Nora sah, dass sie am Rande eines Geländeeinschnitts lag, auf den ein etwas weniger steiler Hang folgte. Sie erkannte die Schatten einer von Menschenhand geschaffenen Struktur zu ihrer Linken und darin die stacheligen Umrisse von Seeigeln. Je mehr sich der Nebel lichtete, desto mehr von ihnen sah sie. Sie saßen nahe dem Rand des Hanges um die Ventile herum und auf den Gesteinsformationen in deren Nähe.

Sie versuchte, deutlich zu sehen, was vor ihr lag, und merkte, dass etwas ganz Sonderbares geschah. Ein gespenstischer Lichtschein, ein bleiches Phosphoreszieren, begann die ferner liegenden Gegenstände zu erhellen. Vor ihr lag etwas, das aussah wie ein von zahllosen Klüften und Einschnitten durchzogenes bogenförmig eingeschnittenes Tal. In der Ferne sah sie verschwommene Lichtpunkte. Vermutlich war das der Ursprung der sonderbaren Leuchterscheinung. Wenige Meter vom auf dem Rücken liegenden *Spider* entfernt, dort, wo die Rohrleitungen abknickten, ging es steil in die Tiefe.

Nora versuchte, den Kopf nach links zu drehen, und erkannte weißliche Flecken, die aussahen wie *Reste* einer Schneefläche. Sie richtete einen der Scheinwerfer darauf, und sogleich zeigte sich ein bläulicher Reflex, dem weitere folgten, bis eine Art Lichtkreis entstanden war. Während sich ihr Puls beschleunigte, achtete sie immer weniger auf Nadjas Worte.

Eine Halskette mit zwei metallenen Gegenständen daran.

»Nadja! Hörst du mich? Ich löse mich jetzt vom Seil.«

Aber die Stimme ihrer Tochter, die weiter über Alltagsdinge sprach, wurde immer schwächer. Nora hörte Nadjas Stimme an, dass deren Hoffnung zu schwinden begann.

Es war ungeheuer schwer, als gleichsam Gefangene im Inneren des *Spider* auch nur den Hals zu drehen. Nora steckte die Hände in die Stulpen und begann langsam, die mechanischen Arme zu bewegen, wobei sie ihre Stellung immer wieder leicht veränderte. Sie fürchtete, dass es ihr nicht möglich sein würde, die am Rücken des *Spider* befestigte Nabelschnur, die sich mindestens einmal um das schräg am Boden liegende Tauchgerät gewickelt hatte, durchzuschneiden.

Um jeden Preis musste sie ruckartige Bewegungen vermeiden. Während sie das Seil mit der rechten Zange festklemmte, hörte sie, wie sich die Stimme ihrer Tochter mit elektronischem Rauschen vermischte. Sie steigerte die Kraft der Zange. Schließlich war die Nabelschnur zerschnitten, und Grabesstille trat ein. Anfangs geschah nichts, doch nach einer Weile begann der *Spider*, sich langsam dem Rand entgegenzudrehen, und schließlich rollte er den Hang hinab.

Im Kontrollraum

Die sonderbaren Geräusche erregten Cepesmas Aufmerksamkeit. Was mochte da auf den Rohrleitungen über ihm herumlaufen? Womöglich Ratten? Er hatte Nadja einen Augenblick lang allein vor dem Bildschirm zurückgelassen, was er sogleich bereute, als er sie schreien hörte.

Sie sah, wie das Signal des *Spider* auswanderte und dann völlig verschwand.

Als er atemlos bei ihr eintraf, erkannte er ihren bedrückten Gesichtsausdruck und den verständnislosen Blick, mit dem sie auf den Bildschirm starrte, der nur noch einen der beiden Lichtpunkte zeigte.

Sie hatte nicht die Kraft zu sprechen. Während er sie stumm in die Arme schloss, murmelte sie einige unverständliche russische Worte vor sich hin. Er nahm sich vor, sie um jeden Preis von dort fortzubringen. Als er Morales' Stimme hörte, wandte er sich um. Das Gesicht des Mannes war von Schweiß bedeckt.

»Es nützt alles nichts«, stieß der Ingenieur keuchend hervor.

Es wäre sinnlos gewesen, ihn um Erklärungen zu bitten.

»Wir haben den *Spider* verloren«, teilte ihm Cepesma knapp mit.

Verzweifelt entgegnete Morales: »Ohne den Schlüssel kommen wir hier nicht weg.«

Cepesma holte Luft. »Es muss noch eine andere Möglichkeit geben.«

Der Ingenieur schüttelte bekümmert den Kopf. »Nein … mir fällt nichts ein. Wir müssten überlegen … eine Möglichkeit finden, die *Beebe* mit den Reserveakkus wieder in Gang zu bringen. Aber dazu fehlt uns die Zeit. Außerdem wäre ich im Augenblick dazu gar nicht imstande. Ich weiß nicht, was mit mir los ist, aber ich kann mich überhaupt nicht konzentrieren.«

»Sie ist nicht tot«, sagte Nadja.

Cepesma strich ihr über die Haare und drückte ihr Gesicht an seine Brust.

»Wir müssen jetzt tapfer sein, Mädchen.«

»Sie ist nicht tot«, sagte Nadja in nahezu aufsässigem Ton und löste sich von ihm. »Nie und nimmer würde mich meine Mutter im Stich lassen.«

Cepesma sah Morales fragend an. »Wie viel Sauerstoff haben wir noch?«

»Schwer … zu sagen«, stammelte dieser. »Zwei Stunden, drei … ich weiß es nicht.«

»Stellen Sie die Verbindung zum Schiff wieder her.«

Mutlos senkte der Ingenieur den Kopf und fuhr sich mit den Händen über den Nacken. Er schwitzte unaufhörlich.

»Wir haben keine Verbindung. Inzwischen weiß ich auch, dass die Leitungen zum Reaktor zerstört sind.«

»Was ist mit den Akkus?«

»Sie sind ... im Materiallager.«

»Können die der *Beebe* genug Antriebsenergie liefern?«

»Ja. Aber ohne den Auslösemechanismus geht es nicht ... außerdem sind sie ... für einen allein ... viel zu schwer.«

»Das lassen Sie meine Sorge sein! Wir müssen sie einbauen.«

»Vielleicht komme ich mit der *Beebe* nicht zurecht ...«

»Mir egal!«

Morales hob die Brauen. »Wollen Sie die etwa steuern? Können Sie das denn?«

Fast hätte Cepesma laut herausgelacht. »Sicher ist das nicht der geeignetste Augenblick, das zu lernen, aber wenn diese Kaffeemühle überhaupt noch funktioniert, setz ich mich an die Steuerhebel. Lieber bring ich mich um, als dass ich hierbleibe und wie eine Ratte im Bau ersticke.«

Sie hörten, wie Nadja ausrief: »Er hat sich bewegt!« Ohne dass sie es gemerkt hatten, war sie wieder an den Bildschirm getreten.

»Da, schon wieder!«

Die beiden Männer stellten sich hinter sie, und Nadja wies auf den blinkenden Lichtpunkt in der oberen rechten Ecke. Ihr Gesicht wirkte deutlich weniger besorgt als zuvor.

»Der Schlüssel«, sagte der Ingenieur.

»Ich hab gesehen, wie er seine Lage verändert hat«, erklärte Nadja. Sie wies mit dem Finger hin. »Von da bis hier.«

»Unmöglich«, sagte Morales. »Das entspricht einem Radius von ungefähr zehn Metern.«

»Wenn ich es aber doch gesehen hab.«

Cepesma wollte etwas sagen, aber sie fiel ihm ins Wort: »Du glaubst mir nicht.«

»Doch ... natürlich glaube ich dir.«

»Meine Mutter lebt.«

Morales kratzte sich am Kinn. Das Denken fiel ihm immer schwerer.

»Wir haben den Kontakt mit dem *Spider* verloren ... also kann das auch irgendwas anderes sein … zum Beispiel ein Fisch, der den Schlüssel verschluckt hat.«

Cepesma wusste nicht, was er denken sollte. Der blinkende Lichtpunkt erlosch und tauchte dann weiter links wieder auf. Er entfernte sich von der Station.

»Jetzt habt ihr es selber gesehen«, rief Nadja aus und sah die Männer an.

»Ich glaube, du hast Recht«, räumte Cepesma ein.

»Wir haben keine Möglichkeit, mit dem *Spider* Kontakt aufzunehmen«, sagte Morales. »Was nützt uns das also? Es ist mehr als wahrscheinlich, dass … sie … sich verirrt hat und den Rückweg nicht findet.«

»Sie lebt!«, sagte Nadja beharrlich. »Wollen wir ihr nicht helfen?«

»Wir können nichts tun«, erklärte Morales.

»Doch«, hielt Cepesma dagegen. »Wir bauen die verdammten Akkus ein und warten dann auf ihre Rückkehr.«

»Das ist Unsinn, und das … wissen Sie auch selbst. Es wäre verrückt zu warten.«

»Keine Widerrede«, sagte Cepesma abschließend und wies auf das Mädchen. »Du kommst mit.«

»Ich rühr mich hier nicht weg«, begehrte Nadja auf und zeigte auf den Bildschirm.

Der blinkende Lichtpunkt, der die Lage des Schlüssels anzeigte, verharrte jetzt in einem anderen Quadrat des Gitternetzes.

Cepesma begann vor Kälte zu zittern und rieb sich wieder die Hände. Morales dagegen schwitzte stark. Dicke Tropfen liefen ihm über die Stirn, und sein Hemd war völlig durchnässt. Schon vor einer ganzen Weile hatte er den Neopren-Overall ausgezogen. Wieso zum Teufel war dem Mann so heiß? Nadjas Lippen bebten vor Kälte, während sie sprach.

Ihm fiel ein, was Nora über Morales gesagt hatte.

»Schön, bleib hier, aber rühr dich unter keinen Umständen vom Fleck, bis ich zurück bin. Verstanden?«

Die beiden Männer verließen den Raum.

Das Modul mit den Vorräten befand sich an Steuerbord, wenige Meter von der Technikzentrale entfernt. Kaum etwas war Cepesma im Leben je so schwergefallen wie die Aufgabe, die beiden Akkumulatoren von dort wegzuschaffen. Er musste mehrfach tief Luft holen und sich anlehnen, weil ihm schwindlig wurde. Von Zeit zu Zeit warf er einen unauffälligen Seitenblick auf Morales, erkannte an ihm aber eher Anzeichen von Wahnsinn und Delirium als von Müdigkeit.

Sie fanden zwei große Taschen aus festem Plastikmaterial. Gemeinsam hoben sie die etwa dreißig Zentimeter hohen Akkumulatoren hinein und zogen den Reißverschluss zu. Dann zerrten sie die Taschen dorthin, wo unmittelbar neben der Technikzentrale ein Niedergang aus Metall zwei Meter tief zur Ebene null führte.

Unten reichte ihnen das Wasser bis zu den Knien. Sie suchten kräftige Seile, brachten sie an den Taschen an und zerrten dann die unglaublich schweren Akkumulatoren durch das Wasser. Beide Männer waren von der Anstrengung erschöpft und legten sich gleich am Zugang zur *Beebe*, der etwas höher lag als das Bodenniveau, keuchend auf den Rücken. Zumindest war es dort trocken.

Auch Cepesma war inzwischen in Schweiß gebadet. Morales bekam immer wieder Anfälle von Schüttelfrost und zitterte unaufhörlich.

»Glauben Sie, dass sie noch lebt?«, fragte er.

Mühevoll erhob sich Cepesma und setzte sich auf, den Rücken an die Wand gelehnt. »Davon bin ich ebenso fest überzeugt wie das Mädchen.«

Morales unternahm einen schwachen Versuch zu lachen. »Das käme uns allen gut zupass. Hoffentlich hat die Göre Recht!«

Es kostete sie zehn Minuten harter Arbeit, die Taschen über den Boden zu schleifen und ins Tauchboot zu schaffen. Dort begnügte sich Cepesma damit, Morales das jeweils verlangte Werkzeug anzureichen, während dieser die Akkumulatoren anschloss. Während der vierzig Minuten, die träge dahinflossen, dachte er fortwährend an Nadja.

»Ich glaube, wir sind gleich so weit«, sagte Morales. »Allerdings fehlt mir noch ein Ersatzteil, an das ich nicht gedacht hatte, das wir aber im Materiallager haben. Ich muss da … noch mal hin.«

»Worum handelt es sich?«

»Um … um einen Magnetschalter.«

Cepesma sah misstrauisch um sich. Die Vielzahl von Knöpfen, Hebeln und Schaltern verwirrte ihn.

»Wie funktioniert das Aussteigen eigentlich?«

Morales wies auf eine Steuertafel an Backbord. Dort befand sich ein Schalter mit einem grauen Falzblech. Neben einem der Steuerhebel sah man ein Schloss unter einer durchsichtigen Plastikabdeckung.

»Man dreht den Schalter nach links, dann zieht man an dem Falzblech hier, klappt es hoch und muss anschließend den Schlüssel … in das Schloss da stecken. Vorher muss man die *Beebe* natürlich abkoppeln. Man schließt das Schott von Hand, dreht das Handrad für die Lukverriegelung nach rechts und drückt auf diese Knöpfe hier.«

»Sieht ganz einfach aus. Und ohne Schlüssel geht das nicht?«

Morales schüttelte den Kopf.

»Nein. Wir sind darauf angewiesen, dass Nadjas Mutter mit dem Schlüssel zurückkommt.«

»Jetzt wollen wir nach dem Mädchen sehen.«

»Bleiben Sie noch fünf Minuten. Ich brauche Ihre Hilfe, um zwei Teile aus dem Materiallager hier anzubringen. Ich bin nicht sicher, ob der Magnetschalter den Stromkreis unterbricht, und muss das prüfen.«

»Gut, dann machen wir das gleich.«

Morales hob abwehrend die Hände.

»Ich bin … schrecklich müde. Erst muss ich … verschnaufen … bitte.«

»Von mir aus«, seufzte Cepesma ergeben. »Aber nur fünf Minuten.«

Während der Ingenieur davonging, bemächtigte sich Cepesmas ein bitteres Gefühl der Ohnmacht. Sogar dort in der *Beebe* hörte er die Geräusche aus der Tauchfähre. Es knirschte, als ob etwas kurz vor dem Einsturz stünde. Was hatte das zu bedeuten? Ging der Sauerstoff zu Ende? Oder ließ ein neues Leck Wasser eindringen, das alles mit sich reißen würde? Vielleicht war es allerhöchste Zeit zu verschwinden. Andererseits war nicht sicher, ob sie im Tauchboot genug Luft haben würden ... All das ging ihm flüchtig durch den Kopf, ein Gedanke jagte den anderen. Er dachte nicht daran, für die anderen zu sterben, und war entschlossen, sein Leben bis zum letzten Augenblick zu verteidigen.

Sein Blick fiel auf das graue Falzblech an der Steuertafel. Er brauchte lediglich das Luk zu verschließen. Dazu genügte es, das Handrad im Uhrzeigersinn zu drehen. Anschließend würde er den Schalter betätigen, der die *Beebe* abkoppelte, am Falzblech ziehen und es dann nach oben drücken. Sofern die *Beebe* genug Antriebsenergie besaß, konnte er sie vielleicht bis an die Oberfläche steuern. Wie sehr sehnte er sich danach, die feuchte Luft am Ufer des Meeres zu atmen, den Wind zu spüren, der über die Wellen daherkam! Bloße eineinhalb Stunden trennten ihn von jener Welt.

Er schloss das Luk und verriegelte es, indem er das Handrad nach rechts drehte. Durch das große Bullauge fiel sein Blick in einen Gang im Inneren der Station. Er stand im Begriff, etwas Falsches zu tun, aber wer konnte ihm Vorwürfe machen? Die Berührung des Falzblechs erregte ihn förmlich. *Jetzt habe ich nichts mehr mit der Station zu tun*. Er brauchte nur noch auf den verfluchten Knopf zu drücken. Er sah auf das Voltmeter. Die von Morales angeschlossenen Akkumulatoren lieferten Strom; offenkundig waren sie in der Tauchfähre aufgeladen worden. Eine rote Anzeige erlosch, und eine grüne leuchtete auf. Wenn schon der Auslösemechanismus für die Tauchkapseln nicht funktionierte, würde er zumindest versuchen, mit dem vollständigen Boot zu entkommen. Ihm war klar, dass Morales ebenso wenig wie er selbst imstande war, es zu steuern. Der Mann hatte eine Tauchfähre konstruiert und wusste nicht, wie man ein Tauchboot steuerte! Oder wusste er es vielleicht doch? Warum aber hatte er sich dann nicht längst auf und davon gemacht?

All das war sehr verwirrend. Die Lichter erloschen. Auf einmal lag alles im Dunkeln. Es schien eine Ewigkeit zu dauern, bis es wieder hell wurde.

Der Schalter … warum nicht? Er versuchte sich eine Rechtfertigung zurechtzulegen. Einen Augenblick noch. Hatte Morales nicht gesagt, dass ein Ersatzteil fehlte? Ob das stimmte? In dem Fall würde es seinen sicheren Tod bedeuten, wenn er auf den Knopf drückte. Die *Beebe* würde in den Abgrund sinken, die druckfeste Kapsel, in der er sich befand, würde über die Grenzen ihrer Festigkeit hinaus belastet und bersten.

Die Entscheidung lag wenige Zentimeter von seiner Fingerspitze entfernt. Ein schneller Tod oder die Rettung. Zum Teufel mit alldem!

Zu seinem Bedauern merkte er, dass seine Angst zu sterben, wenn der Auslösemechanismus versagte, größer war als seine Gewissensbisse, die Gefährten im Stich zu lassen. Nora und Nadja kamen ihm in den Sinn. Ihnen verdankte er sein Leben. Er raufte sich die Haare. Seine Handflächen waren eiskalt. Er sah sie an und merkte, dass sie ihm vor den Augen verschwammen. Er zitterte. Der Wunsch, auf den Knopf zu drücken, war so stark, dass er an nichts anderes denken konnte. Wie großartig wäre es, wieder die Wärme und das Licht der Sonne zu spüren!

Seine Freunde hatten ihn ein Leben lang als großherzig und uneigennützig gekannt. Jetzt stand zwischen seinem Wunsch, auf den Knopf zu drücken, und dieser Haltung nur eine schwache Erinnerung an Nora und ihre Tochter.

Er versuchte, seine Gedanken auf Luarca zu richten: Wie schön die weißen Häuser an den Hängen waren, die schmalen schattigen Gassen, die endlosen Treppen, die bis hinab ans Meer führten! Er meinte, den unverwechselbaren Geruch in der Nase zu haben, den der Moosbelag auf den Bruchsteinen der Häuser ausströmte, sah förmlich den Widerschein des Lichts vor sich, den jeder Sonnenuntergang auf die weißen Steine des oberhalb der Klippe liegenden Friedhofs zauberte.

Gerade, als er auf den Knopf drücken wollte, stieß er mit der Schuhspitze gegen etwas, das neben einem der Akkumulatoren am Boden lag. Er nahm die Taschenlampe zur Hand und bückte sich.

Im Lichtschein schimmerte etwas. Er sah genauer hin und hob den Gegenstand auf, der aus Glas und Kupfer bestand. Alle Ängste und Zweifel verflogen. Jetzt wusste er genau, was er zu tun hatte. Er steckte den Gegenstand in die Tasche, zog den Reißverschluss zu und machte sich daran, das Luk zu öffnen.

Er hatte es sich anders überlegt, und er empfand ein Gefühl tiefer Erleichterung.

55

Eine Entdeckung

In zweitausend Metern Tiefe nahe der Ocean Shuttle

Mit dem *Spider* am Hang hinabzugleiten wurde für Nora zu einer Übungsstunde im Umgang mit dem Tauchgerät. Es gelang ihr, das Sinken mit Hilfe der Schrauben zu beenden, die den Auftrieb steuerten. Sie regelte die Drehzahl etwas höher und stellte erleichtert fest, dass sich der *Spider* über den Rand der Schlucht hob. Dabei erkannte sie, dass der erste Absturz, dort, wo die Rohrleitungen abknickten, auf eine zweite Terrasse führte, die deutlich größer war, und dass es noch mehr Stufen gab, bevor der Steilhang begann, der endgültig in die Tiefe der Schlucht führte. Vor ihr erstreckte sich eine Reihe spitzer Erhebungen, die man als eine Art Gebirgsschranke ansehen konnte.

Sonderbare grünliche Blitze zuckten an den senkrechten Wänden auf. Im Licht des Helmscheinwerfers erkannte sie etwas, das aus einer der zahlreichen Öffnungen des Hanges kam und wie eine graue Rauchsäule aussah. Später stieß sie noch auf weitere Stellen, an denen aschefarbenes leuchtendes Gas austrat, unmittelbar dort, wo am Rand des Absturzes Felszacken aufragten wie Stalagmiten.

Sie hatte Artikel über hydrothermale Schächte gelesen und auch Fotos davon gesehen, wusste, dass sie auf Ablagerungen aufgelöster heißer Mineralien zurückgingen, die zusammen mit der Lava aus Klüften im Meeresboden aufstiegen und eine erstaunliche Höhe erreichen konnten – bis zu mehreren Dutzend Metern. Doch nichts von alldem sah sie, denn was sie da vor sich hatte, war völlig anders. Dennoch war ihr klar, dass es dort irgendeine Art vulkanischer Tätigkeit geben musste, die weder die Geräte der Station noch die des Schiffs aufzuzeichnen vermocht hatten.

Im Licht der Scheinwerfer wurden gelbe, schlauchartige Gebilde sichtbar, die sich in den Gesteinsspalten festgesetzt hatten. Unweit von ihnen sah sie winzige Venusmuscheln, und von Zeit zu Zeit tauchten fleischfarbene Polypen auf, die mit ihren Tentakeln herumtasteten und sich in Vertiefungen der Felszacken versteckten. Als sie sich wieder einige Meter sinken ließ, konnte sie etwas erkennen, das wie winzige Rauchwölkchen aussah, die aus Hunderten von Öffnungen im Boden aufstiegen. Sie schaltete die Schrauben für den Vortrieb ein und entfernte sich von der Stelle. Erneut sah sie die weißlich schimmernden Reste des SAM, die am Anfang der zweiten Terrasse verstreut lagen.

Dort wartete die Halskette mit dem Schlüssel auf sie.

Auf einer Art Schotterboden schimmerten Muschelschalen. Irgendetwas stieg daraus auf, und als sie nahe genug herangekommen war, sah sie, dass es sich nicht um unter Druck stehendes heißes Wasser handelte, sondern um Gas, das sich in Form von Blasen träge über dem Meeresboden ausbreitete und hell leuchtende Vorhänge bildete. Blasen aller Größen, von winzig kleinen bis hin zu ovalen großen, stiegen aus dem Erdinneren, glänzten wie Leuchtkugeln und verloren sich in der Dunkelheit des Meeres. In unmittelbarer Umgebung der Stellen, an denen das Gas austrat, sah sie bleiche Polypen und Muscheln, die im Rhythmus von dessen Bewegung zu tanzen schienen.

Sie sagte sich, dass der Schlüssel noch eine Weile warten könne, und beschloss, sich die Sache genauer anzusehen. Sie schob sich in ihrem Metallpanzer langsam näher. Sie fühlte sich versucht, mit den Zangen nach den Blasen zu fassen, die wie kleine Säulen aus Hunderttausenden von Löchern aufstiegen. Sie suchte in ihrer Erinnerung.

Dann fiel es ihr ein. Es war Methan. Methan, das aus dem Erdinneren dringt und das man gewöhnlich Erdgas nennt.

Am Ende des Schotterbodens lag unweit der Stelle, an der sich die Überreste des SAM befanden, eine Art Teich oder See. Ein glattes Gewässer von milchiger Farbe, in dem sich das Licht des *Spider* brach. Sie nahm die Geschwindigkeit ein wenig zurück, weil sie sich langsamer nähern und genauer hinsehen wollte.

Sprachlos vor Staunen erkannte sie etwas, das wie eine Ufer- oder Küstenlinie aussah. Die Flüssigkeit, deren Viskosität sie an Salzlake erinnerte, gab einen eigenartigen grünlichen Schimmer von sich. Nebelschwaden von unterschiedlicher Dichte stiegen daraus empor und zerfaserten um den Rand des Gewässers herum. Nora glaubte, dort dunkle und längliche Umrisse zu sehen, die sich an der Stelle wanden, wo Sandboden an die Flüssigkeit grenzte.

Ein Salzteich, aus dem Methangas aufstieg.

Methangas ist am Meeresboden nicht besonders häufig, allerdings auch nicht übermäßig selten. Sie wusste, dass an solchen Stellen mitunter kleine Erdhäufchen entstehen, aus denen ganze Hügel voller Methan werden können, und sie hatte gelesen, dass sich an Stellen, an denen dies Gas auftrat, merkwürdige Geschöpfe entwickeln konnten.

Was sie dort sah, war unglaublich. Überall schimmerte Licht, das nicht von ihren Scheinwerfern stammte. Sie kam sich vor wie zwischen Tüchern aus phosphoreszierender Seide, um die herum die Dunkelheit lag. Wie tief das morastige Gebilde sein mochte?

Möglicherweise bildete es nur eine ganz dünne Schicht, doch das genauer festzustellen hatte sie keine Möglichkeit. Es konnten ebenso gut zwanzig Zentimeter wie zwanzig Meter sein. Ungläubig schloss sie die Augen und öffnete sie wieder – *ein Gewässer am Boden des Meeres*!

Die davon erzeugte Biolumineszenz rief phantastische und unwirkliche Schatten hervor. Vorsichtig näherte sich Nora den Felsnadeln, über die Polypen huschten, und sah, wie sich schwarzäugige blinde Fische mit weißen Köpfen rasch in die Dunkelheit zwischen Korallenskeletten zurückzogen. Mit einem Mal tauchte eine Garnele aus der Schwärze auf und sandte, als sie gegen einen der Scheinwerfer stieß, eine Wolke flüssigen Lichts aus, das nach und nach schwächer wurde, bis es vollständig erlosch.

In diesem Augenblick fiel es Nora wie Schuppen von den Augen, und sie begriff alles, wirklich alles.

Vermutlich hatten sich dort unten Trillionen von Bakterien festgesetzt, lebten in jedem Weichtier, das sich in den Methansee geflüchtet hatte. Solche Bakterien erzeugten Biolumineszenz, und der ganze See war voll von ihnen. Beim Anblick der Rohrleitungen, die aus dem Nebel in Richtung auf die Schlucht verliefen, kam Nora zu dem überraschenden Ergebnis, dass man sie vor der Entstehung dieses Gasgewässers verlegt haben musste.

Es war nahezu vollständig durchsichtig, und die Lichtstrahlen drangen recht weit. Sie blickte auf die fadenförmigen schwarzen Gebilde, die sie im Licht ihrer Scheinwerfer erkannte und die ihre Gestalt den dort herrschenden Druck- und Temperaturverhältnissen verdankten. Auf ihrem Weg nach oben wanden sie sich wie riesige Sardellen über die ganze Länge der unterseeischen Anlage. Dort, wo sie austraten, drängten sich mehrere der Seeigel, die Nora schon vorher durch die Kameraaugen von *Madre 5* gesehen hatte. Sie bildeten eine Art Hügel aus stacheligen Kugeln.

Wieso nur hatte sie die Zusammenhänge nicht schon vorher begriffen? Sie kam sich äußerst töricht vor.

Steiffels Problem war auf jeden Fall unlösbar.

Die Erkenntnis, die sie gewonnen hatte, beschleunigte ihren

Atem. Sie brauchte Sauerstoff, musste den Schlüssel an sich bringen und unbedingt den Rückweg zur Station finden.

Sie drückte auf den Knopf der Funksprechanlage, ohne daran zu denken, dass sie die für die Verbindung nötige Nabelschnur selbst durchtrennt hatte. Dann richtete sie die Scheinwerfer auf die Überreste des SAM, steckte die Hände in die Stulpen und fuhr mit der linken Zange über den Fels, um die Halskette zu ergreifen.

Mit der freien Hand drückte sie verschiedene Knöpfe, um aufzusteigen. Dann geriet der *Spider* an einen Steinvorsprung, die Zange öffnete sich, und der Schlüssel samt der Kette blitzten ein letztes Mal auf, bevor sie in der Schwärze untertauchten.

Erneut suchte sie mit dem Scheinwerfer den Boden ab und fand den Schlüssel fünfzehn Meter weiter. Er lag in der Nähe einer Korallenkolonie neben einem Schacht, aus dem sehr schwach Gas aufstieg.

Beim zweiten Versuch, ihn an sich zu bringen, riss sie Korallenstücke heraus und wirbelte so viel Sediment auf, dass die dichte ockerfarbene Wolke ihr die Sicht nahm. Sie würde warten müssen, bis sich die Materie wieder abgesetzt hatte, doch so viel Zeit hatte sie nicht. Also beschloss sie, in die Wolke einzudringen und ihr Heil zu versuchen.

Etwas blinkte.

Sie fuhr die stählerne Zange aus und ließ sie sich um das glänzende Etwas schließen. Als sie den Stahlarm zu sich her knickte, sah sie die Kette mit dem Schlüssel daran. In aller Eile wollte sie sich zurückziehen: Es war höchste Zeit. Doch dann merkte sie, dass etwas sie zurückhielt. Der Fangarm tauchte aus dem Nebel auf, legte sich auf Höhe des Ellbogens um den linken mechanischen Arm und drückte ihn zusammen. Wieder öffnete sich die Zange, und Nora musste mit ansehen, wie sich die Kette mit dem Schlüssel daran löste und verschwand.

Vor ihr tauchte der gigantische Kopffüßer aus dem Nichts auf. Sein anfangs durchschimmernder Leib wurde dunkler und gewann mit einem Mal eine dreidimensionale Körperhaftigkeit.

Auf seinem Weg durch die Gänge, von deren Wänden es tropfte, reichte ihm das Wasser bis zu den Knöcheln. Vier Meter weiter unten warfen die rötlich blinkenden Leuchten in den unter Wasser stehenden Räumen der Krankenstation zuckende Schatten auf die Wände und Decken, an denen Rohrleitungen entlangführten. Die Flüssigkeit, die aus ihnen kam, lief an den Wänden hinunter.

Cepesma schaltete die Taschenlampe ein und rief nach Nadja. Das Echo seiner Stimme verhallte am Ende des Ganges. Er begriff, dass er sich verirrt hatte. Er stieg eine Treppe empor und blieb stehen. Der Gitterrost verwandelte sich in die boshafte Fratze eines Hais. Da er den Eindruck hatte, dort nicht weiterzukommen, kehrte er um. Zwar hätte er die Möglichkeit, an Steuerbord in Richtung auf die Technikzentrale zu gehen, doch bedeutete das nicht nur einen Umweg; die Gänge dorthin befanden sich außerdem in einem schlechten Zustand. Er holte tief Luft, kehrte zur Treppe zurück und richtete die Taschenlampe auf die Öffnung zu seinen Füßen, wo zweieinhalb Meter Gitterrost fehlten. Er trat ein wenig zurück, nahm einen kurzen Anlauf und sprang. Er musste sich am Geländer festhalten, aber immerhin hielt der Teil, auf dem er gelandet war. Langsam ging er weiter, setzte vorsichtig einen Fuß vor den anderen und stieg dann einige Stufen hinab. Er konnte sich nicht erinnern, auf dem Weg zur *Beebe* dort vorübergekommen zu sein. Im schwachen Schein der blinkenden Notbeleuchtung sah alles zum Verwechseln ähnlich aus.

Am Ende des Ganges fand er eine angelehnte Tür, auf deren Metallschild *Maintenance* stand. Aha, die Abteilung für Wartung. Da konnte das Materiallager nicht weit sein. Seine Wadenmuskeln schmerzten.

Mit einem Mal hörte er Geräusche aus dem Gang, durch den er gekommen war. Es klang wie eilige Schritte, Gummi auf Metall. Dann Stille. Er leuchtete kurz in einen der Räume des

Moduls hinein. Aufeinandergetürmte Metallkisten und allerlei Werkzeug. Es roch nach Öl und Nässe.

Er wandte sich um und leuchtete in den Gang hinter sich, wo er die Geräusche zu hören gemeint hatte. Ein Seufzen – oder war es ein Schluchzen? Er rief laut Nadjas Namen. Unmöglich konnte man wissen, wer oder was sich dort verbarg. Es dauerte nicht lange, bis er merkte, dass es sich bei dem Gang um eine Sackgasse handelte. Er musste erneut umkehren.

Nach einer Weile gelangte er an die Stufen, die zum Gang führten, an dem die Technikzentrale lag. Noch ein Niedergang? Er führte nach Backbord – wunderbar, genau die Richtung, in die er wollte. Da er Nadja im Kontrollraum vor den Bildschirmen zurückgelassen hatte, der am anderen Ende der Station lag, folgte er der Richtung, die ihn von der *Beebe* entfernte. Während er ausschritt, fiel ihm auf, dass das Gurgeln des Wassers dumpfer klang und die Echos stärker hallten. Im Licht der Taschenlampe richtete er den Blick auf die untere Ebene. Es erstaunte ihn zu sehen, wie hoch das Wasser gestiegen war. Wenn er sich richtig erinnerte, mussten nach dem Plan, den er in Noras Händen gesehen hatte, dort die Module der Krankenstation und eins der beiden Labors liegen.

Er schwenkte die Lampe und sah einen Lichtreflex. Ein Stück Metall kam aus der Schwärze hinter ihm auf seine Schulter zugeflogen. Der scharfe Stahl durchdrang die Haut und traf auf das linke Schulterblatt. Seine Knie wurden weich, und er stützte sich schwer auf das Geländer, um nicht in die Tiefe zu stürzen. Er unterdrückte einen Schrei, während er sich instinktiv vor dem zweiten Angriff zu schützen versuchte, indem er sich duckte und damit dem Messer auswich, das sonst zweifellos in seinen Leib eingedrungen wäre. Der Angreifer verlor das Gleichgewicht und fiel auf ihn. Während sie sich in der Dunkelheit am Boden wälzten, hörte er das Geräusch, mit dem die Taschenlampe unter ihm ins Wasser fiel. Er versuchte, das Handgelenk des anderen zu packen, doch das Messer drang ihm in die Hand, so dass er laut aufschrie.

Mit großer Mühe gelang es ihm, auf die Beine zu kommen und sich erneut an das Geländer zu lehnen. Im letzten Augenblick, bevor ihm alles vor den Augen verschwamm, erkannte er noch einen Schatten, der auf ihn zukam, und das metallische Blinken einer Klinge.

Um zu verhindern, dass sie ihn ein zweites Mal traf, ließ er sich in die Tiefe fallen. Sein letzter Gedanke war, dass er versagt hatte. Er hatte nicht vermocht, das Nora gegebene Wort zu halten und Nadja zu schützen, die ihm das Leben gerettet hatte.

56

Kraken

Nahe der Ocean Shuttle

Der Fangarm löste sich vom Rumpf des *Spider*, und das Tier gewann vor Noras Augen Gestalt. Ungläubig sah sie hinaus. Man hätte annehmen können, Neptun selbst habe die Erscheinung mit den Pupillen ähnlich grün-bläulichen Luftballons ins Wasser gemalt. Als grünliche Zacken standen die Zähne an den Saugnäpfen vor. Kaum vorstellbar, dass ein Lebewesen scharfe Zähne auf den Armen hatte, doch Nora sah den Beweis weniger als drei Meter vor sich.

Es kam ihr vor, als würde sie von einem intelligenten Wesen beobachtet. Die Fangarme, die sich wie Schlangen im Nest um den *Spider* herum bewegten, mochten acht Meter lang sein, wenn nicht gar zehn.

Während sie überlegte, warum das Tier seine sichere Beute losgelassen hatte, löste es sich vor ihren verblüfften Augen schlagartig im Wasser auf, um schon bald nahe einer Korallenkolonie links von ihr wieder sichtbar zu werden. Es war inmitten des klaren Wassers davongeschwommen, ohne dass man es hatte sehen können. Vor Noras Augen streckte sich einer der Arme aus und nahm etwas auf, das wie ein großes Stück weißes Fleisch aussah. Der Kalmar schwenkte es, und als er sich erneut näherte, sah sie, dass es sich um ein Stück Fangarm handelte, das an der Spitze abgeplattet war. Dunkle Stellen zeigten an, wo die Saugnäpfe saßen.

Der Brocken verschwand zwischen den Kiefern im Schlund, der ihr wie eine Art mit Zähnen besetzter Gully vorkam. Offenbar tat sich das Tier an den Überresten eines Artgenossen gütlich. Dann tauchte ganz in ihrer Nähe ein weiterer Kalmar auf, der deutlich kleiner war, wohl ein Männchen. Der größere näherte sich dem *Spider* bis auf etwa zwei Meter, während der kleinere rechts davon wartete. Wenige Meter weiter erschien plötzlich noch ein solches Tier, und schließlich ein viertes.

Das größte schob einen Arm vor, dessen abgeplattetes Ende mit Krallen besetzt war, und fuhr damit über den rechten Scheinwerfer des *Spider*. Gerade in diesem Augenblick drehte Nora den Kopf und sah auf einem Felsstück wenige Meter vom dritten Kalmar entfernt die Kette mit dem Schlüssel daran. Ohne sich lange zu besinnen, schaltete sie eine der Antriebsschrauben ein, stieg auf, fuhr einen Meter zurück und drehte sich um hundert Grad nach rechts. Verblüffend schnell fanden sich alle vier Tiere wieder links und rechts von ihr ein: Das ungeheuer große Weibchen und seine drei Gefährten legten ihre Gliedmaßen zusammen und öffneten sie wieder, wie sich eine Blüte entfaltet, wenn die Sonne darauf scheint. Sie klappten die Kiefer auf und schlossen sie wieder, als warteten sie auf Nahrung.

Nora versuchte sich auf die Kette zu konzentrieren. Welche andere Möglichkeit blieb ihr? Bedächtig näherten sich ihr die Kalmare, während sie weiter den Felsen entgegenstrebte. Eins der Tiere streckte seine Extremitäten aus und wechselte mit staunenswerter Geschwindigkeit die Seite, wobei es rückwärts schwamm, so dass die Tentakel aussahen, als bildeten sie ein entgegen der Bewegungsrichtung offenes Rohr. Während Nora die verbleibenden Meter zurücklegte, achtete sie aus dem Augenwinkel auf die Bewegungen des Tieres, sah dann aber, dass sich die anderen bereits zusammendrängten, um ihr den Weg zu versperren.

Kaltblütig nahm sie mit einer Zange die Kette auf. Sie hatte den Schlüssel! Der kleinste der Kalmare beschränkte sich darauf, vor ihr hin und her zu schwimmen.

Sie dachte an das Segelflugzeug mit dem Rumpf aus Kohlefaser. Es war Zeit, wieder aufzusteigen, eine Thermik zu finden, Abstand zu den Schluchten zu gewinnen und die Rückkehr anzutreten. Sie musste sich so schnell wie möglich von den grünlichen gallertartigen Wesen entfernen.

Die Schrauben begannen sich mit voller Kraft zu drehen, und der *Spider* stieg rasch nach oben.

Das Ungeheuer griff an.

Bildschirmüberwachung

Aufgeregt sah Nadja, wie der blinkende Lichtpunkt, der die Lage des Schlüssels anzeigte, von einer Stelle zur anderen wanderte. Sie war schon viel zu lange allein, und die Kälte kroch ihr immer mehr in die Glieder. Ihr Atem stieg in Gestalt kleiner Dampfwölkchen auf, und unaufhörlich rieb sie sich Hände und Schultern, um sich zu wärmen. Bis zu jenem Augenblick hatte sich auf dem Bildschirm außer der Lage des Punktes nichts verändert. Sie warf einen raschen Seitenblick auf die anderen Bildschirme um sie herum. Auf ihnen war nichts zu sehen. Sie musste unbedingt jemandem ihre Entdeckung mitteilen und rief Cepesmas Vornamen, hörte aber nichts als ein undeutliches Grummeln und das abgehackte Nebelhorn-Gedröhn im Rhythmus der blinkenden Notbeleuchtung.

Dann erloschen alle Lichter im Raum. Es war bereits das dritte Mal. Zum Glück waren die Geräte von dem Stromausfall nicht betroffen. Nach einer Weile ging das Licht wieder an. Sie näherte sich dem halb offenen Luk, doch fehlte ihr die Unerschrockenheit, mit der sie beim ersten Mal durch die Luftkanäle gekrochen war, ohne sich lange zu bedenken.

Dann entdeckte sie die Videokamera, über deren Objektiv ein rotes Licht leuchtete. Sie sah so ähnlich aus wie die Webcam an ihrem Apple-Rechner zuhause: eine Art metallener Röhre von kaum sechs Zentimetern Durchmesser. Als begeisterte Anhängerin der modernen Technik hatte ihre Mutter nichts dagegen einzuwenden gehabt, dass Nadja ihren Computer damit ausrüstete. Jetzt setzte sie sich vor die Videokamera und sah zu, wie sich die Blende öffnete und der Autofocus die Linsen im Inneren der Röhre verschob. Sie verfolgte mit ihren Blicken das Kabel bis dorthin, wo es an einem größeren Bildschirm mit einem Mikrofon daneben endete. Sie schaltete ihn ein und konnte schon bald etwas darauf lesen.

Bildschirmüberwachung *Ocean Shuttle*
Bitte warten…

Eine halbe Minute später sah sie:

Willkommen bei der Bildschirmüberwachung der *Ocean Shuttle*.
Wählen Sie aus:
A – Aufnahme in Echtzeit
B – zeitversetzte Aufnahme
(Auswahl mit leichtem Fingerdruck bestätigen)

Ihre grünen Augen leuchteten auf. Bisher schien niemand diese Kamera bemerkt zu haben. Vermutlich wurde der gesamte Komplex überwacht. Natürlich. Sofern die Objektive der anderen Kameras nicht beschädigt waren, konnte sie von dort, wo sie jetzt saß, in jeden Winkel schauen. Vielleicht würde sie Cepesma auf diese Weise finden.

Zumindest hatte sie jetzt etwas zu tun. Sie hatte nicht die geringste Lust, noch einmal durch die dunklen, nassen Röhren zu kriechen, zumal sie jetzt nicht einmal über eine Taschenlampe verfügte, mit der sie den Weg vor sich beleuchten könnte.

Ihre Finger waren erstarrt. Auf dem berührungsempfindlichen Bildschirm lag eine Staubschicht, doch als sie auf A tippte, hörte sie, wie die Festplatte anlief. Die zugehörige Diode leuchtete auf, und der Bildschirm zeigte eine Liste sämtlicher Module, die von der Videoanlage überwacht wurden.

Ocean Shuttle
Längsschnitt durch die Tauchfähre/Innenansicht

1 Kernreaktor AMPS
2 Krankenstation und medizinische Einrichtungen
3 wissenschaftliches Labor
4 Technikzentrale
5 Bohrersteuerung
6 A Überwachung und Steuerung der Fördereinrichtungen
6 B Materiallager
7 Kantine
8 Schlafräume
9 Kommunikationsanlagen und wissenschaftliche Geräte
10 Labor zur Analyse von Bodenproben
11 A Not-Ausstiegluk
11 B Verbindungsluk zum Tauchboot
12 Taucheinrichtungen
13 Schneiderwerkstatt

Einzelansicht
Gesamtansicht

Zurück zum Hauptmenü
(Auswahl mit leichtem Fingerdruck bestätigen)

Nadja entschied sich für die Gesamtansicht und drückte als Erstes 6 A. Ein Fenster öffnete sich und zeigte ein Bild des Moduls. Wegen der fehlenden Beleuchtung war die Auflösung sehr schlecht.

Sie sah sich selbst, eine verschwommene, weißliche Gestalt, aber doch erkennbar. Sie winkte und sah ihre eigene Bewegung auf dem Bildschirm.

Sie beschloss, nacheinander jedes der Module anzusteuern, um sich dort in Ruhe umzusehen, und der Bildschirm zeigte ihr eins nach dem anderen. Bei manchen machte es eine Art Grauschleier unmöglich, Einzelheiten zu erkennen, beispielsweise im Reaktorraum, bei anderen kam lediglich Rauschen oder der Hinweis »Signal« auf den Bildschirm, so bei den Modulen 2, 3 und der Technikzentrale 4. Wahrscheinlich stand dort das Wasser zu hoch. Im Zugangskorridor zur *Beebe* stand das Wasser weniger als eine Handbreit hoch. Das also dürfte keine Schwierigkeiten bieten. Das Luk 11 B hingegen lag vollständig im Dunkeln.

Die Taucheinrichtung und die »Schneiderwerkstatt«, in der sie ihre Mutter zuletzt gesehen hatte, waren verlassen und hell erleuchtet. Kaltes Licht zeigte alle Einzelheiten. In der Taucheinrichtung sah man schwarze Flecken dort, wo der atmosphärische Tauchanzug gehangen hatte, mit dem Martha ihre Tauchfahrt unternommen hatte.

Raum 6 B, in dem sich die beiden Männer eigentlich hätten befinden müssen, war leer, wie auch das Modul für die Bohrersteuerung. Am Aussehen von Kantine und Schlafräumen hatte sich nichts geändert – sie wirkten so verlassen wie eh und je.

Nadjas Finger verharrte wenige Zentimeter vor der Nummer 10, dem Labor zur Analyse von Bodenproben.

Sie holte tief Luft, legte den Finger leicht auf den Bildschirm und sah Kate Battaglias Leiche ziemlich im Vordergrund. Die Mikroskope unter ihren Schutzhauben nahmen die Mitte des Bildes ein.

Der Anblick der Toten, die zusammengesunken am Tisch saß, rief in ihr eine noch stärkere Beklommenheit als bei den vorigen Malen hervor. Sie war in Gedanken wieder allein an jenem entsetzlichen Ort. Verzweifelt hob sie die Hände. Eine winzige Silhouette in einer kaleidoskopischen Fülle trostloser Räume tat auf dem Bildschirm dasselbe.

Es musste möglich sein, Antworten zu bekommen, und so entschied sie sich, auf »Zeitversetzte Aufnahme« zu drücken.

Der Bildschirm blinkte.

Systemfehler 55 in der Zeitschalteinrichtung
Wählen Sie die gewünschte Aufnahme mit einem leichten Fingerdruck.
Wählen Sie anschließend den Modus »Gesamtdarstellung« oder »Einzeldarstellung«.
Drücken Sie hier, um die Aufnahmeparameter anzugeben.

Letzte Aufnahme 3-2005

Weitere Aufnahmen nicht verfügbar

Wieder eine Enttäuschung. Seit über drei Wochen hatte das System nichts aufgenommen. Es war wohl defekt. Dann ging Nadja, als sie an das Datum der letzten Aufnahme dachte, auf, dass sie eine einzigartige Möglichkeit hatte, nicht nur die Vergangenheit lebendig werden zu lassen, sondern unter Umständen auch zu verstehen, was dort geschehen war. Ihr ganzer Unterleib kribbelte vor Aufregung.

Nach kurzem Warten sah sie eine Umgebung, die sich von der gegenwärtigen deutlich unterschied. Die Module auf dem Bildschirm waren wesentlich heller beleuchtet, nur wenige lagen im ihr so vertrauten Halbdämmer. Aufmerksam betrachtete sie das Labor zur Analyse von Bodenproben: Alles war in bester Ordnung. Keine Hauben waren über die Mikroskope gestülpt, Stühle und Tische standen an Ort und Stelle… und Kate Battaglias Leiche war nicht zu sehen.

Statt wie beim vorigen Mal nur einen Fangarm um den *Spider* zu legen, stürzte sich der Kalmar darauf und umschlang ihn mit der ganzen Kraft seiner zehn Arme gleichzeitig. Starr vor Schreck erkannte Nora die Kiefer, die wie ein Papageienschnabel aussahen, nur wenige Zentimeter vor ihrem Helmvisier. Die übrigen Kalmare schienen das Spektakel als Zuschauer zu genießen. Das Metall des Tauchanzugs knirschte; es kam Nora vor, als schwebte sie nicht mehr im Wasser, sondern wäre fest mit den Saugnäpfen dieses Riesen verbunden. Das Tier zerrte sie nach unten; die Antriebsschrauben vermochten der gewaltigen Kraft des Kraken nicht den geringsten Widerstand entgegenzusetzen.

Während sich alles um sie herum drehte und ihr das Knirschen immer lauter in den Ohren hallte, steckte sie die Hände in die Stulpen, drehte die Metallarme so, dass statt der Zangen die Rundmesser aktiviert wurden, und fuhr sie gegen das Fleisch des Kraken aus. Kaum hatten sie in die weiße Substanz geschnitten, als sich Nora von einer schwarzen Wolke umgeben sah, die in ganz sonderbarer Weise schimmerte.

Der Kalmar löste sich von seinem Opfer, und der *Spider* sank schwerfällig weiter, bis er hart auf dem Meeresboden aufschlug. Während ihr zylinderförmiger Tauchanzug hangabwärts rollte, sah Nora erneut eine Art Nebel um sich herum, diesmal von aufgewirbeltem Schlick. Nach einer Weile prallte der *Spider* gegen die Korallen am Rande des Methansees. Sie drehte die mechanischen Arme so, dass erneut die Zangen aktiviert waren. Da sich eine von ihnen in einem Hohlraum des Gesteins verfing, gelang es ihr, den Fall zu bremsen. Ungeordnet wie die Methanblasen wirbelten ihre Gedanken durcheinander. Eins war ihr klar: Auf keinen Fall durfte sie in den Methansee geraten. Rasch riss sie die Hände aus den Stulpen und griff nach den Steuerhebeln der Schrauben. Sie hörte das Summen, mit dem sie ihre Tätigkeit aufnahmen, und staunte über ihr Glück. Der *Spider* hatte dem Angriff des Kalmars standgehalten. Es gelang ihr, ein Stück aufzusteigen und dem Schlicknebel zu entkommen.

Ein wahres Wunder, dass sie dem Angriff und seinen Folgen mit heiler Haut entronnen war. Vorsichtshalber wollte sie erneut statt der Zangen die Messer aktivieren, doch die Arme gehorchten ihrem Befehl nicht mehr. Sie war wehrlos. Sekunden später tauchten links und rechts von ihr die vier Kalmare wieder auf.

Sie befand sich knapp ein Dutzend Meter von der Stelle entfernt, wo die Ölleitungen zu dem Hang hin abknickten, über den sie gerollt war. Zwischen ihr und den steil abfallenden Terrassen stülpte sich der Methansee zu einer Art Meeresarm aus. Sie beschloss, so hoch zu steigen, wie sie konnte, und dann die Aufstiegsschrauben abzuschalten. Während sie vom Meeresboden aus nichts hatte erkennen können, gewann sie jetzt einen deutlichen Überblick über ihre Umgebung.

Gräben, die tief in den Meeresboden einschnitten, mündeten in eine sich weithin erstreckende längliche Mulde, fast eine Art Tal, an dessen unterem Ende eine bedeutende Formation von Erhebungen aufragte, die einen blassgrünen Schimmer von sich gaben. Der Methanteich, oder besser gesagt See, weil er weit größer war als der vorige, der dort weit hineinreichte, erfüllte alles um sich herum mit einem kräftigen Lichtschimmer, in dem sich die Felsen und Erhebungen undeutlich abzeichneten. Auch von ihm stieg die ihr schon bekannte, aus Gas bestehende Schleierwolke auf. Der zwischen den Terrassen liegende Arm des Sees war lediglich eine Erweiterung des Ozeans aus Gas und fluoreszierender Flüssigkeit, der seinen Ursprung am Fuß der Bergkette hatte, sich über weitere Terrassen erstreckte und die ganze unendlich scheinende Talmulde anfüllte.

Ein Meer inmitten des Ozeans, das aus den Tiefen emporquoll und durch alle Ritzen drang. Der grünlich-kränkliche Schimmer, den die Kalmare aussandten, war von der gleichen Farbe wie dieses Meer. Zwei der Tiere näherten sich jetzt Nora, allerdings ziemlich vorsichtig, wie es aussah.

Sie beschloss, sie weder anzugreifen noch einen Fluchtversuch zu unternehmen. Sie staunte selbst über ihre Gelassenheit. Während sie langsam dem Meeresboden entgegensank, leuchtete sie mit den Scheinwerfern die Umgebung ab. Aus einer Höhe von etwa fünf Metern sah sie den in der Mitte aufgebrochenen Helm des SAM. Plexiglassplitter blitzten daraus hervor. Ihr fiel der tiefe Riss auf, der im Oberteil von der Brust bis zur Hüfte klaffte und den Blick auf einen Teil des Steuerpults freigab, das der immense Druck in grotesker Weise verformt hatte. Auch die untere Hälfte des atmosphärischen Anzugs war stark beschädigt.

Von Martha sah sie nichts, weder das Gesicht noch Überreste – nicht einmal Blutspuren.

Sie schluckte, als ihr aufging, dass die Kalmare ihre Beute wohl vollständig aus dem Anzug herausgezerrt und verschlungen hatten, so, wie sie es mit Mollusken taten, die sich vergeblich vor dem Angriff dieser Räuber in ihre bergende Schale zu retten versuchten.

Ihr ging durch den Kopf, dass es angesichts eines solchen Schicksals möglicherweise vorzuziehen war, sich in einer der tiefen Senken der ewigen Dunkelheit entgegenfallen zu lassen, wo der gewaltige Druck im Nu für das Ende sorgen würde. Dort würde der *Spider* implodieren und alles in Stücke reißen. Dieser rasche Tod wäre weit besser, als von jenen Kiefern zermalmt zu werden.

Sie schob den Gedanken von sich und bremste das Sinken. Sie wollte diesen Teil der Terrasse noch einmal in aller Ruhe absuchen, bis sie den Schlüssel fand, der bei dem Angriff erneut verloren gegangen war, und dann den Rückweg zur Station antreten – immer vorausgesetzt, die Kalmare gaben ihr diese Möglichkeit. Sie durfte Nadja nicht im Stich lassen. Bis zum Schluss würde sie nicht aufgeben, bis zum letzten Atemzug, den ihr der Sauerstoffvorrat ermöglichte. Gleichsam, als sollte ihr Wunsch erfüllt werden, sah sie erneut die vertraute metallene Halskette ganz in der Nähe. Man hätte denken können, der Schlüssel wolle sich in der absurdesten und unglaublichsten Situation, die sie je erlebt hatte, nicht von ihr entfernen.

Als sie sich erneut sinken ließ, verstellte ihr das weibliche Tier den Weg, indem es seine langen Arme ausbreitete. Verglichen mit den anderen Kalmaren war es riesig. Rasch kam Nora zu dem Ergebnis, dass ihr keine Wahl blieb, als sich sozusagen unsichtbar zu machen, und so schaltete sie auf der Stelle alle Scheinwerfer aus. Sie legte die Hand um den Steuerhebel, stieß aber, weil der *Spider* dabei ein wenig aus dem Gleichgewicht geriet, aus Versehen an den Schalter für die Scheinwerfer, und sie flammten erneut auf.

Mit ausgebreiteten Armen und aufgerissenen Kiefern kam das Tier auf sie zu.

Sie schloss die Augen und wartete auf das Ende.

Bildschirmüberwachung

Aufmerksam sah Nadja auf eins der Symbole, unter dem »Luk 11 B« stand – der Zugang zu dem anderen Tauchboot, das nach wie vor an der Station angekoppelt war.

Auf dem Bildschirm tauchte ein fülliger bärtiger Mann auf, den sie noch nie gesehen hatte. Seine langen Haare waren zu einem Pferdeschwanz zusammengefasst. Offensichtlich hatte er gerade die Tür geöffnet. In dem Modul, in dem er sich befand, war nicht die Spur von Wasser zu sehen. Er verschwand aus ihrem Gesichtsfeld und tauchte dann in einem anderen Abteil auf, an dessen hinterem Ende sie eine Faltwand und etwas erkannte, das aussah wie eine Krankentrage. Der Mann kam auf die Kamera zu und verschwand dann in einer Ecke, in der eine Treppe nach oben führte.

Später sah sie ihn von oben auf einem Gang. Das in der Decke angebrachte Objektiv verzerrte die Perspektive, doch es war deutlich zu erkennen, dass er entschlossenen Schritts ging und eine Ledertasche in der Hand trug. Aus dem Gang gelangte er in ein weiteres Abteil, wo er einige Stufen hinabstieg. Die Kamera erfasste ihn dabei ständig von hinten. Es durchfuhr Nadja, als sie den Raum erkannte – es war die Technikzentrale.

Der Mann ging in die Hocke und suchte in seiner Tasche, nahm eine Lampe heraus und suchte das andere Ende des Raumes auf, wo die elektrischen Schalttafeln lagen. Dort holte er etwas aus seinem Anzug heraus und stellte die Tasche auf den Boden. Da die Kamera über keinen Zoom zu verfügen schien, konnte Nadja nicht genau erkennen, was er tat. Er löste in einer Ecke des Moduls eine Abdeckung und betrachtete prüfend die Leitungen, die dahinter verliefen.

Sicher ein Techniker von der Merlin, überlegte Nadja. *Einer von denen, die vor uns hier heruntergetaucht sind.*

Der Mann wandte sich um, als hätte er etwas gehört, doch konnte sie nicht feststellen, was es war. Aus irgendeinem Grund lief die ganze Aufnahme ohne Ton. Nadja glaubte, Lippenbewegungen zu erkennen. Ja, es schien, als spräche er mit jemandem. Es wirkte geradezu komisch, fast wie in einem Stummfilm. Der Mann schien sich Sorgen zu machen und trat auf die Kamera zu, so dass man sein Gesicht erkennen konnte, dann verschwand er wieder aus ihrem Gesichtsfeld. Einige Augenblicke lang zeigte die Kamera das leere Modul.

Bald darauf tauchte er unten links auf dem Bildschirm wieder auf und ging quer durch den Raum dorthin, wo seine Tasche stand. Er löste ein weiteres Stück der Verkleidung, stellte es auf den Fußboden und machte sich an den Leitungen zu schaffen. Nach einer Weile erschien links unten im Bild noch jemand und ging in dieselbe Richtung. Nadja schloss daraus, dass die Kamera an der Wand links von der Tür angebracht sein musste, so dass sie jeden von hinten zeigte, der die Technikzentrale betrat.

Die Gestalt, die ein graues T-Shirt trug, trat rasch auf den Techniker zu. Dieser konzentrierte sich wohl auf seine Arbeit und schien daher nicht gemerkt zu haben, dass er nicht mehr allein war. In der rechten Hand hielt die Gestalt etwas wie einen Stiel; mehr war nicht zu erkennen. Sie blieb dicht hinter dem Techniker stehen. Als sich dieser umdrehte, schlug sie zu. In scharfem Bogen fuhr das Werkzeug in der Hand des Ankömmlings durch die Luft, wobei es metallisch aufblitzte. Es prallte auf die Schulter des

Technikers, der nicht einmal die Hände hob, um sich zu schützen. Er stürzte auf die Knie und versuchte den nächsten Schlag abzuwehren.

Dann erkannte Nadja Einzelheiten: Es war eine Axt, die den Arm über dem Ellbogen abtrennte. Entsetzt sah sie, wie Blut schwarz wie Erdöl aus dem Stumpf strömte. Der Techniker schlug mit der Stirn auf den Boden und rollte, sich zusammenkrümmend, auf die Seite. Der Angreifer wollte ihm noch einen weiteren Axthieb versetzen, traf aber nicht. Der Schwung der Bewegung riss ihn mit sich, so dass er in der dunklen Pfütze ausglitt, die sich auf dem Boden gebildet hatte.

Der Versuch des Technikers, sich aufzurichten, misslang. Der Angreifer nahm abermals die Axt zur Hand und stellte sich vor ihn hin. Wieder fuhr die Schneide in einem Bogen durch die Luft und durchtrennte die Wirbelsäule im Nacken mit solcher Wucht, dass Nadja voll Grauen annahm, der Hieb habe den Mann enthauptet. Obwohl sich der Techniker nicht mehr bewegte, hörte der Angreifer nicht auf, voll blinder Wut auf ihn einzuschlagen, wobei er stets mit dem Rücken zur Kamera blieb. Entsetzt zählte Nadja siebzehn Axthiebe. Sie merkte, wie ihr Mund austrocknete und ihr Atem stockte. Schließlich wandte sich der Mörder, ohne weiter auf sein Opfer zu achten, der Schalttafel zu, wobei er darauf bedacht war, nicht auf dem von Blut bedeckten Boden auszugleiten. Beim zweiten Schlag mit der Axt gegen die Schalttafel stoben Funken aus den Leitungen, dann verschwand das Bild zitternd.

Nadja nahm an, die Aufnahme sei zu Ende, doch dann wurde der Bildschirm wieder hell und zeigte das Modul mit den beiden abmontierten Verkleidungsteilen und der wenige Meter davon entfernt liegenden Leiche. Der Mörder war nicht mehr zu sehen. Wie schade, dass der Strom gerade in dem Augenblick ausgefallen war, als er den Raum verließ, so dass sie sein Gesicht nicht hatte erkennen können. Einige Augenblicke vergingen. Gerade als sie annahm, alles werde so bleiben, tauchte der Rücken mit dem grauen T-Shirt erneut in der linken unteren Ecke des Bildes auf.

Die Gestalt zerrte etwas hinter sich her. Einen weiteren leblosen Körper. Das Gesicht des Opfers war nach hinten gewendet, die gespreizten Beine bildeten ein V. Der Mörder schleppte den Mann mit beiden Händen so hinter sich her, dass dessen Hinterkopf über den Boden schleifte. Neben der Leiche des Technikers, der auf der Seite lag, ließ er sein Opfer fallen. Überdeutlich konnte Nadja den Pferdeschwanz und die Blutlache erkennen.

Wieder Axtschwünge, wieder blitzende Bogen in der Luft. Der Mörder verstümmelte die Toten mit geradezu übernatürlicher Kraft. Ein solcher Schauder erfasste Nadja, dass sie beinahe den Bildschirm ausgeschaltet hätte. Dann wandte sich der Täter um und blickte von dort herüber, wo die beiden zerstückelten Leichen lagen. Vermutlich hatte er die Kamera entdeckt und kam jetzt auf sie zu. Nadja hielt den Atem an, während das Gesicht immer deutlicher wurde, je mehr es sich dem Objektiv näherte.

Doch bald war das Bild verzerrt. Er war zu nahe herangekommen, als dass man die Züge in den richtigen Proportionen hätte einander zuordnen können. Die Nase schien ein Mast aus Fleisch zu sein, der das Glas des Objektivs berührte. Sie sah, dass in den Augen, die aussahen wie übergroße Saphire, ein unerklärlicher Wahnsinn brannte.

Dass es sich um Kate Battaglia handelte, sah Nadja vor allem an den nach hinten zusammengefassten gelockten Haaren, die wie graues Eis wirkten. Sie kannte sie vom Kopf der Leiche, die im Labor saß.

Nach einem verwunderten ängstlichen Blick zerstörte die Geologin der Station das Objektiv der Überwachungskamera. Danach war auf dem Bildschirm nur noch Rauschen zu sehen.

Als Nächstes hörte Nadja links von sich eilige Schritte und schwere Schläge, auf die sonderbare metallische Geräusche von den Gitterrosten unmittelbar neben dem Raum folgten, in dem sie sich aufhielt.

Nora öffnete die Augen.

Das Tier verharrte kaum einen Meter von ihr entfernt.

Irgendetwas geschah in seiner Außenhülle: Die hellen Lichtflecken zwischen den »Flügeln« verschwanden, so dass es im Dunkeln blieb. Es hob zwei seiner längsten Fangarme, während die anderen schlaff herabhingen, und Nora sah, wie sich die Lippen an ihren Enden öffneten und etwas hell Leuchtendes zum Vorschein kam. Dann sandte das Tier einen so grellen grünlichen Blitz aus, dass sich Nora genötigt sah, die Augen zu schließen.

Offenkundig konnten Kalmare von den Öffnungen an den Enden der längsten ihrer Fangarme nach Belieben Lichtsignale von sich geben.

Sie schaltete die Antriebsschrauben ab und stellte den *Spider* auf »Schweben«. Trotz all ihrer Angst versuchte sie ein Experiment. Mit nervösen Fingern drückte sie die Knöpfe auf ihrer Konsole in einer einfachen Abfolge. Die Scheinwerfer flammten eine Sekunde lang auf, machten dann eine Pause und leuchteten dann voll drei Sekunden lang.

Hierauf glühten die äußersten Enden der beiden längsten Arme des Tiers links und rechts des Mantels kraftvoll auf. Sie achtete genau auf die Reaktion des Kalmars: ein Lichtblitz, eine kurze Pause, ein längerer Lichtblitz, danach Dunkelheit. Es konnte nicht den geringsten Zweifel geben. Aus dem Augenwinkel sah sie, dass sich die anderen Kalmare ebenso verhielten – als wären sie Relaisstationen.

Drei kurz, drei lang, drei kurz – das SOS-Signal. Während sie mit den Knöpfen hantierte, musste sie an Cepesma und seine Taschenlampe denken.

Das Tier berechnete die Zeitabstände genau und wiederholte die Abfolge des Aufblinkens völlig richtig: drei kurz, drei lang, drei kurz, und wie zuvor taten es ihm die anderen nach.

Mit einem Schlag fiel alle Panik von ihr ab.

Sie hatte begriffen und empfand eine große Gelassenheit. Sie beschloss, die Botschaft noch einmal zu übermitteln. Mit tiefer Befriedigung stellte sie fest, dass alle vier Kalmare erneut ihr Verhalten nachahmten, und zwar immer in der gleichen Körperhaltung: mit ausgebreitetem Mantel und bis auf die beiden langen Fangarme schlaff herabhängenden Extremitäten.

Sie entschloss sich, die Scheinwerfer vollständig auszuschalten und eine Zeitlang im Dunkeln zu verharren. Die Tiere verhielten sich eine Weile ebenso, dann begann der große weibliche Kalmar, Sequenzen auszusenden, die Nora mühelos erkennen konnte: eins, drei, ein längeres Signal, vier, wobei sich die Arme abwechselten.

Sie musste zeigen, dass auch sie dazu imstande war, und betätigte die Schalter an ihrem Steuerpult dementsprechend. Die übrigen Kalmare taten es dem weiblichen Tier nach. Dann änderte es die Abfolge: Auf drei kurze Lichtblitze folgten fünf unregelmäßige und ein langer, gleichsam als bekräftigender Abschluss. Auch diesmal wiederholten die anderen die Signale. Nora wartete, bis sie an der Reihe war, und gab alles fehlerlos wieder.

Noch nie war sie so beschwingt gewesen. Sie wusste selbst nicht recht, wie es dazu kam.

Der große Kalmar legte jetzt alle seine Arme zusammen und verlagerte die Lichterscheinungen auf den Mantel und die zitternden Flügel, mit denen er kräftig das Wasser peitschte. Auf diese Weise erzeugte er einen Auftrieb, der ihn rasch von Nora entfernte, bis er verblüffend schnell vollständig verschwunden war. Auch jetzt wieder folgten ihm die anderen Tiere, wobei jedes wartete, bis es an der Reihe war. Als Letztes entzog sich der kleinste der Kalmare Noras Blicken; er sandte noch zwei kurze Lichtblitze aus, dann stieg er auf und war nicht mehr zu sehen.

Nora, die ihre Scheinwerfer nicht wieder einzuschalten wagte, wartete noch einige Minuten im Dunkeln. Dann ließ sie sich langsam wieder in Richtung auf den Meeresboden sinken und machte erst Licht, als sie weniger als drei Meter von ihm entfernt war.

Die Reflexe auf dem Metall führten sie dorthin, wo die Kette mitsamt dem Schlüssel lag. Zwar war eine der Zangen beschädigt, doch konnte sie mit der anderen das Korallenstück ergreifen, an dem der Gegenstand ihrer Suche hing.

Es war Zeit zurückzukehren.

Bildschirmüberwachung

Das Wasser im Gang reichte Nadja bis zu den Knöcheln; kein gutes Zeichen. Vor ihr verzweigte er sich in drei Richtungen. Sie hatte sich den Plan der Anlage gut eingeprägt und wusste, dass sie in der Kantine Zuflucht suchen konnte, näher an Backbord. Damit aber wäre sie weiter von der Stelle entfernt, an der sie ihre Mutter zuletzt gesehen hatte, und diese Vorstellung bereitete ihr Unbehagen. Der Gang genau vor ihr führte zum Raum für die Bohrersteuerung und von dort weiter zum Niedergang, der zur Zwischenebene führte. Doch wegen der Dunkelheit und der Geräusche, die von dort herüberdrangen, entschied sie sich dagegen. Rechts von ihr lag der Weg, den Cepesma schon vor einer Ewigkeit genommen hatte. Er führte zur Technikzentrale und weiter dorthin, wo die *Beebe* angekoppelt lag.

Das Wasser, das den Boden bedeckte, war ein unübersehbarer Hinweis darauf, dass es nicht gut um die Station stand, doch noch mehr Angst machte ihr der Lärm. Die ganze Konstruktion ächzte. Die Töne schienen aus der Tiefe zu kommen. Es war, als unterzöge jemand die Fundamente einer unbarmherzigen Peinigung. An den Titanwänden lief immer mehr Wasser herunter. Von unten hörte sie Geräusche, wie sie nur entstehen, wenn sich Gegenstände lösen und zu Boden fallen.

Sie beschloss, nach rechts zu gehen, denn die Geräusche kamen eindeutig vom Ende jenes Ganges. Sie musste unbedingt mit jemandem darüber reden, was sie gesehen hatte. Die Station schien ein Ort zu sein, an dem die Menschen den Verstand verloren.

Urplötzlich tauchte eine blutbedeckte Hand aus einer dunklen

Ecke auf und verschloss ihr den Mund. Sie überwand den Druck der Finger, so dass sie einen Schrei ausstoßen konnte, doch dann wurde er zu stark für sie.

Krankenstation

Nicht einmal der Aufprall auf das eiskalte Wasser vermochte ihn aus seiner Erstarrung zu reißen. Als er endlich wieder Luft in die Lunge bekam, merkte er, dass die Übelkeit nicht nachließ. Er musste sich erbrechen. Schauer liefen ihm über den Rücken.

Er befahl sich, die Arme zu bewegen, brachte es aber nicht fertig. Vor allem der linke war wie gelähmt.

Er versuchte, sich aufzurichten, konnte aber lediglich die Fußgelenke bewegen.

Dann kam der Schmerz. Die linke Schulter war völlig taub, Stiche peinigten ihn im Rücken, im rechten Handgelenk und in den Oberschenkeln. Am meisten aber schmerzte ihn die Lendenwirbelsäule. Es dauerte einige Sekunden, bis er sich darüber klar wurde, was geschehen war.

Der Metalltisch, auf dem er lag, war unter dem Aufprall eingeknickt; er hatte ihn vor dem Ertrinken bewahrt. Cepesma hob den Blick, sah aber so gut wie nichts, da die Decke des Raumes fast vollständig im Dunkeln lag. In dem Modul gab es lediglich zwei rote Notlichter, die schwach blinkten. Es roch nach Salz und Fäulnis. Das Wasser stieg weiter, zum Glück nur langsam.

Er unternahm einen neuen Versuch aufzustehen. Dabei stützte er das ganze Körpergewicht auf den Arm, in dem er etwas spürte, und tatsächlich gelang es ihm teilweise. Als er die Beine nach vorn schob, um sich aufzusetzen, merkte er, dass das rechte sonderbar steif war. Er war nicht sicher, ob er in seinem Zustand würde schwimmen können. Von jenseits der Wand hörte er ein gedämpftes Dröhnen wie von einem Wasserfall.

Sein Blick fiel auf die letzten Stufen der Treppe, die an der

Wand emporführte. War er etwa durch diese Öffnung gefallen? Wie hatte er es dann aber fertig gebracht, sich bewusstlos bis dorthin zu retten, wo er sich befand? Er erinnerte sich, dass er nicht weit vom Eingang zur *Beebe* durch einen Gang geeilt war, an Steuerbord, nahe dem Bug der Station, einige Meter unterhalb der Zwischenebene.

Das Wasser umspielte sein Kinn. Um sich herum sah er kleine dunkle Kartonstücke, die im Wasser trieben. Er streckte den einigermaßen brauchbaren Arm danach aus. Wegen der schlechten Beleuchtung konnte er die Aufschrift kaum lesen: »Tylenol 500 mg. Extra stark«.

Ein Schmerzmittel.

Die halb zerfallene Packung enthielt noch einen unbeschädigten Streifen mit Filmtabletten. Er drückte sich einige heraus und schluckte sie.

Erneut sah er zu der Eisentreppe hinüber.

Er holte tief Luft und warf sich ins Wasser, dessen Kälte ihn sofort durchdrang, als wäre er in einen Teich voller Eiswürfel gesprungen. Als er merkte, dass er keinen Boden unter den Füßen hatte, ließ er sich bis auf den Grund sinken und stieß sich dann mit aller Kraft in Richtung auf den Niedergang vor ihm ab. Es gelang ihm, mit der rechten Hand die erste Stufe oberhalb des Wasserspiegels zu ergreifen. Es kostete ihn unendliche Mühe, die Füße auf die von Wasser bedeckten Stufen zu setzen, und noch schlimmer war es, als es darum ging, sie emporzusteigen.

Der Lärm nahm weiterhin zu.

Mit einem Mal gab das Geländer nach, an das er sich mit der einen Hand klammerte. Er hörte ein Knirschen, dann brach das Metall, und er stürzte in die Leere. Erneut umhüllte ihn das eiskalte Wasser.

Ihn erstaunte der Gleichmut, mit dem er seinem Ende ins Auge sah. Seine Lunge brannte. Über ihm hatte sich ein großer Teil der Treppe von der Wand gelöst. Es war sinnlos, es auf diesem Weg noch einmal zu versuchen. Vermutlich würde in wenigen Minuten alles vorüber sein, weil dann das Wasser bis zur Decke des Raumes gestiegen wäre.

Doch dann verstand er die Botschaft, die im Murmeln des Wassers lag. Er war gar nicht auf die Treppe angewiesen! Es genügte, wenn er sich in ihrer Nähe hielt. Vom Wasser getragen würde er mühelos immer höher steigen. Er brauchte nur lange genug durchzuhalten.

Nur noch drei Handbreit lagen zwischen dem Wasserspiegel und der Decke, als er den Umriss der metallenen Falltür am oberen Ende der Treppe sah. Sie war geschlossen. Mit der Rechten versuchte er, das Handrad zu drehen, doch es rührte sich nicht. Die Luft wurde knapp, das Wasser drückte ihn immer höher, schon berührte sein Kopf die Decke. Als er kaum noch eine Handbreit Luft hatte, atmete er so tief ein, wie er konnte, und tauchte erneut.

Mit angehaltenem Atem unternahm er einen zweiten Versuch, das Handrad zu drehen, aber ohne Erfolg.

Da warf er sich mit seinem ganzen Gewicht dagegen, unterstützt vom von unten nachdrängenden Wasser. Endlich bewegte sich etwas, und er verstärkte den Druck. Während er stoßweise ausatmete, spürte er, wie das Handrad schließlich nachgab und die Falltür sich öffnen ließ.

Tief sog er die abgestandene Luft ein, in die sein Kopf jetzt ragte. Offensichtlich befand er sich in der Mitte eines Ganges. Glucksend drängte das Wasser durch die Falltür nach oben. Er kniete sich auf den Boden, um sie zu schließen, damit sie die verfluchte Flüssigkeit möglichst lange zurückhielt.

Er sah sich allein in dem engen Gang, dessen Stille herabtropfendes Wasser und die Geräusche des arbeitenden Metalls in regelmäßigen Abständen unterbrachen. Der Boden zu seinen Füßen schwankte leicht. Er machte sich auf die Suche nach einem Ausgang. Trotz der Erschöpfung, die ihn zu überwältigen drohte, war er von Wut und Rachedurst erfüllt.

Der Sauerstoff ging zur Neige, als Nora das Tauchermodul erreichte. Nach einem kurzen Aufblinken erloschen die Lichter in der von Wasser erfüllten Schleuse, und Dunkelheit legte sich über den Raum. Zwar konnte sie sich mittels der Scheinwerfer des *Spider* ihren Weg suchen, doch hätte sie ohne Strom keine Möglichkeit, ins Innere der Station zu gelangen. Wenn das Luk geschlossen war, mussten die Lenzpumpen das Wasser hinausdrücken, erst dann würde der Aufzug sie mitsamt dem *Spider* nach oben in die Schneiderwerkstatt bringen. Sie steuerte ihn in den Aufzug. Wäre sie gläubig gewesen, sie hätte jetzt zu ihrem Gott gebetet. So schloss sie einfach die Augen und rief sich Gespräche mit ihrer Tochter in Erinnerung.

Es wurde wieder hell, und sogleich begann der automatische Prozess des Auspumpens. Zehn Minuten später befand sie sich in der Schneiderwerkstatt. Die beiden Teile des Tauchanzugs trennten sich selbsttätig voneinander. Bevor der Kettenzug an der Laufkatze das Oberteil nach oben zog, nahm Nora noch rasch die Halskette von der Zange und steckte sie mitsamt dem Schlüssel in eine Tasche ihres Neoprenanzugs. Um den wertvollen Gegenstand auf keinen Fall zu verlieren, zog sie den Reißverschluss fest zu. Mit einem Mal machte sich in ihren Beinen ein unangenehmes Kribbeln bemerkbar, und Schwindel erfasste sie. Die Atemluft im Inneren des *Spider* war sehr viel besser gewesen als jetzt die in der Station. Sie setzte sich hin, die Ellbogen auf die Knie gestützt, und versuchte, sich an die dünne Luft zu gewöhnen.

Nachdem das Blut in ihre abgestorbenen Beine zurückgekehrt war, stand sie auf und stieg die Treppe zur mittleren Ebene empor. Der Gang dahinter lag im Dunkeln. Sie hörte, dass Wasser von den Wänden tropfte. Nach einiger Zeit gelangte sie in einen Teil der Anlage, den sie kannte. Es waren die Gänge oberhalb der Krankenstation. Dort war das Gurgeln des Wassers besonders deutlich zu hören. Während sie mit äußerster Vorsicht weiterging, hörte sie einen Schrei.

Fast hätte sie das Gleichgewicht verloren – es war Nadjas Stimme.

Bildschirmüberwachung

Während Nadja in den Kontrollraum gezerrt wurde, hörte sie eine Stimme, die sie flüsternd bat, sich zu beruhigen. Sie kam ihr bekannt vor, und als sie sich umdrehte, sah sie Cepesma, der sie mit einem vor den Mund gehaltenen Finger mahnte, keinen Laut von sich zu geben.

Er sah entsetzlich aus. Blut lief ihm aus der Nase, seine Unterlippe war aufgerissen und ein Auge stark geschwollen. Die Brauen waren von Blut verkrustet. Das Gesicht war schwarz von Schmierfett. Fast hätte sie bei seinem Anblick aufgeschrien, aber er legte ihr rasch die Hand auf den Mund, wies auf die Tür und veranlasste sie, gemeinsam mit ihm hinter den Bildschirmen in die Hocke zu gehen, sodass man sie nicht sehen konnte.

Im schwachen Licht, das durch den Eingang hereinfiel, erkannte sie den schattenhaften Umriss eines Menschen. Als er, sich vorsichtig umsehend, in das Modul trat, erkannte sie, dass etwas aufblitzte. Sie zuckte zusammen und stieß aus Versehen an ein Tischbein, woraufhin sich Morales in die Richtung wandte, aus der das leise Geräusch gekommen war. Jetzt sah sie, dass er ein Messer in der Hand hielt. Anspannung lag auf seinen verzerrten Zügen. Sie hörte Cepesma neben sich atmen. Er hielt ihre Hand nach wie vor fest umklammert.

Schweigend und reglos verharrten sie, während der Schatten des Ingenieurs auf sie zukam. Mit einem Mal blieb er stehen. Nadja begriff, warum, und das Blut erstarrte ihr in den Adern. Sie hatte ihren Namen gehört, den ihre Mutter voll Verzweiflung gerufen hatte. Die schwarze Gestalt verharrte zwei Schritt von ihnen entfernt. Nach wie vor hielten die beiden hinter den Bildschirmen den Atem an. Nach wenigen Sekunden machte Morales auf dem Absatz kehrt und verschwand unsicheren Schrittes dorthin, woher der Ruf gekommen war. Nadja riss sich los und eilte ihm nach. Weder hörte sie den Schmerzenslaut, den Cepesma von sich gab, noch den dumpfen Schlag, mit dem sein Kopf auf den Boden prallte. Sie rannte weiter, ohne zu wissen, dass Cepesma bewusstlos neben einem der Rechner lag.

Plötzlich stand Nora vor Morales. Brauner Schmutz bedeckte sein Gesicht. Auch das Messer mit der blutigen Klinge in seiner linken Hand sah sie. Seine Augen glitzerten sonderbar. »Her mit dem Schlüssel! Ich weiß, dass Sie ihn haben«, keuchte er mit bebenden Lippen.

Sie versuchte, vernünftig mit ihm zu reden: »Wir können gemeinsam entkommen. Ich …«

Er hielt sich die Klinge dicht unter die Nase. Der Geruch des Blutes schien ihn zu beruhigen. Dann brüllte er sie an: »Der Sauerstoff reicht nicht für alle!« Leiser fuhr er fort: »Ich habe Ihre Tochter in meiner Gewalt. Geben Sie mir den Schlüssel, und ich lasse sie frei.«

Das Blut auf der Messerklinge ließ Nora das Schlimmste befürchten. Sie öffnete den Reißverschluss und zog die Kette hervor. Dabei senkte sie den Blick auf den Gitterrost, denn von unten kamen beunruhigende Geräusche.

Morales, der von alldem nichts zu merken schien, trat mit gezücktem Messer auf sie zu. Er sah offenbar nur den Schlüssel an seiner Kette, hörte lediglich deren leises Klirren.

In einem erneuten Versuch, ihn zur Vernunft zu bringen, sagte Nora rasch: »Ich muss unbedingt mit Steiffel sprechen! Ich bin dahintergekommen, was mit den Ölleitungen da draußen los ist!«

Die Spitze des Messers auf sie gerichtet, trat Morales noch näher an sie heran.

»Hören Sie doch. Ich habe die Lösung. Ich weiß, was zu den Problemen in dieser Station und zum Tod der Besatzung geführt hat … Steiffel hat einen entsetzlichen Fehler begangen. Wir müssen so schnell wie möglich von hier verschwinden, aber vorher müssen Sie unbedingt die Verbindung zu den Bohrlöchern unterbrechen. Haben Sie mich verstanden? Es ist wichtig, und es muss sofort sein.«

Er blieb stehen. Nach kurzem Zögern sah er ihr in die Augen und sagte mit eisiger Stimme: »Die Leitung unterbrechen? Das geht nicht mehr. Her mit dem verdammten Schlüssel, wenn Sie Ihre Tochter nicht in Stücken zurückhaben wollen.«

Mit mühsamer Fassung fuhr Nora fort: »Alle, die hier unten waren, haben sich vergiftet. Ganz davon abgesehen wird die Station nicht mehr lange durchhalten. Hören Sie nicht, was ich sage? Tun Sie etwas! Wir müssen Steiffel informieren.«

Erneut trat Morales einen Schritt vor.

Nora wich zurück, um den ohnehin schon geringen Abstand beizubehalten.

Sie hörte rasche Schritte hinter dem Rücken des Ingenieurs, dann rief ihre Tochter: »Mama! Er hat ein Messer …«

Ein ohrenzerreißendes Knirschen von Metall ließ alle drei zusammenfahren. Entsetzt spürte Nora, dass sich der Gang zu neigen begann, und sie sah, dass sich zwischen ihr und Morales ein tiefer Riss im Gitterrost aufgetan hatte. Fast wäre ihr der Schlüssel in den Abgrund gefallen. Da sich ihre Seite des Ganges nach links neigte, setzte sie, ohne an Morales zu denken, mit einem beherzten Sprung über die Lücke hinweg, Nadjas Stimme entgegen. Wenn Morales sich nicht an ihr hätte festhalten können, wäre er im nächsten Augenblick in die Tiefe gestürzt. Dann sah sie das Aufblitzen der Klinge, und gleich darauf wurde ihr übel und heiß zugleich. Sie spürte, wie an ihrem T-Shirt eine warme Flüssigkeit herunterlief. Es gelang ihr, sich an einem Stück des Gitterrosts festzuhalten, das über der Leere schwebte. Sofort begann es sich unter ihrem Gewicht weiter nach unten zu biegen.

Morales nutzte die Gunst des Augenblicks und entriss ihr die Kette mit dem Schlüssel. Dann sprang er über die Lücke hinweg und landete in einem Stück des Ganges, das noch fest mit den Metallwänden verbunden war. Noch einmal sah Nora die Kette glitzern, dann war er damit in der Dunkelheit verschwunden.

Mit dumpfem Geräusch stürzten zu beiden Seiten weitere Teile des Ganges ein. Sie hörte, wie die schweren Gitterroste eine Ebene tiefer ins Wasser klatschten. Ihre Beine hingen in der Luft, doch fand sie Halt und zog sich hoch. Der Boden unter ihren Füßen neigte sich noch mehr, und von einem lauten metallischen Knirschen begleitet glitt sie wieder nach unten, der Lücke entgegen, die immer größer wurde. Während sie sich mit Händen und Füßen auf dem Metall zu halten versuchte, musste sie hilflos mit ansehen, wie sich immer mehr Teile des Ganges von den Wänden lösten und in der Tiefe versanken. Sie spürte, wie ihre Kräfte schwanden, und stand im Begriff, sich aufzugeben.

Zwei Hände griffen nach ihren Armen.

»Mama!«

Sie sah, dass sich Nadja über sie beugte, und merkte mit Entsetzen, dass das Gitter durch das zusätzliche Gewicht noch weiter in Richtung auf den Abgrund gezogen wurde.

Mit einem Mal tauchte noch ein Paar Füße aus dem Dämmer über ihr auf. Eine weitere Gestalt zeichnete sich ab: ein blutbedecktes Gesicht mit zusammengepressten rissigen Lippen. Sie fürchtete schon, Morales sei zurückgekehrt, und sah daher voll ungläubigem Staunen, dass eine hilfreiche Hand nach ihr griff und sie nach oben zog. Eine zweite Hand fasste sie unter der Achsel und half ihr in den unzerstörten Teil des Ganges.

Dann hörte sie, wie Cepesma mit zitternder Stimme sagte: »Nora!«

In der Ocean Shuttle

...jetzt muss ich... diagonal durch die Station gehen... diagonal... hoffentlich ist der zweite Zugang zur Beebe *nicht überflutet, der an Steuerbord. Zur* Beebe*...*

Während Morales mit unsicherem Schritt der *Beebe* entgegenstrebte, spürte er, dass die Übelkeit und die Kälteschauer, die ihn erfasst hatten, nachließen. Nach und nach kehrte er in die Wirklichkeit zurück.

Vielleicht hat ja der dämliche Umweltschützer das Luk zur Beebe *nicht hinter sich geschlossen*. Das würde den Wassereinbruch in die Tauchfähre erklären. *Aber immerhin hat das Weibsstück Marthas Schlüssel beschafft* ... Er musste sich eingestehen, dass Nora sehr tapfer war. Irgendwie war ihm von vornherein klar gewesen, dass sie das Kunststück fertigbringen würde. *Der verdammte Schlüssel*. Sein ganzer Plan war gescheitert ... nie im Leben hätte er ... Na ja, jetzt jedenfalls musste er konsequent bleiben. Er schloss die Hand fest um die Kette ... es war ganz einfach.

Es fing wieder an. Abwechselnd überfielen ihn Hitze und Kälte, ein Fieberanfall, der sich blitzartig ausbreitete. Offensichtlich spielte der Thermostat in seinem Körper verrückt. Morales schwitzte und zitterte. Bei diesen Anfällen vermengten sich in seiner Vorstellung Gegenwart und Vergangenheit. Er sah Dinge vor sich, die er vergessen zu haben glaubte. Vulkaninseln erhoben sich inmitten des Wassers, mit einem Rest von Hellsichtigkeit traten ihm Skizzen für die Pläne der Station zu einer Zeit vor Augen, als sie nichts weiter war als ein Entwurf auf einem Blatt Papier. Wieder hörte er laute Geräusche über sich und merkte, dass eine der an der Decke entlanglaufenden Rohrleitungen aufgeplatzt war. Wasser lief heraus. Er blieb darunter stehen, damit es ihm die glühende Stirn kühlte, streckte die Zunge heraus und schmeckte. Es war salzig und fettig. Dieser Geschmack vermengte sich mit dem chaotischen Wirbel von Empfindungen und rief in ihm weitere lebhafte Erinnerungen wach. Er schrie auf.

Fett. Das Bild einer rundlichen Ingenieurin, die sich lächelnd vor einer der Kameras in der Krankenstation auszog ... Großer Gott, das waren andere Zeiten gewesen! *Nein, noch davor*, meldete sich eine Stimme in seinem Kopf, die er als Teil seiner selbst kannte, weit jünger als jetzt ... *Die Sache mit dem Materiallager*.

Das Materiallager. Die Ocean Shuttle *ist eine Unterwasser-Werkstatt voller Mechaniker mit Schmierfett an den Händen... Sie dirigieren Roboter und verlassen die Tauchfähre von Zeit zu Zeit, um die Leitungen zu den Bohrlöchern zu kontrollieren... ist sehr billig, geradezu lächerlich billig... noch nie zuvor hat jemand so etwas gesehen...* Wann hatte er das zu Steiffel gesagt? Es war darum gegangen, in der Nähe der Rohrleitungen zum *Kreis Sieben* eine geologisch stabile Stelle als Ankergrund für die Tauchfähre zu finden...

Er fuhr sich mit Mittel- und Ringfinger an die Schläfe. Ein Zwerg war ihm unter die Haut gekrochen und fuhrwerkte mit einem Vorschlaghammer in seinem Kopf herum. Es kam ihm vor, als wäre sein Gehirn eine Bombe aus einer geleeartigen Masse, die sich immer mehr aufblähte und bald detonieren würde. Er spürte das Pochen, den Druck gegen seine Fingerspitzen, und in all diesem Durcheinander trat ihm eine Forderung Steiffels deutlich ins Bewusstsein... *Sich verstecken. Eine Stelle finden, an der man vor den Sonarortungen fremder Schiffe in Sicherheit ist...*

Witze der Männer in der Tauchfähre über die kolossalen Brüste der Ingenieurin, das schwarze Dreieck ihrer Scham... Einer der Taucher hatte es im Modul der Krankenstation mit ihr getrieben und den Zuschauern fröhlich zugewinkt... Sie auf ihm... er unter ihrem Gewicht stöhnend... und schallendes Gelächter in den Pausen.

Etwas Dunkles und Kaltes strich ihm in Knöchelhöhe über die Haut. Das Wasser kam ihm entgegen. Die Arbeitspausen auf der *Merlin*... Pornofilme und eingeschmuggelter Alkohol... all das lag weit vor der Zeit, als die Hölle begonnen hatte. Wie fern waren jetzt diese glücklichen Tage. Wieder fiel ihm die mollige Ingenieurin ein... bevor man die Bohrungen niedergebracht hatte, in Zeiten der Vorbereitung, viele Monate war es her... Die Leute hatten gelacht. Die Mollige, die es mit einem der schlanken italienischen Tauchbootfahrer gemacht hatte... Das Gelächter seiner Kollegen... er hätte es so gern mit Martha getan. Aber Martha war tot.

Er lehnte sich an eine der Wände des Moduls, als die Erinnerungen mit dem nächsten Anfall emporsprudelten wie Blasen im Wasser.

Er umklammerte seine Ellbogen. Es lag nicht nur an der Kälte, dass seine Arme zitterten. Er drückte sie fest gegen den Oberkörper. Er hielt den Blick auf eine der wenigen Leuchten gerichtet, die noch an der Decke sichtbar waren, und merkte nach einer Weile, dass der Anfall schwächer wurde. Ihm war eine kurze Verschnaufpause gegönnt. Der nächste Ausbruch würde schlimmer werden.

Vor ihm hatte sich eine Rohrleitung gelöst und einen hässlichen Riss in der Wand aus Titan freigelegt. Er verlief im Zickzack und wurde immer größer, kam auf ihn zu, als ob er ihn suchte.

Alles zerfiel. Im Weitergehen hämmerte er mit den Fäusten gegen die Wände links und rechts von ihm, um sich irgendwie wach zu halten.

Bis zur *Beebe* konnte es nicht mehr weit sein. Er musste sie nur erreichen, den Schlüssel einstecken und herumdrehen.

Bildschirmüberwachung

»Zum Glück scheint es sich bei dem Burschen nicht um einen berufsmäßigen Mörder zu handeln«, stieß Cepesma keuchend hervor, »sonst wären wir jetzt tot.«

Nora stützte sich auf ihre Tochter und warf einen Blick auf den hässlichen tiefen Schnitt, den ihr roter Neoprenanzug in Brusthöhe aufwies. Nur weil das dort angebrachte Firmenzeichen der Texon das Material an dieser Stelle verstärkte, war der Schnitt an der Oberfläche geblieben. Doch obwohl die Wunde vergleichsweise harmlos war, hatte der Blutverlust sie sehr geschwächt.

Erneut hörte man unheimliche Geräusche, spürte ein Zittern in der Konstruktion.

Cepesma wies auf die Tür, das schwarze Loch, durch das sich Morales davongemacht hatte.

»Wir müssen ihm hinterhergehen, in dieser Richtung liegt die *Beebe.*«

»Das hat keinen Sinn«, entgegnete Nora. »Er hat den Schlüssel. Wir sind zu schwach, ihn ihm wegzunehmen.«

»Uns bleibt keine Wahl – die *Beebe* ist unsere einzige Rettung.«

Sie hob den Blick. »Aber er ...«

»Vertrau mir.« Er verschloss ihr mit einem sanft auf die Lippen gelegten Finger den Mund und wies auf sein geschwollenes rechtes Auge. »Nur führen musst du mich. Ich kann so gut wie nichts sehen.«

Unaufhörlich gluckerte um sie herum das Wasser. Sie entfernten sich von der Stelle, wo der Laufsteg geborsten war. Ein erneutes Geräusch veranlasste sie, sich umzudrehen.

Der Laufsteg sank in sich zusammen. Sie sahen, wie die Rohre des Geländers abknickten. Nora schloss die Augen. Ihre Lider waren so schwer, dass sie sie kaum noch öffnen konnte.

»Die ganze Station ist... verseucht«, flüsterte sie. »Ich habe ihm das zu erklären versucht, aber er wollte nicht zuhören.«

Sie spürte, wie Cepesmas Hände unter ihren Achseln sie weiterschoben.

»Schlafen kannst du später, und dann hast du auch genug Zeit, mir alles zu erklären. Jetzt müssen wir unbedingt nach Steuerbord rüber. Leider geht das nur, wenn wir einen Umweg über die Backbordseite machen... eine andere Möglichkeit gibt es nicht.«

Sie erreichten eine Stelle, an der sich unvermutet der Weg gabelte. Gemeinsam überlegten sie, wohin sie sich wenden sollten.

»Ich bin für rechts«, sagte Nadja.

»Da geht es aber nach unten. Nach ein paar Metern könnte das Wasser schon bis zur Decke reichen. Dann würden wir ertrinken.«

Mit überraschender Kraft ergriff Nora Cepesmas Handgelenk.

»Den Weg da musst du nehmen; es ist der kürzeste.«

Er hob seine dichten Brauen. »Wieso ich?«

»Nimm das Kind mit. Ich kann nicht.«

»Ohne dich gehe ich nicht.«

Sie senkte den Kopf. »Geht schon. Ich kann nicht mehr. Ich würde euch nur zur Last fallen. Meine Grenzen sind längst überschritten … Was ich jetzt brauche, sind Licht, Luft … und Zeit.«

»Genau das haben wir jetzt aber nicht.«

»Ich bleib bei dir«, rief Nadja aus und drängte sich dicht an ihre Mutter.

Wie ein Blitz fuhr Cepesmas Faust vor und traf Nora am Kinn. Als sie das Bewusstsein verlor, fing Cepesma sie auf. Nadja verstand nicht, was geschah, unterdrückte aber ihren Entsetzensschrei, als sie merkte, dass sich Cepesma ihre Mutter auf die Schultern lud.

»Tut mir wirklich leid. Nimm es mir nicht übel. Ich hab noch nie eine Frau geschlagen, aber was bleibt mir anderes übrig? Deine Mutter ist genau so ein Dickkopf wie ich.«

Sie nahmen den Weg, den Nadja vorgeschlagen hatte, aber sie kamen nur langsam und mit Mühe voran.

Schließlich erreichten sie eine Tür und gingen hindurch. Behutsam ließ Cepesma die nach wie vor bewusstlose Nora von seinen Schultern gleiten. Dann sank er neben ihr und Nadja erschöpft zu Boden.

Vor ihnen lag das Tauchboot. In diesem Moment bemerkte Cepesma einen Schatten, der auf die Öffnung zueilte – dann schloss sich das Luk mit dumpfem Schlag, und das Handrad am Eingang der *Beebe* drehte sich.

Cepesma sprang auf und stürzte sich auf das Luk. Er versuchte, das Handrad zu öffnen, doch es war bereits von innen blockiert. Er sah durch das Fenster. Morales, der sich Marthas Kette mit dem Schlüssel um den Hals gehängt hatte, drückte Knöpfe. Cepesma hämmerte mit den Fäusten gegen die Scheibe. Der Ingenieur warf einen kurzen Blick zu Cepesma hinüber und wandte sich dann erneut dem Steuerpult zu, wo er verschiedene Schalter betätigte, dann das graue Falzblech herauszog und nach oben klappte. Rote Lichter leuchteten auf, wurden dann grün.

Cepesma schrie.

Es war unübersehbar, dass Morales das »Aussteigen« vorbereitete. Er nahm die Kette ab, legte sie neben den Steuerhebel und zog dann seinen Sicherheitsgurt straff. Der Anblick des gestikulierenden Cepesma schien ihn zu amüsieren. Offensichtlich drohte er ihm, doch da von seinen Worten in der *Beebe* naturgemäß nichts zu hören war, wirkte das Ganze auf Morales wie eine groteske Pantomime.

Er bedachte Cepesma mit spöttischem Lächeln, nahm dann mit zitternden Fingern den Plastikdeckel von dem Schloss ab, das den entscheidenden Impuls für das Ausstoßen der Tauchkapsel liefern sollte. Er steckte den Schlüssel hinein und drehte ihn um.

57

Schlagzeile

Luarca, Anfang Mai 2005

Nach dem Untergang des Ölförderschiffs *Merlin* der Texon Inc. wurden in den Bewohnern der Ortschaften an der kantabrischen Küste Erinnerungen an Dämonen wach, die sie längst vergessen geglaubt hatten. Fünfzehn Menschen waren dabei umgekommen, acht galten als vermisst. Einige Dutzend Tonnen Erdöl waren ausgetreten, die einen Ölteppich bildeten und die Fischerei in den Fanggründen von Carrandi und um sie herum lahmlegten, woraufhin sich die öffentliche Meinung gegen alle multinationalen Ölfirmen richtete. Die zuständigen spanischen Stellen setzten mehrere Gerichtsverfahren in Gang und verlangten von den Firmen wegen der Ausfälle in der nationalen Fischerei Entschädigungen in Millionenhöhe.

Nachdem der Untergang der *Merlin* den Zeitungen eine Woche lang Schlagzeilen geliefert hatte, wurde es allmählich still darum, bis die Sache gänzlich aus den Medien verschwand. Im Laufe der Zeit stellte sich heraus, dass der Ölteppich, den Hubschrauber ständig überwachten, nicht wie befürchtet an die Küste getrieben wurde. Etwa zur gleichen Zeit wurde gemeldet, die Kadaver mehrerer Riesenkalmare seien an der Küste angetrieben. Die Lokalpresse widmete ihnen einige Spalten, doch stellte niemand eine Beziehung zwischen den beiden Ereignissen her.

Auf hoher See hatte der Sturm weit stärker gewütet als an der Küste, so dass auch andere Schiffe schwer in Mitleidenschaft gezogen worden waren, wenn auch keins von ihnen das traurige Schicksal der *Merlin* zu teilen brauchte. Zu ihnen gehörte die *Rainbow*. Kurz bevor der Funkkontakt abriss, hatte der schwer verletzte Kapitän mitgeteilt, ein Forschungs-Tauchboot mit drei Männern an Bord werde vermisst, doch hatten die spanischen Behörden keine Möglichkeit, etwas zu deren Rettung zu unternehmen. Ein Boot der Küstenwache, das zufällig auf die *Rainbow* stieß, fand an Bord mehrere verängstigte Studenten und zwei tote Decksoffiziere vor. Die geheimnisvollen Umstände wurden in den Zeitungen geschildert, waren aber schon am nächsten Tag vergessen.

Chaco hatte es sich zur Gewohnheit gemacht, frühmorgens gleich nach dem Aufstehen in Marias Café am Hafen Kaffee zu trinken und die dort ausliegenden Zeitungen durchzugehen. Genussvoll sog er die Gerüche des Hafens ein, den die anderen Fischer schon seit Stunden verlassen hatten. Sie waren noch vor Sonnenaufgang zum Fischfang ausgefahren, der an diesem Maitag endlich wieder aufgenommen werden durfte. Immerhin lebte der ganze Ort vom Fisch. Der Horizont war klar, doch musterte der Alte besorgt und kopfschüttelnd einige Wolken im Nordosten. Dann versuchte er, über seine Ängstlichkeit zu lachen.

Nachdem er seinen Kaffee getrunken hatte, sah er einigen jungen Männern zu, die mit einem Korb voller Würmer und Angelleinen in ihr Boot stiegen, um hinauszurudern. Während sie den dort vertäuten Booten auswichen, grüßten sie zu ihm herüber. Chaco erkannte sie sogleich wieder: Es waren die, die es vor einigen Monaten gewagt hatten hinauszufahren, als alle anderen lieber daheimgeblieben waren. »Furchtlose Burschen«, brummelte er vor sich hin.

Er faltete die Zeitung zusammen und ließ sie auf dem Stuhl liegen. Dann überlegte er es sich anders und steckte sie in die Tasche, bevor er sich auf den Weg zum Haus der Fischer-Bruderschaft machte. Noch herrschte dort Stille, doch schon gegen Mittag würden Kisten voller auf Eis liegender Fische ihren charakteristischen Geruch verströmen. Statt das Hauptgebäude aufzusuchen, beschloss er, den kurzen Weg zum Lagerraum zu gehen, den außer seinem Freund Juan Cepesma normalerweise niemand betrat.

Obwohl inzwischen heller Tag war, schien dort nach wie vor die Dunkelheit der vergangenen Stunden zu herrschen. Die Fensterläden hatten in den vergangenen Monaten immer nur einen Spaltbreit offen gestanden.

Er drückte mit seinen knochigen Händen gegen das verfärbte Holz der Tür, worauf die Angeln quietschend nachgaben. Mit einem Mut, den er zuvor nicht aufgebracht hatte, trat er ein.

Im Inneren war alles genau so, wie es ihm sein Freund Juan berichtet hatte; die verölten Fischernetze, die wie Fetzen von den Wänden hingen, die verrotteten Holzkisten, die man einst mit Fischen angefüllt aufeinandergestapelt hatte. Und noch etwas fiel ihm auf: klebrige Reste eines grünlichen Schleims auf dem rissigen Boden. Die Flüssigkeiten, die das Untier von sich gegeben hatte, waren verdunstet, aber der üble Gestank hing nach wie vor in der Luft und erinnerte Chaco an das Entsetzen jenes Unwettertages.

Nein, es war kein Traum gewesen, sondern Wirklichkeit.

Er wusste, dass sein Freund in Richtung Gijón aufgebrochen war. Juan hatte ihm gesagt, das Schiff werde Kurs nach Nordosten nehmen. Was wohl aus ihm geworden war? Sonnenstrahlen, die durch eins der Fenster eindrangen, erhellten den Raum ein wenig. Der Alte stellte sich dorthin, wo ihn das Sonnenlicht traf. Hinter ihm tanzte der Staub, den er mit seinen Schritten aufgewirbelt hatte. Einen Augenblick lang schloss er die Augen. Statt der erhofften Wärme der Sonne spürte er einen Kälteschauer.

Er ging hinaus, schloss die Tür hinter sich und ging raschen Schrittes davon. Dann blieb er einen Augenblick lang stehen. Noch einmal schlug er die Zeitung auf und las zum wiederholten Mal eine Meldung, die ihm aufgefallen war.

Sein Freund wurde in der Liste der Überlebenden der *Rainbow* nicht erwähnt, und nach zehn Tagen hatten die Behörden beschlossen, die fruchtlose Suche aufzugeben und den Fall zu den Akten zu legen.

Er beschloss, dorthin zurückzukehren, wo er gefrühstückt hatte. Genau an dieser Stelle am Hafen hatte sich sein Freund Juan damals von ihm verabschiedet. Er setzte sich auf denselben Stuhl wie beim Frühstück und bat Maria um ein Glas voller Eiswürfel mit einer Scheibe Zitrone, das sie dann mit Wacholderschnaps auffüllen sollte.

Er war gekommen, um das Meer zu betrachten, mit dem ihn eine so tiefe Hassliebe verband, und um Abschied von seinem Freund zu nehmen, dem einzigen in so vielen Jahren, der ihn verstanden hatte.

58

E Street

Washington, Anfang Mai 2005

Mit Beginn des Monats Mai legte sich die Hitze über die Straßen der amerikanischen Hauptstadt. Seine Absicht, an jenem Vormittag einen Spaziergang zu unternehmen, tat Sergej Posochow bereits nach einer halben Stunde leid. Es wäre besser gewesen, später aufzustehen und dem Hotelpagen, einem stets vergnügt lächelnden hochgewachsenen Schwarzen, ein paar speckige Ein-Dollar-Scheine in die Hand zu drücken, um sich von ihm ein Taxi rufen zu lassen. Er hatte sich einen Stadtplan von Washington besorgt, obwohl sein Hotel in unmittelbarer Nachbarschaft der Smithsonian Institution und der National Mall lag, an der sich alle Museen der Stadt drängten. Nachdem er an den stumpfen Fassaden der Restaurants von Chinatown entlanggegangen war, beschloss er, sich in der E Street in der unmittelbaren Umgebung des NASA-Hauptquartiers umzusehen.

Es dauerte weit länger als gedacht, bis er es erreichte, denn niemand – nicht einmal die Leute am Empfang des *Marriott-Hotel* – hatte ihm gesagt, dass es zwei Straßen dieses Namens gab und die, die er suchte, am anderen Ende der Mall Richtung Süden lag. Während er, ein in Packpapier eingewickeltes Päckchen in der Hand, kräftig ausschritt, ließ er die großen freien Flächen hinter sich, die im Osten vom Kapitol und im Westen vom Washington-Denkmal beherrscht werden, und bemerkte, wie die Großartigkeit der Hauptstadtgebäude abnahm, je näher er der Schnellstraße kam. Er hörte das Rumpeln eines Zuges und sah die lange Kette der Waggons, die über die Michigan Avenue fuhr. Der Lärm hatte zwei Bettler aufgeweckt, die sich neben dem Gehweg in einen verdreckten Hauseingang zurückgezogen hatten, wo die Autos mit voller Geschwindigkeit an ihnen vorbeibrausten.

Inzwischen schwitzte er beträchtlich. Kopfschüttelnd nahm er zur Kenntnis, dass die E Street inzwischen hinter ihm lag, weil er sie unwissentlich überquert hatte. Er kehrte um und fühlte, während er nach der Hausnummer 300 suchte, dass sein Hemd an den Achseln völlig durchgeschwitzt war.

Als er die große Brille mit den eckigen Gläsern abnahm, um sie zu putzen, prallte eine Baumgrille gegen seine Stirn und fiel zu Boden. Statt sich zu erschrecken, sah er aufmerksam zu, wie das daumengroße Tier, das auf dem Rücken lag, die Flügel ausbreitete, verzweifelt mit den Beinen strampelte und dabei laut brummte. Offensichtlich strebte es in den Schatten einer der vielen Ulmen. Er entschloss sich, die Grille zu zertreten. Während die grüne Flüssigkeit seine Schuhsohle tränkte, blickte er um sich und sah, dass er sich nahe einer Polizeiwache befand, vor der mehrere blaue Autos hintereinander standen. Zwei junge Schwarze, das Gesicht von einer Sturmhaube verdeckt, gingen missmutig davor auf und ab. Aus einem gegenüberliegenden Lebensmittelladen, auf dessen Leuchtreklame ein gläserner Buchstabe zerbrochen war, rief jemand etwas, das er nicht verstand, und zwei weiße Polizeibeamte kamen aus der Wache. Einer von ihnen hielt zwischen zwei Papierservietten ein Würstchen in der Hand, und Posochow stieg der Geruch nach Senf in die Nase.

Ihm kam der Gedanke, dass dieses Land irgendwann an seiner eigenen Dekadenz zugrunde gehen würde.

Er wandte sich um und ging in die Gegenrichtung. Dabei wich er sorgfältig zertretenen Grillen aus, während er vergeblich Kühlung im Schatten der Ulmen und Kastanien suchte. Da er Durst hatte, nahm er eine Coca-Cola-Flasche aus einer Tasche seiner alten Wolljacke und befeuchtete sich die Lippen mit der klebrigen Flüssigkeit. Schon bald merkte er, dass das süßliche Getränk seinen Durst nicht zu stillen vermochte. Die Fassade des Gebäudes mit der Nummer 300 war weiß: das NASA-Hauptquartier. An der Parkplatzschranke führte der Wächter jedes Mal zwei Finger zum Mützenschirm, wenn jemand ausfuhr.

Posochow stellte sich genau gegenüber neben einen der Kastanienbäume, um die chromblitzenden Wagen zu betrachten, die sich in den Verkehr einfädelten. Die Männer hinter dem Steuer, denen der Dienstausweis sichtbar um den Hals hing, machten auf ihn einen unerwachsenen Eindruck, schienen ihm fast wie halbe Kinder zu sein. Aber die Autos mit ihren hochglänzenden Aluminiumfelgen und den wie frisch gewaschenen Karosserien waren verdammt noch mal etwas anderes. Sie anzusehen lohnte sich.

Er holte mehrere Male das Foto des Menschen aus der Tasche, den er aufsuchen wollte und dessen Gesicht Züge trug, die ihm aus früheren Zeiten vertraut waren. Nachdem er etwa eine Viertelstunde gewartet hatte, überlegte er nach einem Blick auf die Uhr, wie viel Zeit ihm noch bis zu ihrer Verabredung blieb.

Sie hatten vereinbart, sich nicht am Parkplatz der NASA zu treffen, sondern ein Stück weiter nördlich, nahe dem »Schloss« der Smithsonian Institution. Bis es so weit war, blieben ihm noch einige Minuten. Er entfernte sich unter dem misstrauischen Blick des Parkplatzwächters, der einen Finger über dem Sprechknopf seines Funkgeräts hielt, um jederzeit eine Meldung absetzen zu können. Vermutlich fragte er sich, was dieser sonderbare Vogel wohl dort wollte.

Posochow fand, dass er sich wie ein Amerikaner verhielt, indem er improvisierte und sich von seinem Instinkt leiten ließ. So etwas funktionierte seiner Erfahrung nach nie. Nach einem Blick auf den Stadtplan ging er in Richtung auf die Vierte Straße. Die Umgebung wurde geradezu feierlich, als er die hellen Fassaden des Nationalmuseums für Luft- und Raumfahrt erreichte. Die großen Parkflächen der Mall vermochten ihn nicht über die entsetzliche Hitze hinwegzutrösten. Er sah, dass sich um den Monolithen herum Wolken zusammenzogen, und sehnte sich nach dem Regen und der Kühle der kasachischen Steppe, die er so gut kannte.

Der Hauptturm des »Schlosses«, der die Baumwipfel überragte, zeichnete sich scharf vor dem grauen Himmel ab. Posochow sah einen Eisverkäufer neben einem Karussell mit blau-gelb gestreiftem Dach. Auf den meisten Pferden saßen Touristen in kurzen Hosen. Sie trugen Rucksäcke, und manche stießen alberne Schreie aus. Posochow ging zu dem Mann, ließ sich ein Zitroneneis geben und sah sich die sonderbaren ovalen Spiegel an der Mittelsäule des Karussells an. Im Vorüberfliegen bildeten die bunten Farben ein trübes Grau, das ihn an die Wolken erinnerte.

Fast wäre ihm das Eis vom Hörnchen gefallen, als hinter ihm jemand ausrief: »Sieht ganz so aus, als ob es heute Morgen wohl doch nicht regnen würde. Willkommen in den Vereinigten Staaten. Welche Freude, dich zu sehen.«

Er wandte sich um und sah sich Nora Pulaski gegenüber.

Sie gab ihm die Hand und lächelte ihm mit ihren leuchtenden grünen Augen zu, an die er sich deutlich erinnern konnte. Trotz der vielen Jahre, die seither vergangen waren, hatte ihr Haar nach wie vor die rötlich-blonde Färbung, die für das Land ihrer Herkunft so kennzeichnend war. Sie sah blendend aus, wozu ihr tailliertes blaues Kostüm unbedingt beitrug.

Er begann Russisch zu sprechen, räusperte sich dann und versuchte, sich in korrektem Englisch auszudrücken.

»Deine Augen sehen noch genauso aus wie mit zehn Jahren«, sagte er seinerseits zur Begrüßung. »Vielen Dank, dass du gekommen bist.«

Noras Ausdruck verdüsterte sich ein wenig. Unwillkürlich stieg in ihr die Erinnerung an jene Zeit auf, in der sie durch die Gänge der Moskauer Zentraluniversität geeilt war. Dort war es so kalt gewesen, dass bei jedem Atemzug die ausgestoßene Luft als Dampfwölkchen zur hohen Decke emporgestiegen war.

Diese Erinnerungen, die sie längst vergessen geglaubt hatte, riefen in ihr ein leises Heimweh hervor.

Posochow sah flüchtig zum Karussell hinüber und leckte ein wenig an seinem Eis.

»Man hat mir gesagt, dass du eine Tochter hast.«

Nora senkte den Blick. »Ja.«

Der Wissenschaftler wies auf den Dienstausweis an ihrem Hals, der bestätigte, dass sie Mitarbeiterin der NASA war.

»Ich hab am Parkplatz auf dich gewartet, dich aber da nicht gesehen.«

»Ich bin früher gegangen. In Washington ist es ziemlich langweilig.«

»Tatsächlich?«

Sie öffnete die Augen ein wenig weiter und lächelte, als hätte sie die Vergangenheit und damit auch ihre Träume abgeschüttelt.

»Unbedingt.«

Posochow gestand sich ein, dass ihm die Frau gefiel. Sie hatte Klasse, eine richtige Russin. Eigentlich war sie die Einzige, die der

Mühe wert war, und erst in diesem Augenblick freute er sich, die Reise unternommen zu haben.

»Wie läuft es mit der Mission?«

Nora schritt langsam in Richtung auf das »Schloss« zu.

»Da gibt es keine großartigen Neuigkeiten. Anfang Oktober wird die Sonde den Mars erreichen, ganz wie vorausberechnet. Vorausgesetzt, es kommt nichts dazwischen.«

»Ich meinte dich und deine Rolle dabei.«

»Ich kann mich nicht beklagen. Zwar hat man mir die Verantwortung für eins der Geräte entzogen, aber die hohen Tiere hier in Washington holen mich immer wieder mal als Beraterin. Seit meiner Rückkehr bin ich zum ersten Mal wieder im Hauptquartier.«

Posochow blieb vor dem Standbild Joseph Henrys stehen, des ersten Verwaltungsleiters des Smithsonian. Er stupste Nora leicht mit dem Finger an und sagte dann: »Es sind schreckliche Dummköpfe.«

Dann übergab er ihr das Päckchen. Es war ein wenig feucht geworden. Sie zögerte kurz, offensichtlich überlegte sie, ob sie es annehmen sollte.

»Bitte entschuldige. Ich habe auf meine alten Tage angefangen zu schwitzen. Hoffentlich macht es dir nichts aus. Ist es hier eigentlich immer so heiß?«

Sie kamen an einigen mit Blumen verzierten gußeisernen Straßenlaternen vorüber. Er suchte nach einer Möglichkeit, sich der Reste seiner Eisportion zu entledigen, und warf sie schließlich in einen schwarzen Papierkorb am Rande des Gehwegs.

Nora fiel auf, dass er nicht so recht bereit zu sein schien, sie bis zum Eingang zu begleiten.

»Als ich klein war, ist mir deine Brille immer aufgefallen.«

Er hob belustigt die Brauen und fasste an das Horngestell.

»Sie ist fast noch genauso wie damals, als ich dreißig war, was? Die gleichen Fernseher für siebzigjährige Augen. Ob du es glaubst oder nicht: Ich hab versucht, hier einen verdammten Optiker zu finden, aber es gibt nur Denkmäler und mieses Essen.«

Sie hob den Blick zu der großen Laterne, die von der Decke des Haupteingangs hing, und blieb unter einem der steinernen Bögen stehen.

»Willst du nicht mit reinkommen? Hier drin ist etwas, das ich gern sehen möchte.«

Er schüttelte den Kopf.

»Mir sagt die Kälte in Moskau mehr zu. Meine Maschine geht heute Nachmittag.«

»Jedenfalls hast du dein Versprechen gehalten«, sagte sie. »Dafür danke ich dir.«

Er zuckte die Achseln. »Ich bin lediglich dem Wunsch eines alten Freundes nachgekommen, mehr nicht. Ich hab das alles kommen sehen, Nora. Es war eine Riesendummheit von Robert, dich zu verlassen, aber die Hoffnung stirbt nicht, solange das Herz schlägt. Jetzt, wo ich weiß, dass du hast, was ich dir geben sollte, kann mein Herz in Frieden ruhen.«

Er küsste sie auf die Stirn und sagte mit Rührung in der Stimme: »Zhyelayu vsyego choroschyego.«

Unsicher sah sie ihm nach. Dann fasste sie das Päckchen fester und verschwand zwischen den rötlichen Steinbögen des viktorianischen Bauwerks.

Drinnen sah man nur wenige Menschen, überwiegend Touristen, die sich im Eingangsbereich ein Faltblatt nahmen und teils neugierig, teils teilnahmslos auf die Knöpfe der Anzeigetafeln drückten, um zu sehen, was das Museum bot. Nora eilte mit entschlossenem Schritt über den Teppichboden des Westraums, verließ den Hauptkorridor und ließ eine Reihe von Reliefbildern hinter sich, bis sie an eine Tür kam, an der auf einem Schild in so kleinen Buchstaben, dass Besucher es vermutlich übersahen, stand: »Kein Eintritt, Ausstellung in Vorbereitung«.

Die Tür war angelehnt.

Tageslicht fiel durch schmale rhombenförmige Fenster, die weit oben saßen. An den Wänden standen matt schimmernde Marmor-Statuen sowie Vitrinen mit exquisitem Porzellan. In der

Mitte des Raumes erhob sich eine von hölzernen Stützen getragene mehrere Meter hohe sonderbare Konstruktion aus Kunststoff, die in keiner Weise zu all den Dingen um sie herum passte. Sie schien sich dem Besucher geradezu entgegenzukrümmen.

Nora trat einige Schritte näher heran und hörte eine Stimme aus dem Südostflügel. Dort, wohin kein Licht fiel, standen hölzerne Tische und Stühle. Auf einem von ihnen saß eine Frau. Ihre Stimme klang fest und angenehm zugleich. Ohne sich zu bewegen, sagte sie zu Nora: »Sie müssen Doktor Pulaski sein.«

Dann erhob sich Catherine Caitlin, trat mit eleganten Bewegungen aus dem Schatten und begrüßte Nora mit einem vollendeten Lächeln. Sie trug ein langes braunes Kleid, goldene Ohrringe und ein Perlenhalsband, das auf ihrer Haut schimmerte. Prüfend glitten die blauen Augen, denen die Willenskraft der Frau deutlich anzusehen war, über die Besucherin.

Nora erwiderte den Gruß und sah aus dem Augenwinkel, dass dort jemand stand, den sie bisher nicht gesehen hatte.

Rasch wandte sich Caitlin zu der Gestalt um und sagte: »Du kannst es einschalten, Robert.«

Die an der Plastik angebrachten Lichter leuchteten auf, und Nora spürte, wie ihr Herz schneller schlug. Der Kunststoff hatte nicht etwa die Aufgabe, etwas zu schützen, sondern umgab schwärzliche Reste von Armen, an denen sich deutlich mit Zähnen besetzte deformierte Saugnäpfe erkennen ließen. Die Rekonstruktion war gelungen, auch wenn nur eine Hälfte des Tieres vorhanden war.

Caitlin sah, dass sich Noras Gesicht verzog. Diese Reaktion löste in ihr höchstes Wohlgefallen aus, doch fragte sie gleich darauf besorgt: »Fehlt Ihnen nichts, Liebste?« Vorsichtshalber nahm sie Noras Hand, weil sie fürchtete, sie könne in Ohnmacht fallen.

Die Sekunden dehnen sich, Nora befindet sich nicht mehr im Museum. Das Gewölbe der Decke und die Bogen lösen sich auf, sie hört nichts als den Atem ihrer Tochter und das Rauschen, mit dem das Wasser hinter ihnen durch die Tür strömt und anfängt, ihre Knöchel zu umspülen. Cepesma tritt an die *Beebe* heran und schlägt sinnlos auf das Bullauge ein. Nadja drängt sich angstvoll an die Mutter. Sie spricht Russisch. Nora sieht, wie sich das Handrad dreht und Cepesma fruchtlos versucht, das zu verhindern.

Die Titanbleche der Wand knirschen, als ob im nächsten Augenblick alles zusammenbrechen würde. Auch von der Decke strömen inzwischen Wasserbäche herunter. Zum ersten Mal fällt ihr auf, wie erschreckend sich der Boden unter ihren Füßen bewegt. Die Tauchfähre muss sich aus der Verankerung gerissen haben, denn sie gleitet über dem Meeresboden. Jeden Augenblick ist mit Explosionen zu rechnen. Sie hält Nadja fest an sich gedrückt und sieht zu, wie Cepesma immer wieder auf das Bullauge einhämmert, ohne aber in dieser Hölle aus blinkenden Lichtern, die jederzeit erlöschen können, genau zu erkennen, was er tut.

Die Tür öffnet sich, und Nora reißt ungläubig die Augen auf. Mit einem Mal sieht sie den winzigen Schatten des Ingenieurs, der sich auf Cepesma stürzt. Dieser gleitet aus, beide wälzen sich am Boden, den das Wasser bereits fünfzehn Zentimeter tief bedeckt. Sie hört die Schläge und sieht, wie das Luk zittert und sich dann zu schließen beginnt. Sie fasst Nadja mit letzter Kraft, so dass das Mädchen vor Schmerz aufschreit. Beide stürzen auf den Eingang zu und lassen sich erschöpft ins Innere der *Beebe* fallen.

»Soll ich einen Arzt rufen? Robert, sei so gut und bring etwas zu trinken. Beeil dich!«

Die Ohnmacht ist vorüber, Decke, Bogen und Fenster hören auf, sich zu drehen, und Nora merkt, dass sie von der zierlichen Catherine Caitlin gehalten wird. Ein Blick zeigt ihr, dass auf dem Parkett kein Wasser steht. Die Luft ist belebend, und ihre Lunge füllt sich, Gott sei Dank. Nur eine Sinnestäuschung.

»Es geht schon wieder«, stammelt sie.

Caitlins gelassene Stimme rückt alles wieder zurecht. Das Päckchen, das ihr Posochow überbracht hatte, ist zu Boden gefallen, aber die Alte hat es aufgehoben und ihr gegeben.

»Einen Schluck Cognac, Liebste? Ich hoffe, Sie sind nicht enttäuscht«, fuhr die Verwaltungsleiterin des Smithsonian fort und warf einen Seitenblick auf die Überreste des Riesenkalmars. »Ich kann gut verstehen, dass das Tier Sie beeindruckt hat. Für uns ist das ein gutes Zeichen.«

Der Kalmar war von durchaus beachtlicher Größe. Etwa so wie der kleinste von den vieren, denen Nora in der Tiefsee begegnet war, und natürlich weit, weit kleiner als das weibliche Tier. Allerdings fielen ihr einige Irrtümer auf, die man bei der Rekonstruktion des Tieres begangen hatte.

»Es ist so, wie man es mir berichtet hat«, brachte sie heraus.

Eine Falte bildete sich auf Caitlins Stirn. »Wirklich? Das ist höchst erfreulich. Als Sie mich angerufen und mir gesagt haben, dass Sie eine gute Bekannte des armen Alastair und überdies mit den Plänen vertraut sind, die er vor seinem tragischen Ende für diese Ausstellung hatte, war mir klar, dass ich Sie unbedingt kennenlernen musste. Was meinen Sie? Natürlich wird das Tier nicht in diesem Raum und nicht auf diese Weise ausgestellt. Es braucht eine angemessene Umgebung. Meine Fachleute arbeiten an einem dreidimensionalen Modell, einer Art animierter Roboter, den wir mit Filmaufnahmen von verschiedenen Walarten wie auch weiteren Kopffüßern anreichern wollen ... alles leicht verständliche Dinge ... und dann noch etwas nie Dagewesenes: die Filmaufnahmen, die der arme Alastair von den Resten des Ungeheuers gemacht hat ... kurz vor seinem tragischen ... na ja, Sie wissen schon. Als Bonbon kommt noch eine Überraschung hinzu: Wir besitzen fünf kostbare Filmsekunden des lebenden Kalmars, die ersten in der Geschichte der Unterwasser-Aufnahmen. Auch die werden in die Ausstellung integriert. Ich denke, dass das eine ähnliche Sensation wird wie damals, als wir der Öffentlichkeit unsere animierten Dinosaurier vorgeführt haben. Den Leuten wird der Mund vor Staunen offen stehen bleiben.« Nora sah auf das Schild mit dem Namen des Untiers. *Taningia golombiculae*.

Robert Hardin brachte ein Tablett mit zwei geschliffenen Kristallgläsern und einer Flasche, in der eine bernsteinfarbene Flüssigkeit schimmerte.

Caitlin füllte die Gläser. Nora lehnte ab.

»Ein guter Cognac. Ich denke, er würde Ihnen guttun, Liebste.«

»Danke, nicht so früh am Tag.«

»Wie Sie wollen. Sagen Sie, unter welchen Umständen sind Sie Alastair begegnet? Wie ich ihn kannte, hatte er nichts als seine Arbeit im Kopf und war nie besonders gesellig.«

»Ich hatte auch kaum Kontakt mit ihm. Das meiste, was ich über ihn weiß, hat mir jemand berichtet, der ihn gut kannte.«

Zwei neue Falten zeigten sich auf Caitlins Stirn.

»Ach? Es überrascht mich, dass der Mann so indiskret war. Natürlich beklagen wir Alastairs Verlust wie auch den seines Tauchboots zutiefst. Doch wenn Sie uns weiter nichts zu berichten haben …«

Sie wollte ihre Enttäuschung nicht offen zeigen, doch war unübersehbar, dass sie von einem Augenblick auf den anderen jedes Interesse an der Besucherin verloren hatte.

»Herzlichen Dank«, sagte Nora. »Ich will Ihre kostbare Zeit nicht länger in Anspruch nehmen. Ich wollte ohnehin nur rasch einen Blick darauf werfen.«

Sie fühlte sich deutlich besser, als sie den Raum verließ. Vor dem Gebäude fiel ihr ein, dass sie in Washington nichts mehr zu tun hatte.

Sie lächelte innerlich. Die Gespenster mochten in ihrem Schloss bleiben. Dort gehörten sie hin.

Luarca

»Findest du nicht, dass es dafür zu früh ist, Chaco?«

Der alte Fischer legte die Zeitung beiseite und richtete den Blick auf die schwarze Augenklappe seines Gegenübers, der jetzt etwas neben das Glas mit Wacholderschnaps legte. Chaco sah, dass es ein kleiner Glaszylinder mit zwei Metallenden und ein Flugschein war.

»Willst du etwa den Ort verlassen, an dem du geboren bist?«, fragte er empört.

Während Cepesma ihm gegenüber Platz nahm, hielt Chaco den Glaszylinder prüfend gegen das Licht. Er wusste nicht so recht, was es damit auf sich hatte, doch kam es ihm vor, als hätte er so etwas schon einmal gesehen.

»So was müsstest du aus meiner Werkstatt kennen«, verriet ihm Cepesma lächelnd. »Du weißt ja, dass mich der Geldmangel oft genug nötigt, meinen klapprigen Geländewagen selbst instand zu halten.«

»Was ist mit deinem rechten Auge?«

Kreischend flogen zwei Möwen über sie hinweg. Die größere ließ sich frech zwei oder drei Schritt vor dem Fischer auf den Boden nieder.

Cepesma sah sich um und genoss die Wärme auf seiner Haut.

»Das wird wohl wieder. Ich hatte Glück im Unglück. Ich hätte es ohne weiteres verlieren können.«

Chaco nahm den kleinen Glaszylinder erneut in die Hand und sagte dann mit leuchtendem Blick: »Ich hab's! Das ist eine Sicherung!«

»Getroffen«, bestätigte Cepesma befriedigt. »Nur größer und dicker als die von Autos. Diesem Stück Glas hier hast du es zu verdanken, dass ich jetzt bei dir bin.«

Er hatte die Sicherung zufällig gefunden, während er in der *Beebe* auf Morales wartete. Er war mit dem Fuß dagegengestoßen, und als er hinsah, war ihm sogleich klar geworden, worum es dabei ging. Auf der Suche nach der Stelle, wohin sie gehörte, hatte er ein offenes kleines Kästchen unterhalb des Schlosses entdeckt, in das man den Schlüssel einführen musste, um die Tauchkugel beim »Aussteigen« aus dem Boot zu lösen. Dort musste sie herausgefallen sein.

Doch dann war ihm aufgegangen, dass es sich wohl anders verhielt. Vermutlich hatte sie sich während des größten Teils der

Mission nicht an ihrem Platz befunden, sondern in einer von Morales' Taschen. Je länger er darüber nachgedacht hatte, desto klarer war ihm der teuflische Plan des mexikanischen Ingenieurs geworden. Sobald er den Fluss des Erdöls von den Bohrlöchern wieder in Gang gebracht hatte, hätte er sich jederzeit absetzen können. Sein großer Fehler war es gewesen, den Schlüssel nicht an sich zu bringen, bevor Martha die Station verlassen hatte.

Oft hatte sich Cepesma in den vergangenen Tagen den Ablauf vorgestellt, während er sich in Luarca allmählich von seinem Abenteuer erholte. Morales hatte die Sicherung wieder an Ort und Stelle angebracht, ohne die sich der Stromkreis nicht schließen ließ. Doch dummerweise war sie ihm, sei es durch eine Erschütterung bedingt, sei es, weil er nervös war, oder aus einem anderen Grund, zu Boden gefallen, ohne dass er etwas davon merkte. Und zum Glück hatte Cepesma sie zufällig entdeckt.

Wegen der fehlenden Sicherung war der Versuch des Ingenieurs, die Tauchkugel aus dem Boot zu lösen, gescheitert, als er den Schlüssel drehte, ganz wie zuvor bei Martha. Entgeistert hatte er gesehen, wie ihm Cepesma durch das Bullauge triumphierend sein Fundstück gezeigt und damit klargemacht hatte, dass er seinen Plan nicht nur durchschaut, sondern auch dessen Ausführung verhindert hatte.

Letztlich hatte Morales Cepesma sowie Nora und Nadja damit das Leben gerettet, dass er das Luk erneut geöffnet hatte, um sich wieder in den Besitz dieses für das Verlassen des Unterwasser-Gefängnisses unerlässlichen Gegenstandes zu bringen. Diese Gelegenheit hatte Cepesma nicht ungenutzt verstreichen lassen. Mit letzter Kraft hatte er Morales außer Gefecht gesetzt und war in die *Beebe* geeilt. Während ihm Nadja half, das Luk zu schließen, indem sie das Handrad drehte, waren Morales' Rufe von draußen immer leiser geworden, bis man durch das Bullauge nur noch dessen hilflose Bewegungen sehen konnte.

Schwindel hatte Cepesma erfasst. Mit Nadjas Unterstützung hatte er sich aufrecht halten können, dann hatte er sich vor den Mechanismus gekniet und die Sicherung aus der Reißverschlusstasche seines Neoprenanzugs geholt. Ihm fiel jetzt ein, dass er sich in jenem Augenblick vorgenommen hatte, sie als Andenken zu behalten.

Noch während er die Sicherung einsetzte, waren die Erschütterungen in der Tauchfähre immer heftiger geworden. Dann hatte er den Schlüssel umgedreht, rote Leuchten hatten an der Steuertafel aufgeblinkt und waren eine nach der anderen grün geworden.

Mit einem Mal hatte man einen dumpfen Laut gehört, und sie waren ohne Vorwarnung gegen die gepolsterten Wände der Kabine geschleudert worden.

Bevor Cepesma das Bewusstsein verlor, hatte ihm ein Blick durch eins der Bullaugen gezeigt, wie die letzten Außenscheinwerfer der *Ocean Shuttle* geplatzt waren. Dann hatte die drei erneut völlige Dunkelheit umgeben, denn die Kapsel verfügte über keine Beleuchtung. Sie besaß auch keinen Motor, sondern war ausschließlich dank ihres Auftriebs zur Meeresoberfläche emporgestiegen – aus der völligen Finsternis ins helle Licht des Tages.

Er hob den Blick zum Himmel, genoss die leichte Brise und das Kreischen der Möwen. Chaco hielt den Glaszylinder nach wie vor zwischen zwei Fingern. Dann stand Cepesma auf und nahm den Flugschein vom Tisch.

»Behalt die Sicherung«, sagte er zu seinem alten Freund und legte ihm eine Hand auf die Schulter. »Ich muss jetzt eine lange Reise antreten.«

»Sicher weißt du schon, dass es Josefina wieder gut geht. Sie wird an diesem Wochenende nach Hause entlassen. Kommst du wieder?«

Cepesma hielt den Blick auf einen Fischkutter gerichtet, der aus dem Hafen auslief. Ganz allmählich ergriff der Alltag wieder Besitz von Luarca und machte das Städtchen erneut zu dem Ort, den er zu lieben gelernt hatte. Die Mitteilung, dass Josefina genesen war, gehörte zu dieser Normalisierung.

»Vielleicht. Aber vorher möchte ich einen langen Urlaub machen. Könntest du meinen Leuten helfen, die NAREMAR weiterzuführen? Ich möchte nicht, dass die Organisation von der Bildfläche verschwindet.«

»Keine Sorge, das passiert schon nicht«, gab der Alte zurück.

Cepesma hob die Hand und ging, ohne sich umzuwenden, auf seinen Geländewagen zu.

59

Das Vermächtnis

Pasadena, Kalifornien, Mai 2005

Der Chlorgeruch aus dem Olympiabecken von Rose Bowl stieg Nora in die Nase und vermischte sich mit der Erregung der Jungen und Mädchen, die im kristallklaren warmen Wasser ihre Muskeln trainierten. Die Klimaanlage kam ihrer Aufgabe lautlos nach, und das Spezialglas des durchsichtigen Daches sorgte dafür, dass es darunter nicht zu heiß wurde.

Nadjas Leistung über hundert Meter Schmetterling war recht ermutigend. Ihre Bewegungen zeigten deutlich, wie kräftig sie war, und ihre Trainerin, Lisa Gold, teilte Nora mit, dass das Mädchen erstaunliche Fortschritte gemacht habe.

Sie war gerade rechtzeitig gekommen. Als die Starterinnen ins Wasser sprangen, sah sie, wie sich die schlanke Gestalt ihrer Tochter nach halber Strecke mit eleganten Bewegungen deutlich von den anderen löste. Am Ende und nach dem Pfiff der Trainerin, die den Blick nicht von der Stoppuhr nahm, stieg Nadja gelassen aus dem Wasser. Lisa Gold war begeistert.

»Eine Minute zwei, schon wieder eine neue persönliche Bestzeit. Ich weiß nicht, was ich sagen soll. Ich werde anregen, dass man sie in die Jugend-Nationalstaffel aufnimmt, wenn Sie nichts dagegen haben.«

Nora hatte nichts dagegen.

Das Wasser tropfte Nadja aus den kurzen Haaren auf die Schultern, während sie sich abtrocknete und in ihrer Sporttasche nach dem iPod suchte.

»Sie hört immer Musik, bevor sie ins Wasser springt«, sagte die Trainerin. »Ich glaube, sie hat jetzt bessere Aufnahmen als vorher.«

»Springsteen«, gab Nora zur Anwort.

»Wie bitte?«

»Bruce Springsteen. Sie hört sich das gern an, wenn sie zum Schwimmen geht.«

Die Trainerin verschränkte die Arme. Sie hatte die gleiche Haarfarbe wie Nora, war aber kleiner und kräftiger gebaut. Außerdem war sie zehn Jahre jünger.

»Dann soll sie diesem Bruce dankbar sein.«

Am selben Tag entschied Nora, endlich das Päckchen zu öffnen, das ihr Sergej Posochow in Washington in die Hand gedrückt hatte und das eine Videokassette enthielt. Sie glaubte zu wissen, was sie darauf sehen würde, hatte aber keine Eile, sich zu vergewissern. *Alles zu seiner Zeit.* Jener Nachmittag war, wie sie fand, der richtige Augenblick. Eine leichte Brise strich durch das offene Fenster herein, als sich Mutter und Tochter zum Essen an den Tisch setzten.

Nora legte die Kassette ein. Ihr Abspielgerät war schon älteren Datums, gerade das aber erlaubte es ihr, sich bei Bedarf frühere, noch nicht digitalisierte Videoaufzeichnungen aus dem Archiv der NASA anzusehen.

Gerade in diesem Augenblick kam Cepesma mit mehreren großen Einkaufstüten herein. Er stellte eine, die Bierdosen enthielt, auf den Tisch und sah die russische Aufschrift auf der Kassettenhülle.

Er nahm sie und fragte Nadja: »Was steht da?«

»Ya tebya lyubly. Vsego nailutschschego.«

»Sag es so, dass man es verstehen kann.«

Mit einem Seitenblick auf ihre Mutter sagte Nadja leise: »Ihr Onkel Bob hat es geschrieben. Es heißt, dass er sie liebt und ihr alles Gute wünscht.«

Cepesma setzte sich neben Nora.

Das Gegriesel auf dem Fernsehschirm wich einer Art Grauschleier, dann kam das Bild. Kaltes Licht fiel auf das Gesicht eines Robert Pulaski, der weit kränker und verletzlicher aussah als auf dem letzten Foto, das Nora gesehen hatte. Eine Flasche Wasser neben sich, saß er auf einem Stuhl draußen im Freien und hielt einige Blätter Papier in den zitternden Händen. Alles um ihn herum wirkte grau, farblos. Als er merkte, dass die Kamera lief, begann er übergangslos und ohne jede Einleitung zu sprechen: »Wenn du mich jetzt siehst, bedeutet das zweierlei: Ich bin tot, und du lebst, gestatte mir also ein zufriedenes Lächeln. Anders gesagt: Angesichts der unausweichlichen Gewissheit meines Todes bedaure ich zutiefst, dass ich es nicht vermocht habe, dir mein Schicksal zu ersparen.

Lass mich mit dem Anfang beginnen. Ich war vor dir auf dem Mars. Als ich 1977 aufbrach, habe ich dir mit voller Absicht meine Notizen und Pläne für eine Vorrichtung hinterlassen, die Bohrungen im Gestein anderer Planeten ermöglicht, denn mir war klar, dass du in diese Richtung weiterarbeiten würdest. Es war ein Abschied auf meine Weise. Du weißt ja, dass mir die väterliche Rolle nicht besonders gelegen hat. Die Vorstellung, in einer Umgebung wie der auf dem Mars Bohrungen niederzubringen, hat mich noch Jahre nach dem Eintreffen der Viking-Raketen dort begeistert. Als man bei der NASA nicht bereit war, meine Schlussfolgerungen zu akzeptieren, wurde sie immer konkreter. Damit aber kommen wir zu einem bedeutenden technischen Problem. Es genügt zu sagen, dass ich Abstriche von meiner ursprünglichen Absicht gemacht habe, die darin bestand, bis zu einer Tiefe von immerhin tausend Metern zu bohren. Stattdessen habe ich vorgeschlagen, man solle wenigstens zwanzig oder dreißig Meter tief gehen. Natürlich habe ich all das verwirklicht, als ich nicht mehr in Amerika war. Trotz unseres früheren übereilten

Aufbruchs ist es mir gelungen, wieder an meine alten Kontakte an der Universität anzuknüpfen. Allerdings musste ich dazu der Wahrheit ein wenig Gewalt antun. Den sowjetischen Politikern war es natürlich mehr als recht, dass einer der besten Wissenschaftler der Vereinigten Staaten zurückkehrte, um ihnen neue Geheimnisse mitzuteilen – den Erfolg haben sie sich gutgeschrieben. Wenn du es genau wissen willst: Den FBI-Leuten gegenüber, die mich buchstäblich wie die Schmeißfliegen umsurrt haben, habe ich die von ihnen gesammelten Verdachtsmomente gegen mich nach Kräften verstärkt. Mit dieser Taktik habe ich mir nicht nur die Rückkehr erleichtert, sondern auch dafür gesorgt, dass man mich mit offenen Armen aufgenommen hat.«

Er schwieg und schüttelte den Kopf. Dann nahm er ein neues Blatt zur Hand: »Die Dummköpfe! In Amerika hätte ich nie im Leben Geld oder irgendeine Art der Unterstützung für die Konstruktion der Bohreinrichtung bekommen, denn immerhin erforderte die einen hohen technischen Aufwand und beträchtliche Summen. Hingegen war mir bekannt, dass es in meiner alten Heimat Möglichkeiten gab zu erreichen, dass man meine Vorstellungen bereitwillig akzeptierte. Das Schlüsselwort bei der ganzen Geschichte hieß Erdöl. Ich vermutete, dass die Annahme des großen Mendelejew und seiner Nachfolger, dass nämlich die im Boden lagernden Kohlenwasserstoff-Verbindungen nicht auf den Zerfall abgestorbener Tiere zurückgehen, sondern spontan im Inneren der Erde und anderer Planeten entstehen, richtig war, und so verhielt es sich auch. Es handelt sich dabei um ... Urelemente, Nora; eine mögliche Energiequelle für Leben auf dem Mars, das ich, wie du weißt, immer für möglich gehalten habe ... natürlich unterirdisch. Und so war es ja auch!«

Erneut hielt er inne und trank einen Schluck Wasser.

»Mein Interesse an Erdölvorkommen in großer Tiefe passte bestens zu meinen Plänen, da die Sowjets nicht über die nötigen finanziellen Mittel für die Weiterführung ihres Raumfahrtprogramms verfügten. Mit dem Fall der Berliner Mauer beschleunigten sich die Ereignisse, was mir mehr als recht war. Die staatlichen Erdölunternehmen wurden schon bald in Privathand überführt, und nach und nach sind in Russland dann auch nordamerikanische Investoren aufgetaucht. Anfang der neunziger Jahre habe ich mit Calvin Steiffel Kontakt aufgenommen und ihm mein Vorhaben erläutert. Ich musste unbedingt die Mittel für einen unbemannten Marsflug auftreiben, um zu beweisen, dass der Planet in seinem Inneren nicht nur ungeheure Mengen Erdöl enthält, sondern dass dort auch eine mikroskopisch kleine Lebensform existiert, die sich von diesem Öl ernährt. Verständlicherweise hat Steiffel große Augen gemacht, als ich ihm erklärt habe, dass es solche Erdölvorkommen auch hier auf der Erde gibt und sein Unternehmen Zugang zu ungeheuren Reserven von Erdöl und Methan erlangen könnte. Dazu müsse man lediglich technische Verfahren entwickeln, die es gestatten, tiefer als bisher in die Erdrinde einzudringen. Er hat mir die erforderlichen Mittel zur Verfügung gestellt und Türen geöffnet, wo das nötig war, damit ich mit voller Unterstützung der staatlichen Stellen eine Marsmission namens *Leonow IV* finanzieren konnte.

In einem Land wie diesem ist es für jemanden, der genug Geld hat, ein Kinderspiel, einen Teil des Militärs und der Bürokratie zu kaufen. Als Gegenleistung habe ich ihm Stellen genannt, an denen man bohren konnte. Auf diese Weise war es uns möglich, die technischen Verfahren zu verfeinern, außerdem konnte ich beweisen, dass jede meiner Voraussagen zutraf.

Doch im Januar diesen Jahres ist etwas schiefgegangen. Es war abzusehen, dass die *Leonow* auf dem Rückweg vom Mars nicht auf der Erde landen würde. Um zu verhindern, dass ihre Ladung im Weltraum verglühte, sollte sie diese in einer mit einem Fallschirmsystem und Bremsraketen ausgerüsteten Kapsel ausstoßen und zur Erde schicken. Zwei von hoch spezialisierten Piloten gesteuerte Hubschrauber sollten die Fallschirme auffangen, bevor die Kapsel in der Umgebung von Baikonur aufschlug. Allerdings hat sich die Flugbahn der *Leonow* verschoben, weil ein Antriebsmotor nicht richtig funktionierte, und so kam es, dass die Sonde in einer einsamen Gegend um Argalik herum herunterging. Zu allem Überfluss sind nicht nur die Bremsraketen ausgefallen, auch die beiden Fallschirme haben sich nicht geöffnet. So kam es, dass unser kostbarer Behälter mit einem Dutzend Kilo Marsuntergrund an Bord gleich einem Meteor durch den Himmel raste und in einem Sumpfgebiet aufschlug, in dessen Nähe Viehzüchter lebten. Beim großen Lenin! Was müssen die gedacht haben, als sie sahen, wie sich alles um sie herum in eine Flammenhölle verwandelte, aus der eine Rauchsäule aufstieg. Was für ein beispielloses Schauspiel!

Wir sind erst zwei Tage später dort eingetroffen; zuvor hatten die stupiden Bürokraten bereits einen Trupp Soldaten zu dem Aufschlagkrater im Marsch gesetzt. Den ersten Berichten zufolge haben sie die Eltern der Viehzüchterfamilie tot in ihrem Bauernhof aufgefunden, der weniger als achthundert Meter von der Aufschlagstelle entfernt stand. Den neunzehnjährigen Sohn hat man vierundzwanzig Stunden später mit durchschnittener Kehle und dem Kopf im Wasser eines Baches gefunden. Mit Ausnahme des Vaters, der sich nach dem Bericht des Gerichtsmediziners mit seiner Flinte umgebracht hatte, wiesen alle Leichen deutliche Zeichen von Messerwunden auf. Unglücklicherweise hat sich die Verseuchung über mehrere Kilometer im Umkreis ausgedehnt, als die Soldaten ihrerseits verrückt wurden und sich gegenseitig umgebracht haben. Wir haben ihre Leichen in großer Entfernung von dort verbrannt, wozu wir sie bis zu den Schmelzöfen von Karaganda bringen mussten. Man hat dann weitere Soldaten dorthin geschickt, die sämtlich mit Steiffels Geld bezahlt wurden. So schnell es ging, haben wir eine Bunkeranlage zur Entseuchung eingerichtet und alle nötigen Vorkehrungen getroffen, bis hin zu ABC-Schutzanzügen. Die wenigen Boden- und Gesteinsproben aus dem Inneren eines aufgeplatzten Spezialbehälters, die wir finden konnten, haben wir eingesammelt und analysiert.«

Pulaski hörte auf zu sprechen und betrachtete das Wasserglas, ohne es in die Hand zu nehmen. Er fuhr lediglich mit dem Finger über dessen Rand.

»Der Behälter hatte zweifellos Reste von Kohlenwasserstoff-Verbindungen sowie Magnetit enthalten.«

»Magnetit?«, fragte Cepesma.

Nora hielt das Band an. »Ein Eisenoxid mit natürlichem Magnetismus. Man nennt es auch Magneteisenstein. Ich hatte damit gerechnet, dass es bei der Sache eine Rolle spielt, seit ich Richardsons Bericht gelesen habe. Er hatte größere Mengen Magnetit in der Gesteinsprobe gefunden, die ihm mein Onkel geschickt hatte… und noch etwas anderes. Eine Substanz, die in der Natur nicht vorkommt, nämlich Epoxidharz.«

»Ist das der Bericht, den sie dir am Flughafen gestohlen haben?«, fragte Nadja.

Cepesma schnaubte: »Ich geb's auf. Der Teufel soll mich holen, wenn ich nur einen Ton von diesem Kauderwelsch verstehe.«

Lachend nahm Nora seine Hand. »Wenn du Krimis magst – hier ist einer: Jemand schickt dir eine Probe Meteoritengestein, du analysierst es in einem deiner komplizierten Apparate und erfährst, dass es… vom Mars kommt! Und dann findest du inmitten dieser Elemente Reste von etwas, das unter keinen Umständen natürlichen Ursprungs sein kann, weil es in der Natur nicht existiert. Das heißt, es kann auch nicht vom Mars stammen.«

»Du meinst, etwas Künstliches?«

»Ja. Eine Verbindung, die ausschließlich von Menschenhand hergestellt worden sein kann, es sei denn, du glaubst an Außerirdische oder an Marsmenschen in fliegenden Untertassen. Bei dieser Verbindung handelt es sich um ein Epoxidharz. Man verwendet das Material gewöhnlich für die Herstellung hitzefester Keramikkacheln, mit denen man zum Beispiel Weltraumfähren beim Wiedereintritt in die Erdatmosphäre vor zu großer Hitzeentwicklung unter dem Einfluss der Luftreibung schützt. Ohne diesen Hitzeschild würden sie verglühen und die darin befindlichen Astronauten mit ihnen.«

Cepesma kratzte sich am Kopf. »Ist nicht genau so was vor ein paar Jahren mit der *Columbia* passiert?«

»So ist es. Du kommst also zu dem Ergebnis, was du da untersucht hast, ist kein Meteorit, sondern Material, das aus einer Raumsonde stammt.«

»Und zwar aus einer, die zur Erde zurückgekehrt ist – wie die Kapsel der *Leonow*«, folgerte Cepesma. »Ich versteh aber nicht, welche Rolle das Magnetit dabei spielt.«

»Warte ab, du wirst es sehen«, sagte Nora und setzte das Bandgerät wieder in Gang.

Pulaski erwachte aus seiner Erstarrung und fuhr fort: »Magnetit. Weißt du, was das bedeutet? Das Material muss biologischen Ursprungs sein. Wir haben festgestellt, dass der größte Teil der Gesteinsprobe aus winzigen Magnetitkristallen bestand. Ich hatte schon immer vermutet, dass Bakterien bei der ›Verdauung‹ von Kohlenwasserstoffen Magnetit als Stoffwechselprodukt ausscheiden. In einigen Fällen nehmen sie diese Kristalle in sich auf und benutzen sie als Magnetkompass, um sich zu orientieren. Hier aber haben wir entdeckt, dass das Magnetit noch in anderer Weise auf Lebewesen einwirken kann. Ich hätte gleich darauf kommen müssen, als ich die Gerüchte über die toten Bauern gelesen habe! Aber zu Anfang der Geschichte war ich nicht scharfsinnig genug, und als wir die Zusammenhänge erkannt haben, war es bereits zu spät.«

In diesem Augenblick griff sich Pulaski an die Schultern und begann zu zittern. Einige der Blätter fielen vom Tisch, und die Kamera erfasste Posochow, der herbeigeeilt war, um ihn zu stützen, damit er nicht vom Stuhl fiel. Rasch steckte er ihm einige Tabletten in den Mund, trat dann zur Kamera und hielt die Hand vor das Objektiv.

Nora wandte den Blick ab.

Sie hatten nicht einmal Zeit, die Aufnahme zu schneiden, dachte Cepesma.

Als das Bild wiederkehrte, wirkte Pulaski bleich, doch zitterten seine Hände nicht mehr, als er nach den Blättern griff.

»Wir haben die Auswirkungen … zu spät erkannt. Die Magnetitkristalle gelangen über die Atemwege ins Blut und nach Überwindung der Blut-Hirn-Schranke ins Gehirn. Dort greifen sie das Schmerzzentrum an und lösen Anfälle von Gewalttätigkeit aus. Von meiner Psychiaterin Paulowa habe ich erfahren, dass die Symptome teilweise denen bei der Creutzfeldt-Jacob-Krankheit ähneln, die vom Erreger des Rinderwahns beim Menschen ausgelöst wird. Der Unterschied besteht darin, dass das Ganze in dem Fall, von dem ich spreche, mit rasender Geschwindigkeit abläuft; kaum haben die Magnetitkristalle die Nervenzentren erreicht, beginnen sie mit deren Zerstörung… etwa so wie die Prionen bei Creutzfeldt-Jacob, nur eben viel, viel schneller.«

»Der einzige Lichtblick bei der Sache bestand darin, dass Menschen wegen ihrer unterschiedlichen Veranlagung und Konstitution bei einer Infektion unterschiedlich auf den Angriff der Magnetitkristalle reagieren. Genaueres wissen wir bisher nicht darüber. Nach gründlicher Untersuchung einiger Fälle ist Paulowa zu dem Ergebnis gekommen, dass das Magnetit tiefgreifende Veränderungen im Verhalten der Menschen bewirkt, die nach dem bisherigen Stand unseres Wissens als selbstzerstörerisch eingestuft werden müssen. Hinzu kommen Anfälle von Depression und Gewalttätigkeit. Die Erkrankten leiden an Wahnvorstellungen, verstümmeln sich selbst oder greifen andere Menschen an. Paulowa nennt das Krankheitsbild ›Mars-Schizophrenie‹. Wir sind zu dem Ergebnis gekommen, dass das Magnetit für den Tod der Bauern und Soldaten wie auch der Säugetiere und Vögel in der näheren Umgebung verantwortlich war. Insekten und Pflanzen scheinen übrigens gegen den Erreger immun zu sein.

Ich kann mich nicht genau erinnern, wann die Wahnvorstellungen bei mir eingesetzt haben, bin aber sicher, dass die Filter der ersten ABC-Schutzanzüge nicht fein genug waren, um die in der Luft schwebenden Magnetitkristalle zurückzuhalten. Da es im Januar drunter und drüber ging, bin ich oft zwischen Argalik und meinem Institut in Moskau gependelt, um Proben zu untersuchen, worunter meine Verbindung zu Steiffel gelitten hat. Was ich entdeckt hatte, war äußerst besorgniserregend. Sofern ich mit meinen Schlussfolgerungen Recht hatte, waren die Ur-Kohlenwasserstoff-Verbindungen Auslöser äußerst primitiver Lebensformen auf mikrobieller Ebene, die sich in der Marsrinde angesiedelt und an die dort herrschenden Druck- und Temperaturverhältnisse angepasst hatten. Für sie war es nie erforderlich gewesen, an die wasserlose, kalte und sterile Oberfläche des Planeten emporzusteigen. Nachdem ich Gelegenheit hatte zu sehen, wie sich diese Lebewesen in unserer Umwelt auswirken, habe ich Steiffel die Zusammenhänge erklärt.«

Pulaski stützte die Ellbogen auf den Tisch und das Kinn auf die Hände. Nora sah, dass ihm der Schweiß durch die Finger rann.

»Er wollte nichts davon hören. Ich habe ihm meine Befürchtungen und den Grund dafür erklärt, denn ich war sicher, dass es auf der Erde ein entsprechendes Gegenstück zu dieser auf dem Mars entstandenen Lebensform geben musste… ein unterseeisches Reich von unermesslicher Ausdehnung, unvorstellbar viel größer als der ganze Ozean… besiedelt von mikroskopisch kleinen Lebewesen, die dort seit Tausenden von Jahrmillionen gedeihen und sich vermehren…«

Er hob die Hände an den Kopf und unterdrückte ein Schluchzen. Dann nahm er sich wieder zusammen und fuhr mit deutlicherer und festerer Stimme fort: »… ich wagte nicht, mir die Folgen meines Handelns auszumalen. Ich hatte Steiffel in die falsche Richtung geführt, seiner maßlosen Habgier Vorschub geleistet! Zwei seit Äonen voneinander getrennt existierende Universen… Wenn das aus ›innerirdischen‹ Organismen bestehende unterseeische Reich mit den Lebewesen an der Erdoberfläche in Berührung käme, wäre das unsere erste wirkliche Begegnung mit fremden Lebensformen. Auch wenn es keine Möglichkeit gab vorherzusagen, was dabei geschehen würde, haben die Vorfälle in der Umgebung von Argalik reichlich Anlass zur Besorgnis geliefert. Ich habe Steiffel gedroht, meine Erkenntnisse zu veröffentlichen, wenn er seine Bohrungen auf dem Meeresgrund nicht einstellte, aber das Raubtier hatte schon zu viel Blut geleckt, es gab keine Möglichkeit, es in seinen Käfig zurückzutreiben.

Ich weiß nicht genau… ob die Krankheit bei mir vor oder nach der Sache mit Richardson ausgebrochen ist … vielleicht ist mir der Gedanke im Institut gekommen, bei einer meiner Reisen zwischen Argalik und Moskau … Steiffel wollte nichts mehr mit mir zu tun haben. Als ich merkte, dass man mich überwachte, habe ich ein winziges Stückchen des Materials aus dem Labor genommen und mit größter Vorsicht in Kunststoff eingegossen, damit nichts davon an die Außenwelt gelangen konnte. Wegen seiner geringen Größe, ein Fünftel so viel wie ein Fingernagel, ging von ihm keine Gefahr aus, und für Richardsons Zwecke würde es genügen, damit er den Mikrobengehalt erkennen konnte, zumindest aber die Magnetitkristalle … Auf diese Weise wollte ich ihm und Steiffel zu verstehen geben, dass es unerlässlich war, die Bohrungen einzustellen … Allerdings ist meine Erinnerung an die damalige Situation sehr verworren. Möglicherweise war ich schon krank, als ich die Probe abgeschickt habe, und habe ihm daher nichts weiter mitgeteilt, doch erinnere ich mich, dass ich … einen Brief geschrieben habe … bei dem ich ausschließlich an dich gedacht habe, Nora. An einen Satz daraus kann ich mich noch deutlich entsinnen: ›Sie muss die Finger vom Mars lassen.‹«

»Die haben Richardson umgebracht«, sagte Nora, »aber den Bericht, hinter dem sie her waren, haben sie bei ihm nicht gefunden.«

Pulaski fuhr fort und legte Blatt auf Blatt beiseite, nachdem er vorgelesen hatte, was darauf stand.

»Alle meine Mitarbeiter und Kollegen, die sich infiziert haben, sind im Laufe der Zeit gestorben … sei es durch die Kristalle, sei es durch die Hand von Steiffels Leuten und deren Helfershelfer. Zur Seite gestanden hat mir ausschließlich Paulowa. Sie hat versucht, die Auswirkungen meiner Erkrankung in Grenzen zu halten. Da sich gegen die Zerstörung des Nervengewebes nichts unternehmen ließ, hat sie versucht, wenigstens die Symptome zu lindern, beispielsweise mittels Neuroleptika, wie man sie in extremen Fällen von Epilepsie verordnet … Du weißt schon, die elektrischen Gewitter, die beide Hirnhälften lahmlegen … Das war für mich eine bedeutende Erleichterung. Als ich eines Tages in mein Arbeitszimmer zurückkehrte und es vollständig verwüstet vorfand... war mir klar, dass es für mich höchste Zeit war, mich in Sicherheit zu bringen ... Allerdings wusste ich nicht, wohin. Dann haben sie mich aufgespürt. Statt mich umzubringen, haben sie erstaunlicherweise beschlossen, mich am Leben zu erhalten... Dafür gab es nur eine einzige Erklärung: Steiffel brauchte mich, und das wiederum konnte nur bedeuten, dass er mit seinem Projekt in *Kreis Sieben* auf Schwierigkeiten gestoßen war ... Wie sich zeigte, hatte ich mit dieser Vermutung leider nur allzu Recht.

Dann bist du ins Spiel gekommen, Nora. Ich hätte dich gern aus alldem herausgehalten. Es ist meine Schuld, dass du da mit hineingezogen worden bist... ich weiß nicht, in welchem Umfang. Hoffentlich bist du ein freier Mensch. Die einzige Hoffnung, die mir bleibt, ist, dass die Auswirkungen der Infektion nicht zwangsläufig bei jedem so katastrophal sind, wie wir es in der Umgebung von Argalik gesehen haben ...«

Er hielt das letzte Blatt in der Hand.

»Man hat mir gesagt ... dass du eine Tochter hast. Das heißt, ich habe... eine Großnichte, die ich nie kennenlernen werde. Sicher ist sie deiner würdig, Nora. *Ty otschen krasivaya! Do svidania*, Nora Pulaski!«

Der Fernseher wurde dunkel.

Nora wirkte sehr ernst. Cepesma sah, dass sie Nadjas Hand nahm und mit der anderen sanft darüberstrich. Nach einer Weile öffnete er eine Bierdose. Das Geräusch, mit dem das Gas daraus entwich, riss sie aus ihrer Versunkenheit.

»Nun?«

Sie liebkoste Nadjas Nacken und sagte: »Wir haben es überlebt und sind in Sicherheit. Das ist das Wichtigste.«

Er nahm einen Schluck Bier.

»Manches ist mir noch nicht ganz klar. Da unten ist alles in Stücke gegangen. Wie ist es überhaupt dazu gekommen, dass die Station überflutet wurde?«

»Das ist kurz nach der Explosion auf der *Merlin* geschehen.«

»Ich weiß, man hatte drei Personen dahin geschickt.«

»Methangas. Das scheint mir die nächstliegende Erklärung zu sein. Ich habe nicht weit von der *Ocean Shuttle* einen Methansee entdeckt. Vielleicht ist er dadurch entstanden, dass durch die Risse im Meeresboden Gas aus der Tiefe emporgestiegen ist, vielleicht haben auch die Bohrungen das Gas freigesetzt. Die Bakterien zerfressen Metall mit rasender Geschwindigkeit, mit dem Ergebnis, dass die Ölförderung nur wenige Wochen hindurch möglich war.«

Cepesma hob die Brauen. »Nette Geschichte. Mikroben fressen Metall, und durch ihre Ausscheidungen werden wir wahnsinnig. Wenn ich das richtig verstanden habe, hat Steiffel alles in seinen Kräften Stehende getan, um den Kontakt zwischen den beiden Welten herbeizuführen, den dein Onkel so sehr gefürchtet hat.«

»Ja, das Ergebnis haben wir ja gesehen. Ganz nahe dem Einstiegsluk, an dem das Rettungs-Tauchboot lag, verlief eine Ölleitung. Durch ein Leck in dieser Leitung kann Methan in das Tauchboot eingedrungen sein. Der kleinste Funke, wie er beispielsweise durch den Aufprall eines auf den Metallboden gefallenen Schraubenschlüssels entstehen kann, hätte genügt, eine auf diesen Raum begrenzte Detonation auszulösen. Wir haben gesehen, dass der Rumpf des Tauchboots beschädigt war. An dieser Stelle ist Wasser hineingeströmt, allerdings haben die Notsysteme zunächst noch funktioniert.«

»Und in welcher Beziehung steht das Erdöl zu der Infektion?«

Sie nahm ihm die Bierdose aus der Hand und tat einen langen Schluck daraus.

»Weißt du, was ein Turing-Avatar ist?«

Cepesma runzelte fragend die Stirn.

»Knapp gesagt handelt es sich dabei um ein Rechnerprogramm, mit dem man sich unterhält, als wenn es sich dabei um ein intelligentes Wesen handelte. Man stellt sich selbst Fragen. Wer eine intelligente Antwort haben möchte, muss eine dafür geeignete Frage stellen. All die Jahre hindurch war ich ganz begeistert von meinem Onkel und seinem Bestreben, Leben auf dem Mars zu finden, und dabei ist mir entgangen, dass er in Wahrheit eine neue Lebensform … auf der Erde suchte.«

»Du meinst unter der Erde«, verbesserte sie Cepesma.

»Ja, und in Abhängigkeit von Kohlenwasserstoff-Verbindungen. Erst als ich mit dem atmosphärischen Tauchanzug die Station verlassen habe, ist mir alles klar geworden. Taucher, die an den Rohrleitungen gearbeitet haben, sind mit Ölflecken auf ihren Tauchanzügen in die Station zurückgekommen und haben auf diese Weise unwissentlich die Überträger der Infektion eingeschleppt. Mir ist das klar geworden, als ich die Öllecks gesehen habe. Und dann die unglaublichen leuchtenden Kalmare … die werde ich nie vergessen. Ich denke, sie haben mir endgültig klargemacht, dass wir da unten nicht willkommen sind.«

»Sie hätten uns fast umgebracht«, schnaubte Cepesma. »Ich zittere jetzt noch, wenn ich nur daran denke.«

Nora schüttelte den Kopf.

»Da irrst du dich. Sie wollten lediglich Verbindung mit uns aufnehmen. Ich habe noch nie im Leben Tiere mit einer so hohen Intelligenz gesehen.«

»Was glaubst du, warum die da waren, Mama?«

Nora sah zu Nadja hin. Sie hatte Onkel Bobs Prüfung bestanden.

»Vielleicht, weil zwei Welten, die am besten voneinander getrennt bleiben sollten, durch die Habgier von Männern wie Steiffel miteinander in Berührung gekommen sind, wodurch in einer beschleunigten Evolution womöglich neue Lebensformen entstanden wären … vielleicht aber auch nicht. Meiner Ansicht nach hätten wir jedenfalls nie in das Reich eindringen dürfen, das diese Wesen bewohnen.«

Cepesma stand auf und ließ die Bierdose auf dem Tisch stehen.

Er trat zum Videorekorder und nahm die Kassette heraus.

»Was wirst du jetzt tun, Nora?«

Sie zögerte einen Augenblick. »Nichts. Ich weiß ja, wie alles gekommen ist. Ich lass den Dingen ihren Lauf.«

»Und Steiffel? Weißt du, dass der noch lebt? Das Band könnte dich in Schwierigkeiten bringen und sogar uns allen dreien gefährlich werden.«

Sie machte eine wegwerfende Handbewegung. Beinahe hätte sie gelacht, als sie sah, wie ernst er die Sache nahm.

»Lass es gut sein, Juan. Wer würde einem übergeschnappten Alten glauben? So würden die meinen Onkel doch bezeichnen. Für Steiffel bedeutet das nicht die geringste Gefahr. Hör auf zu träumen – wir können dem Mann unmöglich schaden. Niemand würde uns Glauben schenken. Nicht mal der Bericht, den ich ihm geschickt habe, würde ihn in seiner Haltung wankend machen.«

Cepesma sah Nora erstaunt an. »Du hast ihm einen Bericht geschickt? Über das, was da unten los ist?«

»Natürlich. Er wird ihm nicht gefallen. Aber er hat mich für meine Dienste bezahlt, und so schulde ich ihm Rechenschaft. Das Geld, das er mir gezahlt hat, habe ich rechtmäßig verdient, und deswegen dürfen wir es auch ausgeben. Ich möchte Nadja eine Laufbahn als Schwimmerin ermöglichen. Was sind eigentlich deine Pläne?«

Er wusste nicht, was er antworten sollte, nahm aber dann lächelnd etwas aus der Tasche. »Ich wollte mir schon immer mal die Universal Studios ansehen. Hier sind drei Eintrittskarten. Habt ihr Lust mitzukommen?«

60

Mäusekot

Hauptsitz der Texon Incorporated, Houston, Texas

Die Tage nach dem Untergang der *Merlin* waren die trübseligsten und niederschmetterndsten, die Steiffel in seinem Dasein als Ölmagnat je erlebt hatte.

Die Presse verschwieg, dass er zu den Überlebenden gehörte. Um das zu erreichen, hatten einige Anrufe genügt, denn es war klar, dass er jeden Zeitungsverlag ruinieren konnte, der sich seinem Willen widersetzt hätte. Das war die kleinste seiner Sorgen.

Sein Unternehmen musste viele Millionen Schadenersatz leisten, außerdem wurden ihm sämtliche Erkundungskonzessionen für das Kantabrische Meer entzogen. Zwar waren damit Milliarden von Dollar verloren, die er in das Vorhaben investiert hatte, doch diesen Verlust konnte sein Unternehmen verschmerzen. Der Gigant schwankte leicht, war aber weit davon entfernt zu stürzen.

Kreis Sieben allerdings war unwiderruflich verloren, wenn auch noch Öl aus den zwei nach wie vor förderfähigen Bohrlöchern über die riesige spinnenförmige Tauchboje in die Tanks eines der U-Boote der russischen *Taifun*-Klasse geleitet wurde, die Tschakenkos Unternehmen gehörten. Es war die Vorübung für ein neues Verfahren, mit dessen Hilfe man in etwa zehn Jahren Kohlenwasserstoff-Verbindungen ausschließlich unter Wasser fördern wollte.

Als das U-Boot das Öl auf der für diese Transporte vorgesehenen Route nach Russland bringen wollte, verschwand es spurlos – Steiffel nahm an, dass es mindestens tausend Meter tief lag.

Da Tschakenko nicht mehr lebte, dürfte es schwierig werden, ein weiteres U-Boot in Marsch zu setzen, und er selbst durfte sich zumindest einige Jahre lang nicht in der Nähe des Kantabrischen Meeres zeigen. Jetzt setzte er alle Hebel in Bewegung, um zu verhindern, dass einer seiner Wettbewerber auf *Kreis Sieben* aufmerksam wurde. Als eigentlich überflüssige Erinnerung daran, dass die Konkurrenz nie schlief, hatte ihm gedient, dass sich Unbekannte in den Besitz der Papiere Nora Pulaskis gebracht hatten.

Anfangs freute es ihn, von ihr einen Bericht zu bekommen, war das doch ein eindeutiger Beweis dafür, dass sie lebte und noch dazu eine beachtliche Kämpfernatur war, ganz wie er. Er las ihn aufmerksam.

Er war nur kurz, beschränkte sich auf das Wesentlichste und lautete:

Im Jahre 1992 trat in einem Gebiet der Vereinigten Staaten, das als »Four Corners« bekannt ist, eine tödliche Lungenerkrankung auf. Von einer Stunde auf die andere spuckten bis dahin kerngesunde Menschen, ortsansässige Navajo-Indianer wie auch Touristen, kaum dass sie ihre Blockhütten aufgesucht hatten, Blut und starben bald darauf. In vielen Fällen geschah das, nachdem sie die Fenster geöffnet hatten, um zu lüften. Einige meiner Kollegen entdeckten den Erreger, ein Virus, im getrockneten Kot von Feldmäusen auf dem Fußboden der Räume. Die als Wirt dienenden Tiere wurden von ihm nicht befallen, aber sobald der Luftstrom feine Teilchen der getrockneten Exkremente aufwirbelte, gelangte das Virus mit ihnen in die Lunge der Menschen und entfaltete dort seine tödliche Wirkung. Daraufhin leiteten meine Kollegen eine Ausrottungskampagne gegen die Nager ein und bereiteten damit der Epidemie ein Ende.
Den Schwierigkeiten, mit denen Sie es zu tun haben, lässt sich nur dadurch ein Ende setzen, dass Sie die Bohrungen einstellen. Das Erdöl, das Sie fördern wollen, muss bleiben, wo es ist – im Inneren der Erde. Es ist wie bei der Sache mit dem Mäusekot: Wir haben weder eine Möglichkeit, die austretenden Schädlinge zu bekämpfen, noch, die »Maus« auszurotten. Auch können wir nicht voraussagen, was geschehen wird, wenn Sie Ihr Vorhaben weiterbetreiben. Sie haben es in einem Fall miterlebt, doch der nächste kann sich als weit folgenreicher erweisen.
Sie sollten sich von Ihren Träumen verabschieden.

Gezeichnet
Nora Pulaski

Als er den Bericht erneut las, verzog er angewidert das Gesicht.

Ihm war klar, dass die Frau für ihn keine Gefahr bedeutete. Wer würde ihr glauben? Dennoch sagte ihm eine innere Stimme, dass sie vermutlich Recht hatte. Das ärgerte ihn.

Er dachte nicht daran, seine Träume aufzugeben.

Er würde angesichts der neuen Schwierigkeiten die Zähne zusammenbeißen. Unermessliche Erdölvorräte, unvorstellbare Profite, ein nie dagewesener gesellschaftlicher Wohlstand für die ganze Menschheit – das lohnte den Einsatz, war es wert, dass er beharrlich bei seinem Vorhaben blieb. Keinesfalls würde er all das für nichts und wieder nichts aufgeben.

Er würde eine Möglichkeit finden, diesen Kampf zu gewinnen.

Epilog

Goldstone in der Mojave-Wüste, Kalifornien, Kontrollzentrum der NASA für die Mission Mars Eternity. *Lage der Sonde: in Marsnähe, in einer Höhe von sechshundert Kilometern, am Beginn der Eintrittsbahn, Oktober 2005*

Die im Steuerprogramm der *Mars Eternity* enthaltenen Befehle zündeten die Raketen, als sich die Sonde dem Mars bis auf sechshundert Kilometer genähert hatte. Die Techniker in Goldstone begnügten sich damit, die Werte zu kontrollieren; im Übrigen hofften sie, dass alles nach Programm ablaufen würde. Der entscheidende Augenblick war gekommen. Falls etwas Unvorhergesehenes geschah, würden Korrekturbefehle von der Erde an die Sonde etwas mehr als acht Minuten brauchen, um sie zu erreichen – für ein rechtzeitiges Eingreifen viel zu spät.

Eine halbe Stunde zuvor hatte der diensttuende Techniker, ein junger Kalifornier namens Dominique Dumbar, der in seinem hochlehnigen Drehstuhl vor vier Bildschirmen saß, die letzten Werte des Beschleunigungsmessers von der *Eternity* empfangen. Die Routineüberprüfung zeigte ihm, dass sich die Sonde genau an der vorberechneten Stelle befand. Er nahm den Hörer ab, um dem Leiter des Kontrollzentrums zu melden, dass alles in bester Ordnung sei. Ab sofort würden sich die Techniker damit begnügen, die Werte zu beobachten, welche die Sonde zur Erde sendete, während sie in die Mars-Umlaufbahn eintrat.

»Haben Sie die Befehle zur Änderung des Winkelmoments übermittelt?«

Es war eine Routinefrage, die lediglich gestellt wurde, damit sie im Protokoll auftauchte. Diese Befehle bewirkten, dass die Sonde aufhörte, sich um die eigene Achse zu drehen, damit nicht die Mission durch eine ungünstige Neigung im entscheidenden Augenblick scheiterte. Selbstverständlich waren die Befehle zweieinhalb Stunden vor dem Augenblick der Zündung gesendet worden.

»Alles in bester Ordnung«, gab der Techniker zurück.

»Achten Sie auf die Einstellung der Antenne.«

Dumbar streckte seinen Kollegen einmal alle zehn Finger und dann zwei entgegen: Noch zwölf Minuten bis zur Zündung der Rakete.

Die *Eternity* geriet leicht ins Zittern, als sich ein elektrisch betätigtes Ventil öffnete, um zweihundertsechsundfünfzig Kilo Raketentreibstoff zusammen mit dem Oxidationsmittel in die Hauptbrennkammer zu entlassen. Mit der Zündung des Gemischs setzte die kontrollierte Explosion ein und entfaltete sich die volle Raketenleistung, was zu zuckenden Bewegungen der Sonde führte. Im interplanetarischen Raum flammte es grell auf, und heißes Gas sandte rötliche und bläuliche Lichtblitze in die Leere um die Sonde herum. Die Raketen verminderten deren Geschwindigkeit von ursprünglich sechstausend Kilometer pro Stunde um gut zehn Prozent auf knapp fünftausendfünfhundert. Die von den Raketen ausgehenden Erschütterungen ließen die Solarsegel wie Libellenflügel schwirren.

Siebzehn Minuten nach Einsetzen der Verbrennung riss die Verbindung zur Sonde ab.

Dumbar griff zum Telefon, um dem Leiter Meldung zu machen. »Alles läuft nach Plan. Die *Eternity* ist in den Marsschatten eingetreten. Wir haben zwanzig Minuten, bis sie wieder auftaucht.«

So war es nun einmal: Die Verbindung riss ab, sobald die Sonde auf die der Erde abgewandte Seite des Planeten gelangte. Sie würde etwa zwanzig bange Minuten später wieder senden, sofern das Manöver des Eintritts in die Marsumlaufbahn gelungen war. Etwas völlig anderes aber beunruhigte Dumbar: De Wicke, der Leiter der Mission, war noch nicht eingetroffen, und es war angesichts der frühen Morgenstunde zweifelhaft, ob er überhaupt in Goldstone auftauchen würde. Durch die drei rechteckigen Fensterscheiben links von sich sah er die Dunkelheit über der Mojave-Wüste, in der es um diese Stunde sehr kalt sein dürfte.

Die *Eternity* war so programmiert, dass sie Daten über eine schwach verstärkende Hilfsantenne übermittelte. Zwar war die weniger leistungsfähig als die Hauptantenne, konnte aber die Signale aus deutlich mehr Winkeln abstrahlen, was dafür sorgen würde, dass das eine oder andere die riesige Empfangsantenne von siebzig Metern Durchmesser erreichte, die sich in geringer Entfernung vom Gebäude befand. Auf diese Weise würden Dumbar und seine Kollegen erfahren, ob sich die Sendefrequenz mit dem Bremsmanöver geändert hatte.

Zweiundzwanzig Minuten später fingen sie das erste Signal auf. Es war ziemlich schwach. Weder Dumbar noch die anderen Techniker hatten die geringste Unruhe an den Tag gelegt. Dumbar griff wieder zum Hörer, um seinen unmittelbaren Vorgesetzten zu informieren.

»Wir haben das Kaninchen eingefangen.«

Die *Eternity* hatte die Mars-Umlaufbahn erreicht und gehorchte jetzt der Schwerkraft des Planeten. Zwar war diese Umlaufbahn exzentrisch, doch das bedeutete keine größere Schwierigkeit. Die Techniker würden der Sonde im Lauf der nächsten Wochen die nötigen Korrektursignale übermitteln.

Das Signal von der Sonde wurde stärker, ein Hinweis darauf, dass alles in Ordnung war. Die Techniker übermittelten die Befehle, die dazu führten, dass auf die Hauptantenne umgeschaltet wurde, und binnen einer halben Stunde funkte die *Eternity* klare und deutliche Meldungen.

Dumbar und seine Kollegen klatschten Beifall. Dann aber geschah etwas Sonderbares: Die große Antenne vor dem Gebäude übermittelte kein Signal mehr.

Anfangs vermuteten sie die Ursache in einer Störung der Empfangsanlage, doch als die Funkstille andauerte, verschwand die gute Laune von den Gesichtern der Leute im Kontrollzentrum.

Dumbar nahm den Hörer zur Hand. »Es ist etwas passiert. Wir haben sie verloren.«

»Was heißt, wir haben sie verloren?«

»Wir schicken Befehle, bekommen aber keine Reaktionen.«

»Habt ihr daran gedacht, die Programme wieder zu aktivieren?«

Als Vorsichtsmaßnahme wurden für den Bremsvorgang die Programme abgeschaltet, damit sie nicht störend in dessen automatischen Ablauf eingriffen. Es war Dumbar klar, dass es mitunter eine Weile dauerte, bis eine Sonde aus diesem durch das Kontrollzentrum befohlenen Zustand der Inaktivität »aufwachte«. Hier aber war das nicht der Fall. Sie hatten das Signal, wenn auch schwach, empfangen, als die Sonde nach ihrer ersten Umrundung des Planeten wieder aus dessen Schatten ausgetreten war.

Während die Stunden vergingen, wurde die Sache für Dumbar und seine Arbeitsgruppe zum Albtraum. Kurz vor sechs Uhr hörten sie Geräusche vor dem Kontrollzentrum, und De Wicke stürmte mit vor Wut verzerrtem Gesicht herein. Begleitet wurde er von einigen hohen Tieren, die Dumbar nicht kannte.

»Was geht hier vor sich?«, fragte er laut in die Runde.

Dumbar erhob sich und sagte achselzuckend: »Wir haben alles versucht, aber es ist wie verhext – als hätte sie sich in Luft aufgelöst.« Dann fügte er hinzu: »Ich glaube, wir haben das Kaninchen verloren.«

De Wicke funkelte ihn über die runden Gläser seiner Brille an und verlangte, Tag und Nacht auf Signale zu achten und notfalls die Besetzung der Schichten zu verdoppeln. Das taten sie drei Wochen lang, aber von der *Eternity* bekamen sie kein Zeichen mehr.

Eintritt der Mars Eternity in die Umlaufbahn des Mars

Fünf Minuten nachdem die Sonde von der erdabgewandten Seite des roten Planeten wieder aufgetaucht war, geschah etwas, wovon die Entwickler ihrer Programme nichts wussten und womit sie nicht hatten rechnen können. Das Haupt-Kommunikationsmodul stellte wegen eines Kurzschlusses seine Tätigkeit ein. Das merkten die Techniker im Kontrollzentrum erst acht Minuten später.

Statt seiner übernahm ein bis dahin im Hintergrund gebliebenes System seine Tätigkeit und strahlte seine Signale auf einer völlig anderen Frequenz als der ursprünglich vorgesehenen ab. Von diesem Augenblick an gehorchte die Sonde anderen Befehlen, die auf einer – ebenfalls bislang im Hintergrund gebliebenen – Festplatte gespeichert waren, während das Haupt-Informatiksystem wegen eines weiteren auf ihr programmierten Kurzschlusses vollständig durchbrannte.

Durch die neuen Befehle wurde die Hauptantenne in eine andere Richtung gedreht, von der Erde weg und hin zu einer Sonde, die in Vergessenheit geraten war und sich in einer Höhe von sechstausend Kilometern befand. Dabei handelte es sich um die 1980 außer Dienst gestellte *Viking 1*, die seither als toter Schrotthaufen den roten Planeten umkreiste, auf den sie entsprechend ihrem Programm im Jahre 2019 aufprallen sollte. Bei ihren zahllosen Umläufen hatte sie ihre Akkumulatoren über die Solarsegel wieder aufgeladen und diente jetzt als Relaisstation zur Verstärkung der Signale der *Eternity*, die zu einer der Empfangsantennen in der Steppe um Baikonur geleitet wurden. Dort saßen Techniker, die fortan die Steuerung der Sonde übernahmen.

Einen Monat nachdem die Verbindung abgerissen war, gaben NASA und ESA die Sonde offiziell auf.

Sie umkreiste den Mars in immer geringerer Höhe, machte mit ihrer Stereoskopkamera Fotos und erkundete in allen Einzelheiten die Beschaffenheit der Marsoberfläche an der Stelle, die für ihre Landung vorgesehen war. Dabei handelte es sich um einen der tiefsten Gräben des Vallis Marineris, in einem Gebiet voller Schluchten westlich von Baetis Mensa. Zusätzlich übermittelten die Fotos Einzelheiten von anderen Robotern, denen es gelungen war, auf der Marsoberfläche zu landen, unter ihnen die beiden Marsrover im Meridianum Plani und Gusev-Krater. Es fiel auf, dass sie alle weit stärker korrodiert waren, als man nach der kurzen Zeit annehmen sollte, die sie dort zugebracht hatten.

Schließlich stieß die Sonde ihre Kapsel aus der Umlaufbahn aus. Diesmal funktionierte alles wie vorgesehen: Die Bremsraketen verzögerten sie auf die gewünschte Geschwindigkeit, und der Fallschirm öffnete sich rechtzeitig, als die Kapsel eine Höhe von tausendfünfhundert Metern über Grund erreicht hatte. Ganz wie ihre Vorgänger war sie von schützenden Luftsäcken umgeben, die den Aufprall auf dem Boden gleich Airbags im Auto dämpfen sollten.

Nach einem Dutzend Hüpfer entwich die Luft aus der großen Gummikugel. Es war der 15. Oktober. Vierundzwanzig Stunden später kam ein kleiner vollautomatischer geländegängiger Roboter heraus und machte sich langsam, aber sicher auf den Weg.

Er konnte seine Umgebung selbstständig nach einer für sein Vorhaben geeigneten Stelle absuchen und begann, als er sie gefunden hatte, dort zu bohren. Dafür stand ihm beliebig viel Zeit zur Verfügung.

Die Antenne des Hauptmoduls der gelandeten Kapsel leitete ihre Signale an die *Eternity*, die sie ihrerseits an die Relaisstation *Viking* funkte, von wo aus sie das Radioteleskop in der kasachischen Steppe erreichten. Drei Monate brauchte der Roboter, bis sein Bohrgerät in eine Tiefe von dreißig Metern vorgedrungen war. Dort entnahm er Bodenproben und füllte sie in einen hermetisch verschließbaren Behälter.

Zum Abschluss der Mission brachte er die für die Landung auf der Erde vorgesehene Kapsel in das Rückkehrmodul. Auf dem Weg dorthin gab es allerdings Schwierigkeiten, denn die Räder und Achsen begannen zu korrodieren. Nachdem er die Kapsel in das Modul bugsiert hatte, das weit geöffnet auf ihn wartete, entfernte er sich mehrere Meter und sank dann in einer Wolke von Staub in sich zusammen. Um ihn herum lief eine Substanz von weit größerer Viskosität als Wasser durch die offenen Schrunden in den Marsboden.

Das Modul schloss sich, die Raketen zündeten. Fast hätten die austretenden heißen Gase das durch die beschleunigte Korrosion geschwächte Material der Düsen zerstört, doch wunderbarerweise hielt es stand, und so stieg das Modul in einer Bahn in die Leere des Weltraums auf, die es viele Monate später zur Erde zurückführen sollte.

Die Kapsel der *Eternity* hatte ihren langen Rückweg angetreten.

Nachwort des Verfassers

Auch wenn es sich bei *Tentakel* um ein Werk der Fiktion handelt, gründet sich ein Großteil seiner Handlung auf wissenschaftliche Erkenntnisse. Das Verblüffendste daran ist möglicherweise die Aussage, dass die Erdrinde ein wahres Paradies für Mikroben ist, die dort in größerer Zahl und in größerem Artenreichtum leben als auf der Erdoberfläche. Der Astrophysiker Thomas Gold hat bereits in seinem 1999 erschienenen Buch *The Deep Hot Biosphere* auf diese Möglichkeit hingewiesen. Inzwischen hat man in südafrikanischen Goldminen Bakterien entdeckt, die in mehr als dreitausend Metern Tiefe in Gesteinsporen leben. Aus ihnen gewinnen diese bemerkenswerten Mikroorganismen die erforderlichen Nährstoffe und ertragen dabei Temperaturen und Druckwerte, die für alle bislang bekannten Lebensformen tödlich wären.

Solche Entdeckungen haben die NASA in ihrer Absicht bestärkt, eine Sonde auf den Mars zu entsenden, die dort Bohrungen vornehmen soll, damit festgestellt werden kann, ob sich unter der Oberfläche des Planeten Leben findet. Das ist für das zweite Jahrzehnt unseres Jahrhunderts vorgesehen. Spanische Wissenschaftler sind bereits dabei, im Rio-Tinto-Gebiet ein Bohrgerät zu erproben, das in Zusammenarbeit mit den Amerikanern bei einer solchen Mission eingesetzt werden soll. Möglicherweise hält der Marsuntergrund in nicht allzu ferner Zukunft für uns eine große Überraschung bereit.

Auch die Vorstellung, dass es sich bei Kohlenwasserstoff-Verbindungen um in der Erdrinde reichlich vorhandene Ur-Elemente handelt und nicht um ein Zerfallsprodukt von Tieren und Pflanzen, geht auf Gold zurück. Was in diesem Buch über die Bohrungen und deren Ergebnis im schwedischen Siljan-Gebiet berichtet wird, entspricht der Wirklichkeit. Sollte sich herausstellen, dass Gold mit seiner zurzeit noch umstrittenen Hypothese Recht hat, könnte das die Energiefrage auf der Welt endgültig lösen. Immerhin entdecken die Ölmultis unter dem Meeresboden immer bedeutendere Ölvorkommen. Im Golf von Mexiko hat die Firma ConocoPhilips im Jahre 2004 einen Tiefenrekord aufgestellt, indem sie in mehr als tausendvierhundert Metern unter dem Meeresspiegel Öl gefördert hat.

Die auf russische Ingenieure zurückgehende Vorstellung, unterseeische Stationen in der Art der *Ocean Shuttle* einzurichten, die nach einer von einer kanadischen Firma gebauten Tauchfähre so genannt wurde, ist alles andere als hirnverbrannt. Auch hat man schon erwogen, U-Boote für den Transport von Erdöl einzusetzen.

Als letzter Punkt sei darauf verwiesen, dass in Luarca wie auch in anderen Orten Asturiens alljährlich mit einer Häufigkeit, die den Fachleuten Kopfzerbrechen bereitet, Überreste von Riesenkalmaren angetrieben werden, den größten wirbellosen Tieren der Erde. Wahrscheinlich gibt es im Kantabrischen Meer eine Stelle, wenn nicht gar mehrere, die diesen außergewöhnlichen Lebewesen einen Zufluchtsort bieten. Deren genaue Lage aber ist nach wie vor unbekannt.

Dank und Anerkennung

Die Liste derer, die dazu beigetragen haben, dass dieser Roman hinlänglich glaubwürdig wirkt, ist so lang, dass ich unmöglich allen Beteiligten gerecht werden kann. Ihn zu schreiben war ein weit schwierigeres und ehrgeizigeres Unterfangen als im Fall von *Der Fluch des Schamanen*. Ohne die Unterstützung meiner beiden wichtigsten wissenschaftlichen Berater wäre nichts daraus geworden. Es sind dies Francisco Anguita, der beste spanische Planetenforscher und Marskenner, der mir Routen auf der Karte eingezeichnet und nützliche Erklärungen geliefert hat, sowie Ricardo Amils, der »Vater« des Rio-Tinto-Projekts. Er hat mich ermuntert, einen Roman über den Mars zu schreiben, doch werde ich mich lieber der nach wie vor ungelösten Aufgabe zuwenden, eine Geschichte der fesselnden Ökologie jenes phantastischen übersäuerten Flusses zu verfassen, den er so gut kennt. José María Colina, ein Telekommunikations-Fachmann in der Raumstation von Robledo de Chavela, verdanke ich den Einfall, der mir half, das Nachwort zu dieser Geschichte glaubhaft zu gestalten. Des Weiteren haben mir nicht nur eine ganze Reihe nützlicher Gespräche weitergeholfen, zum Beispiel mit Steve Squyres, dem maßgebenden Wissenschaftler bei der *Mission Opportunity*, sondern auch Antworten auf meine Fragen, die ich von so bedeutenden Gelehrten wie Arden Albee vom Labor für Strahltriebwerke und Richard Zare von der Universität Stanford bekam. Ihm verdanke ich auch den entscheidenden Hinweis für das Kapitel mit den Mars-Meteoriten und Kees Kenevos einige herrliche Simulationen, mit deren Hilfe es mir gelungen ist, die Erhebungen des Mars gleichsam zu ersteigen.

Isabel Paz, mit der ich das Vergnügen hatte, bei einer Wissenschaftsserie mit dem Titel *Das dritte Jahrtausend* zusammenzuarbeiten, gehört ebenfalls zu denen, die »Schuld« daran tragen, dass dieses Buch endlich das Licht der Welt erblickt hat. Jeder ihrer Beiträge und Ratschläge hat ebenso zu Verbesserungen geführt wie ihr wiederholtes Gegenlesen meiner Entwürfe. Luis Laria, Gründer der CEPESMA, einer Organisation, die sich dem Schutz von Meeres-Lebewesen verschrieben hat und ihre anerkennenswerte Arbeit von Luarca in der Provinz Asturien aus betreibt, hat mich nicht nur mit Hilfe eines phantastischen Museums, das ich an dieser Stelle nachdrücklich empfehle, in die Welt der Riesenkalmare eingeführt, sondern mir darüber hinaus auch seine Gastfreundschaft gewährt. Von Chato, einem altgedienten Fischer, habe ich im Verlauf einer mit Anekdoten gewürzten Unterhaltung so manches erfahren, das mir von Nutzen war.

Beim Thema Erdöl hat mich Fernando Estegman beraten, mit außergewöhnlicher Geduld Entwürfe gegengelesen, mich an Bohrstellen geführt und war jederzeit bereit, mit mir eine Tasse Kaffee zu trinken. Seine Beiträge waren für das Buch äußerst wichtig. Auch die mit Severiano Arnáiz, Elvira Rodríguez und Manuel Moreu geführten Vorgespräche waren nützlich, weil ich aus ihnen so manches darüber erfahren habe, wie man auf einer Bohrinsel lebt und arbeitet, wie auch über die Bauweise von Untersee- und Tauchbooten.

Clyde Roper, ein geradezu legendärer Ozeanograph mit dem Spitznamen »Dr. Kalmar«, hat die ganze Fülle seines Wissens vor mir ausgebreitet und mich mittels E-Mails sowie herkömmlicher Briefe immer wieder angespornt. Von denen, die sich mit der Welt des Ozeans und der dort verwendeten Technik beschäftigen, muss ich unbedingt Robert Ballard nennen, der das Wrack der *Titanic* entdeckt hat, Richard Dawson von Marlin Submarines in Großbritannien, der mir mit großer Geduld Angaben über Druckverhältnisse unter Wasser und Rettungsmöglichkeiten aus Untersee- und Tauchbooten erklärt hat, Dudley Foster vom Ozeanographischen Institut in Woods Hole (USA), der mir die Geheimnisse von *Alvin* enthüllt hat, sowie Al Bradley von derselben Einrichtung. Fernando González Sitges wie auch Chimo vom Projekt *Kraken* der Transglobe Films haben mich, ohne im Geringsten zu zögern, an ihrem Wissen teilhaben lassen. Larry Mayer hat mir eine dreidimensionale topographische Karte des Meeresbodens zur Verfügung gestellt, und Malcolm Spaulding, einer der Forscher, die mir am meisten dabei geholfen haben, die Schwierigkeiten der *Prestige* journalistisch darzustellen, war mir dabei behilflich, diesen Meeresboden zu erkunden.

Jonathan Newman von Sub-Find hat mir erklärt, wie eine Tauchausrüstung funktioniert. Ich hatte das Glück, mit Raoul Walsh sprechen zu können. Er ist ein erfahrener Pilot von Tauchrobotern und der einzige Mensch in der Geschichte ozeanographischer Expeditionen, der gemeinsam mit Jacques Picard im Marianengraben bis in eine Tiefe von mehr als elftausend Metern vorgedrungen ist. Ich danke ihm für die Pläne der *Ocean Shuttle*, die mir als Grundlage meiner Vorstellungen von der Unterwasser-Station gedient haben. Weiterhin danke ich Margarita Martín, Leiterin der wetterkundlichen Forschungsabteilung am Centro Meteorológico des Baskenlandes, für ihre Erläuterungen über die *Galerna*, einen häufig vor der asturischen Küste auftretenden plötzlich umschlagenden Nordwestwind, Francisco Marcos für seine Programme zur orthographischen Konkordanz sowie Diego Merryl del Val für seine Hilfe bei russischen Ausdrücken und Bräuchen … aber auch für seine Ratschläge für den Umgang mit der Kälte, die man in Moskau ertragen muss. Aleksandra, meine Kollegin bei der Zeitschrift *La Razón,* hat mir weitere Hinweise zur richtigen Schreibung russischer Begriffe geliefert. Javier Jayme und Raul Martín haben wie immer äußerst großzügig ihre Zeit geopfert, um meine Fragen zu beantworten.

All das lässt nur den einen Schluss zu, dass möglicherweise noch vorhandene Fehler oder Irrtümer allesamt auf den Verfasser zurückfallen und nicht von den weit gelehrteren und weniger anmaßenden Menschen zu vertreten sind, die mich bei meinem Vorhaben unterstützt haben. Meine Agentin Anne-Marie Vallat und meine Lektorin Raquel Gisbert im Verlag Plaza y Janés bilden seit langem ein unzertrennliches und ausgesprochen geduldiges Gespann. Im Übrigen verdanke ich Deborah Blackman nichts weniger als meine literarische Laufbahn, weil sie an die Erzählungen eines Schamanen geglaubt hat.

Doch all diese Mühe wäre ohne die rückhaltlose Unterstützung meiner Frau Marisa und meiner beiden Töchter Cristina und Silvia vergeblich geblieben. Nadja, das Mädchen, das ich in dieser Geschichte vorstelle, ist in Wahrheit eine Mischung aus beiden. Ich werde ihnen nie vergelten können, was sie mir an Geduld, Liebe und Zeit geschenkt haben.